KB269870

한듕만녹일

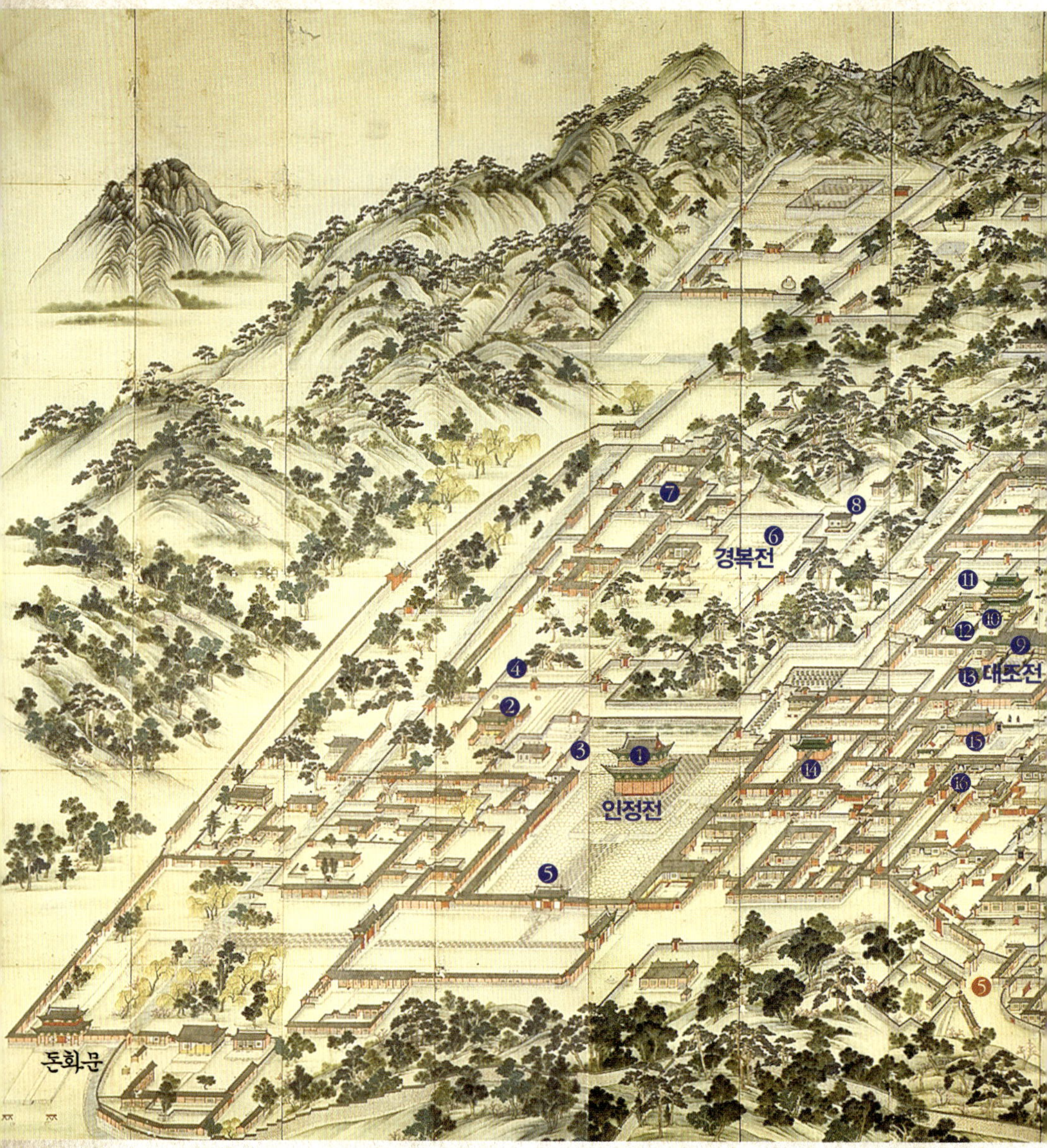

동궐도 창덕궁 및 창경궁 지도. 1830년경 제작. 고려대학교 박물관 소장

✱ 그림 일러두기

1. 전 지역을 세 구역으로 나누었다. 파란색은 창덕궁, 록색은 창경궁, 황토색은 춘방 등 세자 처소이다.

2. 『동궐도』에 나와 있지 않은 집은 『한중록』『궁궐지』『조선왕조실록』 등을 참조하여 위치를 비정했다. 그런 곳은 하단 목록에 흐린 글씨로 표시했다. 특히 황토색 구역 ⑨번에서 ⑭번까지는 대략의 위치만 파악되는 전각이다.

1	인정전	7	영모당	13	관리각
2	선원전	8	습취헌	14	선정전
3	만안문	9	대조전	15	희정당
4	경화문	10	경훈각	16	선화문
5	인정문	11	옥화당		
6	경복전	12	융경헌		

1 통명전	7 영춘헌	13 경춘전	1 춘방	7 집현문	13 양정합
2 자경전	8 연경당	14 가효당	2 계방	8 보화문	14 취선당
3 환취정	9 체원합	15 명정전	3 시민당	9 저승전	
4 건극당	10 환경전	16 문정전	4 손지각	10 덕성합	
5 고서헌	11 공묵합	17 숭문당	5 건양문	11 낙선당	
6 집복헌	12 함인정	18 건복문	6 청휘문	12 관의합	

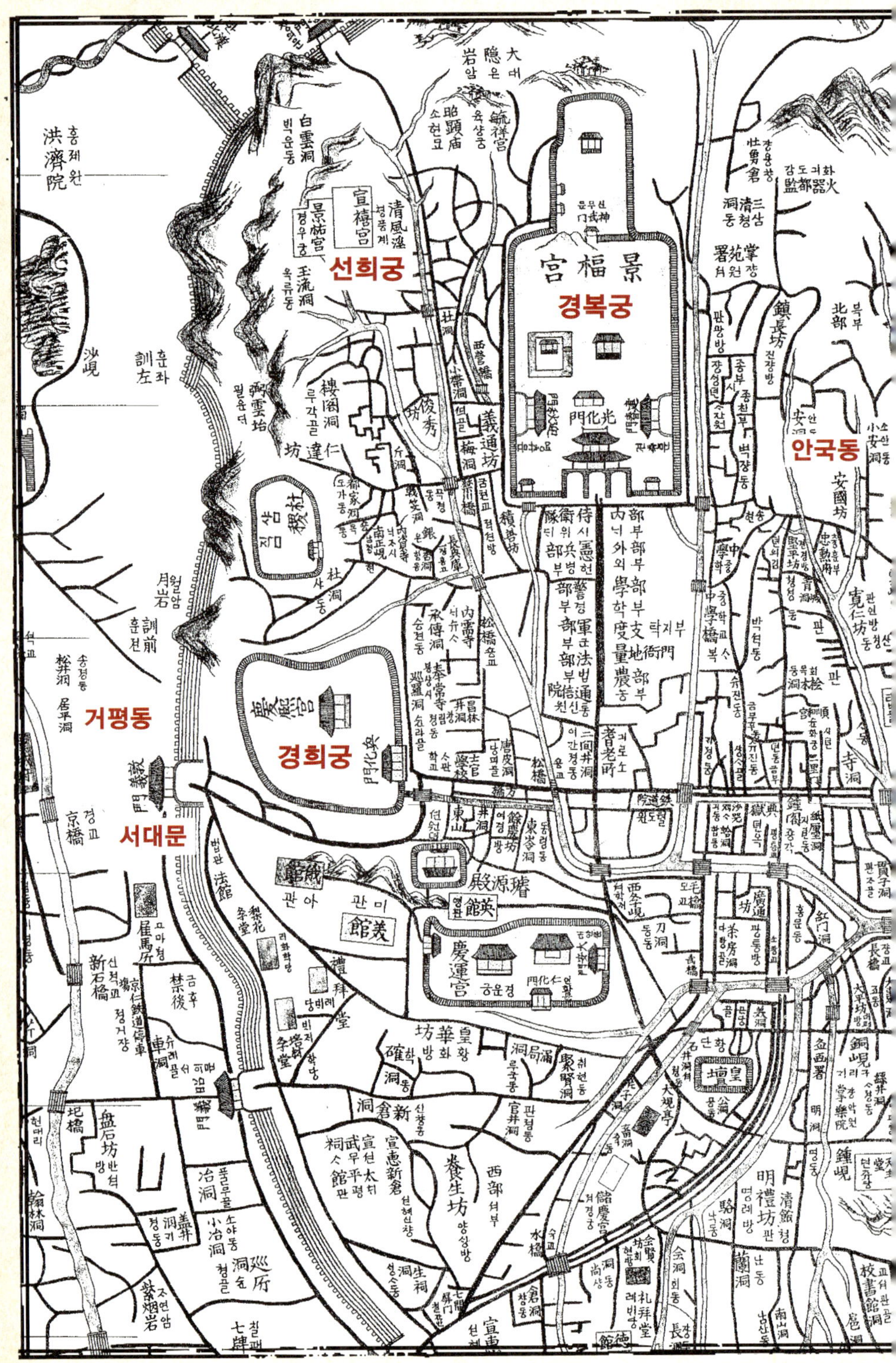

한성부 지도 서울지도(부분). *Transaction*(Korea Branch of the Royal Asiatic Society, 1902) 수록

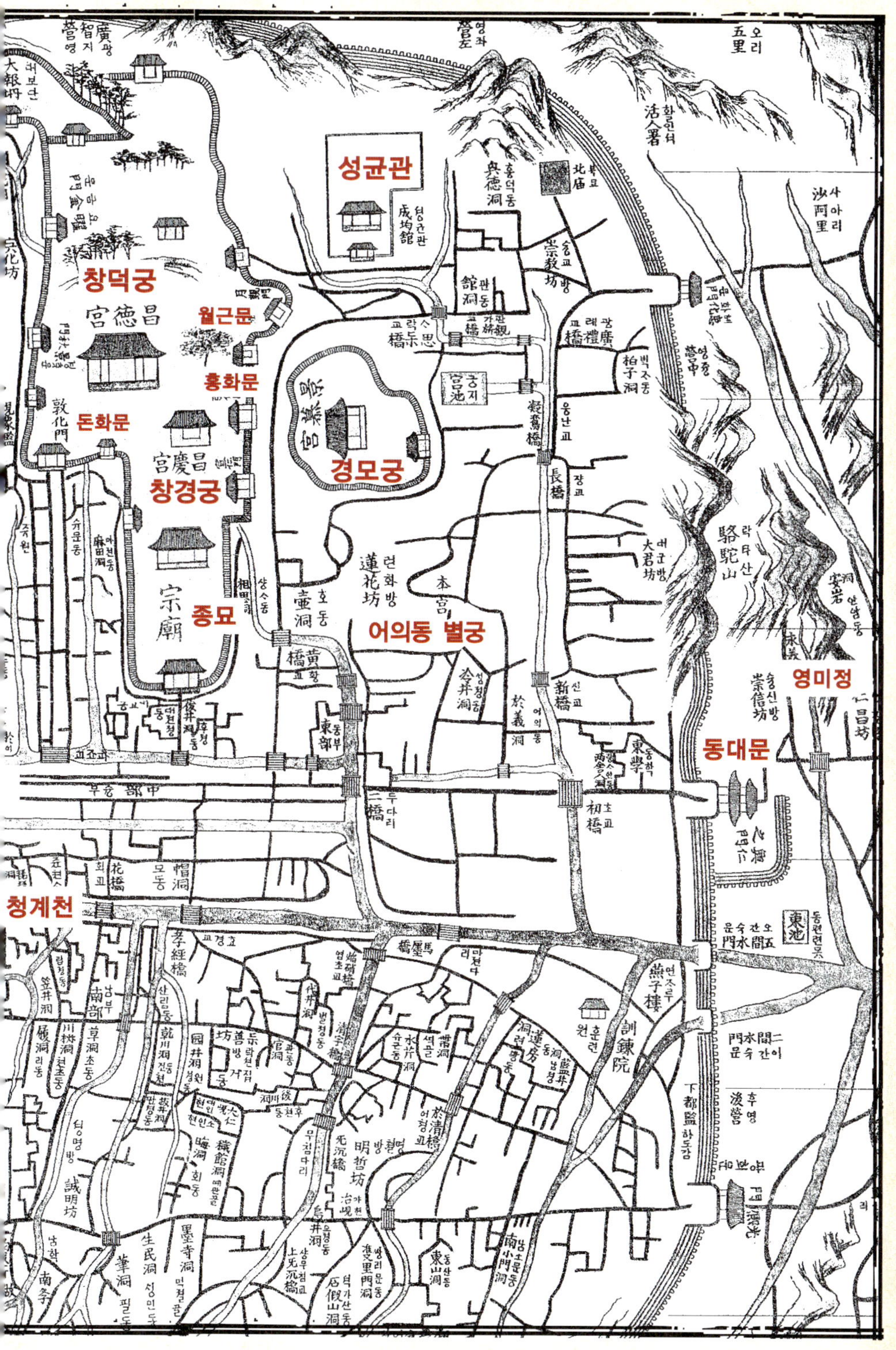
성균관
창덕궁
월근문
홍화문
돈화문
창경궁
경모궁
종묘
어의동 별궁
영미정
동대문
청계천

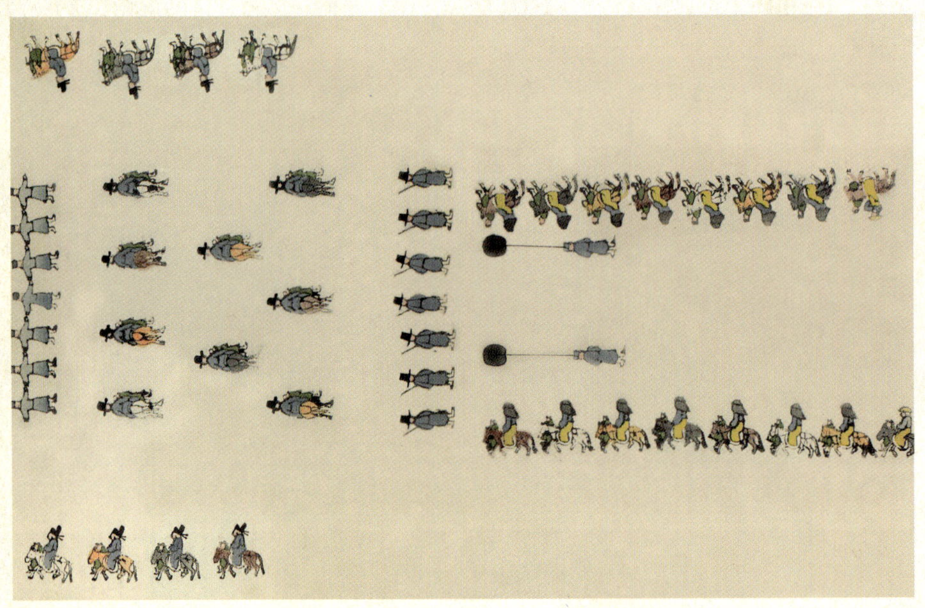

사도세자와 혜경궁의 혼례 사도세자와 혜경궁의 결혼식 과정을 기록한 『가례도감의궤嘉禮都監儀軌』에 실린 친영 행렬 반차도(班次圖)의 일부이다. 혜경궁을 대궐로 맞아들이는 과정이다. 행렬의 인원, 복식 및 의장을 그림으로 기록하였다. 서울대학교 규장각 소장

서울로 돌아오는 혜경궁 1795년 수원 화성의 사도세자 무덤을 찾은 혜경궁 일행이 서울로 돌아오는 장면. 〈화성능행도華城陵幸圖〉 병풍의 한 부분이다. 국립중앙박물관 소장

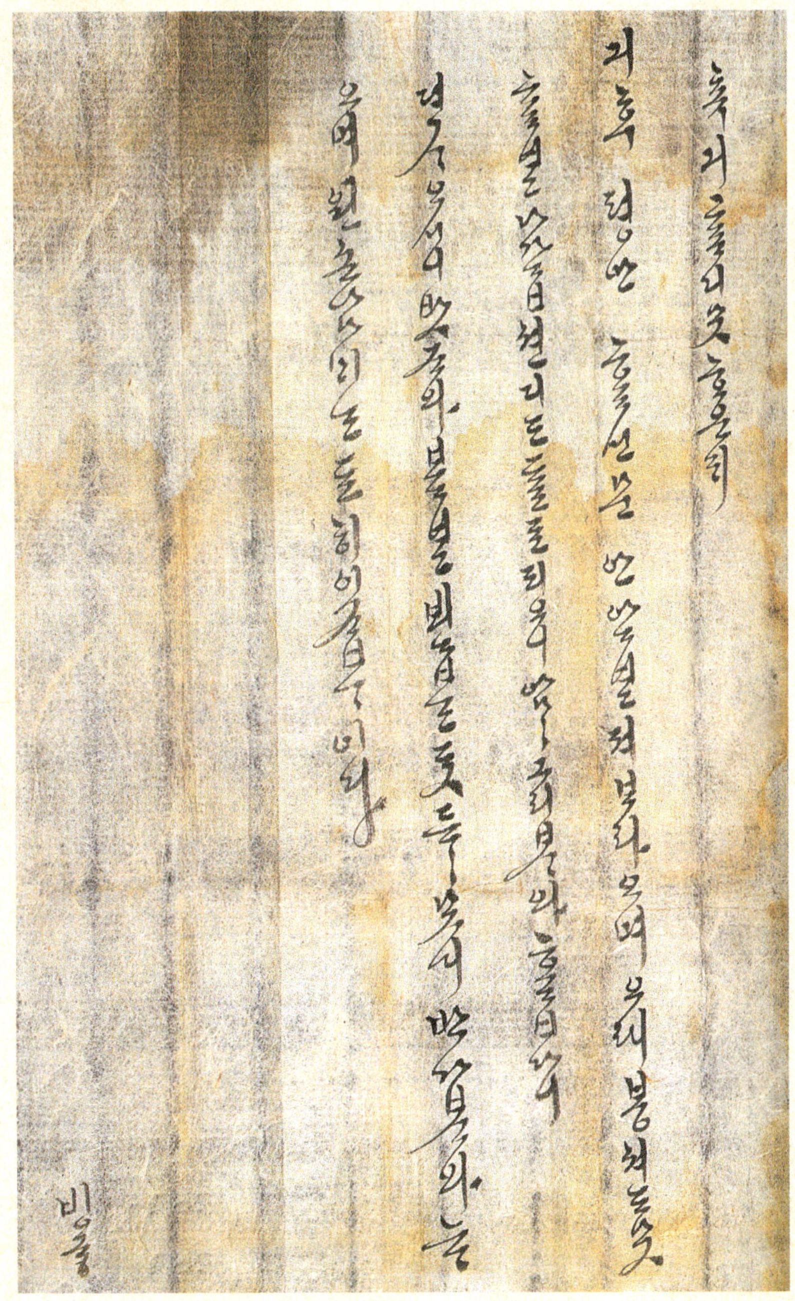

혜경궁의 편지 이 편지는 추사 김정희 집안에서 전해온 것으로 알려져 있다. 수신자는 화순옹주로 추정된다. 화순옹주는 김정희의 증조모이다. 내용은 안부 편지에 대한 답장이다. 내용으로 보아 대략 1755년에서 1757년 사이에 보낸 편지이다. 개인 소장

사도세자가 그렸다고 전해지는 개 그림 무슨 근거에서 사도세자가 그렸다고 하는지는 알 수 없다. 하지만 어미 개를 쫓아오는 강아지들의 모습이 부왕의 사랑을 바라는 사도세자의 심정을 떠올리게 한다. 국립고궁박물관 소장

김두량의 개 그림 김두량(金斗樑)은 영조 때의 궁중 화원이다. 사도세자와 가까이 지냈던 화평옹주의 방을 위해 그림을 그린 적도 있다. 이때는 사도세자가 그림 그리기에 빠졌던 시기이다. 주변 정황을 고려할 때 사도세자가 김두량에게 그림을 배웠을 가능성이 적지 않다. 공교롭게도 위의 두 그림의 개는 같은 품종으로 보인다. 개인 소장

연잉군(영조) 초상 즉위 전 젊은 시절 영조(21세)의 초상이다. 국립고궁박물관 소장

題浿上精舍

城東十里捋鹽極窈窕村容
碧樹灣浿水知為齊魯牢任
他望韻不湏攀

戊午菊秋

종묘 역대 임금과 왕비의 신위를 모신 곳이다. 서울시 종로구 소재

창덕궁 대조전 대조전은 왕의 공식 침전이자 왕비의 처소이다. 용자(龍子) 곧 임금을 낳는 곳이라 하여 지붕의 용마루를 없앴다는 말이 있다. 다른 용이 용자를 누르지 못하게 한 뜻이라고 한다. 서울시 종로구 소재

창덕궁 후원 사도세자가 휴식을 취하던 곳이다. 부채꼴 모양의 지붕, 겹지붕 등 특이한 형태의 정자들이 있다.
서울시 종로구 소재

일제하의 창경궁 명정전 일제(日帝)는 조선의 궁궐을 함부로 훼철했는데 창경궁은 동물원과 식물원으로 만들어버렸다. 일제 시대 발행 엽서

경희궁 숭정전 숭정전은 경희궁의 정전(正殿)이다. 일제하에 강제로 철거되어 팔려나갔고 현재는 동국대학교의 학교 법당인 정각원으로 사용되고 있다. 서울시 중구 소재

정성왕후 홍릉 당초 영조와 함께 묻히기로 계획되었으나 영조는 다른 곳에 묻혔고 나중에 정순왕후가 영조와 같은 데 자리를 잡았다. 생시에 사랑을 받지 못한 왕후는 죽어서도 외로웠다. 경기도 고양시 서오릉 소재

뒤주 사도세자는 이런 대형 뒤주에 갇혀 죽었다. 인제산촌민속박물관 소장

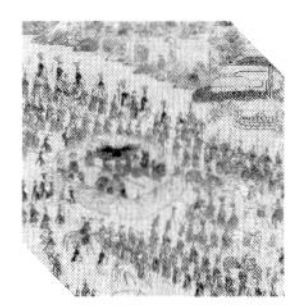

한중록

한국
고전
문학
전집

003

한중록

혜경궁 홍씨 지음 | 정병설 옮김

문학동네

머리말

『한중록』은 마력魔力이 있다. 세자를 뒤주에 가두어 죽인 전대미문의 엽기적 사건 때문만은 아니다. 혜경궁은『한중록』을 쓸 때 집안이 망한 아픔에 화가 치밀어 등이 뜨거워 잠을 자지 못했다고 한다. 어떤 날은 누워 자려다가 벌떡 일어나 앉아 벽을 두드리기도 했다고 한다. 그만큼『한중록』은 뜨겁다. 그 뜨거움이 읽는 사람을 달아오르게 한다. 『문장강화』를 써서 한국어 문장 작법의 방향을 제시한 소설가 이태준은『한중록』을 보고 이것이야말로 '조선의 산문 고전'이라고 말했다 한다. 뜨거운 가슴과 유려한 문장이 독자를 사로잡는 것이다.

『한중록』의 주석과 번역은 이번이 처음은 아니다. 시조시인이자 한국문학 연구의 제1세대 학자인 가람 이병기 선생께서 1947년 처음 주석본을 출간했다. 이어 1961년에는 나손 김동욱 선생께서 후대에 모범이 되는 교감주석본을 간행했다. 또 김용숙 선생의 평생을 바친 연구는 작품 이해에 중요한 기초를 제공했다. 이 책은 선배들의 빛나는 성취에서 출발하였다.

이 책도 나름의 성취는 있다. 먼저 종전에 다루지 않았거나 부분적으로 다룬 중요한 이본들을 전부 포괄했다는 의의가 있다. 본서 제2부의 저본인 미국 버클리 대학 소장 『보장寶藏』은 혜경궁 친필로까지 추정될 정도로 중요한 이본으로, 종전에 주로 읽힌 종합본 『한중록』에 비해 흥미로운 내용이 많다. 또 제3부 제2편의 「병인추록」은 종전의 종합본에는 아예 빠진 것이다. 이 책은 이것들을 모두 포괄한 첫 『한중록』이다.

또한 종전에 다룬 자료들도 교감과 주석의 차원에서 한 걸음 진전하였다고 자부한다. 이 책은 이른바 완전 주석을 목표로 삼고 그것을 토대로 현대어로 쉽게 풀고자 했다. 나는 평소 학생들에게 문학작품, 그것도 고전작품을 읽을 때는 세 가지 감각을 잃지 말라고 가르친다. 물질감, 인물감, 시대감이 그것이다. 물질감은 그 시대 사람의 감각을 알라는 것이며, 인물감은 등장인물의 사회적 위상과 다른 인물과의 관계를 정확히 파악하라는 것이고, 시대감은 당대의 이념과 관행, 그리고 시각을 분명히 알고 그에 따라 대상을 판단하라는 것이다. 가뭄을 말하면 그 시대 사람에게 가뭄이 얼마나 절박한 것인지 느낄 수 있어야 하고, 천연두를 말하면 그 병이 당시 사람들에게 얼마나 위협적이었는지 알아야 하며, 인삼을 말하면 그것이 얼마나 귀한 것인지 구체적으로 알고 있어야 한다는 것이다. 그리고 사람들은 어떤 사람과 어떤 관계를 맺고 있는지, 또 어떤 감정과 생각을 가지고 있는지, 어떤 이념과 관행의 굴레 속에서 살고 있는지, 등장 인물의 복심은 물론 행간의 의미까지 파악해야 한다는 것이다. 이 책은 번역, 주석은 물론 50여 항목의 해설('한중록 깊이 읽기')을 통해 작품 이해에 완벽을 기하고자 했다.

다행히 『한중록』은 관련 자료가 많이 전하고 있어서 이런 작업이 어느 정도 가능했다. 작품에 서술된 사건 하나하나를 『조선왕조실록』 『승정원일기』와 비교했고, 『임오일기』 『모년일기』 등 관련 당사자의 개인 기록은 물론, 『현고기』 『대천록』 등 후대의 편찬기록, 그리고 『가

암유고』『몽오집』 등 정치적 반대파의 기록을 포함한 다수의 개인 문집
과 왕실 자료를 참고했다. 특히 근년에 구축된 디지털 데이터베이스는
천학비재淺學菲才가 박람강기博覽強記의 선학들조차 찾을 수 없었던 세계를
볼 수 있게 했다. 이런 호조건에도 불구하고 아직 풀지 못한 문제가 여
럿 남아 있고, 만전을 기했으나 오류 역시 적지 않으리라 생각한다.

이 책 출간에 바칠 감사의 말은 누구보다 혜경궁에게 돌리고 싶다.
『한중록』은 원래 친정과 후손에게 보이려고 쓴 것이다. 당연히 출간된
것이 아니다. 그런 까닭에 작품의 배경을 잘 모르는 독자들은 읽기가
여간 어렵지 않다. 나는 『한중록』을 열 번 스무 번 거듭 읽어나가면서
연방 감탄하였고 또 빠져들었다. 『한중록』은 조선시대 어떤 문학도 도
달하지 못한 인간의 깊은 곳에 닿아 있었고, 세계문학 어디에서도 찾
아보기 어려운 인간 내면의 도도한 물결을 그려냈다. 『한중록』은 역사
와 문학을 뛰어넘는 인간 내면의 기록이다. 이런 소중한 유산을 남긴
혜경궁에게 감사하지 않을 수 없다.

나는 그를 위해 현대 독자들에게 그 깊이를 보여줄 책을 만들 결심
을 했다. 혜경궁이 이백 년 후의 독자에게 할 말을 내가 도와 정리한다
는 심정이었다. 그래서 『한중록』에 딸린 세 편의 독립된 글을 현대 독
자들이 가장 쉽게 다가설 수 있는 방향으로 배열했다. 잘 알려진 남편
사도세자의 이야기에서 시작해서, 자기 이야기, 친정 이야기의 순서로
차례를 구성한 것이다. 제1부 남편 사도세자의 이야기는 누구나 흥미
롭게 읽을 수 있는 문학적 요소가 다분한 글이며, 제2부 자기 이야기는
특히 조선시대 풍속에 관심이 있는 사람들이 흥미롭게 읽을 수 있는
자서전이다. 마지막으로 제3부 친정 이야기는 조선 후기 역사 특히 18
세기 정치사에 관심이 있는 사람이라면 반드시 읽어야 하는 글이라고
생각한다.

『한중록』은 처음에 내 연구실 학생들과 함께 읽었다. 윤경아, 고은

임, 채윤미, 김동욱은 원문 입력과 초벌 주석의 수고를 아끼지 않았고, 최혜리, 유인선은 힘든 교정 작업을 도와주었다. 그 사이 누렸던 일 년의 연구년은 작업 속도를 높일 수 있었을 뿐만 아니라, 원본을 직접 볼 수 있는 소중한 시간이었다. 연구년을 보낸 곳이 『한중록』 이본을 가장 많이 소장한 버클리 대학이었기 때문이다. 연구년을 허락한 서울대학교는 물론, 연구년 동안 편의를 제공한 버클리 대학 한국학연구소, 그리고 이 작업에 연구비를 지원한 LG문화재단에 심심한 사의를 표한다. 초고가 만들어진 다음 그것을 여러 차례 강의와 강연에 사용하였다. 학생들과 청중의 질문과 비평은 원고 수정에 큰 힘이 되었다. 한 분 한 분 성함을 들어 감사를 표하지 못한 점 양해를 구한다.

2010년 7월
권력과 인간에 상처 입은 영혼들을 위로하며
정병설 쓰다

* 이 책의 최종 교정 단계인 2010년 7월 12일 오후 6시 존경하는 장인 일해(一海) 김상용(金相容) 장로께서 돌아가셨다. 사도세자의 공식 사망일도 양력 7월 12일이다. 장인께서 이 책을 어루만지며 돌아가신 듯하다. 장례식 기간 동안 친구와 친지들이 가슴 깊이 우러난 눈물을 뿌리고 갔다. 그분이 세상에 끼치신 사랑이 얼마나 컸는지 새삼 느꼈다. 큰 사랑을 베풀고 영원한 안식의 땅으로 돌아가신 장인 영전에 이 책을 바친다. 밖에는 장맛비가 주룩주룩 내리고 있다.
2010년 7월 17일 불초 사위 정병설 재배

【 제2부 나의 일생 】

【 제3부 친정을 위한 변명 】

한중록
깊이
읽기

【 일러두기 】

◉─ 번역 저본

제1부의 저본은 미국 버클리 대학 동아시아도서관 소장 한글본 『한듕만녹閒中漫錄』 '악樂'과 '사射' 곧 제2권과 제3권이고, 제2부는 같은 도서관에 소장된 한글본 『보장寶藏』이며, 제3부는 혜경궁 후손인 홍기영씨가 소장하고 있는 한글본 『읍혈녹泣血錄』이다. 모두 원문을 직접 확인하였다.

◉─ 교감

이병기·김동욱 선생 교감 주석본 『한중만록』(민중서관, 1961)과 비교하였고, 아울러 버클리 대학 동아시아도서관 한글한자혼용본 『한중만록』 및 『보장』과도 비교하였다.

◉─ 편차

이 책의 각 부는 각기 다른 글이다. 제3부의 제1편과 제2편 역시 저술시기가 다른 별개의 글이지만, 제2편이 제1편의 부록 성격을 지니므로 하나로 묶었다. 각 장은 원문의 분절을 따랐으며, 절은 역주자가 임의로 나누었다. 부, 장, 절의 제목은 모두 역주자가 붙인 것이다.

◉─ 번역

가급적 원문을 훼손하지 않도록 노력했으나, 어려운 고어를 현대어로 풀고, 상황을 정확히 이해할 수 있도록 본문에 약간씩 보충설명을 가했다. 작품의 원 표현을 알고 싶은 분은 이 책의 자매편인 『원본 한중록』을 보기 바란다.

◉─ 특정 어휘

'모년某年', '일물一物' 등 기휘忌諱하기 위해 표현된 말은 명확한 이해를 위하여 '경모궁 돌아가실 때' 또는 '뒤주' 등으로 구체적으로 제시했다. 그리고 '세자', '선왕', '주상' 등 지시대상을 쉽게 추정할 수 없는 말들 역시 '경모궁' '정조' 등으로 구체적으로 제시했다. 사도세자는 거의 '경모궁'으로 통일하였다.

◉─ 친족 용어

'중제仲弟', '숙제叔弟', '중부仲父' 등은 '둘째 동생', '셋째 동생', '둘째 작은아버지' 등으로 번역하였다. 혜경궁 입장에서 보면, '둘째 동생'은 동생으로는 첫째이므로 '첫째 동생'이라 해야 할 것이나, 원 표현의 관례에 따라 형제 전체의 차례에 따라 둘째 또는 셋째라고 하였다. 그 까닭에 차례와 관계는 띄어 썼다.

◉─ 날짜(음력)

제시된 날짜는 모두 음력을 따랐다. 대체로 한 달 정도를 더하면 현재 사용하는 양력의 계절감과 일치한다. 전통적으로 음력에서는 1, 2, 3월을 봄, 4, 5, 6월을 여름, 7, 8, 9월을 가을, 10, 11, 12월을 겨울이라고 한다. 본문의 계절은 모두 음력으로 그 달들에 해당된다. 한국천문연구원 홈페이지(www.kasi.re.kr)에서 음력 날짜를 양력 날짜로 바꾸어 볼 수 있다. 사도세자가 뒤주에 갇힌 1762년 윤5월 13일은 양력으로는 7월 4일이다.

제1부

●

내 남편 사도세자

1762년 경모궁景慕宮, 사도세자의 죽음은 천고에 없는 변이라.

정조正祖께서 1776년 즉위 직전에 영조英祖께 상소하시어

"승정원왕의 비서실에 있는 그날의 기록을 없애소서"

하여 그 기록을 없앴으니, 이는 정조의 효성으로 그날 일을 여러 사람이 아니 보는 이 없이 함부로 보는 것을 서러워하심이라.

그날 일은 이미 사십 년이 넘는 오랜 시간이 흘러 일의 경과를 아는 이가 거의 죽었으니, 이 틈을 타 이익을 좇고 화를 즐기는 무리들이 사실을 어그러뜨리고 보고 들은 바를 어지럽히니라. 혹자들은

"경모궁이 병환이 없으신데 영조께서 신하들의 헐뜯는 말을 듣고 그 처분을 하셨다"

하고, 또 다른 자들은 말하기를

"영조께서는 뒤주를 사용할 생각을 못 하셨는데, 홍봉한洪鳳漢 등이 권하여 뒤주를 들여와 끝내 망극한 일이 있었다"

하여 정조의 총명함을 어지럽히니라. 정조께서 영명英明하시고, 또 그

일 겪은 때가 비록 열한 살 어린 나이지만 직접 눈으로 보신 일이라, 어찌 속으시리오마는

  '어버이 위한 일에 데면데면하다'

할까 염려하시어, 경모궁이나 그 사건과 관계된 일이면 모두 '그렇다'고만 하시며 일찍이 옳고 그름, 진실과 거짓을 분명히 밝히지 않으시니, 이는 당신의 처지로는 어쩔 수 없는 일이라. 정조께서는 아버지의 일을 다 아시고도 아들로서 차마 사실을 말하지 못하였으나, 지금 임금^{순조}은 아버지 정조와는 처지가 적이 다르고, 또 이렇게 큰일을 자손이 되어 모른다는 것이 사람의 정으로나 하늘의 이치로나 모두 어긋난 일이라.

  주상^{순조}이 어렸을 때 이 일을 알고자 하시나, 정조께서 차마 자세히 이르지 못하시니 다른 사람이 누가 감히 말하리오. 또 뉘 능히 이 사건을 잘 알아 말하리오. 내가 없으면 궐내에서도 알 이 없으니 마침내 아무도 이 일을 모르게 될 것이라. 자손이 되어 조상의 큰일을 까마득히 알지 못할까, 한번 전후사를 기록하여 주상께 보이고 글을 없앨까 하되, 내 차마 쓰지 못하여 세월만 흘려보내니라. 근년^{1801년} 내 아우가 역적으로 몰려 죽고 또 딸마저 죽는 등 안팎의 참화를 첩첩이 겪은 후 목숨이 실 같아서 거의 끊어질 듯하니, 이 일을 주상이 모르게 하고 돌아가기가 실로 인정이 아니라. 죽기를 참고 참아 이리 기록하나, 차마 쓰지 못할 마디는 뺀 것이 많고 자잘한 것은 다 거두지 못하니라.

  내 영조의 며느리로 평소 사랑을 받고 그 사건 후 죽이실 것을 살리시어 새 생명 주신 은혜를 입으며, 또 경모궁의 아내로 소천^{所天. 남편} 위하는 정성은 하늘을 찌를 정도라. 영조와 경모궁 부자^{父子} 두 분 사이에서 내가 한 터럭이라도 말을 과히 하면 하느님의 죽이심을 면치 못하리라. 바깥 사람들이 그날 일을 두고 이렇다 저렇다 하는 것은 다 맹랑하고 근거 없는 말이니, 이 기록을 보면 그날 일의 시종을 분명히 알

것이라.

영조께서 경모궁께 자애를 베풀지 않으시어, 경모궁께서 병환이 생겼으나 그후는 영조께서도 어쩔 수 없는 일이라. 또 경모궁께서도 타고난 본성은 어질고 너르시나, 병환이 만만萬萬 망극하셔 종묘와 사직이 위태로우니, 끝내 어쩔 수 없이 일을 당하시니라. 나나 정조나 경모궁의 아내와 자식으로 그 망극한 변고를 당하고도 능히 죽지 못하고 살아난 것은 '애통은 애통이고 의리는 의리라'는 논리 때문이라. 경모궁 돌아가신 일이 슬프긴 하지만 또한 그 일이 영조께서 종사를 지키기 위해 어쩔 수 없이 내린 결단임을 인정함이니, 이는 곧 정조의 말씀이라. 그 내막을 주상에게 자세히 알리고자 하노라.

대저 이 일에 대해 영조를 원망하며 경모궁이 병환이 없으신데 억울하게 돌아가셨다고도 하고, 또한 아버지홍봉한께서 뒤주를 들이게 했다고도 하니, 이는 실상과 어긋날 뿐만 아니라, 영조, 경모궁, 정조 모두에게 망극한 말이라. '애통은 애통이고 의리는 의리라'는 논리만 잘 붙잡으면 이 사건의 옳고 그름을 분간하기가 무엇이 어려우리오.*

내 1802년 봄에 이 글의 초고를 만들어놓고도 미처 주상에게 보이지 못했는데, 최근 내 살아온 이야기를 나누다가 가순궁嘉順宮. 순조의 생모이 '자손이 알게 하는 것이 옳으니 써내라' 청하여 비로소 가까스로 써 주상께 보이니, 내 심혈心血이 이 기록에 다 있는지라. 새로이 심혼心魂이 놀라 뛰고 간장이 무너져 글자마다 눈물져 글씨를 이루지 못하니, 세상에 나 같은 사람이 다시 어이 있으리오. 원통코 원통토다.

1805년순조5년 4월

임금을 부르는 말

우리가 흔히 알고 있는 세종이니 영조니 하는 임금의 이름은 실상 임금의 재위 당시 불린 이름이 아니다. 임금이 죽고 나서 그 사당에 붙인 이름, 이른바 묘호(廟號)이다. 그래서 영조와 정조를 영묘(英廟), 정묘(正廟)라고 부르기도 한다. 임금의 이름 뒤에 있는 '조(祖)'와 '종(宗)'은 임금의 치적을 감안하여 붙인 이름인데, 원칙적으로 나라를 열거나 중흥한 큰 업적이 있으면 '조'를, 그렇지 않고 선대 임금을 잘 이어받았으면 '종'을 붙인다. 영조와 정조의 경우는 처음에는 '종'을 붙였다가 백 년 내외의 시간이 지난 1890년과 1899년에야 종호를 고쳐 '조'를 붙였다. 따라서 본문에서 영조나 정조라 하는 것은 역사적으로 맞지 않는 말이다. 원문에 영조는 '영묘'라고 불리고 있으며, 세자였던 경모궁이 '소조(小朝)'로 불린 데 대칭되어 '대조(大朝)'라고 불리기도 했다. 또한 혜경궁이 이 글을 쓸 때는 이미 아들 정조도 죽은 상태라, 아들을 지칭할 때는 돌아가신 임금이라는 뜻에서 '선왕(先王)'이라고 말하고, 역시 이에 대칭되어 영조를 칭할 때는 '선대왕(先大王)'이라고 구별해서 불렀다. 사도세자의 경우, '장조(莊祖)'로 추숭된 것이 1899년의 일이니, 그전에는 다른 이름으로 불렸다. 죽고 나서는 곧 '사도(思悼)'라는 시호를 받았고, 1764년에 삼년상을 마친 다음 사당을 세우고 '수은묘(垂恩廟)'라고 이름하였다. 그러다 정조가 즉위하자 바로 '사도'를 '장헌(莊獻)'으로, '수은묘'를 '경모궁'으로 바꾸었다. 『한중록』에서 혜경궁은 사도세자를 '경모궁'이라고 부르고 있다.

이 밖에도 임금은 그 머무는 집 이름을 대신 불러 '대전', '웃전', '큰전'이라고 했고, 재위중인 임금은 '주상(主上)', '금상(今上)' 등으로 불렀다. 또 '나라'라는 말도 많이 사용되는데, '나라'는 '국가'를 가리키기도 하지만, 임금을 가리키는 경우도 적지 않다. 왕조국가인 조선은 임금이 나라를 대표하므로 '나라'에 두 가지 의미가 동시에 담길 수 있는 것이다. 이 책에서도 '나라'가 나오면 두 가지 의미를 모두 담아 해석할 필요가 있다. 그리고 영조, 경모궁, 정조의 세 임금을 아울러 부를 때는 '삼조(三朝)'라고 했다.

사도세자의 죽음을 가리키는 말

부왕에 의해 세자가 뒤주에 갇혀 죽었다는 말은 이후 조선에서는 차마 입에 올릴 수 없었다. 그것은 임금의 명령이기도 했다. 그래서 사도세자 사건은 임오년에 있었다고 해서 '임오화변(壬午禍變)'이라 하고, 그해 1762년은 그냥 아무 해, 곧 '모년(某年)'이라고 부를 때가 많다. 그리고 그때 사용된 뒤주는 더욱 부르기 어려워, 어떤 물건이라는 뜻으로 '일물(一物)'이라 불렀다. 『영조실록』 1771년 8월 5일조를 보면, 영조가 홍봉한이 일물을 바쳤다고 비판한 한유를 불러 도대체 일물이 무엇이냐고 다그쳐 묻는 장면이 있다. 물론 영조가 몰라서 물은 것은 아니다. 어찌 감히 금기하는 말을 상소에 올릴 수 있느냐는 것이다. 그런데 한유는 "목기(木器)이옵니다"라고 대답했다. 다시 영조가 다그쳐 물으니 "바깥에서는 모물(某物)이라 부르옵니다"라고 답했다. 『한중록』을 보면 이 사건에 함께 연루된 심의지는 영조가 일물이 도대체 무엇이냐 물으니, "전하, 일물을 진정 모르시오"라고 대답했다고 한다. 심의지는 임금을 공격한 역적으로 몰려 사형을 받았다.

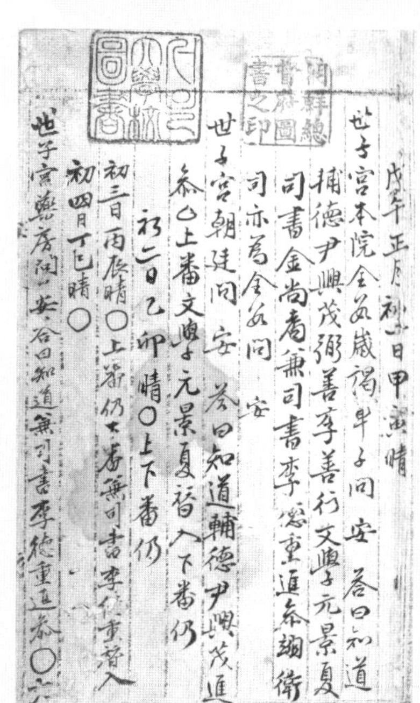

『동궁일기』 사도세자의 동궁에서 작성한 일지이다. 사도세자 네 살 때부터 죽기 직전까지의 일지가 남아 있다. 사진은 남아 있는 책의 첫째 권 첫 장이다. 서울대학교 규장각 소장

총명한 아기 세자

1728년 영조의 맏아들이자 경모궁의 이복형인 효장세자^{孝章世子}가 돌아가시니라. 이로 인하여 세자의 자리가 오래 비니 영조께서 밤낮 근심하셨는데, 1735년 1월 선희궁^{宣禧宮}께서 경모궁을 낳으시니, 영조는 물론 인원왕후^{仁元王后, 숙종비}와 정성왕후^{貞聖王后, 영조비} 두 분 성모^{聖母}께서 종묘와 사직의 막대한 경사에 비할 데 없이 기뻐하시니라. 온 나라 백성들이야 누가 기뻐 춤추지 않으리오.

경모궁께서 나시매 자질이 범인과 특별히 다르신지라. 궁중에 기록하여 전하는 말을 보니 나신 지 백 일 안에 기이한 일이 많으신데, 네 달 만에 기셨고, 여섯 달에는 영조의 부르심에 대답을 하셨고, 일곱 달에 동서남북의 방향을 아셨고, 두 살에는 글자를 배워 육십여 자의 한 자를 써내시니라. 세 살에는 다식^{茶食}을 드리니 '수^壽 자', '복^福 자' 박은 것은 잡수시고 팔괘^{八卦} 박은 것은 따로 놓고 잡숫지 않으시거늘, 모

신 이가

　“잡수소서”

권하니, ‘팔괘는 우주의 근본 원리이니 아니 잡수실 것이라’ 하시니
라. 그후 팔괘를 처음 만든 복희씨伏羲氏를 그린 책을 보시더니

　“높이 들라”

하시고 절하시니라. 또 『천자문』을 배우시다가 ‘사치 치侈’, ‘부유할 부
富’에 이르러 치 자를 집으시고, 입은 옷을 가리키시며

　“이것이 사치라”

하시니라. 영조 어릴 때 쓰시던 감투 중에 칠보로 장식된 것이 있어 쓰
시게 하니, 이도

　“사치라”

하며 아니 쓰시니라. 또 돌 때 입었던 옷을 입으시게 하니

　“사치하여 남부끄러워 싫다”

하시니, 세 살 어린 나이에 기이한 일이라.

　모신 이들이 시험하여 비단과 무명을 놓고

　“어느 것이 사치요, 어느 것이 사치 아니니이까?”

하니,

　“비단. 이것은 사치라”

하시고

　“무명은 사치 아니라”

하시니라. 또 하시는 모습을 보려고

　“어느 것으로 옷을 하여 입으시면 좋으리이까?”

하니, 무명을 가리키시며

　“이것을 입어야 좋으리라”

하시니, 이 일로 보아도 기질이 탁월하신 줄을 거의 알지라.

태어나자 부모 품을 떠나다

경모궁께서는 체격이 장대하시고 천성이 효성스럽고 우애가 깊으시며 또한 총명하시니, 만일 부모님 곁을 떠나지 않게 하시고 모든 일을 이끄셔서 교훈과 자애를 아울러 쓰셨다면, 그 어질고 너그러운 도량으로 성취하심이 적지 않으셨으리라. 하지만 일이 그렇지 못하여 일찍이 부모와 멀리 떨어져 사니, 이 한 가지로 인하여 돌고 돌아 작은 일이 크게 되어 마침내 말하기 어려운 지경에까지 이르니라. 이는 경모궁의 불행이며 동시에 국운의 망극함이라. 이 일이 사람의 힘으로 어찌할 수 없는 것이나, 내 원통함이야 또 어찌하리오.

원래 영조께서 동궁東宮. 다음 임금이 될 사람이 사는 집. 또는 그 사람이 오래 비어 있음을 염려하시다가, 경모궁을 얻으시고 기쁜 마음에 부모 자식이 멀리 떨어져 사는 사사로운 정은 돌아보지 않으시고, 어서 동궁에 주인이 들어가기만 바라시어 급히 법도만 차려 경모궁을 동궁으로 옮기시니라. 경모궁은 나신 지 백 일 만에 탄생하신 집복헌을 떠나, 보모에게만 맡겨져, 오래 비었던 저승전儲承殿이라 하는 큰 전각殿閣으로 옮기시니라. 저승전은 본래 동궁이 드실 전각이요, 그 곁에 강연講筵. 세자의 정규수업 하실 낙선당과 소대召對. 세자의 수시 수업하실 덕성합과 축하받으시고 회강會講. 사부들과 수업받은 것을 복습하는 일하실 시민당이 있고, 그 문 밖에는 춘방春坊. 세자 교육 기관인 시강원의 별칭과 계방桂坊. 세자 호위 기관인 익위사의 별칭이 있으니, 어차피 장성하면 이 집으로 옮기실 것이므로, 일찍이 저승전 주인이 되게 하신 것이 임금의 뜻이니라.

저승전은 영조께서 거처하신 곳이나 생모이신 선희궁이 거처하신 창경궁 집복헌과는 모두 멀리 떨어져 있느니라. 당시 영조와 선희궁께서 추위와 더위를 피하지 않으시고 날마다 오셔서 머무시는 때가 많더라 하나, 어찌 한집에서 아침저녁으로 양육하시며 끊임없이 교훈하시는 것과 같으리오. 그런데 어찌하신 헤아림이신지 그 귀중한 종사를 맡길 아드님을 겨우 얻어, 법도는 둘째로 치고 부모 곁에 두고 길러 성취하시려 하지 않고, 처소부터 멀리 떨어뜨리니, 경모궁께서 인사人事를 겨우 아실 즈음부터 떨어져 지낼 때가 많고 모일 때가 적었다 하니라. 그러니 경모궁께서 아침저녁으로 대하시느니 환관과 내인이요, 들으시느니 시중의 자잘한 얘기들뿐이니, 이것이 벌써 앞일이 잘되지 못할 장본이라. 어찌 섧고 원통치 않으리오.

경모궁께서 어려서부터 덕성이 비상하시고 행동에 법도가 있어 상스럽지 않으시고 기상이 엄중하시며 말씀은 과묵하셔서, 뵙는 이 어른 임금을 모신 것과 다르지 않았다 하니라. 이 하늘이 주신 자질로 부모 곁을 떠나지 않게 하시고, 부왕父王께서는 만기萬機, 임금이 보는 여러 가지 정무 틈틈이 글 읽고 일 배우심을 곁에서 몸소 가르치시고, 모빈母嬪, 여기서는 생모 선희궁께서도 이 아드님 성취시키는 일이 당신께 으뜸 소임이시니 손 밖에 내지 마시고 손수 가르쳐 한편으로는 엄애嚴愛하시고 한편으로는 친애親愛하셔서 서로 마음이 맞아 틈이 없으셨다면, 일이 어이 그 지경까지 이르렀으리오.

동궁의 흉한 내인들

맨 먼저 서럽고 애달픈 일 하나는 어린 아기를 저승전에 멀리 두심이요, 둘은 괴이한 내인內人들을 들인 것이라. 이는 여편네 자잘한 말이 아니라 사실이 그러하니, 대략 거드노라.

저승전인즉 어대비魚大妃, 영조의 이복형인 경종의 왕비 선의왕후 어씨 계시던 집인데 어대비께서 1730년에 돌아가시어 빈 지 오래지 아니하고, 저승전 저편 취선당이라 하는 집은 장희빈張禧嬪이 1694년부터 머물며 인현왕후 저주하던 집인데, 강보에 싸인 아기를 이 황량한 전각에 혼자 두시니라. 장희빈이 살던 취선당은 소주방燒廚房. 음식을 만드는 곳으로 만들어 음식을 만들게 하니, 어찌 이상한 일이 아니리오. 어대비의 삼년상을 치른 다음 그 궁 내인들이 다 밖으로 나갔는데, 동궁을 새로 조직할 때 각처 내인들이 적당한 사람들을 찾긴 했지만 영조께서는 동궁의 체면만 지키려고 하시어 무슨 뜻이신지 경종과 어대비께서 부리시던 내인을 최상궁 이하 다 불러들여 원자궁元子宮. 장차 세자가 될 원자가 거처하는 궁궐 내인을 만드시니라. 그러니 그 내인들이야 경종이 다시 살아나신 듯싶을 것이요, 그 내인들이 기가 승하고 정이 없기 이를 데 없으니, 이런 작은 일로 탈이 나니 어찌 한이 되지 않으리오.

영조께서 경모궁을 얻으시고 지극하신 자애 비할 데 없으시니, 사오 세까지도 저승전에 오셔서 주무시고 머무시기를 자주 하시고 자애하심에 부족함이 없으시니라. 경모궁께서도 본질이 효우孝友가 깊으실 뿐만 아니라 천리天理나 인정人情으로 보아도 어릴 때 어이 부모를 사랑치 않으시리오. 비록 처소는 멀리 있으나 다른 문제 없이 이렇듯 사랑하시고 교훈하시니 예사 부자父子 같으면 어찌 털끝만한 틈이라도 있으리오. 하지만 국운이 그릇되려 하니 잘 드러나지도 않고 꼭 짚어 말할 수도 없는 작은 일로 영조께서 말씀은 않으시나 격노하시는 일이 한 번 두 번 생기니라. 그러다 마침내 어찌 된 줄 모르게 동궁에 머무시는 일이 차차 줄어드니라. 그 아드님께서는 막 자라는 아기네라, 한때라도 가르치지 않으시고 잘못을 고치지 않으시면 마음대로 행동하기 쉬울 터인데, 아니 보시는 때가 많으시니 어찌 탈이 나지 않으리오.

영조께서 화평옹주영조와 선희궁의 장녀를 천륜天倫 밖에 특별히 사랑하시다가, 1738년 박명원을 부마로 삼으시고 미처 혼례도 올리기 전부터 동궁 처소에서 놀게 하시니라. 그 부마 사랑하심이 옹주로 인하여 특별하시더라. 동궁 내인들이 원래 다 경종 내인인네, 보모 최상궁은 다른 마음 없이 굳세고 충성심이 있으나 성품이 과격하고 거칠고 조용하지 못하고, 그 아래 한상궁은 약삭빠르고 잘 속이고 시기심이 많더라. 비록 동궁 내인이 되었으나 본래 경종 내인이니, 영조께 어찌 극진한 정성이 있으리오. 이러할 제 천한 내인이 대의大義도 모르고, 선희궁께서 세자를 낳으셨으니 지극히 존귀하게 된 줄은 생각지 않고 선희궁 어릴 적 일만 생각하여 업신여기고 말도 공손치 않으며 혹 헐뜯기도 하니, 선희궁께서 불쾌히 여기시니 영조께서 어이 모르시리오.

그때 어느 해 정초에 복을 빌려고 독경讀經하는 날, 부마 박명원이 들어왔는데 마침 날이 늦어가고 준비도 늦으니, 그 내인들이 본래 공순치 않은 것들이라 화증을 내어 헐뜯으며 서로 앉아 무엇이라 하였던지, 선희궁도 노하시고 영조께서도 그 눈치를 스쳐 아셔 괘씸히 여기시니라. 그러나 사랑하시는 부마가 들어와 머문 끝에 내인들에게 죄를 주시면 원망이 옹주와 부마에게 미칠 듯하여 처분은 않으시나 마음에 절통하시니라. 이후 영조께서 동궁에 가시고 싶으셔도 그 내인들 보기 싫으셔서 가시는 일이 줄어드니라. 그 내인들을 다 들어 내치지는 못하시고 오히려 동궁을 그 고이한이상야릇한 내인의 수중에 넣어두시며, 그 내인들 밉기로 동궁을 드물게 보러 다니시니, 어찌 갑갑한 일이 아니리오.

동궁의 병정놀이

그리하실 제 동궁은 점점 자라서 놀음하고 싶으신 마음이 났으니 이는 아기네 상정常情이라. 막 배우실 때인데 위에서 드물게 오시니 이 틈을 타 한상궁이라 하는 것이 최상궁에게 말하기를

"사람마다 충고나 하면서 마음을 거스르면 아기네 마음이 울적하여

영조는 왜 경종 측 내인들을 동궁에 넣었나?

혜경궁은 사도세자가 광증으로 치닫게 된 주요한 이유 가운데 하나로, 부왕 영조의 꼼꼼하고 까다로운 성격과 훈육 외에, 어릴 때부터 부모와 떨어져 살았던 사도세자의 성장 환경을 들고 있다. 사도세자는 태어난 지 백 일이 지나자 곧 부모와 떨어져 살았는데, 게다가 부모가 동궁의 내인을 꺼려 왕래마저 드물게 되면서 부모 자식의 관계가 더욱 소원해졌다는 것이다. 동궁의 내인들이 과연 어떤 사람들이기에 영조가 꺼렸으며, 그런 꺼림칙한 사람을 영조는 왜 동궁에 충원했을까?

거슬러 올라가면 숙종의 두 아들인 경종과 영조는 정치적 지지 기반이 달랐다. 경종은 소론의 지지에 힘입고 있었고, 영조는 노론의 지지를 받았다. 영조는 반대 세력의 방해를 이겨내고 힘겹게 왕위에 올랐는데, 이 과정에서 경종이 노론에 의해 독살되었다는 말이 있을 정도였다. 영조가 등극하자 소론은 실권하였고 소론과 밀접했던 경종의 대전 내인들은 궁 밖으로 나가야 했다. 그런 내인들을 영조가 사도세자의 동궁으로 다시 부른 것이다. 영조가 그들을 부른 이유는 1789년 정조가 아버지의 무덤을 옮기면서 쓴 사도세자의 묘지문, 「현륭원지顯隆園誌」에 나온다. 그들의 잘못을 씻어주고 불안을 진정시켜 화기(和氣)를 끌어내겠다는 뜻이었다는 것이다. 말하자면 경종 측, 나아가 소론을 끌어안아 정국의 노소론 대립구도를 약화시키고자 한 것이다. 여기에다 혜경궁의 말처럼 전조(前朝)의 권위 있는 대전 내인을 부름으로써 동궁의 체면을 지키려고 한 영조의 뜻도 있을 수 있다. 어쨌든 결과적으로 이 내인들은 사도세자를 다시 살아난 경종쯤으로 여겼고, 새로 권력이라도 잡은 듯이 선희궁을 무시했다. 이 때문에 선희궁은 물론 영조까지 동궁에 가기를 꺼려 결국 부모 자식의 관계가 소원해졌다는 것이다. 일부 연구자들은 동궁에 들어온 경종의 내인들로 인하여 사도세자가 친소론적 경향을 가지게 되었고 이 때문에 노론과 틈이 생겨 결국 화변을 입었다고 해석하기도 하지만, 이는 근거가 약한 지나친 해석이다.

선희궁, 사도세자의 생모

선희궁의 성은 이씨로 본관은 전의(全義)이다. 1696년에 태어나 여섯 살에 궁궐에 들어왔고 서른한 살이던 1726년 숙의(淑儀)에 봉해지며 영조의 정식 후궁이 되었다. 숙종 때부터 아기 내인으로 있었으니, 영조의 후궁이 되었다 해도 한때 기세가 높았던 경종의 대전 내인들에게는 여전히 보잘것없는 사람으로 여겨졌을 것이다. 경종의 내인들이 선희궁을 무시한 이유가 여기 있는 것이다.

선희궁은 사도세자 외에 여섯 옹주를 낳았으며, 사도세자가 뒤주에 갇히던 날 아침 영조에게 아들을 죽이라고 눈물을 흘리며 권하여 많은 사람의 비난을 받았다. 혜경궁은 선희궁의 결심을 어쩔 수 없었던 것으로 이해하고 있는데, 『한중록』에서 선희궁은 따뜻하다기보다 엄정한 성격을 지닌 인물로 그려져 있다. 그의 친정 식구는 『한중록』에도 나오는 충청도 공주의 영장(營將)인 이인강 정도밖에 없었던 것으로 보인다.

그의 생애에 대해서는, 영조가 직접 쓴 것으로, 1968년 연세대학교 자리에 있던 선희궁의 묘소를 서오릉으로 옮기면서 발견된 「어제영빈이씨묘지御製暎嬪李氏墓誌」(연세대학교 박물관 소장) 등을 참조할 수 있다. 인왕산 아래 종로구 신교동 서울맹학교 내에는 그의 사당터인 선희궁지(宣禧宮址)가 남아 있다(150쪽 사진 참조).

펴지를 못할 것이니, 최상궁은 엄격함으로 도와서 옳은 도리로 인도하고 나는 노실 때도 있게 하여 기분을 풀어드리리라"
하니라. 그것이 손재주가 있어서 나무와 종이로 월도月刀, 초승달 모양으로 생긴 칼도 만들고 칼도 만들고 활과 화살도 만들어, 최상궁과 제가 교대하는 상궁이니, 최상궁이 내려가는 때를 타, 어린 내인 아이들을 문 뒤에 세웠다가 무기 만든 것을 가지고 소리를 지르며 경모궁께 달려들게 하며 노시게 하니, 성인의 자질을 가지신 맹자도 세 번이나 옮겨 다니실 정도로 주위의 영향을 받았는데, 어찌 경모궁께서 혹하지 않으시며, 어찌 놀고 싶지 않으시리오.

놀음에 빠지셔서 부왕께서 와서 보시면 꾸중이나 하실까 염려가 나니, 이로부터 아기네 마음에 거리낌 없이 부모 뵙던 마음이 달라지니라. 혹 모빈도 아실까 염려하셔서 거기 내인이 와도 꺼리는 마음이 나시니, 막 자라 배우실 때에 그 고이한 것이 불길한 무기로 노시게 한 탓이라. 본디 영웅 기상을 타고나셨는데 돕는 사람까지 거기에 맞추어 드리니, 그 놀음으로 말미암아 차차 늘어 나중에는 말 못할 지경에까지 이르니, 그 한가韓哥 내인이 한 일이 어찌 흉악하고 무상無狀치 않으리오.

그렇게 삼사 년을 지내다가 칠 세 되시던 1741년에 영조께서 한상궁의 심술을 깨달으셔서 내쫓으시고, 다른 내인도 죄입은 이 많으니 그 처분이 지극히 옳으신지라. 그때 내인들을 다 내치셔서 그들을 깊이 깨닫게 하시고, 두 분이 세자를 곁에 두고 가르치셨다면 그 효심에 어찌 아니 좋으리오마는, 한상궁만 내보내시고 다른 내인은 다 두어 잘 대우하고, 아기네를 너른 집에서 어른의 보살핌 없이 임의로 자라게 하니, 보시는 것이 궁녀와 환관뿐이라. 배우실 것이 무엇이 있으리오.

영조의 자식 교육

이러하실 제 부자 사이에 특별히 이떠어떠한 일이라 지적할 깃은 없으되, 아드님은 아버님이 두려워 원망하는 마음이 나시고, 아버님은 '아드님이 어떻게 자랄런고, 혹 내 마음과 다를런가' 생각하시니라. 부자 두 분이 성품이 다르셔서, 영조께서는 영명英明 인효仁孝하시고 꼼꼼히 살피시며 재빠른 성품이시고, 경모궁께서는 덕성은 거룩하시나 과묵하시고 행동이 날래지 못하시니라. 성품이 이처럼 다르시니 경모궁께서 하시는 모든 일이 부왕의 마음에 들지 않으시니라. 평소 묻는 말씀에도 즉시 응대치 못하셔서 머뭇거리며 대답하시고, 부왕께서 나랏일에 의견을 구하실 때도 당신 소견이 없으신 것이 아니로되 '이리 대답하여 어떠할꼬, 저리 대답하여 어떠할꼬' 하시며 즉시 대답하지 못하여 영조께서 매양 갑갑해하시니, 이것이 또한 큰 원인이 되니라.

대저 아이를 가르치는 것은, 비록 지존至尊의 자리에 있다 해도, 아이가 부모를 모실 때 부림과 가르침을 받아도 거북하지 않고, 또 부모와 자식 사이에는 흉허물이 없어야 할 것인데, 영조께서는 그렇지 않으신지라. 경모궁께서 강보에 있을 때부터 부모를 떠나니, 내인들이 받들어 아기네 마음대로 하도록 내버려두고 심지어 옷고름 대님 매기까지 다 하여드리니, 매사 너무 편하시게만 한지라. 스승과 공부를 시작하실 즈음엔 점잖고 씩씩하며 책 읽는 소리도 맑고 크고 글뜻을 그릇 아심이 없으시니, 뵙는 이가 훌륭하다고 칭찬하며 밖으로까지 아리따운 이름이 많이 전하였느니라. 그런데 갑갑하고 애달픈 일은 부왕을 모시고는 두렵고 어려워 응대를 민첩히 못 하시니, 영조께서 한 번 답답하시고 두 번 답답하시어 이로 인하여 격노도 하시고 근심도 하시니라. 하지만 이럴수록 가까이 두고 친히 가르치셔서 부자 사이에 틈을 없앨 방도를 생각하셔야 할 것인데, 영조께서는 이런 이치는 생각지 않으시

고 늘 멀리 두시고 스스로 잘되어서 절로 마음에 맞으시기를 바라시
니, 이러할 제 어찌 탈이 없으리오.

점점 서먹하게 지내시다가 한번 만나면 부왕께서는 꾸짖으심이 자
애에 앞서시고, 아드님께서는 한번 뵙는 것도 조심하고 두려워하여 무
슨 큰일이나 지내시는 듯싶으니, 그사이 부자분 사이가 자연 멀어지게
되니 어찌 섧지 않으리오.

옹송그려 아버지를 뵙다

경모궁은 두 살 때인 1736년 3월에 세자에 책봉되시고, 일곱 살 때인
1741년 서연書筵. 세자를 위한 강의을 열어 본격적으로 공부를 배우기 시작하
시니라. 여덟 살 때인 1742년 정월에는 종묘에 배례拜禮하시고, 이어 3월
에 성균관 입학례入學禮. 실제로 다니지는 않는 형식적인 의식이다를 올리시니, 당시 경모
궁의 거룩한 자질에 탄복하지 않은 이 없다 하더라. 1743년 3월에는
어른이 되는 관례冠禮를 지내시고, 1744년 정월에 혼례를 올리시니라.

내 들어와 궐내의 형편을 보니 그때는 삼전三殿. 영조, 인원왕후, 정성왕후의 세 사람
이 계실 때인데, 예법이 무거워 털끝만큼도 사사로운 정에 매이지 않
으시니, 내 두렵고 조심스러워 일시도 마음을 놓지 못하니라. 경모궁
께서도 부왕께 친애는 뒤지시고 두려움은 더하셔서, 아직 열 살 된 아
기로되 감히 마주 앉지도 못하시고 신하들처럼 몸을 옹송그려 뵙던 것
이니 어찌 그리 과하시던고 싶더라.

경모궁께서는 세수를 일찍 하시는 일이 없어 매양 오전 공부 시작할
때 사부가 들어온 다음에야 보채듯이 하시니라. 삼전 문안 갈 때도 나
는 일찍 세수하고 무거운 머리장식도 올리고 바삐 옷을 입고 가려 하
되, 동궁이 앞서지 않으면 빈궁은 감히 먼저 나가지 못하는 법도로 인

하여 매양 기다리고 있으니, 아이 마음에

'어찌 세수가 저리 더디신고'

고이히 여기며 병이신가 했노라.

과연 1745년 즈음에 아기네 야단스레 들뛰며 노는 것과도 달리 예사롭지 않으신 모습을 보이니 병환이 드신 듯하더라. 내인들이 모여 가만히 말하고 걱정하더니, 그해 9월에 병이 대단히 드셔서 증세에 차도가 없으시니, 그리 편찮으실 제 어찌 점쟁이를 찾지 않으리오.

무복巫卜들의 말이 모두 한입에서 나온 듯 '저승전 계셔서 생긴 해害라' 하니, 세간을 기울여 신령께 기도하고 독경붙이도 많이 하되 낫지 않으시니라. 이윽고 경모궁께서 저승전을 떠나 대조전 서쪽 날개 편에 있는 융경헌이라 하는 집으로 옮겨가시고, 나는 집복헌으로 가 선희궁을 모시며 지내니라. 1746년 정월에는 경모궁과 내가 모두 경춘전으로 옮겨가니 그때 십이 세시니라. 경춘전은 화평옹주 거처인 연경당延慶堂. 창경궁 소재. 현존하는 창덕궁 후원의 연경당과는 별개임은 물론 선희궁 거처인 집복헌에도 가까우니, 선희궁께서도 자주 오시고, 화평옹주 성품이 어질고 공손하여 그 동생을 귀중히 대하여

"연경당으로 드오소서"

하며 친밀히 지내시니라. 영조께서 그 옹주를 지극히 사랑하시는지라, 옹주로 인하여 경모궁까지 잘 봐주시니, 기쁘고 즐거우셔 부왕 두려워하심이 덜하니, 화평옹주가 오래 살아 부자 사이를 도왔다면 그 유익함이 어떠했으리오.

화평옹주의 죽음

1747년은 공부도 착실히 하시고 근심 없이 지내더니, 10월에 창덕

궁 행각에 불이 나 영조께서 경희궁으로 옮기시니라. 경희궁에서 경모궁의 처소는 즙희당이요, 선희궁은 양덕당, 화평옹주는 일녕헌으로, 처소들 간의 거리가 멀어져 만날 일이 드물게 되니, 그때부터 경모궁께서 놀음하기가 도로 나시니라.

1748년 6월에 화평옹주 상사喪事가 나니, 영조께서 천륜 밖으로 특별히 아끼시던 따님을 잃으시고 애통하심이 거의 성체聖體를 버리실 듯하고, 선희궁 슬퍼하심도 또한 같으시니라. 두 분이 슬픔에 빠져 만사가 꿈과 같아 그 아드님을 돌아보지 못하시니, 그사이에 꺼릴 것 없이 유희도 더 하시고, 더욱 세상만사 안 해보시는 일이 없으시니라. 활쏘기, 칼 쓰기, 기예技藝붙이를 다 능히 잘하시어, 노는 것이 다 그런 것들이시니라. 또 그림 그리기로 날을 보내시고, 경문經文, 기도나 주문의 글과 잡서를 좋아하시어 궐내를 출입하는 점쟁이 김명기에게 경문을 써오라 하시어 공부하여 외우시니, 이런 잡일에만 관심을 두시니 어찌 강학講學이 온전하리오.

이로 보아도 가까이 두실 적에는 학문도 힘쓰시고 부자분 사이도 틈이 없으시고 놀음도 아니하시는데, 멀리 떨어지면 도로 놀음도 하시고 강학도 일정치 못하고 부자간 서먹하기도 더 심하니, 만일 부모님 손 밖에 내지만 않으셨으면 어찌 그 지경까지 되었으리오. 이 한 가지 일만 생각하여도 지극히 서러운데, 무슨 뜻이신지 영조께서는 그 아드님을 조용한 때 가까이 앉히시고 진정으로 가르치신 일은 없고, 마음대로 하게 버려두고 알은체를 않으시다가 매양 남 모인 데면 흉보듯이 말씀을 하시니라.

한번은 영조께서 편찮으셔서 인원왕후도 내려오시고 여러 옹주와 부마 김한신화순옹주의 남편, 박명원까지 들어와 많이들 모였는데, 영조께서 내인에게 명하시어

"세자가 가지고 노는 것을 가져오라"

하시어 다들 보게 하시고 사람들 앞에서 무안케 하시더라. 공부에 대한 것이라도 정무회의 때나 제신들 많이 모인 때에 굳이 세자를 부르시어 글뜻을 물어보시는데, 아기네 자세히 대답하지 못할 마디를 추궁하여 물으시니라. 경모궁께서 본디 부왕 앞에서는 분명히 아는 것도 주뼛주뼛하시는데, 여럿이 모인 데서 잘 대답할 수 없는 부분까지 캐물어보시니, 더욱 두렵고 겁이 나서 답을 잘 못하시니라. 그러면 영조께서는 남 보는 데서 꾸중도 하고 흉도 보시니, 경모궁께서 한 번 두 번으로는 감히 부왕을 원망하실 것이 아니로되, 아버지의 지극한 정으로 가르치지 않으시는 것에 마음을 잃고 화를 내며 두렵고 서먹하여 마침내 천성을 잃으시기에 이르니, 이런 원통한 일이 어디 있으리오.

화평옹주 계실 제는 동생 역성을 들어 일에 따라 부왕께 말씀을 올려 맺힌 것을 푼 일이 많았는데, 그 옹주 돌아가신 후에는 위에서 과한 행동을 하시거나 자애가 부족하셔도 '참으시어 그리 마소서' 할 이 없으니, 점점 영조의 자애는 부족하고 경모궁께서는 두렵기가 날로 심하시니 자식 된 도리를 점점 못 차리시니라. 화평옹주 계셨으면 부자간에 자애와 효도를 갖추게 하였을 것이니, 착하신 옹주 일찍 돌아가신 것이 어찌 국운國運과 관계치 않으리오. 지금 생각하여도 애석하도다.

사랑받지 못한 화협옹주

경모궁께서는 천성이 너그러우시고 도량이 크시며 사람 믿으심이 특별하셔서, 아랫사람에게도 믿음직스레 말씀하시니라. 부왕을 무서워는 하시나 부왕께서 잘못하신 일을 물어도 반드시 이실직고하시고 털끝만큼도 숨기는 일이 없으시니, 영조께서도 속이지 않는 줄은 아시더라.

효성이 거룩하시다는 말씀은 위에서 다 거들었거니와, 경모궁께서는 우애도 특별하시니라. 화평옹주는 부왕의 자애를 특별히 입으시니 이를 따라 귀중히 대하심이 상정常情이라 하겠지만, 본심 역시 세력을 따른 것이 아니라 진정으로 친애하심이라. 화순옹주는, 일찍 그 어머님정빈 이씨을 잃고 지내는 것을 불쌍히 여기셔서, 맏누이로 더욱 공경하시니라.

화협옹주선희궁의 차녀는 1733년생이니, 1728년 영조께서 효장세자를 잃고 아들이 태어나기만 기다리시다가 또 딸이 나오니 애달파 그리하셨던지, 그 옹주가 용모도 빼어나고 효성도 있어 아름다우시되 부왕 자애를 입지 못하니라. 그때 영조께서 화협옹주가 아들이 아닌 것이 애달파, 심지어 당신이 사랑하시는 화평옹주와는 서로 한집에도 머물지 못하게 하시니, 화평옹주가 홀로 부왕의 자애를 받는 일이 숨은 아픔이 되어 부왕께 '마옵소서' 여쭈나 아무리 해도 영조께서 듣지 않으시니 할 수 없었느니라. 더욱이 화협옹주로 인하여 그 부마인 신광수까지 사랑을 못 입으니라. 경모궁께서는 그 누이가 나이 비슷하고 부왕께 사랑을 잃은 처지까지 같으니, 더욱 불쌍히 여기셔서 사랑하심이 자별하시더라.

대리청정령

1749년 경모궁께서 십오 세로 성인이 되시니 정월 22일에 내 관례를 올리고 27일에 첫날밤을 보내기로 정하니라. 영조께서야 늦게 얻으신 자식이 십오 세가 되어 합례合禮. 첫날밤을 치름까지 하니 흐뭇하게 오붓한 재미를 보시면 더없이 기쁜 일이 될 것을, 무슨 뜻이신지 갑자기 동궁 대리청징代理聽政. 왕 대신 정사를 돌봄의 명령을 내시니 그날이 바로 내 관례날이라. 억만사億萬事가 대리청정 후에 난 탈이니 어찌 섧고 섧지 않으리오.

영조의 편집증

영조께서는 어버이께 효도하시고 조상 받드시고 경천애민敬天愛民하시는 높은 덕과 정성이 옛 제왕들보다 뛰어나시니, 내 눈으로 보고 기억한 것으로도 역대에 비할 임금이 아니 계시니라. 다만 허다한 어려움을 겪으셨으니, 즉위 전에는 줄곧 신변에 위협을 느끼셨고, 즉위 후에도 이인좌의 난 등 시련을 겪으시어, 지나치게 신경을 쓰고 생각하시다가 이것이 거의 병환이 되신 듯싶으니, 그사이 세세한 일들이야 어찌 다 기록하리오.

말씀을 가려 쓰셨는데 '죽을 사死' 자, '돌아갈 귀歸' 자는 모두 꺼려 쓰지 않으시니라. 또한 정무회의 때나 밖에 나가서 일 보시며 입으셨던 옷은 갈아입으신 후에야 안으로 드셨고, 불길한 말씀을 나누거나 들으시면 드실 제 양치질하고 귀를 씻으시고 먼저 사람을 부르셔서 한마디라도 말씀을 건넨 다음에야 안으로 드셨느니라. 좋은 일과 좋지 않은 일을 하실 제는 출입하는 문이 다르고, 사랑하는 사람이 있는 집에 사랑하지 않는 사람이 함께 있지 못하게 하시고, 사랑하는 사람이 다니는 길을 사랑하지 않는 사람이 다니지 못하게 하시니라. 이처럼 사랑과 미움을 드러내심이 감히 헤아리기 어려울 정도로 분명하시니라.

대리청정 전에도 사형 죄인을 심사하는 일이나 형조刑曹의 죄인 심문 또는 직접 죄인을 심문하는 친국親鞫 등 대궐에서 행하는 여러 불길한 일에는 자주 세자를 곁에 앉히시니라. 화평옹주와 1738년생 옹주, 곧 지금 정처鄭妻라 부르는 이가 있는 방에 들어가실 때에는 신하들을 만나실 때 입는 인견引見. 임금이 신하를 가까이 불러 보던 일 의복으로 갈아입으신 후 드시되, 세자께는 그렇게 아니하시니라. 밖에서 정사政事를 보시고 드실 제 그 의복을 그대로 입으신 채 바로 동궁을 부르시어

"밥 먹었냐"

물은 다음, 경모궁께서 대답하시면 그 자리에서 귀를 씻으시고, 씻으신 물을 당신이 사랑치 않는 화협옹주 있는 광창廣窓. 문짝 위에 단 넓은 창문 쪽으로 버리시니라. 또 경희궁에 계실 때는 그 물을 화협옹주 있는 집으로 담을 넘겨 버리시니라. 그것이 본디 그리 갈 것이 아닌데, 어떤 따님은 밖에서 입으시던 옷을 갈아입으시고서야 보시고, 이 중한 아드님은 말씀 듣고 귀를 씻으신 후에야 들어가시니, 경모궁께서 화협옹주를 대하시면

"우리 남매는 귀 씻을 준비물이로다"

하고 서로 웃으시니라.

화평옹주는 경모궁께서 당신을 지성으로 평안히 해드리는 것에 감격하여 털끝만큼도 의심을 두거나 시기하시는 일이 없으며 항상 경모궁을 사랑하시고 귀히 대하시더라. 이는 궁중 사람들이 다 알고 감탄하는 바라. 선희궁께서는 영조의 자애가 고르지 않음을 서러워하시되 또한 어쩌지 못하시니라.

세자가 덕이 없어 날마저 가물구나

영조께서는 여러 사건 가운데 의금부나 형조에서 담당한 사형죄는 친히 살피지 않으시고, 옹주들 처소에 계실 제는 내관내시에게 맡기시니라. 1749년 정월 경모궁께 대리청정을 시키실 때, 1748년 6월 화평옹주 상사 후 슬픔도 심하시고 병환도 잦으셔서 휴양하시겠노라고 대

영조의 즉위과정

혜경궁은 영조의 편집증적 성격의 주원인을 죽음의 불안 속에 떨어야 했던 즉위과정에서 찾고 있다. 숙종의 서자로 암울한 장래밖에 없었던 연잉군(延礽君) 곧 영조는 1721년 1월 8일 일약 차기에 왕위에 오를 왕의 동생인 왕세제(王世弟)가 된다. 이복형인 경종이 다병무자(多病無子)하다 하여 노론 대신인 영의정 김창집 등이 주청하여 그렇게 된 것이다. 그리고 그해 10월 10일에는 대리청정의 명령까지 있었다. 권력이 눈앞에 이른 것이다. 하지만 그 며칠 후인 10월 17일 그 명령은 소론 우의정 조태구의 간언에 따라 거둬지고 만다. 노론은 영조를 지지하여 얼른 영조에게 대권을 넘기고자 했고, 소론은 경종의 권력 유지를 원했던 것이다. 그 와중에 1722년 3월 27일 목호룡이 노론의 역모를 고하여 노론이 대거 숙청되는 화옥(禍獄)이 일어났다. 목호룡의 진술에는 왕세제를 위태롭게 하는 내용도 있었다. 김일경 등은 환관을 시켜 왕세제가 경종에게 문안하는 것조차 막았다. 영조가 형님인 경종에게 변명할 기회마저 얻지 못하는 불안한 상황이었던 것이다. 소론이 주축이 된 영조의 왕위 등극 방해로 인해 영조는 즉위과정 내내 죽음의 고비를 넘나들었다. 그러다 경종이 죽자 1724년 영조는 드디어 왕위에 올랐다. 하지만 즉위 후 소론 등 반대 세력의 불만은 더욱 커져, 결국 1728년 3월 이인좌의 난으로까지 이어졌다. 경종의 죽음을 독살로 의심하며, 숙청된 소론을 중심으로 일으킨 변란이 이인좌의 난이다. 영조는 즉위 초에도 여전히 실각의 공포 속에 어렵게 정권을 유지해갔던 것이다. 혜경궁은 이런 고질화된 불안과 공포가 영조의 편집증을 낳았다고 보았다.

정처라 불린 옹주, 화완

『한중록』에서 정처, 곧 정씨의 아내로 불리는 화완옹주(和緩翁主)는 선희궁의 딸이며 사도세자의 여동생이다. 화완옹주가 정처로 낮추어 불린 이유는 정조가 왕위에 오른 다음 등극을 방해했다는 죄명을 얻었기 때문이다. 화완옹주는 혜경궁이 가장 미워하는 사람 중 한 명인데, 정조가 외가를 미워하도록 이간한 주범으로 보았기 때문이다. 오죽하면 화평옹주와 나란히 서술하는 상황에서도 '화완옹주'라고 하지 않고 "무오생 옹주 즉금 정처라 하는 이"라고 말했을까. 화완옹주에게는 제 이름을 붙여주기 싫었던 것이다. 화완옹주가 무오년, 곧 1738년에 태어났으므로 '무오생 옹주'라 부른 것이다.

화완옹주는 스무 살이 갓 넘어 남편 정치달(鄭致達, 1737~1757)이 죽자 과부로 궁중에 머물면서 영조의 총애를 이용하여 정치적 영향력을 행사했는데, 그 중간에서 양자 정후겸이 중요한 역할을 했다. 정조 등극 후 강화도로 유배 간 화완옹주는 곧 남편의 무덤이 있는 파주로 옮겨졌다. 그리고 1790년에는 몰래 서울로 옮겨와 조정에서 문제가 되었다. 서울로 온 화완옹주를 정조가 직접 만나기도 했다는 기록이 있음을 볼 때 정조의 비호를 받

화완옹주와 정치달의 무덤 왕실 족보인 『선원계보기략』에는 화완옹주의 무덤을 잃어버렸다고 적고 있다. 그런데 어찌 된 일인지 남편 정치달의 무덤 자리에는 부부의 쌍분이 있다. 경기도 파주시 문산읍 소재

은 것으로 보인다. 일설에 화완옹주는 어머니 선희궁의 사당에서 살았다고도 한다. 이후 1799년 정조에 의해 공식적으로 석방되어 모진 목숨을 이어갔는데, 자신이 가장 시기한 올케 혜경궁이 다시 빛을 보기 시작한 무렵인 1808년 일흔한 살의 나이로 숨을 거두었다.

정치달 묘비 전면(왼쪽) 및 후면(오른쪽) 정치달의 비문이 영조 친필 글씨로 새겨져 있고 화완옹주 부분은 비어 있다. 경기도 파주시 문산읍 소재

리청정령의 이유를 밝히셨으나, 실은 꺼림칙해서 안에 들이기 싫은 사건을 내관에게 맡기기도 답답해서 다 동궁께 맡기고자 하신 뜻이라.

대리청정 후 여러 가지 사건의 심리를 경모궁께서 내관을 데리고 다 하시고, 한 달에 여섯 번 신하를 불러 정무를 듣는 차대次對는 보름 이전의 세 번은 영조께서 직접 하시며 동궁을 시좌侍坐케 하시고, 보름 후 세 번은 동궁 혼자 하시니라. 그리하실 즈음에 일들이 잘 풀리지 않고 또 건드리는 일마다 탈이 많이 생기니라. 그중에서도 중요하고 민감한 문제를 건드리거나 당론을 앞세우는 상소가 있으면 경모궁께서 혼자서 결단치 못하여 영조께 취품取稟. 웃어른께 여쭘하셨는데, 영조께서는

"그만한 일을 혼자 결단치 못하여 내게 번거롭게 취품하니 대리시킨 보람이 없다"

꾸중하시니라. 그런데 또 이런 일을 취품치 않으면

"그런 일을 어이 내게 취품치 않고 스스로 결정하리"

꾸중하시니, 저리한 일은 이리 아니하였다 꾸중이시고, 이리한 일은 저리 아니하였다 꾸중하시어, 이 일에도 격노하시고, 저 일에도 뜻 같지 않다 하시니라. 심지어 백성들이 얼어 죽거나 주려 죽거나 가뭄 같은 천재지변이라도 있으면

"소조小朝. 세자에게 덕이 없어 이러하다"

꾸중하시니라. 이러므로 소조께서 날이 조금 흐리거나 겨울에 천둥이라도 치면, 대조大朝. 임금께서 또 무슨 꾸중을 하실까 근심하시며 사사건건 두려워 떨고 이로 인하여 나쁜 생각이 나니, 이것이 병환의 싹이라.

영조께서는 덕이 크시고 지극히 인자하실 뿐만 아니라 밝고 총명하시며 데면데면한 성품이 아니신데, 이 억만금보다 소중한 동궁께서 병환이 드시는 줄은 깨닫지 못하시니 어찌 슬프지 않으리오. 경모궁께서 한 번 꾸중에 놀라시고 두 번 격노에 근심하시니, 우뚝하고 굳센 기품을 가지시고노 한 가지 일도 자유롭게 못 하시니라. 무슨 정시庭試나 알

성시謁聖試, 임금이 성균관의 문묘를 참배한 후 베풀던 과거시험 같은 문과시험이나 시사試射, 활 잘 쏘는 사람을 뽑는 시험나 관무재觀武才, 왕의 명령으로 시행하던 무과 같은 무과시험처럼 호화롭게 구경할 데는 평생 불려가지 못하시고, 동짓달과 섣달에 사형죄수 심리할 때나 곁에 앉히시니, 어찌 마음이 편하시며 어찌 서럽지 않으시리오.

설사 아버님께서 혹 과하셔도 아드님이 계속 효도에 힘쓰고, 아드님이 혹 못 미더워도 아버님께서 갈수록 사랑을 드리우시면 될 것인데, 아무 까닭도 없이 저절로 구르고 굴러 일이 그리까지 되었으니, 이것이 다 하늘의 뜻이고 나라의 운명이라, 사람의 힘으로 어쩔 수 없는 일인가 싶도다. 하지만 내가 본 일은 눈 아래 펼쳐져 있고 지극한 아픔은 가슴에 박혔느니라. 그것을 이제 써내려 하니 영조와 경모궁 두 분의 부덕을 드러내는 듯 죄스러운 마음이 들되 실상을 아니 기록하지 못하니, 종이를 대하여 가슴이 막힐 뿐이로다.

밖으로 나가고 싶다

경모궁께서는 십오 세가 되시도록 조상의 능원陵園 참배에 한 번도 부왕을 따라가지 못하시니라. 점점 장성하시며 교외 구경을 하고 싶으셔서, 영조께서 서울 시내든 능행陵幸, 묘소로 가는 거둥이든 거둥임금의 나들이이 있으실 때 예조禮曹에서 '동궁도 따라가게 하소서' 말씀을 아뢰면, 매양 이번에는 따라갈까 갑갑히 마음을 조이시다가 번번이 못 가시니, 처음은 서운하고 섭섭하던 마음이 점점 화가 되어 울 때도 있더라.

당신은 부모님 피붙이로 본디 정성이야 거룩하건만, 민첩하지 못하여 있는 정성을 백분의 일도 드러내지 못하시니, 부왕은 그것도 모르고 매양 불쾌한 말과 얼굴빛을 하시매 경모궁께서 한 번도 용서를 입지 못하니라. 이리하여 점점 두렵고 무서운 것이 병환이 되니, 화가 나면 풀 데가 없어 내관과 내인, 심지어 내게까지 푸시니 이런 일이 몇몇 번인 줄 알리오.

화평옹주를 닮은 의소세손

1750년 8월에 내가 의소를 낳으니 영조께서 마음으로야 어찌 기쁘지 않으시리오마는, 나의 해산달이 바로 돌아가신 화평옹주의 삼년상 ^{거상 기간은 만 2년임}이 끝나는 달이라. 1748년 6월 화평옹주께서 아이를 낳다가 돌아가시니 영조께서 이를 너무도 가엾고 안타까이 여기셨는데, 내가 순산하여 생남生男하니 기쁘신 중에도 화평옹주는 남같이 순산 못하신 것이 새로이 애달프셔서, 옹주 생각하시는 슬픔이 손자 보신 기쁨을 이기는지라. 그 아드님께

'네가 어느 사이 자식을 두었구나'

이 한마디를 아니하시니라. 또한 영조께서 평소 나를 분에 넘치게 어여삐 여기시니, 내 그 은혜에 감격하면서도 나만 홀로 은혜를 입는 것이 불안하여 매양 조심하더라. 그런데 이 해산 후에는

'네 순산하여 생남하니 기특하다'

이 한마디를 일컬으심이 아니 계셔, 내 젊은 나이에 생남한 기쁨도 모르고 도리어 두려워하였느니라.

영조께서 화평옹주의 탈상을 맞아 슬픔이 새로우니 격노도 하시며 의소의 탄생을 함께 즐기지 못하시니라. 선희궁 또한 그 따님 생각하시는 마음이 어찌 범연하리오마는, 내가 생남한 일이 할머니로서 귀히 여길 일일 뿐만 아니라 종사의 큰 기쁨이라, 내 몸을 푼 후 이레까지 산실産室 근처에 머물러 간호하시니라. 그런데 영조께서

'선희궁이 죽은 딸의 삼년상이 채 끝나기도 전에 딸 죽은 것은 잊고 손자 태어난 것만 좋아하니 인정이 박하다'

불쾌히 여기시니, 선희궁께서 웃으시며 성심聖心이 편벽함을 탄식하시더라.

경모궁께서는 조숙하심이 어른 같아서 당신 몸에서 아들이 나와 나라의 근본이 굳음을 기뻐하시니라. 다만 부왕이 덜 기뻐하시는 것에 감히 어떻다고는 못 하시고 슬퍼하시며

"나 하나도 어려운데 아이가 났으니 이 아이는 어떠할런고"

하시니, 말씀 듣기 심히 슬프더라.

아래 일은 쓸 것이 아니로되 마지못해 쓰노라.

내가 의소를 임신했을 때 화평옹주가 자주 보여, 내 자는 방에도 들어와 곁에 앉아 웃기도 하니라. 그때 내 아이의 마음이라 옹주가 해산을 하다가 그 지경이 되었는데 해산기로 힘겨운 때 꿈에 옹주가 자주 보이니 내 몸을 염려하였더라. 그런데 의소를 낳아 씻길 적에 보니 어깨에 푸른 점이 있고 배에 붉은 점이 있는데, 그때는 그저 보아 넘겼더니라. 그해 9월 12일 영조께서 온양온천으로 거둥하셨는데, 전날 영조와 선희궁 두 분께서 일변 슬프고 일변 기쁜 안색으로 오셔서 홀연히 자는 아이의 깃을 끄르고 벗겨보시더니, 과연 표가 있으니 슬퍼하시며 그 옹주가 환생한 줄로 분명히 아시니라. 그날부터 그 아이를 마치 화평옹주에게 하시듯이 귀중히 대하시니라. 이 아이 처음 태어났을 때는 신경써주시는 일이 없어 신하 불러 볼 때 입으신 옷을 그대로 입고 들어와 보시더니, 그날부터는 극진히 신경쓰시니라. 영조 성몽聖夢에 무엇을 보셨는지, 그 일이 허황하고 괴이하여 알 수 없더라.

백일 후에는 영조께서 당신이 신하들을 불러 보실 때 쓰던 환경전을 수리하여 의소를 거기로 옮기시고 천만 귀중히 대하시니, 경모궁께서도 요행히 아들로 인하여 아버님과 나아질까 축수하나, 실은 그 아이

는 화평옹주가 다시 온 줄로 아셔서 그리 사랑하시지, 아이 부모는 그 아이로 인하여 더 귀할 것이 없어 전과 한결같으시니, 그저 알지 못할 일이라. 그 아이 겨우 열 달 된 1751년 5월에 세손에 책봉되니, 깊은 사랑으로 그리하시나 과한 일이더라. 1752년 봄에 의소를 잃으니 영조께서 애통하심은 이를 것이 없도다.

정조대왕의 탄생

하늘이 말없이 돕고 조상께서 그윽이 밀어주시어, 내 1751년 12월 다시 임신하여 1752년 9월에 생남하니 곧 정조라. 내 타고난 작은 복으로 이해에 경사 얻기는 생각 밖이요, 정조께서 태어나시매 인물이 우뚝 빛나시고 골격이 준수하니 진실로 하늘이 내신 진인眞人이라.

1751년 11월에* 경모궁께서 주무시다가 일어나셔서

"용꿈을 꾸었으니 귀한 아들을 낳을 징조라"

하시고

"흰 비단 한 폭을 내라"

하시어, 그 밤에 꿈에 본 용을 손수 그려 침실 벽 위에 붙이시니, 성인이 태어나실 제 기이한 징조가 어찌 없으리오.

영조께서는 의소를 잃고 슬픔에 빠져 계시다가, 또 국본國本. 왕세자을 얻고 기뻐하시며 나에게 말씀하시기를

"원손元孫. 세손이 될 자격을 갖춘 자이 범상한 부류와 달라 비상하니 조상께서 뒤에서 도우심이라. 네 정명공주貞明公主. 선조 임금의 딸로 혜경궁의 오대조 할머니 자손으로 세자빈이 되어 네 몸에서 이 경사가 났으니 네가 참으로 나라에

---

* 제2부(197쪽)에서는 10월의 일로 기록하고 있다.

공이 크다"
하시고,

"자식을 부디 잘 기르되, 검박히 하는 것이 받은 복을 아끼는 방법이
라"
하시니, 내 이 가르침을 받아서 성은을 뼈에 새기니 어찌 그 말씀을 따
르지 않으리오.

경모궁께서 기뻐하시기 이를 것이 없고, 온 나라 백성들의 즐거움도
의소의 탄생에 비해 백 배는 더하여 모두들 기뻐 뛰니라. 이럴 제 우리
부모께서 기뻐 손뼉치며 경축하심이 어떠하리오. 뵈올 적마다 성자^{聖子}
낳음을 축하하시니, 내 채 스무 살이 안 된 어린 나이로 국가의 경사를
내 몸에서 얻은 것이 당당하고 기쁠 뿐만 아니라, 내 몸을 맡길 곳이
생겼으니 또 얼마나 기쁘리오. 멀리 바라보며 길이 봉양받기를 기대하
더라.

홍역과 화협옹주의 죽음

1752년 10월에 홍역이 크게 번져 화협옹주가 먼저 앓으니, 경모궁
께서는 양정합으로 피신하시고 원손은 낙선당으로 옮겨가니라. 원손
은 탄생한 지 삼칠일 안에 움직이는 것이지만 몸집이 크셔서 먼 데 옮
겨가도 염려스럽지 않더라. 다만 미처 보모도 정하지 못하여 늙은 궁
인과 내 유모에게 맡겨 보낸 것이 안타깝더라. 날이 얼마 지나지 않아
경모궁께서도 붉은 반점을 보이며 홍역에 걸리셨는데 경모궁께서 끝
내실 즈음에 내가 또 걸리고 원손도 앓으시니, 내 해산 후 병든 몸으로
애를 쓰다가 다시 큰 병을 얻어 증상이 가볍지 않더라. 그 와중에 원손
몸에 반점이 나타나니 증상은 약하나, 선희궁과 아버지께서 내가 큰

병 앓는 중에 또 아들에게 마음을 쓸까 염려하시어 원손의 병증을 이르지 않으시니, 나는 모르고 지내니라. 경모궁께서는 홍역을 보낸 후에도 여열餘熱이 굉장하시니, 그때 아버지께서 경모궁도 뵙고 나도 구호하고 원손도 보호하려 밤낮으로 세 곳을 다니셨는데, 애태우며 근심하시어 머리가 하얗게 세어 계시더라.

화협옹주는 그 병 끝에 상사喪事가 나니라. 경모궁께서 그 누님의 처지가 당신과 같으심을 불쌍히 여기셔서 우애가 자별하시더니, 옹주 병환 중에는 아랫것들을 계속 보내 안부를 물으시고, 상사 난 후에는 애통을 이기지 못하시더라. 이런 일로 보아도 타고난 천성이 착하심을 가히 알지라.

눈보라 속에 엎드리다

그해 12월에 정언正言. 사간원의 정6품 벼슬 홍준해의 상소로 인하여 영조께서 크게 격노하셔서, 세자에게 전위傳位. 왕위를 물려줌하겠다는 전교傳敎. 임금의 명령까지 내시니라. 이에 인원왕후께서 말리자 영조께서는 집무처인 희정당 앞 선화문에 엎드려 대비께 허락을 받고자 하시니라. 경모궁께서는 부왕의 갑작스런 전교에 놀라 이를 말리고자 한겨울 추위에 며칠을 엎드려 죄를 빌었는데, 당시 영조께서 경모궁께 엄한 전교를 많이 내리시니라.

그때 경모궁께서는 홍역을 겨우 이긴 끝이었는데, 설한이 혹독한지라, 눈 속에 엎드려 대죄하시니, 엎드리신 데 눈이 쌓여 엎드리신 것을 분간치 못할 정도가 되니라. 경모궁께서는 그 상태가 되어도 전혀 움직이지 않으시니라. 인원왕후께서 보시고

"일어나라"

하시되, 듣지 아니하시고 영조의 과한 행동이 진정되신 후에야 비로소 일어나시니, 본성이 침중沈重하심을 알지라.

그후에도 임금의 화가 그치지 않으시어, 그달 15일에는 영조께서 당신이 왕위에 오르기 전에 사셨던 창의궁에 거둥하시어 인원왕후께

"전위하려 하옵나이다"

하시니, 인원왕후께서 귀가 어두워 잘못 들으시고

"그리하라"

대답하시니라. 이에 영조께서는

"대비의 허락을 얻었노라"

하시고

"전위하려노라"

하시니, 그때 동궁께서 당황하심이 어떠하리오. 조금도 망설이지 않으시고 춘방관春坊官, 세자시강원의 관원들을 불러 상소를 쓰게 하시니, 그때 춘방관들이 나와 찬탄讚嘆, 칭찬하며 감탄함하더라.

영조께서 옛집창의궁에 오래 머무시며 환궁치 않으시니, 인원왕후께서

"귀가 어두워 대답 잘못한 일로 종사에 죄를 얻었노라"

하시며 실수를 자책하는 뜻에서 작은방으로 내려오시고, 영조께 편지하여 환궁을 청하시니라. 경모궁께서는 이 모든 일이 자신이 정무를 잘못 본 탓이라 여기시어 시민당 손지각이라 하는 집 뜰 얼음 위에서 석고대죄하시다가 창의궁까지 걸어가서 또 석고대죄하시고, 심지어 자책의 뜻으로 돌에 머리를 부딪쳐 망건이 다 찢어지고 이마가 상하여 피가 나시니, 몸을 아끼지 않는 행동에서 천성 효심이 지극하시고 본성이 충직하시며 거짓을 꾸미지 않으심을 알지라. 그리하실 즈음에 또 꾸중이 어떠하셨으리오마는 공순히 도리를 다하시니, 당시 처신 잘하시기로 좋은 이름을 많이 얻으시더라.

그때 영조께서

홍준해의 상소와 영조 전위 사건의 진실

1752년 10월 29일 노론 홍준해가 올린 소론 영의정 이종성을 탄핵하는 상소는 영조를 격노케 했다. 자신이 가장 싫어하는 당파를 짓는 행위라는 것이다. 영조는 홍준해를 추자도로 유배 보냈다. 사건은 여기서 일단락되었다. 그런데 영조는 무슨 일로 12월 5일 전위 문제를 꺼냈고, 12월 15일 마침내 전위를 선언하였다.

『한중록』은 홍준해의 상소와 영조의 전위 하교를 연관 짓고 있다. 하지만 일단락된 일, 그것도 한 달도 더 지난 일로 새삼 전위를 거론했다는 것은 납득하기 어렵다. 물론 1753년 1월 중순에 사도세자가 이종성에게 보낸 편지를 보면(『능허관만고』 수록), 홍준해의 상소로 말미암은 영조의 화가 그때까지도 풀리지 않았다고 하지만, 상소 하나가 막중한 전위를 말할 만큼 대단한 것인지 이해할 수 없다. 더욱이 영조는 이듬해 6월 홍준해를 풀어주었고, 또 그 이듬해 7월에는 벼슬까지 내렸다. 그런데 더욱 이상한 점은 이 중요한 전위 문제에 대해 『영조실록』이나 『승정원일기』에서 구체적인 이유를 찾을 수 없다는 것이다. 영조가 전위를 선언한 진짜 이유는 과연 무엇일까?

『대천록』에서는 전위의 배경에 영조의 후궁 문씨 사건이 있다고 전한다. 영조는 1751년 겨울부터 문씨를 총애했는데, 전위 선언 당시 문씨는 임신 육칠 개월이었다. 이 무렵에는 이미 사도세자가 부왕의 사랑을 받지 못한다는 사실이 널리 퍼져 있었는데, 그래서 많은 사람들이 문씨가 아들을 낳으면 왕통이 바뀔 수도 있다고 생각했다. 그만큼 문씨는 당당했다. 그러던 어느 날 문씨가 선희궁과 다투었다. 문씨는 선희궁에게 불손한 말을 많이 했는데, 이를 안 인원왕후가 문씨를 불러 무릎을 꿇리고, 사도세자를 불러 세자가 보는 앞에서 문씨를 회초리로 때렸다. 이 사건이 전해지자 바로 다음날인 12월 5일 영조는 전위 문제를 꺼냈다. 『대천록』에 전하는 이 이야기는 현재로서는 전위 사건의 배경에 대한 어떤 다른 설명보다 설득력이 높다.

"이품二品 이상은 다 멀리 유배 보내라"

하시니, 아버지도 그 가운데 드셨으나 아직 영조의 전교가 내리지 않았기에 유배지로 떠나지 않고 서울 성문 밖에서 기다리시니라. 그동안 동궁 처신하실 도리에 대해 애태우시며 경모궁과 의논하셨는데, 그 의논하신 편지가 몇 장인지 알 수 없도다. 모아두었더니 정조께서 자라신 후 보시고 아버지의 지극한 충성에 감탄하시어

"내가 두고 보자"

하시며 친히 가져가시니라.

수일 후 영조께서 환궁하시고 파직된 신하들을 다시 등용하시어 조참朝參, 한 달에 네 번 신하들이 임금에게 정사를 아뢰는 일을 행하시니, 그때 아버지께서 들어오셔서 경모궁 머리 상하신 데를 보고 어루만지며 눈물지으시고 그사이 지난 말씀 하시던 일이 이제도 눈앞에 보는 듯하니라.

경모궁께서 그 병환 아니 나신 때는 인효仁孝가 넘치셔서 거룩하심이 미진한 곳이 없으시다가, 병환이 나시면 두 사람인 듯 달라지니, 어찌 이상하고 슬프지 않으리오.

천둥소리를 무섭게 한 『옥추경』

경모궁께서는 매양 경문 잡설붙이 보시기를 심히 하셨는데

"『옥추경玉樞經』을 읽고 공부하면 귀신을 부린다 하니 읽어보자"

하시며 밤마다 읽고 공부하시더니, 과연 심야에 정신이 어득하셔서

"뇌성보화천존雷聲普化天尊이 뵌다"

하시고

"무서워, 무서워"

하시며, 인하여 병환이 깊이 드시니 원통코 섧도다.

십여 세부터 병증이 계셔서 음식 잡수시는 것이나 다른 행동거지가
다 예사롭지 않으시더니,『옥추경』을 보신 이후 아주 기질이 바뀌시어

　"무서워, 무서워"

하시며, '옥추' 두 자를 감히 말하지 못하시니라. 심지어 단옷날에 임
금께서 신하들에게 주는 옥추단玉樞丹, 급체 등에 쓰는 구급약도 옥추라는 이름
이 무서워 받질 못하시니, 아무리 차고 다니면 재앙을 물리친다 한들
어찌 감히 차고 다니시리오. 그후로는 하늘도 무서워하시고, '우레 뢰
雷', '벽력 벽霹' 같은 글자는 보지도 못하시니라. 또 전에는 천둥을 싫
어하셔도 그리 심하지는 않더니『옥추경』을 보신 후에는 천둥 칠 때면
귀를 막고 엎드렸다가 다 그친 후에야 일어나시니, 이를 부왕과 모빈
께서 어찌 아시리오. 그때 만사 절박하여 어찌할 바를 모르니, 이를 어
찌 형용하리오.

　1752년 겨울에 그 증상이 나셔서, 1753년에는 놀라 가슴이 두근거
리는 경계증驚悸症을 자주 보이시고, 1754년에도 그 증상이 때때로 나셔
서 점점 고질병이 되었으니, 그저『옥추경』이 원수니라.

서자 인과 진의 탄생

　그렇게 지내다가 어찌어찌하여 양제良娣, 세자 후궁의 등급명. 여기서는 숙빈 임씨라는
것을 1753년 간에 가까이하셔서 자식을 배니라. 경모궁께서는 영조의
꾸중을 들으실까 두려워 아무쪼록 낙태시키고자 하셨지만, 그 고이한
것이 세상에 나와 화근이 되려는지, 생명을 보전하여 1754년 2월에
인䄄이가 나니라. 평상시에도 꾸중이 많으시더니, 그때는 한 달 이상
영조의 엄중한 하교가 그치지 않으시어, 경모궁께서는 날마다 두려워
움츠러드시더라. 아버지께서 경모궁 꾸지람받는 일이 안타까워, 영조

『옥추경』과 벼락신

『옥추경』은 도교 경전의 하나이다. 『구천응원뇌성보화천존옥추보경九天應元雷聲普化天尊玉樞寶經』 또는 『옥추보경玉樞寶經』을 줄여 『옥추경』이라고 부른다. 작자는 중국 원나라 말기의 장사성(張嗣成)이라는 설이 유력하다. 『경국대전』을 보면, 조선 초기 음양과(陰陽科)에서 이 책을 시험보게 했는데, 이 책에 나오는 으뜸 신(神)인 뇌성보화천존이 비를 내려준다고 믿었기 때문이다. 뇌성보화천존은 벼락과 우레의 신으로 이는 곧 비와 연결되기 때문에 기우제에서 제사를 받는 신이 되었다.

『옥추경』은 또한 사도세자가 그랬던 것처럼 귀신을 부리는 경전으로 이해되기도 했다. 허균의 한문소설 「장산인전張山人傳」을 보면 장산인은 아버지가 남겨준 『옥추경』과 『운화현추運化玄樞』를 수만 번 읽고 마침내 귀신을 부릴 수 있게 되었다고 했다. 뇌성보화천존은 『서유기』와 『봉신연의』 등 조선에서 많이 읽힌 중국소설에서도 보이는데, 특히 『봉신연의』

뇌성보화천존 가운데 말을 탄 사람이 뇌성보화천존이다. 그 위에 작은 글씨로 구천보화군(九天普化君)이라고 적혀 있다. 보현사 간행 『옥추경』 수록. 서울대학교 규장각 소장에서는 뇌성보화천존이 그 아래 24명의 뇌공(雷公)을 두고 있다.

사도세자와 밀접한 관계에 있었던 화원으로 추정되는 김덕성(金德成, 1729~1797)은 신장(神將) 그림을 잘 그린 것으로 알려져 있는데, 그 가운데서도 〈뇌공도雷公圖〉가 유명하다. 지금까지는 〈뇌공도〉의 연원을 불교에서 찾는 바람에 그림의 도상적 연원을 밝히지 못했는데, 『옥추경』과 같은 도교 경전을 보면 그 연원이 쉽게 밝혀진다. 『옥추경』은 조선에서는 1570년 전라도 무등산 안심사에서 간행된 것이 처음이고, 이것을 1733년 평안도 묘향산 보현사에서 다시 간행했다. 『옥추경』에 실린 뇌신의 그림을 보면 칼을 든 신장(神將)이 많다. 〈뇌공도〉의 형상과 같은 뿌리인 것이다. 조선회화사에서 보기 드물게 활동적이고 박진감 있는 인물 형상을 그려낸 궁중 화원 김덕성이 그림 그리기를 좋아했던 사도세자의 후원을 받았다는 사실이 흥미롭다.

뇌공도 김덕성 그림. 신장(神將)이라 칼을 들었고 등의 북은 우레를 울리는 뇌고(雷鼓)이다. 국립중앙박물관 소장

사도세자는 정말 미쳤는가

1753년 또는 1754년 무렵에 사도세자가 장인 홍봉한에게 보낸 편지를 보면, 자신의 울화증에 대해 하소연하고 있음을 볼 수 있다. "제가 본래 다른 사람들은 잘 알지 못하는 울화증이 있습니다. 그런데 지금 더위까지 먹으니, 막 입시(入侍, 들어가 임금을 뵘)를 끝내고 나오는데, 울화가 극하여 미친 듯이 괴롭습니다. 이 병증은 의관들과 상의할 수도 없습니다. 경(卿)께서 처방을 잘 알고 계시니, 몰래 약을 지어 보내주실 수 있는지요? 일이 번거롭게 되면 좋지 않으니 조용히 보내주시기 바랍니다." 사도세자 사인(死因)의 핵심 쟁점이라 할 수 있는 '정말 사도세자에게 광증이 있었는가' 하는 문제에 대해 가장 직접적인 답이 될 수 있는 자료이다. 본인의 입으로 본인의 병을 말했으니 말이다. 일본 도쿄 대학에 소장된 복사본을 최근 권두환 교수가 소개했다. 또 2001년에는 사도세자의 휘경동 무덤에 넣어두었던 영조가 직접 쓴, 백자로 만든 묘지명이 소개되었는데, 거기에도 사도세자의 '광증'이 언급되어 있다. 이 밖에 정조의 사돈인 김조순이 죽기 직전의 정조에게 들은 말을 기록한 『영춘옥음기迎春玉音記』를 보면, 정조가 직접 아버지 사도세자의 병이야 세상에 누가 모르는 사람이 있느냐고 말한 부분이 있다. 요컨대 영조, 사도세자, 정조의 삼대 모두 사도세자의 정신병을 말하고 있는 것이다.

이렇게 사건 당사자들이 남긴 자료까지 있는데도 불구하고, 사도세자에게 광증이 없었다는 주장은 혜경궁 당대는 물론 현재까지 이어지고 있다. 역사학자 이은순 교수, 역사평론가 이덕일 선생을 비롯하여 최근에는 이 대열에 심리학자 김태형 박사까지 가세했다. 이은순 교수(『조선후기당쟁사 연구』, 일조각, 1988)는 정조가 지은 사도세자의 묘지문과 행장 즉 「현륭원지」와 「현륭원행장」에 광증이 그려져 있지 않다는 사실로 자신의 주장을 뒷받침했다. 여기에다 이덕일 선생(『사도세자의 고백』, 푸른역사, 2000)은 더 대담한 가설을 구체화했다. 사도세자는 친소론적이었는데 노론들이 그것을 꺼려 죽음으로 몰았고, 노론의 딸인 혜경궁은 친정을 위해 남편을 광인으로 만들었다는 것이다. 그리고 김태형 박사(『심리학자, 정조의 마음을 분석하다』, 역사의아침, 2009)는 사도세자가 13년 이상 국가의 최고 정무를 대신 했음을 들어 그의 심각한 병증을 부정하고 있다. 혜경궁이 그린 것처럼 사도세자에게 그토록 심각한 병증이 있었다면 사도세자가 그토록 오래 대리청정을 할 수 없었을 것이라는 논리다.

여기서 이분들의 의견에 대해 일일이 반박하는 것은 적절하지 않다. 몇 권의 책을 한 두 면으로 정리 비판할 수 없기 때문이다. 다만 혜경궁이 아니라도 당대인들 중에도 사도세자의 광증을 인정하고 수용하는 사람이 적지 않고, 또한 역사학자든 정신분석학자든 사도세자의 광증을 인정하는 현대 연구자들이 적지 않음을 밝혀둘 뿐이다. 정신과 의사인 이규동 박사는 1969년 서울대학교 의과대학에 제출한 박사논문(「의대증에 대한 정신분석학적 고찰―한중록에 부각된 사도세자의 병력 연구」)에서 영조, 사도세자 등을 중심으로 하여 '이조(李朝)의 가족신경증'까지 읽어내고 있다. 더욱이 『한중록』이 아니라도 사도세자의 이상 증세를 보여주는 기록은 『조선왕조실록』이나 『승정원일기』와 같은 정사(正史)에서도 얼마든지 찾아볼 수 있다. 하지만 무엇보다 중요한 것은 맨 앞에 소개한 사건 당사자의 일차적 진술이다. 『한중록』이야 당론에 찌든 한 여인이 친정을 감싸기 위해 쓴 글로 치부할 수도 있지만, 사도세자에게 광증이 없었다고 한다면 사도세자의 병증을 보여주는 많은 자료들은 어떻게 이해해야 할지 의문이다. 마지막으로 박종겸(1744~1799)이 편집한 사도세자 사건에 대한 책인 『현고기玄皐記』에 실린 사도세자의 광증과 연관된 이야기 두 편을 소개한다.

먼저 한림 윤숙의 이야기다. 윤숙은 사도세자가 뒤주에 갇힐 때 현장에 있었던 사람이다. 윤숙은 바닥에 머리를 찧어 얼굴이 피범벅이 된 상태로 영조의 처분을 말렸고, 세자의 죽음 앞에서 몸을 던지지 않는 조정 대신들, 특히 영의정 신만과 좌의정 홍봉한을 크게 질타하는 바람에 귀양까지 갔다. 그런데 그가 귀양갈 때 어떤 사람이 와서 묻기를 "세자의 일은 과연 어떻게 된 것이오?" 하니, 윤숙이 "병이 있어 그랬을 뿐이오"라고 답했다 한다. 그 사람이 간 후 윤숙과 함께 귀양 가는 사람이 "당신은 나이가 젊어 앞길이 창창한데 어찌 말을 가벼이 하시오" 하니, 윤숙이 갑자기 얼굴색을 바꾸며 "그러면 병이 있는데도 저들이 두려워 바른말을 하지 않을 것인가. 실로 그런 일이 있지 아니한가"라고 답했다고 한다. 윤숙에게 물은 사람은 사도세자를 죽음으로 몰아간 노론 벽파 측이니, 그들이 듣고자 한 대답은 사도세자에게 어떤 죄가 있었다는 말이다. 그런데 사도세자가 죄가 아니라 병 때문에 죽었다면, 사도세자를 죽음으로 몰아간 자들은 큰 잘못을 범한 것이 된다. 그런데도 윤숙은 그들을 두려워하지 않고 강직하게 답했다. 윤숙은 윤숙대로 사도세자의 일이 어쩔 수 없었음을 알고 있었다는 것이다. 홍봉한도 윤숙의 처지에서는 자기를 비판할 수밖에 없음을 알고 있었던지, 윤숙의 처벌을 청한 몇 달 후인 8월부터 계속 윤숙을 풀어줄 것을 청했고, 윤숙은 이듬해 풀려났다. 윤숙의 당색은 소론이다.

『현고기』에는 또 사도세자를 죽음으로 몰고 간 세력이 사도세자의 병을 악화시키기 위해 흉계를 꾸몄다는 일화도 적고 있다. 홍계희, 김상로 등의 적당들은 사도세자의 울화증을 알고, 수의(首醫) 김아무개를 끼고 세자가 허하니 기를 보해야 한다면서 계피와 부자(附子) 등 열을 올리는 약재를 육칠 년 동안 몇 근이나 쓰게 했다. 그랬더니 사도세자는 기는 내리지 않고 화는 더욱 올라, 마침내 어쩔 수 없는 지경에 이르렀다고 한다.

께 아뢰어 마침내 화를 풀게 하시니라.

궁궐 내에는 워낙에 투기妬忌라는 것이 없으며, 내 본성 역시 사납지
못한데, 처음부터 선희궁께서 경계하서

"그런 일에 신경쓰지 마라"
하시니라. 그런데다 경모궁께서도 인의 어미를 총애하시는 일이 없고
심지어 인의 어미가 만삭이 되어도 돌보시지 않으니 질투할 이유가 없
더라. 경모궁께서 한때 그리하셨지만 아이가 생겨도 꾸중 들으실까 겁
을 내어 돌아보시는 일이 없고, 선희궁도 알은체 않으시니, 나 마저 돌
보지 않으면 곤란해지므로 내 무슨 식견이 있으리오마는 할 수 있는
일은 다 보살펴주니라. 그랬더니 영조께서 나에게

"남편의 사랑을 받으려고 남들이 다 하는 투기도 아니한다"
꾸중을 많이 하시니, 궁중에 들어온 후 처음으로 영조께 꾸지람을 듣
고 황송하여 지내니라.

우스운 것이 예로부터 투기는 칠거지악七去之惡 가운데 하나요, 부녀
자가 투기하지 않음을 으뜸 덕으로 치는데, 나는 투기 않기로 도리어
허물이 되니, 이것도 나의 운수런가 싶도다. 대저 부자 사이가 예사로
워서, 인이 그것이라도 손자라 하시며, 영조나 선희궁께서 약간이라도
봐주시거나 또는 경모궁께서 이것에게 혹하시면, 내 비록 도량이 있다
해도 부녀자의 마음으로 어찌 편안하리오. 그러나 이는 그렇지 않아서
영조와 선희궁께서 알은체 않으시고, 경모궁께서는 겁만 내셔서 어찌
할 줄 모르시니, 그 와중에 나까지 투기하면 경모궁께서 황겁하신 중
근심하셔서서 병환이 몇 층이나 더하실 줄 알리오.

그해 7월 14일에 내 청연혜경궁의 장녀을 낳으니, 영조께서

"백여 년 만에 군주郡主. 왕세자의 정실 딸가 처음 나니 귀하다"
하시며 기뻐하시더라.

1755년 정월에는 또 인의 아우 진䄵이 나니, 두번째인 고로 그때는

꾸중 들으심이 적은 듯하더라.

'밥 먹었냐'는 인사

경모궁의 병환 증세는 종이에 물이 젖어 번져나가 듯하여, 부왕께 문안인사도 더 드물게 드리고, 수업도 일정하게 못 하시니라. 마음병으로 오랫동안 신음하는 일이 잦아 병으로 망가진 모양이 되시니, 영조께서 춘방 관원들을 부르셔서 동궁 강학에 대해 물으시면 두려움만 더하시더라.

1755년 2월에는 전라도 나주에서 윤지 등 소론 일파가 조정을 원망하는 흉서凶書를 써 붙이는 역변이 나서 5월까지 영조께서 친국하시니라. 그때 역적을 사형시킬 때 백관이 차례로 서서 지켜볼 때면 경모궁을 보내어 보게 하시니라. 또 날마다 친국하는 곳에 계시다가 드시면, 인정人定, 해가 지면 종을 쳐서 통행을 막은 일 후나 심지어 밤 열두 시나 한두 시가 될 적도 있었는데, 하루도 빠뜨리지 않으시고

"동궁 부르라"

하시어

"밥 먹었냐"

물으시니라. 그러고는 경모궁께서 대답하시면 즉시 가시니, 그 대답시키셔서 그날 친국하신 일을 씻고 가시려는 뜻이라.

사실 좋고 길한 일에는 참여치 못하게 하시고 상서롭지 않은 일에만 자리하게 하시니, 그나저나 부자 간에 수작酬酌이라도 하시면 그래도 나으련마는 날마다 다른 말씀은 한마디도 하시는 일 없이, 마치 경모궁께 대답시키셔서 그날 일들을 씻으시려는 듯 밤이 늦어도 하루도 폐하지 않으시니, 아무리 효성이 지극하고 병이 없는 사람이라도 어이

섭지 않으리오.

경모궁께서는 병환이 있으니 화가 나서 '어이 부르시나이까' 대꾸하실 듯도 하되, 능히 참으시어 날마다 밤중이라도 부르시는 때를 어기지 않으시고, 마치 대령하고 계신 듯 그 대답을 어기지 않으시니, 타고난 효성을 가히 알지라.

자살 시도

경모궁 병환이 참으로 이상하니, 처자나 애쓰고 내관과 내인이나 밤낮으로 두려워 지냈지, 자모^{慈母. 어머니 즉 선희궁}도 자세히 모르시니 부왕께서야 어찌 자세히 아시리오. 임금 뵈실 적과 신하 대하실 때는 평상시처럼 예사로우니, 그것이 더 갑갑 설운지라. 임금부터 춘방 관원까지라도 병환으로 어쩔 수 없다며 용서할 수 있게, 일이 급할 때는 병환을 남이 다 알게 나타내었으면 싶더라.

나주 흉서 사건을 다룰 때 영조와 경모궁 부자 사이에 근심스런 일이 많았으니, 내 갑갑해하던 일은 이루 다 기록하지 못하니라. 그해 11월 즈음에 선희궁께서 병환이 있으셔서 경모궁께서 선희궁을 뵈려고 집복헌에 가 계셨더니, 영조께서 화완옹주 있는 곳에 가까이 온 것을 꺼려 대단히 화를 내시며

"빨리 가라"

하시니, 창황히 높은 창을 넘어 처소로 돌아와 계시니라. 그날 성교^{聖敎}가 지엄하시어

"낙선당에 있고, 동궁 밖을 벗어나 청휘문 안으로 들어오지 말라. 『서경^{書經}』「태갑^{太甲. 중국 고대에 나라를 잘못 다스려 왕위에서 쫓겨났다가 삼 년 만에 반성하고 돌아온 태갑의 일과 연관된 글}」편이나 읽으며 치도^{治道. 나라를 다스리는 법도}를 닦으라"

하시니, 경모궁께서는 어머니 병환을 뵈러 갔다가 잘못하신 일 없이 그런 처분을 당하시니, 서럽고 원통하셔서 '자결하려노라', '약을 먹겠노라' 하시다가 겨우겨우 진정하시나, 부자간 사이는 점점 망극하니 더 무엇을 말하리오.

우물에 몸을 던지려 하다

1756년 설날에 영조께서 '체천건극성공신화體天建極聖功神化'라는 여덟 자의 존호를 받으셨는데, 그 영예로운 자리에도 경모궁은 참여시키지 않으신지라. 세자는 병환이 점점 심해져 세자 수업도 더 드물게 받으시고, 취선당 밧소주방─燒廚房. 잔치음식 따위를 만드는 곳 한 집이 깊고 고요하다 하시며 그곳에 많이 머무시니, 어느 일인들 근심이 아니며 애태우지 않으리오.

5월에 영조께서 숭문당에서 신하들을 불러 보신 다음 갑자기 낙선당으로 경모궁을 보러 가셨는데, 하필 그때 경모궁께서는 세수도 제대로 하지 않고 옷도 단정히 입지 않으셨더라. 당시는 금주령이 엄한 때라, 영조께서 당신도 철저히 지키시는데 세자가 감히 술을 마셨는가 의심하시어

"술 들인 이를 찾아내라"

하시고, 경모궁께 누가 술을 주었는지 엄히 물으시니라. 그러나 경모궁께서는 진실로 술을 잡수신 일이 없는지라. 하지만 더욱 이상한 일은 영조께서 그 아드님 아니하신 일을 먼저 억견臆見으로 말씀하시면, 그 다음에는 경모궁께서 그 말씀을 따라 행동하시니, 다 하늘이 시킨 듯하더라.

그날 경모궁을 뜰에 세우시고 술 먹은 일을 엄히 물으시니, 경모궁

께서는 진실로 잡수신 일 없건마는 두려움이 과하셔서 변명도 못하는 모양이라. 영조께서 계속 몰아세우시니 할 수 없이

"먹었습니다"

대답하시니라.

"그 술을 누가 주더니?"

물으시니, 댈 데가 없어

"밧소주방 큰내인 해정이가 주더이다"

하시니, 영조께서 땅을 두드리시며

"네 이렇게 금주령이 엄한 때에 술을 먹어 막되이 구느냐"

엄책하시니라. 이에 경모궁의 보모 최상궁이 영조께 아뢰기를

"술 잡숫는다는 말씀은 지극히 원통하오니 술내가 나는가 맡아보소서"

하니, 그 상궁 아뢴 뜻은 술이 들어온 일이 없고 잡순 바도 없으니 차마 원통하여 그리한 것이라. 그랬더니 경모궁께서 최상궁을 꾸짖으시며

"먹고 아니 먹고 간에 내 '먹었노라' 아뢰었으면 자네 감히 다른 말을 할까 싶은가, 물러가소"

하시니라. 경모궁께서 평소에는 아버지 앞에서 주뼛주뼛 말씀을 못하시더니, 그날은 원통히 꾸중을 들으시어 그리 말씀을 잘하시던 듯, 두려워 떨던 중에도 그 말씀하신 일을 다행히 여기더라. 그런데 영조께서 또 격노하시며

"네, 내 앞에서 상궁을 꾸짖으니, 어른 앞에서는 개나 말도 꾸짖지 못하는데 어찌 그리하는가"

하시니, 경모궁께서 대답하시기를

"감히 와서 변명하기로 그리하였습니다"

하고 안색을 부드러이 하여 아랫사람의 도리로 잘하시더라.

이후 영조께서 금주령을 어기고 동궁에 술을 들였다 하여 해정이는 멀리 귀양 보내고, 대신들 아래로 모두 불러 우선 춘방 관원들이 들어

가 동궁에게 훈계하라 이르시니, 경모궁께서 그날 원통하고 억울하고 서러우서 하늘을 찌르는 장한 기운이 모두 나오시니라. 경모궁께서 비록 병환이 계시나 그때까지 바깥의 조정에서는 모르더니, 춘방 관원이 들어오자 처음으로 호령하시기를

"너희 놈들이 부자 사이를 화목하게는 못하고, 내가 이리 억울한 말을 들어도 한마디도 아뢰지 않으니, 그리하고도 감히 여기 들어올까보냐, 다 나가라"

하시니라. 그때 들어온 관원들 중에 하나는 누군지 모르나* 하나는 원인손元仁孫이라. 그 관원들이 무엇이라고 아뢰고 썩 나가지 않으니 경모궁께서 화를 내시며

"어서 나가라"

하고 쫓아내시니라. 그러다 자리에 있던 촛대가 거꾸러져 낙선당 온돌 남쪽 창문에 닿아 불이 번지니, 불 잡을 이는 없고 화세는 급한지라. 경모궁은 관원을 쫓아, 낙선당에서 덕성합으로 내려가는 문이 있어 그리로 가시니라. 한편 영조께서 숭문당에서 동궁의 사부인 대신들을 부르시면 입시入侍하는 대신들이 건양문 쪽으로 돌아드는데, 그때는 집현문이 닫혀 있어서 시민당 앞으로 해서 세자가 서연하고 소대하는 덕성합을 지나 보화문으로 들어오더라. 입시하는 대신들이 막 덕성합 앞을 지날 때, 마침 경모궁께서 춘방 관원을 쫓다 대신들과 마주치시니라. 경모궁께서 소리를 높이시어

"너희들이 부자 사이는 좋게 못하고, 녹봉만 먹고 간언은 하지 않으며, 그러고도 입시를 하러 가니, 너희 같은 놈들을 무엇에 쓰리"

---

* 『승정원일기』를 보면 그날 그 자리에 나중에 정조의 장인이 된 김시묵이 있었다. 김시묵의 동생 김지묵은 딸을 혜경궁의 막내동생 홍낙윤과 결혼시켰다. 『한중록』에서도 말하듯이 두 집안은 무척 가까운 사이다. 그 때문에 혜경궁은 알고도 적지 않은 것으로 보인다.

낙선재 우물 현재 창덕궁 낙선재 앞에 있는 우물이다. 〈동궐도〉를 보면 저승전 우물이 대략 여기
쯤임을 알 수 있다.

하시며 대신들을 다 쫓으니, 그 심한 경색이 어떠하리오.

그러할 제 불길은 더욱 급하고, 원손을 관의합이라 하는 집에 두었으니, 낙선당과 관의합은 '한 일一' 자로 있어 불과 두어 칸 ^{궁궐집에서 한 칸은} ^{대략 2미터 내외} 거리라. 뜻밖에 화재가 나니, 내 어찌할 바를 몰라

"원손을 데리고 나오라"

하니라. 그때 내가 청선을 잉태한 지 오륙 개월인데, 반 칸 높이나 되는 섬돌을 바삐 뛰어내려가 자는 아기를 깨워 보모에게 안겨 경춘전으로 가게 하니라. 관의합은 불을 피하지 못하고 타버릴 줄 알았더니, 기이한 것이 지척에 있는 관의합에는 불이 미치지 않고, 기와도 이어지지 않은 양정합으로 불이 휘돌아 번지니, 임금 되실 이가 계시기에 관의합은 화재를 면하였나 이상하더라.

뜻밖의 화재가 나니 영조께서 그 아드님이 홧김에 불을 질렀는가 여

기시어 진노하심이 열 배나 더하시니라. 함인정에 여러 신하를 모으시고 경모궁을 불러

"네가 불한당이냐. 불은 어이 지르니"

꾸짖으시더라. 그때 경모궁께서 설움이 북받쳐, 그 불이 촛대가 거꾸러져 난 것임을 여쭙지 않으시고, 그전의 술 사건처럼 변명도 하지 않으시며 스스로 한 듯이 구시니, 절절이 서럽고 갑갑하더라.

그날 그 일을 지내시고 기운이 막히시니, 청심원淸心元을 잡숫고 겨우 기운을 내리시니라. 경모궁께서 마침내

"아무리 해도 못 살겠다"

하시고 저승전 앞뜰 우물에 가서 떨어지려 하시니, 그 놀랍고 위태로운 모습을 이를 것이 어이 있으리오. 가까스로 구하여 덕성합으로 오시니라.

후원에서 놀기

아버지께서 1756년 2월 광주廣州 유수留守. 개성 전주 등 주요 지방의 수령를 맡아 내려가시니, 아버지께서 외직으로 나가시면 경모궁께서는 더 의지할 곳이 없는 듯이 아시더라. 그 일로 영조께서 들어와 보자 하시어 아버지께서 올라오시니, 영조께서 지난 말씀과 걱정을 무수히 하시고, 경모궁께서는

"술 일, 불 일, 두 가지 모두 원통한 말씀이니, 아마도 서러워 살기가 어렵도다"

하시니, 듣는 마음이 어떠하시리오.

영조께는

"자애를 잃지 마소서"

누누이 아뢰시고, 경모궁께는

"더더욱 효성을 닦으소서"

눈물 흘리며 아뢰니라. 경모궁께서는 과한 행동을 하시다가도 장인이 아뢰고 훈계하시면 잦아드니, 그리저리하여 겨우 진정하신 듯하더라.

1755년 내 어머니를 여의고 슬픈 마음 이를 데 없었는데, 경모궁 병환이 점점 심하시니 근심이 첩첩하더라. 그러다 그 지경까지 당하여 더욱 어쩔 줄 모르다가 아버지를 뵙게 되니 붙들고 눈물만 흘렸더라. 그 일이 지금도 눈에 선하도다.

경모궁께서 5월 사건 이후에 놀라 병환이 더하시니, 조정 신하들이 보는 데서도 과한 행동을 하시고, 세자 수업도 더 드물게 받으시더라. 겨우 차대次對 때 신하들에게 정무 보고를 받을 때나 억지로 몸을 움직이시니, 무슨 다른 뜻이 있으리오. 더구나 울적함을 견디지 못하여 영조께서 거둥이나 나가시면, 그 틈에 창덕궁 후원으로 나가 활도 쏘고 말도 달리고 깃발과 창검을 가지고 내인을 데리고 노시니, 그때 내관들이 군악까지 연주하더라.

능행에 따라가고 싶다

1756년 7월은 인원왕후 칠순이시니, 이를 기념하여 처음으로 늙은 선비들만 응시하는 기로과耆老科를 베푸시니라. 과거시험에 이어 후원에서 잔치를 열었는데, 그날은 어찌하여 경모궁도 참여케 하시니, 경모궁께서 그 잔치를 무사히 지내고 오셔서 아주 좋아하시니라. 이런 일로 보아도 영조께서 따뜻하게 다독이시고 조금 견디실 만큼만 하셨으면 어이 그 지경까지 이르렀으리오. 부자 두 분이 자기 뜻대로 못 하시는 듯 그리들 하시니, 다 하늘의 뜻이라 그저 원통할 뿐이로다.

경모궁께서는 이십이 세가 되시도록 부왕의 능행陵幸, 묘소로 가는 거동에 따라가보질 못하시니라. 봄가을로 이번에는 가실까 마음을 조이시나 한 번도 못 가시니라. 그 일로 또 서러워 울화가 되셨는데, 1756년 8월 1일에 처음으로 숙종릉에 따라가니 기분이 시원하신 듯하더라. 기뻐 목욕하고 정성을 다하시며 요행히 아무 탈 없이 다녀오시니라. 가신 사이에 인원왕후, 정성왕후, 선희궁께 다 편지하시고 심지어 자녀에게까지 편지를 보내셨는데, 그 편지가 지금 내게 있느니라. 그런 일에는 조금도 병환 계신 이 같지 않으니, 일을 순탄히 마치고 환궁하심을 스스로 큰 경사로 아시더라.

능행 후 한동안은 대단한 꾸중 들으신 일이 없으니, 그것은 정처鄭妻가 8월 초에 딸을 낳아 성심이 기쁘셔서 그런 것이라. 상정常情으로 생각하면 그 누이는 그리 총애하시고 당신은 아버지의 마음을 얻지 못하시니 응당 불만이 있을 듯하되, 그때는 결코 싫은 말과 표정이 없으시고 그저 정처가 순산한 일을 다행히 여기시더라.

처음으로 능행에 따라가시게 된 일도 선희궁께서
"동궁이 지금껏 능행을 못 했으니 이 일을 민심도 고이히 여기리라"
하시며, 정처에게
"여쭈어라"
시켜서 된 듯싶더라.

그해 윤9월에 내가 둘째 딸 청선을 낳으니, 경모궁께서 전 같으면 오죽 좋아하시리오마는 한번 들어와 보신 일이 없으니, 병환이 심하심을 가히 알지라.

천연두

이로부터 얼마 후 아버지께서 평안 감사가 되시어 임명 당일 바로 떠나시니, 두렵기는 날로 더한데 아버지까지 떠나시니 근심스럽더라. 그해 11월 초순에 경모궁께서 덕성합에서 천연두로 발진하시니, 증세는 심하지 않으나 발진이 심하시어 더욱 두려워하였더라. 나중에 딱지가 앉고 병을 이기시니라. 이십이 세 나이에 화증이 심하기 이를 데 없으신데, 고이 천연두를 보내니 그런 경사가 어디 있으리오.

그때 선희궁께서 가까이 오셔서 머무시며 밤낮 애를 태우시고, 원손은 공묵합으로 피하고, 나는 좁은 방에서 경모궁 병구완하느라고 한데서 지내니라. 그때 날씨가 유난히 추워 삼면에 성에가 끼어 얼음벽이 되었는데, 경모궁께서 천연두를 순탄히 넘기시니, 종묘와 사직에 그런 경사가 없더라. 다만 영조께서는 그 병환중에 한 번도 친히 납신 일 없으시고, 아버지께서는 평안도에 계시니, 나만 혼자 애쓰던 일을 어찌 다 쓰리오. 경모궁께서는 마마신을 보낸 후, 내 머무는 경춘전으로 와 조리하시니라.

정성왕후와 인원왕후의 죽음

1757년 2월 13일 정성왕후께서 숙환이 갑작스레 중해지시니라. 손이 다 푸르고 토혈하신 것이 한 요강이나 되는데, 핏빛이 붉지도 않고 검어 고이하니, 어려서부터 해마다 쌓인 것이 다 나온 것인지 놀랍기 이를 데 없더라.

내가 먼저 정성왕후께 가고 경모궁께서 곧 쫓아오셨는데, 왕후께서 토혈하시고 병세가 위태로우시더라. 경모궁께서 토하신 그릇을 붙들고 눈물을 뿌리시니, 보는 이 뉘 아니 감동하리오.

영조께는 미처 아뢰지도 못하시고, 그 그릇을 들고 정성왕후의 중궁전 관원이 거처하는 장방長房까지 친히 나가 의관에게 토혈한 그릇을 보이며 우셨다 하니라. 경모궁께서 정성왕후께 지극한 자애를 받기는 했어도 친생親生이 아니니 간격이 있을 법도 하거늘, 천성이 효성스럽고 착하시어 스스로 효성이 발하여 그러하시니, 누가 경모궁께 병환이 있는 줄 알리오.

밤에 정성왕후께서

"큰 병환 끝인데 어찌 힘들게 병구완하며 견디시리"

하시며 돌아가라고 재삼 권하니, 자정이 다 되어서야 경춘전에 잠깐 내려와 계시더라. 그런데 새벽에 내인이 와

"의식을 잃으시어 아무리 여쭈어도 대답을 아니하십니다"

하고 아뢰니, 경모궁께서 놀라 올라가신즉 정성왕후께서는 이미 의식을 잃으시어 주무시는 듯 아무리 여쭈어도 응하지 않으시니라. 경모궁께서 부르짖으며 천만 번이나

"소신小臣 왔소, 소신 왔소"

여쭈어도 모르시니, 경모궁께서 망극하여 우시던 일은 차마 다 못 쓰노라. 날이 밝은 후인 14일에야 영조께서 알고 오시니, 원래 영조와 정성왕후 사이가 그리 좋지 못하니 병환이 위중하신 후에야 오신 것이라.

경모궁께서는 아버님을 뵙자 움츠러들어 전에 울던 것도 못 하시고 몸을 굽혀 고개도 못 드시니라. 영조께서 오시기 전까지는 모후의 병환에 근심하여 울다 기색氣塞하시고, 또 망극하여 울부짖고 슬퍼하시어 곁에 있는 사람들까지 눈물을 흘렸는데, 아버님 앞에서는 그리 못 하시니 심히 안타까우니라. 아무리 아버님이 무서우셔도 두려움을 무릅쓰고 울고, 전처럼 인삼차를 연거푸 모후의 입에 떠넣어드리시며, 모후의 증세를 잘 말씀하시면 보시기에 조금 나으실 텐데, 경모궁께서는

그렇지 않으신지라. 도리어 다급한 가운데 좁은 방 한구석에서 황송하여 움츠러들어 엎드려 계시니, 영조께서 경모궁이 조금 전까지 울고 슬퍼하시던 줄 어찌 아시리오.

영조께서는 그 창황 중에도 경모궁 옷 입으신 것, 행전^{바지를 입을 때 발목에 돌라매는 헝겊} 치신 모양까지 걱정을 하시며

"모후 병환이 이러한데, 몸을 어이 저리 가지리"

꾸짖으시니라. 천지간에 터질 듯 갑갑한 일은 아까 그 지극한 정성이 모두 숨은 것이라. '아까는 저렇지 않았습니다' 말할 수도 없고, 영조께서는 경모궁을 불효 무상하게만 여기시니, 선희궁 애쓰시는 것과 내 애타는 것을 어디에 비하리오.

그때 공교롭게도 부마 정치달의 병이 위중하여 사랑하는 옹주를 궁 밖으로 내보내시니, 영조의 어지러운 심사 이를 것이 없더라. 그사이 정성왕후의 병은 점점 위급하시어 15일 오후에 승하^{昇遐. 존귀한 사람의 죽음을 이르는 말}하시니, 망극하기 이를 데가 없더라.

경모궁은 대조전 서편의 관리각 아랫방으로 내려오셔서 발상하려 하시고, 나도 발상할 차로 고복^{皐復. 영혼을 부르는 의식}을 막 하려고 할 즈음에, 영조께서 여러 내인들에게 정성왕후와 처음 만나시던 말씀과 지금 이리 여의신 말씀을 길게 하시니라. 그러다 날이 저무니 동궁께서는 가슴을 치며 망극 애통해하시는데, 이 바람에 때가 지나도록 발상과 거애^{擧哀. 본격적으로 슬픔을 표하는 의식}를 못 하니 더욱 망극망극하니라. 이때 마침 정치달의 부음이 들어오니 영조께서 그제야 정성왕후를 위해 통곡하셨는데, 그런 다음 신하들의 만류에도 불구하고 옹주를 위로하신다며 곧바로 부마 집으로 거둥을 나오시니라. 정성왕후께서 오후에 운명하셨는데, 영조께서 내인과 말씀하시느라 날이 저물어서야 발상을 하니, 그런 망극한 일이 없더라.

정성왕후의 시신은 16일에야 습^{襲. 시신을 씻겨 옷을 갈아입힘}을 하였고, 영조

께서 정치달의 상가에 갔다가 늦은 밤 환궁하신 다음에야 염殮. 씻긴 시신을 염포로 묶어 관에 넣는 일을 하였더라.

경모궁께서는 하늘을 향해 울부짖고 슬픔으로 가슴 치며 아파하시고, 때때로 상례喪禮를 살피시고 또 부르짖어 우시며 눈물을 줄줄 흘리시니, 친생親生의 모자 사이라도 이보다 더하리오. 이토록 애통해하시는 거동을 부왕께서 보시면 감동하실 듯하지만, 영조 환궁 후 뵈실 때는 또 움츠린 모양으로 엎드려 계셔 끝내 눈물짓는 모습을 못 보이시니, 아니 갑갑하고 이상하리오.

정성왕후께서 평소에는 대조전 큰방에 거처하시되, 체증이나 감기만 걸리셔도 건넌방에 와 지내시더니, 환후患候. 웃어른의 병세를 이르는 말 위중하시자

"종사를 이을 왕손을 낳을 대조전이 얼마나 지중한데, 내 감히 이 집에서 생을 마치리"

하시며, 대조전 서쪽 날개 편에 있는 관리각이라 하는 집으로 바삐 내려오셔서 거기서 승하하시니라.

염을 마친 다음에는 시신을 경훈각에 모시고 입관하여 그곳을 빈소로 삼고, 옥화당이라 하는 집에 상례기간 동안 경모궁이 임시로 거처하는 거려청居廬廳. 상제가 거처하는 집을 만들고, 동궁의 다섯 달 거려를 거기서 하게 하시니라. 경모궁께서는 아침저녁 제사와 아침저녁 상식上食. 빈소에 밥을 올리는 일, 그리고 낮 제사까지 연하여 참석하셔서, 어떤 날은 하루 여섯 번의 제사를 한 번도 빠지지 않고 곡을 하시기도 하니라. 그때 나는 관리각 맞은편에 있는 융경헌에 있었더라.

이때 인원왕후께서는 칠순이 넘고 심히 쇠약하시어 정성왕후 상사 때도 안개 속에 계신 듯 슬픈 줄도 잘 모르시는 듯하더라. 그러다 2월 그믐에 병세가 심해지셔 증세가 나빴다 나았다 하시더니 당신 계신 대왕대비전의 곁방으로 자리를 옮기신 후 3월 26일에 돌아가시니라. 내

망극하기야 말할 것도 없고, 영조께서 칠순을 바라보는 노경老境에 다시 큰일을 겪어 애통이 과하시니, 더욱 어찌할 바를 모르니라.

인원왕후께서는 덕성이 탁월하시어, 대궐 내의 법도도 인원왕후 계시기에 지엄하고, 동궁 사랑하심이 지성으로 한이 없으시고, 내 들어와 자별히 아껴주시던 성은이야 어찌 다 기록하리오. 경모궁을 사랑하시어 정성을 다하시고 매양 별찬別饌, 특별한 음식을 하여 보내셨는데, 궐내 음식 중 인원왕후전 음식이 별미더라.

인원왕후께서는 영조와 경모궁의 난처한 소문을 들으시면 항상 깊이 염려하시고, 나를 보면 조용히 걱정하시어

"이 아니 안타까우냐"

말씀하시니라. 경모궁이 정성왕후 초상에 상복을 입으신 모양을 차마 보지 못하시고

"저리하고 있으니 가뜩한 마음에 눈물이 다 나겠다"

하시며 자주 걱정하시니라. 법을 엄히 세우셔서, 위계가 서로 다른 사람들은 나란히 앉지 않고 모로 꺾어 앉는 곡좌曲坐의 예법에 따라, 옹주들이 감히 장래 왕비가 될 빈궁嬪宮과 어깨를 나란히 하여 앉지 못하게 하시니, 좁은 방 안이라도 그리 못 하게 하시니라. 인원왕후전에는 화순옹주영조와 정빈 이씨 사이에서 난 딸가 계시나 병으로 운신을 잘 못하였고, 화유옹주영조와 귀인 조씨 사이에서 난 딸만 나를 따라 다녔는데, 한번은 화유옹주가 좁은 방에서 나와 어깨를 나란히 하고 앉았더니

"빈궁이 얼마나 중한데 제가 감히 그리하리"

하며 분노하시니라. 병환이 깊은 중에도 그리하시니, 그 엄하신 법도에 감탄하였더라.

정성왕후께서는 그 아드님 위하시는 마음에, 영조께서 경모궁께 안타까이 구시는 일을 지극한 한으로 삼아 애달프고 답답해하시고, 경모궁께서 큰 실수 하신 소문이나 들으면 나랏일을 근심하셔서 매양 선희

정성왕후, 사랑받지 못한 왕비

영조비 정성왕후(貞聖王后)는 달성부원군(達城府院君) 서종제(徐宗悌)의 딸이다. 1692년 생으로 1704년 영조와 결혼했는데, 당시 서종제는 진사였고 영조 역시 숙종의 한 서자에 불과했다. 김용숙 선생의 『한중록 연구』(정음사, 1987)에 실려 있는, 궁중에 전하는 이야기에 따르면, 첫날밤 영조가 정성왕후의 손을 잡고 손이 참 곱다고 하니 정성왕후가 귀하게 자라서 그렇다고 대답했다는 것이다. 그런데 영조는 이런 왕후의 답변이 마치 자신의 출신을 비웃는 듯 느껴져서 그날로 왕후에게 정을 잃었다고 한다. 잘 알려진 것처럼, 영조의 어머니 숙빈 최씨가 각심이(궁녀들의 심부름꾼)였는지는 확실하지 않지만, 궁중의 낮고 천한 여자였음은 분명하다. 영조와 정성왕후의 관계가 좋지 않음은 위의 본문이 분명하게 보여준다. 혜경궁은 같은 노론 출신이라 정성왕후에 대해서는 특별한 친근감을 가지고 있었다. 정성왕후의 친정은 신임사화(辛壬士禍)에 정성왕후의 조카인 서덕수가 죽는 등 화를 입었기에 정성왕후 역시 노론 출신인 혜경궁에게 각별한 정을 보였다고 한다.

인원왕후, 영조의 은인

인원왕후(仁元王后, 1687~1757)는 숙종의 계비(繼妃)로 경주 김씨 경은부원군(慶恩府院君) 김주신(金柱臣)의 딸이다. 경종 재위시 왕세제로 있었던 영조는 소론 측으로부터 부단히 위협을 받았는데, 인원왕후는 환관 박상검 등에 의해 주도된 왕세제 살해 음모 사건에 단호히 대처하는 등 영조 편에 서서 영조가 위기를 극복하고 왕위에 오를 수 있게 하였다. 영조에게 인원왕후는 그냥 자전(慈殿, 임금의 어머니)이 아니라 큰 은혜를 입은 은인이었다. 그래서 영조는 칠십을 바라보는 나이에도 인원왕후의 상례에 자기 몸을 돌보지 않고 정성을 다했던 것이다.

궁께 다녀가시며 진정으로 애를 태우시더라.

달을 이어 두 성모께서 승하하시니 궁중이 텅 비고, 그 지엄하던 법도가 어느 사이 무너지니 쓸쓸하고 망망한지라. 경모궁께서도 그 할머님의 자애를 많이 입으시니 애통이 각별하더라. 이럴 제 그저 부자분 사이만 예사로웠다면 더할 나위 없이 좋지 않았으랴.

인원왕후 염습은 돌아가신 영모당에서 하였고 염습 후 경복전으로 옮겼다가 다시 통명전으로 옮겨서 그곳을 빈소로 삼아 그믐날 입관하시니라. 그날 소란상小欄床, 관을 올려두는 평상에 소금저素錦褚, 소란상을 둘러 덮는 천막 같은 물건를 덮어 평소 인원왕후께서 창덕궁 후원으로 출입하시던 요서문으로 인원왕후전 내인들이 상여를 메고 가니라. 그 상여 행렬의 차림을 인원왕후 결혼식 때와 같이 하였으니, 차마 우러러 뵙지 못하니라. 영조 거려청은 체원합에다 두니라.

영조께서는 인원왕후 병증이 보일 때부터 놀라 어찌할 바를 모르셨으니, 밤낮 곁에 머무시며 지성으로 탕약을 준비하시니라. 또한 인원왕후 발인 전 다섯 달 동안 아침저녁 제사에 한 번도 빠진 일이 없으시니, 그때 영조 춘추가 육십사 세이신데 그런 효성과 정성이 다시 어이 있으리오.

당신이 이러하시니, 아드님께서 하시는 일을 본심은 모르고 나쁘고 잘못하는 줄만 아시니라. 두 성모 안 계시고 대궐 모양이 말이 아니니 망연할 뿐이라.

문녀, 아들로 바꾸어서라도 세자를 만들자

대저 영조와 경모궁 부자 사이가 중간에 더 가없으신 것이 곡절이 있느니라. 1751년 11월 영조의 맏아드님이신 효장세자의 부인 현빈궁이 죽었는데, 영조께서 효부를 잃으시고 애통하시어 상례에 친히 납시어 곡진히 정성을 다하시니라. 그런데 그곳에 소위 문녀文女라는 시녀 내인_{상궁 다음의 차상위 궁녀}이 있으니,* 별감_{궁궐 내 잡일을 맡은 하인} 문성국의 동생이라. 영조께서 상사 후 가까이하시어 수태하니, 문녀를 총애하시고 또 그 오라비도 사랑하시니라. 그런데 1753년 3월 문녀가 옹주_{곧 화령옹주. 남편은 심능건}를 낳을 무렵, 민심이 소란하여 들리는 말이

"그 남매가, 아들을 못 낳아도, 다른 자식이라도 들여서 아들을 낳았노라 하려 한다"

하더라. 그 밖에 다른 고이한 말도 낭자했는데

"그 어미는 중이 되었다가 딸의 해산에 환속하여 들어왔다"

하더라. 문성국 그놈이 제 무슨 심장으로 경모궁께 그리 흉한 뜻을 먹었는지, 참으로 요악妖惡 간흉한 놈이라. 별감에서 사약_{액정서의 정6품직}으로 승진하고, 누이 문녀는 1751년 겨울부터 승은을 입어 남매 총애가 지극하니라.

영조께서 어렸을 제부터 계시던 집이 건극당인데, 그곳을 효장세자에게 주셔서 현빈궁이 거기서 머무시더니, 1751년 현빈궁의 상사도 거기서 나니라. 건극당 아래 고서헌이라 하는 데를 문녀에게 주시어 거기서 해산케 하니, 문녀가 1754년에 또 딸_{곧 화길옹주. 남편은 구민화}을 낳으니라. 그때 영조 환갑이시라.

또 후원 중정문 밖에 문녀의 담당 내관 전성회를 두시고, 성국이도 그 내관 처소로 와 영조를 뵈니, 영조와 경모궁 부자 사이가 좋지 못한 줄 그놈이 알고 틈을 타 경모궁 하시는 일을 알아다가 임금 뜻에 맞추

---

* 문녀는 1753년 2월 정4품의 소원(昭媛)이 되어 정식 후궁이 되었고, 1771년에는 종2품의 숙의(淑儀)가 되었다. 그리고 정승 김상로와 결탁하여 사도세자를 공격하고 왕위를 넘본 죄목으로 정조 즉위 직후인 1776년 8월 자결을 명 받았다. 이 때문에 '문녀' 곧 '문씨집 딸'이라는 이름으로 낮추어 불렸다. 그의 오빠인 문성국은 정조 즉위 전에 죽었고, 두 딸 곧 화령옹주와 화길옹주는 큰 탈 없이 살다가 각각 1821년과 1772년에 죽었다.

어 고하니라. 동궁 하시는 일을 누가 감히 임금께 말할 수 있으리오마는, 성국이는 권세가 무거우니 무서운 마음이 없고, 또 동궁에 소속된 별감들이 다 제 동료이니, 동궁의 자잘한 일을 듣는 족족 여쭈니라. 문녀 또한 안에서 들은 말은 다 여쭈니, 영조께서 모르실 때도 의심하셨는데 날마다 들으시니 불쾌하신 마음에 부자 사이는 갈수록 갑갑해지니라. 국운이 불행하여 요녀妖女와 간적奸賊까지 나니 섧도다.

그 남매가 고자질하는 줄은 분명히 알아도 구체적으로 어떤 일인 줄은 알지 못하니라. 그런데 1756년 즈음에 부릴 내인이 없어 세자궁과 세자빈궁의 사약과 별감의 딸 가운데서 내인을 뽑으려 하였는데, 이는 경모궁께서 생각하신 것이 아니라 내가 내인이 없으니 뽑자 한 것이라. 마침내 그것들의 딸들 가운데 사약 김수완의 딸도 잡고 별감의 자식도 잡았더니, 아침에 그리한 일을 어느 사이 영조께서 아시고 경모궁을 부르시어

"네 어이 내게 아뢰지 않고 내인을 뽑으리"
꾸중하시니라. 영조의 꾸중이 대단대단하시니 그때 놀랍기 이를 데 없더라. 김수완이는 성국이와 친하니, 수완이가 제 자식을 아니 들이려 성국이에게 청을 하였을 것이라. 영조께서 그리 빨리 아신 것을 보면 성국이 아뢴 것이 분명하니라.

사람을 죽이다

1756년 말 경모궁께서 천연두로 고생하신 지 오래지 않아 정성왕후와 인원왕후께서 돌아가시는 큰 변을 연거푸 당하시니, 슬픔에 빠져 마음을 많이 쓰시어, 병환은 점점 더하시고 실수는 더욱 잦으시니라. 더욱이 성국이는 듣는 말마다 영조께 아뢰어 두 분 사이가 더욱 망극

하니라.

경모궁께서 다섯 달 동안 정성왕후의 빈소에서 거려하실 때, 영조께서 빈소에 곡하러 오시면 꼭 경모궁 거려청으로 가셔서 무슨 일이나 잡아 꾸중하시니라. 또 경모궁께서 인원왕후 빈소로 가시면 거기 거려하시던 영조께서 무슨 일이든 잡아 꾸중하시니라. 영조께서는 불같이 화를 내셨는데, 사람 모인 데와 내인들 많은 데라도 세자의 허물을 다 드러내시니라. 한번은 통명전에 인원왕후전 내인이 가득한데, 그 육칠월의 극심한 더위 가운데 여러 가지로 꾸중을 들으시니, 그대로 화와 병환이 점점 더하셔서 내관 매질하기가 그때부터 심해지시니라. 초상 때 거룩히 슬퍼하시던 일을 생각하면 상중에 아랫사람 매질이 잘못하시는 일이요, 1757년부터 옷을 잘 못 입으시는 병이 생겼으니 그 말이야 어찌 다 하리오.

정성왕후의 다섯 달 상례를 극한 어려움 속에서 지내시고, 6월에 발인하니 슬퍼하심이 처음 상을 당했을 때와 다르지 않더라. 성 밖까지 나가셔서 상여를 떠나보내며 크게 울부짖으시니, 백성과 관리들이 뉘 아니 감동하리오. 본마음이 나오면 이러하시건만 영조께서는 모르시니라. 상여를 보내고 들어오실 때와 장사 지내고 신주를 모시고 돌아오는 행렬을 맞아 곡을 할 때도 무슨 탈이 나니, 그 까닭은 다 기억하지 못하나, 그때 가뭄도 있었고 영조의 격노가 심하셔서, 경모궁께 엄중한 전교를 많이 내리시니라. 그 밤에 경모궁께서 당신 처소 뜰 앞에서 정성왕후의 혼전魂殿. 임금이나 왕비의 신위를 종묘에 모시기 전에 일정 기간 모셔둔 곳인 휘령전을 바라보시며 울부짖으며 죽으려 하시던 일이야 어찌 다 적으리오.

1757년 6월부터 화증이 더하시어 사람 죽이기를 시작하시니라. 그때 장번내관長番內官. 장기간 궁중에서 유숙하며 근무하는 내시 김한채라 하는 것을 먼저 죽이셔서 그 머리를 들고 들어오셔서 내인들에게 둘러 보이시니, 내 그때 사람의 머리 벤 것을 처음 보았으니 흉하고 놀랍기 이를 것이 어이 있으리오. 사람을 죽이고야 마음이 조금 풀리시는지, 그때 내인 여럿을 죽이시니라. 내가 갑갑하기 측량할 길이 없어 마지못해 선희궁께

"병환이 점점 더하시어 아랫사람을 죽이시니 갑갑하니 어찌할꼬"

여쭈니, 선희궁께서도 듣고 놀라셔서 식음을 전폐하고 누워 눈물만 흘리고 걱정하시며

"그 말을 임금께 아뢰자"

하시니라. 그러나 나중에 경모궁께서 '누가 말했나' 하고 찾아내시면, 날 보실 마음이 없어지시고 내 몸에 큰 화가 이를 듯하기에, 선희궁께 울며

"하 안타까우나 아는 일을 임금께 아뢰지도 못하고 해서 부득이 지금 여쭈었습니다만, 그리하시면 나중에 어찌 되겠습니까"

하여 겨우 진정되니라. 그때 이것저것 뭐라 할 것 없이 여러 가지로 애쓰던 말이야 어찌 다 형용하리오. 그저 죽어 모르고 싶더라.

7월에 인원왕후 발인을 하니, 그때 소나기가 퍼붓는데도 영조께서는 노구를 이끌고 인원왕후의 능소陵所, 곧 명릉. 경기도 고양시 소재까지 가셔서 신주를 모시고 환궁하시며, 효도를 지극히 하시니라. 경모궁께서도 효성이 없지 않지만, 병환은 점점 더하시고 사람 죽이는 데 길이 나시니, 주위 사람들이 두려워할 뿐만 아니라 죽을 자리조차 제대로 못 잡게 되니, 그런 일이 어디 있으리오.

아버지께서 5월에 평안도에서 돌아오시니 영조께서 반겨 애통해하시니라. 아버지께서는 경모궁을 뵙고 그사이 큰 병환을 겪고 또 두 차례나 큰일을 만나심을 위로하시더라. 경모궁 병환 말씀을 듣고는 근심이 더하시니, 부녀 만나 두 차례 국상의 망극한 아픔과 당면한 일의 무궁한 근심을 서로 붙들고 나누더라.

우물에 투신하다

1757년 9월에 경모궁께서 인원왕후전 침방針房. 바느질을 맡은 곳 내인 빙애 곧 귀인 박씨를 데려오시니, 그 내인은 곧 은전군과 청근현주의 어미라. 여러 해 그 내인에게 마음을 두고 계시더니, 그때 화증은 점점 나고 마음 붙일 데는 없으시고 인원왕후 아니 계시니, 당신 말을 누가 여쭈랴 하시며 데려다가 방을 꾸미니, 그 방에는 아니 갖춘 세간이 없더라. 또 그사이 다른 내인들도 가까이하셨는데, 그 내인들이 순종하지 않으면 치고 때려서 피가 철철 흐른 다음에라도 가까이하시니 뉘 좋아하리오.

가까이하신 것들은 많되 일시만 그리하시고 대수롭게 하시는 일 없고, 자식 낳은 내인이라도 털끝만큼도 더 봐주는 일이 없었는데, 이것에게는 그리 대수롭게 구시더라. 또 그것의 됨됨이가 요악한지라, 동궁에 무슨 재력이 있으리오마는 그때부터 내수사內需司. 왕실 재정을 관리하던 관아 재산을 가져다 썼으니, 그 안타까움을 어찌 다 이르리오. 내수사의 담당관들이 영조께 아뢰지는 않으나 그렇다고 영조께서 어이 모르시며, 이를 또한 성국이가 어찌 아뢰지 않았으리오.

9월에 빙애를 데려왔는데, 영조께서는 11월에 아시니라. 그날이 동짓날이었는데, 영조께서 대로하시어 동궁을 부르셔서

"네 감히 그리하랴"

꾸짖으시니라. 드러난 허물이 없을 때도 엄한 꾸지람이 그치지 않으셨는데 오죽하시리오. 성노聖怒가 그치지 않으시어

"그 내인을 잡아내라"

명하시니라. 그런데 경모궁께서는 그것에 혹하셔서 죽음을 마다 않고 못 나가게 하시니, 영조께서는

"어서 잡아오라"

하시고, 경모궁께서는 그것을 내보내지 않고 잡으러 온 하리下吏. 말단 구실

아치를 죽기 살기로 겁주며 버티시니, 일이 급한지라. 영조께서 그 내인의 얼굴을 모르시니, 동궁의 침방 내인 중에 나이 비슷한 것을

"빙애로소이다"

하여 보내시니라.

내가 궁중에 들어온 후로 영조의 사랑과 아끼심이 특별했는데, 아드님께 불쾌할 때 그 처자까지 함께 미워하심이 보통의 이치로되, 나를 사랑하시고 내 자녀까지 귀히 여기심은 그 처자를 아드님과 달리 보심이라. 매양 이를 감사하되, 이 일로 인하여 불안한 일이 무수히 생기니 어찌 다 형용하리오.

내가 영조를 모신 지 십사 년 만에 처음으로 꾸중이 지엄하시니

"세자가 빙애를 데려올 제 네 알았으련만, 나에게 말하지 않고, 너조차 나를 속이니 그럴 데가 어디 있으리. 네 남편의 정에 이끌려 유혜^{양제} ^{곧 숙빈 임씨의 이름}가 들어올 때도 조금도 시기하는 일이 없고 심지어 그 자식까지 거두니, 내 이를 인정 밖이라고 여겨 불쾌했노라. 한데 남편이 감히 웃전의 내인을 데려다가 저렇게까지 하되, 네 나에게 고하지 않고, 내 오늘 알고 물어도 즉시 고하지 않으니, 네 행사가 저러할 줄 내 몰랐노라"

하시고 땅을 두드리시며 꾸짖으시니라. 그 꾸중을 듣고 내 황공하되 아뢰기를

"어찌 감히 남편이 한 일을 위에다 이리이리하였습니다 말하겠습니까. 소인의 도리가 그렇지 못하나이다"

하니 더욱 꾸중하시니라. 자애만 믿다가 처음으로 영조의 엄교^{嚴敎}를 들으니, 그 두려움이 어떠하리오.

그리할 즈음에 빙애를 감추어 다른 내인과 함께 정처^{鄭妻}의 거처로 보내니, 그때는 마침 정처가 남편 정치달의 상^喪으로 밖으로 나간 때라. 그 밤에 영조께서 당신의 거려청인 공묵합으로 경모궁을 부르시어

또 꾸중을 많이 하시니, 경모궁께서 서러움에 그길로 양정합 우물에 빠지시니, 그런 망극한 광경이 어디 있으리오.

방지기^{가까이서 상전을 모시는 하인} 박세근이라 하는 것이 우물에서 경모궁을 업어 내었으니, 우물가에 얼음이 가득하고 마침 물이 많지 않아 무사하나, 기운이 막히시고 몸이 상하시니라. 상황이 점점 이러하니 무슨 말을 하리오.

영조께서 가뜩이나 화가 나셨는데 우물에 빠지는 해괴한 행동까지 보셨으니 어이 아니 진노하시리오. 그때 대신 이하 신하들이 입시^{入侍}하여 그 광경을 목도하니라. 영의정 김상로가 음흉하여 경모궁 뵈올 제는 경모궁 뜻에 맞추는 체하고, 영조께는 망극한 낯빛으로 뵈니라.

아버지께서는 경모궁께서 책망받고 우물에 빠지시는 것을 보시고, 충성과 근심으로 당신 지위를 돌아보지 않고 영조께 아뢰시되

"옛말에도 임금께 뜻을 얻지 못하면 신하는 가슴이 후끈 달아오르기 마련이라 하였사오니, 군신 사이도 그렇거든 하물며 부자 사이야 어떻겠습니까. 동궁이 자애를 얻지 못해 전전 근심하시다 저러하오니, 이런 사정 생각하심을 천만 바라옵나이다"

하시니라. 두 분 임금과 신하의 만남은 천고에 드물 정도라, 영조께서는 아버지께 죄 한번 물은 일이 없으시더니, 그날은 아버지께서 인용하신 맹자가 순임금에 대해 한 위의 말을 두고, 그렇다면 '내가 나쁜 아버지로 유명한 고수^{瞽瞍, 순임금의 아버지}라는 말이냐'며 격노하시니라. 마침 내게도 불쾌하신 끝이라, 내 죄를 겸하여 아버지를 파직하시며 엄교가 대단하시니라. 아버지께서는 파직되자 얼른 성문을 벗어나 성 밖의 월과계인지 뭔지 하는 곳에 계셨는데, 영조와 경모궁의 과한 행동이 그렇더라.

백성들도 아버지만 믿다가 아버지마저 파직되는 지경에 이르니, 민심이 시끄러워 어찌 될지 측량지 못할 정도더라. 나도 엄교를 처음 듣

고 두렵고 떨려 아랫방으로 내려갔는데, 스무 날이 넘어서야 아버지를 풀어주어 벼슬에 올리시고 나를 부르시니라. 다행히 영조의 자애 여전하시니라. 천만사가 두렵고 조심스러운 때였지만, 지극한 성은이야 몸을 바친들 어찌 다 갚으리오.

영조의 반성

1758년 정초에 영조의 건강이 좋지 않으시나, 경모궁 역시 병환이 있어 줄곧 문안을 아니하시니라. 경모궁께서는 점점 어찌할 수 없는 지경이 되어 날로 달로 어렵고 어려우니라. 경모궁 만나 뵈올 적마다 내 넋이 다 흩어지니, 차마 이를 어찌 형용하리오.

정월 초4일에 부마 김한신의 상喪이 나니, 화순옹주가 자식이 없으시고 또 우직하신 마음에 대의를 굳게 잡아 십칠 일을 절곡絶穀. 단식하다가 그달 17일에 따라 죽으니, 왕가에 이런 거룩한 일이 없더라. 하지만 영조께서는 늙은 아비를 두고 당신 말씀을 듣지 않고 돌아가신 것을 불효라 하시어, 노하여 열녀문을 허락하지 않으시니라. 경모궁께서는 그 누님의 곧은 절개에 탄복하시어 많이 칭송하시니, 그 병환 중에 어찌 그리하시던가 싶더라.

1757년 11월 우물 사건 이후 경모궁께서 관의합에 머무셨는데, 1758년 2월 영조께서 또 무슨 일로 불쾌하시어 경모궁 계신 곳으로 찾아가시니, 경모궁 하고 계신 것이 어찌 눈에 걸리지 않으리오. 숭문당으로 오시어 아드님을 부르시니 11월 이후 처음 만나신 것이라. 여러 가지로 꾸중하시고, 사람 죽인 것을 아시면서 바로 대답하는가 보려고 하신지, 한 일을 바로 아뢰라 하시니라. 경모궁께서는 뒤에서는 영조께서 아시면 큰일날 줄로 걱정하시다가도, 막상 앞에서는 당신 하신 일을 한 점도 숨김없이 아뢰시니, 이는 천성적으로 눈가림이 없으셔서 그러하신지 이상하더라.

그날 대답하시기를

"심화가 나면 견디지 못하여 사람을 죽이거나 닭 짐승이라도 죽이거나 해야 마음이 낫나이다."

하시니라.

"어찌 그러하니?"

"마음이 상하여 그러하나이다."

"어찌하여 상하였니?"

"사랑치 않으시니 서럽고, 꾸중하시기에 무서워, 화가 되어 그러하오이다."

경모궁께서는 사람 죽인 일을 하나도 감추지 않고 세세히 다 고하시니라. 영조께서도 그때는 일시 천륜의 정이 동하시던지, 어찌하여 성심이 측은하시던지

"내 이제는 그리 않으리라"

하시니라.

또 그 진노가 조금 준 다음 경춘전으로 오셔서 나에게 말씀하시기를

"세자가 마음이 상하였다 하니 그 말이 옳으냐"

하시니 부자 사이에 그런 말씀이 처음이신지라. 내 뜻밖에 천만 의외의 말씀을 듣고 기쁘고 놀라워 목메어 눈물을 흘리며

"그러하옵다뿐이리까. 어려서부터 자애를 입지 못하여 한 번 놀라고 두 번 놀라 이것이 마음의 병이 되어 그러하오이다"

하고 여쭈니,

"마음이 상하여 그러하였다 하는구나"

하시니라.

"상하기를 어이 다 이르리까. 은애恩愛를 드리우시면 그렇지 않으리

이다"
하고 여쭈며 서러워 펑펑 우니, 영조께서 부드럽게 말씀하시기를

"그러면 내가 명했다 하고, 잠은 어찌 자며 밥은 어찌 먹는지, 내가 묻는다 하여라"

하시니라. 그날이 1758년 2월 27일이니라.

내가 영조께서 관의합으로 가시는 모습을 보고 또 무슨 탈이 날지 몰라 혼비백산하여 애를 쓰다가, 의외의 하교를 듣고 크게 감격하여 울다 웃으며 영조께

"말씀처럼만 하시면 오죽하오리까. 이리하여 그 마음 잡게 하시면"

하고 대답하고 절을 하며 손을 비비어 축수하니라. 영조께서 내 거동이 안돼 보였던지 엄한 표정이 아니 계시고

"그리하여라"

말씀하시고 가시니, 그 어떤 영문인고.

하지만 그 일이 어슴푸레 꿈결 같아서 아무 생각도 없더니, 경모궁께서 날 오라 하시기에 가 뵙고 내 말하기를

"어찌 묻지도 않으신 사람 죽인 말을 하시오. 스스로 저리 말씀하시고 나중에는 남 탓을 하시니 아니 답답하니이까"

하니, 경모궁께서 대답하시기를

"알고 물으시니 다 하지"

하시니라.

"무엇이라 하시옵더니까?"

"그리 말라 하시더라."

내가 또

"이리 들었으니 이후는 부자간 사이가 행여 나으시리이까"

하니, 화증을 덜컥 내시며

"자네는 사랑하는 며느리이기에 그 말씀을 곧이듣는가. 부러 그리

하시는 말씀이니 믿을 것이 없으니, 필경은 내가 죽고 마느니"
말씀하시니, 그리할 제는 병환 계신 이 같지 않으니라. 영조께서 경모
궁께 하신 말씀은 오로지 깊은 천륜에서 나온 것이니 그 말씀을 다 믿
지는 못하나, 한때 말씀이라도 감축하여 우니라. 또 경모궁께서 그 병
환 중에도 밝은 소견을 말씀하시니, 그것을 들으니 눈물이 나니라.

　저 하늘이 부자 두 분 사이를 그토록 만드시니, 아버님께서는 말고
자 하시다가도 누가 시키는 듯 도로 미운 마음이 나시고, 아드님은 뵙
는 때라도 속이는 일 없이 당신 과실을 숨기려 하시는 바 없으니, 이는
천성이 착하심이라. 부자 사이가 조금이라도 예사로웠다면 어이 이토
록 되리오. 하늘의 뜻이 어떻기에 조선국에 만고에 없는 설움이 생겼
는고. 애통뿐이로다.

의대증

　이때 경모궁께서 의대衣襨, 왕가에서 옷을 이르는 말 병환이 극하시니, 그 어인
일인고. 의대 병환이야말로 더욱 형용할 수 없는 이상한 괴질이니, 대
저 옷을 한 가지나 입으려 하시면 열 벌이나 이삼십 벌이나 해놓아야
하는데, 그 옷마저도 잘 입지 못하시면, 귀신인지 무엇인지를 위하여
불태우시기도 하니라. 한 벌을 순히 갈아입으시면 천만다행이나, 옷을
입지 못하시면 당신은 당신대로 애를 쓰시고, 이때 시중드는 이가 조
금이라도 잘못하면 사람이 다치니, 이 아니 망극한 병환이냐.

　어떤 때는 너무도 심하시니, 이리하여 옷을 많이 버리면, 아무리 무
명이라 해도 동궁 세간에 무엇이 남으리오. 미처 옷을 짓지도 못하고
옷감도 얻지 못하면 사람 죽기가 순식간이니, 아무쪼록 그를 모면하려
고 마음이 쓰이는지라. 아버지께서 이 말을 들으시고 근심이 무궁한

밖에, 내 애쓰는 일이나 사람 상할 일이 안타까우셔서, 그 옷들을 마련해주시니라. 그 병환을 육칠 년이나 앓으셨으니, 극히 성한 때도 있고 적이 진정할 때도 있더라. 옷을 입지 못하여 애를 쓰시다가 어찌어찌하여 변변치 않은 것이라도 한 벌 입으시면 당신도 다행다행하니, 이처럼 천행으로 입으시면 더럽도록 입고 계시니, 그 무슨 병환인고. 백 가지 천 가지 병 중에 옷 입기 어려운 병은 자고로 없으니, 어찌 지존하신 동궁이 이런 병에 걸리신고. 하늘에 물어도 알 길이 없더라.

비 온 것도 네 탓이니 돌아가라

경모궁께서는 정성왕후와 인원왕후 두 분의 소상小祥. 죽은 지 일 년 만에 지내는 제사을 차례로 무사히 지내시고, 두어 달은 극한 탈 없이 지내시니라. 국상 후 경모궁께서 정성왕후 능소에 참배를 못 하셨으니, 영조께서 마지못하여 능행하실 때 따르게 하시니라.

그해 장마가 지루하다가 거둥날8월 1일 소나기가 몹시 내리니, 영조께서는

"날씨 이런 것이 다 동궁 데려온 탓이라"

하시며, 능에 미처 이르기도 전에

"도로 들어가라"

하시고 당신 혼자 가시니라.

경모궁께서는 참배하려 하시다가 안타깝게 뜻을 이루지 못하시니, 뭇 백성과 관원들의 소견에야 오죽 의아하리오. 내가 거둥을 무사히 마치고 환궁하시기를 축수하다가, 이 기별을 듣고 선희궁을 모시고 앉았다가 가없고 망연한 밖에, 들어오셔서 화증을 어찌하실까 어쩔 줄 몰라하였더라. 경모궁께서 그 소나기를 다 맞고 돌아오시니 그 마음이

어떠하시리오.

경모궁께서는 화증이 올라 바로 오실 길이 없어, 성문 밖 경기도 감영의 창고로 들어가 꽉 막힌 기운을 진정하고 오시니라. 이런 상황이니 경모궁의 근심과 아픔이 어떠하시리오. 경모궁께서 겪으신 일을 생각하면, 이 일은 병들지 않은 사람이라도, 심지어 순임금 같은 큰 효성을 지닌 성인이라도, 서럽지 않을 리 없으리라. 선희궁은 나와 마주 붙들고 눈물을 뿌릴 뿐이고, 경모궁께서는

"점점 살길이 없노라"

하시니라. 그후에 옷을 잘못 입고 가시어 그 일이 났는가 하시어, 의대증이 더 심하시니 안타깝더라.[*]

손가락 글씨로 국정을 논하는 대신

1758년 12월 영조의 병세가 대단하시어 1759년 설날 정성왕후의 혼전 제사에도 친히 납시지 못하니라. 경모궁께서 부왕 병문안을 하시다가 문안 일로 또 갑갑해지시니, 혹 문안을 해도 영조께서 순히 아니 보시고, 경모궁은 경모궁대로 병환이 심하고 무서우시니, 어찌 문안하려 하시리오. 부왕 병문안을 하다가 오히려 마음이 아프고 슬프게 되시니라.

그때 영의정이 김상로니, 경모궁께서 상로에게 잘 말씀드려달라 하시면, 상로는 경모궁께서 부왕의 마음을 얻지 못하신 것을 알고, 경모

[*] 『영조실록』과 『승정원일기』에는 영조가 사도세자가 비를 맞고 병이 들까 염려하여 돌려보낸 것으로 나온다. 육십오 세의 노인은 비를 무릅쓰고 가고 이십사 세 청년은 노인의 걱정을 듣고 돌아온 셈이다. 『한중록』을 통해 비로소 정사(正史)의 납득할 수 없는 장면이 이해되는 것이다.

궁 고마워하시도록 말을 음흉히 하니라. 경모궁께서는 1757년 동짓달 우물 사건부터 김상로를 은인이라 하시더라.

영조 병환이 중하시니, 영조께서 '국사를 어찌할꼬' 근심하시는 말씀을 대신에게 자주 하시니라. 그때 신하들 처신이 실로 난감하여, 영조와 경모궁 부자 사이에 말씀드리기가 극히 어려우니라. 상로는 경모궁께는 흘러가는 듯이 좋게 말하고, 영조께는 임금의 뜻에 따라 울며 슬퍼하는 기색을 보이는데, 그 틈에 영조께 경모궁의 과오를 아뢰려 하니라. 하지만 한자리에 선희궁이 밤낮으로 대령하여 계시고, 또 가까이에 여러 내인들이 있는지라 말을 못 하니라. 영조께서 거려하시는 공묵합은 두 칸 방으로, 영조께서는 속방 지게문여닫이 방문 밑에 누워 계시고, 바깥방 끝에 내의원의 세 제조提調, 관아의 상급 벼슬와 의관들이 있으니, 그들만 생각하면 영조 머리 곁에 바짝 엎드려 소곤소곤 얘기할 수 있지만, 안에서 모신 이를 꺼려서 매양 방바닥에 손가락으로 글씨를 써 영조께 보이니라. 영조께서는 글씨를 보시고 문지방을 두드리시며 탄식하시고, 이에 상로는 엎드려 슬퍼하니, 그 상황에 나라를 맡은 대신이야 뉘 아니 통곡하리오마는, 상로는 음흉하게 영조와 경모궁 사이에서 다른 말을 하니 어찌 그럴 수 있으리오. 선희궁께서 매양 거기 계시니, 상로가 글자를 써 보이는 것을 보시고 통분하시며 흉하다 하시더라.

영조 병환 중에 내 큰딸 청연이 역질에 걸려 처음은 가볍지 않다가 나중에 순히 되니라. 영조의 병환도 설을 쉰 다음에는 즉시 회복되어, 영조께서 청연을 보시려고 친히 납시니, 그때는 경사롭게 지내니라.

노인 영조의 재혼

1759년 2월 영조께서 원손의 왕세손 책봉을 정하시고, 3월에는 세손이 인원왕후와 정성왕후의 혼전에 참배하시니, 경모궁께서는 그 병환 중에도 윤6월에 세손 책봉례하실 일을 기특히 여겨 기뻐하시니라. 경모궁께서 병증이 심하실 제는 처자도 알아보지 못하시나, 세손 귀히 대하기는 이를 것이 없더라. 경모궁께서는 세손의 누이들이 감히 세손을 넘보지 못하게 하시고, 또 천출賤出. 천인의 자손의 이복형제들은 우러러 보는 것조차도 못하게 명분을 엄히 세우시니, 이러하신 때 어찌 병환 계신 이 같으리오.

두 왕후의 삼년상을 마치고, 5월 6일 인원왕후의 신주를 종묘에 모시는 일까지 마치니, 텅 빈 심사를 어찌 다 형용하리오. 신주를 종묘에 모시기 전에, 예조禮曹에서 영조께 왕비 간택을 청하니, 영조께서 인원왕후의 혼전에 고하시고 간택을 정하시니라. 6월에 영조께서 새로 왕비를 맞는 가례嘉禮를 행하시니, 그때 경모궁 병환이 점점 깊어 말씀은 못 하셔도 근심이 많더라. 선희궁께서 내게

"정성왕후 아니 계시니 이 가례를 행하여 새로 왕비를 맞는 것이 응당한 일이라"

하시며 영조께 하례賀禮. 축하함하시고, 가례 차림을 몸소 준비하시는데 아니 정성됨이 없으시니, 임금 위하신 덕행이 거룩하시니라.

가례 다음날 경모궁과 내가 새 중궁전에 알현할 제, 영조와 정순왕후가 함께 예를 받으시니라. 경모궁께서는 예의를 극히 공경히 차리시어 행여 예절에 어긋나지 않을까 조심하시니, 천성적으로 효성이 뛰어나신 줄을 이런 일에서 더욱 잘 알지라.

윤6월에 세손의 책봉례를 명정전에서 행하니 세손의 나이 팔 세라, 그 점잖고 빼어난 태도를 어찌 다 이르리오.

밖에서 보면 경모궁 당신은 대리청정하는 세자이시고 아들은 여덟 살이 되어 세손 책봉례까지 치르니, 형세가 마치 태산과 반석 같으시어 무슨 근심이 있을까 하리오마는, 실제 궁중 안에서는 아침저녁으로 어찌 될지 모르는 상황이니, 갈수록 하늘을 우러러 물을 길도 없더라.

그해 가을과 겨울은 영조께서 가례 후 자연 한가하지 못하셔서 드러난 일이 적으니라. 겨우 그해를 보내고 1760년을 당하니, 그해는 경모궁께서 병환도 더 심하시고 영조의 꾸지람도 날로 더하시니, 따라서 화증도 점점 성하시고 의대 병환도 극심하시니라. 갑자기 지나가지도 않은 사람이 보인다 하시니, 경모궁께서 다니실 때에는 미리 사람을 놓아 그 길에 다른 사람이 다니지 못하게 하니라. 경모궁 지나실 때 혹 피하지 못하여 얼핏이라도 사람이 보이면 그 옷을 못 입고 벗으시고, 비단군복 한 벌을 입는 데도 몇 벌을 지어 무수히 불태우고서야 겨우 입으시니, 1759년과 1760년 사이에 군복을 지어 없앤 비단이 몇 상자인 줄 모를 정도라. 더욱이 조금이라도 평범한 비단으로는 못 하니, 그때 내 간장이 얼마나 상한 줄 알리오.

아버지를 욕하는 세자

이상한 것이, 1월 21일이 경모궁 생신이시니 그날을 예사로이 보내시면 좋으련마는, 영조께서는 굳이 그날 신하들을 모으시거나 춘방 관원들을 불러 동궁 말씀을 하시니라. 경모궁께서 그 일이 큰 설움이 되어 갈수록 섧고 애달파하시니, 언제 한번 생신을 예사로이 잡수신 해가 있으리오. 생신날 굳이 굶고 궐내에서 허둥지둥 지내시니, 어찌 팔자가 그런지, 그저 서러울 뿐이라. 경모궁께서 1760년 생신에는 또 무슨 일로 화가 대단히 오르시어, 그날부터는 부모 공경하시는 말씀을

못 하시고, 상말로 천지도 분간하지 못하듯 말씀하시니라. 그러고도 화나고 서러우셔

　"살아 무엇하리"

하시며 선희궁께도 불손한 말을 많이 하시니라. 또 세손 남매가 문안 하니 큰 소리로

　"부모도 모르는 것이 자식을 어찌 알리. 물러가라"

하시니라. 그때 아홉 살, 일곱 살, 다섯 살 되는 아들딸들이 아버님 생신이라고 용포龍袍도 입고 장복章服, 벼슬아치의 예복들도 하여 절하러 왔다가, 그 엄히 화난 목소리를 듣고 놀라 두려워하던 모습이 오죽하리오.

　병환이 심하시되 나에게나 괴로이 구시지 어머님께는 그리 못 하시더니, 그날에야 비로소 그 병환을 감추지 못하시니라. 선희궁께서 비록 병환 말씀은 들으셨으나 혹 과한 말인가 의심도 하시다가, 처음으로 보시고는 너무 놀라 말씀도 못 하시니라. 병환이 점점 깊으셔 칠순 노모도 알아보지 못하시고 자녀들 사랑하던 것도 잊으시니, 선희궁 심사는 물론이거니와 자녀들 놀란 얼굴이 잿빛이니 저런 광경이 어디 있으리오. 내 그때 뼈를 깎는 듯이 서러워 즉시 죽고 싶되 죽지를 못하니, 내 몰골이 어찌 사람 모양이리오.

　그해 봄은 병환이 날로 심하여 밤낮으로 애태웠더라. 또 여름에는 가뭄이 심하니 영조께서 근심하시며

　"동궁이 덕을 닦지 않는 탓이라"

하시고 차마 듣지 못할 전교를 많이 내리시니라. 여지없는 병환에 영조께서 이렇게까지 하시니 경모궁께서는 차마 견디질 못하시니라. 내 그저 걱정이 무궁하여 살길이 없으니 밤낮으로 죽기만 바라더라.

화완옹주

정처가 나중에야 세손께 고이히 굴었지, 오라버님 일에 스스로 몸을 버려 부왕 마음이 풀리게 말씀드리지 못한 것이 죄라면 죄라고 하려니와, 그 오라버님이 두려워 어떤 일이라도

"못 하올소이다"

라고는 아니하였더라. 1760년 병환이 더하신 후부터 경모궁께서 비로소 정처의 처소에서 재물도 가져오시고

"아버님께 말씀 잘 드려라"

말씀하시기 시작했느니라. 그전에는 그저

"조용히 잘 말해다오"

라는 말씀이나 전하셨더라.

경모궁께서 답답함은 더욱 성하고 설움이 또 극진하신지라.

'저는 자애를 극진히 입는데 나는 어이 이러한고'

하시며 그 누이 탓인 듯 참고 참던 분노가 다 폭발하셔서

"다 다 잘하라"

겁을 주어 말씀하시니라. 이 바람에 그 사람이 두렵기도 하고 안타깝기도 하여 위태하게 진행되던 일이 어찌 무사하게도 되었더라. 만일 정처에게 무슨 원망이라도 샀다가 정처가 영조께 여쭈면 어찌 될지 모르기에, 이를 막기 위해 한 말이니 다른 뜻은 전혀 없느니라. 또 영조께서 정처를 불러 보시면 자연 경모궁 말씀이 나기에, 영조께서 정처를 불러 보지 못하시게 하라고 정처한테 말씀하시고, 정처가 혹 자기 처소를 나가면 그사이 또 무슨 일이 있을까 염려하시어 정처에게 호령하시길

"지금 나가면 내 널 다시는 아니 보려 하노라"

하고 위협하시니라. 한동안 정처를 시집으로 나가지도 못하게 하시니,

정처가 양자 후겸이의 관례를 6월 초 궁 밖에서 지내려다가 결국 못 나가니라.

경모궁께서 병세가 심해지고 당하신 일들도 점점 견디기 어려우니, 도저히 부왕과 한 궁궐에서 지낼 길이 없더라. 영조께서 처소를 창덕궁에서 경희궁으로 옮기시면 창덕궁에는 당신 혼자 계실 것이니, 이 틈을 타 후원에 나가 병기兵器를 가지고 기분이나 풀려는 생각이 갑자기 나, 7월 초순에 정처에게 이르시길

"아무리 하여도 한 대궐에서 살 길이 없으니, '경희궁 구경을 시켜주소서' 하든지 아무 계교로나 모시고 가라"

하시니라. 그 일을 할 제 나더러 정처에게 전하라고 하시니, 이 사정이 오죽하리오.

그때 내 겪은 일은 생사가 마치 한숨 사이에 정해질 듯 급박하더니, 정처가 어찌 도모했는지 영조께서 대궐을 옮기시리라 정하여 7월 8일로 날을 잡더라. 그런데 경모궁께서 그 전전날 정처를 불러다가 칼을 만지며 말씀하시기를

"이후에 내게 무슨 일이 있으면 이 칼로 너를 베리라"

하시니, 선희궁께서도 당신 따님을 혹 어찌할까 따라오셔서 그 광경을 대하시니 심사가 어떠하리오. 정처가 울며

"앞으로 잘할 것이니 목숨만 살려주소서"

애걸하니,

"이 대궐에만 있기도 갑갑하여 싫으니, 네 나를 온양으로 온천 하러 가게 해주려느냐. 내가 습진이 있어 다리가 허는 줄은 너도 알 것이니 가게 해내라"

말씀하시니, 정처가

"그리하리이다"

하고 가더라. 이후 영조께서 대궐을 옮기시고 경모궁의 온양 거둥 명

령을 내시니라. 이는 아무래도 정처가 보채었기에 순히 되었지, 그렇지 않고서야 어이 홀연 처소를 옮기시며, 경모궁을 온양까지 가게 할 리가 있으리오. 정처가 과연 신통하니, 이 공교로운 수단을 진작 써서 부자 두 분 사이를 화해케 했으면 일이 얼마나 나아졌을지, 다 하늘이 시킨 일이니 그 탓인들 어이하리오.

경모궁께서는, 영조께서 대궐을 옮기시게 말씀드리지 않는다고, 서 있는 내게 바둑판을 던져 왼쪽 눈을 다 상하게 하니, 하마터면 눈망울이 빠질 뻔했느니라. 어찌하여 그 지경은 되지 않았으나 놀랍도록 붓고 상처가 대단히 커, 영조께서 궁궐을 옮기시는 데 하직도 못 하고, 선희궁께는 직접 낯을 들어 뵙지도 못하니 작별 인사를 어찌하였으리오. 하릴없고 살길도 없어 죽고자 하되, 세손을 버리지 못하여 결심을 못 하니라. 그사이 여러 가지 위기가 무수하나 어찌 다 쓰리오.

백성들의 칭송이 자자했던 온양행

영조께서 경희궁으로 옮기신 후, 경모궁께서는 온양 거둥 차림을 준비하시어 7월 18일 떠나시니라. 선희궁께서는 어머니 마음에 '온양 행차를 어찌 무사히 마치고 환궁하실꼬' 조이는 마음과 아드님 못 잊는 심정이 이를 것이 없더라. 음식을 계속 보내시고, 마침 선희궁의 조카 이인강이가 공주에 있는 충청도 우병영의 진영장鎭營將으로 있으니

"어찌 가 지내시는고, 소문이나 알아 고하라"

하시며 염려하시니 자모 마음에 어이 그리 아니하시리오.

경모궁께서 온양에 가실 때, 정처가 어찌하였던지 영조께서

"하직인사는 필요 없으니 바로 가라"

하시니라.

경모궁의 온양 거둥은 행렬이 초라하기가 말도 안 될 지경이라. 당신은 거둥에 행차를 인도하는 전배前陪들을 많이 세우고, 군령을 전달하는 순령수巡令手들로 큰 목소리로 시원하게 명령을 전하게 하고, 군악도 크게 갖추어 가려 하셨으나, 영조께서 마지못해 보내시니 어이 그리 차려주시리오. 그리고 그때 어느 신하가 두 분 사이에서 감히 입을 벌리리오.

하늘 같은 남편이 아무리 중하다 해도, 나 역시 목숨을 언제 마칠지 모르니 너무도 망극하고 두려워서, 한마음으로 오로지 경모궁 뵙지 않기만을 원하였으니, 경모궁께서 온양 거둥하신 사이라도 뵙지 않음을 다행히 여기더라.

아버지께서 노심초사하시며 영조와 경모궁 두 분 사이에서 어렵게 지내신 일이야 어찌 다 기록하리오. 자나깨나 애간장만 태우셨으니, 이런 정성이야 훗사람이 생각하여도 거의 알리로다.

경모궁께서 온양에 가신 사이에 세손이 막내 외삼촌 낙윤과 외사촌 수영이를 데려다달라 하시니라. 당시 내 목숨이 아침저녁 사이에 언제 끊어질지 모르니 친척들에게 하직이나 하고자 하여, 마침 여동생과 올케들까지 궁궐로 들어왔더라.

경모궁께서 온양에 가려 하실 적에는 사람이 다 죽게 되었더니, 성문을 빠져나오시니 화증이 내리시던지 명령을 내리시어 가는 길에 행렬에서 민가에 폐를 끼치지 못하게 하고, 지나는 길마다 은혜와 위엄을 갖추 보여주시니라. 이에 백성들이 기뻐 뛰며 '성명지주聖明之主, 밝으신 임금시다' 하고, 온양 행궁行宮, 임금의 나들이 때 일시 머물던 궁궐에 드신 후에도 계속 덕을 드리우시니, '온양 고을이 잘 다스려져 모두 동궁의 덕망을 손을 모아 찬양하더라' 하니라. 경모궁께서 그때 마음이 시원하여 병이 물러나고 본연의 천성이 나타나셨던가 싶더라.

기껏 거기까지 가시긴 했지만 온양 같은 작은 고을에 무슨 아름다운

경치가 있으며 굉장한 볼거리가 있으리오. 십여 일 머무시니 또 답답하시어 8월 6일 환궁하시니라. 그후 또

"온양은 답답하니 이번에는 황해도 평산 온천으로나 가보자"

하시나, 다시 평산으로 보내달라고 말씀드릴 길이 없으니, '평산은 좁고 갑갑하기가 온양만도 못하다'고 달래어, 거기는 아니 가시니라. 하지만 경모궁께서는 내내 답답해하시고, 춘방 관원이며 신하들은 '대조께 문안인사를 못 드린 지 오래니 가 뵈소서' 하는 상소를 연이어 올리나, 문안 가실 형편은 못 되니 이 일로 또 큰 근심이 되니라.

세손에게 기운 영조의 사랑

영조께서는 자주 세손을 데려다 곁에 두시니라. 점점 세자에 대한 근심이 깊으시니, 임금과 신하가 국정과 학문을 논하는 연석延席에서도 늘 하시는 말씀이 세자 근심이라. 영조의 걱정이 아니 미치는 데가 없으니, 자연 종묘와 사직을 위하여 세손을 더욱 믿으시며, 나라를 세손께 맡기겠노라는 말씀을 자주 하시니라. 세손이 조숙하고 영리하시어 응대와 행동이 할아버님의 마음에 잘 맞으시니, 사랑하시는 마음에 이런 하교가 자주 있더라.

사정이 이런데, 경모궁께서는 영조께서 연석에서 하신 말씀을, 사관이 쓴 것을 베끼게 하여 보시니라. 그 말씀 중에는 세손을 칭찬하시고 사랑하시며, '나라의 막중한 부탁을 세손에게 하노라' 하시는 말씀도 있더라. 경모궁께서 세손을 사랑하시지만, 제왕가帝王家 부자 사이가 자고로 어려운데 하물며 병환 중이시고, 당신은 어려서부터 자애를 못 받아 그 일이 평생에 한이 되셨는데 그 아들만 칭찬하시니, 만일 연석에서 하신 하교를 보시다가 이런 말씀까지 보시면 그 화증 가운데 어

떤 일이 일어날 줄 알리오.

세손 한 몸에 종사의 존망이 달려 있으니 세손이 평안하셔야 이 나라가 보전될 것이라. 세손을 무사히 할 도리는 그 연석의 말씀을 경모궁께 보이지 않는 데 있는지라. 그러나 그 말씀을 아니 보시게 할 길이 없어, 내관에게 일러 말씀을 베껴오거든 그 내용을 고쳐서 경모궁께 보이라 하고, 위급한 때면 내가 친히 내관에게 말하여 빼게 하니라. 이 일을 또 아버지께 기별하여

"아무쪼록 세손 평안케 하실 방도를 강구하소서"
하니, 아버지께서 지극하신 우국충성으로 두루 주선하시어, 그런 말은 밖에서 빼고 써오게도 하니라.

아버지께서 험난한 때를 당하시어 영조 은혜도 갚으랴 경모궁도 보호하랴 세손도 평안케 하랴, 타는 듯한 근심이 때로 과하시어 가슴이 꽉 막히는 병증이 생기시니라. 나를 보시면 하늘을 우러러 나라가 태평하기만을 손을 모아 비시더라. 세손을 보전하여 종사를 잇게 할 기틀이 그 말씀을 보이지 않는 데 있으니, 우리 부녀가 애태우던 일이야 보통 인정이지만, 그 고심은 천지신명께 물어보아도 부끄럽지 않은지라. 만일 그때 영조께서 세손 칭찬하신 것을 경모궁께 보였다면, 세손께 어떤 놀라운 일이 벌어졌을 줄 누가 알리오.

총첩 빙애를 죽이다

이리하여 경모궁 돌아가시기 전해인 1761년이 되니 병환이 더욱 심하신지라. 영조께서 경희궁으로 옮기신 1760년 7월 후에는, 부왕이 계시지 않은 창덕궁 후원으로 나가 말도 달리고 군기붙이도 가지고 소일하시니라. 후원에도 자주 가시니 새롭지 아니하여 뜻밖에 비밀리

궁 밖 출입을 시작하시니라. 놀랍고 어이없으니 이를 어찌 다 형용하리오.

경모궁께서는 병환이 나면 사람을 죽이고야 그만두시니라. 당시 경모궁의 옷 시중은 청근현주의 어미, 빙애가 들었는데, 병환이 점점 더하시어 그것 총애하시던 것도 잊으신지라. 1761년 정월에 궁 밖으로 나가시려고 옷을 갈아입으시다가 발병하시어 그것을 죽도록 치고 나가시니라. 그것이 즉시 대궐에서 그릇되니, 제 인생이 가련할 뿐 아니라, 제 자녀로 은전군과 청근현주가 있으니, 어린 것들 정경이 더 참혹하더라.* 경모궁께서는 언제 들어오실 줄 모르고, 지엄한 대궐에 시신을 한때도 머물게 할 수 없으니, 그 밤을 겨우 새워 시신을 내보내니라. 그리고 세자궁에 딸린 궁방인 용동궁에다 상례喪禮의 임무를 맡겨 극진히 처리하니라. 경모궁께서는 궁으로 돌아와 들으시고 이렇다 말씀을 아니하시니라. 경모궁께서야 정신이 다 아니 계시니, 그저 일마다 망극할 뿐이라.

평양으로 간 세자

1761년 1월, 2월, 3월에는 무시로 궁 밖 출입을 하시니, 그때 내 마음이 무섭고 어지럽기가 어떠했으리오. 3월에는 세손이 입학례를 하시고, 그달에 경희궁에서 관례를 하시니, 내 어미 마음에 어이 아니 보고 싶으리오. 하지만 경모궁께서 가실 모양이 못 되시니, 내 무슨 낯으

---

* 겨우 돌이 지난 은전군도 이때 사도세자의 칼에 맞았다고 한다. 칼을 맞고 연못에 버려졌는데, 연꽃 위에서 죽지 않고 살아나서, 은전군의 어릴 때 이름을 하엽생(荷葉生)이라고 했다 한다. 『이재난고』에 나온다.

로 혼자 가 보리오. 병을 핑계로 가보지 못하니 그런 인정이 어디 있으리오.

그해 1월, 2월, 3월에 이천보, 민백상, 이후의 세 정승이 연이어 죽으니, 영조의 병세도 평안치 않으신데 대신이 없는지라. 3월에 아버지께서 우의정이 되시니, 당신 지위나 나라 형편이나 당신 본심으로도 어찌 벼슬에 나가고자 하시리오마는 나라의 어려움을 돌아보지 않을 수 없어 희생하겠다는 심정으로 그리하시니라. 그때 당신이 물러나시면 세상 사람들이 더욱 믿고 기댈 곳이 없을 줄 헤아리시고, 오직 나라 위한 한 조각 굳은 마음으로 몸을 다 바쳐 나라와 함께 죽으려 하시니, 어느 때인들 염려하고 두려워하지 않으시며 어느 날인들 애태우며 근심하지 않으시리오.

3월 말일께 경모궁께서 몰래 평양을 다녀오시니, 이는 그때 평안 감사가 정처의 시삼촌 정휘량인 고로, 거기는 몰래 가셔도 영조께 감히 아뢰지 못할 줄 짐작하신 연고라. 경모궁께서 '나는 세자다' 아니하신들 어찌 정휘량이 몰라보고 감영에 가만히 앉아 있으리오. 정휘량이 감영 밖으로 나와 대령하며 음식은 물론 행차에 필요한 모든 것을 갖다 바치며 애간장을 태우다. 경모궁께서 평양성 밖 장림長林, 지명임을 벗어날 즈음에는 피까지 토했다 하니라. 그 사람이 조심성이 많고, 비록 그 조카 정치달은 죽었지만 영조께서 정처를 편애하시니 늘 정처를 통해 좋지 않은 말이 날까 두려워하더니, 그때 놀라 허둥대고 두려워하기 어떠하리오.

경모궁께서 평양에 다녀오신 후, 내 근심은 이를 것도 없고, 아버지께서도 경모궁의 궁 밖 출입에 애를 태우시니라. 아버지께서는 넌지시 정휘량에게 소식을 들으시고, 일이 어찌 될지 몰라 계속 대궐에 계시다가, 혹 집에 돌아오셔도 마루에 앉아 밤을 새우시니, 당신 심사가 어떠하시리오. 경모궁 하시는 일을 영조께 감히 아뢰지 못할 것이요, 또

궁 밖 출입하실 때 장인께 가노라 말씀하신 일도 없으니, 무엇을 가지고 경모궁을 말릴 수 있으리오. 설사 경모궁께 간언한다 해도 들으실 리도 없거니와, 잘못되면 공연히 그것을 고해바친 탓을 하며 내 몸도 보전치 못할 것이요, 자칫 자녀들까지 어찌 될 줄 모를 일이라. 그래도 간언하고자 아니하신 것이 아니로되, 다만 경모궁의 실행失行이 오로지 병환에서 비롯되었으니 어찌하지 못하시니라. 아버지께서는 오로지 일심으로 세손만 보전하려고 고심하시니, 모르는 이는 세자를 잘 보필하지 못했다 책망하나, 누구에게 구구한 변명을 하리오. 그저 겪으신 일이 험하다 할 뿐이니, 서럽고 서럽도다.

경모궁께서는 평양 가신 지 이십여 일 만인 4월 20일 후에야 돌아오시니라. 나는 계속 애만 태우고 있었는데 경모궁께서 돌아오시니 도리어 아무 말도 못 하니라. 경모궁께서는 평양 가 계신 동안 내관과 약속하여 '병환 계시다' 하고, 장번내관 유인식은 속방에 누워 경모궁인 양 말을 하고, 박문흥이는 경모궁 하실 여러 가지 일을 다 처리하니, 무섭고 망측하여 어찌 다 기록하리오.

5월에 사헌부 장령掌令 윤재겸이 경모궁의 평양행을 말리지 못한 자들과 방조한 자들의 처벌을 청하는 상소를 올리니라. 이런 간언은 신하의 직분으로 당연하나, 경모궁께서 그런 것을 아실 처지가 아니고, 영조께서 아시면 무슨 변이 날 줄 모르는 상황이니, 간언할 것이 아니라.

경모궁께서는 평양을 다녀오신 후 적이 마음을 잡으시는 듯하여, 신하들도 불러 보고 세자 수업도 하시니, 내 혹 진정하실까 간절히 바라는 마음이 생기니 그 마음이 도리어 불쌍한지라. 그후 신하들을 불러 보시는데 홍계희가 무엇이라 아뢰니, 경모궁께서 엄히 명령을 내리셔 계희를 한나라 무제 때 태자를 헐뜯다가 도리어 죽임을 당한 강충江充이에게까지 비겨 말씀하시니라. 그 모습이 마치 병환이 나으신 듯하

세 정승의 연이은 죽음

1761년 1월 5일에는 영의정 이천보가, 2월 15일에는 우의정 민백상이, 3월 4일에는 좌의정 이후가 죽었다. 영의정, 우의정, 좌의정 세 정승이 거의 동시에 죽은 일에 대해 인명사전 등에서는 일반적으로 사도세자의 평양행에 책임을 지고 음독 자결한 것으로 서술되어 있다. 그런데 『한중록』에서 볼 수 있듯이, 그들의 죽음은 사도세자의 평양행 이전에 일어났다. 사도세자의 평양행은 3월 말일경이며, 평양행을 문제 삼는 상소도 5월 8일 서명응에서부터 시작되었다. 혜경궁도 또한 그들의 사인(死因)을 대수롭지 않게 말하고 있는데, 만약 세 정승이 평양행에 책임을 지고 자살했다면 평양행에 가장 큰 책임을 져야 할 홍봉한이 이들에 이어 우의정에 올랐음을 설명하기 어렵게 된다. 이들의 죽음에 대해서는 『영조실록』과 『승정원일기』 역시 병사라 밝히고 있다. 세 정승의 연이은 죽음은 충분히 의심할 만한 일이지만, 사도세자의 평양행과 그들의 죽음을 관련짓는 데는 좀더 조심스러울 필요가 있는 것이다.

참고로 『현고기』에는 세 정승의 죽음과 관련된 짧은 이야기가 있다. 궁궐 후원에 효종이 심은 소나무 세 그루가 있었는데, 그것들은 가지가 연이어 한곳에 모여 있어서, 임금이 그것을 상송(相松) 곧 재상 소나무에 봉했다고 한다. 그런데 동궁 곧 사도세자가 그것들을 잘라내는 바람에 세 정승이 일시에 죽었다고 한다. 이로 보면 사도세자는 평양행이 아니라도 세 정승의 죽음과 어떤 연관이 있을 듯하다. 이천보는 죽으면서 영조에게 상소를 남겼는데, 그 「유소遺疏」에서 영조에게 격노를 진정하라고 충고하고 있다. 화를 내면 정책도 올바로 시행하기 어렵지만 건강까지 해칠 수 있다는 것이다. 영조의 성격을 바로 꼬집었을 뿐만 아니라, 사인과도 일정한 연관이 있는 것으로 보인다.

사도세자는 과연 노론에 의해 희생되었나?

사도세자가 죽음에 이르게 된 이유 가운데 가장 널리 알려진 설은 당쟁의 와중에 노론에 의해 희생되었다는 것이다. 그런데 이 설은 그리 적절한 설명으로 여겨지지 않는다. 당시 집권층이 노론이니 사도세자의 죽음에 노론의 역할이 없었다고 할 수는 없지만, 사도세자가 친소론적 성향을 보이자 노론이 공격을 해서 죽었다는 견해라면 받아들이기 어려운 것이다. 제왕까지 당파를 갈라 보는 것은 자기 백성을 모두 이끌어야 하는 제왕의 지위에 대한 기본적인 이해마저 소홀히 한 것으로 보인다. 영조가 노론의 지지를 업고 등극했지만, 결국 가장 중요한 정책 과제로 탕평을 추진하지 않을 수 없었던 것도 제왕은 자기 백성을 편 나누어 상대할 수 있는 자리가 아니기 때문이다. 노론의 독주가 강화되자 탕평으로 그것을 막으려고 노력한 임금이 바로 영조이다.

물론 『한중록』에서도 사도세자를 죽음으로 이끈 세력으로 노론 일파를 거명하고 있다. '노희(魯禧)'라고 병칭되는 김상로(金尙魯, 1702~1766)와 홍계희(洪啓禧, 1703~1771)가 대표적인 인물이다. 혜경궁은 김상로에 대해 그 죄와 배경을 분명히 말하지는 않으나, 그가 계속하여 사도세자의 비행을 영조에게 알리려고 했음을 말하고 있으며, 문맥상으로 볼 때 그가 문녀와 결탁했음을 보여주고 있다. 『영조실록』에서는 아예 김상로와 문녀의 결탁을 기정사실화하고 있다. 또 홍계희는 사도세자가 평양에 간 사이 영조에게 사도세자를 만나 보라는 상소를 올린 일이 있다. 그가 사도세자의 평양행을 알고 있었다면 그의 행위는 사도세자를 궁지에 몬 것으로 이해된다. 홍계희는 또 경기도 관찰사로 있으면서 김한구(金漢耉), 윤급(尹汲) 등과 짜고 사도세자 죽음의 직접적 계기가 된 나경언(羅景彦)의 고변 사건을 일으킨 것으로 알려져 있다. 말하자면 정순왕후 세력과 결탁하여 사도세자를 위협한 장본인인 것이다. 정조가 직접 쓴 사도세자의 행장에는 세자는 홍계희 일당의 흉계를 막기 위해 평양을 간 것처럼 기술되어 있다. 평양을 다녀온 세자는 홍계희에게 강충과 같은 역적이라고 질책했고, 이후 홍계희는 더욱 급히 흉계를 추진했다고 한다. 사도세자가 정말 그런 이유 때문에 평양에 갔다고 믿기는 어렵지만, 아무튼 홍계희는 사도세자를 위협하고 아울러 세손 정조까지 위태롭게 한 세력이었던 것이다. 홍계희는 생시에 양반의 호사스런 한평생을 그린 병풍 그림인 〈평생도〉의 모델이 될 정도로 온갖 복록(福祿)을 누렸으나, 사후 정조가 등극한 직후에는 아들 술해(述海), 찬해(纘海), 손자 상간(相簡), 상범(相範)이 대역죄로 사형을 당했고, 아울러 그의 관직도 추탈당했다. 막내아들인 찬해는 이언형과 결혼한 혜경궁 둘째 고모의 사위이기도 하다.

요컨대 사도세자가 멀쩡했다면 김상로, 홍계희 등이 공격할 엄두도 내지 못했을 것이니 사도세자의 사인은 어디까지나 세자 자신에게서 찾는 것이 옳을 것이다. 다만 죽음을 촉진한 세력으로 노론 일파 곧 노론 벽파를 거론할 수 있을 뿐이다. 어떤 경우에도 정상적인 세자를 친소론이라 하여 노론이 공격해서 죽였다는 설명은 납득하기 어렵다.

홍계희 〈평생도〉 회혼례 장면 평생도는 어떤 인물의 호사스런 한 평생을 표현한 그림이다. 이 그림은 홍계희의 평생을 담았다고 알려진 〈평생도〉이다. 그림은 노인이 맞절을 하는 것으로 보아 회혼례를 표현한 것이다. 하지만 실제로 홍계희는 채 칠십 년도 살지 못했다. 따라서 결혼 육십 주년 기념식인 이 회혼례는 실제 일이 아닐 것이다. 국립중앙박물관 소장여, 아버지께서 기뻐하시며 들어와 내게 전하시더라.

5월 10일이 넘어서야 처음으로 경모궁께서 경희궁으로 가셔서 영조를 뵈었는데, 천만다행으로 별탈 없이 다녀오시니라. 나도 그달 보름께 세손과 함께 경희궁으로 올라가 영조를 뵙고 또 선희궁도 뵈니, 가슴이 막히어 무슨 말을 할 수 있으리오.

경모궁께서 6월에 학질瘧疾, 말라리아 등을 통칭을 얻으셔서 수개월을 안타까이 지내시니, 그해는 봄부터 궁 밖 출입을 하시기로 옥체玉體를 잘못 가지셔서 그 병환이 나신가 싶더라. 내 이 말이 인사人事에 고이하되, 만고에 없는 일을 겪으니 차라리 그 병으로 돌아가셨으면 하였더라. 그렇게 되면 경모궁을 여읜 아픔뿐, 당신의 설움과 처자의 원통함이 어찌 이만하며, 또 여러 변고 끝에 많은 사람들이 죽고 내 집의 원통함이 이 지경까지 이르렀으랴. 하늘의 뜻을 알지 못하리로다.

경모궁의 학질은 8월에 나으셨고, 9월에 영조께서 『승정원일기』를 보시다가 서명응의 상소에 경모궁 평양 간 말이 있으니 비로소 아시고 아래에서 상소문을 감추었음 일장풍파를 일으키시니라. 그때 큰 변이 나지 않은 데는 정휘량의 힘이 컸도다. 당시 영조께서는 경모궁 계신 창덕궁으로 거둥하려 하셨고 내관들도 처벌하시니, 어찌 그리 아니하시리오.

죽음의 예감

내 어려서부터 영조께서 하시는 일을 겪으니, 작은 일은 까다롭게 따지시지만, 일이 커 대단하면 도리어 작은 일에 격노하시는 것보다 덜하니라. 경모궁께서 사람을 죽였다는 말씀을 들으시고는 '제가 마음이 상하여 그렇지' 하시며 도리어 위로하시던 일처럼, 평양 다녀오신 것을 아신 후에 진노와 처분이 어떠하시리오마는 결국 그리 커지지 않았으니, 너무 큰일이라 하릴없이 그리하시던가 싶더라.

그때 영조의 거둥령이 나니, 경모궁께서는 당신이 벌여둔 병기들을 다 치우시고, 당신도 무사치 못하실 듯하여 불안해하며 기다리시더라. 그때 경모궁께서는 환취정에 계시니라. 당시는 병환으로 여러 해 동안 정답게 하시는 말씀을 듣지 못했는데, 그날 내게 이르시기를

"아마도 무사치 못할 듯하니 어찌할꼬"

하시니라. 내 갑갑하여 대답하기를

"안타깝소마는 설마 어찌하시리이까"

하니, 말씀하시기를

"어이 그러할까. 세손을 귀하게 대하시니, 세손이 있는 이상, 날 없애도 상관없지 않은가"

하시니라.

"세손이 마누라 여기서는 사도세자 아들인데 부자가 화복禍福이 같지, 어찌 다르리이까?"

"자네는 잘못 생각하네. 더욱 날 미워하시어 살길이 점점 어려우니, 나를 폐하고 세손을 효장세자의 양자로 삼으면 어찌할까 본고."

경모궁께서 그 말씀 하실 제는 병환 기운도 없이 천연히 그리하시더라. 내 그 말씀이 슬프고 서러워

"그럴 리 없습니다"

하니, 또 말씀하시되

"두고 보소. 자네는 귀히 대하시니, 내 부인이로되 자네는 물론 자식들도 예사롭겠지만, 나는 병이 들어 이러하니 어찌 살게 하겠는가"

하시니, 내 울면서 듣더라. 과연 1764년 세손으로 하여 효장세자의 대를 잇게 하셨으니, 그 망극한 아픔을 당하여 경모궁 하신 말씀을 다시 생각하니라. 경모궁께서 미래사를 능히 헤아리시니 그날 그 말씀 하신 일이 참으로 신통하니라. 또 그 신령스럽고 밝은 지혜를 생각하니, 더

마누라, 마마, 자네

혜경궁은 남편 사도세자를 마누라(원문에는 '마노라')라고 부르고, 사도세자는 혜경궁을 '자네'라고 부른다. 부인이 남편을 마누라라고 부르는 것은 현재의 용법과는 정반대이며, 남편이 부인을 자네라고 부르는 것도 현재의 용법으로는 어색한 표현이다.

김용숙 선생은 역저 『조선조 궁중풍속 연구』(일지사, 1987)에서, 마누라가 원래 궁중에서 세자빈 등 존귀한 사람을 가리켜 사용되었는데 현대로 들어와서 의미가 전락하여 서민층의 늙은 부인이나 아내의 비칭(卑稱)으로 사용되기 시작했다고 보았다. 하지만 이는 실상과 어긋나는 설명이다. 18세기 이야기책 『어수신화禦睡新話』에서 '모전분전말루하(毛廛粉廛抹樓下)' 곧 '과일가게, 화장품가게의 여주인'처럼 '말루하' 곧 '마누라'가 '여주인'이라는 의미로 사용되었음을 볼 수 있고, 19세기 이규경의 『오주연문장전산고五洲衍文長箋散稿』 「여항칭호변증설閭巷稱號辨證說」에는 마누라는 조선에서 부인에 대한 존칭인데, 천창(賤娼)과 시파(市婆), 곧 천한 창기와 시중의 노파도 그렇게 부른다고 했다. 또 김용숙 선생도 인용한 편찬연대미상의 『이두편람吏讀便覽』에는 마누라를 "노비가 주인을 부르는 칭호"라 하면서 "비천한 자가 존귀한 자를 부를 때" 사용한다고 했다. 마누라는 조선시대에 이미 민간에서도 널리 사용된 호칭인 것이다.

또 김용숙 선생은 마누라가 '마마'보다는 한 단계 아래의 호칭이라고 했으나 이 역시 납득하기 어렵다. 마누라는 왕이 된 아들 정조가 혜경궁을 부를 때도 쓰지만, 거꾸로 혜경궁은 물론 홍봉한과 정처, 곧 어머니, 외할아버지, 고모가 왕인 정조를 부를 때도 사용하고 있다. 더욱이 『경종실록』, 『영조실록』 등에서는 무수리, 무당 등이 임금을, 면전에서는 아니지만, 사건 심문과정에서 '마누라'로 부르고 있다. 이로 보아 마누라가 마마보다 한 단계 낮은 호칭이라는 설명도 받아들이기 어렵다.

마마(媽媽)는 원래 중국어에서 어머니나 나이 든 부녀를 가리킬 때 쓰는 말이다. 조선시대 문집에 나온 용례를 봐도 그냥 '마마'라고 부를 때는 모두 그런 뜻으로 사용되고 있다.

『한중록』에서도 혜경궁의 여동생이 혜경궁을 부를 때 '형님마마'라고 한 것 외에는 모두 아들 정조가 혜경궁을 그렇게 불렀다. 이런 용례들만 보면 '마마'는 민간이든 궁중이든 나이 든 부녀를 가리키는 말로 사용되었던 것으로 보인다. 김용숙 선생은 '상감마마' 등의 표현에서 볼 수 있듯 마마는 "남녀를 막론하고 왕족에게 바치는 최고 존칭"이라고 하였다. 마마가 언제부터 마누라와 의미가 달라졌는지는 분명히 알 수는 없다. 다만 현재로서는 조선 후기에 '마누라'나 '마마' 모두 민간에서나 궁중에서 상대를 높이는 존칭으로 사용되었는데 '마마'는 주로 여성에게 사용되었다는 정도로 이해하는 수밖에 없을 듯하다.

한편 사도세자는 부인 혜경궁을 자네라고 부르고 있는데 이 역시 현재와는 의미가 다소 다르다. 현재처럼 낮춤의 의미가 있지 않은 것이다. 16세기의 한 한글 편지에는 부인이 죽은 남편에게 자네라고 부르고 있고, 18세기 소설 『옥원재합기연玉鴛再合奇緣』에서도 부인이 남편을 자네라고 부르고 있다. 조선시대의 '자네'는 부부간에 서로를 부르는 말이었던 것이다. 그런 것이 근대 이후 어느 시기부터 낮춤의 의미가 강해졌다.

욱 억울하고 원통하니라.

관자 하나 때문에

결국 영조의 거둥이 이루어지지 않아 위기는 어지간히 진정된 듯하나, 한번 크게 발병하시면 병증은 더욱 더하시니라. 10월 즈음은 병증이 더 중하니 망극하니라.

그때 세손빈을 정하시니, 청풍부원군 김시묵의 집으로 그 집안이 대가덕문大家德門. 덕망이 있는 명문가이라. 일찍이 아버지께서 청풍부원군의 부친이신 판서 김성응의 부인 수연壽宴. 환갑잔치에 가셨다가, 거기서 정조비인 효의왕후孝懿王后를 보시고 '비상한 자질이라' 하시던 말씀을 내 들었더라. 세손빈 간택시 처녀 명단에 참판 김시묵의 딸이라 쓰인 것을 경모궁께서도 보시고 마음에 들어 정처에게 기별하시기를

"이곳에 못 되면 어찌 될지 네 알리라"

하시니라. 그러나 윤득양의 딸에게 영조의 마음이 기울고 궁중 소견들도 그러하니라. 그때 경모궁께서도 간택에 참예를 못 하시니 내 어찌 홀로 갈 수 있으리오.

내 아들을 향해 천륜 밖의 특별한 마음이 있으니, 그 간택을 보지 못해 답답할 뿐만 아니라, 그 시부모를 간택에 참예치 못하게 함을 인정 밖의 일로 알아 영조의 행사를 딱하게 여겼더라. 경모궁께서 김시묵의 집이 아니 될까 걱정하시다가 거기로 결정되니 기쁨이 넘치시더라.

재간택을 지낸 다음에 빈궁이 바로 천연두를 앓고, 이어 세손이 천연두에 걸리시어 12월 초순에야 나으시니라. 영조께서 걱정하시다가 기뻐하시고, 경모궁께서도 기뻐 좋아하시며 좋은 일에 마가 낄까 조심하시니, 그런 때는 병환이 아니 계신 듯싶더라. 내 남다른 인정으로 세

손의 중한 병환에 두 손 모아 기도하며 무사히 낫기를 천지신명께 빌던 일과 아버지께서 숙직을 서시며 밤낮으로 애태우던 정성이야 이를 것이 어이 있으리오. 조상이 그윽이 도우셔 세손과 빈궁이 차례로 나으시고, 12월에 삼간택을 하니 그 경사를 어찌 다 형용하리오.

삼간택 때는 부모를 아니 뵙게 못 하는 고로, 영조께서 경모궁과 나를 오라 하시니, 세손과 빈궁을 볼 일이 기쁘나 한편으로는 경모궁께서 어찌 무사히 다녀오실까 갑갑히 가슴을 조이더니, 염려한 바와 어긋난 일이 어디 있으리오. 경모궁께서 의대 병환으로 옷 한 벌 입으시는 데 여러 번을 바꾸시니, 망건 역시 여러 번 바꾸시는지라.

망건줄을 끼우는 관자를 찾는데, 마침 경모궁 쓰실 도리옥관자를 얻지 못하여, 결국 정3품 문관 벼슬아치들이 다는 통정옥관자를 붙이고 가시니라. 경희궁 사현합에서 부자분이 만나시니 영조께서 어찌 경모궁을 순탄히 보시리오. 경모궁께서 이미 자식의 대사大事를 보려고 들어오셨으니, 그 관자가 비록 무관의 것처럼 크고 고이하여 동궁이 다심 직하지 않되, 여기서 더한 일도 많은데, 그 관자가 무슨 대수리오. 영조께서 미처 신부가 들어오기도 전에 격노하시어

"간택은 보지 말고 돌아가라"

하시니라. 그 일은 실로 너무 섧고 너무도 아니하심 직한 일이니 어이 그리하시는고. 며느리 될 이를 보지도 못하고 가시는 마음이 어떠하리오.

경모궁께서 어이 화증도 아니 내시고 공손히 다시 창덕궁으로 내려가시던가 싶으나, 나는 나중에 죽을 각오로 이미 올라왔으니 세손빈궁이나 보고 가려 하니라. 그런데 삼간택을 겨우 지내고 생각하니, 경모궁께서 삼간택도 아니 보시는 것은 인정에도 박절하고 일도 복잡해질 듯하여, 그때 정순왕후와 선희궁 그리고 정처에게까지

"세손빈궁이 간택례 후 옮겨갈 어의궁으로 가는 길 중간에 창덕궁

이 있으니 아래에서 임의로 데려가기는 황공하나, 위에 여쭙지 아니하고 세손빈궁을 동궁에게 인사시키는 것이 어떻겠습니까"

하니, 그분들 의논도 한결같으니라. 그리하여 모셔가는 내관에게 일러

"동궁 계신 아랫대궐 지날 때 세손빈궁의 가마를 내 가마와 함께 아랫대궐에 들게 하라"

하여 데리고 가니라.

경모궁께서는 간택을 보러 올라가셨다가 보지도 못하고 그냥 내려오셔서, 마음이 좋지 못하여 어이없고 서러우시나 하릴없이 덕성합에 누워 계시다가

"세손빈 데리고 오나이다"

하니, 반기시며 그 며느리를 어루만지시고 기특히 여기며 좋아하시더라. 세손빈궁을 밤에야 어의궁으로 보내니, 어쩔 수 없는 형편으로 데려오긴 했으나, 영조를 속인 듯하여 죄송하더라.

경모궁께서 날로 서럽고 날로 병환이 더하시어 부왕을 향하여 불공한 말씀이 점점 가없으시니 이 아니 망극하냐. 마음에 놀랍고 밤낮으로 두려우니, 내 목숨이 어느 때 어찌 될지 몰라 어서 큰일이나 무사히 치르려 하니라. 세상에 이런 일 겪은 사람이 어디에 또 있으리오.

정조의 가례

해가 바뀌어 경모궁께서 변을 입으신 1762년이 되니라. 세손의 혼례를 2월 초2일로 택일하니, 어서 날이 지나 혼례를 잘 치르기만 바라더라. 정월 초순이 지나 홀연 경모궁께서 목감기가 대단하시어 증세가 가볍지 않으니, 큰일이 박두한데 어떨까 안타깝더니 침을 맞으시고 즉시 회복하시어 다행으로 여기니라. 혼례날이 다 되니 막중한 인륜을

저버리지 못하여, 초2일 영조께서 경모궁께 세손을 데리고 오라 하시니라. 세손이 먼저 가셨는데, 세손은 일찍 올라가셔서 숭현문 밖에 잠깐 머무신 다음, 동궁이 하례받는 집인 경현당에서 초례(醮禮. 일반적으로는 결혼을 가리키는 말. 여기서는 초계(醮戒)를 뜻함. 초계는 결혼 때 자녀를 훈계하는 의식)를 하시니라. 한집에 할아버지, 아들, 손자 삼대가 모여 손자의 가례(嘉禮)를 치르고 전안(奠雁. 신부 집으로 나무 기러기를 보내 절하게 하는 예식)하게 보내니, 그런 즐거움과 막대한 경사가 다시 어디 있으리오.

초례를 지내고 대례(大禮. 혼례는 왕후가 하례받는 집인 광명전에서 지내니라. 혼례 후 경모궁은 즙희당에서 머무시고, 세손과 빈궁은 광명전에서 밤을 지내니라. 이튿날 영조와 정순왕후, 그리고 경모궁과 내가 한집에서 세손빈의 인사를 받을 제, 위의 두 분은 광명전 북벽 의자에 앉으시고, 동궁 좌석은 동편으로 하고 내 자리는 서쪽으로 하니라. 세손빈궁이 어리고 신부 걸음이 쉽지 않아 시간이 걸리니, 영조와 경모궁 두 분이 서로 대하신 지 오랜지라, 보기도 싫으시고 말씀도 참으시니 기색이 어이 좋으리오. 내 우러러 말씀 아니하시기를 마음속으로 기도하며, 내가 직접 나가 세손빈을 재촉하여 들여와 세우니라. 세손빈으로 하여금, 임금께는 밤과 대추를 담은 쟁반을, 왕비께는 육포를 담은 쟁반을, 재촉하여 위로 두 분은 물론 우리 둘에게도 태평히 드리게 하니, 그런 다행스런 일이 어디 있으리오.

경모궁께서는 그저 어려워하시며 사흘 동안의 가례만 보고 가려 하셨는데, 그리하실 적은 병환증도 아니 나오시니 당신을 좋게만 대접하시면 그래도 나으니라. 영조께서 막중한 혼례를 못 보게 할 수는 없어서 오게는 하시나, 경모궁께서 신부의 인사까지 받았으니 더 머물게 하실 뜻은 없어서 동궁의 환궁령을 내시니라. 하지만 내게는 사흘의 혼례일정은 다 보고 가게 하시니, 내 혼자 있기 난처한 일이 많아 겨우 도모하여 경모궁을 뒤따라 내려오니라.

세손과 빈궁이 사흘 후 창덕궁으로 내려오시니, 경모궁께서 기다리시다가 좋아 좋아하시며 빈궁을 데리고 정성왕후의 혼전인 휘령전에 참배하게 하시고 다시 슬픔에 잠기시니라. 이러하실 적에는 본심이 돌아오신 듯하더라. 경모궁께서 그 며느리를 비상히 사랑하시니, 세손빈궁이 특별한 자애를 받아 어린 나이지만 경모궁 돌아가신 후 애통이 심하더라. 세손빈궁은 세월이 갈수록 추모가 더하여 말씀이 경모궁에 미치면 눈물을 아니 흘릴 적이 없더라. 이는 경모궁께 자애를 받은 까닭이기도 하지만, 본심에 효성이 없으면 어찌 이러하리오.

어려운 상대, 장인

경모궁께서는 장인을 사사로이 만나시는 일이 없으시더라. 그때 아버지께서 함경도에 있는 태조 임금의 부모 능원을 살피러 가시게 되니, 영조께서 아버지께 나와 세손빈을 보고 가라 하시어 아랫대궐에 오시니라. 경모궁께서는 그날 병환도 조금 덜하시니 며느리 자랑도 하시더라.

원래 경모궁께서는 자라실 적에 보양관輔養官. 아기 세자를 돌보는 보양청의 관원이나 춘방 관원 외에 사사로이 만날 인척이 없어 바깥사람 중에 가까이 하시던 이가 없다가, 결혼 후 아버지를 보시고는 잘 대접하며 친하게 대하시니라. 아버지께서는 보름마다 경모궁께 안부를 물으셨으나, 임금의 말씀이 있어야 뵐 수 있었고, 동궁에 오신 때라도 매양 오래 머물지 않으시고

"궁중이 지엄한데 바깥사람이 오래 머물지 못하리라"

하시며 곧 나가시니라.

아버지께서는 경모궁을 뵈면 일심으로 세자의 학문을 권장하시고,

옛사람이 하신 바를 부지런히 아뢰시며, 옛사람의 좋은 말을 자주 써 드리시니라. 경모궁께서 글을 지어 보내시면 잘되고 못되고를 의논해 드리니, 경모궁께서 우리 아버지께 배우심이 많으시니라. 아버지께서는 경모궁이 천만 년이 넘도록 태평성군의 맑은 이름을 전하기를 간절히 바라시니, 그 정성을 어느 신하가 만에 하나라도 따라올 수 있으리오.

아버지께서 경모궁 사랑하시기는 끝없으시나, 도우시기는 반드시 옳은 일로만 하시니라. 다른 척리^{임금의 인척}들은 혹 동궁께 노리개도 드리며 놀게 하는 예도 있지만, 아버지는 일절 그리하신 바 없으시고, 뵈면 처음부터 끝까지 번번이 여쭙는 말씀이

"효도를 힘쓰소서"

"학문을 부지런히 닦으소서"

이 두 마디 외에 다른 말씀 하시는 일이 없더라.

경모궁께서도 아버지를 귀히 여기시는 가운데, 앞으로 크게 쓰일 그릇으로 예우하시고, 또 늘 조심하시더라. 병환이 심해지신 후에도 늘 아버지께는 조심하시니라. 그 병환에도 아버지께서는 경모궁을 만나 그저 얼굴만 보시고 말았지 이렇다 말씀하신 일이 없으시고, 더 난감해진 다음에야 '잘하라', '믿노라' 등의 말을, 그것도 내 편지에나 쓰시지, 경모궁께 써 보내신 일이 없더라. 그 의대 병환으로 경모궁 생사가 걸렸을 때도, 내가 아버지께

"옷 좀 얻어주소서"

하였지, 경모궁께서는 달라 하신 일이 아니 계시니라. 그리고 부마 박명원의 집과 정처에게서는 가져오시되 내 집 것은 한 가지도 가져온 일 없으시니라. 궁 밖 출입을 시작하실 때도 응당 처가에 먼저 가실 듯하되, 박명원 집으로 차려 가시지, 내 집에는 한 번도 가신 일이 없었느니라. 내 집에는 아무렇게나 대하지 못하시니 어렵게 여겨 꺼리시

사도세자의 살인

『현고기』를 보면, 박희천이라는 사람의 말을 인용하여 사도세자가 사람을 많이 죽인다는 말을 전하고 있다. 박희천과 한 마을에 칼 만드는 장인이 있었는데 그는 동궁에 불려간 지 얼마 되지 않아 머리가 잘린 시체가 되어 나왔다. 동궁에서 나온 사람은 세자가 그가 만든 칼이 마음에 들지 않아 머리를 잘랐다고 전했다고 한다. 『한중록』을 보면 사도세자는 칼을 매우 좋아하여 평생 좌우에서 떼놓지 않았고, 심지어 상주 지팡이 모양의 칼을 만들기도 했다고 한다.

無逸相爲表裏詔於千伏念老臣王室之懿親熙
朝之冢宰受先后之遺命朝夕兢惕于中迪新王之
初元歌頌詠歎於下臣言非耄王請勿疑

說

藝譜六技演成十八般說

武藝舊譜只傳六技出於戚氏新書　宣廟朝幸提
督營賀其大捷之功仍問勝績之所以提督對以北
將習於防胡吾則用戚帥禦倭法得以全勝　宣廟
欲試戚法購而得之於提督麾下相臣柳成龍使其
郎僚韓嶠專意講解後相臣尹斗壽又領其事與趙

사도세자가 쓴 무예에 대한 글 사도세자의 문집인 『능허관만고』에 실려 있다. 사도세자는 칼, 무기, 무예를 좋아했다고 하는데, 이런 무예에 대한 관심은 아들 정조에게 이어져 조선의 대표적인 무예서인 『무예도보통지』가 만들어졌다. 한국학중앙연구원 소장

사도세자와 화완옹주의 수상한 관계

앞의 사도세자의 통명전 잔치 장면을 주요한 근거로 삼아 사도세자와 화완옹주의 관계를 근친간(近親姦)으로 해석한 연구가 있다. 『한중록』에 대한 최초의 본격 논문인 김용숙 선생의 「사도세자의 비극과 그의 정신분석학적 고찰」이 그것이다. 사도세자는 죽기 몇 달 전, 가장 병증이 깊을 때, 세 살 터울의 여동생 화완옹주를 자기가 사는 창덕궁으로 불러서 '오래도록 데리고 있었고', 잔치를 하고 놀다가 밤이 깊으면 '위아랫사람이 다 지쳐 잤다'고 한다. 온전한 정신이 아니었으니, 무슨 일이 벌어졌을지 모를 일이다.

김용숙 선생은 나아가 화완옹주의 혜경궁에 대한 도를 넘는 질투, 그리고 정조가 고모를 미워해 왕위에 등극하자마자 누구보다 앞서 화완옹주를 처벌한 일 등에서 뭔가 수상한 점이 있다고 보았다. 혜경궁은 『한중록』에서 차마 쓰지 못할 말은 뺀 것이 많다고 했는데 이런 입에 올릴 수도 없는 내용을 뺀 것이 아니겠냐 한 것이다. 김용숙 선생은 강박증이 사도세자처럼 살인으로까지 이어지면, 사디즘과 근친간으로까지 떨어지기 쉽다는 심리학 학설에 기대어 이런 '대담한 추측'을 한다고 했다.

김용숙 선생의 논문은 1958년에 발표된 것이다. 필자는 1995년 김용숙 선생과의 면담에서 이 주장을 들은 바 있다. 선생은 젊은 시절의 대담한 추측을 여전히 믿고 계셨다. 김용숙 선생도 논문에서 분명히 말했지만 사도세자와 화완옹주의 관계를 근친간으로 볼 수 있는 명백한 근거는 없다. 하지만 이렇게 보면 영조가 급작스럽게 사도세자에 대한 처분을 결심한 것 등을 어렵지 않게 이해할 수는 있다.

고, 그사이 변고가 계속 생긴데다 궁 밖 출입이 스스로도 부끄러워 아버지께 말씀을 못 하시더라.

아버지께서 경모궁을 뵙는 것도, 밖에서 정무 보고를 할 때나 병환이나 계시면 공무로 안에 들어와 뵈었지, 사사로운 만남은 해가 넘도록 못 하시더니, 그날 들어오셔서 경모궁을 우러러 반가워하시더라. 아버지께서는 경모궁께서 젊은 나이에 며느리를 얻고 세손 부부가 당신을 만나는 것이 더욱 귀히 생각되고 기뻐서 축하하시니라. 이날 경모궁께서 평소처럼 정성껏 대접하시며 조금도 병증이 발하지 않으시니, 이상하고 섧도다.

관 속에 누운 세자

3월이 되니 더 많은 일이 생기고 병환은 더욱 여지없으신지라. 차마 내 붓으로 어찌 쓰리오. 화증이 나면 내관 내인들에게 감히 못 할 말을 시키시고, 그것들은 죽는 것이 무서워 큰 소리로 그 말을 하니, 그저 하늘이 무섭고 차마 망극망극하여 얼른 죽어 아무것도 모르고 싶더라. 경모궁께서는 1756년 잡숫지도 않은 술로 인해 책망 들은 일을 원통히 여기시더니, 과연 영조께서 하신 말씀처럼 금주령이 지엄한 때에 궁중에 술을 어지러이 들이시니라. 그러나 본래 주량이 적으시니 변변히 잡숫지도 못하고 술만 대궐에 낭자하니, 어느 일이 근심되지 않으리오.

1760년 이후에는 내관 내인 중에 다치고 죽은 것이 많으니 다 기억하지 못하되, 드러난 것은 내수사 담당관 서경달이라. 내수사 물건을 더디 가져온 일로 죽이시니라. 그때 교대로 시중드는 내관들이 여럿 상했고, 선희궁 내인도 하나 죽으니, 점점 어려운 지경이라. 1761년 경모궁께서 궁 밖을 나가셨다가 승(僧)년 하나를 데려오시고, 또 평양행에서는 기생 하나를 데려다가 궁중에 두시니라. 그리고 잔치를 베푸시면서 사랑하시는 내관의 아내들과 뭇 기생들까지 들여와 잡되이 섞이니, 만고에 그런 모습이 어디 있으리오.

2월 그믐에는 정처를 오라 하시어 오래도록 데리고 계시며, 당신 병환이 '서러워 이러하였노라' 말씀하시니라. 정처도 겁을 내어 서러워하며 영조에 대해 불공한 말을 하니, 나는 차마 그 말을 듣지 못하고 죽기를 각오하고 감히 거들지 않았노라. 경모궁께서 정처를 데리고 통명전에서 잔치하시니, 잔치 장소는 창덕궁 후원 아니면 통명전이요, 머무시기는 환취정에서도 하시니라.

3월은 어찌할 바 모르고 지내고, 바로 4월이 된지라. 경모궁 거처가 어찌 사람 사는 곳 같으리오. 죽은 사람의 빈소 모양 같으니, 다홍색으로 명정(銘旌, 상여 앞에 들고 가는, 죽은 사람의 이름을 적은 붉은 기) 모양을 만들어 세우고, 시신 놓는 평상 같은 것을 만들어 그 속에 숨기도 하시니라. 잔치라 하며 놀다가 밤이 깊으면 위아랫사람이 다 지쳐 자는데, 상 위의 음식들은 늘어놓은 채 그대로 있으니, 그 모습이 다 귀신의 행사라. 하늘이 시킨 것이 아니면 어찌 이럴 수 있으리오.

점치는 맹인들도 점을 치다가 말을 잘못하면 죽이니, 의관이며 호위 무관이며 그 밖의 아랫것들 가운데도 죽은 것도 있고 병신된 것도 있느니라. 대궐에서 하루에도 죽은 사람 여럿을 져 낼 때가 있으니, 안팎으로 두려워 심히 말들이 많더라. 발을 잘못 디뎠다간 자기 죽을 곳을 제대로 얻지 못하는 상황이니, 당신의 본바탕은 진실로 거룩하시건만 그 착하신 본성을 잃으시고 아주 그릇되니 이를 어찌하리오.

무덤 같은 지하방

5월에는 홀연히 땅을 파고 그 속에다 세 칸짜리 집을 짓고, 방 사이에는 장지문을 달아 마치 시신 넣는 관처럼 만드시니라. 문은 위로 내되 널판 뚜껑은 사람이 겨우 드나들 만하게 작게 만들고, 그 널판 위에는 떼를 덮으니 집을 지은 흔적도 없는지라. '묘하다' 하시고 그 속에 옥등玉燈을 달아놓고 앉아 계시니라. 이는 영조께서 거둥하셔서 당신 하시는 것을 찾으셔도 찾지 못하시게 하고 군기붙이나 말까지 다 감추려고 하신 일이라 다른 뜻은 없건만 그 집으로 인하여 망극한 말이 나니, 다 흉한 조짐이나 마치 귀신이 시킨 듯이 그리하시니 인력으로 어찌하리오.

가마 태워 모신 어머니

그달에 선희궁이 세손 혼례 후 처음으로 세손빈도 보실 겸 머무시던 경희궁에서 아랫대궐인 창덕궁으로 내려오시니, 경모궁께서 반가우시고 귀히 여기시어 대접하심이 과중과중過重過重하시니라. 경모궁께서 마음이 신령하시어 마지막 영결永訣, 죽은 자와 산 자의 영원한 이별차로 그리하시던지, 잡숫는 음식과 잔칫상을 거룩히 차리시니, 과일은 높고 높게 고이고 인삼과까지 하여 놓았더라. 경모궁께서 그 어머님 오래 사시라고 시를 짓고 술잔을 올리시는데, 남은 것 없이 모두 받들어 올리니라. 또 선희궁을 후원으로 모셨는데, 선희궁 타는 작은 가마를 임금 타시는 큰 가마처럼 만들어, 선희궁 마다하시는 것을 우겨서 타게 하시니라. 게다가 앞에는 큰 깃발을 들리고 거창하게 음악까지 연주하니, 그 모양이 당신은 극진히 효도로 봉양하시는 일이나, 선희궁께서는 당신께서 병환으로 이리하시는 줄 알고 더욱 놀라시더라. 선희궁께서 경모궁이 점점 어찌할 수 없게 된 것을 보시고, 경모궁이 어느 지경까지 가실 줄 모르시니, 나를 대하면 눈물만 흘리고 두려워하시며 '어찌 될꼬'만 하시니라. 겨우 며칠을 묵고 올라가시니, 어머님도 우시고 아드님도 슬퍼하시는 것이, 영영 영결하시는 길이라 그러하시던가 싶더라. 나는 날로 심사가 어지러워 살아 다시 뵐 듯싶지 않아, 마음이 더 칼로 베인 듯하더라.

칼로 결판을 내리라

2월에 신만申晩이가 탈상脫喪하고 바로 조정에 들어와 윤5월 초에는 영의정이 되니라. 영조께서 신만이를 삼년상 기간 동안 만나지 못하시다가 다시 보시니, 새사람같이 즐거이 말씀하셨는데, 그것이 다 경모궁 말씀이라. 경모궁께서 신만이로 하여 당신 흉이 나니, '그 정승 복 없고 밉다' 하시어 차차 신만이를 꺼림칙하고 무섭게 여기니라. 혹 신만이가 영조께 무슨 참소를 하려나 싶어 이를 가셨으니, 그로 인하여 더욱 화가 돋으셔 점점 망극하니, 내 어찌할 바를 모르더라.

그러다 5월 22일 천만 뜻밖에 나경언의 일이 나니, 그때 형조 참의는 내 외사촌 이해중이라. 경언이 그놈이 무슨 흉심으로 그 상소를 올렸는지, 내용이 망극하기 이를 데가 없더라. 영조께서 경언이를 친국하시고 곧 경모궁을 부르시니, 경모궁께서 급히 걸어 윗대궐로 올라가시니 그 경색이 어떠하리오. 가뜩이나 어지러운 차에 경언이 같은 흉한 놈이 나와, 병환은 더 이를 것이 없고, 부자 사이도 더 말할 것이 없는지라. 경언이를 사형시키니, 경모궁께서 경언이의 아우 상언이를 잡아다가 시민당 손지각 뜰에서 형벌하여 배후를 물으시되, 상언이가 대답하지 않더라.

경모궁께서 신만이를 더욱 미워하시어 아비의 죄로 그 아들인 부마 신광수를 잡아다 죽이려 하시니, 그때 화색禍色이 이를 것이 없더라. 신광수를 오늘 잡아온다 내일 잡아온다 하셨는데, 신광수가 아직 죽지 않을 때런지 잡아오지는 않으시니, 선희궁께서 그 아드님 하시는 일이 점점 망극하니 어찌지 못하시니라.

경모궁께서 정처에게 '잘 안 해준다' 하고 편지를 써 보내신 것 가운데 망극망극 차마 거들지 못할 말이 많고, 수구水口를 통하여 영조 사시는 윗대궐 경희궁으로 가겠노라고도 하시니라. 신광수를 갈수록 벼르시어 비록 미처 잡아오진 못하셨으나, 신광수의 관복, 조복, 군복 및 날마다 쓰는 여러 기구와 패옥, 띠까지 다 가져다가 불태우고 깨니라. 신광수의 목숨이 경각에 있는지라, 선희궁께서 신광수를 아낀 것은 아니나, 점점 이러하시니 안타까이 마음을 쓰시니라. 그 와중에 경모궁 하시는 일은 거의 극에 이르러 여지없이 망극하니라.

수구를 통해 윗대궐로 가신다 하다가 못 가시고 도로 오시니, 이는 처분을 받으시기 전전날과 전날인 윤5월 11일과 12일 사이라. 상황이 이러니 어찌 허황한 소문인들 나지 않으리오. 소문들이 낭자하니, 전후 일이 다 본심으로 하신 것이 아니지만, 정신을 잃고 인사도 모르실 적은 홧김에 하시는 말씀이

"병기로 아무리나 하려노라"

"칼을 차고 가서 아무리나 하고 오고 싶다"

하시니, 조금이나 온전한 정신이면 어찌 부왕을 죽이고 싶다는 극언까지 하시리오. 당신이 이상하게도 팔자 기구한 운명을 타고나 천명을 다 누리지 못하시고 만고에 없는 일을 겪으시니, 하늘이 이상하고 흉한 변을 지어 몸이 그리 되시니라. 하늘아, 하늘아, 어찌 이렇게까지 만드시뇨.

사도세자의 마지막 글,『중국소설회모본』

국립중앙도서관에는『지나역사회모본支那歷史繪模本』이라는 표제가 붙은 책이 있다. 사실은 중국소설의 여러 삽화를 베낀 그림책이어서 흔히는『중국소설회모본』이라고 불린다. 이 책에는 총 128쪽의 그림이 있는데,『서유기』가 40쪽으로 가장 많고, 그다음이『수호지』 29쪽,『삼국지』 9쪽 등의 순이다. 이 밖에『열국지』,『전등신화』 등도 있다. 그런데 이 책에는 사도세자가 뒤주에 갇히기 나흘 전에 쓴 서문이 붙어 있다.

서문은 두 개가 있는데 각각 서(序)와 소서(小叙)로 되어 있다. 소서를 보면 그림은 궁중화원인 김덕성(金德成) 등 몇 명에게 그리게 했다고 한다. 그리게 한 사람은 완산 이씨(完山李氏)라고만 적혀 있는데, 두 서문에 1762년 윤5월 9일 완산 이씨가 장춘각(藏春閣)과 여휘각(麗暉閣)에서 썼다고 되어 있어서 완산 이씨가 바로 사도세자임을 알 수 있다. 장춘각과 여휘각은 모두 창경궁 통명전의 부속 건물로, 이때 통명전에 산 사람이 사도세자라는 사실은『한중록』이 잘 말해준다.

실제로 사도세자의 문집인『능허관만고』에도 이 두 서문이 실려 있다. 서문에는 또한 사도세자가 읽었던 것으로 보이는 무려 93종에 이르는 소설과 잡서의 제목이 있는데, 여기에는『금병매金瓶梅』,『육포단肉蒲團』과 같은 음란소설은 물론 심지어『성경직해聖經直解』와『칠극七克』 등의 천주교 서적까지 있다. 사도세자의 문집에 실린 서문에는 이들 제목이 다 빠져 있는데 유학자들에게 무시되거나 배척된 이런 책들에 세자가 빠져 있었다는 것을 드러내고 싶지 않았던 듯하다. 세자는 시시각각 죽음의 그림자가 닥쳐오는 상황에서『서유기』와 같은 환상적 소설에 빠져 위안을 얻었던 것이다.

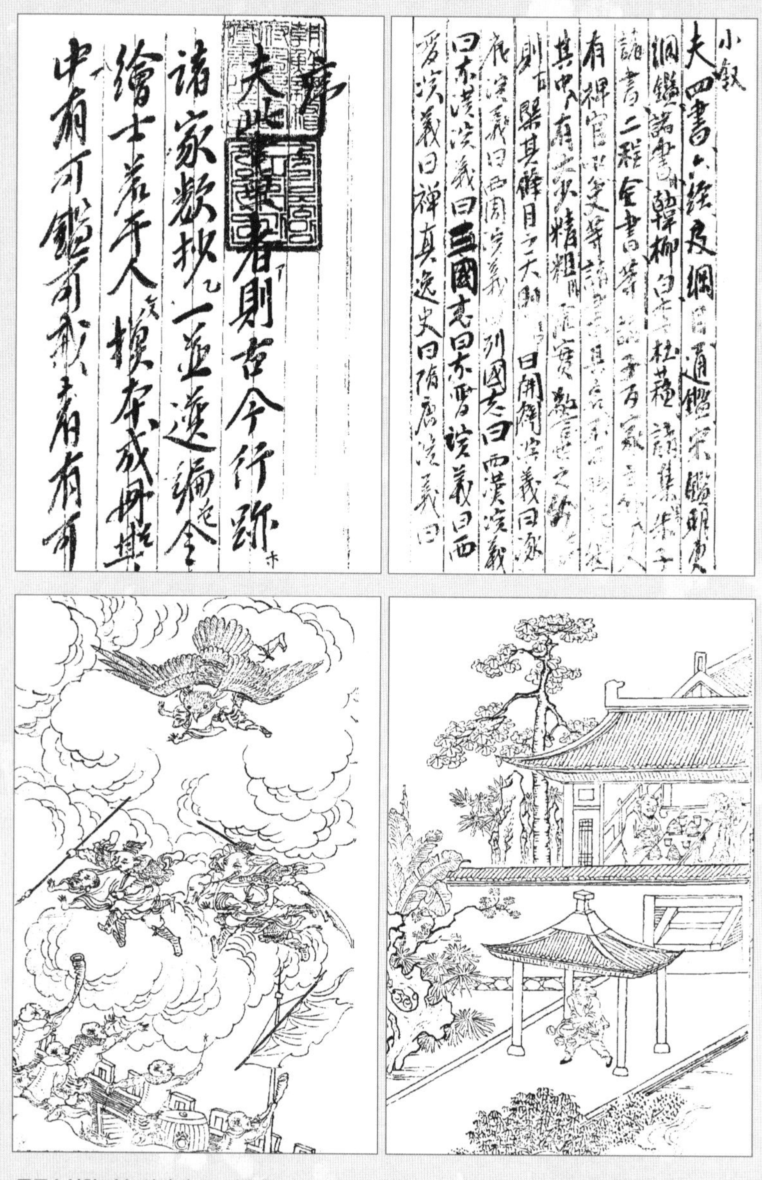

중국소설회모본 상단의 두 서문은 사도세자 친필이고, 하단의 두 그림은 궁중 화원 김덕성 등이 모사한 『서유기』 그림이다. 국립중앙도서관 소장

아들을 죽여주오

선희궁께서 병드신 아드님을 아무리 꾸짖은들 고쳐질 리 없고, 다른 아들 없이 이 아드님께만 몸을 맡겨 계시니, 어머니 마음으로 어찌 차마 그 망극한 일을 하고자 하셨으리오.

경모궁께서 어려서부터 아버님의 자애를 받지 못하여 이같이 되시니, 선희궁께서 영조께 유감이 없을 수 없고 당신의 한평생 아픔이 되시니라. 경모궁 병세가 이미 부모를 알지 못할 정도로 심하나, 모자의 사사로운 정으로 차마 마음을 정하지 못하여 계속 늦추고 계셨더라. 그때 혹 경모궁이 병증이 급하여 주위를 알아보지도 못하고 차마 생각지 못할 일을 저지르시면 사백 년 종사를 어찌하리오. 당신 도리로는 임금을 먼저 보호하시는 것이 대의에 옳고, 경모궁이 그 아드님이나 이미 병으로 어쩔 수 없는 지경이니 차라리 몸을 없게 하는 것이 옳으니라. 효종 이후 현종과 숙종까지 삼대의 왕통이 다른 혈손이 없어 모두 외로이 대를 이었는데, 그 쓸쓸한 핏줄이 세손에까지 이어져 있으니, 천만 번 생각해도 나라를 보전할 길이 이 길밖에 없다 하시니라. 선희궁께서 13일 내게 편지하시되

"어젯밤 소문은 더욱 무서우니, 일이 이왕 이리된 바에는 내가 죽어 모르거나, 살면 종사를 붙들어야 옳고, 세손을 구하는 일이 옳으니, 내 살아 빈궁을 다시 볼 줄 모르겠노라"

라고만 하시니, 내 그 편지를 붙들고 눈물을 흘리니라. 하지만 그날 큰 변이 날 줄 어이 알았으리오.

그날 아침에 영조께서 무슨 일로 자리에 좌정하려 하시며 경희궁에 있는 경현당 관광청觀光廳, 공연이나 행사를 지켜볼 수 있도록 만든 집에 계시니, 선희궁께서 가서 울며 고하시되

"동궁의 병이 점점 깊어 바랄 것이 없으니, 소인이 차마 이 말씀을

드리는 것이 정리에 못 할 일이나, 옥체를 보호하고 세손을 건져 종사를 평안히 하는 일이 옳사오니, 대처분을 하소서"
하시니라. 또
"설사 그리하신다 해도 부자의 정이 있고 병으로 그리된 것이니 병을 어찌 꾸짖으리이까. 처분은 하시나 은혜를 끼치시고 세손 모자를 평안하게 하소서"
하시니, 내 차마 그 아내로 이 일을 옳다고는 못 하나 어쩔 수 없는 일이라. 그저 나도 경모궁을 따라 죽어 모르는 것이 옳되, 세손 때문에 차마 결단치 못하니라. 내 겪은 일의 기구하고 흉독함을 서러워할 뿐이라.

영조의 거둥

영조께서 선희궁의 말을 들으시고, 조금도 주저하며 지체하심이 없이 창덕궁 거둥령을 급히 내신지라. 선희궁께서는 모자의 인정을 어려이 끊고 대의를 잡아 말씀을 아뢰시고 바로 가슴을 치며 혼절하시니라. 그리고 당신 계신 양덕당에 오셔서 식음을 끊고 눈물 흘리며 누워 계시니, 만고에 이런 일이 어디 있으리오.

전부터 영조께서 숙종 임금의 초상을 모신 선원전으로 오실 때 두 가지 길이 있으니, 하나는 만안문을 통하는 것이요, 또 하나는 경화문을 통하는 것이라. 그런데 만안문으로 거둥하시면 탈이 없고 경화문으로 거둥하시면 탈이 나는지라. 그날 거둥령이 경화문으로 나니, 무슨 탈이 날지 심히 불안하더라. 경모궁께서는 11일 밤에 수구水口로 다니시다 지쳐 12일에는 통명전에 계셨는데, 그날 들보에서 부러지는 듯한 큰 소리가 나니 듣고 탄식하시되

"내 죽으려는가보다. 그 어인 일인고"

하시니라.

그때 아버지께서 좌의정으로 계셨는데, 사건이 나던 윤5월의 바로 앞달인 5월에 영조의 엄한 하교를 듣고, 윤5월 2일 파직되어 동대문 밖 교외에 근 한 달 계시니,* 경모궁께서 스스로 위태하셨던지 효장세자빈의 오빠 조재호를 부르시니라. 당시 조재호는 춘천에 있었는데 세자익위사^{세자의 호위를 맡아 보던 기관}에 있는 그의 조카 조유진을 시켜 연락해 올라오게 하셨다 하니, 이런 일을 보면 병환 계신 이 같지 않으니 이상한 하늘이로다.

경모궁께서 영조의 창덕궁 거둥령을 들으시고, 아무 말도 없이 병기와 말을 다 감추어두라 하시고, 가마 타고 경춘전 뒤로 가서서 나를 나오라 하시니라. 그때 경모궁 눈에 사람이 보이면 일이 나기에, 경모궁 가마에는 뚜껑을 덮고 사방에 장막을 치니라. 그러고 다니시며 춘방 관원들과 밖에는 학질이 있다 하시니라.

그날 나를 덕성합으로 오라 하셨는데, 때는 정오 즈음이니라. 그런데 홀연 수없이 많은 까치가 경춘전을 에워싸고 우니, 그 어인 징조인지 고이하더라. 그때 세손이 환경전에 계신지라, 내 마음이 황황한 중에 세손 몸이 어찌 될 줄 몰라 그리 내려가 세손에게

"아무 일이 있어도 놀라지 말고 마음 단단히 먹으라"

천만당부하고 어찌할 바를 모르더니, 거둥이 어찌 지체되어 오후 한시는 넘어야 정성왕후의 혼전인 휘령전으로 오신다 하더라.

---

* 나경언 사건 이후 홍봉한이 계속 사도세자를 감싸고돌자 영조는 윤5월 2일 영의정 홍봉한을 파직시킨다. 그러고는 곧 윤5월 7일 다시 좌의정에 제수하여 홍봉한은 윤5월 13일 서울로 돌아온다. 이렇게 보면 홍봉한이 교외에 머문 기간은 채 보름이 되지 않는다.

사도세자는 과연 소론의 보호를 받았나?

사도세자가 당쟁의 소용돌이 속에서 소론을 옹호하다가 죽었다는 설을 뒷받침하는 유력한 증거 가운데 하나가 죽기 직전 소론 대신 조재호를 불렀다는 것이다. 조재호는 세자를 구하러 상경했다가 죄에 몰려 그해 6월 22일 사사되었는데, 조재호의 죄상을 일러바친 사람은 다름 아닌 홍봉한이었다. 조재호가 한 불령(不逞)한 말을 엄홍복(嚴弘福)이 듣고, 이를 이미(李瀰)에게 전했으며, 이미는 다시 홍봉한에게 전하여, 홍봉한이 조정에 일러바쳤다는 것이다. 조재호는 친국 과정에서 "한쪽 사람들이 모두 세자께 불충하였으나 나는 세자를 보호하였다"라고 하고, 또 "남인(南人)이 칠팔십 년 굶주렸으니, 하늘의 이치로 보아 반드시 득지(得志)할 것이요, 노론은 그들 손에 죽을 것이다"라고 했다고 한다. 조재호는 결국 1755년 역모 사건을 일으킨 소론의 남은 무리를 모았다는 혐의를 입고 죽었다. 『영조실록』에 나온 내용이다.

그런데 『현고기』를 보면 홍봉한과 조재호의 관계에 대해 다른 시각이 보인다. 홍봉한은 사도세자의 외롭고 위태로운 상태를 걱정하여 조재호에게 말을 넣어 함께 동궁을 구하자는 뜻을 보였고, 또 평안 감사 정휘량에게도 편지를 보내어 서로 협조하여 조재호를 권하여 일으키자는 뜻을 보였다고 한다. 정휘량이 소론이니 협조를 구했던 것이다. 그런데 정휘량이 답하기를 "조재호는 인물이 빼어나고 오만하여 천천히 추진할 일에는 적당하지만 급한 일에는 적당치 않습니다. 그러니 일단 그가 조정에 돌아오기를 기다립시다"라고 했다고 한다.

이렇게 보면 사건이 나기 전에는 세자 보호에 홍봉한과 조재호가 같은 입장을 가졌다고 할 수 있다. 사도세자는 원래 처가의 보호를 받았는데 마지막에 처가에서 어쩔 수 없어 손을 놓자 조재호에게 손을 내민 것이다. 결국 사도세자가 소론에 의해 보호받았다기보다 그가 마지막에 손을 내밀 수 있었던 유일한 곳이 소론이었다고 보는 편이 합당하다.

마지막 인사

그때 경모궁께서 나를 덕성합으로 오라고 재촉하시기에 가 뵈니, 그 장하신 기운도 보이지 않고 좋지 않은 말씀도 아니 계시고, 고개를 숙여 깊이 생각에 잠기어 벽에 기대어 앉아 계시더라. 얼굴은 놀라 혈색이 줄었더라. 경모궁께서 나를 보시면 응당 화증을 내리라 여겨, 나는 그날 목숨이 끊어질 것으로 생각하여 세손을 타이르고 또 세손에게 앞일을 부탁하고 왔더라. 그런데 경모궁의 말씀이 내 생각과 달라서 나에게 말씀하시기를

"아마도, 고이하니, 자네는 다행히 살겠네. 그 뜻들이 무서워"

하시니라. 내 눈물을 드리우며 말없이 손을 비비고 앉았더니, 영조께서 휘령전으로 오셔서 경모궁을 부르신다 하니라. 경모궁께서는 어찌된 영문인지 피하자는 말도 달아나자는 말도 아니하시고, 옆에 있는 사람을 치지도 않으시고, 조금도 화증을 내는 기색 없이 썩 곤룡포를 달라 하여 입으시며

"내가 학질을 앓는다 하려 하니, 세손의 휘항을 가져오라"

하시니라. 학질에 걸린 사람은 한기를 느끼는지라, 환자임을 보이기 위해 한여름인데도 방한모자인 휘항을 가져오게 하시니라. 그것도 당신 것이 아니라 아드님 것을 가져오라고 하시니라. 내가 세손 휘항은 작으니 당신 휘항을 쓰시게 하려고 내인에게 당신 휘항을 가져오라 하니, 홀연 꿈에도 생각할 수 없는 말씀을 하시니라.

"자네 아무래도 무섭고 흉한 사람일세. 자네 세손 데리고 오래 살려고, 내가 오늘 나가 죽게 되었기에 꺼림칙하여, 세손 휘항을 아니 쓰게 하려 하니, 그 마음을 알겠네."

내 마음은 당신이 그날 그 지경에 이르실 줄은 모르고

'이 끝이 어찌 될꼬. 사람이 다 죽을 일이요, 우리 모자의 목숨이 어

사도세자가 뒤주에 갇힌 곳, 휘령전

휘령전(徽寧殿)은 정성왕후의 혼전(魂殿)이다. 혼전이란 신주를 종묘에 모시기 전까지 일시 봉안하는 일종의 임시 사당이다. 왕비의 신주는 왕이 죽어 그 신주를 함께 종묘로 옮기기 전까지 혼전에다 모셨다. 영조는 당일 부왕 숙종의 영정을 모신 선원전에 들렀다가 휘령전으로 왔다. 말하자면 큰일을 하기 전에 아버지의 영혼 앞에 먼저 알린 셈이다. 휘령전에 오기 직전 영조는 사도세자에게 어머니 혼전인 휘령전에 참배하게 했는데, 사도세자가 병을 핑계로 하지 않자, 결국 휘령전으로 오라 하여 함께 정성왕후 영혼에 참배했다. 그런데 사도세자의 참배가 끝나자 영조는 갑자기 손뼉을 치면서, "여기 여러 신하들도 영혼의

창경궁 문정전

말이 들리는가? 정성왕후가 내게 이르기를 '변란이 한숨 쉴 사이에 박두해 있다'고 하지 않는가" 하며, 변란에 대비한다며 궁성 호위령을 내렸다. 『영조실록』에 나오는 내용이다. 말하자면 영조는 휘령전에 와서, 자신이 아들에게 내리는 처분이 부부가 함께 한 것으로 보이고자 했던 것이다.

휘령전은 정성왕후의 혼전으로 쓰일 때 붙인 이름이고, 그 전각의 이름은 문정전이다. 『영조실록』 1757년 7월 1일조 기사에 효소전 곧 인원왕후의 신주를 종묘에다 봉안한 후에는 휘령전 곧 정성왕후의 신주를 문정전에 봉안하라는 영조의 전교가 있다. 이를 보면 맨 처음 휘령전의 위치는 문정전이 아니었던 듯하다. 『궁궐지宮闕志』를 보면, 휘령전이 명정전 남쪽 행랑, 그 가운데도 제1행랑임을 밝히고 있다. 현재 위치로 말하면 문정전의 동편 행랑이다. 제2행랑은 동궁 재실이고, 제3행랑은 왕자 거려청이었다. 효소전을 종묘로 옮긴 것이 1759년 5월 5일의 일이니, 그전에는 휘령전이 명정전 제1행랑이었다가, 그 이후에 문정전으로 옮겼음을 알 수 있다.

사도세자가 뒤주에 갇힐 당시의 휘령전은 문정전이다. 단, 이광현의 『임오일기壬午日記』에 의하면 사도세자가 갇힌 뒤주는 당일 승문원으로 옮겨졌다고 하니, 문정전이 사도세자가 죽은 곳은 아니다.

떠할런고'

하다가, 아무 빌미도 없이 천만의외의 말씀을 들으니, 내 더욱 서러워 다시 세손 휘항을 갖다가 드리니라.

"그 말씀이 전혀 마음에 없는 말이시리니, 이를 쓰소서."

"싫어, 꺼리는 것을 써 무엇할꼬."

경모궁께서 이리 대꾸하시니, 이런 말씀이 어이 병환 든 이 같으시며, 또 어이 공순히 나가려 하시던고. 다 하늘이 시키신 일이니 원통원통하더라. 그리할 제 날이 늦어 재촉하여 나가시니, 영조께서 휘령전에 좌정하시고 칼을 안고 두드리시며 그 처분을 하시니라. 이 모습이 차마 망극망극하니 내 어찌 기록하리오. 서럽고 서럽도다.

그 사건 그 현장

경모궁께서 나가신 후 즉시 영조의 엄노하신 음성이 들리니라. 휘령전이 덕성합과 멀지 않으니, 담 밑으로 사람을 보내니라. 경모궁께서는 벌써 곤룡포를 벗고 엎드려 계시더라 하니라. 대처분이신 줄 알고, 천지 망극하고 가슴이 찢어지니라.

거기 있어 부질없으니 세손 계신 데로 와서, 서로 붙들고 어찌할 줄을 모르더라. 오후 세시 즈음에 내관이 들어와 밧소주방의 쌀 담는 뒤주를 내라 하신다 하니, 이 어찌 된 말인고. 황황하여 궤를 내지는 못하고, 세손이 망극한 일이 벌어질 줄 알고 휘령전으로 들어가

"아비를 살려주옵소서"

하니, 영조께서

"나가라"

명하시니라. 세손께서 나와서 휘령전에 딸린 왕자의 재실齋室. 제사 준비를 위

해 만든 집에 앉아 계시니, 그 정경이야 고금 천지간에 다시 없더라. 세손을 내보낸 후 하늘이 무너지고 해와 달이 빛을 잃으니, 내 어찌 한때나마 세상에 머물 마음이 있으리오.

칼을 들어 목숨을 끊으려 하나, 곁에 있는 사람이 앗음으로써 뜻을 이루지 못하고, 다시 죽고자 하되 한 토막 쇳조각이 없으니 하지 못하니라. 숭문당에서 휘령전으로 나가는 건복문 밑으로 가니, 아무것도 보이지 않고, 다만 영조께서 칼 두드리시는 소리와 경모궁께서

"아버님, 아버님, 잘못하였으니, 이제는 하라 하시는 대로 하고, 글도 읽고 말씀도 들을 것이니, 이리 마소서"
애원하시는 소리가 들리더라. 그 소리를 들으니 간장이 마디마디 끊어지고 눈앞이 막막하니, 가슴을 두드려 아무리 한들 어찌하리오.

당신 용력勇力과 장한 기운으로 뒤주에 들라 하신들 아무쪼록 아니 드시지, 어찌 마침내 들어가시던고. 처음은 뛰어나가려 하시다가 이기지 못하여 그 지경이 되시니, 하늘이 어찌 이토록 하신고. 만고에 없는 설움뿐이라. 내 문 밑에서 울부짖되 경모궁께서는 응하심이 없더라.

세자가 벌써 폐위되었으니 그 처자가 편안히 대궐에 있지 못할 것이요, 세손을 그냥 밖에 두었으니 어찌 될까 두렵고 조마조마하여, 그 문에 앉아 영조께 글을 올리니라.

"처분이 이러하시니 죄인의 처자가 편안히 대궐에 있기도 황송하옵고, 세손을 오래 밖에 두기는 귀중한 몸이 어찌 될지 두렵사오니, 이제 본집친정으로 나가게 하여주소서."

그 끝에

"천은天恩으로 세손을 보전하여주시길 바라나이다"
하고 써 가까스로 내관을 찾아 드리라 하였더라. 오래지 아니하여 오빠가 들어오셔서

"동궁을 폐위하여 서인으로 만드셨다 하니, 빈궁도 더이상 대궐에

그날 그 현장

혜경궁은 사도세자가 뒤주에 갇힌 현장에는 들어갈 수 없었다. 따라서 『한중록』에도 이 부분은 자세히 서술되어 있지 않다. 현장에는 영조, 사도세자의 두 당사자 외에, 임금의 비서라 할 수 있는 승지와 세자를 모시는 세자시강원 관원, 그리고 사관 등의 관료가 있었고, 이 밖에 내관들은 물론 왕명을 전달하는 선전관 이하의 무관과 군졸들이 있었다. 이들이 당시의 현장을 전하고 있는데, 주서 이광현의 『임오일기』와 사서 권정침의 『모년일기某年日記』가 대표적이다. 이 밖에 『현고기』『대천록待闡錄』『은파산고』『이재난고』와 같은 자료도 당시 소문을 전하고 있다. 이들 자료를 통해 당시 현장은 아래와 같이 재구성될 수 있다.

휘령전에 들어온 사도세자를 보자마자 영조는 세자의 옷을 보고 한마디 했다. 세자가 곤룡포 아래에 부모 상에 입는 생무명옷을 입었기 때문이다.

"네 날 없애고자 한들 어이 생무명 상복까지 입었느냐."

영조는 세자의 의대증을 알지 못했다. 그런 다음 영조는 자결을 명했다.

"네가 죽을죄를 지었으니 죽어야겠다."

"내가 죽으면 조선의 사백 년 종사가 다 망하겠지만, 네가 죽으면 종사는 보존할 수 있을 것이니, 네가 죽는 것이 옳으리라."

"네 자결하면 조선국 세자의 이름을 잃지는 않을 것이니, 속히 자결하라."

영조의 명령은 단호했다. 세자는

"제가 죄가 많습니다만 죽을죄가 있는지는 모르겠습니다"

하고 저항하기도 하고, 앞에 나온 것처럼 앞으로는 말씀을 따르겠다며 애원도 하면서, 결국 자결을 시도했다. 옷을 찢어 목을 매려고도 했고, 돌에 머리를 던져 죽으려고도 했다. 하지만 신하들은 끈을 풀어주고 손으로 머리를 막으며, 심지어 약까지 챙겨주면서 필사적으로 세자의 죽음을 막았다. 신하들로서는 자기 눈앞에서 세자가 죽어가는 모습을 그냥 지켜볼 수 없었던 것이다. 후환이 두려워 그랬을 수도 있다. 그사이 영의정 신만, 좌의정 홍

뒤주 『임오일기』에 따르면, 사도세자가 들어간 뒤주의 크기는 가로와 높이가 포백척(布帛尺)으로 각 석 자 반이라고 했다. 포백척 한 자가 대략 46센티미터 내외이니, 가로와 높이가 각각 161센티미터이다. 군대에서 사용하는 대형 뒤주였다. 사진의 뒤주도 가로 180센티미터 내외, 높이 140센티미터 내외의 대형이다. 인제산촌민속박물관 소장

봉한, 판부사 정휘량 등이 현장으로 들어갔다가 영조의 엄중한 하교를 듣고 무기력하게 물러나왔고, 어린 세손 정조도 아버지를 구하기 위해 현장으로 들어갔으나 영조의 명에 따라 들려나오고 말았다.

　서너시 무렵 밧소주방의 뒤주가 들어왔는데, 그것은 크기가 작아서 쓸 수 없었다. 그래서 다시 어영청 곧 군대에서 쓰는 큰 뒤주를 들여왔고, 영조는 여기에 들어갈 것을 명령하였다. 이렇게 옥신각신하다보니 어느덧 저녁이 되었다. 결국 사도세자는 "아버지, 살려주옵소서" 하고 애원하면서 뒤주에 들어가고 말았다. 세자는 처음에는 답답함을 견디지 못해 뒤주 판을 발로 차고 뛰쳐나오기도 했다. 세자가 다시 뒤주에 들자 영조는 더 두꺼운 널판을 대고 큰못으로 못질을 하고 동아줄로 뒤주를 꽁꽁 묶게 했다. 그리고 이날 뒤주를 승문원으로 옮기게 했고, 뒤주 위에는 풀을 덮어 속을 더욱 무덥게 한 다음, 군졸로 하여금 지키게 했다. 사도세자가 뒤주에 든 뒤에 영조는 사도세자를 세자의 지위에서 끌어내리라는 명령을 내렸다. 하지만 아무도 나서려 하지 않아 영조는 결국 손수 폐세자의 전교를 짓고 쓸 수밖에 없었다. 이렇게 모든 것을 확실하게 해두고도 마음을 놓지 못하여 영조는 19일에야 자신이 머물던 경희궁으로 돌아갔다. 영조는 돌아갈 때 마치 적국이라도 평정한 것처럼 개선가를 연주하게 했다고 한다.

사도세자는 뒤주에 든 뒤에도 자신이 죽으리라고는 생각하지 않은 듯하다. 뒤주의 한쪽 끝이 뚫려 있어서 신하들이 그리로 물, 밥, 약 등을 넣어주기도 했다. 사도세자는 뒤주 속에 있으면서 주위에 인기척이 들리면 밖을 향해 누구인지 묻고, 또 임금의 동정도 물었다. 사도세자는 "임금의 뜻은 단지 나를 힘들게 하려는 것뿐이다"라고 말하기도 하고, 어떤 때는 자축하여 말하기를 "이제 끝났노라. 용서하노라" 하기도 하고, 또 "내 비록 여기 갇혀 있으나 날 구할 자가 마땅히 오리라" 하기도 했다. 하지만 하루 이틀이 지나고 영조가 더욱 엄하게 봉쇄해버리자 사도세자를 향한 도움의 손길은 점점 멀어져가고 불볕더위 속에 세자의 기력은 급속히 쇠약해졌다. 심지어 한 궁관이 넣어준 부채의 반쪽을 잘라 자기 오줌을 받아 마셔가며 연명할 정도였다.

영조는 포도대장 구선복과 홍문관 교리 홍낙순에게 명하여 뒤주를 지키게 했는데, 선복이 임금의 명을 받아 뒤주를 두드리니, 세자가 누구냐고 물었다. 선복이 "구선복입니다" 하고 대답하자, 세자가 꾸짖기를 "너는 어찌 감히 직함을 갖추어 말하지 않느냐" 하니 선복이 직함을 갖추어 대답하고는 방자히 곁에서 음식을 먹었다. 지키는 병졸들 또한 왕왕 "떡을 드시고 싶으세요? 그럼 떡을 올릴까요? 술을 마시고 싶으세요? 그럼 술을 올릴까요?" 하며 세자를 모독하고 희롱했다고 한다. 사도세자는 기갈, 허기, 모욕 속에서 죽어갔다. 공식적으로는 사도세자 사망일을 윤5월 21일이라고 하지만 실제로는 그 전날인 20일 오후 세시쯤이라고 한다. 이때 하늘에서는 폭우가 쏟아지고 천둥 번개가 쳤다. 사망을 확인하느라 시간이 지연되어 그 다음날 고복했을 뿐이라는 것이다. 양력으로는 7월 11일이다.

또 영조는 세자를 뒤주에 가둔 후 계속 세자의 죽음을 확인하고자 했는데, 세자의 동정을 살피려고 돌로 뒤주를 괴게 했다고 한다. 다리 한쪽의 돌을 빼서 흔들어 세자의 동정을 살피게 한 것이다. 뒤주를 흔들면 세자는 '넌 누구냐'고 물었다. 뒤주에 든 지 이레째, 세자의 숨소리가 약해져 잘 들리지 않자 다시 흔들었다. 그랬더니 뒤주 속에서 작은 소리가 흘러나왔다. "흔들지 마라. 어지러워 못 견디겠다." 여드레째 오후에 비로소 아무 소리도 들리지 않아 영조가 직접 뒤주에 귀를 대고 들어보았다. 아무 소리도 없었다. 그래도 영조는 제대로 살피지 않았나 의심하여 구멍을 뚫어보게 했는데 과연 아무 움직임도 없었다. 다시 명하여 큰 구멍을 뚫어 손을 넣어 시신을 만져보게 했는데, 이미 차가웠다. 이에 뒤주를 춘방으로 옮겼다. 임금이 들어보고 두 번이나 구멍을 뚫은 다음에야 뒤주를 옮기고 못을 뽑고 동아줄을 풀고 시신을 꺼내 관에 안치했다는 것이다. 김용숙 선생은 영조가 직접 사도세자의 죽음을 확인했다는 이야기는 믿기 어렵다고 했다.

있지 못할 것이라. 위에서 본집으로 나가라 하시니 가마가 들어오면 나가시고, 세손은 남여藍輿. 지붕이 없는 작은 가마를 들여오라 하였으니 그것을 타고 나가시리이다"

하시니, 서로 붙들고 망극 통곡하니라. 나는 업혀서 청휘문에서 저승전 앞문으로 가 거기서 가마를 타니, 윤상궁이란 내인이 가마 안에 함께 타니라. 별감들이 가마를 메고, 허다한 상하 내인이 다 뒤를 따르며 통곡하니, 만고 천지간에 이런 경상景狀이 어디 있으리오. 나는 가마에 들 제 기운이 막혀 인사를 모르니, 윤상궁이 주물러 겨우 명命은 붙었으나 오죽하리오.

친정으로 오다

내 집으로 나오니 건넌방에 누이고, 세손은 둘째 작은아버지홍인한와 아버지께서 모셔 나오고, 세손빈궁은 그 집에서 가마를 가져와 내 큰딸 청연과 함께 나오니, 그 망극한 일을 겪고 차마 어찌 살리오. 자결하고자 하였으나 못 하니라. 일이 어쩔 수 없어 돌이켜 생각하니, 나마저 죽으면 열한 살 세손에게 첩첩한 아픔을 끼치는 것이라. 또 내 없으면 세손이 어떻게 무사히 성취하리오. 참고 참아 끈질긴 목숨을 보전하여 하늘만 부르짖으니, 만고에 나같이 모진 인생이 어디 있으리오.

세손을 집에 와서 다시 만나니, 세손이 어린 나이에 놀랍고 망극한 경상을 보시고 그 서러운 마음이 어떠하시리오. 놀라 병날까, 내 망극함을 서리서리 담아

"망극망극하나 다 하늘의 일이시니라. 네가 몸이 평안하고 착하여야 나라가 태평하고 성은을 갚을 것이니, 서러우나 마음을 상하게 하지 마라"

하니라.

아버지께서는 궐내를 떠나지 못하시고, 오빠도 벼슬에 매여 대궐로 왕래하시니, 세손 모실 이가 두 동생뿐이니, 동생들이 밤낮으로 모셔 보호하니라. 내 막내동생은 어려서부터 대궐에 들어와 세손을 모시고 놀았던지라, 그 아이가 작은사랑에서 세손을 모시고 자면서 팔구 일을 지내니라. 세손의 장인인 판서 김시묵과 그 자제 김기대도 와서 세손을 뵙는다 하니, 내 집이 좁은데다 세손궁 상하 내인이 모두 왔는지라, 모두 머물기 어렵더라. 그래서 남쪽 담장 아래에 있는 교리 이경옥의 집을 빌려, 김판서댁이 그 며느리를 데리고 와 빈궁을 모시니, 담을 트고 그 집과 왕래하니라.

그때 아버지께서는 파직되어 동대문 밖 교외에 오래 계셨는데, 영조께서 대처분을 하시어 일이 더 어찌할 수 없게 된 후에 서울로 돌아오시니라. 영조께서는 아버지를 다시 봐주시어 정승으로 임명하여 부르셨는데, 아버지께서는 생각 밖에 그 처분 소식을 들으시고, 망극함과 놀라움을 참고 달려오셔서 대궐 아래 이르러 혼절하시니라. 이 소식을 세손이 왕자 재실에 계시다가 들으시고 당신 잡숫던 청심원을 아버지께 보내어 겨우 깨시니, 당신 또한 어찌 살 뜻이 계시리오마는, 내 뜻과 같아서 망극 중 오로지 세손을 보호하려 하시는 정성만 계셔 경모궁을 따르지 못하시니라. 아버지께서 세손을 보호하여 종사를 보전하신 충성은 천지신명에 물어봐도 분명한지라. 모질고 흉하여 목숨은 붙었으나, 겪은 일을 생각하면 어찌 견디시리오. 마음이 타는 듯하니 차마 어찌 견딜 수 있으리오.

유선論善, 세손의 교육을 맡은 강서원의 벼슬 박성원이가 우리 집 대문 밖에 와 세손을 석고대죄하시게 하라 하니 석고가 당연하건마는 차마 어린 아기를 어찌하리오. 세손을 낮은 집으로 옮겨 지내시게 하니라.

이튿날

본집으로 나온 후 아버지도 뵙지 못하고 망극망극하더니, 그 이튿날 아버지께서 영조의 하교를 받아 집으로 나오시니라. 나와 세손이 아버지를 붙들고 일장통곡을 하니, 아버지께서 하교를 전하시기를 '네가 보전하여 세손을 구호하라' 하시니, 이때 성교聖教는 망극 중이나 세손 위하심이 느껍기 측량할 수 없는지라. 내 세손을 어루만지며 성은을 축수하고

"나는 네 아버님 아내로 이 지경이 되고, 너는 아들로 이 지경을 만났으니, 다만 운명을 서러워할 뿐이지, 누구를 원망하며 누구를 탓하리오. 우리 모자 지금 목숨을 보전함도 성은이요, 우러러 의지하여 명을 받듦도 성상聖上. 임금이니, 너에게 바라는 바는 성상의 뜻을 받들어 힘쓰고 가다듬어 착한 사람이 되는 것이라. 그래야 성은도 갚고 네 아버님께도 효자가 되리니, 이 밖에 더 할 일이 없느니라"

하니라. 또 아버지께는 성은을 감축하며

"'저희 인생에 남은 날은 주시는 날이라 생각하고 하교를 받으려 하옵니다' 하는 사연을 위에 아뢰소서"

하고 큰 소리로 우니, 내 이 말이 한 터럭도 지어냄이 아니라. 처음부터 그리되신 것이 섧지, 점점 그 지경에 이르신 것을 어찌하리오. 내 조금도 마음에 머금은 바가 없으니 감히 이렇다 원망도 아니하였노라.

아버지께서 나와 세손을 붙들어 통곡하고 위로하시되

"이 뜻이 옳으니 세손이 나중에 성현이 되시면 성은을 갚는 것이고 낳으신 아버님께도 효도가 되시리이다"

하고, 다시 대궐로 들어가시니라. 나는 날이 갈수록 망극한 지경을 차마 생각지 못하여 어찌할 바를 몰라 어질어질하여 누워 있었는데, 15일에는 영조께서 경모궁 갇히신 데를 더욱 굳게굳게 하시고 깊이깊이

해놓으시고, 19일 윗대궐로 올라가신다 하니, 더 어찌할 수 없는지라.

대궐에서 비단 한 조각도 내올 길이 없으니, 염습에 필요한 모든 물품을 다 아버지께서 준비하시니라. 아버지께서는 이전 여러 해 경모궁의 큰 병환 동안에도 무수히 물건을 대주셨는데 수의까지 마련하시니라. 이때는 특히 경모궁 위한 마지막 정성으로 극진히 하시니라.

죽던 날 친 천둥

20일 오후 세시쯤 폭우가 내리고 천둥 번개가 치니, 경모궁께서 평소 그것을 두려워하시더니, 이 무렵 돌아가시니라. 나는 차마차마 그 모습을 헤아리지 못하니, 그때 내 마음이 굶어 죽으려고도 하고, 깊은 물에 들고도 싶고, 수건을 어루만지며 목을 맬 생각도 하고, 칼을 들기도 여러 번 하되, 약한 성격으로 강한 결단을 못 하였으나, 밥을 먹을 수가 없어 미음이나 냉수조차 먹은 일이 없으되, 능히 지탱은 하였더라. 20일 밤 어찌할 수 없게 되셨다 하니, 비 오던 때가 운명하신 때런가 싶더라. 경모궁께서 차마차마 어찌 견디시며 그 지경이 되셨던고. 그저 정신이 모두 달아난 듯, 그 일을 겪고도 살아난 일이 억척스럽도다.

선희궁도 마지못하여 처분을 청하였으나, 영조께서 종사를 위하여 대처분을 하셔도 병환으로 그리되신 것이니 애통하시며 은혜를 더하시고 상례나 제대로 치러주시길 바랐더니, 그마저 그리 못 되니라. 영조께서는 그 처분을 하시고도 화가 내리지 않으시어, 경모궁 가까이하신 기생, 내관 박필수 등과 별감, 장인匠人, 무녀들까지 다 사형시키시니, 이는 당연지사라 어찌 감히 말하리오.

상장 모양의 칼

    다만 원통원통한 바는 의대 병환으로 무수히 옷을 갈아입으시다가 어찌어찌 하여 생무명^{표백 처리하지 않은 무명}옷 한 벌을 입으시니, 그날도 생무명 의대를 입고 계신지라. 영조를 뵐 때는 평상시에도 도포나 곤룡포 등으로 잘 갖추어 입었으니, 영조께서는 곤룡포 아래에 무명옷 입으신 것을 처음 보시니라. 영조께서 경모궁 병환은 모르시고 부모 상에 자녀들이 입는 생무명옷을 입으셨다 하여

    "네 나를 없애고자 한들 어찌 생무명 상복까지 입었느냐"

하시니라. 그리하여 더욱 여지없이 아시고

    "평소 쓰던 세간을 다 꺼내라"

명하시니, 그중에 병기 외에도 또 무엇이 없으리오. 아무리 국상이라고 해도 상장^{喪杖. 상주가 짚는 지팡이}이야 하나밖에 어이

암장검暗藏劍 사도세자가 만들었다는 지팡이 모양의 칼은 조선시대에 적지 않게 제작되었다. 고려대학교 박물관 소장

또 있으리오마는, 경모궁께서는 이상한 병환으로 상장을 여러 개 만드셨는지라. 일생 사랑하여 좌우에 떠나지 않는 것이 환도^{環刀}와 보검들이니, 생각 밖에 칼을 또 상장 모양으로 만드시는지라. 칼집을 지팡이 모양으로 만들고 그 속에 칼을 넣어 뚜껑을 맞추면 영락없는 상장이니, 나에게도 보이시기에 끔찍하고 놀랍더라. 그것을 없애지 않았다가 그때

얻어낸 세간 중에 그것이 나오니, 영조께서 더욱 놀라워 노여워하시니, 돌아가신 경모궁께 제대로 된 상례를 어이 거론하리오. 영조께서 그 아드님 병환은 모르시고, 다 불효한 것으로만 돌리시니, 원통원통할 뿐이로다.

세자의 장례

처음에는 경모궁 상례에 신하들의 상복을 옛날 예법에 따라 할 듯하더니, 이조차도 다 못 하니라. 이 지경을 당하니 세손이나 건지는 것이 천은이라 하겠더라. 경모궁께서 병환으로 부득이 그 처분을 받으시긴 했지만 그래도 십사 년 대리청정하신 동궁이신데 상복이나 제대로 입게 하셨다면 임금의 성덕을 칭송하였을 듯하니라. 하지만 그것조차 못 하니 그저 서러울 뿐이라.

20일은 더 어쩔 수 없게 된 지경이니, 경모궁을 다시 동궁의 지위로 올리셔야 상례에 필요한 여러 물품을 준비할 터인데, 임금의 뜻이 아니하려 하신 것은 아니지만 복위復位를 아끼며 상사喪事범절을 동궁에 맞게 하시기를 망설이시니라. 그러다가 부득이 21일 밤에 복위시키고, 대신들을 불러 상례 절차를 정하시는데, 영조께서 경모궁 빈소를 경모궁에 딸린 궁방인 용동궁으로 하자고 하시니라.

아버지께서 이 지경에 이르러 조금이라도 잘못하여 털끝만큼이라도 임금의 뜻을 어기시면, 그때 임금의 화가 불같으시니, 내 집 멸망하기는 둘째요, 세손까지 보전하지 못할 것이라. 아무쪼록 임금 뜻도 잃지 않고, 돌아가신 이도 저버리지 않으려 애쓰시니라. 세손에게 한恨을 끼치지 않으려고 정성을 다하여 이리저리 주선하시어, 경모궁 복위 후 시호를 받게 하시고, 빈소는 동궁의 지위에 맞게 세자시강원으로 정하여 장례를 치르게 하시니라. 장례 담당기관도 모두 동궁의 격에 맞도록 겨우 정하시고, 당신이 총책임을 맡아 몸소 감독하시어 장례의 여러 세세한 사항을 조금도 빠뜨리지 않으시니라. 이때 아버지께서 나서지 않으셨다면 어느 신하가 감히 입을 열어 임금의 뜻을 돌리셨으리오.

그날 경모궁의 빈소를 세자시강원으로 정하고 새벽에 집으로 나오셔서, 세손과 나, 우리 모자를 궁으로 들여보내실 제, 아버지께서 내 손을 잡고 뜰에서 실성통곡失性痛哭하시며

"세손을 모셔 만년을 누리며, 늘그막까지 복록이 차고 넘치소서"

하고 우시니, 그때 내 설움이야 만고에 다시 어이 있으리오.

내 궁궐에 들어와 시민당에서 발상하고, 세손은 근독합에서 거애擧哀. 발상하고, 세손빈궁은 내 곁에서 청연과 함께하니, 천지간에 이런 정경이 어디 있으리오. 상복을 차려 즉시 습襲을 하였는데, 더운 여름인데도 경모궁께서는 조금도 어떻지 않더라 하니라. 그 설움은 차마 생각지 못할 일이라. 습을 한 다음 염殮을 하기 전에 빈소에 가니, 내 정경이 천고에 드물고 남에게는 없는 일이라, 이 설움 외에도 경모궁 하시던 말씀을 생각하니, 하늘과 땅을 다 불러 물어봐도 내 살아 있는 것이 부끄럽더라. 경모궁의 하늘을 찌르던 장한 기운을 다시 뵐 길이 없으니, 산 사람의 죽지 못한 한이 어떠하리오.

경모궁 상례에 신하가 상복도 제대로 갖추어 입지 못하니라. 제사를 담당하는 관원이나 내관들도 모두 동궁의 상례에 마땅한 상복을 입지 않고, 삼년상이 끝난 다음 백 일간 입는 옥색의 천담복淺淡服을 입으니, 섧기가 이를 것이 없더라. 바깥의 묘소에서 드리는 제사는 다 올렸지만, 그렇다고 안에서 함부로 제물을 많이 준비하기는 두렵더니, 상황을 엿보니 다시 제사를 줄이라는 전교가 없으시니, 아침저녁 제사와 보름과 그믐에 올리는 제사를 모두 동궁의 예법에 맞게 지내니라.

어린 세손 부부와 두 군주郡主. 세자의 정실 소생녀는 시신을 입관하기 전에

는 뵙지 못하게 하였고, 성복成服, 초상 나고 처음 상복을 입음날에야 곡하게 했는데, 세손 애통하시는 곡성은 차마 듣지 못하니, 뉘 아니 감동하리오.

돌아가신 지 두 달이 지난 7월이 경모궁 발인이니, 발인 전에 선희궁이 내게 와 보시고 관 앞에서 머리를 두드리시고 가슴을 치며 통곡하시니, 그 인정의 가없으심이 또 어떠하리오. 발인날 영조께서 묘소까지 친히 오시어 직접 신주를 쓰시니, 부자분이 이승과 저승으로 나뉜 운명을 차마 생각지 못하니라. 7월에는 세손을 동궁으로 세워 세손이 완전히 국본國本이 되시니라. 세손이 동궁에 책봉됨은 물론 성은이지만 아버지께서 세손 보호하신 충성의 결과이기도 하니라.

시아버지와 며느리의 만남

8월에 영조께서 창덕궁 선원전으로 다례茶禮, 낮 제사 참석차 오시니, 황송하나 아니 뵐 수도 없어서 선원전 가까운 습취헌이라 하는 집으로 가 뵈니라. 내 천만 설운 회포가 어떠하리오마는, 만분의 일도 감히 베풀지 못하고 그저

"저희 모자 보전함이 다 성은이올소이다"

하고 흐느끼며 아뢰었더니, 영조께서 손을 잡고 우시며

"너 이러할 줄 내 생각지 못하고, 내 너 볼 마음이 어렵더니 내 마음을 펴게 하니 아름답다"

하시니라. 내 이 하교를 들으니 심장이 더욱 막히고 살아 있음이 부끄러운지라. 이어 아뢰기를

"세손을 경희궁으로 데려가 가르치시길 바라옵니다"

하니, 영조께서

"네 세손 보내고 견딜까 싶으냐"

하시거늘, 내 눈물을 드리워 아뢰되

"떠나 섭섭하기는 작은 일이요, 위를 모셔 배우기는 큰일이올소이다"
하고 인하여 세손을 올려 보낼 결정을 하니, 우리 모자의 인정으로 서
로 떠나는 경상이 어찌 견딜 바리오.

세손이 차마 나를 떠나지 못하여 울며 가셨으니, 내 마음이 칼로 베
는 듯하나 참고 지내니라. 성은이 지중하시어 세손 사랑이 지극하시
고, 선희궁께서 아드님 정을 옮겨 세손이 주무시고 드시는 모든 것을
지극 정성으로 준비하시니, 선희궁 인정으로 어이 그리 아니하시리오.

세손이 네댓 살부터 글을 좋아하시니, 경희궁과 창경궁으로 떨어져
지내나 배움에 소홀하지 않을까 하는 염려는 아니하였더라. 다만 내
세손 못 잊어하기는 날로 심하고, 세손 역시 자모慈母 그리시는 마음이
간절하여, 새벽에 깨면 내게 편지하여, 서연書筵 전에 내 회답을 보고야
마음을 놓으시니라. 삼 년을 떨어져 지내면서 한결같이 그리하시던 것
으로 봐도 세손이 특별히 조숙하심을 알 수 있느니라. 또 내가 숙환宿患
이 자주 발병하여 삼 년 안에 병이 떠나지 않으니, 홀로 의관과 증세를
논하여 약을 지어 보내기를 어른같이 하시니, 이는 다 천성이 효성스
러우셔 그러하니, 십여 세 어린 나이에 어찌 그리하시던가 싶더라.

가효당 현판

그해 9월 영조 생신에 내 형편으로야 움직임 직하지 않으나, 임금의
하교로 인하여 부득이 올라가니라. 영조께서 날 보시고 불쌍히 어루만
지심이 전보다 더하시니라. 내 경모궁 상중에 거려하는 집이 경춘전
남쪽 낮은 집인데, 그때 내 효성이 아름답다고 그 집 이름을 가효당嘉孝
堂이라 붙이시고, 이를 친히 쓰시어 현판으로 만들어 달게 하시니라.

"네 효심을 오늘날 갚아 써주노라"

하시니, 내 눈물을 드리워 받고, 감히 그것을 감당하지 못하여 불안해하더니, 아버지께서 들으시고 감축하시어

"오늘날 '가효' 두 글자를 현판하게 하시니, 자손들에게 보배가 될 것이라. 임금의 자애는 물론 아래에서 그 자애를 받드시는 효성에 감탄하노라"

하시니라. 또 아버지께서 성은을 받드는 도리로 집안 편지에 그 당호를 쓰게 하시니, 감축하여 뼈에 새길 일이라. 후에 정조께서 날 위해 자경전慈慶殿을 지어 머물게 하시니, 내 그때 처지가 높고 빛난 집에 있을 상황이 아니로되, 정조의 효성에 감동하여 애써 그 집에 드니라. 그리고 그 집에서 남은 생애를 마칠 생각으로 가효당 현판을 옮겨 자경전 윗방 남쪽 문 위에 걸었으니, 영조의 지극한 자애와 은혜를 잊지 말고자 한 뜻이라.

내려오면 도로 위를 그리나이다

그해 12월에 청나라 사신이 경모궁 폐위의 경위를 조사하기 위해 서울에 오니, 영조께서 세손을 데리시고 경모궁의 혼궁魂宮, 국장 후 일시적으로 신위를 모신 곳이 있는 창덕궁 시민당에 오셔서, 청나라 임금의 조서詔書를 받으시니라. 환궁 때 영조께서 세손을 도로 데려가려고 하시다가, 세손이 어미 떠나기가 서운하여 우는 모습을 보고 말씀하시기를

"세손이 너를 떠나지 못하여 저리하니 두고 가자"

하시니라. 이때 나는 혹 당신은 자애하시는데 세손이 그 자애를 생각지 않고 어미만 못 잊어하는가 서운히 여기실 듯하여 아뢰기를

"내려오면 위를 그리워하고, 올라가면 어미를 그립다 하니, 환궁 후

또 위를 그리워하여 이리할 것이니 데려가소서"
하니 영조께서 즉시 얼굴빛을 부드러이 하시며

　"그러냐?"
하시고 데리고 환궁하시니라. 세손이 영조를 모시고 가며, 인정 없이
자식 떠나보내는 어미가 섭섭하여 무수히 울고 갔으니, 내 마음은 또
어떠하리오. 하지만 그리는 것은 사사로운 정이요, 모시고 가서 할아
버지를 받들어야 그 아버님 못다 하신 아들의 도리를 다하게 되니, 그
것이 옳고, 정사며 나랏일을 배워 아는 것이 옳기에, 떠날 제 못 잊는
마음을 베어 보내니라. 이것이 다 이전 일을 거울 삼아 세손으로 하여
금 일심으로 위에 효성을 다하게 함이며, 또 자애하시는 임금의 뜻을
털끝이라도 어김이 있을까 염려함이라. 이 어찌 세손을 위한 사사로운
정일 뿐이리요, 종사와 국가의 안위가 세손 한 몸에 달려 있음에랴. 당
시 나의 근심은 하늘에 물어봐도 부끄럽지 않으니, 이것은 단지 내 마
음뿐 아니라 다 아버지께서 나를 인도하여 부녀자의 자잘한 사사로운
정을 돌아보지 않게 하고 대의大義를 잡아 가르치신 힘이라. 우리 아버
지께서 충성을 다하여 곳곳에서 세손을 위하시고 종사와 나라를 위하
시던 줄을 누가 다 알리오.

　세손이 아버지의 혼궁을 떠나 올라갔다가 다시 혼궁으로 내려오시
면 그 애통하던 곡소리야 뉘 아니 감동하리오. 혼궁의 나무신주가 의
지할 곳 없는 듯이 계시다가, 그 아들이 와 슬피 울부짖으면, 신주가
반기시는 듯, 쓸쓸한 혼궁에 빛이 있는 듯, 애통 중 도리어 위로가 되
니, 만일 내가 세손을 낳지 않았다면 이 나라가 어찌 될 뻔한고. 지나
고 보니 엎어진 나라를 보전하려고, 1750년 의소세손을 낳고, 의소가
죽자 다시 1752년 정조를 낳는 경사가 있었던가 싶더라.

효장세자의 아들로 하라

경모궁의 죽음은 만고에 없는 변이라. 당신께서는 천만 불행하여 그 지경이 되었으나, 아들을 두시어 당신 자취를 잇고, 또 영조와 세손의 자애와 효성에 틈이 없으니, 다시 무슨 일이 있을 줄 꿈에나 생각하였으리오.

1764년 2월에 내린, 세손이 경모궁이 아니라 효장세자의 대를 잇게 하라는 하교는, 천만 꿈도 꾸지 못한 일이라. 위에서 하신 일을 아랫사람이 감히 어떻다 말하리오마는, 내 그때 마음에 망극하기가 견주어 비할 곳이 없더라. 내 경모궁 돌아가실 때 질긴 목숨을 결단치 못하고 살아 있다가 이 일을 당한 줄이 천만 한이 되니, 그 자리에서 바로 몸을 마치고 싶되 내 처지에 목숨을 임의로 결단치 못하니라. 내 그때 생을 마치면 마치 위의 처분을 원망하는 것이 될 듯하니 스스로 굳게 참으나, 망극한 설움이 경모궁 돌아가실 때보다 덜하지 않더라. 선희궁께서 식음을 전폐하고 아파하시던 일이야 어찌 다 기록하리오.

세손이 어린 나이에 고금에 없는 큰 아픔을 품고, 거기에다 제왕가에는 없는 희한한 입양까지 당하시니, 과히 애통애통하시니라. 효장세자의 대를 잇게 된 이상 상복을 계속 입을 처지가 아니니, 영조께서 상복을 벗고 심상心喪. 상복은 입지 않으나 거상 중인 것처럼 행동하는 것의 예법을 따르도록 하시니라. 세손이 상복을 벗으실 때 우는 소리 하늘을 찔러, 처음 상을 당했을 때 천지가 꽉 막히던 설움보다 더하시니라. 세손께서 그때보다는 연세도 두 해가 더하시고, 당신 만나신 바가 갈수록 원통하니, 내 이 모습을 보니 간장이 녹을 듯 가슴이 터질 듯하여 즉시 명을 결단코자 하니라. 하지만 내 죽으면 세손이 더욱 서러워하시리니 그 정경을 차마 못 견디리라 하고, 또 그리되면 더더욱 세손의 몸이 외로울 것이기에 참고 참았느니라. 이 지경까지 이르러서야 갈수록 세손 보호가

으뜸인지라, 마음을 굳게 잡아 세손 위로하기를

"서러울수록 천금같이 귀한 몸을 보호하고, 비록 맺힌 한이 무한하나, 스스로 착하게 자라 아버님 뜻에 보답하라"
하여 이리저리 잘 타일러 진정시키니라. 세손이 종일 식음을 전폐하고 곡을 하여 몸이 많이 상하신지라, 애처로워 위로하며 곁에 품고 누워 달래어 잠이 들게 하나, 나는 흐느껴 잠을 이루지 못하니, 그런 정경이 고금에 어디 있으리오.

그날은 곧 2월 22일이니 어찌하여 그 처분을 하셨는지 이상하며, 불의에 거둥하시어 선원전에 오래 머무시며 내게 와 보시니, 내 무어라 감히 아뢰리오.

"우리 모자 지금 살아 있는 것도 성은이오니, 처분이 이러하시니 슬프긴 하지만 무슨 말씀을 아뢰리이까"
하니

"네 그리하는 것이 옳으니라"
하시니라. 가뜩한 마음에 이 설운 한이나 없으면 나으련만, 갈수록 내 운수가 사나우니, 차라리 내 몸을 쳐 죽고 싶으나 어찌하리오. 만고에 없는 일이로다.

울다 죽은 모정

1764년 7월 경모궁 삼년상 마치는 제사를 선희궁께서 내려와 지내시고

"이 가을 지나면 우리 고부 모여 서로 의지하며 지내자"
하시며 단단히 약속하시더니, 홀연 등창^{등에 생긴 큰 부스럼}이 나시어 7월 26일에 하세下世하시니라. 내 망극하기가 어찌 예사로운 고부의 정으로

선희궁 선희궁의 신주를 모신 사당이다. 서울시 종로구 신교동 서울맹학교 내에 그 일부가 남아 있다.

어제영빈이씨묘지 영빈이씨 곧 선희궁의 무덤은 원래 연세대학교 내에 있었다.
1968년 서오릉으로 이장했는데, 이때 무덤 속에서 이 백자 묘지(총5장)가 나왔다.
연세대학교 박물관 소장

이르리오. 당신이 나라를 위하여 자모로는 차마 하지 못할 일을 하시니, 비록 임금 위하신 일이나 그 고통이야 오죽하시리오. 평소

"내가 차마 못 할 일을 하였으니, 내 자취에는 풀도 나지 않으리라"
말씀하시고,

"내 본심인즉 종사와 나라, 그리고 임금을 위한 일이나 생각하면 모질고 흉하니, 빈궁은 내 마음을 알거니와 세손 남매라도 나를 어찌 알리오"
하시며, 매번 밤에 주무시지 않으시고 동편 툇마루에 나와 앉아 경모궁 혼궁이 있는 창덕궁 쪽을 바라보시며 상심하시니라. 혹

"내가 그 행동을 하지 않았어도 나라가 보전하였을까. 내가 잘못하였나"
하시다가도, 또

"그렇지 않다. 이 여편네의 약한 생각이지, 내 어이 잘못하였으리오"
하시니라. 경모궁 혼궁에 오신 때면 더욱 부르짖으며 울고 슬퍼하시니, 이것이 마음에 병이 되어 몸을 마치시니 서럽도다.

사도세자의 죽음을 둘러싼 논란

대저 경모궁께서 돌아가신 지 사십 년도 더 지난 지금 누가 나만큼 그 사건을 잘 알리오. 또 그 설움이 누가 나와 정조 같으며, 경모궁께 틈 없는 정성이 누가 나 같으리오. 내 매양 정조께 말씀하되

"마누라가 비록 경모궁 아들이나, 그때 어린 나이시니 나만큼 자세히 모를 것이니이다. 그해 일은 아무 일이라도 내게 물으시지, 바깥사람들의 시끄러운 말은 곧이듣지 마시오. 그것들이 저희 한때 총애나 받으려는 계략으로, 마누라 들으시게 별 소문처럼 얻어다가 말하나 다

고이한 말이니이다"

하면, 정조께서도

"누가 모르옵나이까. 그놈들이 아버지 위한 정성이 없다고 욕을 무한히 하니 욕을 피하고자 하고, 또 '경모궁을 위하였다' 하면 자식 된 도리에 '그렇지 않다' 말을 차마 못 하여, 누구는 추증追贈. 죽은 뒤에 벼슬을 높여주는 일하고 누구는 시호諡號. 죽은 뒤에 공덕을 기려 이름을 내려주는 일하며 저희 하자는 대로 하였으니, 그런 일에는 분명히 알면서도 끌려다닐 수밖에 없어 내 흐린 사람됨을 면치 못했노라"

하시니라. 내 정조의 고통을 차마 생각지 못하리로다.

대저 경모궁의 돌아가심에 대해 세상에 두 견해가 있으니, 둘 다 다른 생각이 섞여 있고 실상도 왜곡한 것이라. 한 의견은 영조의 처분이 광명정대하여 하늘 아래 떳떳한 일이라고 하면서, 그것을 영조의 큰 공적으로 일컫는 것이라. 이는 경모궁께 애통망극한 뜻이 없으니, 경모궁을 불효죄로 몰아가는 것이라. 이리되면 영조 처분이 무슨 역적을 소탕하거나 역변을 평정한 것처럼 되니, 경모궁께서는 어떤 몸이 되시며 그 아드님 정조는 또 어떤 처지가 되시리오. 이는 경모궁과 정조 두 부자분께 모두 망극한 말이오.

또 한 의견은 경모궁께서 본래 병환이 없는데, 영조께서 헐뜯는 말을 들으시고 과한 행동을 하셨으니, 원수를 갚아 치욕을 씻자 하는 것이라. 이 말이 경모궁 원한을 푸는 말인 듯하나, 이 말대로라면 영조께서 무죄한 동궁을 누구 모함을 들으시고 처분하신 것이 되니, 이리하면 이것이 영조의 큰 잘못을 드러낸 것이라.

두 의견이 다 영조, 경모궁, 정조께 망극하고 또 실상과도 다르니라. 그해 8월 아버지께서 올린 상소의 말씀처럼, 경모궁 병환이 망극하시어 임금께서 위태로웠고 종사가 아슬하여 급박한 지경이었으니, 영조께서도 애통망극하시나 만만萬萬. 아주 어쩔 수 없어 그 처분을 하신 것이

라. 경모궁께서도 본심이야 당신 행동을 걱정하고 갑갑해했지만 병환으로 천성을 잃어 당신 하시는 일을 다 모르시는지라. 병환 드신 것이 망극하지, 병은 성인聖人도 면치 못한다 하니, 경모궁께 한 터럭만한 과실이라도 어이 있으리오.

실상이 이러하고 그때 사정이 이러니, 바른대로 말을 해야 할 것이라. 영조의 처분도 애통망극한 중 만만 어쩔 수 없어 하신 일이요, 경모궁께서도 불행히 망극망극한 병환으로 인하여 만만 어쩔 수 없는 일을 당하신 것이라. 그리고 정조의 처지도 애통은 애통대로 의리는 의리대로 각각 말을 하여야 실상에도 어긋나지 않고 의리에도 합당할 것이라. 그런데 위의 두 의견 같으면 하나는 영조의 잘못이 되며, 다른하나는 경모궁의 잘못이 되고, 정조께는 두 의견 모두가 망극하니, 이두 의견을 말하는 자는 영조, 경모궁, 정조 세 임금께 죄인이라.

한편의 의견이 영조 처분을 거룩하시다 하면서도 아버지께만 죄를 씌우려고 아버지께서 뒤주를 들였다고 하니, 아버지께서 뒤주를 들이지 않은 사정은 다른 기록에 올렸으니 여기서는 다시 아니 쓰노라. 이견해를 말하는 놈이 과연 영조께 정성을 다한 것이냐 경모궁께 충절을 바친 것이냐. 정조께서 '경모궁 위하노라' 하면 그 사람이 어떤 사람인지 묻지도 않고 받아들이시고, '경모궁의 일에 시비가 있다' 하면 유죄 무죄를 가리지 않고 '그렇지 않다' 분명히 한쪽 편을 못 드시니라. 이놈들이 그런 줄 알고 경모궁 돌아가신 일을 좋은 기회로 삼아 저희 뜻대로 가지고 놀며, 이리하여 사람을 해치고 저리하여 충신이라자처하니, 만고에 이런 일이 어이 있으리오.

논란, 사도세자 죽음의 진상

앞의 결말 부분은 맨 앞 서문에서 논의된 내용을 다시 정리한 것이다. 임오화변(사도세자가 죽은 사건)에 대한 세상 사람의 견해를 둘로 나누고 그것이 모두 잘못되었음을 밝히고 있다. 그 하나는 영조의 처분이 정당하다며 사도세자를 죄인으로 몰아가는 견해이다. 이렇게 되면 후대 임금이 죄인의 자손이 되는 문제가 생긴다. 이 견해는 뒤에서 거듭 서술되지만 김귀주 등을 중심으로 한 정순왕후 측의 입장이다. 다른 하나는 사도세자가 주위 신하들의 모함을 받아 억울하게 죽었다는 견해이다. 이렇게 되면 모함을 한 신하는 물론 무고한 세자를 죽인 영조까지 큰 잘못을 한 것이 된다. 이 견해는 주로 소론 또는 남인들의 입장이다. 말하자면 소론이나 남인이 집권층인 노론을 공격하는 견해인 것이다.

혜경궁은 이 두 견해가 영조, 사도세자, 정조 모두에게 잘못을 지우는 일일 뿐만 아니라, 중요한 점은 실상을 왜곡한 것이라고 말하고 있다. 혜경궁의 견해는 사도세자에게 병이 있었다는 것이다. 사도세자가 병으로 인해 부왕을 욕하고 죽이겠다고 하고 심지어 죽이려고까지 했기에 부득이 영조가 처분을 내렸다는 것이다. 사도세자가 죽은 것은 슬프지만, 영조를 살리고 나라를 지키기 위해서는 어쩔 수 없는 일이었으니, 애통과 의리를 따로 떼어 받아들이자는 견해이다. 이는 혜경궁은 물론 홍봉한, 나아가 정조까지 받아들인 견해이다.

결어

경모궁 돌아가신 지 사십여 년 동안 그 일로 충성과 반역이 잡되이 섞이고 옳고 그름이 거꾸로 되어, 지금까지도 그것이 바로잡히지 않았도다. 경모궁 병환이 만만 어쩔 수 없게 되어 영조가 부득이 그 처분을 하신 것이요, 뒤주는 또한 영조께서 스스로 생각하신 것이라. 나나 정조나 애통은 애통이고 의리는 의리로, 각각 아픔과 의리를 따로 알아, 망극 중이지만 몸을 보전하여 종사를 잇게 하신 성은에 감축하는 것이 옳으니라. 그때 여러 신하들이 어쩔 수 없게 된 상황이라 처분을 막는 말씀을 못 올린 것을 후인들이 상상하여 이러쿵저러쿵하는데, 경모궁 돌아가신 일이야 망극하고 불행한 일이지만 군신 간에 어찌 이런 말들이 용납될 수 있으리오.

경모궁 돌아가신 경위를 내 차마 기록할 마음이 없으나, 다시 생각하니, 경모궁 손자이신 순조가 그때 일을 망연히 모르는 것이 망극하고, 또한 옳고 그름을 분별치 못하실까 안타까워, 마지못하여 이리 기록하나, 그중 차마 못 일컬을 일은 뺀 것이 많도다. 내 백발 노년에 이를 능히 써내니, 목숨의 끈질김이 어이 이러하리오. 하늘을 불러 눈물 흘리며 운명을 한탄할 뿐이로다.

제
2
부

●

나의 일생

　내 열 살 어린 나이에 궁궐에 들어와 아침저녁으로 친정집과 편지를 주고받으니, 집에 편지가 많을 것이라. 하지만 입궐한 후 아버지께서 가르치시기를

　"바깥의 글이 궁중에 들어가 돌아다닐 일이 아니요, 안부를 묻는 것 외에 편지에다 사연을 많이 적어 보내는 것이 궁중을 공경하는 도리에 마땅치 않으니, 아침저녁으로 편지하거든 집 소식만 알고 그 종잇머리에다 간단히 답장을 써 보내라"

하시니라. 그래서 매양 어머니께서 아침저녁으로 안부를 묻는 편지 머리에다 답장을 써 보내고, 아버지 편지에도 그렇게 하고, 동생들 편지에도 매양 뒷장에 적거나 하니라. 집에서도 또한 아버지께서 대궐에서 온 편지를 돌아다니게 하지 마라 훈계하시어, 편지를 모아 세초^{洗草. 종이를 물로 씻어 내용을 없앰} 하기를 일삼으니, 내 필적이 집안에 전함 직한 것이 없는지라. 조카 수영이가 매양 내게

　"본집에 고모님 글씨 남은 것이 없어 후손에게 전해줄 것이 없으니,

한번 친히 써 내리시면 가보로 간직하겠습니다"
하니, 그 말이 옳으니 써주고자 하되 베풀어 써주질 못했더라. 그러다
이제 내 나이 환갑을 당하니 남은 날이 적고, 또 올해는 살아 계시면
경모궁 또한 환갑이라, 추모가 더욱 심하니라. 세월이 더 가면 내 정신
과 근력이 지금만도 못할 듯하여, 조카의 청을 따라 내 겪은 것을 알게
하니, 감격하여 쓰긴 하지만, 내 쇠약한 정신이 지난 일을 다 기록하지
못하고, 그저 생각나는 대목만 쓰노라.*

* 1795년, 정조 19년에 쓴 글임.

나의 일생

용꿈

 내 1735년 6월 18일 서울 서대문 밖 평동 외가에서 나니, 아버지께서 처가를 왕래하시며 어머니의 산기를 살피시니라. 18일 아버지께서 미처 처가로 오지 못하시고, 17일 밤 집에서 꿈을 꾸셨는데, 흑룡黑龍이 방으로 들어오는 모습을 보고 깨시니라. 아버지께서 용꿈이라 혹 아들을 낳을까 기대하시다가, 딸을 낳았다는 기별을 들으시고, 꿈과 부합하지 않음을 의심하셨다 하니라. 내 태어난 지 오래지 않아 할아버지께서 친히 와 보시고, 보통 아이들과 다르다 하시어 특별히 사랑하시니라.

 삼칠일 후 집으로 들어오니 증조모께서 보고 귀중히 여기시며

 "이 아이는 다른 아이와 같지 않으니 잘 기르라"

하시고, 유모를 각별히 잘 택하리라 하시며 정하여 보내신 유모가 바로 우리 집 '아지아기. 여기서는 아기를 돌보는 유모'라 하니라. 할아버지께서 날 각

별히 사랑하시어 내 할아버지 무릎을 떠날 때가 드물었느니라. 또 매양 할아버지께서 놀리시기를

"이 아이가 작은 어른이니 결혼을 일찍이 하리라"

하시니, 그때 어려서 들었던 일을 궁궐에 들어온 후 생각하니, 내 평생에 겪은 일이 비록 즐겨 한 일이 아니로되, 두 분께서 그리하신 것이 무슨 선견지명이 계셨던지, 괴이한 일인 듯 매양 생각이 나더라.

부모 곁에 꼭 붙어

내 어려서 언니가 있었는데, 함께 부모의 자애를 받다가 일찍 죽는 바람에, 부모님 슬하에 딸은 나만 남으니라. 내가 자애를 홀로 받아 그런지, 부모님의 자애가 천륜 밖에 특별하시더라. 아버지의 자애는 더욱 심하시니, 부모 춘추가 높지 않으시되 편애가 심하던 일이 생각나니라. 불초한 내 몸이 일찍 궁궐에 들 것을 미리 알기라도 하셨던 듯 각별히 자애하시니, 매양 부모님 생각을 하면 눈물이 흘러 마음이 아프더라. 부모님께서 자식 훈계하심이 엄하신데, 특히 오빠 가르치심은 극히 엄하시나, 불초한 내게는 자애하심이 이상하더라. 아버지의 자애가 특별하시니, 내 잠시라도 아버지 곁 떠남을 어려이 여기고, 부모 앞을 떠나지 못하여 심지어 부모님이 안방에서 함께 주무실 때도 부모님을 모시고야 잠이 들었느니라.

1739년 3월에 둘째 동생 낙신이 태어났는데, 그해에 막내고모께서 진관이를 낳으시니, 아버지께서 우애 특별하시어 그 동생의 해산은 집에서 하게 하시고, 어머니의 해산은 자리를 피해 다른 곳에서 하게 하시니라. 그때 내 나이 오 세라, 유모를 떠나 젖은 더이상 아니 먹더라. 그때 어머니를 모시고 있었는데, 할아버지께서 자주 오셔서 어머니를

살펴보셨느니라. 할아버지께서는 대궐 왕래하실 때에도 들르시니, 내 항상 할아버지 오실 때를 바라며 기다리던 일이 생각나니라. 이처럼 할아버지의 사랑을 받았기에 1740년 할아버지 병환 때 매양 어머니를 따라가 뵙던 일과, 할아버지 돌아가신 후 내 나이가 어려 상례喪禮에 끼지 못해 종조모 이생원댁李生員宅, 이창회와 결혼한 혜경궁 할아버지의 누이 집으로 가게 되니 가기 싫어하던 일과, 가서는 부모 못 잊던 일이며, 내가 막내 작은아버지와 나이 같으니 정이 서로 특별했는데, 이때 헤어져 못 잊던 일이 생각나니라. 또 집에 돌아와 돌아가신 할아버지를 생각하고, 장례후 할아버지 신주를 집으로 모실 때 울던 일이 생각나니라.

아버지께서 효성이 지극하여, 1740년 할아버지 돌아가셨을 때 애통하심과 계모부인繼母夫人 섬기심이 지극하니라. 아버지께서는 당신 아우님 사랑하고 가르침이 당신 아드님과 다름이 아니 계시니라.

어머니께서 덕행과 효우孝友 뛰어나시니, 조상 제사를 받드는 것과 시어머님 섬기는 것, 그리고 몸소 온갖 일을 행하는 것과 세 분 시누님을 친애하는 것이 모두 훌륭하시더라.

한글을 가르친 작은어머니

둘째 작은어머니 홍인한의 부인 평산 신씨께서는 1740년 할아버지 상례를 어머니와 함께하셨는데, 애통하는 상황에서도 우애 각별하시더라. 또 작은어머니께서는 덕행이 탁월하니 온갖 일을 받드심이 그 시어머니에 버금가시고, 시조카 사랑하기를 자기 자식처럼 하셔서 한글까지 가르치시며 나를 특별히 사랑하시던 일이 생각나니라.

할아버지께서 선조 임금의 따님이신 정명공주의 증손자로 부귀한 집 자제시나 청렴하시어 집에 끼친 것이 없으니, 할아버지 돌아가신

친족을 가리키는 말

혜경궁은 돌아가신 아버지를 선친(先親) 또는 선인(先人)이라고 부르며, 돌아가신 어머니는 선비(先妣)라고 부르고 있다. 그리고 먼저 죽은 오빠, 남편, 아들 정조를 이와 같은 예에 따라 선형(先兄), 선군(先君), 그리고 선왕(先王)이라고 부른다. 혜경궁은 아버지가 장남이어서 작은아버지가 여럿 있는데, 둘째인 작은아버지를 중부, 셋째인 작은아버지는 숙부, 막내 작은아버지는 계부라고 부른다. 첫째, 둘째, 셋째, 막내의 차례를 백(伯), 중(仲), 숙(叔), 계(季)의 한자식 차례에 따라 부르고 있는 것이다. 이와 마찬가지로 여러 동생들을 중제, 숙제, 계제로 부른다. 또 여동생은 그냥 아우라고 부르는데, 남자든 여자든 대개 동성의 동생을 아우라고 부름을 알 수 있다. 예컨대 혜경궁은 셋째 동생 홍낙임에 대해 "내게 매양 아우같이 종요롭고 공순하고 따뜻하니 내 편애함이 아우 같더라"라고 말하고 있다.

후로 우리 집이 예조 판서까지 지낸 재상집 같지 않아 가계가 한미한 선비집과 다름이 없더라.* 하지만 부모님께서 힘을 다해 제사를 받드시고 또 예禮를 다하시니, 집에 사당이 없더니 할아버지 삼년상 기간 안에 사당 짓기에 힘을 다하여, 삼년상을 마친 다음에는 할아버지 신위神位를 사당으로 모시니라. 당시 집안 형편으로는 능히 할 길이 없을 듯하되, 우리 부모님의 효성과 역량으로 이루어내시니 탄복할 일이라.

부모님의 부부싸움을 말리다

어머니께서 1738년 외할머니 상사喪事를 만나시고, 다시 1740년 할아버지께서 돌아가시니 슬픔이 첩첩이신데, 1741년에는 셋째 동생까지 낳아 몸이 많이 상하신지라. 동생 낳은 지 서너 달이 지나 아버지께서 어머니의 병을 염려하시어 어머니께 할아버지 잡수시던 보약이 남았으니 '잡수시오' 하셨는데, 어머니는 친정 가기에 바쁘시어 그 약을 아니 잡숫고 가시니라. 이에 아버지께서 '잡수시오' 하신 것을 아니 잡숫고 가신 일이 도리에 어긋난다 하여 격노하시니라. 그때 내가 어머니를 모시고 외가로 갔는데, 아버지께서 나를 집으로 데려오시며, 어머니를 엄히 꾸짖으시니라.

어머니께서는 친정에 계시지 못하고 집으로 돌아오셨는데, 아버지께서 얼굴을 대하여 직접 말씀하시지는 않으시나 불쾌한 말씀을 많이 전하시니 심히 불안해하시고, 또한 아버지께서 너무 심한 것 아닌가

---

* 종합본 『한중록』에서는 혜경궁의 큰할아버지 홍석보가 친할아버지인 홍현보에게 재산을 적게 나누어 주어 가계가 어려웠음을 적고 있다. 형이 아우에게 '이 아이는 나중에 아주 부유해질 팔자니 당장은 고생을 하는 것이 옳다'고 말하면서 부친에게 받은 재산을 나누어 주지 않았다는 것이다.

하시며 며칠 식사를 하지 않으시니라. 그때가 겨울 즈음이었는데, 어머니께서 몇 날을 잡숫지 않으시고, 부모님이 화해하지 않으시니, 내 불안하여 안팎으로 다니며 마음 쓰고 또 먹지도 못하니라. 아버지께서 이를 불쌍히 여기셔서 굳은 표정을 푸시고, 어머니께서도 아이가 마음 쓰는 것을 염려하시어 평상시처럼 부드러운 얼굴로 지내시니, 내 크게 즐거워했더라. 부모님께서 아이가 부모 화기和氣 잃은 것을 즐겨 하지 않을 줄 안다고 예쁘게 보시어, 시루와 솥을 사서 상으로 주시기에 아끼며 가지고 놀던 일이 생각나니라.

누나의 전염병을 돌본 아버지

어렸을 때 부모님 모시고 지낼 적에 아버지 하신 일을 생각하면, 날마다 새벽이면 사당에 참배하시고, 친어머니는 일찍 돌아가셔서 계시지 않으니 여러 동생들의 생모이신 계모부인께 아침마다 절하며 뵙더라. 아버지께서 온화한 말씀과 부드러운 안색으로 계모부인을 섬기시니, 계모부인 또한 아버지 사랑하심이 기출己出. 자기 자식보다 넘더라. 어린 마음에도 계모부인께서 아버지를 소생所生. 친자식 아드님보다 더 귀히 대하시며 소생과 다름없이 사랑하시는 모습을 이상히 여겼는데, 사실 이것은 다 아버지의 효성으로 말미암은 일이라.

아버지께서는 위로 두 누님 섬기심이 특별하시고 아래로 여동생 사랑하심이 뛰어나시니라. 1741년 큰고모께서 이질痢疾로 돌아가셨을 때, 병이 옮을까 두려워 친족들이 병석에 있을 때와 상 치를 때 와 보는 이가 없었는데, 아버지께서는 '내 몸을 위하여 동기同氣. 형제의 병과 상례喪禮를 아니 보리' 하시고, 몸소 병소病所에 가 구호하고 초상을 보고 돌아오셔서 애통하시던 일이 생각나니, 아버지의 우애가 지극하심을 알 일이라. 이어 큰고모부 상사가 나니, 생질누이의 자식들이 부모를 잃고 의지할 곳 없음을 불쌍히 여겨 못 잊어하시며, 생질녀 하나는 집에 데려와 혼례까지 치러주며 아끼시니라. 친척들과 화목하고자 하는 뜻이 특별하시어, 두 종조모 이생원댁과 이남평댁李南平宅. 이현웅과 결혼한 혜경궁 할아버지의 누이. 이현웅은 전라도 남평 현감을 하였다은 매양 우리 집에 와 머무셨는데, 이생원댁은 더욱 가까워 자주 모셔 지내니라.

아버지께서는 어려서 종가에서 할머니의 양육을 받으셨기에 종가 제사에 아니 참례할 적이 없고, 사촌형님이나 두 사촌누이도 동기같이 대접하시더라. 내 그때 어려서 다 기억하지 못하나, 아버지께서는 효도와 우애, 친척 간에 화목하심이 뛰어나시고, 독서를 부지런히 하시며, 벗들과 담론하시며 학업에 힘쓰시니, 아버지께서 벗들을 만나시면 어머니께서 매양 정성을 다하여 진지를 만들어 보내시던 일이 생각나니라.

어머니와 외가

어머니께서 제사 받듦과 시부모 섬김에 조금도 게으르지 않고 부지런하셔서, 베 짜고 바느질하기를 밤낮으로 친히 하시어 밤을 새우기까지 하시니라. 매양 아랫방에 날 밝을 때까지 불이 켜져 있는 것을, 늙은 종은 칭송하고 젊은 종은 따라 일하기 어려워 괴로이 여기더라. 밤에 바느질하실 때는 매양 보자기로 창을 가리시어 부지런하다고 칭찬하는 소리 듣기를 꺼리시니라. 밤을 새워 바느질을 하시며, 추운 밤에 고생을 하시니, 손이 다 트되 괴로워하지 않으시니라. 아침에 일찍 세수하시고 시할머니 뵙는 일에 때를 어기지 않으시고, 머리를 얹지 않거나 속적삼, 속저고리, 겉저고리의 삼작저고리를 다 갖추지 않고는 감히 뵙지 않으시니라.

아버지 받드는 일이나 돕는 일이 세상 부인들과 다르시니, 아버지 또한 어머니를 귀히 대하고 공경하시던 일을 어릴 때부터 보았더라. 또 우리 부모님께서는 당신 입는 것과 자녀 입히심이 지극히 검소하시니라. 어머니께서는 게으른 부인처럼 자녀의 모습이 고이하게 더러워지게 하는 일이 없으셨으니, 우리 남매 비록 굵고 거친 베로 만든 옷을 입을지언정 더러운 옷은 입어보지 못했으니, 이로써 검소하심과 정결하심을 알 일이라.

어머니께서는 평소 기쁨이나 노여움을 가벼이 드러내지 않고 늘 온화하시니, 형제 모인 때는 봄기운처럼 온화하면서도 또한 엄숙하시니, 일가가 우러러 성덕盛德을 일컬으나 한편으로는 어려워하더라.

어머니께서는 1727년 4월 혼례를 올리자마자 곧 황해도 관찰사였던 외할아버지께서 임지인 해주에서 돌아가시니, 즉시 신행新行을 오지 못하고 이듬해 시집으로 들어오시니라. 1738년 외할머니께서 돌아가셨는데, 친정에 오래 계시지 못하고 바로 시집으로 오실 적이면, 오빠와 이별할 때 우시는 일이 많았다더라. 오라버님과 올케 홍부인을 부모처럼 우러르고 남매 우애가 뛰어나시니, 어려서 어머니를 모시고 외가에 가 지낼 때, 그 세상사 모르던 때에도 감탄하더라. 외삼촌께서 날 각별히 사랑하시니, 외사촌 산중씨山重氏 또한 날 사랑하였더라. 우리 외가가 청빈으로는 유명하지만, 거룩한 우애는 별로 없었는데, 그래서인지 홍부인은 시누이들이 오면 더욱 후히 대접하시더라.

상중이니 고운 옷을 입지 않으리라

어머니 형제가 세 분이신데, 큰이모 김생원댁은 일찍 과부가 되시니, 어머니께서 그 형님 섬기심이 지극하더라. 큰이모 아들인 이종사촌 이기씨履基氏 혼인을 1741년 봄여름 사이에 외가에서 하니, 어머니께서 친정에 가셔서 방 안에서 보시더라. 그때 다른 이모 송참판댁의 장녀도 왔는지라, 그 장녀는 나중에 우리 막내 작은어머니가 되시니라. 나는 작은어머니와 어려서부터 외가에서 함께 놀아 정이 자별하였는데, 당시 작은어머니께서 그 잔치에 옷과 장신구를 빛나게 하고 참석한지라. 그때 내 비록 할아버지 상중이긴 했지만 아직 상복 입을 나이인 여덟 살에 이르지는 않아서 꼭 흰옷을 입을 필요는 없었는데 그래도 그렇게 입고 갔더라. 그런데 어머니께서

"아무개는 저리 곱게 입고 왔는데 너는 곱지 못하니 저 아이와 같이 하자"

하시니, 내 대답하기를

"나는 할아버지 상중에 있으니 아무씨와 같이 입지 못하리라"

하고

"흰색 저고리와 무명 치마를 입고 어머님을 모시고 살며 지게문 밖으로는 나가지 않으리라"

하니라. 그랬더니 어머니께서 예쁘게 봐주시니, 지금도 그 일이 생각나니라. 내 어려서 지각이 없을 것이로되 그 대답을 능히 한 일을 생각하니, 부모의 교훈이 어린아이에게도 미쳤던가 싶더라.

내 한글 배우기는 둘째 작은어머니 신부인께 하였는데, 신부인께서 날 사랑하심이 자별하시니, 어머니께서 매번

"이 아이 그대 따름이 심하다"

일컬으시더라.

아버지의 출사

1743년 3월에 아버지께서 태학장의太學掌議, 성균관 유생 대표로 궁중에 들어가 영조를 뵈었는데, 영조께서 여쭈어보심에 법도에 맞게 응대하시니, 그때 영조의 뜻이 아버지께 기우시니라. 영조께서 성균관에 있는 역대 성현의 사당인 문묘를 참배하신 후, 그것을 기념하는 과거인 알성시謁聖試를 베푸시며 아버지께 보라 하시고, 안에 들어오셔서

"오늘 나라를 위하여 도울 이를 얻었다"

하시며, 혹 '이번 과거에는 될까' 염려하셨다는 말씀을 내 궁궐에 들어온 후 들었느니라.

아버지께서 영조께 받은 특별한 대접은 유례가 없을 정도니라. 또 아버지께서는 지니신 의견이 높으시고, 함께 교우하신 이가 다 명문가의 높은 선비로, 사귄 벗들이 다 공경재상公卿宰相, 높은 벼슬에 이르렀는데, 척리 되신 후로 불초한 나로 인하여 근신하시느라 오히려 남들처럼 뜻을 다 펼치지 못하시니라. 이것이 모두 내 탓이니, 어느 일이 괴롭지 않으리오.

그때 윤4월에 아버지가 본 과거시험을 '뒤알성'이라고 하였는데, 아버지께서 당연히 합격하실 줄 알고 당숙은 미리 축하하러 오셨고, 집안이 다 합격 소식만 기다리고 있었는데, 결과를 들으니 안타깝게도 합격이 못 되신지라. 그때 내가 기다리다가 실망하여 울었던 일이 생각나니라. 그해 가을에 아버지께서 경종의 묘소인 의릉을 지키는 말직末職인 참봉 벼슬을 제수받으시니, 1740년 할아버지께서 돌아가신 뒤로, 집안에서 처음 벼슬에 오른 것이라. 온 집안이 귀히 여겨 받은 녹봉을 일가에 나누고, 어머니께서 한 되의 쌀도 집 안에 남겨두지 않으시던 일이 생각나니라.

초간택

1743년 봄 오빠가 관례를 치르고, 그 이듬해에 혼례를 올리려 하시니라. 내 손꼽아 새언니 들어오기를 기다리더니, 꿈밖에 내 몸이 간택에 뽑히니라. 어머니께서는

"선비 자식이 간택에 참여치 않는다 해서 무슨 해로움이 있으리오"
하시며, 간택 단자單子. 선물이나 인물의 정보를 나열한 글를 올리지 말고자 하시되, 아버지께서

"모든 사람이 단자를 올리라는 나라의 명령을 받았는데, 신하 되어 어찌 올리지 않으리오"
하시니라. 그때 내 집이 극히 빈곤하여 치마저고리를 해 입을 길이 없으니, 치마는 오빠 혼수에 쓸 베로 만들고, 옷 안에 넣을 것이 없어 저고리 안은 낡은 옷을 내어 해 입으니라. 지금도 당시 우리 집이 청빈한 일이 생각나며, 어머님 애쓰시던 일이 눈앞에 떠오르니라.

그해 9월 28일 초간택初揀擇이 되니라. 내가 간택된 여러 처녀들 중에서 나이 어리니, 스스로 생각해도 나만한 어린아이가 없으리니 될 리 없다 여기고 구경이나 할 셈으로 갔더니, 영조께서 각별히 예쁘게 보시니라. 정성왕후께서도 가까이 보시고, 선희궁께서는 내가 간택하는 계단 위에 올라서기도 전에 먼저 불러 보시고 화기和氣가 얼굴에 가득하여 사랑하시니라. 내 마음에 어른들께서 어린아이라 예뻐하시는 줄로 알았고, 또 궁인들이 다투어 예뻐하며 안거늘 내 심히 괴로워하였더라. 선물을 내리시니 선희궁과 화평옹주께서 내 받아드는 거동을 보시고 예절을 가르치시니라. 내 선물을 받들고 나와 어머님 품에서 자니라.

그런데 다음날 이른 아침에 아버지께서 들어오셔서 어머니께
"이 아이가 수망首望. 후보자 가운데 일등에 들었으니 어인 일인고"

하며 근심하시니, 어머니께서 말씀하시되

"한미한 선비의 자식이니 들이지 말면 어떻겠나이까"

하시니, 이 어찌 된 일인고. 두 분 말씀하시는 음성을 잠결에 듣고, 자다가 깨어 마음이 동하여 자리에서 많이 우니라. 간택 때 궁중에서 사랑받던 일이 생각나서 새삼 놀라 즐거워 않으니, 도리어 부모께서 위로하시니라. 부모님께서는 '아이가 무슨 일을 알리' 하시나, 내 초간택 이후로 심히 슬퍼 즐거워하지 않으니라. 지금 그때 일을 생각하니 궁중에 들어와 억만 가지 사건을 겪을 것이기에 스스로 마음이 즐겁지 않았던가 하니라. 그 일이 한편으로는 고이하면서도 한편으로는 내가 어린 나이였지만 세상 보는 눈이 흐리지는 않았나 싶더라.

간택 후 소문이 있어 그런지 일가 가운데 찾는 이 많고, 문하인門下人이 1740년 할아버지 돌아가신 후로 발길을 끊었다가 오는 이 많으니, 인심이 고이하더라.

재간택

10월 28일 재간택에 또 뽑히니, 스스로 놀랍더라. 부모님께서 근심하시며 궁궐에 들여보내시고, 요행히 간택에서 빠지기를 마음 조이며 바라시더라. 궁중에 들어오니 궐내에서는 이미 결정하신 것처럼, 내가 임시로 머무는 곳을 가까이에 두시고, 대접하는 도리가 다른 이들과 달라 더욱 놀랍더라. 어전에 올라가서도 여러 처녀들과 달리 발 안쪽으로 들이시어, 영조께서 어루만져 사랑하시며

"내 아름다운 며느리를 얻었다"

하시고,

"네 조부를 생각하노라"

하시고,

"네 아비를 보고 내 사람 얻은 줄 기뻐하였더니, 네가 바로 그의 딸이라"

하시며 기뻐하시니라. 정성왕후와 선희궁께서도 사랑하시고 기뻐하시며, 여러 옹주네들이 손잡아 귀히 대하니라. 나를 즉시 내보내지 않고 경춘전이라 하는 집에 머물게 했는데, 격에 맞는 차림을 갖추려고 그랬던지, 그곳에서 오래 머물게 하니라. 선희궁께서 낮것점심을 보내시고, 내인이 곁마기예복으로 쓰는 저고리를 벗겨 옷 치수를 재려 하거늘, 내 벗지 않으니라. 내인이 달래어 옷을 벗겨 치수를 재니, 그때 내 놀라 눈물이 나되, 궁인이 볼 때는 울지 못하여, 가마에 들어가 울고 나오니라. 하인들이 가마를 붙들어내니 놀랍기 비할 데 없고, 또 길에는 글월 비자편지를 전하는 여종가 허리에 검은 띠를 매고 서 있으니, 그런 놀라운 일이 없더라.

집에 돌아와 가마를 사랑채 문으로 들이자, 아버지께서 주렴을 드시는데 보니 도포까지 입고 날 붙들어 내는데 황공하여 조심하시는 사색을 보이니, 내 부모를 붙들고 슬퍼하던 일은 이제 생각해도 눈물이 흐르니라.

어머니께서 옷을 바꾸어 입고, 상에 붉은 보를 펴고, 정성왕후 글월은 네 번 절하고 받고, 선희궁 글월은 두 번 절하고 받으시니, 두려워 조심하심이 이를 것이 없더라. 또 어찌 그리 쉬 준비하셨는지, 대접하는 여러 물품이 모두 갖추어졌더라. 요즘 국혼 정한 집들과 비교해보면, 그때 일이 장하였던 듯하더라.

이름이 거울 감 자 도울 보 자니이다

그날부터 부모께서 말씀을 고치시고, 일가 어르신네 날 공경하여 대접하시니, 불안하고 슬퍼 이제 생각해도 눈물이 흐르니라. 아버지께서 어쩔 수 없이 국혼을 올리게 되자, 면하실 길이 없어 두려움에 옷이 땀으로 흠뻑 젖던 일과, 내 궁중으로 들어갈 적에 상심이 적지 않으신데도 경계하신 말씀이 천언만언千言萬言이시니, 내 이루 기록하지 못하니라. 내 부모 떠날 일이 슬퍼 간장이 녹는 듯하니 만사에 즐거움이 없는데, 가까운 친지들은 물론 먼 친척까지도 입궐 전에 본다 하고 아니 와 보는 이 없으니, 먼 친척은 바깥에서 대접하여 보내니라.

양주楊州 사시는 증대부曾大父, 증조할아버지 뻘의 일가 할아버지께서 오시고, 재종조부再從祖父, 할아버지의 사촌형제 네 여러 분들이 오신 가운데, 재종조부 한 분이 경계하시되

"궁중이 지엄하니 들어가신 후에는 뵙지 못할 것이니 영결永訣, 영원히 헤어짐이니이다"

하시고

"공경하며 근신하여 지내소서"

하시고

"제 이름이 '거울 감鑑' 자字와 '도울 보輔' 자字니 들어가신 후 생각해주옵소서"

하시니 그 조부를 평상시에 본 일이 없으되, 그 말씀을 들으니 슬프더라.

삼간택, 친정에서의 마지막 밤

삼간택이 11월 13일이라. 남은 날이 얼마 없으니, 갑갑히 슬퍼하던 일을 어찌 다 형용하리오. 밤이면 어머님 품에서 자고, 또 고모와 둘째 작은어머니께서도 어루만지시며 떠나는 것을 슬퍼하시니라. 떠날 날이 다다라 부모 누우신 자리에 눕고 싶어 아버지께 청하여 '들어오소서' 하니, 그때 아버지께서 손님 접대에 바쁘셔서 이틀 밤만 안에 들어와 주무시니라. 내 부모 가운데 누워 슬퍼하던 일과, 부모님께서 가엾게 여기어 날 어루만지며 잠을 이루지 못하시던 일을 생각하니, 지금도 가슴이 막히니라.

내 생각하니 종가에도 하직하고 또 외조부모 사당에도 하직인사를 올려야 할 것 같기에

"가고자 하노라"

하니, 아버지께서 내 임의로 가게 함이 마음에 놓이지 않으셨던지, 둘째 고모의 시누이가 부마 박명원의 큰형수인지라 차례로 전하여 선희궁께 아뢰니라. 선희궁께서 영조께 다시 취품取稟하였던지 '가라' 하신다 하니, 어머니를 모시고 한 가마를 타고 종가에 가니라.

종가에는 당숙 내외 두 분이 딸이 없어 평상시에도 나를 데려다가 때때로 머물게 하고 사랑하시더니, 영조께서 아시고 대례大禮를 우리 부모님과 함께 살피라고 하교하시니라. 당숙은 국혼 정한 후로 우리 집에 와 머물러 계시고, 종가에는 당숙모 혼자 계신지라. 당숙모께서 날 반기시고 사당에 올라가, 조상의 신위를 보고 절하게 하니라. 원래 우리 집이 정명공주의 후손이라, 그 사당이 공주를 모신 사당이라서 후손이라도 감히 사당에 올라 절하지 못하고 다 뜰에서 절하였는데, 나는 이미 왕가의 몸이라 특별히 사당에 올라 절하니 마음이 찡하더라. 육촌들과 서로 슬퍼하며 떠나니라. 어머니께서 시집오신 후 여자

의 몸이라 큰댁 사당에 올라 절하지 못하셨는데, 나로 인하여 사당을 가까이 보았노라 말씀하시더라.

그날 외가로 가니 외삼촌께서는 삼년상 중이시어, 외삼촌댁이 맞아 반기고 내 떠남을 슬퍼하시니라. 평소에는 외사촌들이 나를 사랑하여 가면 업고 안고 가까이 굴더니, 그날은 멀리 앉고 말도 많이 않고 공경으로 대하니, 내 마음이 더욱 슬프더라. 외사촌 새언니와는 서로 각별히 좋아했는데, 이별하기 더욱 슬프더라. 두 분 이모도 뵙고 집으로 돌아오니라.

날이 흘러 벌써 삼간택날이 되니, 12일 밤에 고모네께서 집이나 두루 살피라 하시며 데리고 다니시니라. 달빛은 환하고 눈 위에 바람이 찬데 고모 손에 이끌려 다니니, 눈물이 흘러 차마 잠을 이루지 못하니라.

삼간택날 일찍부터 입궐하라 재촉하니, 궁궐에서 지어온 옷을 입으니라. 먼 친척 부녀들은 그날 와 하직하고, 가까운 친척들은 혼례기간 동안 머물 어의동 별궁으로 간다고 모였더라. 사당에 올라 하직하고, 내 궁궐로 들어가는 일을 조상 신위께 알렸는데, 차례를 지내고 축문을 읽더라. 내 마지막 절을 할 때 뉘 아니 울리오. 내 마음은 끊어지는 듯이 슬프고, 아버지는 눈물을 참으시며, 모두 떠나보내기 어려워하던 정경이야 차마 어찌 생각하리오.

유행하는 다홍색 호롱박 치마

재간택 이튿날 경모궁의 보모 최상궁과 색장色掌. 어떤 일의 책임자 김가金哥 효덕이라 하는 내인이 나왔는데, 최상궁은 풍채가 크고 늠름하여 어린 궁중아이의 모양이 아니더라. 그들이 오니 우리 집에서는 대접을 성대히 하여서, 걸음 걷는 곳에 자리를 깔고, 아랫방에 거처를 정하여 비단

자리를 깔고 등메천으로 가를 두른 고급 돗자리를 돋우어 접대하니라. 그 내인들은 옛날 역사와 예의법도를 잘 알아 가볍지 않더라. 어머니께서는 동서와 시누이들을 거느리시고 그들을 잘 접대하셨는데, 음식상을 어찌 하룻저녁 사이에 그렇게 넉넉히 차려내셨나 싶더라.

그 내인들이 옷 치수를 재어 가더니, 나중에 다른 상궁이 만든 옷을 가지고 나오니 색장은 문가文哥 다복이라는 내인이라. 가져온 옷은 정성왕후께서 내리신 것이니, 초록색의 복숭아와 석류 문양 당저고리, 노란 송화색 포도 문양 저고리, 보라색의 복숭아와 석류 문양 저고리 각 한 작과 진홍 호롱박 문양 치마와 저주적삼모시를 섞어서 짠 거친 비단의 홑저고리이라.

막내고모께서 농담이 심하신데, 당시 다홍색 호롱박 문양 비단이 유행하여 모두들 하니,

"달 문양 저고리와 다홍색 호롱박 문양 치마에다 학의 죽지 모양 머리앞 장식을 달고, 거기다 눈동자 모양 살쩍관자놀이와 귀 사이의 머리털을 하면 어떠리"

하시더라. 그러다 마침

"다홍색 호롱박 문양 치마가 왔으니 보소서"

하시니, 좌중이 다 고모 말씀을 좇아 웃더라. 하지만 내 마음은 슬프고 만사 괴로워, 눈을 들어 보지 않았노라.

어머니가 해주신 마지막 옷

내 어려서 고이 입어보지 못하되, 남이 입은 것을 입거나 가지고자 함이 없더라. 둘째 고모께 나와 나이 같은 딸이 있는데, 그 댁이 종실宗室의 후손으로 가난하지 않아, 그 귀한 딸이 옷이나 장신구, 노리개 등 가지지 않은 것이 없으되, 내 부러워한 바 없고 함께 놀아도 가지고자

한 일이 없었느니라.

하루는 그 아이가 다홍 깨끼치마를 입고 오니 심히 고운지라. 어머니께서 보시고

"네 입고 싶으냐"

하시기에, 내 대답하되

"내게 있다면 아니 입을 이유는 없으나 굳이 장만하여 입기는 싫습니다"

답하니라. 내 말에 어머니께서 탄식하시며

"너는 가난한 집 딸이기에 그러하니, 네 결혼에는 이 치마를 하여 네 오늘 어른스레 말하던 것을 나타내리라"

하시더라. 그러다 내 몸이 이리되니 어머니께서 눈물지으며

"고운 옷을 입히지 못하여, 깨끼치마라도 해주려 하였더니, 궁궐에 들어가면 앞으로는 사삿집 옷을 못 입을 것이라. 지금이라도 내 깨끼치마를 입혀 뜻을 이루리라"

하시고, 재간택 후 삼간택이 되기 전에 다홍 깨끼치마를 해입히고 슬퍼하시니, 내 울며 입었더라.

근래 척리집에서 가례 후 옷이나 장신구를 해 들여오는 것을 보니, 우리 집은 조심하고 근신함이 심했던 줄을 알겠더라.

궁궐로 들어가다

삼간택으로 궁궐에 들어갔는데, 먼저 경춘전으로 가 쉬었다가, 통명전으로 올라가 인원왕후, 영조, 정성왕후 세 분을 뵈니라. 인원왕후께서 처음 보시고

"아름답고 훌륭하니 나라의 복이라"

허망한 초년 부귀, 둘째 고모의 딸

혜경궁 둘째 고모의 딸은 곧 이언형의 딸이다. 이언형은 선조의 아들인 경평군의 자손으로 아버지 청릉군 이모(李模)가 재산이 많았다. 청릉군의 집이 얼마나 크고 사치스러웠던지, 영조가 그 집을 사서 생모 숙빈 최씨의 사당인 육상궁으로 삼을 정도였다. 이언형의 딸은 홍계희의 막내아들 홍찬해와 결혼했는데, 홍계희가 당시 최고 권력자였으니 그는 부(富)와 귀(貴)를 모두 누린 셈이다. 하지만 이런 부귀영화가 계속 이어지지는 않았다. 안타깝게도 그는 1767년 병으로 서른 살 남짓의 짧은 인생을 마감했고, 남편은 십 년 후인 1777년 정조가 등극하자마자 바로 대역죄로 몰려 사형을 당했다. 초년의 부귀가 사후이긴 하지만 일거에 물거품이 된 것이다.

이런 까닭 때문인지 다른 『한중록』 이본에는 이 일화는 소개되어 있으나 그 딸이 누구인지를 알게 하는 표지는 빠져 있다. 그저 "내 가까운 친척 중에 나이 같은 여자가 있는데 그 집이 부유하여 귀한 딸로 옷이나 장신구, 노리개 등을 가지지 않은 것이 없으되" 정도로만 되어 있다.

하시고, 영조께서는 어루만져 사랑하시며

"슬기로운 며느리를 내 잘 택하였노라"

하시니라. 또 정성왕후 기뻐하심과 선희궁께서 사사로운 정을 겸하여 곡진히 자애하심이 이를 것이 없더라. 내 그때 비록 아이 마음이나 은혜에 감격하여 우러르는 모습이 절로 나더라.

세수하고 원삼圓衫, 대개 여성들이 혼례 때 입는 예복을 입고 앉아 상床을 받고, 날이 저물기에 서둘러 삼전三殿에 네 번 절하고 별궁으로 나오려 하니, 영조께서 가마 타는 곳까지 친히 오셔서 보내시니라. 영조께서 내 손을 잡으시며

"잘 가 있다가 오라"

하시고,

"『소학小學』을 보낼 것이니 아비에게 배우고 잘 지내다가 들어오라"

하시니라. 살뜰한 사랑을 받고 나오니 벌써 날이 저물어 불을 켰더라.

용꿈을 그린 병풍

별궁에서는 궁인 둘을 좌우에 데리고 있었는데, 내가 어머니를 떠나 잘 일이 캄캄하여 잠을 이루지 못하고 슬퍼하니, 어머니 마음은 또 어떠하시리오. 어머니께서 주무시러 올라오시니, 보모 최상궁이 성격이 엄하여 사사로운 인정을 돌아보지 않으니, 어머니께

"나라 법이 그렇지 아니하니 내려가옵소서"

하니라. 내 어머니를 모시고 자지 못하니, 그런 박절한 인정이 없더라.

이튿날 영조께서 『소학』을 보내시니, 날마다 아버지께 배우고, 당숙도 함께 들어오시니라. 둘째 작은아버지와 오빠도 들어오시고, 셋째와 막내 작은아버지는 각각 열세 살과 열 살로 동몽童蒙, 아이으로 별궁에 들

삼전, 궁과 전

임금이 머무는 집을 궁전(宮殿)이라 한다. 그런데 궁(宮)이나 전(殿)이나 다 같은 집이긴 하지만, 머무는 사람에 따라 엄격히 구분된다. 전은 궁보다 높아서 왕이나 왕비가 머무는 곳을 가리키고, 세자나 세자빈 등이 머무는 곳은 궁이라 한다. 민가에서 사람을 부를 때 당호나 택호로 대신 부르듯, 궁중에서도 전궁의 이름으로 대신 부르는 것이 일반적인데, 임금은 대전, 왕비는 중전, 중궁전, 내전, 곤전 등으로 부르고, 그다음 세자, 세자빈은 동궁, 빈궁처럼 궁호를 붙여 부른다. 이 때문에 위의 '삼전'에 선희궁은 포함될 수 없다. 선희궁은 경모궁과 마찬가지로 사후 사당에 붙인 궁호이다. 위에서 '삼전'은 대비전, 대전, 중전으로 전호를 쓸 수 있는 세 명, 곧 인원왕후, 영조, 정성왕후를 가리킨다.

『한중록』에는 '웃전'이라는 표현도 자주 쓰이는데, 대비전을 가리킬 때도 있고, 대전을 가리키는 일도 있다. 웃전은 위아래의 상대적 개념에 따른 것이기 때문이다. 이와 비슷하게 왕을 큰전이라고도 하는데, 선희궁과 같이 왕의 후궁을 높여서는 큰궁이라 부르기도 한다. 또한 자전(慈殿)이니 자궁(慈宮)이니 하는 표현도 있는데, 이는 임금의 어머니나 할머니를 가리키는 말로, 자전은 왕비인 경우에 붙이고, 자궁은 왕비가 못 된 경우에 붙인다. 『한중록』에서 자전은 영조의 경우에는 인원왕후가 되고, 정조의 경우에는 정순왕후가 된다. 그리고 자궁은 남편이 왕위에 오르지 못한 혜경궁을 정조의 위치에서 부르는 이름이다.

어오시니라.

또 영조께서 친히 지으신 『훈서訓書』를 보내시어 『소학』 배우는 사이에 보라 하시니, 그 『훈서』는 곧 영조께서 경모궁에 앞서 돌아가신 효장세자의 부인 현빈궁이 입궐하신 후 지어주신 것으로, 한 벌을 더 베껴두신 것이라.

별궁에 갖다둔 병풍 세간 장식 중에 가지 모양의 왜진주倭眞珠 하나가 있었는데, 선희궁께서 주신 것이라. 원래 우리 집에 시집오신 선조 임금의 따님 정명공주께서 가지신 것으로, 공주께서 그 따님을 주셨는데, 그 집에서 팔았던지, 선희궁께서 당신 모신 궁인의 집을 통하여 사서 주시니라. 내 정명공주의 자손으로 궁궐에 들어와, 내 집의 옛 물건을 도로 가지니 우연치 않은 일이라.

조부께서 서화書畵붙이를 사랑하셨는데, 그 가운데 네 폭 수병풍繡屛風이 있더라. 1740년 돌아가신 다음 모셨던 하인이 가져가 팔았는데, 공교롭게도 선희궁께서 내인의 친척을 통해 사시어, 내 잠자는 침실에 치도록 보내시니라. 그것을 막내고모께서 알아보시고, 조부께 있던 것이 궁궐로 흘러가 그 손녀에게 다시 들어온 것이 희한한 일이라 하시며 찬탄하시더라.

또 선희궁에서 팔 첩疊의 자수 용龍 병풍을 보내어 쳤는데, 아버지께서 보시고 어머니와 두 누이님을 대하시어

"그 병풍의 용 빛깔이 1735년 빈궁 태어나기 전날 밤 꿈에서 본 것과 흡사하니, 그 용의 모습이 이와 같더라"

하시니라. 또

"그 꿈꾼 후 꿈을 믿지 않았더니, 이 병풍을 대하니 꿈속에 보았던 용과 같아 놀랍기 그지없다"

하시니, 고모네께서

"수병풍이 다시 돌아온 것과 병풍의 용빛이 꿈과 방불함이 이상타"

일컬으시던 일이 매양 생각나니라. 그 용 병풍이 용색은 검고 비늘은 금실로 덧놓아 검은색과 금색이 어리었으니, 아버지께서

"꿈에 본 것도 딱 흑룡은 아니라 형용하기 어렵더니 아주 흡사하다" 하시더라.

별궁에서의 교육

내 별궁에 있을 때, 부모께서 경계하신 것이 눕거나 앉거나 하는 모든 세세한 행동에 미치지 않음이 없으며

"입궐하시어 삼전 섬기기를 삼가고 조심하여 효도에 힘쓰소서. 동궁 섬기기를 반드시 옳은 일로 돕고, 말씀을 더욱 삼가소서" 훈계하시니라. 살뜰하신 교훈 가운데 더욱 말조심하라고 가르치시며, 사칙四則을 언급하셨는데, 그러시면서

"혹 뜻하지 않은 일이 생길 수도 있으리라" 말씀하시니라. 내 그때 마음에 무슨 뜻으로 하신 말씀인가 하였더니, 생각하니 깊은 뜻으로 경계하신 훌륭한 가르침인가 싶더라. 내 별궁에서 지낸 오십여 일 가운데 어느 하루라도 아버지께 경계를 듣지 않은 날이 있으리오.

별궁에 있을 때, 영조와 인원왕후께서 사람을 보내 안부를 물으시고, 정성왕후께서도 자주 상궁을 보내 내 안부를 물으시고, 어머니를 청하여 만나보고 극진히 대접하시니, 우리 집에서 감축하시니라. 상궁이 온 지 오래지 않아서 음식상과 예단을 보내오니 풍성하고 후하여, 1744년 내 올렸던 가례嘉禮의 굉장함을 온 궁중이 일컫더라.

별궁에 출입한 사람들을 보면, 어머니께서는 오래 머물러 계셨고, 두 고모는 자주 들어오셨고, 둘째 작은어머니는 간혹 들어오셨더라.

사칙, 불길한 예언

홍봉한은 막 세자빈 교육을 받기 시작한 혜경궁에게 '사칙'을 얘기한다. 혜경궁은 그때는 무슨 말씀인가 했는데 지금 돌이켜 생각하니 그것이 미래를 예견한 말씀임을 알겠다고 말한다. 도대체 사칙이 무엇일까?

위의 짧은 글만으로는 사칙이 정확히 어떤 것을 가리키는지 알기는 어렵다. 다만 문맥상으로 볼 때 『의례儀禮』「상복喪服」조 주석에 있는 사칙이 유력한 것으로 생각된다. 『의례』는 『주례』『예기』와 함께 삼례(三禮)로 일컬어지는 유교 13경에 포함되는 예법서이다. 「상복」조에는 상복을 입는 예법이 소개되어 있는데, 집안의 종통을 이었는데도 삼년복을 입지 않는, 즉 삼년상을 치러주지 않는 경우가 사종(四種) 곧 네 부류가 있다고 했다. 첫째는 적자인데도 폐질(廢疾) 등으로 종통을 잇지 못한 경우(正體不得傳重), 둘째는 서손(庶孫)으로 종통을 이은 경우(傳重非正體), 셋째는 서자로 대를 이은 경우(體而不正), 넷째는 종통을 잇기는 했지만 적손(嫡孫)으로 한 경우(正而不體)가 그것이다. 즉, 적자로 제대로 대를 이은 경우가 아니면, 그의 죽음에 다른 이들이 삼년상을 치를 필요가 없다는 말이다. 여기서 그 네번째를 '사칙(四則)'이라 한다.

이 '사종'은 17세기 중후반 조선 정치사의 가장 중요한 논쟁인 이른바 예송(禮訟) 논쟁에서 핵심 쟁점이었다. 사종 가운데도 적자와 서자를 어떻게 해석하느냐를 두고, 서인과 남인이 정치 주도권까지 걸고 치열하게 예법 논쟁을 벌였다. 이 논쟁을 너무도 잘 알고 있을 홍봉한이 궁중에 들어간 딸에게 말조심하라며 사칙을 말한 것이다. 궁중에서는 어떤 일이 벌어질지 모르니 조심하라는 당부. 특히 사칙은 손자가 왕위에 오르는 일을 가리킨다. 마치 사도세자가 제1칙처럼 폐질로 종통을 잇지 못하고 정조가 제4칙처럼 손자로 왕통을 잇는 일이 벌어질 것을 예견이라도 한 듯이 말이다.

하지만 이 사칙은 왕가의 위상을 논하는 것이어서 자칫하면 불경죄(不敬罪)에 빠질 수 있는 위험한 문제였다. 그래서인지 위 단락은 재래의 종합본에서는 완전히 빠져 있다. 말하자면 혜경궁이나 되니 이 얘기를 지나가는 말로라도 했던 것으로 볼 수 있는 것이다. 실제로 정조 사후에 정순왕후의 복제(服制) 문제가 논란이 되기도 했다.

어의동 별궁, 왕실의 결혼식장

별궁은 왕이 사는 궁궐 밖에 따로 둔 궁궐이다. 혼례나 사신 접대, 그리고 인목왕후처럼 폐출된 왕비를 일시 머물게 하는 등의 여러 가지 용도로 사용되었다. 서울 소공동 조선호텔 자리에 있었던 남별궁은 중국 사신을 접대하는 용도로 많이 이용되었고, 어의동 별궁 곧 어의궁(於義宮)은 조선 후기 왕실의 혼례에 많이 이용되었다. 어의궁은 본궁이라고도 부르는데 그 이유는 원래 효종의 잠저(潛邸)였기 때문이다. 임금이 왕위에 오르기 전에 살던 집인 잠저는 본궁이라고도 부른다. 어의궁은 서울시 종로구 연지동 기독교회관 일대에 있었다.

혜경궁과 같은 세자빈을 빈궁의 본가가 아닌 별궁에 두었다가 궁궐로 모셔 들인 것은 광해군 때 시작되었다. 유교적 혼례 절차에는 신랑이 신부를 맞아들이는 이른바 친영(親迎)의 예식이 있는데, 이는 신랑이 처가로 가서 혼례를 올리고 한동안 처가에 머무는 한국 전통의 장가 습속과는 배치되는 것이었다. 그래서 유교사회인 조선에서는 장가 습속을 없애고 친영을 도입하려고 계속 노력했는데, 이 노력에 왕실이 모범을 보여야 했다. 친영례는 신부를 친정과 완전히 단절시키고 시집의 일원이 되게 한다는 뜻에서, 그 예식을 신부 집이 아닌 다른 곳에서 하게 되어 있는데, 그래서 광해군 때에 이르러 세자빈을 별궁에서 친영례하여 맞게 했다. 때문에 혜경궁도 별궁에서 세자빈으로서의 교육을 받고 또 거기서 초례를 올린 다음 궁궐로 들어갔다. 하지만 이런 왕실의 노력에도 불구하고 친영례는 조선 말까지도 민간에 제대로 정착하지 못했다.

별궁에 머무는 동안 할머니 병환이 위중하시니, 혼례는 박두한데 증세가 가볍지 않으시니, 부모님께서 어쩔 줄 몰라 안절부절못하시니라. 그때 형편으로는 마음이 편하셔도 나를 보내시니 심정이 착잡할 것인데 첩첩한 근심이니, 속으로는 근심하시나 별궁에 오서서는 화기를 잃지 않으시니라. 할머니께서 증세가 악화되어 급기야 병이 옮지 않게 거처까지 옮기시니, 옮기실 때 아버지께서 병 옮을 것을 걱정하지 않으시고 친히 업어 가마에 태우고 또 내리시니라. 이 말이 흘러 별궁에까지 들리니 궁인들이 하나같이 칭찬하고, 그 소문이 궐내에도 들려 아버지께서 계모께 효성이 지극하다고 일컫더라. 천행으로 할머니의 병환이 회복되시어 그런 다행한 일이 없으니, 생각하면 걱정스런 일이라.

가례

정월 초9일에 세자빈에 책봉되고 11일에 가례를 올리니, 내 부모 떠날 날이 가까우매 참지 못하고 종일 목 놓아 우니라. 부모님께서도 인정상 비통하실 것이로되, 슬픈 마음을 참고 태연히 경계하시길

"반드시 조심하여 부모의 경계를 잊지 말라"

하시고

"울음을 그치지 아니할까"

하고 엄격히 경계하시던 일이 이제도 생각나니라. 내 그때 마음이야 으레 그러려니와, 부모의 슬픈 심사를 돋운 일이 한편으로 괴롭더라.

초례醮禮하고 아버지와 어머니의 훈계를 받으니, 부모님께서 조금도 슬픈 빛이 아니 계시고, 예법에 실수함도 없으시니라. 아버지께서는 다홍 공복公服을 입고 복두幞頭. 공복에 맞추어 쓰는 이 단의 계단처럼 층이 진 모자를 쓰시고,

어머니는 원삼을 입고 큰머리를 하고 오시니라. 일가친척이 다 이별하러 오고, 궁궐 사람도 많이 왔으나, 어머니께서 조금도 안색을 고치지 않고 경계하시던 일이 지금도 생각이 나니라. 그때 우리 부모께서 춘추 겨우 삼십이 지나 젊으시되, 안팎의 일을 행하심에 조금도 절조^{節操}를 어김이 없고 규범에 어긋나지 않아 숙연하니, 궁중이

"나라에서 사돈을 잘 얻었다"

칭송하더라.

수건에 연지를 묻히지 마라

별궁에서 초례를 치른 후 궁궐로 들어와 대례^{大禮}를 지내고, 12일 영조를 알현하고 옷매무새를 고치는데, 영조께서

"네 폐백까지 받았으니 훈계 한마디 하자"

하시니라.

"세자 섬길 때 부드러이 섬기고, 말소리나 얼굴빛을 가벼이 말고, 눈이 넓어 무슨 일을 보아도 그것들은 모두 궁중에서는 예삿일이니 모르는 체하고 먼저 아는 모습을 보이지 마라"

하시고,

"여편네 속옷 바람으로 남편을 뵐 것이 아니니, 세자 보는 데 옷을 함부로 헤쳐 보이지 말고, 여편네 수건에 묻은 연지가 비록 고운 연지라 해도 아름답지 않으니 묻히지 마라"

하시니라. 내 그 경계를 명심하여 받고, 속옷과 연지 일은 늘 마음에 두어 조심하니라.

버클리 대학 『보장』은 원본인가?

『한중록』은 근대 이전에 간행된 것이 없다. 모두 붓으로 베낀 필사본으로만 유통되었다. 고작 혜경궁 주위 사람들만 볼 수 있었던 것이다. 현재까지 전하는 필사본 『한중록』은 스무 종 남짓이다. 그 가운데 가장 많은 이본을 가지고 있는 곳이 미국 버클리 대학(U.C. Berkeley) 동아시아도서관 아사미 문고(Asami Collection)이다. 아사미 문고는 일본인 법률가인 아사미 린타로(淺見倫太郎, 1869~1943)가 수집한 것으로 일본 기업 미쓰이(三井)에 넘어갔다가 다시 버클리 대학에 팔렸다.

이 아사미 문고에는 모두 다섯 종의 『한중록』이 있는데, 본서에서는 그 가운데 두 종을 번역의 대본으로 삼았다. 그만큼 아사미 문고본은 이본으로서 가치가 높다. 특히 제2부의 저본인 『보장寶藏』이라는 표제가 붙은 책은 혜경궁 친필 또는 혜경궁 원본에 가장 가까운 이본으로 평가받고 있다. 『보장』은 종전에 번역의 주대본으로 삼은 종합본 『한중록』과는 내용과 체제가 적잖이 다르다. 또한 같은 계열의 이본인 국립중앙도서관에 소장된 한글본 『읍혈록』에 비해서도 더욱 원형에 가까운 모습을 보여준다.

그 예 가운데 하나가 앞의 내용이다. 영조가 혜경궁에게 훈계하는 장면에, 『보장』에는 훈계의 세 가지 내용이 모두 나오지만, 『읍혈록』은 두번째와 세번째 훈계를 '여편네 유순 정직함이 인사상에 으뜸이라'로 간단히 줄여버렸다. 더욱이 종합본은 첫번째 것만 말하고 뒤의 둘은 아예 빼버렸다. 이 예에서 볼 수 있는 것처럼 『보장』은 대체로 사소한 일상의 감정들을 다른 이본들보다 충실히 드러내고 있다. 더욱이 훗사람(後人)의 관점에서 볼 때 혜경궁 또는 혜경궁 친정의 권위와 위신을 해칠 수 있는 부분까지 시시콜콜 그려놓고 있다. 예컨대 혜경궁이 부모님의 부부싸움을 말린 장면이나, 혜경궁의 동생이 어릴 때 소론 아이들과는 놀지 않겠다고 말했다는 부분 등이 그렇다. 종합본에서는 이 부분들은 모두 빠져 있다. 대신 종합본은 집안의 자랑이 될 만한 내용이나 공식적인 행사의 진행과정을 장황할 정도로 길게 늘여 붙이고 있다.

『보장』은 어느 이본보다 혜경궁의 생활감정을 잘 담고 있다. 그래서 선행 연구에서 원본에 가깝다고 보았다. 김용숙 선생은 처음에 이 자료가 혜경궁 친필이 아니라고 보았다가 나중에는 여러 이유를 들어 친필이라고 단정하였다. 그러나 필자는 『보장』이 원본에 가장 가깝다고는 생각하지만, 친필이라고 보지는 않는다. 여러 필체가 섞인 필사 상태, 아주 고급스럽지는 않은 책의 외형, 1809년 막내동생 홍낙윤의 상소문 한글 번역이 함께 묶여 있는 점 외에 자기 친정의 별장 위치를 '회계'가 아니라 '화계'로 잘못 적고 있는 것도 한 근거가 된다. 후대에 편집된 종합본도 '회계'로 바로 되어 있는데, 그 원본이 '화계'로 되어 있을 까닭이 없는 것이다. 또한 '관의합(寬毅閣)'을 '관희합'으로, '저승전(儲承殿)'을 '제승뎐'으로 적은 것도 사소한 것이긴 하지만 친필본이라면 나타나기 어려운 실수가 아닌가 한다.

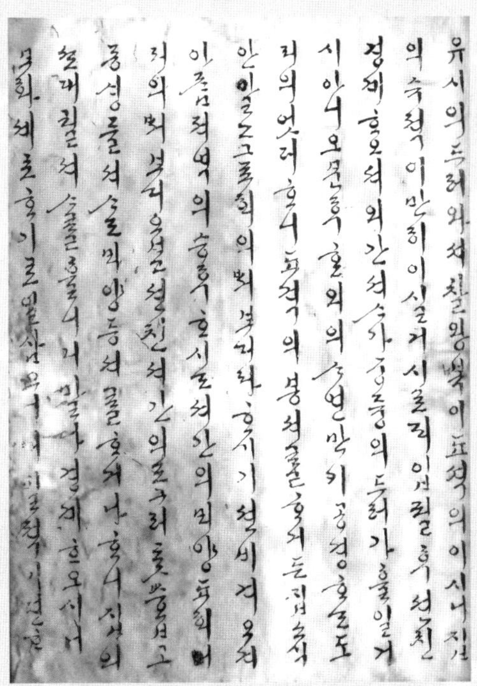

『보장』 본서의 저본인 버클리 대학 소장 한글본 『보장』의 첫 장이다. 버클리 대학 동아시아도서관 소장

영조 초상(부분) 오른쪽은 불탄 흔적이다. 6·25 남북전쟁 때 탔다. 그림은 스물한 살(1714) 왕위에 오르기 전 영조 곧 연잉군 때의 모습이다. 홀쭉하게 빠진 얼굴과 날카로운 눈매, 고집스런 콧부리에서 그의 성격이 드러나는 듯하다. 국립고궁박물관 소장

아름다운 딸을 낳아 나라에 공이 크다

내 알현하던 날, 영조께서 우리 부부를 거느리시고 통명전에서 아버지를 불러 보셨는데 술잔을 내리시며 은혜로운 가르침이 간절하시니라. 아버지께서 받은 술 남은 것을 소매에 부으시고 잡수신 귤의 씨를 품에 품으시니, 영조께서 나를 가리켜 말씀하시기를

"네 아비가 예를 안다"

하시니, 아버지께서 감동하여 눈물을 흘리시더라. 아버지께서 집으로 물러가시어 집안사람들에게 울며 이르시길

"성은이 이 같으시니, 우리 집 사람들은 오늘부터 마땅히 죽음으로써 갚으리라"

하셨다 하더라.

알현 다음날에 영조께서 인정전에서 축하연을 베푸시니, 나를 구경하게 하시고, 또 우리 친정 식구들까지 구경하게 하시니라. 축하연이 끝난 후 정성왕후 계신 대조전으로 문안인사를 가니, 정성왕후께서 어머니를 불러 따뜻하게 맞아주시고, 가까운 식구 대하듯 대접하시더라. 나를 가리켜

"아름다운 딸을 낳아 나라에 경사를 만드니 공이 있다"
하시니, 어머니께서 황송해하며 감격스러워하시던 일이 지금도 눈앞에서 뵙는 듯하니라. 인원왕후께서는 상궁으로 하여금 어머니를 극진히 대접하게 하셨는데, 비록 친히 대접하시지는 않아도 간곡하시니, 궁중에서 이르기를

"홍본댁^{혜경궁 홍씨의 친정} 대접하심은 1727년 효장세자빈의 조본댁 대접하심보다 더 극진하시다"
일컫더라. 두 왕후께서 어머니를 극진히 대접하시니 궁중의 다른 사람들도 예로부터 알던 이같이 공경하고 따라서 귀히 대하니라. 우리 어머니께서 화기로우시고 말씀이 간략하신 가운데 정이 후하고 겸손하시니, 궁인들이 말을 내어 온 궁중이 다 칭찬하시던가 싶더라.

어머니와의 작별

그때 당숙모가 경종의 계비이신 선의왕후의 사촌언니이신 고로 대비전 내인과 안면이 있어, 별궁에서는 어머니 대접하심을 당숙모 정도로만 하더니, 내 입궐 후 비로소 내인들이 어머니를 제대로 뵙고 인원왕후전과 대전 내인들이 눈을 기울여 칭찬하더라. 1755년 어머니께서 돌아가신 후 안타깝고 슬퍼 아니 우는 내인이 없으니, 어머니께서 인

심 얻으심이 이렇더라.

선희궁과는 즉시 서로 만나니, 사돈 간 사귐에 온화한 화기가 사삿집 가까운 친척보다 더하더라.

나는 통명전에서 사흘 밤을 지내고 세자가 머무는 저승전으로 돌아가니라. 어머니께서는 거기 내 머무는 집인 관의합으로 드는 모습을 보시고 나가시니라. 그 떠나는 마음이야 참지 못할 일이로되, 어머니께서는 한 점 눈물을 흘리지 않고 태연히 작별하시며

"삼전이 사랑하시고 큰궁^{선희궁}이 딸같이 귀중히 대하시어 성은이 망극하니, 갈수록 효도에 힘쓰시면 가문의 복이라. 부모가 생각나거든 울지 말고 차라리 효도할 생각을 하소서"
하고 나가시니라. 내 앞에서는 마음을 동하지 않게 하려고 그리하시나, 가마에 드시자 바로 얼굴을 가리고 눈물을 흘리시며 내인들에게 간절히 부탁하시니, 궁인이 감탄하여 '본댁 하시는 거동을 뵈니 어찌 그 부탁을 저버리리' 하더라.

보름마다 뵙는 아버지

15일 숙종 임금의 초상을 모신 선원전에 가서 참배하고, 다시 17일에 역대 임금과 왕비의 신위를 모신 종묘에 참배하니라. 내 어린 나이에 대례를 쉬 끝내고 무거운 머리장식을 견뎌 실수하지 않음을 영조께서 칭찬하시며 선희궁이 무궁히 기뻐하시니, 지극한 자애를 받은 일이 감격스럽더라. 21일은 경모궁의 탄신이라. 어머니께서 다시 들어와 문안하시니, 그 반가운 마음을 어찌 다 형용하리오. 각전^{各殿}이 머물라 하시어 머물렀다 나가시니, 떠날 제 슬픈 회포를 어찌 다 견디리오.

아버지는 보름마다 뵙되, 임금의 하교가 계셔야 뵙는 법이니, 매양

오래 머물지 않으시고

"궁궐이 지엄한데 바깥사람이 오래 있지 못하리라"

하시며 즉시 나가시니라. 아버지께서 들어오셨을 적마다 하신 살뜰한 훈계는 이루 다 못 쓰노라.

아버지께서 보름과 그믐에 들어오시면, 동궁으로 오시어 배움을 권하는 말씀을 올리고 또 옛일 알리기를 지성으로 하시니, 동궁을 대하시는 시간은 나를 보시는 동안보다 오래더라. 경모궁께서 장인을 극진히 대접하시고 귀히 여기시니, 아버지께서 경모궁을 우러러 귀히 대하심은 또 어떠하리오.

궁중 여인의 당파

아버지께서 1744년 10월 과거에 합격하시니, 경모궁께서 장인이 과거하셨다고 기뻐기뻐하시니라. 당시 나는 다른 집에 있었는데 경모궁께서 내가 있는 집까지 내려오시어 기쁜 표정으로 즐거워하시더라. 그때 인원왕후 본댁^{친정집. 곧 경은부원군 김주신의 집}에서도 과거한 이 없고, 정성왕후 본댁^{달성부원군 서종제의 집}은 더욱 현달한 이 없으며, 더욱이 당신 외가야 말할 것도 없느니라. 사정이 이러니 과거 합격을 신기하게 여겨 어린 나이인데도 그리 좋아하시던가 싶더라.

합격 발표를 들은 후 아버지께서 영조께 절을 올리고, 어사화^{御賜花}를 쓰신 채로 영조를 뵈니, 영조께서 심히 기뻐하시며 꽃을 만지며 즐거워하시니라. 영조께서는 아버지께서 작년에 과거 못 하신 것을 애달파하셨기에 더욱 기뻐하시니라. 인원왕후와 정성왕후 두 왕후께서도

"사돈이 합격하니 나라가 기쁘고 든든하다"

하시며, 큰 경사로 여겨 나를 부르시어 축하하시니라. 정성왕후께서는

당신 본댁이 1721년과 1722년의 이른바 신임사화辛壬士禍로 소론의 공격을 받아 조카 서덕수가 죽는 등 풍상風霜을 겪었으니 꼭 당파를 나누고자 하신 것은 아니지만, 자연 노론 위하심이 친척 같으시니라. 그래서 우리 집을 맞아들인 일도 심히 기뻐하셨고, 아버지 합격하신 일은 진실로 기뻐하시어 눈물까지 머금던 일이 생각나니라. 그때 외척의 과거 합격이 숙종의 두 장인인 광성부원군 김만기와 여양부원군 민유중집 이후 처음이니, 물론 효장세자빈의 아버지 조문명의 집안도 과거를 했으나, 우리 집이 노론이라 더욱 그리 기뻐들 하시던가 싶더라.

그때 안팎으로 예법에 맞게 극진히 대접해주시던 일을 생각하니, 당시는 내 나이가 어려 예사 은혜로 알았으나, 이제 생각하니 드문 대접이라. 우리 부모께서 임금의 뜻에 잘 맞추시어 그러하셨던가 싶으니, 감축하지 않을 수 없더라.

아버지께서는 과거에 합격하신 후 누구나 선망하는 청직淸職인 홍문관학술적, 정치적으로 왕의 자문에 응하는 기관의 벼슬자리는 사양하시고, 또 다른 요직과 제학提學, 예문관, 홍문관 등의 종2품 관직 등의 중요한 문관 벼슬도, 그것을 척리가 차지하는 것은 죄받을 일이라 하시면서 한사코 마다하시니라. 이 때문에 아버지께서는 가지신 재주를 제대로 펴지 못하시니, 모두 내 탓이라 매양 불안하더라.

아버지께서는 경모궁의 학문 성취를 도우시려고 매양 요긴한 글을 써드리고, 경모궁께서 글을 지어 보내시면 정성껏 비평해드리시니라. 경모궁께서 춘방의 사부들에게도 배우셨지만 실제로는 우리 아버지께 배우심이 많으니, 경모궁께서 천년만년 사시기를 바라고 또 태평성군이 되시기를 우러러 바라는 그 큰 정성을 어느 신하가 감히 따르리오.

궁중이라는 시집

섧고 섧도다. 내 어린 나이에 들어와 궁중 사정을 보니, 경모궁께서 자질이 영리하고 뛰어나시며 효성 또한 다른 사람들을 넘어서더라. 인원왕후께 효도함은 물론이요, 영조를 두려워하시긴 하지만 효성은 거룩하시고, 정성왕후께 하신 효성은 생모께도 이 이상 더하지 못할 정도라. 정성왕후의 사랑하심과 그 아드님의 효도는 진실로 감탄할 일이라.

더욱이 생모인 선희궁 섬기심은 더욱 찬탄할 일이라. 선희궁께서 성품이 어지신 중에 또한 엄숙하시니, 자기 몸에서 낳은 자식을 사랑하심은 물론이거니와 사랑하는 중에도 가르침이 엄하시니, 자식들이 두려워 자애로운 어머니로만 보지 않는지라. 경모궁께서 나라를 이을 세자의 자리에 오르신 후에는, 아드님을 공경하시어 감히 스스로를 자모라 하지 않고 말씀을 극히 존대하시니라. 이처럼 선희궁께서는 엄한 가르침을 사랑으로 풀어버리지 않으시니, 그 아드님도 어머니가 두려워 아주 조심하시니라. 이는 여편네가 능히 할 수 있는 일이 아니더라. 선희궁께서 나를 사랑하고 대접하심이 경모궁과 다름이 없으셨으니, 내 며느리의 몸으로 과한 대접을 받을 제 불안함이 심하더라.

내 들어와 삼전을 받들 뿐만 아니라 선희궁까지 계시니, 우리 부모 매양 '근신하고 효도하라' 훈계하시니라. 그때 내 열 살 어린아이로되 사람됨이 굳세었던지, 문안 인사를 감히 게을리하지 않았더라. 인원왕후와 정성왕후 두 왕후 문안은 닷새에 한 번씩 하고, 선희궁께는 사흘에 한 번이나 혹 날마다 뵐 적도 잦으니라. 그때 궁궐 법도가 엄하여 예복禮服을 갖추지 않으면 감히 뵙지 못했고, 아침 늦게 문안 가지도 못하는 법이어서, 문안할 때를 어기지 않으려고 새벽에 깨느라 잠을 편히 자지 못했느니라. 유모를 단단히 타일러 잠 깨우기를 큰일처럼 하여 감히 태만치 못하니, 겨울이나 여름이나 바람 불고 눈비 심한 날이라도 문안 갈 날이면 아니 가지 못했으니, 궁궐 법도가 요사이에 비하면 어찌 그리 엄했던가 싶더라. 그래도 괴로워한 적이 없었으니 내 됨됨이가 옛날사람이라 이를 능히 감당하였던가 싶더라.

내 시누이가 여러 명 있는데, 시누이들이 나를 사랑하긴 하지만 지위가 서로 다르니, 내 대접은 하지만, 함께 행실을 배우지는 못하니라. 나는 효장세자의 부인인 현빈궁을 따라 처신하니, 내 비록 나이는 현빈궁에 미치지 못하나 능히 따라 배우고 또 우애가 남다르더라. 여러 옹주 중 화순옹주는 온화하고 공손하시고, 화평옹주는 유순하며 나를 사랑하고 공경함이 지극하시니라. 아래로 두 옹주는 나와 나이가 서로 비슷하나, 귀한 아기씨들이어서 놀이나 즐기는데, 함께 놀자 하되 내 따라 놀지 않으니라. 또 옹주 방 안에 놀거리들이 많으나 내 좋아하며 보는 일이 없더라. 선희궁께서 이를 매양 측은히 여기셔서

"마음은 매양 놀고 싶으시련마는 놀지 않으니, 이왕 대궐에 들어왔으니 도리야 차려야겠지만, 여기서는 그리 말고 옹주들과 함께 놀라" 하시더라.

내가 혹 질투하는 마음이 있을까, 선희궁께서 옛 말씀도 인용하시고, 지금 궁중의 일도 이르시며 매양 깨우쳐주시니, 내 원래 이런 일들에 거리끼지 않을 뿐 아니라, 또한 사가^{私家} 여편네와는 처지가 다르니라. 내 그사이 본 것은 많지만 마음에 둔 일은 없으니, 이로써 궁중에서 칭송하는가 싶되, 이 또한 가르침의 힘이라.*

---

* 선희궁이 친히 베낀 단정한 글씨체의 『여범女範』이라는 여성교훈서가 현재 일본 도쿄 대학 도서관에 남아 있다. 그의 교양 수준을 엿볼 수 있는 책이다. 1977년에 대제각에서 영인, 간행한 바 있다.

의소와 정조의 탄생

내 일찍이 임신하여 1750년 의소를 낳았는데, 불행히 1752년 봄에 잃으니, 삼전과 선희궁이 애통하시니라. 내 불효하여 참변을 만났나 괴롭더니, 그해 9월에 정조께서 나시니라. 1751년 10월 경모궁께서 꿈을 꾸셨는데, 용이 침실에 들어와 여의주를 가지고 노는 모습을 보셨는지라. 깨셔서 기이한 징조라 하시며, 그날 밤에 즉시 흰 비단 한 폭에다 꿈에서 본 용을 그려 벽에다 붙이시니, 그때 경모궁 춘추가 십칠 세라. 꿈속 일이니 우연으로 생각하실 수도 있을 것을, 아들을 얻을 기이한 징조라 하시며 기뻐하시기를 꼭 노성老成한 어른처럼 하시던 일이 이상하고, 용을 그린 화법이 비상하더니, 과연 정조의 탄생에 응한 기이한 꿈인가 싶더라.

내 먼저 출산에서는 아들을 일찍 잃어 어미 도리도 해보지 못했더니, 이번에는 의소의 죽음으로 온 나라가 슬퍼하다가 다시 경사가 나니, 삼전의 기쁨도 처음보다 더하시니, 우리 집 사람들의 마음이야 어떠하리오.

어머니는 해산이 다 되어 들어오시고, 아버지는 숙직하신 지 불과 육칠 일에 경사를 보시니라. 양친의 즐거움이 무궁하시니, 내 마음도 기쁨이 비할 데 없더라. 주상正祖의 자질이 강보에서부터 비상히 영특하니, 내 스무 살이 못 된 나이로되 마음속으로 떳떳하고 기쁘니라. 이는 인정에 당연한 일이거니와, 그때 이 아들 낳은 것을 일생의 가장 큰 기쁨으로 여겼으니, 내 닥칠 험한 운명에 비추어 이미 앞을 내다보았던가 싶더라.

그때 홍역이 크게 일어나 화협옹주가 먼저 앓았더라. 내의원에서 경모궁과 원손元孫. 곧 正祖에게 옮지 않게 거처를 옮기시라 청하니, 그때 아기씨가 아직 삼칠일도 되기 전이라 움직이기 어렵되, 옮기라는 명령을

홍역과 천연두

홍역과 천연두는 치사율이 높은 전염병이다. 『한중록』도 이 병들에 대해 여러 차례 서술하고 있다. 왕, 세자, 옹주 등 생활여건이 좋은 궁중에서조차 피해갈 수 없는 질병이었던 것이다. 그런데 두 전염병은 증상이 비슷하여 그것을 구별하는 것부터 중요한 의학적 과제였다. 정약용은 『마과회통麻科會通』에서 "우리나라는 옛날에는 '두창(痘瘡, 천연두)'이 없었다. 두창이 처음 생겼을 때 병명을 몰라 그저 병이 지독하다 하여 '역질(疫疾)'이라고 불렀다. 그러다 '마진(麻疹)'이 발병했는데 증상이 역질과 비슷한데 다만 그 반점이 붉어서 '홍역(紅疫)'이라 불렀다. 홍역은 독성이 역질보다 더하여 '독역(毒疫)'이라고 했다. 또 홍역으로 아이들이 많이 죽자 사람들이 그 병을 더욱 미워하여 '당독역(唐毒疫)'이라고 불렀다. 이는 허준의 설이다"라고 했다. 정약용은 조선 사람들이 지독한 것에다가는 중국을 뜻하는 '당(唐)'을 붙인다고 하면서 병이 얼마나 지독한지 이로써 알 수 있다고 했다.

천연두는 치사율이 30퍼센트가 넘는 무서운 전염병이다. 초기에는 고열과 두통 등 독감과 비슷한 증상을 보이는데, 사나흘 이런 증상을 보이다가 반점이 생긴다. 그런 다음 반점에 수포가 맺히고 여기에 고름이 차며, 한두 주 정도 지나면 딱지가 앉는다. 딱지는 회복의 상징이다. 그래서 이를 성두(聖痘)라고 한다. 딱지는 서너 주 지나면 떨어지며 여기에 흉이 남는다. 근대 초기 조선을 방문한 서양인들은 대부분의 조선 사람 얼굴에서 성인식의 흔적과 같은 천연두 자국을 보았다고 했다. 1979년 세계보건기구는 천연두 바이러스가 지구상에서 사라졌다고 보고했다.

홍역은 초기 증상이 천연두와 비슷하다. 증상이 나타나면 처음 사흘에서 닷새 정도는 발열, 기침, 콧물과 결막염 등이 동반된다. 이어 발진이 시작되는데 모래알 크기의 작은 반점이 나타났다 사라지며, 그 다음 붉은 반점이 사흘 동안 온몸에 퍼져나가다가 서서히 사라진다. 이때 증세가 가장 심하다. 발진이 사라지면서 갈색을 띠게 되는데, 이어 작은 겨껍질 모양으로 피부가 벗겨진다. 이것은 칠 일에서 십 일 내에 사라진다.

어기지 못하니라. 경모궁은 양정합이라 하는 집으로 옮기시고, 원손은 낙선당이라 하는 집에 들이니, 삼칠일 안 아기로되 체구가 커서 거리가 먼데도 안아 가되 조금도 염려스럽지 않더라. 낙선당에 들어 보모는 정하지 못하고 늙은 궁인과 내 유모에게 맡기니라.

홍역을 돌본 아버지

옮긴 후 경모궁께서 날이 지나지 않아 홍역을 앓으시니, 그때 그 병이 크게 일어 내인이 다 없으니, 선희궁이 오셔서 보살피시고, 또 아버지께서 숙직하며 보호하시니라. 경모궁께서 발진은 순하시나 열이 심하시니, 어려움을 무릅쓰고 극진히 간호하시는 아버지의 지극한 정성이야 어찌 다 기록하리오.

경모궁께서 적이 나으신 후 매양 글을 읽으라 하시어, 아버지께서 여러 글을 읽어드리면, '책 읽는 소리를 들으니 시원하여 좋다' 하시니라. 아버지께서 밤낮으로 경모궁을 모시고 글을 읽으시니, 그때 내인도 없어 안에서 간호하기는 내가 하고, 아버지는 밖에서 떠나지 못하시니라. 아버지께서 매양 읽으시는 글을 다 기억하지 못하되, 제갈량의 「출사표^{出師表}」를 읽으시면서는

"자고로 임금과 신하가 뜻이 잘 맞기로 유비와 제갈량 같은 이가 없으니, 신^臣이 평소 이 글을 감탄하며 읽습니다"

하고 읽으시더라. 또한 글을 읽지 않으시면 옛날 뛰어난 임금과 유명한 신하들의 말씀을 들려주시니, 경모궁께서 비록 병석에 계셨지만 당신 장인 공경하고 대접하심에 실수가 없더라.

경모궁의 증세에 적이 차도가 있은 후 내가 이어 홍역을 하니, 해산 후 삼칠일이 겨우 지나 경모궁과 원손의 큰 병환에 신경쓰다가 나 또

한 병을 얻으니 증세가 가볍지 않더라. 원손이 같은 날 반점이 생기니 삼칠일밖에 안 된 아기로되 증세가 순하고 큰아이같이 아주 순탄히 지내더라. 내가 큰 병 가운데 근심할까 하여, 선희궁과 아버지께서 원손의 병을 나에게 이르지 않으시니, 나는 모르고 지내니라. 아버지께서는 나 있는 자리에 오랴, 또 원손도 뵈려고 밤낮으로 다니시랴, 그 근심이 이를 것이 없으니, 마침내 밤에 쓰러져 걸음을 이루지 못하셨다 하더라. 약간 회복된 다음에야 그 사실을 알고 한편으로는 기쁘나 한편으로는 아버지 수고와 근심을 생각하여 미안해하니라.

원손의 홍역을 내 유모 하나가 맡고, 그 밖에는 아버지께서 홀로 보시니, 그 초조하심이 어떠하시리오마는, 원손이 홍역을 순탄히 끝낸 일을 생각하면 신기하더라. 원손이 홍역을 순히 보내신 후 잘 자라시니, 돌 즈음에는 글자를 능히 알아 조숙함이 보통 아이와 다르더라. 세 살에 보양관輔養官을 정하고, 네 살에 『효경孝經』을 배우시는데 조금도 어린아이의 태도가 없더라. 글을 좋아하시니 가르치는 수고로움이 없고, 어른처럼 일찍 일어나 세수하고 글을 읽으시는데, 비상함이 보통 아이와 다르더라. 내 아무런 수고도 하지 않았는데 원손이 일찍이 자립하시니 지금 생각하면 이 일이 기특하되, 당시 내 마음은 그래도 오히려 원손이 영민치 못한가 하여, 어린 원손 꾸짖기를 큰아기^{다 자란 아이}처럼 하니, 내 그때 젊어 그러하였던가 하니라.

1754년 딸 청연을 낳고, 1756년에는 딸 청선을 얻었느니라.

어머니의 죽음

경모궁께서 자질이 비상하시고 학문이 높은 경지에 이르시니, 그 기상 그 기품으로 어이 더 진보하시지 않으리오. 그런데 당신의 거룩한 바탕으로도 어찌할 수 없는 병세가 1752년과 1753년 사이부터 드러났으니, 내 한없는 근심은 물론 우리 부모의 초조함이 어떠하리오.

어머니께서 입궐하셨을 때 그 병환의 싹을 보시고 초조히 애태우시니, 나를 떠나 그리시는 것은 작은 일이요, 그 병환을 걱정하여 몸소 기도하고 정성이 아니 미친 데 없으시니라. 매양 병이 더할까 걱정하시어 밤이면 주무시지를 못하고 대궐을 바라보며 깊은 근심을 하시고, 때때로 바로 죽어 모르고자 하시던 일까지 있었으니, 생각하면 이것이 다 불효자식을 두신 연고라. 어느 것 하나 부모께 근심 끼친 불효가 아니리오.

경모궁께서 어머니 대접하심이 보통 집 장모 같지 않아 지극하시니라. 우리 어머니 또한 경모궁 위하고 아끼심이 지극하시니, 감히 사위라 말하지 못하시나, 그 정성이야 오죽하리오. 어머니께서 입궐하신 때 경모궁께서 크게 화를 내시다가도 어머니께서

"일이 그렇지 아니하오이다"

아뢰시면, 즉시 얼굴빛을 바꾸시더라.

1754년 청연을 낳을 때 6월이 산달인데 산달을 넘기는 바람에 어머니께서 대궐에 머무시기를 오십여 일이나 하시니라. 그사이 경모궁을 모시고 지낼 적이 여러 번이었는데 어머니께서 번번이 경모궁의 화를 푸셨더라.

1755년 어머니께서 돌아가시니 뉘 일찍 어머니를 여의지 않으리오마는, 내 모습은 천지간에 혼자인 듯 망망하니 어이 살고 싶으리오. 그러나 삼전이 위로하시고, 아버지께서 어진 배필을 잃고 애통하시는 밖에 불초한 나로 인하여 더욱 슬퍼하시니, 내 차마 몸을 버리지 못하나, 한없는 설움이야 이를 것이 어이 있으리오. 선희궁께서 내 발상發喪하는 곳에 와 머무시며 위로하심이 자모慈母 같으시니, 이런 곡진한 자애는 보통 집 고부 사이에도 없는 일이라. 내 감동하여 애써 참음이 많더

라. 인원왕후와 정성왕후 두 분께서도 애도하시며, 나를 위로하심이 특별하더라. 장사를 지내고 두 분께 문안을 드리러 올라가니, 손을 잡고 눈물을 흘리시며 안타까워하시니라. 또한 상중에 있는 우리 집 사람들이 몸이 허할까 염려하시며 특별히 고기를 내려 권하여 먹게 하시니, 두 분의 살뜰한 사랑과 은혜에 우리 집안이 모두 감사하며 갚을 바를 몰라하더라.

내가 모진 고통을 겪으며 억지로 세상에 머무르나 진실로 살아갈 마음이 없어 심히 슬픈 모습을 보이니, 영조께서 '과하다' 일컬으시고, 정성왕후와 선희궁께서도 초상을 치르는 데 너무 슬퍼하여 옷매무새마저 다 예법에 어긋난다 꾸중하시니라. 이러므로 내 궁궐 법도를 지키느라 슬픔을 다 표하지 못하니 자식 된 도리를 다하지 못하여 더욱 애통하더라.

세자에게 자애를 베푸소서

아버지께서 1756년 2월 광주廣州 유수留守가 되시니, 내 아버지마저 떠나보냄을 슬퍼하니라. 게다가 아버지께서 대부인大夫人을 모시고 가셨는데, 내 그 할머니 우러름을 어머니같이 했으니 더욱 슬퍼하니라. 내 마음속에 불같이 끓는 근심은 점점 더하니 살아갈 마음조차 사라지더라. 그러던 차에 1756년 윤9월에 청선을 낳게 되니, 해산 때마다 어머니께서 들어오시던 일이 떠올라 다시 어머니를 그리며 아파하니라. 내 이에 자기 몸은 돌아보지 않고, 일반 상인喪人이 근신하듯이 임신부가 고기반찬도 먹지 않고 채소로만 연명하길 오래 하니, 산달이 다 되었는데 기운이 허약하여 영조께서 애를 쓰시며 근심하시니라. 영조께서 아버지께 약으로 몸을 보할 도리를 강구하라 하시어, 보약을 써서 무사히 해산하나, 어머니 추모하는 슬픔은 더욱 뼈에 새기니, 해산할 때도 어머니 생각에 눈물을 흘리니라. 산후 몸이 허약하고 기운이 위태로우니, 아버지께서 내 행동이 과하다고 근심하시니라. 나 스스로도 불효가 될까 염려하여 마음을 진정하였더니, 그달에 아버지께서 평안 감사가 되시니 떠나는 심사 또 오죽하시리오.

아내를 여읜 아버지의 사사로운 정이야 절박하기 이루 말할 수 없지만, 왕명이시니 떠나시지 않을 수 없더라. 그해 11월에 경모궁께서 천연두를 앓으시니라. 아버지께서 경모궁이 아직 천연두를 치르시지 않음을 매양 근심하시다가, 멀리 변방에서 이 소식을 들으시고 불도 때지 않은 차가운 방에서 근신하시며 서울 소식을 듣고 애태우시느라 수염이 다 희게 변하셨더라. 내 그때 애타는 마음이야 어찌 다 형용하리오. 다행히 천연두가 딱지가 앉고 곧 병이 나가니, 종묘와 사직의 막대한 경사라, 아버지께서 멀리서 홀로 무궁히 경축하심을 어찌 다 기록하리오.

경모궁께서 천연두를 보낸 지 백 일이 못 되어 정성왕후께서 돌아가시니, 경모궁께서 몸을 돌보지 않으며 슬퍼하시니라. 그 거룩한 효성을 뉘 아니 탄복하리오. 백성들이 장례식에 따라가 애통하시는 경모궁의 거동을 보고 감동하여 눈물을 흘렸다 하더라. 경모궁께서 천연두를 앓은 다음 병증이 더욱 깊어진데다, 영조께 엄한 하교를 자주 들으시니라. 내 걱정스럽고 두려워 어찌할 바 모르니 이를 어찌 다 형용하리오.

아버지께서 1757년 5월 내직內職으로 조정에 들어오시니, 나라 위한 근심이 첩첩하시니라. 이때 우리 부녀의 근심을 어찌 다 형용하리오. 내 점점 난감한 지경을 많이 당하여 살 마음이 없더니, 동짓달에는 청근현주현주는 세자의 서녀를 가리키는 말의 어미 빙애로 인하여 차마 견디지 못할 놀라운 지경에 이르니, 영조의 화가 하늘에 닿으니라. 이에 아버지께서 영조께 '세자에게 자애를 베푸소서'라고 당신 처지에 차마 하기 어려운 말씀을 하시니, 영조께서 화가 더하시어 아버지를 파직시키시니라. 아버지께서 서둘러 서울을 빠져나가시니, 그때 인심이 황황하고, 나 또한 영조의 엄중한 꾸중을 받아 몸 둘 바를 모르고 두려워 조심하며 지내니라.

내 궁중에 들어온 후 영조께서 사랑하심이 한결같으시니, 난처한 때라도 내게는 자애를 베풀지 않은 적이 없으셔서 내 성은을 감축하면서도 한편으로는 더욱 불안했더라. 그때 처음으로 꾸중을 들으니 내 반성의 뜻으로 아랫방으로 거처를 옮기니라. 이후 영조께서 아버지께 다시 벼슬을 내리고 나를 불러 자애 여전하시니, 천만 가지 일이 불안한 가운데 지극하신 성은이야 내 몸을 부순들 어찌 다 갚으리오. 내 겪은 일이 무궁하니 하나하나 다 쓰려 하나 차마 글로 쓰지 못할 말이 많은지라 못다 기록하노라.

정성왕후와 인원왕후의 연이은 죽음

국운이 불행하여 정성왕후 승하하시던 다음달에 인원왕후께서 돌아가시니라. 내 두 분 왕후께 가없는 자애를 받다가 하루아침에 여의니, 그 의지할 곳 없는 아픔을 어디에 비하리오. 내 정성왕후 빈전殯殿, 발인 전까지 왕이나 왕비의 시신을 모신 전각 가까이서 작은 정성이나마 다하려고, 하루 다섯 번의 제사와 아침저녁 곡하기를 다섯 달 동안 하루도 거른 일이 없었느니라. 또 인원왕후께서 돌아가시기 전에 달포나 병세가 위중하셨는데, 정성왕후도 아니 계시니 날 사랑하시던 은혜를 갚을 데가 없어, 혼자 허우룩 애통하던 정경이야 또 어떠하리오.

영조께서도 인원왕후께 탕약을 올리고 간병하시느라 밤낮으로 옷도 벗지 않으시니, 내 인원왕후를 모시며 더욱 초조하더라. 인원왕후께서 승하하신 후에는 영조를 우러러 망극해하고, 또 텅 빈 마음이 되어 애통이 비길 데가 없더라. 그런데 경모궁으로 인하여 점점 두렵고 난처한 일이 떠날 때가 없으니, 어느 때 두 왕후를 추모하여 슬픈 눈물을 아니 흘리리오.

육십육 세 영조와 십오 세 정순왕후의 결혼

두 분 왕후의 삼년상을 겨우 끝내고, 1759년 영조께서 정순왕후를 맞으시니라. 그때 그 가례嘉禮가 경사스럽고 다행하면서도 한편으로는 걱정스럽고 두려우니, 어찌 될꼬 하는 근심이 무궁하더라. 그런데 선희궁께서는 낯빛도 바꾸지 않으시고 내 근심하는 얼굴을 보시며

"정성왕후 아니 계신 후에는 이 대례大禮를 행하여 곤위坤位. 왕비의 자리를 정하는 것이 다행한 일이라"

말씀하시고, 영조께서 드시니 부드러운 얼굴과 낮은 목소리로 태연히 축하하시니라. 선희궁께서는 가례 차리기를 몸소 하시어 아니 정성됨이 없으시고, 궁중이 제 모습을 갖추게 될 일을 진심으로 기뻐하시니, 임금 위한 덕행이 거룩하시더라.

경모궁께서도 병환이 점점 깊어지되 대례 올리시는 일은 조금도 어떻다 생각지 않으시고, 가례 후 알현하실 제 예절이 조금이라도 공손치 못할까 각별히 조심하고 공경하시니, 천성적으로 효성이 뛰어남을 이런 일에서 알 수 있지 않으랴. 가례 후 경모궁께서 영조와 새 중전께 문안인사를 올리시는데, 인사를 무사히 마치시고 스스로 몸을 두드리며 기뻐하시니, 이것은 궁중이 다 아는 일이라. 경모궁께서 이리 효성스러우신데 병으로 인해 불효하게 되시니, 이 지극한 설움은 하늘을

우러러 묻고자 하나 할 수 없도다.

경모궁께서는 문안인사도 제대로 할 수 없는 상황에 이른 때에도, 자녀 사랑은 구구한 곳까지 미치셨느니라. 그 귀한 아드님을 어찌나 각별히 대하시는지 딸들은 감히 그 정도는 바라지도 못할 지경이었고, 또 서자들이 넘보지 못하게 명분을 엄히 하시니, 그런 일로 보아도 천성이 거룩하신 듯하니라. 또 누이들과의 우애가 지극하시니, 위로 화순옹주와 화평옹주는 맏누이님으로 공경히 대접하시고, 화협옹주는 당신처럼 영조께 자애를 얻지 못함을 불쌍히 여기시어 더욱 후히 대접하시더니, 1752년 화협옹주 상사 나니 슬퍼하심이 심하더라. 정처鄭妻에게도 예사 인정으로 생각하면 영조께서 정처만 편애하시고 당신은 그러지 않으시니 정처를 대하실 때 응당 화기和氣를 잃으실 듯하되, 말이나 얼굴에 조금도 불쾌함을 드러내심이 없더라. 일이 점점 난처하게 되고 병환이 더하신 때에는 혹 격하게 화를 낸 일도 있었지만, 보통 사람이라면 어이 일찍부터 화기를 잃지 않았으리오.

정조의 결혼

1761년 3월 정조가 열 살의 나이로 왕세손 입학례入學禮를 행하시고, 그달에 경희궁에서 관례冠禮를 올리시니라. 경모궁께서 그 관례를 보지 못하시니, 내 홀로는 가보지 못하여 못 가니, 자모의 정이 서운한 밖에 일의 형세가 난처하여 근심이 무궁하더라. 이때 세월을 어찌 보냈는지 알지 못하니, 그 처신의 어려움을 어찌 다 기록하리오.

1761년 겨울에 세손빈 간택을 하니, 그 집이 현종의 장인인 청풍부원군 김우명의 자손으로 대가덕문大家德門이요, 우리 집과는 대대로 친하여 이미 내 막내동생은 그 집 사위가 되기로 정혼까지 한지라. 아버지께서 세손빈의 조부인 김성응 부인의 회갑잔치에 가서서 어린 세손빈을 보시고 비상한 자질이라 하신 말씀을 내 들었더니, 오빠 또한 소헌왕후와 인수왕비댁의 옛일을 인용하며 그 집이 덕이 두터운 집안이니 그리로 하면 좋겠다는 의논을 내시나, 내 궁중에서 감히 사사로이 이런 의사를 드러내지 못하니라. 그런데 경모궁께서 김시묵 딸의 이름을 간택단자에서 보고 뜻이 기우셔서 그 집으로 정하여 대례를 이루니라.

경모궁께서 며느리를 귀히 대하시고 또 편애가 지극하시니, 세손빈이 들어와 경모궁께 특별한 자애를 받아, 어린 때이지만 시아버지 우러르는 정성이 남다르더라. 그러다 곧 경모궁께서 돌아가시는 더할 나위 없는 아픔을 겪으니, 어린 나이로되 애통함이 심하고 추모가 세월이 갈수록 더하여 말씀이 경모궁에 미치면 바로 눈물을 흘리지 않으실 때가 없으니, 이 모두가 깊은 자애를 받으신 연고니라.

세손빈이 재간택 후에 즉시 천연두를 앓으시고, 뒤이어 세손이 앓으시니라. 증세가 극히 순하긴 하나, 삼간택이 가까운데 세손 부부가 연하여 큰 병환을 지내시니, 내 마음 쓰기 어떠하리오. 세손의 천연두는 1761년 11월 그믐에 시작하여 12월 10일 즈음 나으니, 이 일이 보통 집이라도 기쁘리니 이는 나라의 경사 아니냐. 영조께서 애쓰심은 물론이요, 경모궁께서도 그 병환 중에 염려하심이 지극하시어 당시는 병환 없는 이 같으시니, 지극한 자애로 인하여 그러하셨던가 감탄하니라.

섧도다. 내 남에게 없는 특별한 마음으로 세손의 병을 염려함이 보통 어머니와 많이 다르니, 손을 모아 그윽이 기도하여 천연두가 순탄히 나가기를 천지신명께 비니라. 더욱이 아버지께서 숙직하시며 정성을 쏟으신 일이야 더 이를 것이 어이 있으리오. 하늘과 조상이 몰래 도우셔 세손과 세손빈이 차례로 천연두를 보내니, 또한 드문 일이요, 나라에 전에 없던 경사라.

12월에 삼간택을 하고, 1762년 2월 초2일에 가례를 행하니, 막대한 경사 가운데 일마다 조심하고 마음 쓰던 일이야 어찌 다 기록하리. 그저 내 운명이 이상할 뿐이라. 당시 아버지께서는 온갖 나랏일을 다 감당하시며 어쩔 줄 몰라하셨는데, 영조 은혜도 갚으려 하시고 경모궁도 보호하시고 또 세손도 보호하여 부자간에 일이 나지 않게 하시니라. 아버지께서 애쓰심으로 머리털과 수염이 다 희어지고, 답답증이 심해지시어 음식을 소화하지 못하고 매양 체증이 생기시니, 우리 부녀 만나면 눈물을 흘리니라. 두 분 부자 화평하시고 세자와 세손 보호하기를 하늘을 우러러 축원하시던 아버지의 정성은, 하늘이 밝히 살피시고 신명이 곁에서 지켜보시니, 터럭만큼이라도 사사로운 정으로 과히 말하리오. 오빠가 아버지를 따라 근심하고 서러워함이 같으시더라.

사도세자의 죽음

1750년 오빠가 소과小科. 생원 진사를 뽑는 시험에 합격하시니, 경모궁이 보시고 당신 뜻과 잘 맞다 하시며 사랑하고 대접하시더라. 1761년에는 대과大科에 급제하여 세손을 가르치는 강서원講書院 관원이 되어 세손을 자주 모시니, 세손의 학문 성취에 외삼촌의 공이 크니라. 오빠가 강서원에 숙직하신 때 내 자주 뵈오니, 우리 남매 나라 근심을 하며 바로 죽어 모르고자 하더라.

아버지께서 1761년 3월에 우의정이 되시니라. 그해 정월부터 3월까지 영의정, 우의정, 좌의정 세 정승이 모두 죽어 자리가 빈데다 영조께 병환까지 있으셔서 그리하신지라. 아버지께서 어쩔 수 없어 벼슬로 나아가 직분을 지키시나, 나라 근심은 무궁하고 또 경모궁 일로 밤낮 애태우시니 살 마음이 아니 계시니라. 하지만 물러날 길이 없는지라, 오직 힘을 다하여 나라 은혜를 갚으려 하시니, 어느 날 침식이나 제때 하

소헌왕후와 인수왕비

소헌왕후(昭憲王后)는 세종대왕의 왕비인 청송 심씨이며, 인수왕비(仁粹王妃)는 세조의 아들인 추존 덕종(성종의 아버지)의 왕비 곧 소혜왕후 청주 한씨이다.

소헌왕후는 팔자이녀(八子二女)를 두어 조선 왕비 가운데 가장 많은 자녀를 둔 것으로 알려져 있으며, 여덟 아들 가운데 둘이나 왕위에 올랐다. 문종과 세조가 그들이다. 소헌왕후의 아버지는 심온인데, 태종이 세종에게 왕위를 물려준 그해에 '군령이 한 군데서 나와야지 두 군데서 나오는 것은 옳지 않다'는 말을 했다고 하여 사약을 받았다. 이 말이 왕위는 물려주었어도 여전히 군권(軍權)을 쥐고 있었던 상왕(上王)인 태종의 심기를 건드렸던 것이다. 이 일로 소헌왕후도 폐비의 위기에 몰렸으나, 세종을 잘 보필하고 현숙하게 처신했다 하여 폐비를 면하였다. 소헌왕후에 대한 세종의 사랑과 신뢰는 유명하다.

인수왕비는 한확의 딸로, 세자빈으로 궁중에 들어왔으나 세자가 왕위에 오르기도 전에 죽는 바람에 왕비가 되지 못했다. 하지만 예종이 일찍 죽고 성종이 즉위하자 아버지를 덕종으로 추존했는데, 이에 따라 인수왕비가 비로소 왕비, 대비가 되었다. 성종은 형으로 월산대군이 있었는데 월산대군이 몸이 약하다 하여 형을 제치고 왕이 되었다. 이 일을 주도한 사람이 성종의 장인인 권신 한명회인데, 한명회가 당시 궁중의 최고 어른인 세조비 정희왕후를 조종해 일을 꾸몄다고 한다. 또한 성종은 왕비 공혜왕후가 아들을 낳지 못하고 일찍 죽자 계비를 맞았는데 이가 곧 연산군의 생모 폐비 윤씨이다. 윤씨는 투기가 심하여 임금 얼굴에 손톱자국까지 내는 등 행실이 방자하다 하여 폐비되었는데, 세자 곧 연산군이 성장하자 폐비를 주도한 세력은 후일이 두려워 폐비에게 사약까지 내리게 한다. 윤씨의 폐비와 사사의 중심에 인수왕비가 있었다. 연산군은 즉위하자마자 생모의 억울한 죽음을 풀어주고자 했고, 이 때문에 인수왕비와 충돌했다. 결국 병상에 있던 인수왕비가 연산군을 꾸짖자 연산군이 할머니를 머리로 받아 인수왕비는 절명하였다. 『내훈(內訓)』의 저자로 부덕(婦德)을 잘 지키기로 유명한 인수왕비의 눈에 윤씨의 행실이 거슬렸을 것이다.

홍낙인이 소헌왕후와 인수왕비 집안의 어떤 것을 보고 후덕한 가문이라고 했는지는 알수 없다. 다만 소헌왕후 집안이나 인수왕비 집안이나 후대에 모두 좋은 평가를 받은 집안임은 분명하다. 두 왕비가 각각 조선의 대표적인 임금인 세조와 성종을 낳았으니 이 점에서 인용될 수도 있을 것이다. 다른 이본에서는 '인수왕비'를 '인순왕비(仁順王妃)'로도 적고 있는데, 인순왕비는 명종의 비 청송 심씨이다. 인순왕비는 특기할 만한 사적이 없으며 소헌왕후와 함께 청송 심씨라는 사실에서 병치한 것으로 생각된다. 청송 심씨나 청주 한씨나 조선시대에 왕비를 많이 배출한 것으로 유명한 집안이다.

셨으리오.

1762년 가뭄이 심하여 아버지께서 정승으로 기우제를 올리러 종묘에 가시니라. 이때 경모궁께서 병환이 점점 심하시고 실수가 극에 달한지라. 아버지께서 기우제 올릴 때 여러 선조 임금들의 신위를 우러러 눈물 흘리셨다 하니라. 국사國事의 망극함을 조상들께서 그윽이 도와주셔서 나라가 평안해지기를 속으로 축원하셨다 하더라. 내 이 말씀을 듣고 축문을 붙들고 눈물 흘리며, 더욱 불안해하며 지냈더라.

1762년 4월에는 형세가 더욱 어찌할 수 없게 되어 내 바로 죽어 모르고자 하되, 세손을 두고 가지 못하여 칼과 노끈을 여러 번 만지면서도 시원히 쾌사를 행하지 못하고 날을 보내니라. 그즈음 아버지께서 윤5월 초 영조의 엄책을 받아 동대문 밖으로 나가시게 되어, 더욱 어찌할 바를 몰랐는데, 그달 13일에 경모궁께서 하늘이 무너지고 해와 달이 어두워지는 대처분을 만났으니, 차마 어찌 살 마음이 있으리오.

내 칼을 들어 목숨을 끊으려 하나, 곁에 있는 사람이 앗으니 뜻을 이루지 못하니라. 또 돌이켜 생각하니 열한 살 세손에게 첩첩한 아픔을 끼치는 일이라. 내 없으면 세손이 성취할 길이 없을 뿐 아니라, 경모궁이 병환 중에 못다 하신 효를 내 한 몸으로나마 다 하여 성은을 갚고 더불어 세손을 보호하고자 하여, 스스로 자결할 뜻을 버리니라. 하지만 스스로 질긴 목숨을 원망하고 물정 모름을 부끄러워하니, 이 고통을 죽기 전에야 어이 잊으리오.

세손이 비록 어리시나 효성스러우니 능히 슬퍼할 줄 알며, 청연 자매는 슬픔을 아는 것도 있고 모르는 것도 있으니, 그 정경이야 차마 어찌 이르리오.

아버지는 일이 어쩔 수 없게 된 후에야 대궐로 들어오시니, 그 무궁한 아픔이야 또 어찌 견딜 수 있으리오. 그날 혼절하시어 겨우 깨시니, 당신 또한 어찌 살 뜻이 계시리오마는, 일이 이리되어도 세손을 보호하는 것이 우선이라, 나라를 위하여 설움을 참고 참아 자리에서 물러나지 못하시니라.

그날 내가 세손을 데리고 친정으로 나가니, 그 망극한 경상이야 이를 것이 있으리오. 임금의 하교가 우리 모자를 살려주겠다고 하시고, 아버지께 세손을 보호하라 이르시니, 내 망극한 상황에도 성은을 감축하여, 세손을 어루만지며

"우리 모자 몸을 보전하여 성은을 갚자. 그리고 아버지의 서러움을 이어 착한 아들이 되라"

경계하니라. 우리 모자 서로 의지하여 목숨은 보전했지만, 천지간 한없는 설움이야 우리 같은 사람이 어디 있으리오.

경모궁 장례 전에 선희궁이 오시니, 한없이 원통하신 설움이 또 어떠하리오. 내 정말 살고 싶은 마음이 없으나, 노친이 지나치게 슬퍼하시니 도리어 아픔을 꾹 참고 우러러 위로하며

"다 못 받은 효도를 세손의 효로 받으시고, 몸을 버리시어 저승에 있는 사람에게 어머니마저 돌아가시게 하는 불효는 더하지 않게 하옵소서"

말씀드렸노라.

처분 이후 영조와의 첫 대면

선희궁께서 장례를 지내고 윗대궐로 올라가시니, 내 쓸쓸한 자취 더욱 의지할 곳 없어 어찌 살 마음이 있으리오. 하지만 내 사는 것이 다 세손을 위한 일이니, 아무쪼록 세손이 학업을 성취하여 착하게 자라시기를 축원하니라. 8월에 변고를 당하고 처음으로 영조를 뵈니, 우러러 서러운 회포가 어떠하리오마는 감히 슬픈 얼굴을 못 하고

"저희 모자 보전함이 성은이올소이다"

하니, 영조께서 손을 잡고 우시며

"네 이리 대의(大義)를 잡을 줄을 생각지 않고 내 너를 보는 마음이 어렵더니, 내 마음을 펴게 하니 아름답다"

하시니라. 내 이 하교를 들으니 심장이 더욱 막히며 명이 질김을 한탄하더라.

그날

"세손을 경희궁으로 데려가 가르치시길 바라옵니다"

말씀드리니,

"네 세손 보내고 견딜까 싶으냐"

하시기에, 눈물을 드리워

"떠나 섭섭하기는 작은 일이요, 위를 모셔 배우기는 큰일이니이다"

하여 올려보내나, 모자 이별하는 마음이야 오죽하리오. 세손이 어미를 차마 떠나지 못하여 올라갈 적 울고 갔으니, 내 마음이 칼로 벤 듯하나 참고 보내었더라.

성은이 갈수록 무거워 세손 사랑이 지극하시고, 선희궁께서도 아드님의 정을 세손에게 옮겨, 자고 먹는 일 하나하나에도 마음을 놓지 못하시어 세손과 한방에 머무시며 보호하시니라. 세손이 부지런하여 새벽에 깨어 날이 채 밝기도 전에 글을 읽으러 나가니, 칠십 노친이 함께 일어나 세수와 아침을 굳이 챙겨주고 나가게 하시니라. 세손이 이른 아침에는 음식을 조금도 먹지 못하시되 조모께서 워낙 지성으로 챙기시니 억지로 잡숫더라 하니, 선희궁 마음은 감히 우러러 생각지 못할 정도라.

매일 새벽 어머니께 편지 보낸 정조

세손이 사오 세부터 글을 좋아하시니, 아침이 밝기도 전에 세수하고 수업에 게으르지 않으시더라. 그래서 비록 내 세손과 대궐을 달리하여 지내나, 아기네 글 멀리할까 염려는 아니하니라. 다만 내 세손을 못 잊어하고 당신 또한 자모 그리시는 마음이 깊을 뿐이라. 세손은 그때 영조를 모시고 지내며 밤늦게야 잤는데, 새벽에 깨어 내게 편지를 써 보내고, 수업할 동안에 회답 온 것을 보고야 마음을 놓으시니라. 물론 아기네 어미 못 잊는 인정으로 그럴 수 있겠지만, 삼 년을 떨어져 지내면서 한결같이 그리한 것을 보면 십여 세 어린 나이에 어찌 그리 능히 하시던지, 조숙한가 싶더라.

내 그 일을 겪고 병이 자주 나, 떨어져 지내는 삼 년 동안 병이 낫질 않으니, 세손 홀로 의관과 증세를 논하여 약을 지어 보내기를 어른같이 하시니라. 세손이 천성이 효자라 그러하려니와, 매사 이렇게 조숙한가 싶더라.

세손이 경모궁의 삼년상 동안 윗대궐과 아랫대궐을 왕래하시면서 곡하는 절차를 어기지 않으시고, 나와 헤어질 적이면 매양 울고 떠나시니, 내 어린 마음이 상할까 염려하더라.

그해 9월 영조의 탄신에, 내 자취를 움직이지 않고자 하나, 임금의 하교로 인하여 부득이 올라가니, 걸음걸음 망극하니 이를 것이 어이 있으리오. 내 남편 잃은 상제로서 머무는 집이 경춘전 남쪽 낮은 집이라. 이를 영조께서 고쳐주시더니, 내 효성이 갸륵하다 하여 그 집 이름을 가효당嘉孝堂이라 하고 친히 글씨를 써 현판을 해주시니라. 그때 영조께서

"네 효심을 오늘날 갚아주노라"

하시니, 내 눈물을 드리워 받고 감당할 수 없어 불안해하더라. 아버지

께서 이를 들으시고 감축하시어, 집안에서 주고받는 편지에 매양 그
당호를 쓰게 하시더라.

아들 삼년상을 마치자 죽은 선희궁

1764년 2월 세손을 효장세자의 아들로 하라는 처분은 너무도 망극
하여, 그때 마음은 이 년 전 그 일을 당할 때와 다름이 없더라. 내 질긴
목숨을 끊지 못하고 지탱하였다가 이런 일까지 당한 것이 한이 되나
또 능히 죽지 못하고, 선희궁이 과히 슬퍼하시니 내 도리어 선희궁을
위로하였노라.

당시 세손이 망극망극해하시던 모습이야 뉘 아니 감동했으리오. 어
려서 지극한 아픔을 겪은데다 또 참지 못할 일을 당하여 과도히 애통
하니, 몸이 상하실 일이 근심되어 내 마음이 끊어지는 듯한 아픔을 참
고 도리어 세손을 위로하였노라. 누가 어미와 자식이 없으리오마는 세
상에 세손과 나 같은 모자가 어디 있으리오.

1764년 7월 경모궁의 삼년상을 마치는 제사를 지내니, 선희궁께서
아랫대궐로 오시어 경모궁의 신위를 사당에 들이는 모습을 보시고 윗
대궐로 돌아가시니라. 그리고 그달 세상을 버리시니, 선희궁께서 평소
영조를 위하여 슬픈 빛을 나타내지 않으시나, 당신 설움이 마음에 병
을 만들어 그 병환으로 몸을 마치시니, 내 아픔이 또 어떠하리오.

화완옹주의 변화

선희궁까지 돌아가시니 기댈 곳 없고 마음이 텅 빈 듯 망극하니라.

선희궁 돌아가신 후 궁중 인심도 달라지고, 정처鄭妻도 어머니의 가르침을 받지 못해 그러한지 행동이 점점 어긋난 것이 많으니라. 나와 세손 사이를 이간하려 들기도 하고, 또 세손과 외가 사이에 험한 말을 지어내기도 하여 일을 점점 난처하게 만드니라. 이로써 내 아니 겪은 일이 없으니 운명을 스스로 탄식하노라.

그러나 그때 상황이 말이나 얼굴에 불만을 나타낼 일이 아니요, 선희궁 돌아가시고는 다른 시누이 없이 정처와 나 둘만 남았을 뿐이니, 서로 의지하여 영조를 받들고 세손을 보호하는 것이 큰일이라. 내 조금도 말로 드러내어 화기和氣를 잃는 일이 없었도다.

또 아버지께서 나라 위하신 뜻이 내 마음과 다르지 않으셔서, 매양 세손께 고모를 잘 대접하라 힘써 깨우치시고, 내게도 우애하라 권하시니라. 아버지의 본심이신즉 이 일이나 저 일이나 다 나라 위한 굳은 마음이니라.

아버지께서는 정처의 양자 후겸이에 대해서도

"버리지 못할 아이요, 나라의 외손이니 후히 대접하라"

하시고, 그 종조從祖 정휘량이도 소론으로 비록 당색은 다르지만 나라를 위하여 좋게 대접하시니라. 정휘량도 아버지를 감사히 여기더니, 정휘량이 죽고 정씨 집안이 쇠미하여 다만 후겸이만 남게 되니라. 아버지는 여전히 좋게 대접하시나, 후겸이는 1766년 문과에 급제한 후 다른 사람의 꾐을 듣고 마음이 변하니, 이것이 큰 근심이 되니라.

조물주가 우리 집의 번성을 꺼리도다

우리 집이나 아버지나 나라를 버리고 물러나실 형편이 아니라. 영조께서는 아버지를 특별히 아끼시어, 아버지께서 과거에 급제하시기도 전에 이미 나라에 중요하게 쓸 신하로 아시니라. 내가 궁궐에 들어온 후에는 아버지께서 지체가 다르신데다 또 과거까지 급제하시니, 영조께서 다른 어떤 척리보다 믿음직하게 여기시어 아버지 벼슬이 높지 못한 때에도 크고 작은 일에 부리심이 특별하시니라. 영조께서는 아버지께서 조정에 들어오신 지 근 삼십 년 동안 외직으로 지방에 가시거나 상중喪中에 있어 벼슬에 나오지 못한 때가 아니면 불러 보시지 않은 때가 없으시니라. 훈련도감, 금위영, 어영청, 수어청, 총융청 등 병권兵權을 거의 맡기셨을 뿐만 아니라, 조세를 맡은 선혜청과 나라 살림을 맡은 호조를 여러 해 맡기시는 등 중요한 일에 아니 부리심이 없으니, 아버지께서는 실로 집에 돌아오셔서 편히 쉬시는 때가 없으시니라. 이러니 영조의 아버지 대접이나 아버지의 임금 우러르는 정성이야, 옛날의 이름난 신하와 비교해도 무엇이 부족하리오. 또한 아버지께서 임금을 도운 공이야 어디 한 점 부끄러움이 있으리오.

아버지께서는 임금을 자부慈父, 자애로운 아버지같이 여기시니, 당신이 겪은 바로야 벼슬에서 물러나야 함을 모르지 않으시되, 나라를 위해 몸을 바치려 하시니, 이것 또한 오빠가 아버지를 좇으니라. 또 두 아우가 연하여 과거에 급제하니, 이것이 공명을 즐기려 한 뜻이 아니라. 나라를 위하여 조정을 떠나지 못할 사람들인 줄로 알아 폐과廢科, 과거를 포기함를 못한 것이니, 이로 인하여 우리 집의 번성함이 조물주의 꺼리는 바가 되었는지라. 귀신의 시기와 다른 사람의 꺼림이 첩첩하니, 그사이에 실이 얽힌 듯 복잡한 일들이야 어찌 다 기록하리오.

은혜 잊은 정순왕후네

1759년 정순왕후가 들어온 후 오홍부원군鰲興府院君 김한구가 임금의 장인이 되니, 가난한 선비였던 김한구가 뜻하지 않게 존귀하게 되니 모든 일이 생소하니라. 아버지께서는 나라의 은혜도 무겁고 또한 공평하신 마음으로, 김한구가 갓 국구國舅, 임금의 장인가 되면서부터 가르치고 돌보시어 가까운 친척처럼 여기시니, 과히 비기면 동생이나 다름없는지라. 모든 일을 돌봐주고 알려주니 김한구도 처음에는 고맙게 여기고 배우려 하여 두 집이 화목하더라. 나 또한 정순왕후에게 감히 먼저 들어왔다거나 나이가 많다거나 하지 않고 공경하니, 정순왕후도 날 대접하심이 지극하시어, 둘 사이에 티끌만한 틈도 없더라. 그래서 내 백 년이 흘러도 이 화기和氣 변함이 없을 줄로 알고, 우리 부녀 공평하고 어진 마음으로 다른 생각이 없었느니라.

하지만 저쪽이 차차 기세氣勢 두터워지고 앎이 익게 되자, 먼저 된 사람과 가르치고 도와주던 호의를 도리어 꺼리게 되니라. 임금의 마음 역시 정순왕후를 맞이하기 전까지는 아버지를 척리로만 보지 않고 절친한 친척으로 여겨 장수와 재상을 겸하여 임명하실 정도로 중히 여기시더니, 1766년 아버지께서 계모 이부인의 상을 당하여 벼슬에 나오실 수 없게 되니 못 보시는 동안 사이도 점점 멀어지는지라. 그사이에 김한구네가 같은 척리로서 저희는 어찌 권세를 못 썼나 하며, 우리 집을 꺼리고 시기하던 이들과 공모하여 귀주며 후겸이며 모든 것들이 서로 힘을 합하여 왼편으로 꾀고 오른편으로 해하니, 우리 집이 과연 위태로운지라.

우리 집을 모함한 자들 중에는 지기知己라 사랑했던 옛 친구도 있고 친척도 있으니, 인심의 흉함이 이를 것이 없더라. 정처는 우리 모자 사이와 세손과 외가 사이를 이간하고, 귀주 무리는 저희 집이 우리 집만 못할 게 무엇이냐며 꺼려 해하기를 도모하니, 내 집의 위태로움이 하루 밤낮 사이에 있더라. 그러나 영조의 은혜는 갈수록 무거워, 1768년 아버지께서 삼년상 마치기를 기다려 즉시 다시 영의정으로 부르시니,

총애가 여전하신지라. 이럴수록 꺼림이 무궁하니, 안팎으로 도와주는 사람은 없고 꺼리는 자들은 많으니라. 임금의 헤아림이 비상하시나, 속담에 '열 번 찍어 안 넘어가는 나무 없다' 하였으니, 어찌 이전처럼 임금과의 사이에 틈이 없는 그런 은총을 계속 받을 수 있으리오.

도끼 메고 상소 올린 한유

1770년 3월 흉측한 한유韓鍮놈의 상소가 나니, 아버지 몸 위에 욕됨이 한이 없는지라. 분함과 억울함을 어디 비하리오. 영조께서 춘추 높으니 자연 실수가 잦으시고, 아버지 또한 재상 자리에 편히 머물기 마땅치 않은 일도 겪으셨지만, 그때 형편이 영조의 명을 거스를 상황이 아니라. 당신 지체가 다른 신하들과 다르시니 삼가고 염려할 곳이 많아 이 때문에 옛사람의 곧은 절개를 다 따르시지 못하고, 마지못해 임금을 받들고 섬긴 일이 많으니라. 그러나 그때 형편으로야 임금의 명령을 아니 받들고 어찌하리오.

만일 저희 무리들이 맡았으면 우리 아버지 나랏일 받드는 것만큼도 못할 것들이, 무리를 지어 우리 집을 해하니라. 한유의 흉측한 상소가 제 뜻은 아닐 것이요, 누가 가르쳐 시킨 것이라. 상소에 아버지 모함이 아니 미친 데 없으나, 영조께서 아버지를 보호하셔 벼슬을 쉬고 물러가게 하시니, 그때 놀라움이 이를 것이 없더라. 아버지께서는 영조의 처분을 조금도 어떻다 않으시고 오히려 성은을 뼈에 새기시며, 또 봉조하奉朝賀. 퇴임한 고관에게 특별히 주던 명예직의 영예를 받으시고 영미정현재 서울시 종로구 창신초등학교 자리에 있던 집 곧 동대문 바로 밖에 있는 동생 낙임의 집으로 나가시니라.

내 우리 집안의 망극함과 남편 잃은 설움을 겪으면서도, 임금을 우

철천지원수, 정순왕후네

『한중록』을 통틀어 혜경궁의 가장 큰 적은 영조 후비인 정순왕후의 친정이다. 세자의 처가에서 임금의 외가로 권세를 누렸던 혜경궁 친정과 임금의 처가로 근 이십 년 동안 행세하고 다시 순조 초년에 권력을 잡았던 정순왕후 친정은 하나뿐인, 서로 나눌 수 없는 권력을 놓고 한치의 양보도 없는 투쟁을 벌였다.

혜경궁은 정순왕후의 친정을 정순왕후의 오빠인 김귀주의 이름을 따서 '귀주네'라 부르면서 비판하는데, '귀주네'의 중심이 정순왕후라는 것을 모를 리 없지만, 열 살이나 어려도 정순왕후는 어디까지나 시어머니이기에 극도로 비판을 자제하고 있다. 대신 그 비판을 김귀주가 함빡 뒤집어쓰고 있는 것이다.

김귀주는 홍씨네를 치는 이른바 '공홍(攻洪)'의 배후였다. 김귀주는 화완옹주의 양자인 정후겸을 끼고, 또 거기에다 이른바 김종수 등 십학사(十學士)를 동원하여 홍씨네를 공격했는데, 이미 사도세자가 죽게 될 때부터 김귀주의 아버지 김한구가 홍계희, 윤급 등과 짜고 사도세자 죽음의 직접적 계기가 된 나경언의 상변(上變) 사건을 일으켰다고 한다. 혜경궁의 입장에서 보면 김씨네는 사도세자를 죽였을 뿐만 아니라, 정조와 외가를 이간시켜 아버지를 위기에 빠뜨렸고, 정순왕후의 수렴청정 때는 동생을 천주교 신자로 몰아 죽인 철천지원수였다.

김씨네 입장에서도 홍씨네가 원수이긴 마찬가지였다. 온 나라의 권력을 한 손에 쥐고 오만하게 전횡을 일삼는 홍씨네를 자신들이 앞장서서 비판했는데, 돌아온 것은 임금의 견책과 처벌뿐이었다. 1761년 정순왕후가 궁궐에 들어온 지 불과 이 년 만에 김귀주는 사도세자의 평양행을 문제 삼으면서 사도세자의 보호를 맡은 사람들의 처벌을 청하는 상소를 올렸는데, 이 때문에 정순왕후까지 영조의 꾸지람을 들었다고 한다. 김귀주의 증손이 편찬한 김귀주의 연보인 『가암연보可庵年譜』를 보면, 1769년 11월 김한구가 죽을 때 아들 김귀주에게 "홍봉한은 눈앞에 임금이 보이지 않은 지 오래라. 방자히 행동하다 어느 날 반드시 나라를 위태롭게 할 것이니, 너는 모름지기 내 말을 잊지 말고 힘을 다해 나라의 은혜를 갚으라"라는 유언을 남겼다고 한다. 김씨네에게도 홍씨네는 죽을 때까지 잊을 수 없는 철천지원수였던 것이다.

두 척리의 권력 다툼에서 기득권을 쥔 쪽은 홍씨네이며 그 권력을 싸워 뺏으려는 쪽은 김씨네였다. 아무래도 뺏고자 하는 쪽이 공격하면서 무리한 방법을 취하기 쉬운데 그 때문에 김씨네는 자주 책망을 들었다. 1763년 10월 김귀주는 과거에 합격한 다음날 합격자들과 함께 영조를 뵙고 '면이효고청풍경은(勉爾效古淸風慶恩)'의 여덟 글자를 받았다. 영조는 이 글자를 직접 써주면서 이 말을 결코 잊지 말라고 당부했다고 한다. 영조가 써준 말은, 힘써 옛날 청풍부원군과 경은부원군을 본받으라는 말로, 청풍은 현종비의 아버지 김우명을, 경은은 숙종비의 아버지 김주신을 가리킨다. 이들은 모두 조용히 잘 처신한 척리들이다. 즉 척리로서 조용히 잘 처신할 것을 당부한 것이다. 이런 맥락을 보면 칭찬이라기보다는 꾸짖음에 가까운데, 무슨 영문인지 후손이 편찬한 『가암연보』에 실려 있다.

그렇다면 별 정치적 기반이 없는 가난한 선비의 딸 정순왕후가 어떻게 왕비가 될 수 있었을까? 혜경궁조차 심하게 말해 동생뻘밖에 안 된다며 깔본, 충청도 서산의 가난한 선비 김한구가 어떻게 딸을 왕후로 만들었을까? 김한구가 부마 김한신(영조의 딸 화순옹주의 남편)과 팔촌의 가까운 친척이긴 하지만 정순왕후의 간택은 당시도 이해하기 어려운 일이었던지, 간택시 정순왕후가 보여준 영특한 행동에 대한 이야기는 민간에 널리 퍼져 있다.

김화진 선생이 번역한 야담집인 『오백년기담일화』(동국문화사, 1959)에는 김한구가 홍봉한 집의 문객(門客)이 되는 과정에 대한 이야기가 들어 있는데, 원출전을 밝히고 있지 않지만 이 이야기가 사실이라면, 홍봉한은 자신이 마음대로 주무를 수 있는 김한구를 척리로 만들어 자기들이 계속 권력을 유지하고자 했는데, 막상 그 만만한 김한구네가 척리가 되자 오히려 자기를 공격했다는 것으로 이해된다. 『한중록』에서 혜경궁은 귀주네와는 정순왕후 국혼 이전에는 서로 알지 못했다고 말하고 있다. 그러니 김한구가 과연 홍봉한 집안의 문객이었는지는 확실하지 않다. 다만 홍봉한이 기반이 거의 없는 김한구네를 척리로 만드는 데 어느 정도 역할을 했을 가능성은 적지 않은 듯하다.

김씨네는 정조가 즉위하자 바로 철퇴를 맞았다. 1776년 9월 9일 김귀주는 흑산도로 유배를 갔고 궁궐 안의 여동생과 제대로 연락도 못 하는 상황에서 1786년 유배지에서 숨을 거두었다. 이 억울함을 정순왕후는 수렴청정기에 모조리 갚았지만, 삼 년 남짓의 길지 않은 수렴청정이 끝나자 김씨네는 더이상 회복할 수 없는 패배의 길로 접어들었다.

러르고 또 아버지를 의지하여 두 분 임금과 신하가 백 년을 한결같이 잘 지내시기를 바라더라. 그러다가 하루아침에 흉한凶漢의 무고한 상소로 아버지께서 물러나시니, 벼슬 잃음을 아까워하는 것이 아니라, 아버지의 굳은 충성심으로도 그 뜻이 전달되지 못했나 안타까우니라. 그 억울한 설움과 놀라운 마음은 붓으로 옮겨 적기 어려울 정도라. 세상에 살아 좋은 것은 없고 점점 위태로워지니, 내 집을 위한 근심이 끓는 듯하여, 새벽이나 한밤에도 마음을 놓지 못했노라.

적과의 연대

내 안으로 정처에게 부탁하여, 아버지께서 단단한 충성을 가지셨는데도 망극한 일을 겪으심을 영조께서 살피시도록 하니라. 그 사람이 아들 후겸이의 말에 따라 전날처럼 나를 은근하게 대하지는 않으나, 화색禍色, 재앙의 조짐이 급하니 어버이를 위하여 무슨 일을 못 하리오.

후겸이와 사귀어 닥친 화색을 누그러뜨리고자 하나 오빠는 연세 높으시고 지개志槪가 높아 차마 하실 리 없고, 둘째 동생도 그러한지라. 셋째 낙임 또한 어려서부터 성품이 얼음과 옥처럼 맑고 깨끗하고 고상하여 구차하고 비루한 일을 할 사람이 아니나, 형제 가운데 나이 적고 슬기가 뛰어난지라. 내 낙임에게 편지하여

"옛사람 중에는 어버이 위하여 죽는 효자도 있으니, 지금 형편이 어버이를 위하여 죽어 진실을 밝혀야 옳으니라. 하지만 그리 못 하는 바에는 후겸이와 사귀어 집안의 화를 구하는 것이 옳으니라"

권하고 권하니라. 낙임이 '차마 하지 못하고 차마 하지 못하리라' 대답하는 것을 내 두 번 세 번 권하여, 제 평생에 예의가 아닌 것은 원수같이 아는데도 마침내 제 뜻과 완전히 어긋난 일을 하게 하니라. 내

이것이 오로지 어버이 위하는 마음으로 하는 것인 만큼 천지신명에도 부끄럽지 아니한 일이라 권하여, 드디어 동생이 자기 몸을 돌보지 않고 옛사람의 권도權道. 정도를 행할 수 없을 때 따르는 임시변통의 도를 행하여 후겸이와 안면을 열었으니, 동생이 자못 세상의 미움을 받고 몸을 더럽힘은 실은 모두 이 누이의 탓이라.

정조의 이복형제들

1771년 2월 아버지께서 당하신 일은 꿈에도 생각지 못한 일이니, 그때 화색이 천지에 자욱하니 어찌 다 기록하리오. 귀주와 그 숙부 한기가 가만히 도모하여 우리 집안을 모두 멸망시키려 하니, 영조께서 지극히 밝으시나 춘추 높으시니 어찌 미처 살피시리오. 재앙의 기미가 박두하여 아버지께서 청주에 중도부처中途付處. 일종의 거주제한형되는 처벌을 받으시니, 화색이 어느 지경에 미칠 줄 모르더라. 세손이 외가를 구하려고 정순왕후에게 말씀을 많이 하시니라. 그날 한기가 후겸이에게 우리 집을 멸망케 할 의견을 정하여 영조께 아뢰자 하니, 후겸이가 전날 같으면 어찌 되었을지 모르되, 셋째 동생을 사귀어서인지 바로 그 자리에서 우리 집 해할 의논을 멈추었다 하니라. 그다음에는 그 어미가 나가 영조를 뵙고 조금 풀어 아뢰었던지, 아버지께 닥친 화색이 적이 가라앉으니라. 내 그때는 정처를 은인으로 알아 아주 고마워하였더라.

　아버지께서 벌을 받으신 이유는 다름이 아니라 인䄄의 형제 때문이라. 이 화근의 것들이 연하여 태어나니, 영조께서 나라의 화근이 될까 근심하시니라. 그때 아버지께서 나라 위한 뜻으로 위에 아뢰시되

　"저들이 아직 나이 어리고 드러난 죄 없으니 원한을 먼저 부를 것이 아닙니다"

하시고

"신의 처지가 세손과 지극히 가까운 몸이니, 위에서 저희를 은혜로 거느리시고, 신 역시 좋은 얼굴로 대접하여 원한을 부르지 않는 것이 좋사옵니다"

하시니라. 아버지께서는 저희들이 잡것에게 반하는 일이나 없게 하고, 또 저희 역시 경모궁의 골육이니 그것들을 보전할 마음이 있으셨느니라. 아버지 마음은 모두 지극한 생각에서 나온 것이요, 나라 위한 충성이건만, 그것들이 인물 됨됨이가 못나 가르침도 받지 않으니라. 그것들이 일찍 결혼하여 궁궐을 나가니, 무상無狀한 기운이 자라 더욱 아버지의 가르침을 꺼리니, 아버지께서 불행히 여기고 염려하시더라. 집안이 다 후일을 염려하나, 저희 또한 외로운지라, 그저 너그러이 받아들여 원한이나 생기지 않게 하기로 뜻을 두셨더라.

그러다가 1766년 아버지께서 계모부인의 상喪을 만나 벼슬에서 물러나시고, 1768년 11월에 다시 영의정이 되시어 1769년 일 년 남짓 재상으로 계시다가 1770년 1월 다시 물러나시니, 저희를 가르칠 틈이 없었는데도 아버지께서 저희들 뒤를 봐주었다는 모함이 일어나니라. 아버지께서 겪으신 여러 일로 보아도 세상사를 알은체하실 형편이 아니니, 저희를 돌보고 가르칠 일이 없고 거기에 힘을 둔 일이 없으며 다시는 저희를 용납함도 없었느니라. 처음 원한을 부르지 말자고 봐주신 것도 나라 위한 마음이요, 당신 위치가 세손과 극히 친하시니 그것들이 천한 것들이지만 세손 동기니 죄짓지 않도록 도운 일도 공평한 뜻이라. 그러나 인사가 그렇지 않아, 아버지께서는 나라에 근심이 될까 걱정하시면서도 알은체하지 않으셨는데, 그것들 형제가 아주 잡된 성격에 가르칠 이마저 없어 조심할 줄 모르고 시정 상인들에게 수천 냥 빚을 지는 등 무수히 민폐를 끼치니라. 당시 사람들 말이 많이 들려 근심이 되더니, 무슨 일 끝에 영조께서 화가 나시어 그것들 형제를 유배

사도세자의 여인과 자녀

사도세자의 자식으로는 혜경궁의 몸에서 태어나 얼마 되지 않아 죽은 의소세손과 정조 외에 청연, 청선의 두 군주(郡主)가 있고, 양제의 아들로 은언군(恩彦君) 이인(李䄄, 1754~1801)과 은신군(恩信君) 이진(李禛, 1755~1771)이 있다. 또 사도세자에게 맞아 죽은 빙애에게서 난 은전군(恩全君)과 청근현주(清瑾縣主)가 있다. 그리고 자식은 없지만 1760년 사도세자와 잠자리를 함께했고 사도세자가 죽은 다음에는 궁 밖에 나와 사도세자의 여인으로 세상과 단절하며 살다가 1791년 정조에 의해 표창을 받은 수칙(守則) 이씨도 있다.

혜경궁의 두 딸 청연과 청선은 정조 밑으로 각각 이 년의 터울을 두고 태어났는데, 세자의 딸이기 때문에 공주가 아니라 군주라 불렸다. 청연(1754~1814)은 광은부위(光恩副尉) 김두성(金斗性)과 결혼하였는데, 시아버지 김상익은 정조가 세손 시절에 쓴 『존현각일기尊賢閣日記』 1776년 2월 28일조에, 정후겸과 홍인한이 겨루는 형세를 관망하다가 세력에 따라 권세를 얻고자 했다는 비판을 받고 있다. 같은 날 김상익은 유배형에 처해졌다. 이처럼 정조는 이 매부 집안을 곱지 않은 시선으로 보았던 것이다. 김두성은 나중에 기성(箕性)으로 개명했다. 청선(1756~1802)은 어머니 혜경궁처럼 남편이 젊은 나이에 죽어 일찍 과부가 되었다. 더욱이 남편 정재화(鄭在和, 1754~1790)는 젊은 시절 정조를 별감들과의 유흥으로 인도했다는 비판을 받았다. 정조의 매부 둘은 모두 처남에게 신망을 얻지 못했다.

양제의 아들 은언군과 은신군은 본문에 나온 것처럼 시정에 민폐를 끼치고 다니며 방자히 행동한데다, 1771년 홍봉한 등이 세손과 틈이 벌어진 상황에서 이들을 왕으로 추대하려 했다는 의혹까지 받게 되면서 유배형에 처해졌다. 은신군은 별안간 가해진 충격을 견디지 못하고 유배지 제주도에서 바로 죽었는데, 아우가 죽자 형은 특별히 석방되었다. 하지만 은언군은 정조 초년에 장남 이담이 홍국영의 여동생인 원빈의 양자로 입적되면서 다시 위기에 몰렸다. 홍국영은 이담을 왕으로 추대하여 임금의 외가 노릇을 하려고 했다는 혐의를 받있는데, 홍국영의 실각과 동시에 은인군도 궁지에 저헀다. 이런 싱황에서 이담은 독약을 먹고 죽었는데 일설에 아버지 은언군이 죽였다는 말까지 있었다. 아들과 함께 반역의 혐의를 입은 은언군은 이번에는 강화도로 유배를 갔는데, 유배생활을 견디지 못해 유배지를 탈출해 서울로 돌아와 살았다. 죄인이 불법적으로 유배지를 떠나는 일은, 화완옹주의 경우도 마찬가지이지만, 임금의 비호 없이는 생각하기 어려운 일이다. 언제나 역모죄라는 혐의에서 줄타기를 할 수밖에 없었던 은언군은 결국 정순왕후 집권기에 굴곡 많은 인생을 마감하였다. 아내와 며느리가 천주교와 연루되어 죽임을 당하면서 그 역시 이런 죄들까지 덧붙여져 혜경궁의 동생 홍낙임과 같은 날 사사되었다. 은언군의 묘비는 서울 양화대교 북단에 있는 절두산 순교성지 내에 옮겨져 있다. 그 부인과 며느리가 천주교 신자였기 때문이다. 은신군의 묘비는 서울역사박물관에 있다.

빙애의 자식인 은전군 역시 종실이면 누구나 겪는 역모 혐의를 피해갈 수 없었다. 역모를 꾸미는 사람이나 역모로 죄를 씌우는 사람이나 역모에는 누구를 왕으로 세울지가 가장 큰 문제가 되고, 자연스레 정통성 문제를 피해갈 수 있는 종실 인사가 임금 추대에 거론되기 마련이다. 왕가 후손은 언제나 역모의 잠재 세력으로 여겨졌던 것이다. 은전군은 정조 1년인 1777년 홍상범 등의 역모 혐의에 이름이 올라 사사되고 만다. 한편 왕세자의 서녀(庶女)라 현주라 불리는 청근은 1768년 12월 14일 홍익돈(洪益惇)과 결혼했다는 사실 정도만이 확인될 뿐이다. 왕위에 오르지 못할 바에야 차라리 여자로 태어나는 게 더 행복할 것이다. 조선 말기 후궁들의 생각이 그랬다고 한다.

이처럼 사도세자의 여인들은 맞아 죽고 쫓겨나고 과부로 한평생을 수절하며 살아야 했고 친정이 풍비박산나는 거친 운명을 겪었으며, 아들들은 왕이 되지 못하면 모두 역모죄로 죽고, 딸들 역시 별로 신통치 않은 삶을 살다 갔다.

하지만 운수는 언제나 돌고 도는 것인지, 그 아랫대에는 감히 상상도 못 할 일이 벌어졌다. 은언군의 손자 철종은 그 할아버지의 유배지인 강화도에서 성장하다 별안간 임금이 되었고, 은신군의 손자 흥선대원군은 갖은 모욕과 시련을 견디고 아들 고종을 왕위에 올렸다. 그리고 사도세자의 서손인 고종이 마침내 1899년 사도세자는 물론 그에 딸린 사람들 모두를 추봉하여, 사도세자는 장조로, 혜경궁은 헌경의황후로, 양제 임씨는 숙빈 임씨로, 빙애 곧 수칙 박씨는 귀인 박씨로 높였다.

후궁의 계급

왕의 승은을 입은 후궁의 계급으로 가장 높은 자리는 빈(嬪)이다. 정일품의 품계를 갖는다. 그런데 '빈' 중에는 혜경궁처럼, 왕의 후궁이 아닌 '빈'인 세자빈도 있다. 후궁과 세자빈은 같은 '빈'이라 해도 품계가 다르다. 조선의 법전인 『대전회통大典會通』에는 빈 가운데 임금의 공식적인 명령, 곧 교명(敎命)이 있으면 품계가 없다고 했다. 세자빈은 품계가 없는 빈이다. 정식 왕족에 속한다는 말이다.

후궁으로 빈 아래에는 종일품의 귀인(貴人)이 있고, 그 이하로 소의(昭儀), 숙의(淑儀), 소용(昭容), 숙용(淑容), 소원(昭媛), 숙원(淑媛)이 있다. 그리고 정오품의 상의(尙儀) 이하 상궁(尙宮)은 궁인에 해당된다.

한편 세자의 경우는 정실인 세자빈 다음으로 후궁으로는 종이품의 양제가 있고, 그 아래로 종삼품 양원(良媛), 종사품 승휘(承徽), 종오품 소훈(昭訓)이 있으며, 종육품의 수칙(守則) 이하 수규(守閨)는 궁인에 속한다. 은언군, 은신군의 생모는 양제이고, 은전군의 생모는 그저 수칙에 그쳤다. 그것을 고종 때 사도세자를 임금으로 추숭하면서 빈과 귀인으로 올렸던 것이다. 이렇게 보면 승은을 입었다고 해서 모두 후궁이 되지는 않음을 알 수 있다. 영조의 이상궁과 사도세자의 빙애가 그런 경우이다. 이상궁은 영조의 총애를 받은 자로 정순왕후를 꾸짖기까지 한 상궁이다. 이런 사람을 '승은내인'이라 부른다.

시키고, 생각 밖에 화란禍亂이 아버지께 미쳐 화색이 급하여 어디까지 미칠 줄 모르더니, 다행히 세손의 덕으로 적이 진정하였더라. 하늘의 이치는 물론 인정으로 보아도 세손이 당신 외손이니, 세손 위하신 정성을 어찌 인이 형제와 비겨 논할 수 있으리오. 그런데도 천지간에 이치에 맞지도 않게 아버지가 세손이 아니라 인이와 진이를 더 잘 돌본다고 의심하니, 이것이 말이 되는 일이냐.

두 척리의 다툼

아버지께서 중도부처되어 청주로 내려가 계셨는데, 곧 영조께서 석방 명령을 내리시어 서울로 돌아오려 하시니라. 하지만 그후에도 귀주 무리의 상소가 그치지 않아 아버지께서 당시 둘째 동생과 함께 사시던 삼호三湖, 현재의 서울 마포 집으로도 못 오시고 갈 곳 몰라하시니, 원통원통하기를 어디 이르랴. 1771년 3월 영조께서 벼슬길을 다시 열어주시고 6월에 대궐에 들어와 임금을 뵈었는데, 이때 부녀가 서로 만나 서러워하였더라. 그해 8월에 한유놈의 흉측한 상소가 다시 나니, 또 재앙의 기운이 닥친지라. 이 또한 김한구의 동생 한기 등이 영조의 훌륭한 판단을 가린 것이니, 이들이 우리와 삼생三生, 전생·현생·내생을 통틀어 이르는 말에 무슨 원수를 졌던고. 그때는 아직 저들이 드러내놓고 우리를 해하지는 않았는데, 영조께서 다시 화를 내시어, 아버지께서 경기도 고양 문봉에 있는 아버지 묘소 아랫동네로 가시니라. 오빠 내외가 아버지를 모시고 가 지내시니 그때 내 마음이 어떠하리오.

1770년 아버지께서 동대문 밖 영미정으로 오실 때, 오빠는 서울집에서 사당을 모시고, 셋째 동생 내외가 아버지를 모시고 지내더라. 셋째 동생 낙임의 부인은 성품이 효성스러워 시집에 들어와 시부모 섬김이 정성되더니, 시집온 지 오래지 않아 어머니께서 돌아가시니, 시어머니를 오래 받들지 못함을 한으로 삼아 매양 추모하고, 시아버지를 지극한 효도로 섬기니라. 올케가 집안의 온갖 일은 물론 시아버지 우러름이나 시누이 사랑함을 모두 지성으로 하더니, 영미정에서 아버지를 모실 때는 작은며느리로 시아버지 받드는 것이 쉬 얻지 못할 기회라 여겨 더욱 정성을 다하더라. 1771년 2월 집안에 화색이 급하니, 그때 올케가 임신 사오 개월이었는데, 목욕치재沐浴致齋하고 동망봉東望峰, 영미정 근처에 있는 산봉우리. 서울시 종로구 숭인동 소재에 올라 시아버지를 살려달라고 빌기를 조금도 게을리하지 않으니라. 이 일이 또한 평범한 부녀는 실로 하지 못할 바라, 내 듣고 매우 고마워하였더라. 그해 9월에 불행히 올케가 죽으니, 임신한 사람이 자기 몸을 돌보지 않고 정성을 다하다 그리되었나 싶어 각별히 슬프더라.

아버지께서 1772년 정월 다시 임금의 은혜를 입으셨는데, 영조께서 정중하면서도 살뜰하고 도타운 말씀을 주시니라. 아버지께서 마지못하여 삼호집으로 도로 들어오셔서 머무시고, 대궐로 나아가 임금을 뵈니, 영조의 기쁜 얼굴과 다정한 목소리가 이전과 다름없으시니라. 아버지께서 임금 은혜 갚을 길을 알지 못하시더니, 그후 영조께서 국사에 긴요한 일이 있어 부르시면 겸하여 문안도 드리며 대궐을 출입하시더라. 그러다 1772년 7월 21일 관주와 귀주가 연이어 상소하여 아버지를 무함誣陷, 거짓을 꾸며 모함함으로 공격하니 아니 흉함이 없는지라. 세상 변화의 흉악함과 인심의 헤아릴 수 없음이 비할 데가 없으니, 저희 무리가 무슨 원한으로 이 일까지 하는고. 아니 이상하냐.

하지만 영조께서 밝히 살피시어 저들이 아버지 무함한 것을 절절히 벗겨주시고, 23일에는 귀주에게 지엄한 하교를 내리시니, 이를 생각하면 감격하여 눈물이 흐르니라. 뉘 나라 은혜를 입지 않았으리오마는 우리 집같이 영조께 은혜를 많이 받은 집은 드무니, 지금도 성은을 생각하면 눈물이 흐르니라.

그때 영조께서 두 척리의 집이 이러한 줄 알고 크게 근심하시고 진노하시어 귀주를 육단부형肉袒負荊하여 사죄케 하시니, 이 감히 얻지 못할 성은이라.

영조께서 귀주의 관직을 빼앗으시고 나를 부르시니라. 내 아버지께서 만나신 욕을 망극히 여기고 처분이 어떠할 줄 몰라 궐내 작은 집으로 내려가 죄를 기다리고 있었더니, 영조께서 불러 위로하시며

"중전에게도 말하여 너 보기를 '이전과 달리 마소서' 하였으니, 중전도 내 말을 들을 것이라. 네 조금도 중전에게 혐의를 두어 어찌 알지 말라"

누누이 부탁하시니라. 내 당한 일이 절절히 괴이하여 그들을 꺼리는 마음 역시 지극히 무거우나, 시어머니와 며느리의 대의大義가 중하여 어찌할 바를 모르고 억울해할 뿐이었는데, 영조의 하교가 이토록 간절하시니 감동하니라. 도저히 함께 하늘을 이고 살 수 없는 귀주 같은 원수는 생전에 결코 잊지 못하나, 정순왕후 섬김에 미쳐서는 조금도 마음에 응어리를 품지 않고 지성을 다하니 아무 거리낌 없는 사람 같으니라. 이 일은 궁중 사람이 다 본 바라.

정순왕후께서 귀주의 동생이니 귀주의 일을 옳게 여기시는지는 헤아릴 수 없으나, 귀주로 인해 걱정도 하였을 것이니, 귀주는 나라의 역적일 뿐만 아니라 정순왕후께도 죄인인 줄 아노라.

정순왕후께서는

"그대가 날 잘 섬기는 것을 아노라"

하시고, 혐의로 보면 사적인 원망도 있겠지만 나를 대접함은 평상시처럼 하시니라. 이러므로 내 감히 원망치 못하고 정순왕후의 은덕을 감은感恩한 듯 받드니 이것이 아랫사람의 도리라. 내 어버이 위하는 뜻으로 감히 말은 못 하나 마음의 상처는 깊더라.

홍씨는 인상여요, 김씨는 염파라

육단부형은 윗옷 한쪽을 벗고 가시를 진다는 말로 사죄의 의미를 지닌 행동이다. 이는 『사기史記』의 「염파인상여열전廉頗藺相如列傳」에서 유래된 고사다. 그런데 본문에는 육단부형의 말밖에 없지만, 다른 이본에는 영조가 두 집안을 인상여와 염파에 비교했다는 말이 있다. 즉 "비유컨대 홍은 인상여(藺相如)요 김은 염파(廉頗)라"라고 말했다는 것이다.

인상여와 염파는 중국 고대의 인물이다. 인상여는 조나라를 넘보는 진나라의 계략에 맞서 조나라를 지킨 공이 있었다. 염파는 인상여가 전쟁도 치르지 않고 담력과 말재주로만 공을 세운 것을 보고 시기하여 만나기만 하면 인상여를 죽이겠다고 공언했다. 인상여는 염파를 계속 피하기만 했다. 염파는 인상여가 자기가 두려워 피하는 줄 알고 의기양양했는데, 사람들이 인상여에게 피하는 까닭을 묻자, 인상여는 "나는 진나라 왕의 위세도 두려워하지 않은 사람이다. 어찌 염파를 두려워하겠는가? 지금 진나라가 우리 조나라를 침범하지 못하는 까닭은 나와 염파 때문이다. 만일 두 호랑이가 싸우면 어느 한쪽은 다치거나 죽기 마련이다. 내가 염파를 피하는 이유는 나라의 위급함이 우선이요, 사사로운 일은 나중이기 때문이다"라고 답했다고 한다. 이 말을 들은 염파는 그제야 자신의 잘못을 깨닫고 육단부형하여 청죄했다고 한다. 이후 인상여와 염파는 서로를 위해 목숨을 아끼지 않는 우정을 나누었는데, 여기서 문경지교(刎頸之交)라는 유명한 고사성어가 나왔다.

말하자면 영조는 홍씨 집안을 인상여처럼 공적도 크고 나라를 생각하는 공심(公心)이 있는 집안으로, 김씨 집안은 자기 자신만 생각하는 사심이 있는 집안으로 보았다는 것이다.

귀주의 상소 이후로도 영조께서는 아버지 대접을 1770년 이전과 다름없이 하시니, 아버지께서 삼호집에도 계시고 서울집에도 머무시며 성은을 축수하시더라. 영조와 아버지 같은 군신지간이 자고로 어이 있으리오. 감축함이 뼈에 사무치더라.

환갑에 부모를 추모하다

1773년은 아버지의 환갑이시라. 아버지께서는 할아버지께서 환갑에 미처 생신을 지내지 못하시고 돌아가심을 한으로 여기시어, 더욱 할아버지 추모하심이 심하더라. 술잔을 들지 않으실 뿐만 아니라 진지도 아니 잡수시고, 삼호집에서 눈물을 흘리며 지내시니라. 그때 내 감히 잔치음식을 해 드리지 못하고, 진지를 만들어 보내 권하니, 억지로 수저를 드시나 잡숫지 않으시니라.

어머니께서 생신이 아버지와 동년 동월이시나 일찍 돌아가셔서 두 분이 함께 환갑을 즐기지 못하시니라. 아버지께서 어머니 그리시는 마음이 심하여 슬퍼하시니, 우리 남매 정성을 제대로 펴지 못하여 환갑날도 제대로 살피지 못하고 지냈노라. 아버지 생신 수일 후 영조께서 그런 사정을 통촉하시고 뵈라 하시니, 이에 아버지께서 대궐로 들어오시니라. 내 세손 부부를 거느려 아버지를 뵙고 그리던 마음을 펴니라.

그해 10월 영조께서 아버지의 환갑을 일컬으시고, 환갑을 무미無味히 지낸다 하시며, 잔칫상과 잔치음악을 하사하시니라. 아버지께서 그것을 서울집에서 받으셨는데, 어명을 어기지 못하여 잔칫상과 풍류風流, 음악를 들여와 임금의 은혜와 영화를 표하셨으나, 1771년 고초를 겪으신 후 몸가짐을 평범히 하지 않으시니, 자리 깊숙이 앉으셔서 담담히 아무 일 없는 것처럼 행동하시고 집 안을 잔칫집 모양으로 두지 않으시니라.

동궁은 당파도 인사도 국정도 알 필요가 없습니다

1774년 둘째 작은아버지홍인한께서 우의정이 되셨는지라. 그때는 아직 아버지의 억울함을 씻지 못한 상태였는데, 아버지께서 벼슬에 연연하신 것은 아니지만 미처 벼슬에서 물러나시기도 전에 욕을 입음이 한이 되었더라. 내 이후로는 우리 집 사람이 벼슬을 버리고 자기 몸만 닦아 다른 일이 없기를 바라니라. 그런데 나랏일이 점점 더 안타까운 지경에 이르러 마치 백척간두百尺竿頭에 오른 것 같으니라. 내 놀랍고 걱정스럽고 두려워 스스로 몸을 동인 듯 움직이지도 못하더라.

우리 집 문호가 지극히 성하니, 조물주의 꺼림인지 귀신의 노함인지, 1775년 겨울 작은아버지의 실언 한마디로 집안이 망하기에 이르니, 이 어떤 하늘이뇨. 통곡통곡이로다. 1775년 겨울의 어찌할 바 모르던 상황이야 이를 것이 없으니 그저 새로 왕위에 오르신 정조께서 굽어 살피시기만 바라더라.

1776년 3월 영조께서 돌아가시니 망극지통을 어찌 다 형용하리오. 내 열 살 때부터 영조를 모시니, 삼십여 년을 살뜰히 챙겨주신 지극한 자애를 입으니라. 아무리 난처한 때라도 영조께서 나를 사랑하심은 변치 않으시니, 내 감히 지기구식知己舊識. 오래전부터 잘 알던 사람이라는 은혜로운 말까지 들었더라. 영조께서는 세손 남매 또한 특별히 사랑하시니라. 내 겪은 허다한 어려운 일을 생각하면, 내가 몸을 보전한 것도 이 같은 영조의 큰 은혜 때문이 아니리오.

영조께서 돌아가시고 간신히 기른 세손이 왕위에 오르시는 모습을 보니 어미의 마음으로 어찌 귀하고 기쁘지 않으리오. 하지만 지극한

작은아버지 홍인한

홍인한은 정조 등극 직후 정조의 등극을 방해했다는 혐의로 사사되었다. 홍인한으로 인해 혜경궁의 친정은 정조의 왕위 등극 방해 세력으로 확실하게 낙인찍힌 것이다. 그 때문에 혜경궁은 홍인한을 신원(伸寃)하기 위해 애를 쓰지만, 실상 홍인한을 바라보는 혜경궁의 시선은 그리 곱지만은 않은 듯하다. 이는 우선 홍봉한과 홍인한이 이복형제라는 데서부터 그 이유를 찾을 수 있을 듯하다. 혜경궁은 작은어머니 곧 홍인한의 부인 평산 신씨에 대해서는 한글도 배우고 각별히 지낸 것으로 기술하고 있지만, 홍인한에 대해서는 재치는 있지만 강직하지는 않은 것으로 말하고 있다.

다른 기록을 보면 혜경궁 집과 작은집의 간극은 좀더 크게 드러나 보이는데, 정조의 세손 시절 일기인 『존현각일기』 1776년 2월 28일조를 보면, 1770년 홍봉한이 실세한 다음 홍인한은 '나는 형 봉한과 이복이기 때문에 의견 또한 같지 않다'고 했다 한다. 또 『정조실록』 1784년 8월 3일조의 기록을 보면, 정조가 "평소 형에게 공손하고 화목하지 못하고 따로 집안을 꾸려가려고 한 사정을 누가 모르겠는가?"라고 말할 정도였다.

홍인한이 사사될 때 혜경궁이 나서서 적극적으로 아들 정조를 말리지 않은 것도 이런 배경 때문이 아닌가 생각된다. 정조는 홍인한을 사사하면서 "자궁(慈宮, 곧 혜경궁)께서 분부하시기를, '비록 사사로운 은정(恩情)이 앞서기는 하지만 왕법은 지극히 엄격한 것이어서 여러 신하들의 호소를 마침내 굴하게 할 수도 없고, 대관(臺官)들의 탄핵 상소도 여러 날 계속 올라오는데, 어찌 내가 불안함만 생각하여 국가의 체면을 손상시키겠는가?'라 하셨다"라고 말하고 있다. 혜경궁이 홍인한의 사사를 승인했다는 말이다. 물론 『한중록』에서 혜경궁은 내가 작은아버지에게 어찌 그런 말을 했겠냐고 항변하지만, 적어도 몸을 던져 막으려고는 하지 않았음을 알 수 있다. 이는 아버지나 아우가 위기에 몰릴 때 보인 반응과는 한층 차이가 나는 것이다.

홍인한은 세손인 정조를 협박하고 등극을 방해했다 하여 사사되었는데, 그 혐의가 그리석연치는 않다. 홍인한의 혐의로 가장 중요한 것은 이른바 삼불필지(三不必知) 사건이다. 1775년 11월 20일 세손에게 대리청정을 시키고자 하는 영조의 물음에 홍인한이 '세손은 노론, 소론이 무엇인지 알 필요가 없고, 누가 이조 판서, 병조 판서가 되는 것이 좋은지도 알 필요가 없으며, 조정 일은 더욱 알 필요가 없다'고 답했다는 것이다. 세 가지를 알 필요가 없다고 답했다는 뜻에서 삼불필지 사건이라 한다. 영조는 세손인 정조에게 국정을 대리시키기 위해 말을 꺼냈는데, 홍인한은 세손의 대리를 막고자 이렇게 답했다는 것이다. 이 사건은 홍씨 집안을 정조의 왕위 등극을 방해한 세력으로 몰아가는 데 중요한 구실이 된다.

혜경궁은 홍인한의 삼불필지를 실수로 보고 있다. 홍인한의 의도는 대리청정이 계기가 되어 죽음에까지 이른 사도세자의 경우를 생각하며 그것을 막으려 했는데, 그 과정에 말 실수가 있었다는 것이다. 하지만 『영조실록』은 당일 기사에서 홍인한의 발언이 의도적임을 밝히고 있다. 무엇보다 사건 당사자인 정조가 위협을 느꼈다고 하니, 단순한 실수로만 보기는 어려운 듯하다.

정조는 홍인한을 죽이면서도 자기 외가에 어느 정도 변명의 여지는 남겨두었다. 홍인한을 처벌하면서도 홍인한에게 역정(逆情)과 이지(異志), 곧 역모를 꾸민 정황이나 다른 임금을 세우고자 한 뜻은 없다고 말한 바 있으며, 1792년 윤4월 27일에는 홍인한의 '불필지설'을 '막수유(莫須有)' 같다고 말하기도 했다. 막수유에 대해서는 뒤에서 자세히 설명하거니와 간단히 말하면 코에 걸면 코걸이 귀에 걸면 귀걸이 식으로 마구 말을 잘라 갖다 붙인 적당의 모함에 희생되었다는 것이다.

사정이 정말 그렇다면 홍인한을 죽음에 이르게 한 진짜 죄목은 무엇인가? 정조는 막수유를 말한 데 이어서, 홍인한이 죽음에 이른 것은 그 당시의 죄 때문만이 아니라, 구선복과 같은 죄가 있기 때문이라고 하고, 이어 "모년 모월의 일을 내가 어찌 말하겠는가" 했다. 모년 모월이란 사도세자가 죽은 일을 가리키는 말이니, 홍인한과 구선복은 사도세자의 죽음과 관련하여 비슷한 죄상이 있다는 말이다. 이에 대해 혜경궁은 정조가 홍인한의 죄를 가리기 위하여, 영조의 유지로 아무도 함부로 말하지 못하는 모년의 일과 결부시킨 것이라고 말했다. 그러니 혜경궁에 따르면 굳이 홍인한의 죄를 찾을 일이 아니지만, 시중에 떠도는 말을 보면 홍인한과 구선복은 모두 사도세자의 죽음과 관련해 일정한 혐의가 있다. 당시 구선복은 포도대장으로 뒤주를 지키는 임무를 맡았는데 『현고기』에 따르면 죽어가는 사도세자에게 불경히 굴었다고 하며, 홍인한은 『영조실록』에 나오듯 사도세자의 변이 있던 날 조정의 여러 신하들과 마포로 나가서 뱃놀이를 했다고 한다.

홍인한에게 정말 죽을죄가 있었는지는 알 수 없다. 다만 몇몇 기록을 보면 그의 성격이

『선부군유사』 아들 홍낙술이 쓴 아버지 홍인한의 행장을 한글로 번역한 책이다. 이 책에서는 사도세자가 죽었을 때 홍인한이 집안 부녀자들에게 빛난 의복을 금했다고 했고, 또 홍봉한이 화액에 처했을 때 홍봉한의 다른 자식들보다 홍인한이 더 걱정했다고 한다. 후자는 혜경궁의 편지를 인용한 말이다. 홍인한을 변호하기 위해 만든 책이다. 개인 소장

화를 자초했을 가능성이 큰 듯하다. 『청성잡기靑城雜記』를 보면, 홍인한은 기생잔치 끝에 기생의 잘못을 트집 잡아 곤장을 치며 통쾌해하는 포악한 성격을 지닌 사람이라 했다. 또다른 글을 보면 홍인한은 정조나 홍국영 등을 대할 때 몹시 거만한 태도를 보였다고 한다. 홍씨 집안의 완전한 신원을 뜻하는 홍인한의 복권은 오랜 시간을 기다려야 했는데, 철종 때인 1858년 10월, 홍인한 사후 팔십 년이 넘어서야 이루어졌다.

아픔은 마음에 있고 집안의 화색은 천만 가지로 박두하니, 내 가슴을 어루만져 애통하며 죽어 보지 말고자 하니라. 그러나 정조를 버리지 못하니, 영조 임금과의 사사로운 정도 지극하지만 새 임금 위하는 것 또한 대의니, 아픔을 서리서리 담고 사니라. 그러다 1776년 7월 작은아버지께서 사사賜死. 임금이 신하에게 자결을 명령함되심을 보니, 우리 집안이 망한지라. 내 지위에 이 어찌 된 일인고.

친정에 쏟아진 공격

작은아버지 돌아가심에 내 하늘을 부르짖어 통곡하나 이 또한 사사로운 정이니, 원통은 원통이나, 나라를 위하는 길은 더더욱 충성을 다하는 것이라. 내 나라를 돌아보아 작은아버지를 잊은 듯하였고, 아버지나 몸을 보전하시기를 바라니라. 아버지께서도 당한 일이 망극하시나, 다른 신하들과 지위가 다르시니, 임금의 처분을 기다려 거취를 정하시려고 삼호집에 계시니라. 그런데 만고천지간에 인륜도 몰라보고 첩첩한 무욕誣辱. 거짓을 꾸며 욕을 보임이 미쳐, 임금의 외할아버지를 해치자 하니라. 내 아무리 약하나 주상의 어미로 앉아 있는데 이 지경까지 이르니, 내 사람됨이 모자라 흉인들이 이리하니, 이 몸으로 아버지의 억울함을 시원히 드러내고 죽고자 하되, 임금 심사를 생각하여 차마 결단치 못하니라. 이것이 결국 하나는 나약한 행동이요, 둘은 주변 없는 탓이로되, 그 마음을 파고들면 오로지 주상 위한 뜻이라. 아버지께서 무욕을 보시고 8월에 급히 고양 문봉으로 가시니 온 가족이 따르니라.

그때 내 하늘에 사무치는 설움이야 또 어떠하리오. 내 영조의 지극한 은혜를 받았으니 어찌 영조 제사에 참여치 않으며 곡읍哭泣. 소리내어 슬피 욺을 하지 않으리오. 작은아버지께서 사사되는 지경에 이르러 마음은 망극하나 제사에 참여치 않음은 없더니, 아버지에 대한 공격이 거센 빗발 같아 설움과 분함이 넘쳐 살아 있을 마음이 없더라. 죄인으로 지목된 사람의 자식이 예사로이 몸을 가지면 염치도 인사도 모르는 사람이 될 것이니, 내 영조 발인이 끝난 8월부터 문을 닫고 칩거하여 아버지와 거취와 사생死生을 같이하려 지게문 밖을 나간 바 없더라. 다만 임금이 오신 때면 머리를 들어 뵈었더라. 주상이 이 모습을 보셨으니 어찌 어미 서러워하는 것을 보고자 하시리. 매양 나를 대할 때면 불안해하고 시름에 잠기시니, 나 역시 임금 마음이 상할까 도리어 부드러운 표정을 지었더라.

아버지께서 겪으신 망극한 일 밖에, 셋째 동생의 죄명이 역적의 명부에 오르니 도리어 어이없더라. 아우가 세상의 미움을 받음이 다 내 탓이니, 가슴을 어루만지며 통곡하니라.

오빠의 죽음

집안이 첩첩이 그릇되어 1777년 오빠가 돌아가시니라. 그 어진 덕과 문장으로 집안 망하는 것을 보며 마음을 쓰다 갑자기 돌아가시니, 아버지도 살아 계신데 이 어찌 된 일이뇨.

아버지께서 자연의 순리를 거슬러 자식이 먼저 죽는 일을 겪으시니, 그 아픔으로 아버지까지 몸을 버리실까 염려할 정도라. 그 애통함과 망극함이 어떠하리오. 슬프고 슬픈지고. 오빠까지 돌아가셔서 집안 모양이 더욱 그릇되니, 하늘을 우러러 '이 어찌 된 일인고' 한탄하였노라. 형제 동기를 잃는 슬픔이야 누가 아니 당하리오마는, 내 착한 오빠를 우러러 오빠가 아버지를 받들어 효를 다하시고 모든 동생을 오래도록 거느리실 줄 알았지, 중도에 한을 품고 돌아가실 줄 어이 뜻하였으리오. 원통한 설움이 뼈까지 사무치니, 오빠를 생각하면 아깝고 슬퍼, 여읜 지 근 이십 년이로되, 말이 오빠에 미치면 가슴이 막히고 눈물이 흐르노라.

동생의 사면과 아버지의 죽음

1777년 8월 셋째 동생의 화는 너무 급하여, 어이없어 하늘만 우러러 처분을 기다리더니, 정조께서 외삼촌에게 죄가 없음을 살피시어 동생이 목숨을 부지하니라. 1778년 2월에는 해와 달이 밝게 비추어 임금이 동생을 직접 국문鞠問. 중죄인을 심문함하시어 억울함을 깨끗이 씻어주시니, 동생에게 임금의 은혜가 하늘 같으니라. 주상이 내 동기를 살려주시니, 내 그때 감격함이 어떠하리오.

그때 동생을 잡아들이라는 어명이 있자, 아버지께서도 대죄待罪하신다며 대궐로 들어오셔서 정조를 뵙고, 또 안에 들어오셔서 나를 보시니라. 아버지께서 세상의 온갖 일과 망극한 경상을 다 겪으셔서 극히 노쇠해지시니, 우러러 내 가슴이 막히는지라. 아버지께서는 동생이 다시 해를 볼 수 있게 되니 성은에 감격하시고, 생전에 다시 나를 만날 수 있음을 기뻐하시며 떠나시니, 나도 아버지께서 만수무강하시어 다시 뵙기를 하늘에 빌더라. 그런데 내 죄가 갈수록 깊고 무거워 또 하늘이 앙화殃禍. 재앙를 내리시니라. 이해 12월 아버지께서 돌아가시어 천고에 영결永訣이 되니, 이는 천지에 사무치는 아픔이라.

아버지의 타고난 자질을 헤아리면 어이 칠순을 못 누리시리오. 하지만 나라를 위하여 수십 년 노심초사하시고, 누차 흉한에게 욕을 입으시며, 또 문호의 그릇됨을 보시고, 지극한 충성을 분명히 드러내지 못하시니 원한을 품으시어 목숨을 재촉하기에 이르시니라. 이 한은 천지간에 다시없을 것이라. 이 일이 다 뉘 탓이리오. 불효 불초한 나를 두신 탓이라. 내가 우리 집에 태어나지 않았다면 우리 집안이 어이 이러하리오. 내 뼈를 갈아도 이 불효는 용서받지 못할 것이니, 목숨을 마쳐 저승으로 따라가길 바라되, 능히 스스로 결단치 못하니라. 내 주상의 효성에 이끌려 평생 아버지와 화복을 같이하고 목숨을 같이하자 한 마음을 저버렸으니, 부끄러움과 설움이 하늘과 땅에 사무치니라. 내 차라리 아버지를 따랐으면 이 한을 모르련만, 살아 하늘에 사무치는 아픔이 극하고, 불효 심하고 질긴 목숨 기댈 데가 없으니, 천지간에 나 같은 자가 어디 있으리오. 끝내 아버지를 따라 죽지 못하고 삼년상을 마치니, 동생들이 각자의 집으로 별같이 흩어지니라. 부모를 모시고 즐기던 일이 한낱 꿈이 되어버렸으니, 한없는 설움이야 어느 붓으로 적을 수 있으리오.

뉘 부모의 자애를 아니 입으며 부모를 아니 사랑하리오마는, 나 같은 자 없으리라. 어려서부터 부모께서 못 잊어하시는 자식이 되어, 어머니를 중도에 여의니, 아버지께서 자모의 정을 겸하시어 날 사랑하시는 마음으로 한때도 잊지 못하시니라. 아버지께서는 터럭만한 일이라도 내 뜻에 어긋날까 염려하셨는데, 내 운명을 서러워함이 아버지 마음에 큰 아픔이 되어, 될 수 있으면 내 뜻대로 해주시니라. 그 은혜는 천륜 밖에 더욱 남다르시니라. 아버지께서는 지극한 자애 외에 또 자애를 주시니, 동궁 처소는 궐내에서 각기 나누어 정한 진상품進上品 외에 다른 물건의 공급이 넉넉하지 못한데, 경모궁 병환이 심해 경모궁께 필요한 재물이 허다할 때도, 아버지께서 쓸 만큼 넣어주시니라. 더욱이 갑자기 필요한 물건도 무수했는데, 이런 상황에서도 내가 마음쓰지 않도록 맞추어 넣어주신 재물이 얼만지 모르니라.

아버지께서는 벼슬살이를 청렴하게 하시고 집 안에 기거하실 때도 검소하시니, 녹봉 외에 재물을 집에 들이는 일이 없더라. 또한 나라 살림을 담당하는 선혜청과 호조에서 여러 해 벼슬을 맡으시고, 막강한 권력을 쥔 대장 자리를 십여 년 맡으시며 다섯 군데의 주요 군영에 아니 출입하신 곳이 없으시면서도, 그 관아의 재정 확충에만 힘쓰시고 터럭만큼도 예산을 남용하심이 없더라. 그런데도 어찌나 재주가 비상하시던지, 어떻게 준비하셨는지는 모르나 내 쓰고자 하는 것은 조금도 군색함이 없게 도와주시니라. 당시 아버지께서 급한 때에 맞추어 재물을 넣어주신 덕에 살아난 사람이 많으니라. 이것이 다 날 향한 지극하신 마음에서 비롯되었으니, 그때 아버지께서 그 일을 해주시지 않으셨다면 어떠하였을꼬. 일을 무사히 지내고 나면 내 다행함은 물론이고, 일을 맡은 궁인들도 손을 모아 큰 은덕에 감축하더라.

1762년 세손이신 정조의 가례嘉禮 때도 나를 도와 준비하심에 모든 일에 부족함이 없도록 하셨을 뿐만 아니라, 결혼 준비에 쓰다 남은 은銀은 모두 세손궁으로 보내시니라. 경모궁 돌아가신 망극한 때에도 장례 마칠 때까지 필요한 옷가지들을 모두 아버지께서 대주시고, 삼년상 기간 동안 여러 제사에 드는 물품도 세자 소관 궁방인 용동궁에는 여러 해 밀린 부채가 있으니 거기 예산을 쓰지 말라고 하시며 다 도와주시니, 무엇인들 정성이 아니 미치신 곳이 있으리오. 내 질긴 명으로 죽지도 못하고 경모궁 삼년상을 마친 후, 1765년과 1766년에 청연 자매를 각각 결혼시키니, 영조께서 주시는 것이 있으나 그것으로는 다 감당치 못하여, 아버지께서 도와주시니라. 이처럼 어쩔 수 없는 것 외에 인력으로 할 수 있는 것은 힘을 다하여 미치지 않는 곳이 없으시더라. 내 이것이 모두 지극한 자애에서 비롯된 줄 아나 심히 불안하여

　"마옵소서"

말씀드리되, 주시는 것을 사양치 못하니라. 또 뵐 때

　"내게 이리하시고 여러 동생들을 돌보지 않으시니이까. 동생들도 집과 전답이 있어야 할 터인데, 나 때문에 동기들에게 주지 못하시니

어찌할꼬"

염려하면,

"나라가 태평하면 저희도 잘살 것이니 더 줄 것이 어이 있으리"

말씀하시니라.

군영에 계실 때도 재정을 엄격히 관리하시어 다른 대장들같이 남용치 않으시되, 재주 비상하시어 능히 준비하시고 내가 쓰기를 기다리시던 일이 생각나니라. 아버지께서는 들인 재물이 몇만 금인 줄도 내가 모르게 하셨으니, 그 어찌하신 일인고. 나로 인하여 이런 일을 하시며 그윽이 마음 쓰셨을 것이니, 어느 일이 아버지께 근심을 끼친 불효가 아니리오. 아버지께서 수십 년 대장과 재상을 지내셨지만, 우리 집에는 할아버지께서 이루어놓으신 회계晦溪 정자 하나 외에 작은 정자 한 곳이 없더라. 아버지께서는 말년에 이르러 조용히 숨어 지낼 집 하나 없어 동서남북으로 남의 집을 빌려 드셨으니, 그 근본인즉 다 나로 말미암은 일이로다. 우리 집이 그릇되니 동생들 또한 벼슬할 사람이 아니라 집마다 빈곤을 면치 못하니라. 아버지께서 전성기에 자제들 살림을 돌보아주셨다면 이렇지는 않았을 것이니, 마음속으로 나 때문임을 스스로 탄식하노라.

나를 도와주시는 것을 헤아리면 다른 일 하실 겨를이 없으실 듯하되, 친척을 아끼는 마음이 거룩하시어 먼 친척까지 아니 돌봄이 없으시니라. 급한 일을 도우실 때는 때를 못 맞추실까 바쁘신 가운데 짬을 내어 가난한 친척 돌보심이 지극하시니, 아버지께서 보내시는 것을 보고야 불을 때고 밥을 짓는 집이 많다 하더라. 아버지께서는 당신 어머니를 일찍 여의시어 외가에 대한 정성이 더욱 지극하시니, 당신 외할아버지 제사에도 외손으로 반드시 제수祭需를 감당하시고, 종질從姪, 사촌 형제의 아들. 여기서는 외사촌의 아들을 아끼심이 특별하시어, 내 아버지를 뵐 때 아버지께서 그들을 잊지 못하심을 일컬으실 적이 많더라.

내 아버지를 따라 죽지 못한 일이 뼈에 사무치고, 아버지의 억울함을 풀지 못하여, 자식의 도리를 못다 함을 슬퍼하더니, 1784년 정조께서 은혜로운 하교를 내리시어 아버지의 억울함을 변호하여 풀어주시고, 또한 익정공翼靖公이라는 시호諡號까지 받게 하시니라. 내 생각에는 아버지의 혈심 충성으로 이런 일을 늦게야 받으심이 슬프나, 당신은 하늘에서 성은에 감축하실 것이니, 내 또 이를 위해 감축하노라. 임금께서 수영이를 종손이라 하여 벼슬을 내리시니, 성은에 감격하지 않음이 아니로되, 그 인생이 이미 어그러졌으니 내 크게 기뻐함은 없더라.

아버지께서 날 낳으신 하늘 같은 큰 은혜와 천륜 밖에 뛰어난 자애 있으신데, 나로 인하여 우리 집안이 마침내 이리되니, 내 죽어 불효를 갚고자 하니라. 경모궁 돌아가신 그해부터 죽고자 하나 주상을 보아 죽지 못하니, 1778년 아버지 돌아가셨을 때 따르지 못함도 주상의 외로우심을 비록 지극한 아픔 속에서도 잊지 못한 때문이라. 이리하여 지아비를 위해 따라 죽는 열녀가 되지 못했을 뿐만 아니라, 효도에도 마음을 저버린 사람이 되니, 스스로 그림자를 보아도 낯이 뜨거우니라. 더욱이 집안이 엎어진 일을 생각하다 화가 치밀 적이면 등이 뜨거워 자지 못하고 벌떡 일어나 앉아 벽을 두드리며 잠을 이루지 못하니, 내 이렇게 지내기를 몇몇 해나 하였는지 모르니라.

홍국영의 음모

주상이 등극한 1776년 이후로도 나라에 변고가 계속 생기니라. 그중 국영이의 흉악한 반역은 만고에 드무니, 국영이가 다른 사람을 모함하여 그릇되게 한 것이 몇 번인 줄 모르는데, 거기다 스스로 대역죄까지 범하니라. 1779년에는 주상의 후궁으로 넣었던 자기 누이가 죽자

혜경궁의 친정집 위치

조선시대에 행세하는 양반이라면 적어도 세 군데의 거주 기반은 가지고 있었다. 서울집, 시골집, 그리고 서울 근교의 별장이다. 이를 각각 경저(京邸), 향제(鄕第), 별서(別墅)라 부르기도 한다. 혜경궁 친정도 마찬가지다. 혜경궁의 서울집은 안국동에 있었고, 시골집은 경기도 고양시 문봉동에 있었던 집을 그렇게 볼 수 있을 듯하며, 별서는 서울 북동쪽 끝의 수락산에 있었다.

혜경궁의 오빠인 홍낙인의 문집 『안와유고』를 보면 「피음정기披吟亭記」라는 글이 있는데, 홍봉한이 자제들 공부를 위해 서울집 동원(東園)에 지은 집에 대한 글이다. 그곳은 북으로는 북악산이 보이고, 서쪽으로는 인왕산을 받치고 있으며, 아래로는 마을과 관청들이 있고, 그리고 궁궐의 푸르른 소나무와 회나무도 보인다고 했다. 안국동은 창덕궁과 거의 붙어 있다시피 한 곳이니 궁궐을 출입하며 벼슬살기 무척 편리한 곳이라 할 수 있다. 혜경궁이 친정집으로 생각하는 곳은 바로 여기로, 사도세자가 뒤주에 갇혔을 때도 안국동 집에 머물렀다.

시골집은 고향집이라고 할 수 있을 텐데, 문봉동 집을 과연 시골집이라고 할 수 있을지는 명확하지 않다. 서울과 너무 가까워 별서로 볼 수도 있는 것이다. 하지만 홍봉한 집안에는 따로 멀리 시골집이 없고, 문봉동에는 홍봉한의 선조인 홍이상(洪履祥)의 위패를 모신 문봉서원이 있으며, 홍봉한의 무덤 역시 그곳에 있기에 시골집으로 간주해도 무방할 듯하다. 혜경궁에게 문봉동 집은 집안의 서원과 선산이 있는 고향집인 셈이다. 홍봉한은 1771년 영조에게 처벌을 받았을 때 거기로 내려갔고, 1776년 정조 즉위 후 집안이 완전히 패망하자 다시 문봉으로 돌아가 만년을 보내다 죽었다.

별장은 서울 동쪽의 현재의 노원구라는 지명으로 남아 있는 노원(蘆原)의 회곡(晦谷) 또는 회계(晦溪)라 불리는 곳에 있었다. 혜경궁의 증조부 홍중기 때부터 소유했던 곳으로 홍중기의 호 역시 '회계'이다. 할아버지인 홍현보가 집을 고쳐 회식재(晦息齋)라고 이름 붙였

홍봉한 묘 경기도 고양시 문봉동 소재

다. 그 집에 대한 기문(記文)은 홍봉한에게 한문을 가르친 안중관과 정래교의 문집에 남아 있다. 이후 홍현보가 죽은 지 십 년이 다 되어 경기도 관찰사가 된 홍봉한이 다시 수리했다. 홍낙인의 문집에는 「회계잡영晦溪雜詠」이라는 한시가 있는데, 여기서 홍낙인은 '회식재'를 '우리 집 정자(吾家亭子)'라고 부르며 그 아름다움을 노래하고 있다.

회식재가 있었던 회곡의 위치는 노원, 수락산 가는 길이라고 했다. 혜경궁의 일가 종손 자인 홍석주의 문집에 「수락산으로 돌아가는 길에 회계산방으로 들어가다水落歸路 入晦溪山房」라는 한시가 있는데, 여기 주석에 '회계산방'을 혜경궁의 증조부인 홍중기가 이룬 곳으로 동네 사람들이 '홍씨 집 정자(洪亭子)'라고 부른다고 했다.

수락산 벽운동에는 우우당(友于堂)이라는 한옥이 한 채 있다. 근거는 분명치 않지만 홍봉한의 별장으로 알려져 있다. 이 부근에는 1970년대 이전에 남재(南在), 남치욱, 남언순 등 의령 남씨들의 묘소들이 있었다. 의령 남씨 후손으로는 남구만이 유명하다. 남구만의 아들 남학명의 호가 회은(晦隱)인 데서도 여기에 회곡이 있었음을 짐작할 수 있다.

이 밖에 『한중록』에 나오는 홍봉한이 머문 집을 보면, 1757년 11월 영조에게 실언을 하여 파직되었을 때 갔다는 '월과계'가 있고, 실세했을 때 머문 마포 홍낙신의 집 '삼호집'과 홍낙임의 집 '영미정'이 있다. 영미정은 서울 동대문 밖 북쪽 현재 창신초등학교 자리로

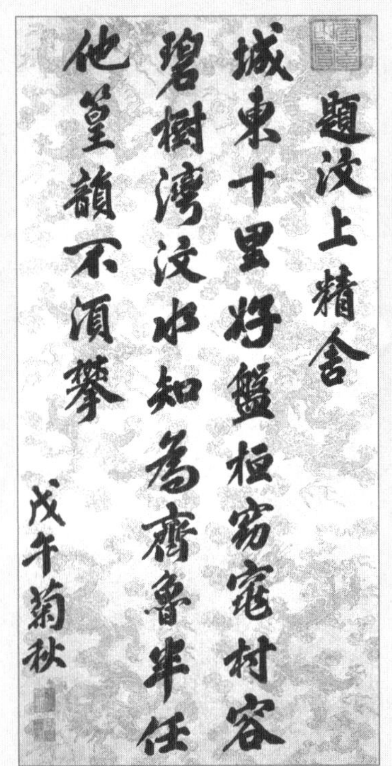

제문상정사 정조 친필(1798). 홍낙윤의 문상
정사가 서울 동대문 밖으로 십 리쯤 떨어진
곳에 있음을 말하고 있다. 국립중앙박물관 소장

확인된다. 혜경궁 형제들의 집을 보면 오빠 홍
낙인은 서울집과 회계 별장을 사용하였고, 둘째
동생 홍낙신은 삼호집에 있다가 1783년 무렵
양주 원당(元塘)으로 옮겼다. 홍봉한 집에서 가
정교사 노릇을 했던 노긍의 문집에서 그 사실을
찾아볼 수 있다. 또 영미정에 살던 홍낙임은 번
리(樊里)로 옮겨갔는데 현재 서울시 강북구 번동
이다. 노긍의 문집에 의하면 막내동생 홍낙윤은
회계에 산다고 했다. 그런데 1798년 정조는 「제
문상정사題汶上精舍」라는 시를 써 홍낙윤에게
주었다. 이것이 홍낙윤에게 준 것이라는 사실은
혜경궁의 막내 작은아버지인 홍용한의 문집과
홍용한의 아들인 홍낙유의 문집에 실린 「문상정
사기汶上精舍記」와 「제문상종씨문祭汶上從氏文」
을 통해 확인할 수 있다. '문상'은 서울시 성북
구 정릉동의 문바위 일대로 추정된다. 홍낙윤은
회계와 문상을 옮겨다니며 살았던 것이다.

감히 후궁 무덤에다 붙일 수 없는 원園 자를 붙여 그 무덤을 인명원仁明園이라 부르게 하고, 인이의 아들 담湛이를 누이의 양자로 삼아 그 무덤을 보호하는 관원을 시키며 대통大統. 임금 자리를 이음을 엿보는 역심을 드러내니라. 어느 때에 역적이 없으리오마는, 그때까지는 주상이 아직 다른 아들을 갖지 못하여 담이 저 혼자뿐이라. 내 이를 갈며 분해 하고 나라의 위태함으로 간장을 사르니라.

아버지께서 돌아가신 아픔에다 위태로운 나라 형편까지 애간장을 녹이다가, 1782년에 문효세자가 탄생하는 나라 경사를 얻으니, 주상이 나이 삼십이 넘으시도록 뒤를 이을 아들 하나 얻지 못하시다가 그 경사를 보시니, 그 떳떳 당당함을 어찌 측량할 수 있으리오. 내 섧고 섧던 마음을 손자에게 붙여 만세 동안 태평하기를 기약하였더니, 국운이 불행하여 1786년 문효세자가 죽으니 주상이 다시 외로워지고 국세의 위태함이 새로운지라. 주상을 우러러 위로할 말이 없으니, '이 나라를 어찌할꼬' 하며 하늘이 또 한 몸을 주시어 나라를 평안히 해주시기를 우러러 빌고 비니라.

혜경궁과 생일이 같은 손자 순조

하늘이 굽어 살피시고 조상이 그윽이 도우시어 1790년 6월 세자가 태어나는 큰 경사를 다시 얻으니, 그 경사로움은 천지에 가없으니, 하늘의 고마우심을 무엇으로 갚으리오. 하늘을 우러러 손을 모아 사례하고 비니라. 이 몸이 살아서 다시 경사 보기를 기약하지 않다가 나라 경사를 만나니, 이는 임금의 넓으신 복과 거룩하신 덕에 하늘이 감동하시어 주신 것이라.

내가 생일이 되면 날 낳으시느라 애쓰신 부모님을 추모할 뿐 아니

풍운아 홍국영

홍국영은 동궁 시절 정조의 심복이었다. 동궁 정조가 등극 방해 세력과 자식까지 죽음에 이르게 한 엄한 영조 사이에서 살얼음판을 걷고 있을 때, 홍국영은 가장 믿음직한 버팀목이었다. 또 아무도 쉬 농담 한마디 건네지 못하는, 그래서 더욱 외로운 지존에게 세상 사는 이야기를 들려주는 절친한 벗이었다. 홍국영은 정조보다 불과 네 살이 많을 뿐이니 더욱 의기가 맞았던 듯하다. 그런 홍국영이 정조의 마음을 완전히 얻는 계기로 다음 이야기가 널리 전하고 있다.

하루는 영조가 정조를 불러 무슨 책을 읽고 있는지 물어보았다. 정조가 『통감通鑑』을 읽는다고 대답하니, 영조는 그 책에는 내가 싫어하는 구절이 있는데 그에 대해 어떻게 생각하느냐고 물었다. 그 책에는 한나라 문제가 자신은 한나라 태조의 측실 소생이라고 말한 내용이 있는데, 어머니가 비천한 궁중 하녀 출신인 영조는 이 부분을 극히 꺼렸다. 사태의 심각성을 알아챈 정조는 자신은 그 부분은 종이로 가려놓고 보지 않았다고 거짓으로 둘러댔다. 그러자 영조는 사실을 확인하기 위해 내관을 동궁으로 보냈다. 동궁에 온 내관을 만난 홍국영은 『통감』을 가져오라는 어명을 듣자 얼른 눈치를 채고 해당 부분을 종이로 가려 내주었다. 이 일로 정조는 홍국영에게 거병범궐(擧兵犯闕), 곧 군사를 일으켜 대궐만 침범하지 않으면 죽이지는 않겠다고 약속했다. 홍국영의 재치를 잘 보여주는 이야기인데, 이런 홍국영의 영민함은 혜경궁도 인정하는 것이다. 이 이야기는 사실 여부가 확인되지 않는 떠도는 이야기이다. 그런데 채제공의 「독노중련전讀魯仲連傳」에는 채제공 자신이 직접 겪은 유사한 이야기가 있다. 다만 이것은 홍국영이 아니라 정조의 기민함을 말하고 있다.

1776년 정조가 갖은 어려움을 극복하고 왕위에 오르니 세상은 바로 홍국영의 것이 되었다. 채 삼십도 안 된 젊은 나이라 정승까지는 하지 못했지만, 홍국영은 선혜청 제조와 각 군영의 대장, 특히 궁성을 호위하는 친위부대인 숙위소를 만들어 그 대장까지 겸하여, 실권을 모두 쥐었다. 홍국영의 성격과 행태는 『정조실록』에 잘 보이는데, 궁궐 내에서 감히

248 |

의녀 등과 사귀고 임금 앞에서조차 함부로 행동하는 등, 여러 가지 안하무인의 태도를 보였다고 지적하고 있다. 의녀는 당시 약방 기생이라 불리며 최일급 기생 노릇을 했으니, 홍국영은 궁궐 내에서 버젓이 기생놀음까지 했다는 말이다.

권력 욕심은 한이 없는지 홍국영은 왕의 외가 노릇까지 하려고 들었다. 영조와 마찬가지로 정조도 왕비와의 관계가 별로 좋지 않았는데, 그 사이에 자식이 없자 홍국영은 중전에게 자식을 못 낳는 복병(腹病)이 있다면서 정순왕후를 끌어들여 사가(私家)에서 후궁을 들이게 하는 한글 교서를 내리게 하고는, 열세 살밖에 안 된 자기 누이를 후궁으로 들였다. 그러고는 감히 후궁에게는 당치 않은 이름인 원빈(元嬪), 곧 으뜸가는 빈궁이라는 이름을 붙였다. 하지만 원빈은 궁에 들어온 지 채 일 년도 되지 않아 죽고 말았다. 그러자 홍국영은 이번에는 은언군의 아들 담을 원빈의 양자로 입적시켜 그에게 원빈의 제사를 관장하고 묘소를 지키는 대전관(代奠官)과 수원관(守園官)의 자리를 맡겼다. 정조에게 다른 아들이 없으니 양자를 들여 자기 조카로 하여금 왕통을 잇게 하려고 한 것이다. 홍국영은 담의 호를 완풍(完豊)이라 고쳤는데, '완'은 왕실 이씨의 본관인 전주 곧 '완산(完山)'을, 풍은 홍국영의 본관인 '풍산(豊山)'을 의미한다고 한다. 심지어 『한중록』의 한 이본인 『불명불조弗明弗措』를 보면, 홍국영이 완풍군을 가동궁(假東宮), 곧 예비 동궁으로까지 불렀다고 한다.

이러한 그의 행동은 곧 왕권에 대한 도전으로 비쳤다. 특히 자기 누이를 궁궐로 들인 다음에는 중전을 헐뜯었고, 누이가 죽은 다음에는 중전을 의심하여 감히 중전 내인들을 심문하는 등 왕권에 도전하는 행태를 보였는데, 이것이 그의 몰락을 재촉했다. 그는 1779년 9월 버슬에서 물러났고, 이어 강원도 횡성으로 쫓겨났다가, 다시 강릉으로 옮겨져서 1781년 4월 5일 서른네 살의 짧은 인생을 마감했다.

사실 혜경궁과 홍국영은 일가이다. 혜경궁은 선조의 딸 정명공주의 후손인데, 혜경궁 집안과 홍국영 집안은 정명공주의 남편인 홍주원 이후로 갈라져, 혜경궁과 홍국영의 아버지 홍낙춘은 십촌간이다. 말하자면 혜경궁에게 홍국영은 집안 조카인 셈이다. 혜경궁의 말에 따르면 홍국영의 아버지 홍낙춘은 광병(狂病)이 있었고 홍국영은 어려서부터 집안에서 버려졌다고 한다. 홍국영은 영민하긴 하지만 성격이 날카로워 누가 털끝이라도 건드리면 조금도 참지 못하고 보복했는데, 그런 그를 혜경궁의 아버지나 작은아버지가 훈계랍시고 몇 번 꾸짖은 바람에 자기 집이 원수가 되었고, 홍국영이 권력을 잡으면서부터 자기 집의 화색(禍色)이 더욱 짙어졌다고 한다. 혜경궁은 자기 집을 몹시 시기하는, 혜경궁 종고모의 아들 김종수가 홍국영을 부추겨 홍국영이 더욱 자기 집을 공격했다고 한다. 홍국영이 정순왕후와 손을 잡고 자기 누이 원빈을 후궁으로 들인 것을 보면, 홍국영은 혜경궁과 같은 홍씨지만 정치적으로는 홍씨를 공격하는 이른바 공홍파였다고 할 수 있다.

라, 이내 몸이 세상에 나와 집안을 위태롭게 한 무궁한 불효를 슬퍼하였더라. 임금의 효성으로 이 슬픔은 참고 지냈지만 굳이 생일을 차리고자 하는 마음은 없더라. 그런데 생각 밖에 내 생일날 이 경사가 생기니, 저 하늘이 나를 불쌍히 여기시어 이날에 큰 경사를 주신 듯하더라. 그래서 온 나라가 이날을 귀히 여기게 하시고, 나 스스로 이날을 감히 미워하지 못하게 하신 듯하니라. 이에 나도 스스로 몸을 어루만져 하늘이 불쌍히 여기심을 알아, 이후로 죽고 싶은 마음을 그치고 살아갈 뜻을 두니라. 이로써 불효는 더욱 심하나 나라 경사를 기뻐하고 하늘이 주시는 복을 받고 천명을 기다리며 내 평생에 죽고자 하는 마음을 돌이키니라. 내 나라 경사를 즐거워하는 줄 알 것이라.

정조의 효우

　주상여기서는 정조이 효성이 탁월하시어 왕대비여기서는 정순왕후 받드심이 지극하시니라. 또 부모로 인하여 숨은 아픔이 있어 이승과 저승에 떨어져 있음을 슬퍼하시니라. 주상께서 겪으신 바는 참지 못할 일이나, 내가 한 일에 대해서는 천지신명도 곁에서 보신 것이니 털끝만큼도 의혹을 품지 않으시니라. 아버지를 위하여 슬퍼하나 또 어찌하리오. 주상의 숨은 설움을 위하여 내가 도리어 슬퍼하고 애처로워하니라. 주상께서 외할아버지 추모하시는 일은 온 나라가 감동할 것이요, 살아 있는 어미 봉양도 극진하시니 무슨 유감이 있으리오.

　중전과 관계를 회복하시어 부부 화락하시며, 여러 빈궁을 고루고루 잘 거느리시고, 더욱이 두 누이와 우애하심은 이를 것이 없으니, 내 어미의 구구한 정으로도 보탤 것이 없더라. 내 두 딸에게는 천륜의 정뿐, 저희들을 못 잊어하는 간절한 정이 없는데, 주상의 우애가 더 지극하시니라. 게다가 이복의 아우와 누이에게도 우애가 지극하고 지극하시니, 그 흉한 것들이 사람 같지도 않으나, 주상의 은덕을 입음은 하늘 같으니라. 나도 나라를 위하는 마음에 새벽부터 늦은 밤까지 저들을 걱정했으나, 주상의 이들을 향한 거룩한 마음은 더욱 감동스러웠느니라.

중전이 후덕하시고 어질고 효성스러우시어 맡은 바 살림을 빈틈없이 해내시고, 왕대비 받드심과 날 섬김이 지성이시니라. 가순궁순조의 생모 또한 효성스럽고 공손하고 검소하니, 임금 섬김과 원자元子. 장차 세자가 될 아들. 여기서는 순조 보호와 교훈이 지극하니라. 가순궁은 그 공덕과 아름다움이 나라의 보배니, 이 한 몸에서 자녀를 많이 낳기를 바라니라. 이처럼 궁중에 화목한 기운이 넘쳐흐르니, 이는 근래에 보지 못한 일이라. 내 위로 왕대비를 받들어 궁중에 법도가 섬을 우러러 치하하고 속으로 뿌듯해하더라.

내 남편을 따라 죽지 못한 설움을 품고, 또 천 갈래 만 가닥의 일을 겪되, 정조를 무사히 보좌에 오르게 하니라. 주상이 학문과 덕성이 거룩하시며, 내 두 딸이 또 각각 귀주貴主. 임금의 딸의 교만함이 없이 평생 근신하니라. 두 딸 모두 주상 우러르는 정성이 곡진한 중에 매사 극히 조심하니, 이는 왕가 여자로서는 드문 일이라. 이 근신함으로 말미암아 저희 집이 길이 면면히 복을 누릴 듯 내 아름다이 여기더라. 더욱이 외손 아이들이 잘못 나지 않아서, 저희 젊은 나이에 며느리를 보며 사위를 얻으니 내 그윽이 기뻐하니라. 다만 청선이 제 현숙함으로도 남편이 일찍 죽어 신세 그릇되니, 이는 어미 운명과 흡사하니 이를 슬퍼하노라.

동생과 삼촌의 복권

집안이 그릇된 후로 동생들과 삼촌들이 깊은 산속에 들어가 칩거하니, 내 살아 다시 보기를 기약하지 않았더라. 그런데 주상이 세상에 나오지 못할 형편을 다시 일으키시니, 내 세 동생을 만나고 작은아버지 두 분을 뵙게 되니라. 이 모두가 주상의 효성이 극진하신 연고라. 당한 사람이야 임금의 은혜에 감축함을 이를 것도 없지만, 내 감격함을 또 어찌 다 이르랴. 눈물을 드리우며 만나니라. 이후에는 임금의 은혜를 노래하며 산속에서 남은 인생 마치기를 바라며, 병 없이 오래 살아 내게 근심 끼치지 말고 형제 서로 의지하며 태평성대에 복록福祿 누리기를 바라노라.

1781년 장조카 수영이가 처음으로 벼슬을 받을 때 김종수 등이 다시 우리 집을 치니, 새로이 억울함을 뼈저리게 느끼며 벼슬 두 글자가 놀랍고 세상에 나가는 것이 기쁘지 않았느니라. 그러다 1786년 문효세자 장례 일로 정조께서 수영이를 비롯하여 오빠의 아들 최영이, 둘째 동생의 아들 후영이, 셋째 동생의 아들 취영이를 부르시니 그 아이들이 감히 아니 들어가지 못하니라.

너희 사촌형제들이 음직蔭職, 과거를 통하지 않고 조상의 공덕으로 받은 벼슬이라도 받아서 내 앞에 오면, 두터운 성은으로 하찮은 관직을 받았다 해도 그것이 과한가 두렵더라. 그런데 최영이는 제 타고난 기질로 인하여 제대로 쓰이지도 못하고, 더욱이 정조의 엄한 꾸지람을 듣고 곧 스러져 죽고 말았으니 슬프고 안타깝도다. 천지신명이 아직도 우리 집안을 그릇 여기시어 최영이를 앗아가셨나 두려움이 있더라.

우리 집이 크게 번성한 바람에 드디어 이리되니, 동생들이 벼슬길에 나갈 사람이 아니지만, 내 행여 동생들이 벼슬을 찾아나갈까 근심하였더라. 내 너희 조카들 모두 염려하고 있으니 너희들이 지방관으로 가

거나 말단 벼슬에 나아가도 마음을 놓지 못하니라. 벼슬을 하면 혹 맡은 일을 잘 살피지 못한 것이 있을까, 임금께 허물이나 보이지 않을까, 남들의 나무람이 있을까, 근심이 있는 듯 늘 불안하니, 이 또한 집을 위한 고심이니라.

수원 화성으로의 원행

올해 1795년을 당하여 나와 경모궁의 환갑이 되니, 새로 아픔이 무궁하여 심사 이를 것이 없으니, 세상에 무슨 여한이 있으리오. 더욱이 임금이 아버지를 추모하여 과히 슬퍼하시니, 내 아픔은 둘째요, 주상의 몸이 상하실까 염려되니, 내 설움은 오히려 마음대로 펴지도 못하노라.

경모궁 태어나신 정월을 아무런 즐김도 없이 겨우 보내다가, 경모궁 환갑날 왕대비를 모시고 경모궁에 가서 참배하니, 나의 억만 가지 아픔이야 어찌 다 형용하리. 내 신위神位를 우러러 설움을 다 토할 듯 하되, 저승이 멀고 머니 경모궁께서도 이 마음을 알아줄까. 남은 한은 무궁하고 가슴이 꽉 막히니라. 임금이 내 몸이 상할까 말리시니, 오히려 설움을 다 펴지 못하고 돌아오니라. 돌아오니 만사가 모두 꿈같아 마음을 안정치 못하였노라.

1789년에 경모궁의 산소를 수원으로 옮겼으나, 그때는 경모궁 누워 계신 관도 미처 보지 못하여 서러운 한이 심하더라. 임금이 아버지 추모함이 심하고 또 어미 뜻을 받들어 경모궁 산소 참배하자시며 데려가시니, 여편네 행색이 혹 예절에 어긋날까 걱정하되, 임금의 효성을 막지 못하여 결국 가니라. 생각하면 올해의 경모궁 산소 참배가 어찌 못할 일이리오.

내 경모궁께서 천만 년 묵으실 저승집을 보고자 쫓았더니, 임금은 아버지 산소 참배뿐만 아니라 내 환갑을 위하여 잔치를 열고자 하시니라. 임금이 나의 아픔을 잠시라도 펴겠다며 경모궁 산소까지 데리고 와서 오히려 큰 잔치를 베푸니 극히 부담스러우니라. 1754년 영조께서는 환갑날을 맞아 부왕인 숙종이 환갑 한 해 전에 돌아가셔서 환갑도 지내지 못하셨다고 하시며 신하들의 하례를 받기는커녕 한 그릇 음식도 그날 따로 올리지 못하게 하셨고, 아버지께서도 할아버지께서 환갑 되시던 해 생신을 지내지 못하고 돌아가셨다 하여 추모하심이 심하시어 환갑날에 자녀가 오래 사시라고 드린 한 잔 술도 받지 않으셨으니, 내 어찌 홀로 환갑이 되었다고 잔을 받으며 음식 올리기를 바라리오.

불안함이 지극하되 할 수 없어 내려가 산소에 참배하니, 내 무슨 지식이 있어 새 산소가 좋은지 알리오마는 기이한 줄은 알겠더라. 임금이 하늘을 찌를 아픔을 겪으시면서도 산소 옮기기를 새벽부터 늦은 밤까지 근심하시며 십수 년을 추진하시어 대사를 이루시니, 그해 온 마음으로 정성을 다하시던 일은 사람의 자식으로서 당연지사라 하려니와, 효성이 극진하시니 내 경모궁께서 착한 자식 두심에 감동하였더라. 실제로 산소를 보니 너무도 거룩하여, 어느 것 하나 극진한 마음에서 나오지 않은 것이 없는지라, 망극한 가운데 또 감탄하니라. 임금께서 애통하시는 눈물이 땅에 고이니, 그 마음속 아픔을 알지라.

주상께서는 작년에도 경모궁 산소에 거둥하시어 슬픔을 이기지 못해 혼절하는 지경까지 이르시니, 그때 신하들이 별안간 어찌할 바를 몰랐다 하니라. 내 이번에도 그러하실까 임금을 위하여 설움을 다 펴지 못하고, 임금 또한 노모를 위하여 슬픔을 누르시니, 모자 서로 위로하며 무사히 다녀오니라. 내 질긴 목숨은 갈수록 그지없으니, 스스로 염치없이 산 듯 부끄럽더라.

망극 중에 생각하니, 경모궁 돌아가시던, 하늘이 다 무너질 것 같은 그 시절에, 임금은 열 살이 갓 넘은 어린 나이셨고, 청연 자매는 아직 열살도 안 된 유아니, 장성하기를 미처 헤아리지 못하였더라. 다행히 평안히 길러내어 임금 나이 이제 사십이 넘으시고, 두 딸 또한 그러하니, 이렇게 혈육을 보전하여 거느리고 와서 경모궁께 뵈니, 서러운 중에도 내 당신 자녀를 잘 길러냄을 그윽이 고하며

"당신께서 끼치신 빛이 있어 할 수 있었노라"
말하였노라.

산소에 갔다가 수원 화성으로 돌아와 일가를 안팎으로 모아 주상께서 큰 잔치를 베푸시니, 내 이 잔치가 환갑을 만나 옛일을 추모하는 뜻과 많이 다르니 진실로 즐겁지 않되, 임금께서 효도로 하시는 일이니 즐거운 분위기를 깨지 못하여 좋은 듯 있으나 심사 불안하기 이를 것이 있으리오.

내 남편을 따라 죽지 못한 과부로 억만 가지 어려움을 무수히 겪으니, 자고로 역사책에 나온 왕비 가운데서도 나처럼 이상한 신세는 없는데, 더욱이 이번과 같은 일은 더더욱 없는지라. 이 또한 임금의 효성으로 내 마음을 위로코자 하신 바이니, 눈 닿는 데마다 지성이 아니 미친 데가 없고, 곳곳에 재물을 허비함이 무수한지라. 그러나 극진한 효성으로 호조의 예산을 털끝만큼도 허비하신 바 없이 이 일을 이루셨다고 하니, 내 심히 불안한 중에도 재략이 비상하심을 탄복하고 귀히 여기니라. 또한 행사에 사용된 기물과 차림이 모두 정연하여 임금의 교화가 아니 미친 곳이 없으니, 마음속 깊이 기쁨을 이기지 못하니라.

큰올케와 장조카

수영이 모부인母夫人. 남의 어머니를 높여 부르는 말이 대대로 높은 벼슬을 지낸 대

가大家에서 출생하시어 우리 집에 들어와 대를 잇게 하시니라. 내 집에 있을 때 부인께서 들어오시는 것을 뵙지 못하니, 부인께서는 내 입궐 후 우리 집에 들어오시니라. 부인은 여양부원군민유중. 숙종의 왕비인 인현왕후의 아버지 증손녀로 어릴 때 궁궐에 들어가시어 영조, 인원왕후, 정성왕후 세 분의 은혜를 받으신 고로, 세 분께서 부인이 우리 집 며느리 되신 것을 기뻐하시니라. 그래서 부인 신행新行. 신부가 시집으로 들어옴 때도 상궁을 보내셨는데, 인원왕후, 정성왕후 두 분께서 그날 상궁을 불러 있었던 일을 물으시니라. 이로써 인친姻親. 결혼으로 맺어진 친척 사이의 두터움을 알 수 있도다. 부인이 처음 우리 집에 들어오시니, 자질이 아름다우시며 기품이 빼어나시고 예절을 잘 아시어 여러 척리의 젊은 부녀자들 사이에 뛰어나시니, 궁중에서도 눈을 기울여 절색絶色이심을 칭찬하더라.

우리 부모께서 부인을 맏며느리로 귀중히 대하시고, 오빠 또한 중히 대하시며, 우리 집이 전적으로 부인에 의지하니라. 부인이 어려서 부모를 여의셨으나 고모의 돌봄을 입으시고, 우리 집 맏며느리로 들어와 가난을 알지 못하고 부귀롭게 지내기를 삼십 년간 하시니, 이 또한 다른 집 부녀자들이 하지 못할 일이라.

부인이 세 딸을 연거푸 낳으시니, 우리 어머니께서 춘추 높지 않으시나 손자 보기를 기다리시더라. 그러다 1755년 4월 수영이 네가 태어나니, 우리 부모 매우 기뻐하시고 온 집안에 경사가 그지없어 가까운 친척들이 서로 축하하니라. 그러나 우리 어머니께서 네 태어난 것은 보셨으나 성장은 보지 못하셨으니, 매양 네 태어날 때 어머니께서 기뻐하시던 일을 추모하니라. 1777년 네 아버지 돌아가신 큰일을 겪고 이듬해 다시 할아버지 돌아가신 화변을 겪어, 한 몸에 두 상사喪事를 입으니, 네 몸에 상복이 첩첩한지라, 애통이 비할 곳이 있으랴.

너 태어난 후로 내 너를 맏조카로 심히 사랑하더니, 1778년 아버지 돌아가신 후로 우리 집에서 네게 거는 바람이 더욱 무겁고 큰지라, 네

융릉 사도세자와 혜경궁의 묘, 경기도 화성시 소재

몸을 아끼는 내 마음이 어떠하리오. 네 내게 글씨를 받고 싶다 하나, 내 편지 한 장도 쓰기 어려워하니, 어찌 쉬 쓰리오. 하지만 이 글을 써 내 겪은 바를 알게 하고, 또한 너희를 타이르고자 하노라.

집안이 너무 잘되니 두렵다

우리 집이 누대로 빛나는 전통을 지녔는데, 아버지께 와서는 지위가 최고 재상에 이르셨고, 뒤를 이어 둘째 작은아버지와 막내 작은아버지, 오빠와 동생 삼형제가 조정에 들어가니, 그때 우리 집안의 번성함이 심하니 오히려 이를 두려워했느니라. 그런데도 왕실의 인척으로서 조정을 떠날 수 없다고만 생각하고, 조물주의 시기함을 헤아리지 않다가, 결국 집안이 엎어지기에 이르니, 그 근본인즉 부귀에 물든 것이니

라. 벼슬이 어이 두려운 것이 아니리오.

아버지께서는 어쩔 수 없이 조정에 나오신 것이라. 오빠가 과거에 급제한 다음 이어 동생 둘이 과거에 합격하니, 내 둘째 동생이 과거에 합격할 때 집안의 번성을 두려워했느니라. 1769년 셋째 동생의 과거 합격이 인정으로 보면 기쁘지 않다 할 것이 아니로되 두려움과 근심이 심하여 즐거워하지 않았더니, 오래지 않아 집이 그릇되니 이것이 집안의 번성함 때문이 아니리오.

수영이 너희 형제들이 각각 대과大科는커녕 소과小科도 못 해 칩거하며 쓰이지 못하니, 내 어찌 안타까운 마음이 없으리오마는, 나는 조금도 내 집이 다시 벼슬하기를 바라지 않느니라. 다만 아버지의 억울함이 밝혀져 그 충성이 드러나고, 자손들이 무사히 몸을 보전하여 임금을 모시고 태평한 시절 누리기를 바랄 뿐이라. 너희 늘 충성에만 힘쓰고 뒤로 물러나 근신하며 지내느라 과거 급제도 않았으나, 차라리 임금께서 착한 척리로 믿음직하게 여기심을 바라니라.

모름지기 너희들은 할아버지와 아버지의 어진 이름을 떨어뜨리지 말고, 일단 벼슬에 오르면 근신하며, 공손함과 검소함으로 몸을 닦으라. 또 조상과 어버이 섬기는 데 게으르지 말고, 홀어머니를 효로 떠받들고 또 일가를 화목하게 하라. 셋째 작은할아버지와 막내 작은할아버지를 친할아버지 섬기듯 받들고, 여러 작은아버지 공경하기를 아버지 보듯 하라. 불쌍한 고모를 후대하여 어머니 보듯 하고, 사촌동생들을 성심으로 사랑하여 친동생과 다름없게 하라. 가까운 친척이나 먼 친척이나 극진히 대접하여 친척들이 큰집을 의지하여 후한 덕을 칭송해야 조상의 뜻을 잇는 착한 자손이 될 것이라. 네 어리석지 않으니 이를 다 알 것이로되, 내 집안을 위한 생각이 늘 떠나지 않아 마침 글씨 써주는 데 붙이니, 네 이 말을 가슴에 품고 힘써 행하라.

네 아들 역시 점점 자라니 효도하고 우애하며 친척과 화목하기를 힘써 가르치라. 네 처자를 타일러 제사 받들기를 정성되이 하고, 제물^{祭物}을 깨끗이 하여 공경하고 삼가게 하라. 또한 처첩^{妻妾}의 명분을 엄히 하여 집안 다스리기를 온화하면서도 매섭게 하라. 각자 자기 위치를 뚜렷이 알게 하고 법도에 어긋나지 않게 하여, 우리 부모와 오빠의 착하심을 이어 집안을 일으키라. 임금이 천년만년을 누리시고, 또한 성자신손^{聖子神孫, 임금의 자손}이 뒤를 이어 나라가 억만년 반석처럼 이어가길, 또 우리 집 자손들이 대대로 번성하여 백대 천대에 끊이지 않으며, 집안과 나라가 함께 태평하길 축수하고 또 축수하노라.

오빠 홍낙인

　오빠는 부모님께서 일찍이 얻으신 아들로, 부모님의 가르침이 여러 형제 중에서도 엄하시니, 아버지께서 젊으신 때 부지런히 가르치시는 것을 내 어려서 익히 보았노라.

　오빠는 문장이 빛나고 덕행이 뛰어나시며 온갖 고금의 일들을 가슴에 간직하셨는데, 이야기가 옛 선현에 미치면 말씀이 샘솟듯 나오시니, 나를 만날 때도 고금 왕비의 행실을 들어 타이르시니라. 또 집안이 너무 번성함을 근심하시어 매양 내게

　"집을 보전하려면 음직蔭職으로 주부主簿나 봉사奉事 따위의 하찮은 관직이나 맡는 것이 복을 길이 누리는 것이니,* 마누라께서는 본집 잘되는 것을 기뻐 마소서"

---

* 주부와 봉사는 각각 하급 관청의 종6품과 종8품의 벼슬이다. 『영조실록』 1742년 10월 14일조를 보면, 서울 오부(五部)에 있는 주부와 봉사는 중서인(中庶人)이 맡아 했는데, 지체나 처우가 낮아 감히 관인(官人)으로 자처하지도 못할 정도였다고 한다.

말씀하시니라. 당시는 내 집 전성기라 그런 말직을 듣지 못했다가, 그 말씀을 듣고 옳은 줄은 알되 그저 옛사람의 말씀으로 여기고 웃었더니, 지금 생각하니 밝으신 말씀인가 싶도다.

오빠께서는 풍모가 넉넉하시고 얼굴이 수려하시니, 어머니를 많이 닮으신지라, 어머니 여읜 후로 내 더욱 오빠를 우러러 반기니라.

영조께서 매양 오빠를 '크게 쓸 인재라' 하시고, 정조 또한 큰외삼촌 대접하심이 스승 같더라. 정조께서 오빠 돌아가신 후에 많이 슬퍼하시고 매양 생각하시고 칭찬하시며 오빠의 글을 모아 문집을 만들어주시니, 그 대접을 알 일이라. 당신의 착하신 덕과 뛰어난 능력으로 재주를 펴지 못하시고, 노친 살아 계신데 먼저 돌아가시어 불효를 끼치니, 이를 슬퍼하노라.

세 남동생

코흘리개 들까지 가른 당파

1743년 내 궁궐에 들어올 때 둘째 동생은 다섯 살이요, 셋째 동생은 세 살이니, 형제 조숙하여 별궁 출입을 큰 아이같이 하더라. 내 혼례 후 대궐까지 따라 들어오니, 영조께서 사랑하시어 매양 나 있는 곳에 오시면, 동생들을 앞세워 다니시고 어여삐 여기시니라. 경모궁 또한 어린 나이라 궐내에 사내아이 보기가 쉽지 않으니 심히 귀히 여기시 어, 동생들 들어오면 한때도 못 떠나게 하시며 사랑하시니라. 동생들 역시 경모궁을 귀한 분으로 알아 공경하며 심히 따르니, 경모궁께서 매양 좌우에 끼고 다니시며 잠시도 당신 거처로 내려가지 못하시더라. 인원왕후와 정성왕후 두 분도 매양 동생들을 불러 어여삐 여기시며 내 려주시는 선물이 많더라.

동생들이 궁궐에 들어오면 인원왕후 본집인 경은부원군 김주신 집 아이들이나 효장세자빈의 본집인 풍릉부원군 조문명 집 아이들과 만날 때가 잦더라. 하루는 둘째 동생이 풍릉부원군의 손자 곧 효장세자빈의 조카를 만나니, 나이 서로 비슷하여 함께 놀듯하되

"너는 소론少論이니 사귀지 못하리라"

하고 돌아오니, 어머니께서 아이의 말 같지 않다고 꾸중하시더라.

또 둘째 동생이 예닐곱 살 즈음이던 1744년이나 1745년쯤 궁궐에 들어왔는데, 마침 영조께서 종묘 참배를 마치고 오셨는지라. 영조께서 곁에 놓인 평천관平天冠. 임금이 쓰던 면류관을 동생에게 씌우니 동생이 머리를 부둥켜 잡고

"신하는 못 쓰옵나이다"

하고 몸을 흔들어 아니 쓰니라. 영조께서 동생이 신하의 분수를 능히 아는 것을 기특히 여기시어 하시던 행동을 멈추셨는데, 동생을 보니 온몸에 땀이 흘렀는지라. 어떻게 그 어린 나이에 쓰고 못 쓰는 것을 분간했는지, 요사이 아이들과 비교하면 일찍 지혜가 밝았나 싶더라.*

부모께서 매양 둘째 동생은

"사리를 헤아림이 넓고 슬기로우며 일을 융통성 있게 처리하는 재주가 있으니 부유하게 살리라"

하시고, 셋째 동생은

"마음이 고상하며 맑고 빼어나 속기俗氣가 없으니 집이 가난하리라"

하시더라.

궁중 법이 십 세 넘은 남자는 궐내에서 잘 수 없는 법이라. 하루는 경모궁께서 셋째 동생을 부르시어 동생이 처소 문 앞에 이르렀는데, 내관이 십 세 넘은 사내아이가 들어오는 것을 가지고 무슨 말을 불공

---

* 원문에는 평천관을 씌운 사람이 누구인지 분명하지 않다. 다른 이본에는 사도세자로 밝힌 것도 있는데, 그렇게 보기에는 당시 사도세자의 나이가 열 살 남짓으로 너무 어리다. 영조로 보는 것이 옳을 듯하다.

히 했는지, 동생이 분하게 여겨 아니 들어오려 하니라. 이에 경모궁께서 동생을 불러 보시고

"네 이리 강직하니 어찌 나를 도우랴"

하시고, 부채에 써주신 글이 있으니 동생은 이 일을 생각하리라.

셋째 동생은 나와 마음이 딱 맞고 공손하며 또한 따뜻하니 내 편애함이 마치 여동생에게 하는 바와 같더라.

각각 장가를 가니, 부인들이 모두 임천 조씨로 육촌 사이라. 육촌 형제가 동서가 되어 들어오니 귀한 일이요, 둘째 동생의 아내는 현숙하고 유순하며, 셋째 동생의 부인은 온순하고 효성스러우니, 부모께서 기뻐 사랑하시더라. 그런데 결혼한 지 오래지 아니하여 1755년 어머니를 여의니, 두 동생이 불과 십칠 세와 십오 세의 아이라, 서둘러 결혼한 보람이 어이 있으리오. 내 지극한 슬픔 가운데 동생들을 더욱 잊지 못하더라.

둘째 동생은 1762년 소과에 합격하고 1766년 대과에 급제하니라. 영조께서 기뻐하시며

"대장 명령 전하는 순령수巡令手처럼 시원하게 대답 잘하던 아이가 벌써 등과하였나"

하시며 사랑하시고

"영의정이 자식을 잘 낳았다"

하시더라. 동생이 홍문관 관원으로 궁중에 들어와 임금을 모시고 글을 읽으면, 영조께서 손을 두드리시면서 글을 잘 읽는다 칭찬하시더라.

아버지께서 주상 세손 시절에 주상께 당신 아들들에 대해 말씀하실 때 매양

"둘째 낙신은 나라 재정을 맡은 호조 벼슬을 시키면 쓰실 만한 신하요, 셋째 낙임은 문장을 하는 벼슬에 쓰실 만한 신하니, 자식 두기를 그릇하지는 아니한 듯하나이다"

농담하시며 상하간上下間에 웃으시더니, 집안의 운수가 막히어 동생들이 산속에 칩거하고 말았으니 아깝도다.

둘째 동생은 성품이 맑고 깨끗하여 세상 이욕에 참여하여 물들고자 함이 없으니, 1770년 아버지께서 한유의 무고로 고초를 겪으신 후에는 서울집을 떠나 삼호집에 머물며 더욱 세상에 나오려 하지 않더라. 아버지께서 삼호에 머무신 때는 모든 일을 꼼꼼히 살피며 아버지를 모셨고, 1771년 아버지께서 청주에 중도부처되셨을 때도 아버지를 모시고 가서 받들어 지내니라.

집안을 위해 뒤집어쓰다

셋째 동생은 어려서부터 예법을 중히 여기더라. 동생 다섯 살 때 그 큰형수가 우리 집에 들어왔는데, 큰형수 방이 새댁의 침소寢所라, 집안 사람들이 그 방에서 모이는 일이 많더라. 동생도 아이 마음에 함께 들어가봄 직하되, 형수와 시동생 사이의 예법이 엄한 줄 알아 지게문을 디딘 일이 없다 하니라. 또 동생이 형수에게 함부로 하는 일 없이 잘 대접한다 하니, 이는 어머니께서 궁궐에 들어와 말씀을 옮기시기에 들었느니라.

글공부에 힘써 일찍이 대소大小 과거시험에 합격했는데, 초시初試와 복시覆試의 두 소과는 물론 대과에서도 장원을 하니라. 이는 조상께서 하신 바를 이은 것이라. 할아버지께서 일찍이 글을 써 남기시며 자손 가운데 장원한 이에게 주라 하셨는데, 이를 셋째 동생이 가졌다 하며 귀한 일로 일컫더라.

그런 재주를 가지고도 세상과 어긋나 가진 것을 펴지 못하고, 집안의 화를 염려하여 본심을 지키지 못한 것을 스스로 부끄러워하니라.

1770년 아버지께 화가 박두했을 때 내가 동생에게 정후겸을 사귀어 아버지를 구하라 권하니, 동생이 마음을 결단하여 '집이 평안해지면 다시는 세상에 나오지 않겠노라' 하는 편지를 보내왔는데, 그 글이 지금도 눈앞에 선하니라. 아버지께서 서울 교외에 머무실 적이 많으니, 동생이 서울집을 옮겨 동대문 바깥에 집을 세우고 평생 머물 뜻을 정하니라. 그런데 우리 집이 어려움을 겪을 때 다른 동생들은 다 집이 없으되, 셋째 동생 홀로 교외에 집이 있어 아버지께서 계모부인의 삼년상을 마친 후 거기로 옮겨 가니라.

셋째 동생이 집을 위해 근심하던 중 1771년 가을 아내를 잃으니라. 집안이 어려운 때에 좋은 배필까지 잃으니, 어미 잃은 어린아이들의 모습은 이를 것도 없고 자기 신세마저 텅 빈 듯하니 심히 슬퍼하니라. 나 역시 그 아내의 효도와 우애를 중히 여긴 고로 슬픔이 무궁하더라. 동생이 연년생의 두 아들을 두었는데 형제 잘 자라 그 어미의 어진 덕을 갚을까 하였더니, 작은아들을 잃으니 자식이 먼저 죽은 일이 우리 집에서 처음이니, 집안이 쇠락하려는 징조인가 싶더라. 취영이 하나 남아 그림자 외로우니, 내 심히 불쌍히 여겼는데, 재주와 위인이 빼어나 집안의 바람이 크니 우리 집안의 보배라. 수영이를 크게 여기고 취영이를 중히 여김이 거의 같도다.

그러나 셋째 동생 한창 나이에 아들이 하나니, 후처를 들이지 않으면 천첩 자식들만 많이 생길지라. 아버지께서 권하시고 나 또한 힘써 권하여, 사양하는 뜻을 꺾어 1775년 가을에 후처를 들이니라. 동생은 지금까지 온갖 수모와 죽을 고비까지 겪으면서도 몸이 살아 세 아들을 연거푸 낳고, 또 딸 기르는 재미까지 보며, 노후에 자녀가 슬하에 가득하니, 이 어찌 우리 부모께서 덕을 쌓은 덕분이 아니리오.

막내동생 홍낙윤

막내동생은 1750년 11월에 태어났는데, 내 그해 8월에 의소를 낳은 지라. 어머니께서 임신 칠 개월의 몸으로 내 해산을 보기 위해 궁중에 들어오시어 고생하신지라, 내 불안함이 크더라. 동생은 부모께서 늦게 얻은 막내로 과히 사랑하시고, 또 다른 동생들도 심히 사랑하더라. 나 또한 동생이 대궐에 들어온 때 어여삐 여김이 심하더라.

1755년 여섯 살 어린 나이에 어머니를 여의었는지라. 이는 아버지 께서 할머니를 여읜 나이와 같으니, 내 어머니를 여읜 극한 슬픔 가운 데 더욱 어린 동생을 생각하니, 마음이 찢어질 듯하여 잊지 못하더라.

동생은 할머니의 양육을 받아 무사히 성장하나, 열일곱 나이에 배필 이 괴질을 앓아 일찍 죽으니, 제 신세 외로운지라. 그해 할머니를 여의 어 어머니같이 의지하던 자애를 잃으니, 두 번 어머니를 여읜 모습이 라. 제 무궁한 슬픔을 겪으니, 내 불쌍하여 일마다 잊지 못하니라. 이 름은 동기지만 정이야 어찌 자식과 다르리오.

동생은 침중하고 박학하여 중히 여김을 받을 만하니, 다른 사람의 저버림이 없으리라 여겼느니라. 그런데 집안이 그릇되어 소과에도 참 여치 못하니, 내 과거를 귀히 여김이 아니라, 제 높은 기상으로 산속에 서 희미하게 스러짐이 안타까우니라. 제 태어난 후 좋은 일을 본 것이 없더라. 우리 부모께서 늦게 낳은 자식으로 일찍 자모의 정을 잃었으 니, 비록 어려서 집안의 번성을 보았다고 하나 그것이 어린 몸에 무슨 좋은 일이리오. 이십이 갓 넘어서는 아버지께서 망측한 일을 겪으시 니, 따라서 화를 내며 근심하다가, 집이 그릇되니 동서로 떠다니며 반 생에 즐거움을 모르니라. 그래서 내 안타까워 아끼는 마음이 여러 동 기 중에서도 더욱 자별하니라. 그러나 아들 복이 넉넉해서 슬하에 자 녀가 여럿이며 손자까지 보기에 이르니, 이는 다 우리 부모께서 덕을 쌓아 끼친 그늘이로다.

모여사는 삼형제

집안이 엎어진 후 아버지까지 돌아가시니, 슬픔에 잠긴 삼형제의 모습이 천지간에 궁한 백성이라. 어찌 살 마음이 있으리오마는 아버지를 따라 죽지 못하니, 이는 나와 동생들이 다 불효함이라. 섧고 부끄러워한들 어찌하리오.

셋째 동생은 서울 동쪽 번리樊里에다 집을 마련했으나, 둘째 동생이 집이 멀어 서운하더니, 둘째가 번리로 집을 옮겨 형제가 언덕을 사이에 끼고 사니라. 늙어 형제 서로 의지하는 것 또한 쉬 얻지 못할 일이니, 어려운 형편 속에서도 다행히 여기더라. 금년에는 막내가 또 회계 정자에서 문암으로 집을 옮겨 세 집이 언덕을 끼고 솥발같이 있게 되니라. 집안이 그릇되어 동생들의 신세는 볼 것이 없으나, 형제들이나 서로 떠나지 말고 살자 하던 내 소원이 이루어져 지척의 거리 안에 삼형제 서로 의지하니, 내 마음이 지극히 기쁜지라.

내 천만 풍상을 겪고, 어려서 어머니를 여읜 아픔 외에 아버지를 억울하게 여의고, 또한 오빠까지 아니 계시니, 살고자 하는 마음이 없으나, 형제들이 모여 살며 남은 세월 장수하고 평안하기를 서로 축수하며 지내니, 늘그막에 이만한 기쁨이 또 없는지라. 형은 우애롭고 동생은 공손하며, 삼촌과 조카, 그리고 여러 사촌들이 서로 사랑하여, 옛날 당나라에 구세九世가 함께 화목하게 살았다는 장공예張公藝를 부러워하지 않을 정도면, 내 기쁨이 작다고는 아니하리로다.

어머니를 여읜 슬픔을 소설로 달래다

내 궁궐에 들어오니 우리 부모 슬하에 세 아들만 남은지라. 부모님께서는 슬하의 아들들과 놀며 날 일찍 궁궐로 보낸 상상치도 못한 일을 잊고자 하시더라. 그러다 1746년 윤3월에 여동생을 얻으시니, 사람들이 보통 아들 낳은 것을 기뻐하되 우리 집에서는 딸 낳는 것을 요행으로 여기니, 부모님께서 심히 다행히 여기시더라. 온 집안이 기뻐하며 아기 이름을 지어주고, 일가 식구들이 서로 축하하며 경사로 삼더라. 나 역시 깊은 궁중에서 동생 난 것을 마치 부모 슬하에 내 자취 머문 듯이 기뻐하니라.

동생이 돌이 채 지나지 않아 궁중에 들어오니, 내 저를 사랑하여 지극한 정을 다하니라. 또 부모님께서도 아끼고 사랑하심이 손바닥에 쥔 보석처럼 하시니라. 제 기품이 맑아 깨끗한 금과 옥 같고, 어려서부터 성품이 효성스럽고 우애하며 현숙하고, 또 사리판단이 곧고 뚜렷하니,

나 스스로 동생의 인품이 언니보다 나음을 중히 여기더라. 부모의 총애와 모든 동기의 사랑이 제 한 몸에 이르되 조금도 교만치 않으며 부드럽고 조용하니 온 집안이 칭찬하니라. 궁중에 들어와 머물 적이 많으니, 영조와 인원왕후, 정성왕후 두 분 왕후는 물론이고, 선희궁께서도 사랑하시어 어여삐 여기시니라. 궁인들 또한 그 자질을 예쁜 거울처럼 깨끗하고 아름답게 여기니, 제 인품을 알지라.

사오 세부터는 어머니를 모시고 궁궐을 나갈 제, 날 떠남을 슬퍼하여 울기를 마지아니하니, 내 떠나가는 것을 더욱 안타까워하더라. 천성이 효성스럽고 우애로우니 부모에게 걱정 한번 끼친 바 없고, 모든 오라비 공경함이 지극하니라. 제 사랑받는 누이라고 자만함이 없으니, 오빠 또한 동생 사랑하기를 당신 딸 조실趙室. 조씨의 아내. 홍낙인의 장녀로 조진규의 처이보다 더하시더라.

어머니께서는 내 출산 때면 매번 들어오셨는데 동생이 어머니를 모시고 오니, 1750년은 오 세라. 그때 들어와 앞에서 응대하기를 어른같이 하고, 어머니께서 해산하기를 기다리면 저도 같이 마음을 조이더니, 해산하였다는 말을 듣고는 잠을 자다가 일어나

"임금님께서 기뻐하시고 우리 아버님 어머님 좋아하시겠다"
어른같이 말을 하니 듣는 이 이상히 여기더라.

그해 오빠 집에서 또 딸을 낳으시니, 어머니께서는 미처 궁 밖으로 나가지 못하시고, 동생이 복통이 나서 집에 갔다가 오니라. 어머니께서 물으시되

"유모 들어온 것이 어떠하더니"
하시니, 동생이 대답하되

"목자目子. 눈가 양순치 않아 보이니 그 아이를 못 기르올소이다"
하고, 새언니 출산한 말을 어른같이 옮기니라. 어머니 웃으시고 듣는 이 감탄하더니, 과연 그 유모가 불량하여 즉시 내보내니라. 오 세 아이

의 사람 아는 인사^{人事}가 어른 같던 것이 기이하더라. 모든 일에 나를 과히 따르니 들어오면 내 곁을 떠나는 일이 없고, 걸음마와 말 배울 때부터 인사를 아는 사람 같더라.

궐내 출입하던 때에 각 궁전에 아니 다닌 곳이 없었는데, 하루는 현빈궁^{효장세자빈}께 가 뵈니, 현빈궁께서 동생에게 노리개 한 줄을 채워 보내셨더라. 그런데 1751년 11월에 현빈궁 상사 나고, 1752년 2월에 어머니께서 의소세손의 간호를 위해 궁궐로 들어오셨을 때, 동생이 어머니를 모시고 들어왔는데 그 노리개를 차지 않았거늘, 내 동생에게

"그 노리개를 어이 아니 찼니?"

물으니, 대답하길

"물건은 있으나 주신 이 아니 계시니 미안하여 못 찼노라"

하니라. 듣는 이 어린아이가 인사에 밝음을 기특히 여기고 웃으며 아이 말 같지 않음을 일컫더니라.

3월에 의소 상사가 나니라. 그해 가을에 동생이 의소 죽은 후 처음으로 날 보고 눈물을 드리워 슬퍼하며, 또 아이 기르던 보모를 보고 손을 잡고 눈물을 흘리니, 그때 제 나이 칠 세라. 그 궁인이 아이가 스스로 슬픈 마음으로 그리하는 것이 기특하고 또 감격하여 매양 그 말을 일컬으니, 인사에 어찌 그리 조숙한지 이상하더라.

의소 죽던 해 9월에 주상을 낳는 큰 경사를 얻으니, 이때도 동생이 어머니를 모시고 산실에 들어와 지켜보며 기다리길 어른같이 하니라. 주상이 태어나자

"이 아기씨는 단단하고 잘 자랐으니 장수하여 형님마마 걱정 안 시키겠다"

하니, 좌우에 있던 사람들이 그 말이 옳다고 웃더라. 어머니 또한 웃으시며

"아이가 보는 눈은 있으나 말이 너무 어른 같으니 아이 같지 않다"

도리어 꾸중하시니라. 내 그때 동생 말이 옳음을 일컬으며

"꾸짖지 마옵소서"

하였더라.

어머니 들어오실 때는 아니 들어온 적이 없고, 들어와서는 비상하게도 날 따르니, 어느 동생이 형을 따르지 않으리오마는 이 아이 같은 이는 없으리라.

1755년 8월 열 살 나이에 어머니를 잃으니, 이때 막내동생과 여동생의 나이가 각각 아버지와 둘째 고모께서 할머니를 여의던 1718년의 나이와 같은지라. 우리 집이 무슨 일로 두 대에 걸쳐 이런 변고가 있는고. 섧고 섧도다.

제 능히 슬퍼하며 상제 모습을 하고 막내동생을 불쌍히 어루만져 서로 의지하며 거느리기를 어른같이 하니라. 그때 막내동생은 할머니의 보호를 받고, 저는 새언니 민부인의 거두심을 입으니, 두 어린 남매가 외로이 의지할 데 없는 모습을 생각하니, 내 마음이 아파 못 잊겠더라.

글을 일찍 깨치고 책을 좋아하여 매양 보며, 내게 편지할 때면 돌아가신 어머니 생각하는 슬픈 뜻을 일컫더라. 1757년 겨울 어머니 삼년상을 마치고, 어머니 돌아가신 후 처음으로 동생이 막내동생을 데리고 궁중으로 들어와 형제 만나 슬퍼하니라. 둘이 어머니를 추모하다가 말이 어머니에 미치면 서로 눈물을 흘리니라. 그때 들어와 『유씨삼대록劉氏三代錄, 조선 후기 한글 장편소설의 하나』을 보고, 책에 쓰인 말들을 보며 슬퍼하기에, 심사가 약하여 그런가 말하였더라.

역적이 된 여동생의 시집

내 아름다운 아우를 덕망 높은 명문가에 시집보내기를 바랐는데,

1759년 열네 살에 결혼하니 시집은 곧 종조모 이남평댁 시집의 가까운 친척이라. 어머니께서 종조모 환갑잔치에 가셨다가 신랑감을 보시고, 어머니 높은 눈에 흡족지 않으셔서 혼담이 나올 때 아쉬워하시며

"구태여 그 집에 할 것이 아니라"

하시더라. 어머니 돌아가시고 하늘이 주신 인연이 무겁고 무거워 혼례를 이루니, 이랑李郎. 이복일을 가리킴이 단정하고 듬직하여 나무랄 게 없다 하나, 내 들으니 서로 적당한 상대가 아닌 듯하여 안타까워하더라. 자녀를 낳고 집을 따로 나와 살면서, 아버지의 돌봐주심을 입고 시부모의 사랑을 받아 일신이 평안하나, 가난한 선비의 처로 살림의 곤핍함이야 또 어찌하리오.

내 하나 있는 아우니 주상의 은혜를 입어 편히 살 줄 알았더니, 천만 뜻밖에 우리 집이 그릇되고, 제 시집의 화는 더욱 비할 곳이 없는지라. 하루아침에 더러운 물이 옥 같은 몸을 흐렸으니, 내 아우 당한 바가 무슨 일이뇨. 내 집안을 위한 한없는 근심 가운데 아우를 또 못 잊으니 그 걱정을 어디 비하리오.

국법이 지극히 무겁고, 또 아버지께서 나랏법 지키심이 엄하시어, 제 시누이를 데리고 시집 고향으로 돌아갔는데, 그 고향집도 경기도 고양으로 아버지 계신 문봉의 우리 집에서 멀지 않되, 아버지께서는 아우를 불러 보심이 없더라. 내 아우 태어난 후 하루도 소식 못 듣는 날이 없더니, 불의의 흉화로 서울집을 떠나 어찌 지내는지 소식을 모르고 한 자 편지도 없으니, 내 아우를 못 잊는 탄식으로 구곡간장이 무너지는지라. 제 아름다운 자질로 시집을 잘못 가 이렇게까지 되니, 내 새삼 뼈를 깎은 듯 아프더라. 옥을 진흙탕에 넣고 구슬을 바다에 던진 듯하더라. 아버지께서 모함을 받아 어려움에 처하신 중에도 아우를 불쌍히 여기시니, 내 마음이 또 어떠하리오. 또 제 설움이야 천지간에 어찌 끝이 있으리오.

정조의 이모, 이복일의 처

혜경궁의 유일한 여자 형제인 이복일(李復一)의 처는 비록 열 살이 넘는 터울이 있긴 하지만 남자 형제보다 혜경궁과 더욱 친밀히 정회를 나누었던 듯하다. 이복일의 증조부는 이현행으로 이남평댁의 남편 이현응과는 사촌이다. 그런데 이복일의 아버지 이상로는 홍인한의 일파로 지목되어 정조 즉위 후 정조의 등극을 저해한 혐의로 심문받다가 죽었다. 또 『정조실록』 1777년 7월 25일조를 보면 이복일이 1775년 과거시험의 부정과 관계되어 처벌받았음이 기록되어 있는데 이 과거시험 부정도 결국은 이 집안에 걸린 역모 혐의와 연관된 것이다. 이복일은 유배를 갔다가 1782년 12월 문효세자 탄생 이후 풀려났다.

이복일은 나중에 이기철로 이름을 바꾸었는데 이후 딸을 시집보내려고 이름을 바꾸었다는 혐의로 다시 죄망에 오르기도 했다(『정조실록』 1798년 12월 1일). 그러다 1814년 8월 21일 아버지를 신원해달라는 상소를 올려, 비로소 순조로부터 "이상로가 역적은 아니다"라는 비답(批答)을 받아 죄명을 씻었다.

며느리로서 덕이 지극하여 시아버지 장례를 제 힘써 다하고, 시어머니를 효로 받들고, 지아비 귀양 뒷바라지와 많은 시동생 거느리기에 지성을 다하니, 한나라 때 전쟁에 나가 죽은 남편을 대신하여 시부모를 잘 섬긴 진효부陳孝婦는 어떠했던지, 시집에 대한 효성이 이 아이 같은 이 또 누가 있으리오.

귀양에서 풀려난 제부

사정이 이러니 1778년 아버지 돌아가실 때 동생이 어찌 영결할 수 있었으리오. 1776년 아우네 집안이 서울을 떠난 후, 아버지께서도 삼 년간 아우를 그리시다가 보지도 못하고 돌아가시니, 이것이 아버지께 종천終天의 한이 되니라. 아버지의 맺힌 한과 내 아우의 무궁한 설움이 천지간에 가없을지니, 나와 제 각별히 아버지께 사랑받고 근심을 많이 끼치니 불효는 거의 같으나, 오히려 아버지께 한을 끼쳤다는 점에서는 아우의 불효가 나보다 더한가 싶더라. 1778년 아버지께서 돌아가시니 아우가 더욱 의지할 혈연이 없는데, 오빠까지 안 계시니 아버지 하시던 일을 이어 할 이가 없더라.

다행히 둘째 동생이 효성스럽고 우애하여 아버지께서 하시던 일을 조금도 소홀함 없이 처리하니, 이는 동생으로는 당연한 일이나 역적으로 몰린 집안을 돕는 것은 얻기 어려운 우애라. 특히 둘째의 부인이 우애하고 공손하여 항상 더 할 일이 없을까 하며 정성을 다하였으니, 아우가 화란을 만나 어려운 중에 둘째 동생 내외가 없었으면 어찌 지냈으리오.

다행히 1782년 문효세자가 태어난 나라 경사에 특별히 지아비를 풀어주시니, 세세 임금의 은혜가 어떠하리오. 다른 관련자들은 그대로 두고 그 한 몸만 빼서 풀었으니, 이는 오로지 주상이 이모의 낯을 보심이라. 제 성은에 감격함이 뼈를 갈아도 다 못 갚을 것이요, 내 저를 위한 기쁨이 비할 데 없는지라. 부부 다시 만난 것이 임금의 천지 같은 큰 덕에서 비롯된 것이니, 이와 같은 덕은 다시없으리라.

이후 병 없이 편히 지내기를 바라더니, 그달부터 수태하여 오 년 안에 세 번 출산을 하니라. 남편을 유배 보내고 육칠 년을 애태우며 이운 간장과 허약해진 원기로 해산 때 사경을 넘나드니, 내 홀로 애쓰기를 얼마나 한 줄 알리오. 하늘이 제 맑은 덕에 보답하시어 중병이 회복되고, 가난하고 어려운 살림이나 자녀를 잘 결혼시켜 며느리나 사위가 남만 못하지 않고, 또 손자 여럿을 보았도다. 다만 죄인이라는 이름만 없으면 세상에서 복받은 사람으로 살련마는, 이로 인해 벼슬길이 아득하니 안타깝기 어찌 이를 데 있으랴.

이십 년 만에 만난 동생

주상이 아우 집안을 역적 죄에서 벗겨주시며 아끼시니, 그 시아비 마음에 역모의 뜻은 없음을 통촉하심이라. 주상께서 이모네를 각별히 불쌍히 여기심이 외삼촌들보다 넘으시니, 이는 어미가 아우 못 잊어하는 뜻을 받아 극진히 헤아림이라. 성은이 그지없어 금년 봄에는 특별히 법을 굽혀 화성 거둥에 나와 아우를 만나게 하시니, 임금의 거룩한 뜻이 천고에 뛰어나시니라. 제 황공하여 몸 둘 바 모르기는 이를 것도 없으나, 나는 사심에 반가움은 둘째요, 나랏법이 해이해질까 심히 불안하여 보지 말고자 하더라. 그런데 올해는 내 환갑이라 임금의 효성이 아니 미친 곳이 없어, 생전에 한이나 없게 형제를 만나게 하시니라. 내 이십 년을 그리워하다가 아우를 만나보니, 마지막 만날 때 중년이

던 언니는 환갑에 이르고, 삼십이 겨우 되었던 아우는 오십이 되었도
다. 동생은 온갖 풍상을 배불리 겪어 젊은 얼굴과 아름다운 자질이 다
시들었으니, 반갑고 슬프고 아깝기를 어찌 다 형용하리오.

　형제 만나 슬픈 눈물뿐이라. 그동안의 변고며 무수한 일들을 못다
펴고 오륙 일이 얼핏 지나 손을 나눠 작별하니, 생전에 다시는 못 볼
것으로 생각한 적도 있었건만, 이 이별에 새로 놀라니라. 이제 한번 이
별하면 다시 보기 어려울 것이라. 돌아와 생각하니 만난 것이 생시가
아니라 꿈인 듯 희미하니라. 내가 이러니 하물며 제 심사는 어떠랴. 동
생 또한 얼핏 오십 나이 되어 생일까지 지나니, 저 나던 때 부모님 기
뻐하시던 일이며, 부모님 모시고 즐기던 일이며, 어려서 궁궐을 출입
하여 사랑을 바치던 일이 이제 한낱 꿈이라. 시골에 칩거하여 다시 해
를 볼 기약이 아득하니 불쌍하고 또 불쌍하니라. 이미 주상이 제 시아
비가 역모의 뜻이 없음을 알았으니, 해와 달이 다시 비추어 억울함을
펴 반역이라는 말만 없앨 수 있으면, 내 저를 위해 기쁜 것은 물론이
고, 저희들 또한 무슨 서운함이 있으리오.

　한편 생각하니 제 평소 현숙한 것을 이제야 하늘이 갚으시는가 하
니, 설움을 풀고 부부 해로하며 아들 며느리 딸 사위와 손자 손녀를 거
느려 근심스런 얼굴을 펴고, 임금의 은총을 받아 남이 그 유복함을 찬
양할 사람이 될까 하는 바람이 없지 않더라.

두 분 작은아버지

셋째 작은아버지 홍준한

내 셋째 작은아버지와 막내 작은아버지 두 분과 나이 서로 비슷하고 또 한집에서 자라니, 가까움이 다른 집 숙질과 다르니라. 막내 작은아버지는 더욱이 나보다 한 살 많을 뿐이니, 집 안에서 서로 쫓아다니고, 글 읽으시는 때 내 매양 곁에서 서산書算. 책 읽는 횟수를 표시하기 위해 종이로 만든 것을 펴드리며 각별히 사랑하더라.

할머니께서 덕행이 지극하시어 당신 자녀와 손자녀를 분간치 않고 사랑하시며, 어머니께서 두 작은아버지 사랑하심이 관계로는 형수와 시동생이나 정으로는 모자 같으니, 우리 숙질이 형제같이 서로 귀히 대하니라. 셋째 작은아버지는 날 사랑하시어 매양 놀이할 것을 만들어 주시더라.

셋째 작은어머니는 내 입궐한 후 우리 집에 들어오시니 자주 뵌 바는 없으나, 성품과 행동이 훌륭하다고 온 집안이 칭찬하더라. 그런데 불행히 중년에 돌아가시니라. 우리 집이 불행하여 1755년 어머니께서 돌아가신 다음 세 번 변상變喪, 변고로 인한 죽음. 특히 자식이 부모보다 먼저 죽는 일이 났는데, 그 어진 부인이 아니 계시니 집안 형편의 절박함이 한이 없더라.

내 사촌동생을 보지 못했다가 작년과 금년에 보니 다 각각 아름다운 선비라. 그 부인들까지 보니라. 골육이 만나는 귀하고 기쁜 일을 어찌 다 이르리오.

막내 작은아버지 홍용한

막내 작은아버지께서는 어려서부터 주위의 기대가 높아 나중에 반드시 조정의 큰 그릇이 되실 것으로 믿었더라. 그런데 불행한 운명을 만나 산속에서 속세에 대한 생각을 끊어버리시니서울 동북 쪽의 수락산에 은거하였음 내 사사로운 정으로 안타까워함이 아니라 나라를 위해 한탄하더라.

어려운 생활이시나 부부 두 분이 해로하시어 환갑을 지내시니, 우리 집에 없던 희귀한 일이라. 사촌동생 둘이 모두 다른 사람보다 나은 인품이나 쓰이지 못해 안타깝더라. 그러나 부모를 모시고 즐기며 아들을 많이 낳아 늘그막에 기쁜 마음으로 부모를 섬기니, 집안의 설움은 평생의 한이려니와 복력福力의 거룩하심은 누가 우리 막내 작은아버지 내외를 따르리오. 비록 산속에 은거하시지만, 당나라 명장 곽분양郭汾陽, 안녹산의 난 등을 평정하고 공신으로 최고 영화를 누린 인물만큼 팔자가 좋으시도다.

작은어머니는 내 이종사촌으로 어려서부터 각별히 친애하더니, 주상 등극 이후 우리 집안이 겪은 변고로 궁궐 출입이 천릿길이 되어, 서로 그리는 정을 펴지 못하여 그저 탄식할 뿐이더니, 올봄 화성에서 뵈니 그 반가움이 어떠하리오. 어려운 생활 속에서 큰 액을 만났지만, 다행히 크게 쇠하지는 않았으니 다행으로 여기더라.

고모들

큰고모는 일찍 세상을 버리시고 자손이 영락^{零落}하니라. 아버지께서 고모 염려하시던 일을 떠올리면 더 쓸쓸하더니, 그 아들마저 돌아가니, 큰고모의 자녀가 하나도 없으니 허우룩 슬프도다.

우리 집이 1740년 할아버지 돌아가신 후로 지내기 어렵더니, 둘째 고모께서 효도와 우애가 지극하시니 할머니께 지성이시고 우리 어머니를 사랑하심이 친동기^{親同氣} 같으셔서, 매양 어려울 때 도운 일이 많더라. 내 어려서 본 일을 생각하니 할아버지 삼년상을 마친 1742년과 1743년 사이에 우리 집 살림살이가 심히 어려운지라, 매양 고모께서 도우시면 불을 때고 밥을 할 적이 많더라.

둘째 고모께서 동생님들은 물론 조카들 사랑하심이 친자식 같으시고, 성품이 너그러워 막힌 곳이 없으시며 복록이 무쌍하시니라. 주상 세손 시절에는 예우도 많이 받으시더니, 어떠한 연고로 화변이 비할 곳이 없어^(177쪽 참조), 그 산처럼 큰 복력이 연기처럼 스러지니 어찌 된 일인고. 두려워 차마 알지 못하리로다. 생각하면 가슴이 막히노라.

막내고모께서는 두 살에 어머니를 잃으시니, 이는 내 여동생이 어머니를 잃은 때보다 이른지라. 아버지께서 특별히 우애하시어, 그사이 고모네에서 우리 집에 화기和氣를 줄게 한 일이 많았지만, 그 기미를 나타내지 않으시니라. 막내고모께서 효도와 우애는 지극하신지라, 형과 아우가 서로 사랑하고 공경함이 지극하시더라. 고모께서 당신 집 일로 몇 년간 어려움에 처해 계시더니, 작년에 내 육순을 맞아 고모부의 일이 깨끗이 씻기어 완전한 사람이 되니라. 이리하여 고모께서는 높고 높은 성은을 입어 입궐하셨고, 금년에는 화성의 모꼬지에까지 참여하시니라. 연세 올해 팔십에서 하나 못 미치시되, 비상히 건강하시니 기쁘나, 내 돌아보아 아버지를 추모하니 부러워 눈물이 흐르니라. 한배에서 나셨는데, 아버지께서는 칠순을 못 누리시고, 고모께서는 근력이 젊은이 같은지라. 더욱이 행사 때 절하며 무릎 꿇고 들어오고 나가는 예의 법도가 젊은 사람에 비해 조금도 뒤지지 않으시니, 그 비범함을 탄복하노라.

막내고모, 조엄의 처

막내고모는 혜경궁의 아버지 홍봉한보다 네 살 아래이다. 1763년 통신사로 일본에 가서 고구마를 들여온 것으로 유명한 조엄(趙曮)과 결혼했다. 정조는 즉위한 달인 1776년 3월 말에 바로 조엄을 귀양 보냈는데, 평안도 관찰사로 있으면서 탐학했다는 것과 정후겸과 한편이 되어 정조의 등극을 방해했다는 이유에서였다. 그런데 그로부터 한 달 남짓 지난 5월 3일, 조엄의 장남 조진관이 신문고를 두드려 아버지의 억울함을 호소했다. 조진관은 여러 가지 변명을 하면서, 조엄이 처남인 홍인한과 함께한 자리에서 세자의 대리청정을 막는 홍인한에 맞서 대리청정을 극력 주장했다고 말했다. 그러자 그 며칠 뒤인 5월 7일, 이번에는 홍인한의 아들 홍낙술이 신문고를 울리고 나섰다. 조진관이 한 말을 반박하고자 한 것이다. 내외종 형제가 처남 매부 사이의 아버지를 비호하며 목숨을 건 법정 공방을 벌인 것이다. 이 와중에 감옥에 있던 조진관은 스스로 목을 찔러 피를 낭자히 흘리는 일까지 있었다. 가까운 친척간의 공방을 지켜보던 정조는 그 공방 자체가 탐탁지 않아서 아무런 판단도 내리지 않고 그저 그치게 하지만, 이로써 두 집안이 완전히 등을 돌렸음은 더 듣지 않아도 분명하다. 그리고 이 사태는 어떻게든 혜경궁 집에도 적지 않은 영향을 미쳤을 것이다.

『한중록』에 그려진 막내고모는 농담을 잘하는 괄괄한 성격의 소유자이다. 그 성격도 집안 불화에 불을 질렀을 가능성이 적지 않다. 조엄은 유배 간 이듬해 병사했으며, 1794년 6월에 정조는 그를 부패관리의 명단에서 빼주었다. 정조가 부모 환갑 전해에 외가 쪽 친척들을 모두 죄에서 풀어준 것이다. 이리하여 막내고모는 성대한 혜경궁 환갑 축하연에 최고령자로 참석할 수 있었다.

오빠의 장녀 조실이

　오빠는 자녀 오남매를 결혼시켰는데, 하나하나가 모두 특출하여 사람들이 오빠의 복력이 크심을 일컫더라. 그런데 불행히 송녀宋女. 송씨 집안에 시집간 딸와 박실朴室. 박씨 집안에 시집간 딸을 잃으시고 또 최영이까지 죽으니, 홀로된 모부인이 노경에 아픔이 어떠하리오. 나이보다도 기력이 약해지시니, 온 집안의 우려를 어찌 다 이르리오. 또 수영이의 외로움이 심하니 큰집 일이 안타깝도다. 조실이와 수영이 남매가 서로 의지하며 편모를 받드니, 모부인의 무병장수를 바라노라.

　조실이는 어려서부터 여러 고모와 더불어 매양 궁궐 출입을 하였고 지금도 출입이 잦은지라. 그런데 여조카가 왕래할 때마다 나는 근 이십 년을 보지 못한 아우가 떠올라 마음이 좋지 않으니라. 조실이는 임금의 큰 은혜를 받으니, 제 황감함은 이를 바 없으리라. 얼굴이 온화하고 모부인을 닮아 아름다워 척리의 여러 부녀 중에서도 뛰어나니, 궁중에서 칭찬하여 바깥의 부녀로 보지 않더라.

　제 나이 거의 오십이요, 비록 남자는 아니지만 여러 조카 앞에 서서 사람들을 만나니라. 나 또한 근년에 심사를 나눌 하나뿐인 아우가 멀리 있어서 조실이를 위한 정이 더욱 특별하더라. 자손 복이 좋지 못하여, 아들 하나가 있는데 그 아이가 또 병이 있으니, 제 매양 근심을 품은 모습을 잊지 못하겠도다.

나의 수족, 친정에서 데리고 온 종들

　내 간택 때 데리고 온 종으로 할머니의 종인 희례와 그 동생 복례가 있고, 둘째 작은어머니의 여종 하나도 있더라. 복례는 아버지께서 소과에 합격하신 후 증조할머니께서 특별히 내리신 종으로, 그때 증조할머니께서 내 유모 아지의 형제와 함께 주시니라.

　아지는 내 유모로 들어와 사오 세까지 내게 젖을 먹이니라. 아지는 제 비록 종이나, 불려다니며 천한 일을 하지 않고, 마치 여염집 부녀처럼 살았는데, 유모 노릇을 마친 후 어머니께서 집에서 내보내 살게 하시고 찾지 않으시더니, 내 입궁하게 되자 유모니 딸려보내리라 하여 들여보내시니라. 아지는 인물이 순박하고 충성스러워, 병으로 불편한 몸을 이끌고도 여러 차례 내 출산에 시중을 드니라. 또 장수하여 청연 형제가 각각 자녀를 낳을 때와 1782년 문효세자가 태어날 때도 산실에 들어와 수고하니, 앞뒤로 거의 스무 차례가 넘는지라. 그 공이 적지 아니하니, 주상이 공을 표창하여 제 자손을 관청에서 일하게 하여 후한 녹봉을 받게 하시고, 저를 후히 대하셔 천한 몸에 당치 못할 은혜와 영광을 많이 주시니라. 제 여든한 살에 죽으니, 나를 뒤에서 받쳐주었을 뿐 아니라, 직접 손으로 애쓴 공이 작지 않으니 크게 슬퍼하였더라. 주상께서 부조를 두터이 하시니, 어미를 길러준 공으로 이와 같이 하시니, 주상의 크신 생각이 아니 미친 곳이 없더라.

복례는 1735년 아버지가 소과에 급제하신 후 우리 집에 와서 일하기 시작했으니, 그해는 곧 내가 태어난 해라. 복례는 어려서부터 나를 데리고 다니며 내 곁을 떠나지 않으니, 내 여러 놀이에 자못 부리니라. 1743년 초간택 때 제 나이 십구 세더니 날 따라 들어와 나를 업고 마루를 오르내렸고, 삼간택 때 별궁으로 들어와 과자, 과일 등 주전부리를 담당하는 생것방 내인이 되니라. 제 미천한 것이로되 정성이 물불을 가리지 않으니, 내 궁중에 들어온 후 고난이 천 가지 만 가지로되 이 어려움들을 함께 지내니라. 제 비록 천인이나 영특하고 공손하며 부지런하니, 내 심히 믿고 부리니라. 내 네 번 해산에 음식 준비는 제가 다 하고, 내 심중에 끓는 근심인즉 제 다 아니, 어머니 또한 살아 계실 때 믿고 부리시어, 매양 제게 부탁하여 내 몸이 편한지 편치 않은지를 아시더라. 주상께 정성을 다함은 물론이고, 청연 형제와 여러 집 아이들에게까지 정성을 다하니, 그런 정성은 드물 것이니 아름답다 하리라.

인원왕후 입궐하실 때 모시고 들어온 내인을 인원왕후 돌아가신 후 1757년 영조께서 추모의 뜻에서 시녀侍女로 올려주시니, 이는 궁중에서 처음 있는 일이라, 제 몸에 영화로움이 지극하다 일컫더라. 복례는 1782년 문효세자 태어날 때 몸과 마음을 다한 공이 있어 주상께서 공을 갚으셔서 시녀 지위를 주시니, 제 영광이 지극하더라. 더욱이 1790년 세자純祖 탄신 때는 외람히 상궁尙宮으로 만들어주시니, 이는 천한 신분에 과한 일이라. 내 시녀로 올리실 때는 인원왕후 내인의 일이 있어 불안함이 적더니, 상궁으로 만드실 때 과한가 여겨

“마옵소서”

말리되, 주상께서

　"공이 크다"

하시며 시키시니, 제 타고난 복에 넘치는 일이라. 제 천한 몸인데도 주
상께서 인정해주시고, 중전 이하가 다 나를 데리고 들어온 공이 있다 하
시어 두터이 대하시니, 이 또한 얻지 못할 영광이라. 제 분수를 알아 항
상 공손하고 부지런하여 이런 은혜를 받는가 싶더라. 자고로 본집 내인
이 들어와 늙도록 궁에서 명을 마치는 이 없으되, 복례는 1743년 나를
데리고 들어와 내 환갑 되는 것까지 보니 공이 크다고도 이르리로다.

궁녀

　궁녀를 흔히 내인(內人)이라고 한다. 내인은 나인이라고도 부르며, 항아(姮娥)라는 미칭으로 부르기도 한다. 혜경궁이 입궐할 때 친정에서 데리고 와서 내인이 된 복례의 예를 보면, 내인에는 크게 세 계급이 있음을 알 수 있다. 내인, 시녀, 상궁의 계급이다. 조선 후기 법전인 『대전회통大典會通』을 보면, 궁녀는 5품의 상궁 이하 9품까지 다섯 품계가 있다. 그런데 5품과 6품은 상궁(尚宮), 상식(尚食), 상기(尚記)처럼 모두 '상–'의 이름을 가지고 있고, 7품과 8품은 전빈(典賓), 전선(典膳), 전등(典燈)처럼 모두 '전–'의 이름을 가지고 있으며, 마지막 9품은 주궁(奏宮), 주변궁(奏變宮)처럼 모두 '주–'의 이름을 가지고 있어서, 명칭상으로도 크게 세 계급으로 나누어짐을 알 수 있다. 『영조실록』 1767년 9월 29일조에서는 영조가 자기 동궁 시절 내인들 중 아직도 살아 있는 자들이 있다고 하면서, 나이 많은 내인들에게 상을 내리는데, 역시 내인을 세 계급으로 나누어 하사하고 있다.

　내인은 복례처럼 주인이 데리고 들어온 경우도 있지만, 대개는 내부에서 따로 선발했다. 『한중록』에는 내인 선발의 일화가 하나 있는데, 혜경궁이 세자궁에 내인이 부족해 별감과 사약의 딸 가운데서 내인을 뽑으려고 했더니, 해당 사약이 미리 손을 써서 딸이 내인에 뽑히지 않도록 했다는 것이다. 사약은 대개 별감에서 승진하는 것이니, 궁궐을 지키고 시중드는 별감의 집에서 내인까지 나왔음을 알 수 있다. 말하자면 별감이나 내인이나 궁궐의 남녀 하속들은 대개 같은 곳 출신이었던 것이다.

　궁에 들어온 내인들은 그 다양한 직명에서 짐작할 수 있듯이, 궁궐의 온갖 살림을 도맡아 처리했다. 지밀(至密, 왕족이 늘 거처하던 곳) 내인처럼 비서 역할을 하기도 하고, 침방(針房) 내인, 수방(繡房) 내인처럼 의복을 담당하기도 하며, 소주방(燒廚房) 내인, 생것방 내인처럼 음식을 담당하기도 한다. 하지만 내인이 허드렛일을 도맡은 것은 아니다. 허드렛일은 '무수리', '각심이', '손님', '방자(房子)' 등의 이름을 가진 하녀가 주로 거들기 때문이다. 더욱이 시녀나 상궁으로 올라가면 허드렛일에서 벗어나 나름대로 여유를 찾은 듯하다.

『정조실록』 1778년 윤6월 13일조를 보면, 내인들이 기생을 거느리고 꽃놀이, 뱃놀이라 하면서 잔치를 벌이고, 심지어 재상집의 정자나 별장까지 마구잡이로 들어가 노는 일이 있다고 하면서, 상궁, 시녀처럼 직위가 높은 궁녀도 법을 어기면 유배 보내라고 정조가 하교하고 있다. 시녀, 상궁의 고위직 내인은 이미 허드렛일을 할 수준이 아닌 것이다.

내인은 궁궐의 살림꾼이지만 단순한 일꾼이 아니라 고도의 전문적 식견을 갖춘 전문직이다. 특히 이들 가운데 최고직인 상궁에 이르면, 당당한 궁중의 교사요, 궁중 법도의 전수자가 된다. 『한중록』에서 그 대표적인 인물로 최상궁을 꼽을 수 있다.

최상궁에 대한 혜경궁의 첫인상은 풍채가 크고 늠름하다는 것이다. 열 살의 어린 나이 때 재간택 즈음에 본 것이다. 혜경궁은 최상궁이 누대의 역사와 예의 법도를 잘 알고 있어 가볍게 볼 수 없다고 했다. 또 혜경궁이 결혼을 위해 별궁에 갔을 때 어머니와 떨어져 자게 되어 슬퍼하니, 어머니가 함께 자려고 혜경궁 처소로 왔다. 그런데 여기서 최상궁은 사정을 돌아보지 않고 어머니에게 "나랏법이 그렇지 않으니 내려가옵소서"라 했다고 한다. 장래 국모가 될 세자빈조차 인정이 박하다고 서운해할 정도였으니, 참으로 용감한 말이다. 하지만 이 정도는 아무것도 아니다. 최상궁은 영조가 먹지도 않은 술 일로 사도세자를 야단치자, 그 무서운 영조 앞에서도 "술 잡숫는다는 말씀은 지극 원통하오니 술내가 나는가 맡아보소서"라고 항변할 정도였다. 세자나 세자빈조차도 언제나 두려움에 떠는 무서운 성격의 영조에게 일개 미천한 상궁이 이처럼 결연히 대든 것이다. 상궁의 위엄이 어느 정도였는지 보여주는 사례이다.

최상궁의 위엄은 그에게만 한정된 것으로 보이지 않는다. 김귀주가 처음 홍씨를 공격하는 상소를 올렸을 때, 영조의 승은내인인 이상궁은 정순왕후한테 "댁에서 감히 이런 일을 하실까 싶으니이까. 물 떠다가 급히 편지를 씻어버리소서"라고 했다고 한다. 물론 당시는 정순왕후가 결혼한 지 이 년도 안 되는 어린 신부였고, 또 이상궁은 승은을 하고 임금의 총애를 받은 상궁이었다. 그런 점을 감안한다고 해도 상궁이 국모인 왕후한테 이렇게 말했다는 것은 놀라운 일이다. 그만큼 상궁은 궁궐의 주인 노릇을 당당히 했던 것이다.

제3부 ● 친정을 위한 변명

글 쓴 경위

내 어린 나이에 입궐하여 이제 거의 육십 년이라. 운명이 험하고 겪은 바가 무궁하여 만고에 없는 고통을 지낸 것 외에도, 억만 가지 큰 변을 다 겪었으니 더 살고 싶지 않되, 정조의 지극한 효성으로 차마 목숨을 끊지 못하여 오늘날까지 이르니라. 그런데 하늘이 갈수록 날 미워하시어 차마 감당치 못할 혹독한 화를 겪으니, 바로 죽어 정조의 죽음을 따르는 것이 당연하되, 끈질긴 목숨이 목석木石 같아서 능히 자결치 못하니라. 또 어린 주상순조을 아끼고 연연하여 지금까지 실오라기 같은 목숨을 지탱하니, 이 어찌 사람이 차마 견딜 바리오.

여염집 부녀라 해도 칠십 노인이 외동아들을 잃었으면 동네 사람이 서로 조문하고 위로하며 슬피 여길 텐데, 정조를 여읜 지 몇 달 안 되어 내 아버지께 혹독한 욕이 끝이 없느니라. 이에 내 차라리 의義를 지켜 죽자 하고 칠순의 늙은 몸이 내의원의 문안을 거부하며 죽으려 누웠더니, 이 일이 셋째 동생이 충동하여 된 것이라 하며 동생에게 죄를 씌우니라. 이후 일고여덟 달에 걸쳐 당치도 않은 헛말을 꾸며 동생을 제주도로 유배 보내 가시울타리를 쳐 가두고 죽이기에 이르니, 이는 결국 내 일로 인하여 동생에게 죄를 옮긴 것이니, 실은 동생을 죽인 게 아니라 날 죽인 것이라.

흉악한 무리들이 때를 얻었다 하며 정조를 저버리고 어린 임금을 업신여기며 돌아가신 임금의 어미를 이리 핍박하니, 인륜이 끊어지고 신하가 분수를 지키지 않음이 이 같은 때가 다시 어이 있으리오. 내 밤낮으로 가슴을 치고 피눈물을 흘리며 내 아들과 동생을 따르고자 하되, 따르지 못하니 외로이 의지할 곳이 없도다. 살려고 해도 살길이 없고 죽으려 해도 죽을 수가 없으니, 이것이 다 나의 죄악이 깊고 무거우며 운명이 궁박하고 흉악하기 때문이라. 하늘을 부르짖고 귀신을 원망할 뿐이니, 내 겪은 일이 자고로 왕후들에게 없던 일이고, 내 집 겪은 바 또한 자고로 다른 집안에 없던 일이라. 하늘이 밝으시고 주상이 어질고 효성스러우시니, 내 비록 진상이 밝혀짐을 보지 못하고 돌아갈지라도 주상이 시비를 분간하여 내 억울함을 풀어주실 날이 있을 줄 아노라. 그러나 내 만일 허다한 일들을 기록하지 않으면 주상께서 자세히 아실 길이 없을 것이기에, 닳고 닳은 정신을 거두고 쇠진한 힘을 다하여 이 글을 쓰노라. 글머리에는 먼저 정조께서 날 섬기시던 효성과 내게 전하신 말씀을 옮겨 쓰고, 그다음에는 사건의 전말을 하나하나 명백히 알게 쓸 것이라. 나 아니면 누가 이 일을 자세히 알며, 나 아니면 또 누가 이 말을 능히 하리오.

내 목숨이 아침저녁 사이에 왔다갔다하니, 쓴 것을 주상의 어미인 가순궁에게 맡겨, 내 죽은 후라도 주상께 드리고자 하노라. 주상께서 내 겪은 바의 흉험함과 내 집 당한 바의 원통함을 알아 삼십 년 쌓인 한을 풀어주시는 날이 오면, 내 죽은 넋이라도 지하에 가 정조를 뵙고, 신성한 자손을 두어 그 자손이 조상의 뜻을 받들어 모자母子의 평생 한을 이룬 것을 서로 위로하리라. 내 이날이 오기만 하늘에 빌고 비노라.

내 이 글에서 한 터럭이라도 꾸미거나 과장한 것이 있으면, 이는 위로는 정조를 무함한 것이고, 가운데로는 내 마음은 물론 새 임금까지 속인 것이고, 아래로는 사사로이 우리 집만 두둔한 것이니, 내 어찌 하늘의 재앙이 무섭지 않으리오. 내 평생 겪은 바가 무수하고, 선왕^{정조}과 나눈 말씀이 몇천만 마디인 줄 모르되, 내 쇠약해진 기억으로 만에 하나를 생각하지 못하니라. 또 나라의 큰일과 관계되지 않은 것은 자잘하고 번거로워 다 올리지 않았느니라. 큰 마디만 기록하다 보니, 오히려 자세하지 못하도다.

1802년^{순조2년} 7월 아무 날 쓰다.

아들 정조

　세상에 누가 어미와 자식이 없으리오마는, 나와 정조 같은 사이는 다시없으니, 정조가 아니면 내 어찌 오늘날이 있으며, 내 없으면 정조께서 어찌 보전하여 계셨으리오. 모자 둘이 겨우겨우 의지하여 온갖 변고를 다 겪고, 늦게야 영화와 복록을 받아 나라의 무궁한 복을 보기를 기다렸는데, 하늘이 무슨 뜻으로 중간에 정조를 앗아가시니, 세상에 이런 혹독한 참화가 어이 있으리오. 내 경모궁 돌아가실 때 죽지 아니함은 정조를 보호하기 위함이라. 또 1778년 아버지께서 흉악한 무함을 받고 억울함을 씻지 못하고 한을 품고 돌아가시니, 내 결단하여 그 뒤를 따르고자 하나, 정조의 효성에 감동하여 처음 마음먹은 것을 결행하지 못하니라. 그런데 이제 정조마저 잃고, 더욱이 천만 무죄한 동생까지 참화를 입으니라. 내 열녀도 못 되고 효녀도 못 되며 자애로운 어머니도 못 되는데다 우애 있는 형까지 되지 못하니, 천지간에 무슨 면목으로 하루라도 세상에 머무르리오. 하지만 어린 임금을 아끼고 연연하며, 모진 목숨이 썩 끊어지지 않아 지금까지 구차히 살아가니, 세

상에 나같이 어리석고 나약한 사람이 어디 있으리오.

정조께서 천성이 효성스러우신데, 요 몇 년 사이는 효도가 더욱 지극하시어 날 섬기심이 날로 더 잘하시고 그래도 부족한 듯이 하시니라. 평일에도 아들을 잊지 못하는 노모의 마음을 알아서, 서울 성내의 거둥이라도 궐내를 떠나시면 안부를 묻는 편지가 끊이질 않으시더라. 더욱이 수원 화성의 경모궁 산소라도 거둥하시면 매양 여러 날이 걸리는 고로, 더욱 나의 근심스런 마음을 생각하시어 도로에 역마를 세워 두고 반나절이 못 되어 소식을 듣게 하시더라. 그런데 이제 어디 가야 정조의 한 글자 서신이나 얻으리오. 원통원통이로다.

검소는 복을 기르는 도리라

정조께서는 타고난 바탕이 비범하시고 뛰어난 기상을 가지셨으며 체격이 특별하시고 콧대가 우뚝한 반듯한 얼굴이라. 말을 배우면서부터 글자를 아셨고 어려서부터 학문에 부지런하시니, 자고 먹는 시간 외에는 책을 놓으시는 일이 없으시더라. 마침내 학문이 옛날의 명철한 제왕보다 뛰어나 천하만사에 모를 것이 없으시니, 유사 이래 제왕 중에 학문과 덕망, 국가 경영 능력이 우리 정조 같은 이 뉘 있으리오.

춘추가 거의 오십이 되시고 온갖 국정에 바쁘시되, 매년 겨울이면 한 질의 책을 반드시 읽으시니라. 1799년 겨울에는 『좌전左傳』을 다 읽으시니, 내 축하의 뜻으로 어려서 책씻이하여드리는 것처럼 떡과 국수를 하여 드리니라. 그때 정조께서 노모의 뜻을 기쁘게 받으시어 여러 신하와 더불어 많이 드시고 또 취하시며, 그 기쁨을 글로 지어 기록하시니 그 일이 어제 같도다. 그러니 인사人事의 변함이 이에 이를 줄 어찌 뜻하였으리오.

정조께서 지극히 인자하고 효성스러우시니, 영조를 받들어 뜻을 따르고, 부모에게 효도하심은 이루 다 기록하지 못할 정도라. 그 대략은 내가 쓴 정조의 「행록行錄」에 있도다. 1762년 경모궁이 돌아가시기 전에도 영조께서 정조를 과히 칭찬하시어 난처한 때 많으셨으나, 정조께서 당시 어린 나이이신데도 이런 일을 근심할 줄 알아 더욱 몸을 철저히 닦으시니라. 이리하여 영조께서는 정조를 한 번도 불쾌히 여기심이 아니 계시니라. 정조를 보시면 매양 똑똑하다 하시고 덕성 또한 일찍 이루었다 칭찬하시니, 정조의 지극한 효성과 아름다운 행실이 영조를 감동시키지 못하셨으면 어찌 이러하리오.

정조께서는 어려서부터 나에게 천륜 밖에 정이 특별하시니, 내가 먹으면 잡수시고 내가 자면 주무시니라. 급한 일이 많으나 어른과 같이 마음을 써 사리에 따라 일을 잘 처리하시니, 이 어찌 어린 나이에 할 수 있는 바리오.

경모궁 돌아가실 때 애원哀怨 망극하심이 어른 같으시고, 슬픈 거동과 우는 소리 곁에 있는 사람을 감동시키니라. 이때 보고 듣는 이 뉘 아니 눈물 흘렸으리오. 이후 효장세자의 뒤를 잇게 하라는 처분까지 받자, 당신께서는 친아버지를 아버지라 하지 못하는 큰 고통까지 겸하시어, 어미 섬기심이 더 극진하시니라. 어미 생각에 한때도 마음을 놓지 못하시고, 어미를 떠나면 잠을 이루지 못하시니라. 각각 다른 대궐에 떨어져 있을 때는 일찍 내 기별을 들으신 후에야 비로소 아침을 드시고, 내 혹 작은 병이 있어도 반드시 손수 약을 지어 보내시니, 그 효성의 뛰어나심을 이로써 더욱 알지라.

섧고 섧도다. 1764년 세손인 정조를 효장세자의 양자로 만드신 일이야 차마 어찌 일컬으리오. 그때 슬픔이 망극하여 모자 서로 붙들고 죽을 곳을 얻지 못해 애쓰던 정경이야 또 어찌 다 기록하리오. 동궁이 양자로 보내진 뼈아픈 일은 자고로 제왕가에 없는 일이니, 정조께서 비록 나라를 위하여 왕위에 오르긴 하시나 죽도록 잊지 못할 큰 고통을 품으셔 경모궁 추모하심이 해가 갈수록 깊으시니라. 정조께서 즉위 후 창경궁 옆에다 경모궁 사당을 세우시고, 날마다 경모궁을 바라보겠다는 뜻에서 일첨문日瞻門을 두시고, 경모궁 참배를 쉬 하기 위해 창경궁 북동쪽 담장을 헐어 월근문月覲門을 세우시니라. 다달이 경모궁 참배하신 적이 한두 번이 아니시고, 어찌 못 할 아버지에 대한 그리움으로 아침저녁으로 계속 우러러 참배할 듯하시니라.

날 봉양하심에는 임금의 많은 재물도 오히려 부족히 여기시며, 부드러운 얼굴과 기쁜 목소리로 하루에 네댓 번 내 처소로 들어와 보시고, 매사 혹 내 뜻에 어긋날까 조심하시니라. 내 최근 노환이 잦은데 1799년과 1800년에는 큰 병에 걸리니, 정조께서 애태우심이 비할 데 없으시니라. 잠도 주무시지 않고 옷도 끄르지 않으시고, 탕약 내오는 것과 고약 붙이는 것을 모두 친히 하시어 다른 사람에게 맡기지 않으시니, 내 비록 모자 사이라도 감격한 마음을 어찌 다 측량하리오.

정조께서 천품이 소박하신데 만년에는 더욱 검소하셔서, 평상시 머무신 집창경궁 영춘헌이 짧은 처마와 좁은 방에 단청도 칠하지 않은지라. 수리도 허락하지 않으시어 말끔한 선비의 거처와 다름이 없더라. 의복은 임금의 예복인 곤룡포 외에는 비단을 몸에 가까이 않으시니, 무명이라도 곱고 가는 것이 아니라 거칠고 굵은 것만 취하시니라. 비단이불을 덮지 않으시고, 아침저녁 수라상에 반찬도 서너 그릇 외에 더하지 않게 하시며, 또 작은 접시에다 많이 담지 못하게 하시니라. 내 혹 이것이 너무 과하다 하면 사치의 폐해를 힘써 말하시며

"내 검박을 숭상하는 것은 재물을 아낌이 아니라 복을 기르는 도리이기 때문이라"
하시며 나를 도리어 깨우칠 때가 많으시니, 나 또한 탄복하더라.

순조의 탄생

정조께서 후사가 늦어 나라의 근심이 크다가, 1782년 문효를 얻어 처음으로 경사로워하니라. 그런데 1786년 5월에는 문효가, 그해 9월에는 문효의 생모 의빈이 죽는 변을 당하니, 슬픔과 걱정으로 귀한 몸을 손상하시어, 내 임금을 위하여 두려워하며 애를 태우니라. 그러다 1787년 봄 가순궁을 뽑아 들이니, 가순궁의 덕성이 어질고 후덕하며 인물이 수려하여 명문고가名門故家 숙녀의 풍도가 있더라. 가순궁은 입궐한 후 날 받듦에 정성을 다하니, 나 또한 친딸 같은 정이 있더라. 정조를 받듦에도 최선을 다하여 임금 뜻에 어긋난 일이 없으니, 정조께서 중히 여기시고 기대하심이 특별하시어, 매양 당장 무슨 중요한 부탁이나 하실 듯이 구시더라. 이런 것을 보면 정조께서 가순궁 몸에서 나라 경사가 나올 것을 미리 아셨던가 싶더라.

내 '나라의 큰 경사가 가순궁의 몸에서 이루어지게 하소서' 빌며 졸이고 바라는 마음이 날로 간절하더니, 하늘과 조상이 그윽이 도우셔서 과연 1790년 6월 18일 해질 무렵 내 머물던 건넌방 온돌에서 주상이 나시니라. 이로써 비로소 종묘와 사직이 억만년 지탱할 태산과 반석처럼 단단한 지경에 놓였더라. 모자 서로 하례하며 기쁨과 즐거움으로 세월을 보내니라.

그런데 이상한 일이 주상과 내 생일이 같은 것이라. 정조께서 매양

"저 아이 생일이 마마 탄신과 같은 날인 것이, 자고로 역사책에도 없는 기이한 일이니, 마마께서 지극 정성으로 고심한 결과라. 하늘이 우연히 하신 일이 아닌 듯하니이다"

하시니라. 내 무슨 지극 정성이 있으리오마는 종사와 임금을 위한 고심은 나보다 더할 이 없을 듯하니, 하늘이 불쌍히 여겨 같은 날이 되었는지 신기하다 하리로다.

1800년 봄에 주상의 관례^{冠禮}와 세자 책봉례^{冊封禮}의 두 경사스런 예식을 동시에 지내고, 덕망 높은 명문가의 숙녀를 골라 재간택까지 하고, 그해 겨울 며느리 보기를 손꼽아 기다리셨는데, 여름에 돌연 승하하시니라. 이제 나 혼자 세상에 머물러 있으니, 몇 달 후에 있을 주상의 가례^{嘉禮} 볼 일을 생각하면 더욱 섧도다.

현륭원 이장과 화성 건설

정조께서 서울 동대문 밖에 있는 경모궁의 묘소 영우원^{永祐園}이 가장 좋은 자리는 아닌 줄 아셨으나, 1776년 즉위 후 아버지께서 묘소 이장을 극력 간청하셔도, 일이 중대하여 결정하지 못하고 내내 애만 끓이시더라. 그러다가 1789년 수원 화산^{花山}에 있는, 용이 구슬을 가지고 노는 듯한 모양의 땅에다 묏자리를 정하여 이장하시고, 묘소 이름을 현륭원^{顯隆園}으로 고치시니라. 그때 정조께서 나에게
"이 땅이 옛사람이 말한 천리를 가야 한 번 만날 수 있는 땅이라"
하시고
"효종의 묘소로 쓰려고 했던 곳인데, 이 좋은 곳을 얻어 썼으니, 무슨 한이 있으리오. 이름을 드러내고 높인다는 뜻으로 현륭이라 했으니, 세상 사람들이 내 깊은 뜻을 잘 알리라"
하시니라. 그때 정조께서 밤낮 애쓰시며 경모궁을 슬피 추모하시던 일을 어찌 다 기록하리오.

묘소를 이장한 후에는 효성이 더욱 간절하시어, 당신의 초상을 현륭원의 재전^{齋殿. 능이나 종묘의 제사 준비를 위해 지은 집}에다 모셔두고 늘 경모궁을 모시겠다는 뜻을 부치시니라. 또 오 일에 한 번 묘소를 살펴보게 하시고, 매년 경모궁 생신이 있는 정월에는 묘소로 거둥하시어 참배하시니라.

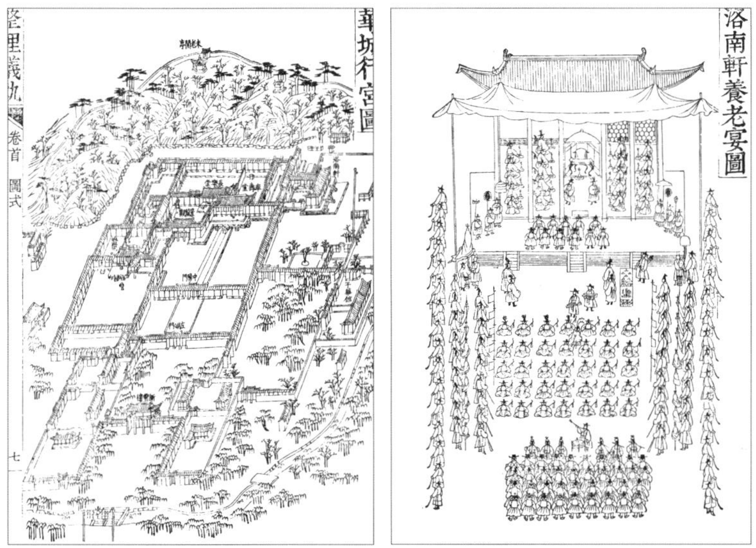

화성행궁도 및 **낙남헌양로연도** 『원행을묘정리의궤』 수록. 『원행을묘정리의궤』는 1795년 을묘년 사도세자의 묘소인 현륭원으로의 거둥, 곧 원행의 과정과 절차를 기록한 책이다. 서울대학교 규장각 소장

봄가을로 현륭원에 나무를 심을 때, 힘써 감독하심이 친히 심으심과 다르지 않더라. 또 수원부의 옛 고을에 살던 백성들을 새로 만든 화성^{華城}으로 옮기시고, 현륭원을 더욱 잘 지킬 수 있도록 근처에 화성을 크게 쌓고, 행궁^{行宮, 임금이 궁궐 밖에 머물 때 이용하는 임시 궁궐}을 장려히 지으시니라. 1795년 2월에는 경모궁과 나의 환갑을 맞이하여 나를 데리고 묘소에 참배하시고, 돌아와 봉수당에서 잔치를 베푸시어 남녀 친척과 문무^{文武} 신하를 모아 밤을 이어 먹고 마시게 하시니라. 그리고 고을의 노인들을 모아 낙남헌^{洛南軒}에서 술을 권하고, 가난한 백성들을 불러 신풍루^{新豊樓, 화성 행궁의 정문}에서 쌀을 나누어주니, 즐거운 소리와 기쁜 얼굴이 화성에서 서울까지 넘치니라. 이것이 다 노모를 위하신 효도에서 난 것이니, 온 나라 신하와 백성이 누가 높이 찬양하지 않으리오.

수원성 화서문 정조가 아버지 사도세자의 묘를 옮기면서 당시로서는 최신 공법을 이용하여 지은 성이다. 경기도 수원시 소재

정조께서 비록 종사를 위하여 애써 왕위에 계시나, 지극한 아픔이 마음에 맺히어 즉위 후에도 남면南面, 임금이 조회를 받을 때 남쪽을 향해 앉는 일하는 것을 즐겨하지 않으시니라. 그래서 신하들이 존호尊號, 왕이나 왕비 등의 덕을 기려 바친 이름를 바치려 해도 굳이 막아 받지 않으시고, 매양 왕좌에서 벗어날 뜻이 계시더라. 그러던 차에 이미 나라를 맡길 아들을 얻었고, 화성을 크게 쌓아 서울에 버금가게 만드시니, 얼른 왕위에서 물러나 화성 행궁에서 머무실 뜻이 계시니라. 그래서 화성 행궁 한 집의 이름을 노래당老來堂이라 하시고, 또 정자의 이름은 늙기 전에 쉬시겠다고 하여 미로한정未老閒亭이라 하시니라. 그러고는 나에게 말씀하시기를

"왕위를 탐하여서가 아니라 마지못하여 나라를 위해 자리에 있었는데, 1804년은 원자元子, 곧 순조의 나이 십오 세니 성인이라. 족히 왕위를 전할 만하니, 원자에게 왕위를 넘긴 후 처음 먹은 마음을 이루어, 마마

를 모시고 화성으로 가 경모궁 일을 행치 못한 평생의 한을 풀 것이라. 이 일을 영조의 하교를 받아 행치 못하는 것이 지극히 원통하나, 이 또한 의리상 어쩔 수 없는 일이라. 원자는 내 부탁을 받아 내 마음을 미루어 내 행하지 못한 것을 자기가 대신 행하는 것이 떳떳한 의리라. 오늘날 신하들은 나를 따라 경모궁 추존을 하지 않는 것이 의리요, 후일에 신하들은 새 임금을 좇아 경모궁 추존을 받들어 행하는 것이 의리라. 의리라는 것이 꼭 정해진 것이 없어 때에 따라 의리가 되니, 우리 모자 그때까지 살았다가 자손의 효도로 이 영화와 봉양을 받으면 어떻겠습니까"

하시니라. 내 비록 정조의 마음이 불쌍하나, 나 또한 그때 나라 형편이 막막하여 매양 눈물을 흘리니라. 내 울면 정조께서도 함께 구슬피 우시며

"이리하여 내 하지 못한 일을 아들의 효도로 이루고 죽어 지하에 가서 경모궁을 뵈면 무슨 한이 있으리이까"

하시니라. 또 원자를 가리키시며

"저 아이가 경모궁 일을 알지 못하여 저리 애를 쓰기에 나는 차마 거들지 못하여 제 외할아버지 박준원에게 이르라 하니, 그 사람 또한 대략만 가르친다 하나이다. 저 아이는 경모궁 추존할 일을 위하여 발원하고 태어난 아이니, 이 또한 하늘의 뜻이라"

하시니라.

1795년 경모궁 존호를 올릴 때 여덟 글자의 존호를 만드시고 나에게 말씀하시기를

"그리 경모궁께 존호를 올리지 못하게 막던 김종수가 오히려 임금으로의 격식을 갖추어 옥책玉冊. 왕이나 왕비에게 존호나 시호 등을 올릴 때 그 덕을 기린 글을 새긴 옥으로 만든 책, 금인金印. 황금 도장과 여덟 글자 존호를 하라 하니, 이제는 다 끝나고 경모궁을 임금으로 추숭하는 일만 남았나이다. 이는 다른 날 새

왕이 하도록 기다릴 것이라"

하시니라. 인하여 존호를 외우시며 '장륜륭범기명창휴章倫隆範基命彰休'라 하시거늘, 내 무식한 여편네라 잘 알아듣지 못하고

"기명창효基命彰孝이니이까"

한즉, 정조께서 웃으시며

"효孝 자는 장래에 무슨 효대왕이라 이름을 붙일 때 쓰기에, 우리나라 역대 제왕의 존호에는 쓰지 아니하옵니다"*

하시고

"마마 적의翟衣, 왕비의 예복감 잘 두시오. 장래 손자의 효도로 입으시는 것 보십시다"

하시니라. 근년은 1804년에 왕위 넘길 일이 더욱 급하여, 온갖 일과 하시는 말씀에 이 일이 아니 관계된 적이 없더라. 내 비록 장래에 경모궁을 추숭하겠다는 말이 놀라우나, 아버지를 높이는 일은 임금이라면 마땅히 가져야 할 거룩한 덕이라. 내 세상에 머물렀다가 손자가 할아버지를 높이는 희귀한 일을 친히 볼까 기다림이 없지 않더라.

---

* 죽은 임금에게 시호를 바칠 때는 원칙적으로 끝에 'ㅇ효대왕'이라고 붙인다. 영조는 '현효대왕(顯孝大王)'이고 정조는 '장효대왕(莊孝大王)'이다. 한편 존숭을 표하기 위해 지어 바친 이름인 존호는 그런 제약이 없다. 그런데 국왕의 정식 이름을 쓸 때는 존호와 시호를 모두 붙여 부른다. 추숭 전 사도세자의 정식 이름은 '사도수덕돈경홍인경지장륜륭범기명창휴찬원헌성계상현희장헌세자(思悼綏德敦慶弘仁景祉章倫隆範基命彰休贊元憲誠啓祥顯熙莊獻世子)'의 긴 이름이다. 나중에 임금으로 추숭될 때 '광효대왕(廣孝大王)'이라는 이름을 얻었다. 그러므로 존호에다 '효' 자를 쓰면 나중에 시호를 만들 때 중복이 될 수밖에 없는 것이다. 혜경궁은 이런 작명법을 몰라 실수를 했다고 했다. 그러나 이 실수는 어느 정도는 의도적이다. '효' 자를 붙인다는 것은 사도세자가 영조에게 불효하지 않았다는 것이고, 불효하지 않았다는 것은 죄가 없다는 것이다. '효'를 붙임으로써 사도세자의 혐의를 한 번에 씻을 수 있는 것이다. 이때 사도세자 존호 만들기 과정의 내막은 다산 정약용의 자전적 서술인 「자찬묘지명」에도 비교적 자세히 언급되어 있다.

뒤주 알리바이

1770년 이후 내 집이 세상의 시기를 받고, 1776년 정조 즉위 후에는 흉악한 모함이 더욱 망극망극하여 집안이 뒤집히니, 그 원통함을 어찌 다 형용하리오. 내 그때 아랫집으로 내려와 밤낮으로 울부짖으며 목숨을 끊으려 했더니, 정조께서 날 위로하심이 지극하시어 차마 하지 못하니라. 내 생각하니 정조의 품성이 어질고 효성스러우셔서 천지신명께도 믿음을 주시니, 잠시 간신들에게 둘러싸였으나 구름에 싸여 있어도 해와 달이 빛을 잃지 않는 것처럼, 마침내 아버지의 충성과 삼촌의 원통함을 굽어 살피실지라. 내 편협한 마음으로 실낱같은 목숨을 보전치 못하면 정조의 효성에 상함이 있을까 두려워 억지로 참고 살아가니라. 이런 사정은 귀신에게 물어도 떳떳하나, 마음속으로 생각하면 살아 있는 것이 또 어찌 부끄럽지 않으리오.

정조께서 나중에 요악한 적당들을 물리치시고, 아버지의 말씀에 이르러서는

"내 과하였노라"

많이 뉘우치시니라. 또 정조께서 매양

"외할아버지께서 뒤주를 들이지 않으신 줄은 '내가 보았노라' 하되, 그놈들이 끝내 우겨 외할아버지 죄를 삼으니 우습다"

하시거늘,

"세상놈들이 말하기를 밧소주방 뒤주를 먼저 들여오고 어영청 뒤주는 아버지께서 아뢰어 들인 것이라 죄를 잡는다 하니 저런 원통한 일이 있습니까"

내 대답하면, 정조께서 말씀하시되

"저놈들이 무엇을 알까보니이까. 어영청 뒤주도 외할아버지께서 대궐 들어오시기 전에 들어왔습니다. 밧소주방 뒤주가 작다 하며 쓰지

못한 다음에, 경모궁 처분받던 문정전이 선인문 안에 있고, 선인문 밖에는 어영청御營廳 동영東營, 왕의 호위를 맡은 군영인 어영청의 동쪽 분영이 있기에 가까운 어영청 것을 들여왔습니다. 경모궁을 뒤주에 들이던 망극한 일은 오후 세시쯤에 나고, 외할아버지는 밤이 든 후 인정人定을 쳐 통행금지를 알린 다음에야 비로소 대궐에 들어오시는 것을 내가 직접 보아 확실히 압니다. 그러니 뒤주 두 번 들어온 것이 외할아버지와 무슨 관계가 있겠습니까. 그래서 내 즉위 후 정이환이 외할아버지를 공격하는 상소를 올렸을 때, 마지못하여 영조의 말을 들어 뒤주가 외할아버지보다 먼저 들어왔음을 변명해드렸으니, 이는 세상이 다 아는 일이옵니다"
하시니라.

또 내 말하기를

"그러면 그놈들이 무엇을 가지고 아버지에게 죄를 씌우나이까"
하니, 정조께서 말씀하시되

"비유하자면 인조 때의 명신名臣 최명길과 같습니다. 최명길에게 극단적인 말로 병자호란과 같은 나라의 존망이 달린 일에 왜 죽지 않고 살아났냐고 공격하면 모르거니와, 그는 죽음을 무릅쓰고 청나라와 화친하여 우리나라를 멸망의 위기에서 건진 공이 있습니다. 외할아버지더러 그때 왜 죽지 않았냐고 말하면 모르려니와, 외할아버지께서는 나를 보호하고 종묘와 사직을 붙들었으니, 뒷사람 의논에 마땅히 사직을 지킨 공이 있다 할 것입니다. 다만 내가 앉아서 '그때 일이 옳다 그르다', '나를 보호한 일이 잘한 일이라' 하는 말을 차마 못 하기에, 지금은 저희들 하는 대로 두어 억울한 일을 당하셔도 밝혀드리지 못하나, 후대의 왕은 제 아비를 보호하고 종사를 붙든 충성을 어찌 높이 사지 않겠습니까"
하시니라. 그러고는 원자를 가리키며

"저 아이 때에는 외할아버지의 죄가 풀리시리니, 마마께서도 저 아

뒤주는 누가 생각해냈나?

사도세자는 뒤주 속에서 죽었다. 뒤주가 사도세자를 죽인 것이요, 비약하면 뒤주를 생각해내고 권한 사람이 사도세자를 죽인 것이다. 홍봉한의 반대파들은 홍봉한이 뒤주를 권했다고 하면서, 홍봉한이 사도세자를 죽였다고 몰아붙였다. 이에 혜경궁은 정조의 입을 빌려 사실이 그렇지 않음을 말하고 있다. 정조는 즉위 직후 올라온 정이환의 상소에 답을 하면서 홍봉한이 대궐로 들어오기 전에 이미 뒤주가 들어와 있었다고 말했는데, 『한중록』에서는 정조의 입을 빌려 좀더 구체적으로 시간의 선후를 말하고 있다. 밧소주방 뒤주는 물론 어영청 뒤주까지도 신시(申時) 곧 오후 서너시에는 모두 들어왔는데, 홍봉한은 서울에 들어와 술시(戌時) 초 곧 저녁 일곱시 무렵에 기운이 막혀 대궐 아래에서 쉬고 있었고, 인정을 친 다음에 대궐에 들어왔다는 것이다. 홍봉한은 세손이 보낸 청심원을 먹고 기운을 회복한 다음, 인정을 친 후 대략 아홉시 무렵 궁궐로 들어갔다고 한다.

그런데 『영조실록』 당일조를 보면, 정확한 시간은 적혀 있지는 않지만, 홍봉한은 처음부터 그 자리에 있었던 것처럼 기록되어 있다. 또 당일 사건을 기록한 주서(注書) 이광현의 『임오일기』에도 시간이 정확히 기록되어 있지는 않지만 뒤주가 들어오기 전 사건 현장에 홍봉한이 있었던 것처럼 기록되어 있다. 이제 와서 사건의 진상을 밝혀내기는 어렵겠지만, 장인이 사돈한테 사위를 뒤주로 죽이라고 간언한다는 것은 인정으로나 또 후환을 염려해서라도 생각하기 어렵다. 하지만 무엇보다 중요한 것은 혜경궁의 말처럼 뒤주를 권한 사람이 없었다면 사도세자가 죽지 않았겠는가 하는 점이다.

이한테 받는 효도가 내 재위 때보다 나으시리이다"
하시니라.

아버지 문집의 간행

1791년 겨울부터 정조께서 아버지께서 맡으신 일과 관련된 글과 경연 때 올리신 글이나 상소 등등을 수습하여, 『주고奏藁』라 이름 붙이시고 손수 편집하시니라. 1799년 12월에는 모두 책으로 만들어 육십여 편 서문을 손수 지어 붙이시고 그 내용을 지금 주상에게 들려주시니라. 이어 그 서문을 번역하여 전편을 내게 보여주시며 이르시기를

"이제야 외할아버지의 공을 갚았으니, 오늘에야 외손 노릇을 하였노라"
하시고

"이 서문들로 외할아버지의 충성과 공적이 유감없이 드러날 것이니이다. 여기서는 성현 주공周公, 주나라를 세운 문왕의 아들로 주왕조의 정치문화적 기틀을 마련한 사람에게나 쓰는 칭송의 문자를 외할아버지에게 쓰기도 했고, 송나라 일등공신 한기韓琦와 부필富弼이에게 빗대어서도 말했으니, 외할아버지께서 성인도 되시고 현인도 되셨나이다. 이 글이 간행되면 백세에 길이 전할 것이니, 지난 불행이야 다시 거들어 무엇하리이까"
하시니라. 1800년 4월에는 「주고총서奏藁總叙」와 「문집서文集叙」를 지으시어 편집을 마무리하시고, 셋째 동생에게 편지를 보내셨는데, 그 글에서

"외할아버지의 충성이 이로써 더욱 드러난다"
하시니, 그 말씀이 지금도 우리 집에 남아 있느니라. 또 나에게 말씀하시되

"외할아버지의 충성 가운데 한마디 더 쓸 것이 있으니, 이는 책을 간

행할 때 넣으려 하노라"

하시니, 그것은 경모궁께서 돌아가실 때 아버지께서 당신을 보호하신 충성을 당신이 먼저 드러내어 일컫지 못하시니, 후일 아버지의 충성이 크게 드러날 때를 기다려 높이고자 하신 뜻이라.

내 정조께서 지으신 문집 서문들을 보니, 당신께서 외할아버지를 표창하심이 높고 무겁고 거룩하심을 알지라. 친자손이 지은들 어찌 이에 미치리오. 내 손을 모아 감축하며

"오늘날에야 임금 아드님 둔 보람이 있고 구차히 산 낯이 있노라"
칭송하였더라.

그런데 내 운명이 흉하고 험하여 정조께서 돌아가시고, 바로 이『주고』로 인하여 화란禍亂이 일어나니라. 심지어 각 장과 각 편마다 임금께서 지으신 서문이 있는 이 책을 없애자는 말까지 나왔으니, 위로는 아버지께 무욕이 그지없고, 아래로는 내 몸을 핍박함이 끝이 없으며, 또 정조까지 업신여김을 받은 것이라. 비록 정조께서 아니 계시나 정조의 아드님을 임금으로 모시면서 이런 일을 하니, 만고에 이런 시절과 이런 변고가 다시 어이 있으리오.

1804년을 기다리자

역적으로 몰려 돌아가신 둘째 작은아버지에 대해서는 1776년 정조께서 작은아버지를 귀양 보내실 때 전교하시기를

"역모를 꾸몄다거나 다른 뜻이 있다거나 한 것은 아니다"
하셨고, 1792년에는

"홍인한의 삼불필지三不必知, 세손은 인사, 당파, 국정의 세 가지를 알 필요가 없다고 말한 일는 막수유莫須有, '꼭 있있다고는 할 수 없지만'의 뜻으로 근거 없는 모함에 쓰는 말 같아서 족히 죄 될

것이 없으니 장래에는 반드시 허물을 벗으리라"

하셨으며, 근래에는 더욱 자주 작은아버지를 일컬으시며 죄 없는 사람처럼 말씀하시니라.

또 매양

"외가 일은 1804년 내가 왕위를 세자에게 넘긴 후 풀어주려 하니, 그때 우리 모자의 평생 한이 한번에 풀리리라"

하시니라. 1800년 2월에는 우리 집 일과 깊이 관련된 조영순 등의 죄를 씻어주시며 전교하시기를

"오늘 한 사람을 용서하고 내일 한 사람을 용서하여, 사람은 막힌 사람이 없게 하고 집은 망한 집이 없게 하여, 태초의 생동하는 기운이 그 가운데 있게 하리라"

하시며, 이렇듯 서서히 해나가다가 1804년에 크게 풀자 하시니라. 이에 내 말하기를

"그때 내 나이 칠십이니 내가 칠십 다 되도록 살기 어렵고 혹 그때 오늘날 말과 다르면 어찌하리"

하니, 정조께서 갑자기 얼굴색을 바꾸시며

"설마한들 칠십 노친을 속이랴"

하시기에, 나는 1804년만 철석같이 믿고 기다리니라.

그런데 나의 흉하고 모진 운명으로 인하여 이 일들이 하나도 이루어지지 못하고, 내 몸과 내 집에 혹독한 참화가 닥쳐 동생이 사사되는 지경까지 이르니, 이는 역사에도 없는 일이라. 내 한때라도 살아 무엇하리오. 하지만 새 임금이 비록 어리시나 정조를 닮아 어질고 효성스러우시니, 장성하면 응당 당신 부왕父王께서 끝내 이루지 못한 뜻을 이루시리니, 내 이를 위하여 밤낮으로 하늘에 비노라.

정조의 통치 스타일, 마키아벨리즘

정조는 혜경궁에게 누차 1804년에는 외가의 억울함을 모두 풀어주겠다고 말했다. 순조가 열다섯 살로 성인이 되는 1804년 곧 갑자년에 왕위를 순조에게 물려주고 자신은 상왕이 되어 화성에 가 살면서 그렇게 하겠다는 것이다. 그런데 정조에게 장밋빛 미래를 들은 혜경궁은 기뻐하기보다 덜컥 의심부터 한다. 왜 당장 하지 않고 사오 년을 기다려야 하냐는 것이다. 만약 그때 가서 생각이 바뀌면 어떻게 하겠냐고 한다. 이에 정조는 정색을 하며 '설마 내가 칠십 노친을 속이겠냐'고 답한다. 이 장면은 대수롭지 않게 넘길 수도 있다. 그런데 문제는 아들에 대한 혜경궁의 의심이 다른 데서도 보인다는 점이다. 혜경궁은 자기 집안의 억울함을 푸는 데, 정조의 말을 가장 중요한 근거로 사용하고 있다. 하지만 다른 한편으로는 정조가 없는 사실을 꾸며내는 것을 크게 안타까워한다. 두 가지 예를 들어보자.

하나는 1769년 봄, 홍봉한이 세손인 정조를 만나 장차 사도세자를 추숭하지 않으면 다른 임금을 추대할 수도 있다고 협박했다는 이른바 여시여시(如是如是) 사건이다. 혜경궁은 그 자리에 자기도 있었는데, 홍봉한은 추숭하자는 말도, 더욱이 추대하겠다는 협박은 결코 하지 않았다고 했다. 오히려 추숭을 말자고 했다는 것이다. 그런데 정조는 정이환이 홍봉한을 비판한 상소에 답하면서, 홍봉한이 '추대'라는 말을 써서 협박했음을 공식화했다. 한 자리에서 함께 말을 들은 모자가 전혀 상반된 말을 하고 있는 것이다. 혜경궁은 정조가 이렇게 답한 이유를 아버지의 약점을 하나 정도는 잡아놓아야 계속 압박을 가할 수 있기 때문이라고 했다.

또 하나는 1776년 정조 즉위 직후 홍인한이 사사될 때 혜경궁이 이를 허락했느냐는 부분이다. 정조는 홍인한을 사사하면서 혜경궁이 국법의 엄중함을 생각하여 사적인 아픔을 참고 작은아버지의 사사를 허락했다고 말했다. 정조는 혜경궁을 핑계대며 사사를 명령했던 것이다. 그런데 정작 발언 당사자인 혜경궁은 내가 어찌 작은아버지를 죽이는 데 허락했겠냐고 항변한다. 그러면서 그날 홍인한의 사사를 명하면서 내린 그 전교는 홍인한은 물론 자기까지 함께 죽인 것이라고 말했다.

위의 두 사건은 모두 정조든 혜경궁이든 둘 중 한 명은 거짓말을 한 것이다. 그런데 여러 정황을 보면 정조가 거짓말을 했을 가능성에 무게가 실린다. 정조는 통치 과정에서 여러 정파를 포섭하면서 속에 없는 말을 곧잘 한 것으로 알려져 있기 때문이다. 정조는 측근 신하들에게 많은 편지를 보냈는데, 그 대상이 노론 벽파 심환지일 때도 있고, 노론 시파인 자기 외가 사람들일 때도 있으며, 노론이 아닌 남인 재상 채제공인 경우도 있다. 그런데 정조의 편지에는 각 정파에게 유리한 말, 듣기 좋은 말이 넘친다. 제왕의 지위에 있는 정조로서는 대립하는 각 정파를 모두 포섭하지 않으면 안 되었을 것이다. 각 정파에게 싫은 소리나 하다가는 왕권 유지가 어려울 것이기 때문이다. 개별 정파를 모두 달래려다 보니 각각에게 좋은 소리를 하지 않을 수 없었다. 더욱이 모두에게 좋은 소리를 하려다 보니 공개적으로 할 수는 없었다. 막후 공작이 불가피했던 것이다.

마키아벨리는 『군주론』에서 '현명한 군주는 자기 이익과 배치되거나 약속 당시의 동기가 그 의미를 상실했을 때 신의를 지킬 수 없으며 또 지켜서도 안 된다. 군주는 대단한 거짓말쟁이이며 동시에 위선자가 되어야만 한다'고 했다. 정조는 '의리라는 것은 일정한 것이 없고, 때에 따라 달라진다'는 말을 자주 했다. 사도세자를 추숭하는 일도, 자기는 하지 않는 것이 옳지만, 아들 순조는 하는 것이 옳고, 자기 신하들은 반대하는 것이 옳지만, 순조의 신하들은 찬성하는 것이 옳다는 논리를 펴고 있다. 이런 논리로 추숭을 막는 노론 벽파도 옹호하고, 추숭을 지지하는 노론 시파 등에게도 길을 열어놓았다. 그런데 정조의 이런 마키아벨리적 통치 방식은 군주의 처지를 잘 이해하는 사람이 아니라면 받아들이기 어려운 것이다. 그냥 거짓말쟁이로 볼 수도 있는 것이다.

정조는 신하들을 대할 때도 이런 태도를 취했다. 유연하다고도 할 수 있고 이중적이라고도 할 수 있는 모순적 태도이다. 정조는 김종수를 의리의 주인이라고 높여주면서도 속으로는 자기 손에 놀아나는 경망한 신하로 얕잡아보았다. 『한중록』에서 여러 차례 그렇게 서술했다. 『정조실록』 1784년 12월 8일조를 보면 김종수는 김하재 사건과 연관되어 정조로부터 세도를 어지럽히는 사람이라는 혹평까지 듣는다. 겨우 역적은 아니라는 정도로 변호될 뿐이니, 이 내용만 보면 김종수는 재기의 가망이 없는 듯하다. 하지만 정조는 이렇게 해놓고도 후에 김종수를 우의정까지 시켰다. 물론 그 뒤에도 정조는 김종수에게 더 심한 말을 많이 했다. 『한중록』 맨 마지막에 나오는 오조흉언 사건 때 정조는 김종수를 '어리석은 촌뜨기'라고 하고, 그의 말은 '개가 짖고 닭이 우는 소리'라고 쏘아붙였다. 그런데도 정조는 김종수가 죽고 나서 시호도 내려주고 친히 제문도 써주었다. 순조의 장인인 김조순과의 밀담에서 김조순이 '그렇게 김종수를 좋지 않게 보면서 왜 그 막대한 의리를 김종수한테 맡기셨냐'고 물으니, 정조는 '그들이 김귀주 무리를 끼고서 자기 뜻에 맞지 않으면 소란을 피울 것이기에 그랬다'고 답했다(『영춘옥음기』). 이것이 바로 시비(是非)와 호오(好惡) 이상으로 힘의 강약(强弱)과 이해(利害)가 중요하게 작용하는 현실 정치인 것이다.

　정조는 또 김조순한테 "임금의 자리는 극히 외롭고 위태로우니 임금이 처가가 없으면 어디다 의지하리오"라고 말했다고 한다. 물론 사돈 될 사람한테 듣기 좋으라고 한 소리이 겠지만, 제왕이 '고위(孤危)'하다는 말은 정조의 가슴속 깊은 곳에서 우러난 말이 아닌가 한다. 제왕의 자리는 개인과 정파의 이해를 조정해야 하고, 심지어 자기를 낳은 어머니의 바람마저도 조정해야 하는, 누구한테도 기댈 수 없는 고독한 자리이다. 따라서 모든 사람을 포섭하기 위해 옳고 그름을 판단하는 데 좀더 유연한 사고를 하지 않을 수 없었고, 이 때문에 한편에서는 불신과 의심을 받지 않을 수 없었다.

금등의 비밀

　영조는 사도세자를 죽인 후 곧 후회했다고 한다. 그래서 자신의 심정을 글로 써서 비밀리 남인의 영수인 채제공에게 주며 정성왕후 혼전 신위 아래에 잘 감추어두라고 했다고 한다. 이 사실은 1793년 8월 8일 정조가 전격적으로 폭로하여 알려지게 되었다. 이른바 '금등(金縢)' 사건이다. 금등은 금띠라는 뜻으로, 중국 고대에 왕실의 비밀문서를 간직한 궤를 상징한다. 『서경書經』의 한 편명이기도 하다. 정조는 이 밀서 가운데 두 구만 공개했는데 "피 묻은 옷자락이여, 피 묻은 옷자락이여, 오동나무 지팡이여, 오동나무 지팡이여, 누가 안금장(安金藏)과 차천추(車千秋)처럼 세자에게 충성을 다했는가. 내 태자 죽인 한무제처럼 내 한 일을 후회하노라(血衫血衫 桐兮桐兮 誰是金藏千秋 予懷歸來望思)"라는 내용이다. 채제공은 정조의 폭로 후에 이 사실을 세상에 널리 알리기 위해 경상도 선비들에게 편지를 보냈는데, 여기서 '피 묻은 옷자락'과 '오동나무 지팡이'는 사도세자가 어머니 정성왕후 거상 때 입고 짚은 상복과 상장(喪杖)을 뜻한다고 했다. 사도세자는 거상 후에도 상복과 상장을 치우지 않았는데, 이 바람에 영조에게 더욱 큰 의심을 사기도 했다. 이 폭로 이후 정조는 아버지 신원을 좀더 본격적으로 진행했다. 그리고 1794년 12월 사도세자에게 여덟 글자 존호를 올릴 때 금등의 의미를 살릴 수 있도록 노력했다고 한다. 그런데 위에서 말한 정조의 정치적 술수를 고려할 때 금등의 실존 여부는 다소 의심스럽다. 오랜 후에 갑자기 나타난 밀서와 부분 공개, 그것을 통한 여론몰이 등 미심쩍은 부분이 한둘이 아니기 때문이다.

아버지 홍봉한

1744년 내 결혼하고 궁궐에 들어온 후 아버지께서도 그전과 지위가 달라지시니 과거를 아니 보고자 하시더니, 그때 재야 학자들이 아버지의 위치가 왕의 장인과는 다르니 폐과廢科하는 것이 오히려 이상하다 하여, 그해 10월에 과거를 보시고 급제하시니라. 영조께서 기다리시다가 다행히 여기시고, 경모궁께서는 어린 나이시나 장인이 과거 급제하였다고 기뻐기뻐하시니라. 그때 인원왕후와 정성왕후, 두 댁 사람 중에 문과文科에 급제한 이 없다가 척리가 과거에 급제하는 경사를 보시고, 두 왕후께서 사돈이 급제했다 하시며 나를 부르셔서 특별히 치하하시니라. 특히 정성왕후께서는 본댁이 노론이 공격을 당한 신임화변辛壬禍變에서 화를 입은 고로 노론 붙드심이 특별하셨는데, 우리 집이 노론이라 하여 아버지의 과거 급제를 기뻐하심이 당신 친척의 일보다 덜하지 않으시니, 그때 황공하며 감탄하던 일이 이제도 어제처럼 떠오르도다.

세상 사람들은 잘 모르고, 영조께서 아버지를 아끼심이 척리라서 그런가 하되, 실은 그렇지 아니하니라. 1743년 아버지께서 성균관 장의掌議. 유생 대표로 궁궐에 들어와 숭문당에서 임금을 모셨는데, 그때 아버지께서 말씀을 아뢰려고 들어오고 나가는 것을 영조께서 보시고 기특히 여기시니라. 영조께서 들어와 선희궁께 말씀하시기를

"오늘 세자를 위하여 정승 하나를 얻었노라"

하시니, 선희궁이

"누구시니이까"

물으시니,

"홍아무개라"

하시고

"이 사람을 위해 알성시를 여니 혹 이 과거를 할까 가슴 조이노라"

하셨다 하니라. 이 일을 선희궁께서 나에게 전하시니, 이로써 영조께서 아버지를 아끼심이 이미 선비 적부터 시작되어 정승을 허락하심을 알 수 있느니라.

간택 때 달리 마음에 둔 처녀도 있었던 듯하되, 영조의 뜻이 날 사랑하실 뿐 아니라 우리 아버지를 크게 쓸 신하로 아셔서, 내가 아버지 딸인 고로 더욱 확실히 정하시니라. 아버지께서 비록 척리가 아니라도 당신 지체와 명망, 재주와 국량局量. 도량으로 어이 임금의 마음을 못 얻으시며, 어이 높은 벼슬에 못 오르시리오. 특별히 나로 인하여 일신이 자유롭지 못하시며 고금에 없는 일을 다 겪으시고, 마침내 적들의 망극한 헐뜯음으로 망측한 일을 겪으시니라. 아버지께서 끝내 원한을 품고 목숨을 재촉하시니, 척리 되신 이로움은 적고 해는 많으니, 이것이 다 나를 두신 연고라. 내 일생 죄스럽고 원통하니라.

아버지께서 과거에 급제하신 다음, 영조의 아끼심이 점점 높고 중해 벼슬을 차차 높이 올리시어 나라의 재정과 병권을 모두 맡기시니라. 아버지께서는 지극히 공평하신 마음과 정성으로, 또 빼어난 지식과 재

주로, 일마다 임금 뜻에 맞고 가지가지가 규범에 어긋남이 없었느니라. 또한 이십여 년을 장수와 재상으로 계시며 백성의 이해와 온 나라의 고락苦樂을 당신 일같이 아시어, 안팎의 여러 폐단을 바로잡아 지금까지 지켜지게 하시니라. 이는 영조와 아버지의 군신 사이가 천고에 드물 정도로 좋았기에 가능한 일이기도 했지만, 당신의 충성과 재량이 다른 사람보다 뛰어나지 않으셨다면 어찌 이러하시리오. 그런데도 당신께서 겪은 바가 망측하고 공연한 모함이 이르지 않은 곳이 없었느니라. 하지만 기실 모함이라는 것도 허망한 말 두어 가지뿐이라. 삼십 년 나랏일 하시며 이 일을 잘못하여 나라가 병들었다거나 저 일을 잘못하여 백성에게 해롭다는 말은 지금까지 털끝만큼도 없으니, 유식한 선비 외에 서울이나 시골의 어리석은 백성들까지 아버지의 덕을 생각하고 은혜에 감격하여 지금까지 이르기를

"홍정승 아니면 나라가 어찌 지탱하였으며 우리가 어찌 살아났으리" 하니라. 이는 나 한 사람의 사사로운 말이 아니라. 철모르는 아이들이나 무식한 하인들을 잡고 물어도 반드시 아버지를 '근세의 어진 재상'이라 할 것이니, 이 어찌 잠시 권력을 부린 사람이 얻을 바리오.

당신이 조정에서 하신 일은 세상이 다 알 것이요, 정조께서 『주고』 서문에 갖추어 올리셨으니 다시 아니 기록하니라. 다만 당신 겪으신 바 가운데 너무도 억울한 일만 대략 거두어 쓰노라. 아버지께서 흉악한 모함을 받으신 여러 사정들은 이다음의 여러 항목들에 따로 올렸으니, 여기서는 다시 거들지 아니하노라.

아버지의 충성

만일 경모궁 병환이 극한 상황이 아니시고, 영조께서는 모르시는데

아버지께서 고이하여 경모궁 죄를 영조께 아뢰어 '뒤주를 들여 이리이리 처분하소서' 권하셨다면, 어찌 아버지를 무고하다 하리오. 만일 그리하셨다면 비록 부녀지간이나 지아비가 아비보다 중하니, 내 아무리 무식한 여편네라도 그만한 의리쯤은 알고 있으니, 내 어찌 그때 지아비를 따르지 않았으리오. 설사 내 목숨은 결단치 못했다 해도, 어찌 차마 부녀의 정의를 보전했으리오. 또 세손이던 정조께서 그날 사건을 보셨으면서도 1771년 외할아버지는 무고하다는 내용의 편지를 아버지께 보내셨으리오. 정조께서 1776년 즉위 후, 아버지를 공격한 정이환의 상소에 답하면서 영조의 하교를 들어 아버지의 무고를 밝히셨으니, 무슨 연유로 그렇게 하셨으리오. 더욱이 하늘이 아버지께 죄가 있다 여기셨다면 아버지께서 어이 자손을 남기실 수 있었으리오. 또 지금은 내가 동생이 사사되는 등 어려움에 처해 있지만, 어이 지난 사십 년을 세상에 머물며 자손의 효도를 받았으리오.

경모궁 돌아가시던 당시의 나라 형편이 불과 한숨 쉴 사이에도 어떻게 될지 모르는 위태로운 상황이었으니, 그때 만일 아버지께서 약간이라도 잘못하셨으면, 내 집 멸망하기는 둘째요, 세손이던 정조를 어찌 보전했으리오. 어쩔 수 없는 상황이 되어, 피눈물을 흘리면서 정조를 보호하셨고, 그리하여 이 나라가 오늘처럼 무사하게 되니라. 영조께서 아버지를 믿고 기대셨기에 정조를 보전하였지, 크게 노하시면 아드님도 처분하시니 손자야 오죽하리오. 만일 정조까지 그리되셨으면, 당일 여러 사람의 논의는 물론 후세의 판단이 어떠하리오.

그때 아버지의 지위와 처지로 대궐 섬돌에다 머리를 부딪쳐 죽어 세손까지 보전하지 못하는 것이 옳은지, 어쩔 수 없는 지경이니 세손이나 보전하여 종사를 잇는 것이 옳은지, 이는 학식 있는 이의 의견을 듣지 않아도 알 일이로다.

징조께시 매양 하시되

"외할아버지의 충성은 훌륭한 옛사람도 쉬 할 수 없는 그런 것이건만, 세상놈들의 욕이 무서워 나는 차마 충성이라고도 못 하고 공적이 있다고도 못 하니라. 이리 의지할 데도 없고 어디 탓할 데도 없어 흐리멍텅한 사람처럼 지내며, 외할아버지를 무고한 한유 같은 고이한 놈까지 죄명罪名을 없애주었으니, 이는 어쩔 수 없는 일이라. 이것이 천년만년 갈 진정한 의리는 아니니, 내 아랫대부터는 외할아버지의 공적이 드러나리니, 그때는 익정翼靖이라는 시호를 고쳐 충忠 자를 붙이리라"
말씀하시기를 몇천 번 하신 줄 모르니라. 이는 가순궁도 보고 들은 것이니, 내 이제 선왕이 아니 계시다고 조금이라도 과한 말을 차마 어찌하리오.

임금의 뜻이 이러하시니, 정조께서 십 년 동안 아버지의 문집을 밤낮으로 친히 편집하시고, 그 많은 서문을 지으시어, 그것을 간행하여 세상 사람들에게 보이려 하시니라. 이것은 아버지께서 하신 일을 높이시는 일일 뿐 아니라, 외할아버지를 향한 당신의 마음과 외할아버지가 당신을 보호하여 종사를 평안케 한 충성과 공을 세상이 다 알게 하려 하신 일이라. 그 마음을 가까이 모셨던 신하들이야 어찌 모르리오.

그리하시고도 경모궁 돌아가신 일의 실상이 잘 밝혀지지 않을까 매양 근심하시며, 그 문제는 참으로 손대기 어렵다 하시더라. 그러다가 아버지의 『연보年譜』를 손수 편찬하실 제, 경모궁께서 뒤주에 갇힌 날, 곧 1762년 윤5월 13일 조에는 시간까지 박아넣으시고 여기다가
"경모궁 장례절차의 모든 책임을 맡아서 충성을 다하였다"
라는 말을 넣으시니라. 그리고는 동생들에게 아버지 문집에 1762년 아버지께서 영조를 직접 뵙고 바친 상소문이 어이 아니 들어 있느냐 물으시기에, 동생들이 아뢰기를
"경모궁 일에 대해서는 지금 공문서든 사문서든 글에 올리지 못하게 되어 있기에 못 올렸습니다"

하니, 정조께서

"꼭 그렇게 할 이유는 없다. 외할아버지의 본심과 사실이 이 상소에 있으니 올리라"

여러 번 말씀하시다가 오래지 않아 돌아가시니, 결국 상소를 문집에 올리지 못하니라.

또 정조께서 당신이 1771년 동궁 시절 아버지께 보낸 편지를 얻으신 후 기뻐하시며, 그것을 동궁 시절에 쓴 글을 모은 『춘저록^{春邸錄}』에 올리자 하시고, 아버지 『연보』에도 그 사실을 올리시며, 나에게 하시되

"다행히 내 직접 본 일을 쓴 편지가 남아 있어 『연보』에까지 올리니, 이로써 증거가 될 것이라. 이제 한이 없다"

말씀하시니라. 만일 경모궁 죽음에 아버지께서 터럭만큼이라도 관계되셨으면, 정조께서 평소 말씀을 차마 어찌 그리하실 수 있으며, 어찌 손수 『주고』와 『연보』를 만드셨으리오.

당신 손으로 하지 못할 일은 의리를 지키시느라 그 아버지 위한 일에도 오히려 미진한 것이 있는데, 진정 의리에 어긋났다면 어이 외할아버지라고 용서하시며 하물며 이리 높이시리오. 이 한마디에서 더욱 분명히 알 수 있는 일이로다.

1772년 귀주네가 아버지에게 뒤집어씌운 세 가지 혐의, 곧 '경모궁 돌아가실 때 뒤주를 사용하도록 영조께 권했다', '영조의 병환에 최고급 인삼을 쓰지 않았다', '아우 홍인한과 함께 정조의 등극을 방해했다'는 조목은 1784년 정조께서 완전히 풀어주셨으니, 예삿집이라면 아무 허물도 없다 하련마는, 무슨 일로 이제 근거도 없이 다시 욕을 받느뇨. 저들이 새삼 죄로 삼는 것들은 다름이 아니라, 이미 1784년에 다 해결된 것들이니, 세상에 이런 일이 어이 있으리오.

사도세자의 죽음을 바라보는 두 시각

대저 경모궁 돌아가신 일에 대해서는 두 가지 의견이 있노라. 한 의견은 그때 영조께서 내리신 처분이 광명정대하다고 하며, 그 처분을 영조의 거룩하신 큰 업적으로 일컬어 '세상 어디에 내놓아도 당당하고 떳떳하다'고 하는 것이라. 또 다른 의견은 경모궁께서 병환이 없으신데 원통히 그리되셨다 하는 것이라. 앞의 의견은 경모궁께서 속에 다른 뜻을 품은 죄가 있기에 영조께서 무슨 역적이나 평정하신 듯이 처분하신 것으로 본 것이니, 이리하면 경모궁께서 어떤 처지가 되시며, 나아가 정조는 또한 어떤 처지가 되시리오. 경모궁을 역적으로 보고 정조를 죄인의 아들로 보는 것이니, 이는 경모궁과 정조 두 분 모두에게 망극한 말씀이라. 그리고 뒤의 의견 같으면 영조께서 헐뜯는 말을 들으시고 동궁을 그 지경까지 가게 한 것이니, 경모궁 위하노라 한 것이 도리어 영조께 실덕이 아니 되리오.

이리 말하나 저리 말하나 영조, 경모궁, 정조 세 분께 망극하기는 한가지며, 두 의견 모두 실상이 아닌 것은 일반이라. 아버지께서 상소에 올린 말씀처럼 경모궁께서는 분명히 병환이 있으셨고, 비록 병환 때문이긴 하지만 임금과 나라의 위태로움이 급박한 지경이 되었으니, 영조께서 슬픔은 한이 없지만 어쩔 수 없이 그 처분을 하시니라. 경모궁께서 본심도 그러하셨다면 참으로 허물이 있다 하겠지만, 천성을 잃는 병환을 앓으시니 당신 하신 일을 당신도 다 모르시는지라. 병환 드신 것이 망극하지, 경모궁께야 터럭만큼이라도 허물이 있으리오.

실상이 이러하니 이리 말을 하여야 옳으니라. 영조의 처분도 어쩔 수 없이 하신 일이시고, 경모궁 겪으신 일도 어쩔 수 없는 것이라. 정조의 처지도 애통은 애통대로 의리는 의리대로 각각 말을 하여야 실상에도 어긋나지 않고 의리에도 합당하니라. 그런데 위의 두 의견은 영조 처분을 거룩하다 일컬으며 경모궁을 죄인으로 만드는 것이거나, 경모궁을 위한다며 영조를 자애롭지 못한 아버지로 만드는 것이니, 둘다 영조, 경모궁, 정조 세 분께 죄를 짓는 것이라.

한 의견은 영조 처분이 옳다 하면서도, 처분이 옳다면 정말 문젯거리도 되지 않을 뒤주를 가지고 저희들이 알지도 못하면서 그것을 아버지께서 들였다고 하면서 죄를 잡으려 하니, 이것이 영조께 정성스런 말이냐, 경모궁께 정성스런 말이냐. 이는 경모궁 돌아가신 일로 사람을 함정에 빠뜨리는 수단으로 삼는 데 불과하니라. 삼십 년 동안 나를 무겁게 짓누른 망극한 일을 저희들은 그저 다른 사람을 해치는 계교로 삼고 출세하는 계단으로 삼으려 할 뿐이니, 통곡통곡할 뿐이로다.

이제 정조께서 아니 계시니 흉도들이 비로소 제 뜻을 펼치나, 그러고도 오히려 나를 없애지 못함을 분히 여겨, 내 동생을 죽이고, 아버지를 역적의 괴수라 하며 역적을 토벌했다며 공표하는 반교문頒敎文, 나라의 경사나 명령을 널리 알린 글의 첫머리에 올리니라. 내 비록 역대 역사를 모르나, 돌아가신 임금의 어미를 앉혀놓고 돌아가신 임금의 외할아버지를 역적이라며 반교문에 올려 온 세상에 알리는 일은 아무리 어그러진 세상이라 해도 없을 것이라. 또 1801년 6월에는 죄인들의 죄를 논하는 글에 내 셋째 동생의 형제가 역적의 종자라고 했으니, 이는 분명히 나를 역적이라 하는 말이라. 세상이 아무리 변했다 해도 어찌 이럴 수 있으리오. 이제 그 변화가 끝에 이른 듯하고, 신하의 절조도 아주 망한지라. 옛사람의 '울부짖으며 눈물 흘려도 부족하다'는 말이 오히려 부족하도다.

아버지께서 불행히 탈 많고 험한 때에 조정에 오래 계시니, 비록 임금의 대우가 정중하시나 당신 지위가 특별하시어 물러나실 마음이 밤낮으로 간절하신지라. 그러나 나라에 대한 근심과 어린 세손에 대한 걱정으로 몸을 자유롭게 못 하시고, 옛사람의 곧은 절개를 다 지키지 못하시고 마지못해 구차히 조정에 계시니라. 그러니 만일 강직한 사람이 아버지의 본심을 헤아리지 못하고 대신이 당당한 충절이 없다고 시비하면 당신도 마땅히 웃으며 들으실 것이요, 낸들 어찌 개의하리오. 그러나 내 집이 누대로 벼슬을 한 집으로 집안 운수가 형통하는 때를 만나, 자제들이 잇달아 과거에 급제하여 집안이 번성하고 권세가 지나치게 무거워지니, 이를 어찌하지 못하니라. 그러므로 사람들이 성내고 귀신이 꺼림도 괴이치 않으니라. 그릇된 후 생각하니 번영할 때 자취를 거두지 못하고 벼슬에 계속 몸을 적시고 있었던 것이 천만번 후회되고 한이 되니라. 그렇다고 해도 천만 뜻밖의 모함으로 이 지경까지 되기는 실로 원통한지라. 세상 이치가 번성하였다가 쇠하고 화를 입었다가 다시 복을 얻는 법이니 바퀴 돌듯 하는지라. 우리 집이 이미 번성하였다가 쇠하였으니, 이제 원통함을 깨끗이 씻어 화를 굴려 복을 이룰 때가 올까, 피눈물을 흘리며 하늘에 비노라.

정순왕후네

1759년 정순왕후가 대궐에 들어오니라. 그 집이 원래 빈한貧寒한 선비 집으로 하루아침에 존귀하게 되니 낯설고 서먹서먹한 일이 많으니라. 우리 아버지께서는 '두 척리가 의가 좋아야 평안이든 근심이든 함께할 수 있으리라' 하시며, 무슨 일이든 잘 알려주시고 주선하여 저들이 추하고 졸렬한 모습을 드러내지 않도록 세세히 권하시니라. 저들도 처음에는 고맙게 여기고 감격도 하더니, 형세가 두터워지고 흉한 마음이 굳어지자 마침내 원수가 되니, 이런 일이 어이 있으리오.

대저 정순왕후의 아버지 김한구는 성품이 악하고 속이기를 좋아하고, 그 오빠 귀주는 더욱 요사스럽고 간악한 인물이라. 척리가 된 후 인원왕후 집처럼 조용히 처신했으면 뉘 나무라리오. 하지만 저희 충청도 사람으로, 시골에 살며 세상 물정이 어두워 꽉 막힌 괴상한 의견을 펴는 것들과 친하니라. 또 귀주의 당숙 한록이는 곧 관주의 아비요, 남당^{충청도의 학자 한원진의 호}인지 누구인지의 제자로 학자질 하노라 하니, 귀주네가 한록이 받들고 믿기를 신명같이 하니라. 귀주네가 한록이 등의 의견에 따라 척리의 본색을 지키지 않으니, 잘하다가 중간에 그만두는 바람에 어중간히 거만해지기만 한 격이라. 못난 놈이 잘난 체하는 모습이 아니꼬울 적이 많으니, 세상에 뉘 아니 웃으리오. 우리 집이 대대로 재상가요, 먼저 된 척리니, 행여 저희를 비웃고 무시하는가 의심하고 노하니라.

1760년과 1761년 사이 경모궁의 병세는 점점 여지없으시고, 영조께서 저희를 새 사람이라 과히 친근히 대하시니, 귀주네 흉심을 가지고

'동궁의 실덕이 저러하니 어쩔 수 없이 큰일이 날 것이라. 그러할 제는 동궁 아들도 응당 보전하지 못할 것이요, 그리되면 나라에 다른 왕자 없으니 필경 양자를 들이실 테고, 그럼 우리가 외가가 되어 장래에도 부귀를 가지리라'

하며 저희끼리 의논이 난만爛漫하니라. 그러나 영조께서 아버지 아끼심이 특별하시니, 혹 세손을 보전하게 되면 저희들 욕심대로 되지 못할까 염려하니라. 그리하여 1761년 귀주가 겨우 이십이 넘은 아이놈으로서 제 감히 영조께 편지를 보내어, 아버지를 해하려 하고 여기에다 정처의 시삼촌인 정휘량까지 끌어들여 공격하니라. 그때 영조께서 놀라셔서 중궁전에 '어찌 이런 일을 벌이리오'라며 꾸짖으시니라. 이는 경모궁께서 평양에 다녀오신 일로 '아버지께서 경모궁께 평양에 가지 못하시게 간언하지 않았고 당시 평안 감사인 정휘량은 경모궁 다녀가신 것을 알면서도 영조께 고하지 않았다' 하고 얽은 말이라. 이것이 어찌 아버지만 해칠 뜻이리오. 경모궁의 과실을 영조께서 아시게 한 일이니, 제 처지에 어찌 이런 흉심을 내리오.

영조의 승은承恩 내인內人인 이계흥의 누이 이상궁이 매양 영조를 모시고 있으면서, 영조와 경모궁 사이에서 조정하는 일이 많더니, 그날 편지를 보고 놀라고 분하여 중궁전에 아뢰기를

"댁에서 어찌 감히 이런 일을 하리오. 물 떠다가 급히 편지를 씻어

정순왕후 생가 정순왕후는 경주 김씨로 일명 한다리 김씨로 불린다. 서화로 유명한 추사 김정희와 같은 집안으로, 추사의 증조부인 김한신은 영조의 부마, 곧 화순옹주의 남편이다. 김한신과 정순왕후의 아버지 김한구는 8촌 형제이다. 충청남도 서산시 음암면 유계리 소재

버리소서"

하니라. 그때 이미 귀주 그놈의 흉심을 알았으나, 나도 아버지도 그윽이 근심하며 탄식할 뿐, 보는 데가 있으니 경모궁께도 이 말은 여쭌 일이 없더라. 여기서 내 집이 저희와 맞서지 않으려던 뜻을 가히 알지라.

저희 마음에 저희는 임금의 장인이니 동궁 장인에게 어이 못 미치리하여, 시기하는 마음과 우리 집 제거할 계교가 날로 심하던 차에, 경모궁께서 돌아가시니, 이제 세손까지 보전치 못하고 양자를 정하면 저희가 외가 노릇을 하고 홍씨는 완전히 멸망할 것으로 아니라. 그러다가 마침내 세손이 도로 동궁이 되시고 우리 집도 보전하여 아버지가 재상이 되시니, 저희가 분함을 이기지 못하여, 그제야 천고에 없는 차마 못할 흉악한 말을 지어내니라. 그 말로 영조의 마음을 어지럽히고 세손도 보전치 못하게 하려 하니, 이 흉언을 저희는 말할 수 있다 해도, 내 어찌 차마 붓으로 쓰리오. 그러나 분명히 쓰지 않으면 후인이 무슨 흉언인지 의혹을 가질 듯하기에 마지못해 쓰노라.

죄인의 아들이 임금이 될 수는 없다

경모궁께서 돌아가신 다음 한록이가 충청도 홍성의 김씨네들 모인 데서 말하기를

"세손은 죄인의 아들이라 왕통을 이을 수 없다. 이런 판국이니 태조의 자손이기만 하면 누군들 임금이 되지 못하겠는가"

하니, 이것이 세상에 전하는 이른바 열여섯 자 흉언罪人之子 不可承統 太祖子孫 何人不可이라. 그때 김씨네들이 다들 듣고서 전하는 말이 분분하되, 너무도 끔찍한 말이라 차마 입에 올리지 못하니라. 그 말을 나도 듣고 세손도 들으시고 흉악히 여기나, 반신반의하여 차마 믿기 어렵더라.

근년에 정조께서 내게 말씀하시기를

"한록이와 귀주 무리의 흉언을 끝내 믿지 않았더니, 이제야 진실인 줄 아노라"

하시니라. 이에

"어찌 아시오"

물으니, 정조께서 대답하시기를

"소문에 홍성 갈뫼의 김씨네들 모인 데서 그 말을 하였다 하여 마침 홍문관에 근무하는 김이성이가 당번으로 들어왔기에『공거지남』에 의하면 1789년 6월 28일의 일, 저가 갈뫼 김가金哥라 알듯하여 조용히 잡고, 속이지 말고 바로 이르라 어르고 달래 물으니, 처음은 서먹서먹하더니, 내가 저 하나를 못 휘어잡으리이까, 나중은 실토하는데, 한록이가 그 말 하는 것을 제가 직접 듣고, 다른 김씨들도 많이 듣고, 즉시 저희 가문의 장로인 김시찬에게 말하니, 김시찬이 듣고 크게 놀라 '귀주와 한록이의 무리가 이제 반역의 뜻을 둔 것이 분명하니, 집안 아이들을 깨우쳐 무엇이 충성이고 무엇이 반역인지 분간케 하라' 하였다 하니이다. 이것이 실은 한록이의 말일 뿐만이 아니라 귀주의 의견이라 하니, 이제는 분명

한 증거를 얻었으니, 그 소문이 참임을 알 수 있나이다. 어이 이런 일이 있으며, 이런 말을 하는 판이면 어느 지경엔들 못 가리오. 참고 있다가 앞일을 볼 것이요, 지금은 그것들이 무서우니 아직은 구슬리고 달래어 급한 변變과 깊은 원한을 부르지 아니할 것이라"

하시니라. 그리고 말씀하시기를

"귀주와 한록이의 무리가 경모궁 돌아가신 다음 누구를 양자로 할 것인지 자기네들끼리 정한 것도 있더라 하니, 그것이 다 흉언을 좇아 나온 계교라. 설령 그것이 임금이 된다 해도 어찌 한 나라의 임금으로 수많은 신하들을 의연히 대할 수 있으리오. 참으로 흉하지 않느냐. 생각할수록 그놈들의 역심과 흉언이 몸서리친다"

하시니라.

1799년 정조께서 한록이의 아들 관주를 동래 부사를 시키시며

"말도 안 되는 곤란한 일이지만 내 하노라"

나에게도 말씀하시고 가순궁에게도 그리 말씀하시니, 이놈들이 흉악한 역적인 줄은 정조께서 어이 통촉하지 못하시리오.

귀주네의 역심은 정조께서 이미 전부터 아시는 고로, 1776년 즉위 직후 귀주를 흑산도로 귀양 보내시며 내리신 하교에

"귀주의 죄를 1772년 봉조하奉朝賀 홍봉한을 비판한 상소를 올린 작은 일로만 말하였지만, 이 밖의 것은 실로 차마 말하지 못했을 뿐이라"

하셨으니, 차마 말하지 못하셨다는 것이 곧 이 흉언이라. 즉위 전에도 모르지 않으셨으나, 김이성의 말을 들으신 후 더욱 분명한 증거를 얻으시니라.

자고로 다른 임금을 추대하는 역적과 국가의 근본을 흔드는 역적이 얼마나 되리오. 하지만 우리 조선에 효종 이후 6대의 혈맥血脈에는 세손 하나가 있을 뿐인데, 저희가 외가 노릇하며 일시 부귀를 누릴 욕심으로, 6대 혈맥을 없애고 태조 자손이라고 하면서 전혀 알지도 못하는 것

을 임금으로 갖다 세우고, 오로지 저희들이 나라를 차지하려 하니, 만고 천지간에 이런 극악한 역적이 또 어디 있으리오. 내 집은 물론 굳이 아버지까지 해치려 한 것도 이 흉언으로 말미암은 것이라.

저희 흉언이 차차 전하여 온 세상이 다 아니, 저희가 계교도 행치 못하고 흉언도 감출 길이 없는지라. 그제야 선비들을 사귀어 선비 노릇하면서 사론士論, 여러 선비들의 논의을 한다 하니라. 또 가난하여 죽게 된 것들을 서울 시골 가릴 것 없이, 문사나 무인을 막론하고, 떠돌아다니며 말 지어내고 공연한 짓 하는 무리들을 재물로 달래고 의기義氣로 사귀는 체하며 몸을 굽혀 모으니라. 그것들이 불과 시골의 미천하고 괴상망측한 불만꾼들일 뿐이니, 제 평생 부귀한 집 대문을 구경이나 해보았으리오. 좋은 음식과 두꺼운 옷으로 후히 대접하고, 돈 달라면 돈 주고 쌀 달라면 쌀 주고, 급한 병이 있다 하면 인삼 녹용을 주고, 누구 결혼이 있거나 상이 났다 하면 조금도 아끼지 않고 도와주니, 그것들이 귀주네를 죽어도 잊지 못할 은혜로 아니라. 그래서 도처에서 귀주네를 거룩한 선비요 척리로 칭송하고 위하고, 물불을 가리지 않고 귀주네를 도우니라. 하지만 이것은 결국 임금 쫓아낸 한나라 왕망王莽이가 주변의 기림을 얻기 위해 부린 흉계와 같고, 결국은 내 집을 쳐내려 하는 뜻이라.

정조께서 매양 말씀하시기를

"외할아버지께서 어영청을 맡으셨을 때 비축해놓은 은銀이 수만 냥이었는데, 그것을 오흥부원군김한구이 다 내어 귀주와 함께 흩어, 외할아버지 죽이는 일꾼을 모으는 데 썼으니, 세상에 그런 원통하고 우스운 일이 없습니다. 그래서 내가 친근한 사람에게 이 말을 하니 그 사람이 맞는 말이라 하더이다"

하시더라.

귀주 마음은 고작해야 아무쪼록 내 집을 없애려 한 것이라. 설사 아버지께서 잘못하신 일이 있다 해도 두 집이 그리해서는 안 될 것인데,

제가 그리함은 잘못이라. 우리 집이 제게 불리하게 했다거나 핍박이라도 했으면 사람의 마음으로 혹 미워할지도 모르되, 처음부터 우리 집은 저희에게 은혜가 있지 원한은 털끝만큼도 없느니라. 세세히 살펴보아도 저희가 우리를 공격하는 까닭이 반역 말고 어이 다른 뜻이 있으리오.

별감 일로 멀어진 외가

저희가 흉언으로 동궁의 지위를 흔들려고 했지만, 영조께서 세손을 지극히 자애하시고, 또 아버지를 아끼고 의지하심이 한결같으시며, 세손이 점점 장성하시니 후계자의 자리가 굳고 굳은지라. 어찌할 수 없어 막막해하다가 천만 의외에 1769년 별감 일이 나니라. 별감 일이란 세손이 대궐의 별감을 앞세워 외입한다고 하여 아버지께서 세손께 직언하고 별감들을 귀양 보낸 일이라.

정조께서는 어린 마음에 외할아버지와 이 늙은 어미가 당신께 애태우며 정성을 다하는 줄은 미처 살피지 못하시고 일시적으로 화가 나, 이로 인하여 외가에 대한 정이 변하시니라. 이때 귀주가 정처의 양자 정후겸이 내 집을 좋아하지 않는다는 사실과 이 사건을 겸하여 알고는 그제야 기회를 잡았다 하고, 적반하장으로 저희는 세손께 정성이 있고 아버지는 경모궁 서자인 인祖이와 진嬪이 무리를 귀하게 여기며 세손께 불충한다 하며, 세손께 아첨하고 세상에도 퍼뜨리니라. 홍가洪哥가 세손께 불충하고 세손도 홍가를 박대하신다는 말을 지어 퍼뜨리니, 세상에 급히 벼슬을 하려는 부류와 이익을 탐하고 시세를 따르는 것들이 일시에 달려들었는데, 열 명이 모였다고 십학사十學士라 하고, 홍씨네를 친다고 공홍당攻洪黨이라고도 하는 것들이 아울러 한 뭉치가 되어 아버지 해

별감, 서울 유흥계의 주인

사도세자나 정조나 모두 별감들을 통해 외입을 시작했다. 도대체 별감이 무엇이기에 세자들을 유흥에 빠지게 했는가? 별감은 궁궐에 소속되어 각종 잡일을 맡아보는 하인들이다. 무예별감처럼 궁궐 파수를 주 임무로 삼기도 하고, 대전별감처럼 각 궁전에 소속된 자는 임금이나 세자를 호위하기도 하며 가마를 메거나 문서, 물건 따위를 전하는 심부름 등을 하기도 한다. 별감의 인원은 시기에 따라 다르지만, 『연려실기술』에 따르면 1748년에 무예별감의 정원을 100명으로 늘렸다고 하고, 『대전회통』에 의하면 대전에는 48인, 세자궁에는 18인, 그리고 세손궁에는 10인의 별감을 둔다고 했다. 별감은 궁궐에서는 말단의 하위직에 불과하지만 지존의 최측근으로서 궁 밖에서는 당당히 권력을 행사했다. 『조선왕조실록』에는 별감의 난동이 여러 차례 보고되고 있는데, 그들은 왕인(王人), 곧 왕의 사람이라고 하며 최상층의 비호를 입고 권세를 부렸다.

이렇듯 현실적으로 막강한 권력을 가진 별감들은 서울의 유흥계를 주름잡은 주인이기도 했다. 포도군관(捕盜軍官) 등과 함께 이른바 사처소(四處所) 외입쟁이의 대표였던 것이다. 외입쟁이는 기생방의 주인 노릇을 하는 자로서, 별감의 상급자인 사알(司謁)과 사약(司鑰)은 노래선생이나 고위관료가 아니면서 기생들한테 존댓말을 듣는 유일한 부류였다. 이들의 세련되면서도 당당한 모습은 신윤복의 풍속화첩이나 각종 의궤에 실린 반차도(班次圖) 등에서 볼 수 있고, 『한양가』 『왈짜타령』 등의 문학작품에도 잘 그려져 있다. 별감의 붉은 옷과 화려한 치장은 서울 유흥가의 한 상징이었다.

치기를 꾀하니라. 그것들이 1770년 3월 청주놈 한유라는 것을 얻어, 그 흉악한 상소를 올리게 하니, 이것이 모두 귀주가 앞장서서 한 일이라.

『유곤록』 사건

한유라 하는 것이 자기 시골 동네에서는 양반으로 변변히 이름도 못 내세우던 놈이라. 더욱이 어긋나고 모질고 악독하여 사람 축에도 끼지 못하는 어리석고 무상한 놈이라. 그때 영조께서 학자들이 당신이 사십 년 고심으로 이루어놓으신 탕평책을 비판한다고 하시며, 특히 송명흠宋明欽과 신경申暻에게 크게 화가 나셔서, 재야 학자인 송명흠은 서인庶人으로 만들어 시골로 쫓으시고, 신경은 귀양을 보내시니라. 또 당쟁의 폐해를 경계하고자 『유곤록裕昆錄』이라는 책을 만드시니, 이는 학자가 나라를 그릇되게 하니 후대 임금은 학자를 쓰지 말라 하신 말씀이라. 이는 영조의 큰 실수이시니, 뉘 아니 걱정하고 탄식하리오. 하지만 팔십을 바라보는 임금이 실수로 그리하시니, 비유컨대 민가民家의 노인이 별것 아닌 일로 자식을 꾸짖으면 자제들이 임시변통으로 이리저리 꾸며대며 비는 척하는 것처럼, 그때 아버지께서 임금의 마음을 격노케 할 처지가 아니시고, 더욱이 당론이 재현될 것을 우려하는 영조의 본심을 누구라도 모를 것이 아니기에, 임금의 비위를 맞추느라 신경을 죄줄 것을 청하시니라. 이리하여 눈앞의 일을 무사히 넘기려 하셨으니, 이는 어려운 때를 만난 탓이지, 다른 이유가 있는 것이 아니라. 실상 당신은 세손을 보호하여 국본을 튼튼히 하려고만 하셨지, 노친네 일시 실수한 것 등 그 밖의 일은 굳이 어찌할 것이 아니라 여기셨으니, 영조께서 마침내 바른길로 갈 것이라 믿으심이라.

아버지 뜻의 근본은 곧 관과지인觀過知仁이니, 사람은 허물을 보면 그

어짊을 알 수 있다 함이라. 영조의 허물이 결국 당론을 없애고자 하는
어진 마음에서 나온 것임을 아시니 무엇을 걱정하리오. 아버지께서는
오로지 나라 위한 고심뿐이었느니라.

그때『유곤록』으로 상소하는 이 있으면 높은 의논이라 하니, 누가
한유놈을 꾀어

"네『유곤록』으로 상소하면 명인名人이 되고 장래 벼슬하고 양반이
되리라"

하니라. 이에 이 우매한 놈이 그 말을 옳게 듣고, 짐짓 충성 있는 표시
를 하노라 팔 위에 글자를 새기고 서울에 와『유곤록』으로 상소하려 하
니라. 그런데 그놈이 심의지沈儀之와 친한데 의지는 귀주의 혈당血黨. 생사를
함께하는 무리이라. 의지가 한유가 상소하러 온 말을 듣고는, 귀주가 사람을
얻지 못해 목마르게 찾는 때라, 귀주네들과 의논하고 한유를 달래기를

"『유곤록』 말도 해야겠지만, 지금 홍봉한이 오랫동안 정승으로 권세
를 많이 써 임금께서 꺼리시고 동궁께도 득죄하니, 동궁께서 그 외가
를 중히 여기지 않으시고 세상이 다 공격하는 판이지만, 아무곧 김귀주는
앞장서서 단박에 상소를 못 하니, 네 만일 상소하여 홍가를 비판하면,
벼슬도 할 것이요, 장한 공이 되리라"

하며 무수히 꾀니라.

또 한유가 서울에 와서 여관에 머물 제, 귀주네들이 하인을 시켜 한
유 있는 곳에 가 말하기를

"여기 청주 한생원 있느냐. 영의정 대감곧 홍봉한께서 상소하여 일내는
놈이니 잡아오라 하신다"

하고, 혹 낯을 바꾸어가며

"그 선비 어서 쫓아내 서울에 있지 못하게 하라신다"

하며 공갈하고 모욕주기를 여러 번 하니라. 이에 한유란 놈이 어리석
게 분을 돋워 불쾌해했는데, 의지가 그 사이에서 감언이설로 꾀어

"이 상소를 올리면 절개 바른 선비가 되어 몸에 영화가 있으리라"
달래며 상소를 지어주니, 이놈이 죽을 동 살 동, 옳은지 그른지도 모르
고 그 흉악한 상소를 올리니라.

그때 정처가 양자 정후겸의 말을 듣고 우리 집을 제거해야 저희 모
자가 안팎으로 권세 더욱 중할 줄로 알아 귀주와 합세하여 아버지를
헐뜯어 이르지 않는 곳이 없더라. 이에 영조의 마음이 칠분七分 팔분八分
은 변하여, 1770년 정월에 대수롭지 않은 일로 아버지를 벼슬에서 내
보내시니라. 영조께서는 곧바로 다시 아버지께 벼슬을 베풀어 중추부
中樞府. 현직이 없는 최고급 관리를 모아 대우하던 관청의 영부사領府事. 중추부의 으뜸 벼슬를 시키시
나, 영의정은 김치인이 대신하여 한유가 상소 올린 3월에 이르니라. 이
로써 임금의 아끼심이 쇠한 줄 알 수 있더라.

영조께서 한유의 상소를 보시고 어이없어하시나, 좌우에서 우리를
해치는 말에 꼬이셔서, 한유는 가볍게 신문하여 흑산도로 귀양 보내시
고, 아버지는 벼슬에서 물러나게 하시니라. 이것이 비록 끝까지 아버
지를 보전하시려는 뜻이긴 하나, 평소 아끼고 은혜를 베푸시다가 하루
아침에 이리하시기는 천만 의외라. 이후로 내 집이 그릇되니라. 아버
지께서 조정에 아니 계시니 귀주가 오로지 득세하여, 안으로는 후겸이
를 끼고 밖으로는 김치인을 정승으로 앉혀, 벼슬 다니는 선비들로 심
이지沈履之, 김상묵, 송재경, 김종수, 유언호, 정이환, 구상 등과 재야 선
비로 김한록, 김종후, 정일환 무리와 더불어 밤낮으로 모의하여 아버
지를 해하려 하니라. 그때 위태로움을 어이 다 기록하리오.

최익남의 상소

또 1770년 겨울에는 최익남이가 상소하여

"동궁이 아직까지도 사도세자의 묘소와 사당에 참배를 하지 않으시니 이는 옳지 않다"

하고, 이를 영의정 김치인의 죄라 하니라. 묘소와 사당에 참배하라는 것이야 옳은 말이나, 그 일은 형편으로 보아 아래서 감히 청하지 못할 것이요, 하물며 그때 영의정 김치인은 관계도 없는데 그리 상소하니라.

익남이 본래 처신이 가벼워 세상의 지목을 받는 인물이라. 본래 정처의 시집 친척으로 불행히 내 집에 출입하여 안면이 있으니, 귀주네가 구상具庠이를 통해 후겸이를 꾀어, 아버지가 익남이를 시켜 상소가 났다고 영조께 가서 헐뜯게 하니라. 영조 마음에 '아버지께서 경모궁 돌아가신 일을 가지고 임금의 허물을 만들고 겸하여 김치인을 제거하려고 익남을 시켜 상소하게 하였나' 하시고 딱 곧이들으시고, 친국親鞫을 대단히 하시며 아무쪼록 아버지가 시켰다고 하도록 여러 사람에게 엄형을 가하시니라. 진실로 우리 집은 익남의 상소와 무관하니, 익남이가 심문 중에 매를 맞아 죽기까지 했으나, 마침내 죄가 우리 집에 닿지는 않더라.*

서자들을 돌봤다는 혐의

그래도 영조의 마음은 끝내 풀리지 않으시고, 저놈들의 살의는 불같아서, 최익남의 일로부터 겨우 몇 달이 지난 1771년 2월에, 경모궁 서자인 인이와 진이의 일로 큰 변이 나니라.

---

* 이민보가 쓴 김치인의 행장(「영의정고정김공행장領議政古亭金公行狀」)에는 김치인이 홍봉한과 맞선 이야기가 여럿 적혀 있다. 김치인은 홍봉한의 청혼을 면전에서 거절하였고, 홍낙인의 승진이 부당하다며 막은 적도 있었다고 한다. 이런 일 등으로 인해 홍봉한이 김치인을 미워하게 되었다고 한다. 김치인은 김종수의 당숙이다.

처음 1754년에 인이가 나고 이어 1755년에 진이가 나니, 귀천을 가릴 것 없이 여편네 마음이야 첩의 자식이 태어나는 것이 어이 좋으리오. 그러나 그때 경모궁께서 병환은 점점 더하시고, 또 그 어미를 총애하시는 것도 아니니, 의외에 그것들이 났으나, 질투하려 하나 그럴 상황이 아니라. 내 어질고 약한 마음에 그 아이들이 비록 천하지만 경모궁 골육이니 아니 거두지 못하여 거두었는데, 영조께서는 그것들이 화근이라고 엄한 하교가 대단하시니라. 나까지 속 좁게 질투를 하면 경모궁께서 더욱 난감할 듯하여 참고 지내니, 영조께서

"네가 그것들을 심상히 보고 투기도 하지 않는구나"

하시고

"이는 인정이 아니라"

하는 엄한 하교를 내리시니라.

경모궁 돌아가신 후 그것들이 의지할 데 없으니 더욱 불쌍하여 예사로이 적모嫡母, 어머니로서의 본처를 이르는 말의 도리로 당신의 골육이라 심상히 어루만지며 지내더라. 그러다 저희 결혼한 후 밖으로 나가니, 영조께서 저것들이 어떤 일을 벌일까 근심하시니라. 아버지께서는 공정한 마음으로 경모궁의 골육인 것만 생각하시고 영조께 아뢰시되

"저것들이 자라서 밖으로 나가게 되오니, 혈기 왕성한 아이들이 만일 다른 데 반하거나 혹 누구 꾐을 듣고 다른 데 빠졌다가는 무슨 변고가 날 줄을 모르니 안타깝습니다. 신의 위치가 세손과 가까워 저것들과 꺼릴 바 없으니, 신이 살피고 가르쳐 저희를 사람이 되게 하고 반역하지 않게 하면, 이는 저희 위하는 것이 아니라 나라의 복입니다"

하시니, 영조께서

"경의 너른 마음에 감탄하며 또 고마우니라. 그리하라"

하시니라. 그러나 덧붙이시기를

"나만 그것들이 경의 교훈을 잘 들을까 염려하노라"

하시니라. 그때 자제들이 다

"잘못하신 일이요, 화근이 되리라"

간언하고

"알은체 마소서"

하며, 그것들이 오면 내 집 자제 소년들조차도 피하여 그것들을 보는 일이 없더라. 그러나 아버지께서는

"비뚤어진 생각이며 당치 않은 근심이라"

하시며 자제들을 꾸중하시니라. 아버지께서는 그것들을 공심公心으로 가르치시며 몹쓸 곳에 빠지지 않도록 하시고, '내 위치가 있으니 설마 세손이 의심하시랴. 세상에 누가 내 마음을 모르리' 하시니라. 만일 아버지께서 말세의 인심을 헤아리지 않고 부질없는 일을 했다고 욕하면 이는 내라도 간하던 말이거니와, 저것들을 돌보려 했다는 것으로 참화를 빚어내기는 천천만만 꿈밖이니, 만고에 이런 일이 어이 있으리오.

아버지뿐 아니라, 정조의 장인인 청원부원군 김시묵 또한 그것들과 꺼릴 것이 없다 하여 그것들을 받아들여 재상들이 타는 가마인지 뭔지를 만들어주었으니, 그렇다면 김시묵도 의심하랴.

그것들이 궁궐을 나간 후 아버지께서 여러 번 가르치셨는데, 저희 자질이 어리석고 모자라 배우지 못하고, 임금의 친족으로 교만한 마음만 먼저 내니라. 그러고는 궁궐의 잡류들과 어울려 시도 때도 없이 시중 사람들에게 폐나 끼치고, 아버지께서 가르치신 것은 일분一分도 받지 못하여 차차 아버지와 서먹서먹 멀어지니라. 아버지께서는 마침내 그것들을 가르치지 못할 줄 아시고, 도리어 원한이나 부르지 않을까 염려하시어 1769년부터 점점 멀리하시다가, 1770년 당신 겪으신 일로 서울 교외에서 불안히 지내시니, 인하여 그것들이 발길을 끊고 당신도 두려워 다시는 한 번도 알은체하신 일이 없었느니라.

정월 대보름 밤 사건

궁중에서는 해마다 정월 보름에 동산東山, 창덕궁 후원에 있는 작은 산의 밤을 따 각 궁전에 드리고 군주郡主네들까지도 주니라. 1771년 정월 그믐께 그 밤이 인이와 진이에게도 가니, 그 일로 인하여 영조의 화가 크게 일어나니라. 2월 초순에 영조께서는 당신이 왕위에 오르기 전에 머무셨던 창의궁으로 거둥하셨고, 급한 변란이 일어날 것으로 생각하시어 궁성을 모두 막아 호위까지 하시고, 인이와 진이 그것들은 제주도에 귀양 보내시니라. 아버지께도 화색이 한숨 쉴 사이에 있더라.

그때 세손은 영조의 거둥을 따라가지 못했고, 김한기와 정후겸만 함께 들어가 임금을 모시고, 그 자리에서 아버지를 처벌하시도록 계교를 정하니라. 당시 귀주는 제 아버지 김한구가 죽어 상중에 있었던 고로, 삼촌 김한기를 시켜 이 일을 하였더라.

영조 마음은 처음부터 내가 그것들을 예사롭게 본 것도 마땅치 않으셨고, 아버지께서 그것들을 알은체하신 것도 공연한 일을 한다고 여기시니라. 또한 익남의 상소를 내 집에서 시킨 것으로 아시고 경모궁 돌아가신 잘못을 당신께만 돌리려 한 줄로 여기고 격노하시니라. 여기에다 믿으시는 귀주 편의 헐뜯음과 사랑하시는 정처의 부추김을 겸하여 아버지를 처벌하시니라. 그때 정조께서 놀라 외가를 위하여 어쩔 줄 몰라하시며 정순왕후께 가서 말씀하시기를

"봉조하여기서는 홍봉한가 인이와 진이를 추대한 자취가 없는데, 지금 추대했다고 하며 죽이려 하니, 사람이 밉다고 구덩이에 빠뜨려 죽이려고 해서야 말이 될까 보니이까. 너무 대단히 마소서"

아뢰니, 세손 말씀으로 인하여 한기와 후겸이네가 누그러져 아버지께서 급한 화는 면하시니라. 영조께서는 아버지를 청주에 중도부처시키셨다가 수일 만에 푸셨는데, 창의궁에서 대궐로 돌아오신 다음에는 그

일이 사사로운 원한과 모함으로 생긴 줄 깨달으시고 세손에게 말씀하
시기를

"두 척리가 서로 공격하여 국가의 근심이 적지 않으니, 내 이놈들에
게 속지 않을 도리를 생각하리라"
하시니라. 영조께서 잠시 그 밝으심이 가려졌다 해도 그놈들의 본뜻과
꾸민 일의 허망함을 어이 얼른 깨닫지 못하시리오. 그리하여 세손께
이리 하교하시니라.

그때 세손의 힘으로 눈앞의 화는 눅였으나, 그놈들의 살의는 갈수록
깊어지니라. 그놈들이 사건은 이미 저질러놓았고, 두 척리가 계속 맞
설 수도 없으니, 만일 우리 집을 죽이지 못하면 저희에게 후환이 될까
염려하여 영조의 창의궁 거둥에서 한유를 특별히 석방하시도록 일을
꾸미니라. 그놈들은 한유가 아버지를 비판한 것이 선견지명이라 하면
서 한유를 석방시켰는데, 그 이튿날 아버지께서 청주로 중도부처되셨
더라.

한유라는 놈이 처음에 남의 꾐을 듣고 그 상소를 하여 벼슬이나 할
까, 제 몸에 좋은 일이나 있을까 믿었다가, 오히려 고문을 받고 흑산도
로 귀양을 가게 되니, 그것이 제 본뜻이 아닌지라, 지난 잘못을 뉘우치
는 「자회문自悔文」이란 글을 지었더라. 그때 김약행이가 흑산도에 먼저
귀양 가 있었는데, 한유와 수작하며 상소한 곡절을 물었더니 그놈이

"내 심의지 송환억 무리에게 속아 그리하였고, 심의지 무리는 김귀
주의 꾐으로 그리하였는가 보되, 내야 시골 선비로 『유곤록』 말하러
올라갔으니, 그 곡절을 어찌 알리오. 이리로 온 후 들으니 내 다 속아
그리하여 후회막급이기에 「자회문」이란 글을 지었노라"
하고 내보이니, 그 글이 세상에 전하여 내 집까지 보고 나도 들었더라.
김약행이 지금 살았는지 죽었는지는 모르지만, 이 어찌 귀주가 시킨
증거가 명백하지 않으리오.

『한중록』과 『조선왕조실록』의 차이

『한중록』은 흔히, 궁중의 큰 어른이 된 혜경궁이 해질녘 궁궐 마루에서 동쪽에 있는 남편의 사당을 바라보며 무한한 회한에 잠겨 지나간 일을 회고한, 그런 작품 정도로 생각한다. 하지만 실제로 『한중록』은 『동궁일기東宮日記』 등 궁중의 공식적 일지류(日誌類)와 임금과 친정 식구들이 주고받은 편지 등을 기본 사료로 하여 철저히 고증된 정확한 정보에 기초한 책이다. 여기에다 혜경궁 자신의 기억을 더하여 사건을 재구성하였다. 『조선왕조실록』처럼 다른 자료들을 서술의 바탕으로 삼고 있지만, 개인의 경험과 기억으로 재구성했다는 점에서 정사(正史)와는 차이가 있다.

앞의 밤 사건은 『한중록』의 기록자료로서의 성격을 잘 보여준다. 『한중록』은 1771년 2월 영조가 내린 무시무시한 궁성호위령의 원인이 약간의 밤 때문이라는 어처구니없는 내용을 전하고 있다. 정월 보름 후에 남은 밤을 궁중 여러 처소에 나누어주었는데, 그 일부가 은언군과 은신군에게 갔다는 말을 듣고, 영조가 이런 큰일을 일으켰다는 것이다. 영조는 홍봉한이 사도세자의 서자들에게 밤을 조금 나누어준 것을, 홍봉한이 그들을 왕으로 추대하려는 뜻으로 이해했고, 모반을 막기 위해 그런 조치를 취했다는 것이다.

그런데 영조의 궁성호위령은 공식 기록인 『조선왕조실록』이나 『승정원일기』에도 기록되어 있지만, 그 근본 원인이 밤이라는 것은 어디에도 일언반구도 언급되지 않았다. 그저 사도세자의 서자들이 초헌(軺軒)과 교자(轎子) 등 자신의 분수에 넘치는 탈것을 탔다는 정도로만 기술되어 있을 뿐이다. 이런 증거들을 통해 영조는 홍봉한이 사도세자의 서자들을 돌봤다고 의심했고, 나아가 그것을 그들을 왕으로 추대하려는 뜻으로 생각해 궁성호위령을 내렸다는 것이다. 임금이 약간의 밤 때문에 계엄령과 같은 큰일을 벌였다는 사실은 설사 사관이 그 사실을 알고 있다고 해도 적기가 쉽지는 않았을 듯하다.

한 예를 더 들어보자. 제1부에 나오는 일이다. 사도세자는 어려서부터 갑갑한 궁중이 싫어 계속 밖으로 나가고 싶어했다. 하지만 영조는 좋은 데로는 세자를 데려가려 하질 않았다. 그런데 인원왕후와 정성왕후가 거의 동시에 죽은 다음에, 영조로서도 사도세자를 할머니와 어머니 묘소에 참배시키지 않을 수 없어서 마지못해 세자의 능행 수가(隨駕)를 허락하였다. 그때가 1758년 8월 1일이다. 그런데 행차가 막 서울을 벗어날 때쯤 소나기가 쏟아졌다. 영조는 가뜩이나 세자를 데려갈 마음이 없었는데 마음먹고 길을 나서려 하자 소나기가 오니 기다렸다는 듯이 '날씨 이런 것이 다 세자 데려온 탓이라, 세자는 도로 들어가라'고 명령했다. 세자는 학수고대하던 능행 수가가 물거품이 되어버리자 너무도 좌절하여 숨이 막혀 제대로 움직이지도 못했다. 여기까지가 『한중록』에 나온 이야기이다. 그런데 이날 정사(正史) 기록을 보면 서술이 전혀 다르다. 『영조실록』에서는 사도세자가 비를 맞고 병이 들 것을 염려하여 영조가 세자를 돌려보낸 것으로 되어 있다. 65세 노령의 부왕은 소나기에도 불구하고 능행을 계속하고 24세의 건장한 청년인 세자는 병이 들 것을 염려한 아버지의 배려로 편안한 궁궐로 돌아왔던 것이다. 『영조실록』에 따르면 아버지로서 영조의 자상한 배려와 희생을 읽을 수 있다. 하지만 현실적으로 노인은 비를 무릅쓰고 행로(行路)에 오르고 청년은 집으로 돌아오는 상황은 쉽게 납득할 수 없다. 『한중록』은 이처럼 정사에는 차마 쓸 수 없는 것을 있는 대로 폭로한 기록이다.

정조는 어머니 혜경궁이 총명하고 박식할 뿐 아니라 한번 보고 들은 것은 평생 잊지 않는 기억력이 있다고 했다. 『한중록』은 기록사료에 바탕을 두고 있지만 다른 한편으로는 혜경궁의 기억에도 크게 의지하고 있는데, 이런 기억력에도 불구하고 몇 군데 미심쩍은 부분도 없지 않다. 예컨대 사도세자가 죽던 날 아버지 홍봉한이 궁중에 들어온 시간이라든지, 작은아버지 홍인한이 삼불필지(三不必知)를 말할 때 영조의 의중을 알고 있었냐는 부분 등은 그 자체가 정치적 쟁점인데, 『영조실록』은 물론 당시 현장을 지켜본 사람의 기록인 『임오일기』 등과는 다소 다른 부분이 있기 때문이다. 그리고 별로 논란이 되지 않을 부분 가운데 정조가 태어날 때 태몽을 꾼 날짜라든지, 영조가 김종수한테 비단을 준 경위 등등도 사도세자나 김종수의 문집과는 다소 다른 정보를 전하고 있다. 부분적으로 오류가 전혀 없지는 않겠지만, 전체적으로 볼 때 『한중록』은 놀랍도록 정확한 기록이며, 어떤 공식 기록보다 사건의 진상을 정확하게 포착한 기록이라고 할 수 있다.

전하, 진정 일물을 모르시오

한유놈이 귀양에서 풀려 올라오니, 귀주 무리가 또 꾀어

"이제는 홍가가 몰리는 터요, 또 영조께서 너를 선견지명이 있다고 특별히 석방하셨으니, 상소를 한 번 더 하면 참으로 좋으리라"

하니, 이놈이 8월에 또 상소를 하니라. 여기서 비로소 뒤주 이야기를 꺼내어 아버지께서 권하여 뒤주를 들였다 하며 모함이 끝이 없으니, 영조께서 뒤주를 말한 죄로 한유를 충청도 감영에 내려보내 사형시키시니라. 그때 심의지도 잡아왔는데, 영조께서

"너희가 말한 일물一物이 도대체 무엇이냐?"

물으시니, 의지가 방자히 굴며

"전하, 진정 일물을 모르시오"

하였다 하니라. 이에 영조께서

"임금을 공격한 대역 죄인이라"

하시며, 한유보다도 더 심한 형률을 써 사형시키시고 그 처자식은 모두 흩어 귀양을 보내시니라. 그런데 영조께서는 한유에게나 심의지에게나 뒤주 말 꺼낸 죄로 벌을 내린 것이지, 아버지 비판한 것으로 그리한 것은 아니라. 그놈들을 사형시키시나 아버지께도 화를 내시며 엄중한 하교를 내리시니

"올봄부터 지금까지 임오년 일을 덧낸 사람이 누구냐"

하시며, 아버지의 벼슬을 끊고 서인으로 만들라 하시니라.

임오년에 경모궁 돌아가신 일을 덧냈다는 말씀은 다름이 아니라, 1770년 겨울 동궁이 경모궁 사당을 참배하지 않는다는 문제를 제기한 최익남의 상소로 의심하고 화가 나신 때문이라. 그때 영조 하교에 아버지께서 임오년 일을 덧냈다고도 하시고 또 권하여 이루었다고도 하시니, 한유의 상소에서 한발 더 나아가 아버지께서 영조께 뒤주를 갖

다드리시며 '처분하소서' 한 줄로 말들을 하니라. 영조께서 아버지께서 권하여 이루었다고 하시고 또 저쪽 사람들이 이 하교에 따라 말을 붙이니, 이 의혹을 어찌 풀며 진실을 누가 제대로 밝힐 수 있으리오. 내 말은 사사로운 듯하지만 다행히 한 가지 천고千古에 믿음직한 증거가 있으니, 그것은 1771년 9월 아버지께서 죄를 입어 경기도 고양 문봉文峯에 계실 때, 세손이던 정조께서 아버지께 보내신 편지라. 여기에

"대저 외할아버지의 나라 위한 충성은 천지신명께 물어보아도 부끄럽지 않을 것이요, 옛사람에게도 부끄럽지 않으니, 이는 할아버지와 손자 사이의 사사로운 말이 아니라, 절로 한 세대의 공론이 되어 백대百代에 변치 않는 말이 될 것이라. 그러나 불행히 임금께서 다른 것들에 혹하셔서 이번 처분이 계시니, 외할아버지의 처지가 참으로 딱할 뿐이라. 외할아버지께서 전에 임금께 올리신 상소에 '저를 비판한 수많은 말들은 너무도 놀라운 것들입니다만, 제 본뜻은 모두 사私가 아니라 공公이요, 나라를 위한 것이었습니다'라는 말씀이 적절하니, 임금께서 외할아버지의 벼슬을 끊고 서인으로 만든 하교가 비록 의외시나, 외할아버지의 그날 충성은 길이 만세에 전할 것이니 무엇을 근심하리오"
하시니라. 그 편지에 또

"그해 윤5월 13일 오후 세시쯤에 뒤주를 밧소주방에서 들이라 하신다기에, 망극한 처분이 있는 줄 알고, 경모궁께서 처분을 기다리고 있는 문정전으로 들어갔더니, 임금께서 나가라 하시기에 나와 바로 옆에 있는 왕자 재실의 처마 밑에 앉았더라. 그때 세시가 훨씬 지난 다음 외할아버지께서 대궐 밑으로 와 기운이 막히셨다기에, 내 먹으려던 청심환을 내어 외할아버지께 보내니라. 뒤주는 외할아버지께서 대궐에 들어오시기 전에 먼저 나왔으니, 이를 보아도 뒤주는 임금께서 생각하신 일이요, 시간의 선후로 보아도 외할아버지께서 여쭙지 않으신 것이 분명하니라. 그날 경모궁께 한 처분이 임금께서는 종사를 위하노라 하시

며 결단하신 것이니 이를 어찌하리오. 자식 된 처지라도 의리는 의리요, 애통은 애통인 고로 지금까지 살아 지탱하였도다. 만일 올봄 외할아버지를 처벌하시면서 내린 임금의 하교를 외할아버지께서 뒤주를 들이고 영조께서 외할아버지 말을 듣고 그 처분을 하신 것으로 해석한다면, 이는 임금의 덕망에 누가 될 뿐만 아니라, 임금이 신하에게 속아 잘못을 저지른 결과가 되어 종사를 위한 일이었다는 큰 의리가 자연 덮일 것이라. 큰 의리가 덮이면 내가 세상에 살아 있는 것 또한 의義가 없으니, 이 아니 망극한 말이냐"

하시고

　"김한기한테도 일렀노라"

하시니라. 정조께서 당신이 직접 보신 일로 시간의 선후를 끌어내어 이리 편지에 쓰신 것이라. 이 편지 한 장이 있으니 아버지께서 뒤주 들이지 않으신 줄은 명백하니라. 아버지께서 뒤주를 아니 들이셨으면 이제 무슨 일로 죄를 삼으리오. 시골의 무식한 백성들이야 떠도는 소문만 듣고 의심하는 것이 고이치 않다 하려니와, 귀주네는 가까운 척리요, 한기에게 하신 세손의 하교가 이리 분명한데, 번연히 알면서 무함을 하니, 귀주가 화를 일으키고자 하는 마음이 아니라면, 어이 이렇게까지 하였으리오.

　귀주가 아무리 행세하는 척리라 해도, 정처와 후겸이를 끼지 않았으면 여러 변괴를 지어내지 못했을 것이라. 밖으로는 귀주가 제 무리를 데리고 계교를 꾸미고, 안으로는 후겸이가 내통하여 힘을 합치니, 부형의 참화를 구하려고 내 집에서는 내가 셋째 동생을 권하여 후겸이를 사귀게 하니라. 후겸이야 아이놈이라 본심인즉 홍씨만 제거하면 저에게 대권이 다 돌아갈 것으로 본 것이고, 여기에 귀주 무리의 충동을 듣고, 더욱이 제가 우리 집에 사사로운 혐의도 약간 있고 해서 끼어들었지만, 정말 우리 집을 도륙하려고 한 것은 아닌 듯하니라. 셋째 동생이 연하여 후겸이에게 가서 애걸하니, 동생과 안면도 두터워지고 혼인도 정하니라. 또 제 생각에 홍씨는 동궁의 외가니 잘 사귀어두면 장래 염려가 없다고 여기고, 정처도 원래 별일 없이 아침저녁으로 마음이 바뀌는 성품이라, 내가 극진히 굴어 환심을 얻으니 본디 깊은 원한이 없는지라, 점점 풀어져 1772년 정월에는 아버지 죄명을 풀게 하니라.

홍봉한의 세 가지 혐의, 산삼과 솔잎차

후겸이가 귀주네를 소홀히 대함이 뚜렷하니, 귀주가 내응内應을 잃고 분하여 내친걸음에 한판 씨름을 벌이려 하니라. 귀주가 1772년 7월 몸소 한록이의 아들 관주를 데리고 함께 상소를 하니, 제 비록 중궁전을 뵙는 지위라 해도, 만고 천지간에 어찌 이런 일까지 하리오. 정순왕후와 나의 고부 사이를 이간하는 이런 흉악한 일을 하니, 이놈이 내 집의 불공대천지수不共戴天之讐. 같은 하늘 아래 살 수 없는 원수일 뿐 아니라, 나라의 역적이요, 또한 세손의 역적이며 정순왕후께도 죄인이라.

그 상소가 세 가지 내용인데, 하나는 1766년 영조께서 큰 병을 앓으실 때의 나삼羅蔘. 경상도에서 나는 최고급 인삼 일이요, 다른 하나는 솔잎차 일이요, 마지막 하나는 '큰 변이 나리이다'라고 세손을 협박했다는 일이다.

영조의 병환에 인삼을 하루 두어 냥兩을 쓸 적이 많더라. 그때 약방 도제조약방은 내의원. 도제조는 으뜸 책임자는 김치인이요, 아버지는 영의정이라. 임금 드실 약에 나삼과 공삼貢蔘. 공물로 받은 인삼을 반씩 넣어 쓰니, 귀주의 아비 한구가 이때 궐내에서 숙직을 하면서 자기 처소에 의관을 불러다가

"임금의 병증이 이러하신데 어이 순전히 나삼만을 쓰지 않느뇨"

하니라. 아버지께서 약방에서 도제조와 앉아 계시다가 도제조에게

"늘 나삼이 적으니 만일 나삼만 쓰다가 그것이 떨어지면, 공삼만 쓸

지경이 되니 아니 안타까우랴"

하시고, 인하여 말씀하시기를

　"약방 일이 국구國舅. 왕의 장인가 간여할 바 아니라"

하시니라. 본래 일이 여기까지인데, '약방 일에 국구가 간여한다'는 말에 그 부자父子가 성을 내니라. 저는 충성 있고 아버지는 임금 병환보다 나삼 아끼는 데만 신경을 쓰는 사람으로 만들어버리니, 그런 흉심이 어디 있으리오.

　솔잎차 일은 더욱 공연하고 허무맹랑한 말이라. 당시 금주령이 엄했는데, 노환으로 고생하시는 영조를 위해 술기운이 있는 솔잎차를 올리는 것이 좋겠다고 한 김한구의 말을 아버지가 막았다 하는 것이라. 이것이야말로 더욱 대꾸할 것조차 없느니라.

　'큰 변이 나리이다'는 말은 복잡한 사정이 있노라. 1767년과 1768년 사이에 아버지께서는 계모 이부인의 상중이셨는데, 정조의 장인인 청원부원군 김시묵이 와 말하기를

　"세손의 뜻이 장래에 경모궁을 추숭하실까보더라"

하니라. 김시묵이 대대로 친척처럼 가까이 지낼 뿐 아니라, 왕가 인척으로 근심과 평안을 함께할 처지니, 이것이 나라의 큰일인 고로 서로 틈이 없는 사이에 와서 그리 말하니라. 아버지께서 상복을 벗은 후 궁궐에 들어오셔서 내 있는 곳에서 세손과 함께 셋이서 말씀하시다가 그 말씀을 여쭈시니라. 그리고 말끝에

　"추숭은 마소서. 이 일은 분명히 선을 긋고 굳게 지키소서"

말씀하시고, 세상인심의 위험함을 이르시며

　"사리로야 당연히 그리하셔야 옳사오나, 1689년 권력을 잡았다 놓친 잔당들주로 남인이나 1728년 난을 일으켰던 놈들의 남은 무리주로 소론들이 지금도 나라를 원망하고 있고 그 밖에도 나라의 틈을 엿보고 있는 무리들이 많사오니, 만일 이 일로 비롯하여 그 흉도들이 난이라도 일

으키면 어이할지 안타깝습니다"

하시니라. 이에 세손께서

"과연 그 염려가 많으니 답답하다"

하시며, 셋이 앉아 장래에 대하여 근심을 나누었더라.

그런데 그때는 정조께서 어릴 때라 그 말을 정순왕후께 하여, 그것을 귀주가 듣고 무함하여 상소를 하였으니, 이런 흉한 놈이 어디 있으리오. 설사 아버지께서 잘못하신 말이라도, 안에서 나눈 말씀으로 제가 어이 영조께 상소를 하리오. 만일 정조의 하교처럼 영조께서 '내가 절대 하지 못하게 한 경모궁 추숭의 말을 다시 꺼낸다' 하시고 세손을 불쾌히 여기셨다면 화색이 어느 지경에 미쳤으리오. 이것은 아버지를 무함한 것일 뿐 아니라, 제 본래 흉계로 세손까지 해하려는 계교니, 이런 음흉한 역적이 고금에 다시 어이 있으리오.

대저 아버지의 위치에서 외손자인 정조를 사적으로 만나실 때 무슨 말을 못 하리오. 설사 아버지께서 '추숭을 하소서' 권하고 '만일 아니 하시면 큰 변이 나리이다' 하셔도 이는 불과 무식한 사람이 될 뿐인데, 하물며 '추숭은 마시고 그것을 분명히 고수하소서' 하시니 그 무슨 문제리오. 다만 세상이 워낙 말세 인심이라 변고가 무궁하니 깊고 멀리 걱정하여 추숭 문제를 말한 것이니, 이것이 어찌 죄가 되리오.

만일 그것이 죄가 된다면 옛사람이 '망국의 위기가 아침저녁 사이에 박두해 있다'고 하거나 '역변이 일어나리라' 하며 임금에게 고한 말이 다 임금을 위협한 것이 될 것이니, 그렇다면 누가 그런 말을 할 것이며, 세상에 그런 억지가 어이 있으리오. 이 일은 조정朝廷의 문서에 다 있고, 1784년 정조께서 아버지 죄를 해명해주시던 전교에도 다 있으니 대략만 쓰노라. 1776년 정이환, 송환억 무리의 흉악한 상소야 다 귀주의 이런 말들을 다시 주워 한 것이니, 더 거들 것이 어이 있으리오.

영조가 먹은 인삼의 값은?

인삼이 과연 얼마나 귀했기에 정치적인 쟁점까지 되었을까? 나삼이 도대체 얼마나 귀한 것이기에 무소불위의 임금조차도 넉넉히 먹지 못했을까?

고려 인삼의 효능은 당시도 이미 외국에 널리 알려져 있었다. 중국으로 보내는 조공에은 대신 사용할 정도였고, 중국, 일본과의 무역에 가장 중요한 수출품이기도 했다. 수요는 많고 공급은 부족하니 값은 천정부지로 뛰었고, 특히 나삼과 같은 최고급 인삼은 아무리 많은 돈을 주어도 구할 수 없는 경우가 있었다.

『정조실록』 1790년 3월 10일조 부사직(副司直) 강유(姜游)의 상소에 따르면, 1759년 경주에서 나삼 한 돈의 가격이 20냥이었는데 지금은 40냥이라고 했다. 열 돈이 한 냥이니 나삼 한 냥(37.5그램)의 가격은 1759년에는 200냥, 1790년에는 400냥이었던 것이다. 본문에서 나삼이 문제된 시기는 1766년이니 나삼 가격은 대략 200냥 남짓이라고 볼 수 있을 것이다. 물가사(物價史) 연구(이헌창, 「숙종 정조조 미가(米價)의 변동」, 『경제사학』 21, 1996, 151쪽)에 따르면, 1750년대 말에 쌀 한 석(石)의 가격이 보통 5냥 정도였다고 한다. 또 황윤석이 쓴 『이재난고頤齋亂藁』에는 황윤석이 1769년 벼슬살러 서울로 올라와 하숙을 하고 또 집을 사려고 한 일이 적혀 있는데, 한 달 하숙비가 3냥 정도이고, 집값은 보통 초가는 한 칸당 10냥, 기와집은 한 칸당 20냥으로, 황윤석이 알아본 집은 50냥 내외였다. 영조가 하루에 인삼을 두어 냥 먹었다고 하니, 하루 평균은 2냥 반인데, 나삼 2냥 반은 쌀로는 하루에 100석이고, 하숙비로는 무려 14년치이며, 서울 집으로는 10채 값에 해당한다. 영조는 하루에 서울 집 10채를 먹은 셈이다. 빈약한 조선 왕실의 재정에 나삼이 얼마나 부담스러울지 대략 가늠할 수 있다.

인삼 값이 이렇게 비싸다보니 자연 그 재배방법을 모색하게 되었고, 정조 무렵에는 이른바 가삼(家蔘) 재배가 늘어나면서 가격구조가 바뀌었다. 가삼이 많은 나삼, 즉 경상도 인삼보다 여전히 산삼으로 생산되는 강계삼(江界蔘)이 극상품으로 대접받기 시작한 것이다.

솔잎차와 금주령

1766년 봄 영조의 병은 심각했다. 1월부터 4월까지 석 달 이상을 정순왕후의 처소에 머물면서 요양을 했다. 이때 두 척리인 홍봉한과 김한구가 임금에게 올릴 약재를 두고 충돌했다. 그런데 나삼은 비싼 가격이 문제였지만, 솔잎차는 가격 면에서는 문제될 것이 없었다. 문제는 법령이었다. 당시 엄격한 금주령이 시행되고 있었는데, 솔잎차는 실상 술이나 다를 바 없었기 때문이다.

솔잎차는 원문에는 '송절다(松節茶)'로 나온다. 송절다는 송다(松茶)라는 말로도 쓰이는데, 제조법이야 여러 가지일 수 있겠지만, 통상적으로 솔잎을 잘라넣고 쌀과 누룩으로 발효시킨 것이다. 『오주연문장전산고』 「산야황정변증설山野荒政辨證說」 등에 그 구체적인 제조법이 있는데, 여기서 솔잎차는 곧 송엽주(松葉酒)이다.

영조는 재위기간 내내 강력한 금주령을 시행했다. 일찍이 사도세자도 금주령이 엄한데 술을 마셨다 하여 부왕의 엄책을 들은 바 있고, 사도세자가 죽던 해에는 금주령을 어기고 술을 마셨다 하여 최고위급 무관인 남도병마절도사(南道兵馬節度使) 윤구연(尹九淵)이 참수당한 일까지 있었다.

영조는 노환으로 다리가 몹시 아팠는데 술기운이 들어가면 증세가 한결 가벼워졌다. 그런데 강력한 금주령을 시행하면서 자신이 법령을 어기고 솔잎차를 마실 수는 없었다. 이때 김한구가 임금의 증세에는 솔잎차가 적당하다며 홍봉한한테 솔잎차를 올릴 것을 권했는데 홍봉한이 이를 막았다는 것이다. 막으면서 홍봉한은 다른 신하들한테 '영조는 평소 술을 마시지 않아도 화를 잘 내는데 술까지 마시면 어떻게 되겠냐'고까지 말했다고 했다.

『승정원일기』를 보면 그해에는 솔잎차에 대한 논의가 매우 많다. 영조는 솔잎차가 부담스러워 올리지 말라고 명령을 내리기도 했고, 또 솔잎차의 술기운을 줄이도록 명하기도 했다. 하지만 솔잎차의 효험을 절감했기에 솔잎차를 완전히 거부하지는 못했던 듯하다. 영조의 솔잎차 사랑은 죽기 전까지 계속되었다.

음모의 근원, 열여섯 자 흉언

1771년 이후로 귀주가 우리 집 해하려던 일을 세세히 궁구하면, 첫째는 경모궁 보전치 못하시면 세손까지 여지없을 것이니 그때 양자를 들어 저희가 왕의 외가 되기를 바란 것이요, 둘째는 경모궁 돌아가신 후 제 뜻대로 되지 않으니 한록이를 데리고 죄인의 자식이 어떻게 임금이 되겠냐는 흉한 말, 이른바 열여섯 자 흉언을 하여 임금의 마음을 어지럽히고 세손의 지위를 흔들어, 또 양자를 들어 저희가 외가가 되려는 계교라.

그러나 영조의 마음은 굳으시고 세손은 이미 장성하여 나라의 근본을 흔들기가 쉽지 않고, 저희 흉언은 세상에 널리 퍼져 잘못을 가리기 어렵게 되니라. 그제야 세손이 외가를 마땅치 않게 여기시는 줄 알고, 저희는 세손께 충성하고 홍씨는 세손께 덕을 끼치지 않는다 하며 세손께 영합하여 홍씨를 제거하고 제 흉언을 덮으려 하니라. 그리하여 일이 구르고 굴러 이리되었으니, 열여섯 자 흉언이 도무지 큰 근저根底라.

지금 세상 사람들 중에도 옛일을 본 이가 있을 것이니, 이 사건의 대략이야 어이 모르리오마는, 나처럼 이리 밑바닥부터 아는 이야 또 누가 있으리오. 우리 아버지께서 병들어 정신을 잃어버리지 않고서야, 어찌 외손자인 정조에게 불충하고 도리어 인이와 진이를 위하리오. 이 말은 어린아이들도 속이지 못할 말이라. 또한 귀주는 정조께 충신이요, 홍씨는 역신이라 하면, 이 역시 어린아이들도 속이지 못할 말이라. 대개 일이 인정人情과 천리天理 밖에 벗어난 일이 없는데, 귀주가 내 아버지를 구덩이에 빠뜨린 말들은 천만 인정 천리 밖이라. 따로 식견 있는 사람을 기다리지 않아도 우리와 저희의 옳고 그름을 분간하고, 또 누가 충신이고 누가 역신인지 판정할 수 있으리라. 그런데 귀주와 한록이 나라를 망하게 하려 한 흉언은 끝내 드러나지 않고, 지금 귀주는 충

신이라 하여 이조 판서에까지 증직贈職, 죽은 뒤 벼슬을 높여줌되는 데 반해, 흉언
은커녕 그런 일과는 털끝만큼도 관계없는 내 집은 혹독한 화변이 갈수
록 더하여 극역極逆이 되니, 만고에 이런 세상, 이런 천리가 어이 있으
리오. 피를 토하고 바로 죽어 아무것도 모르기를 바라되, 이를 못 함이
그저 한이로다.

화평옹주

화평옹주는 선희궁의 첫 따님으로 영조의 특별한 자애를 받으시니라. 성품이 온화하고 유순하여 조금도 교만한 모습이 없고, 당신만 자애를 받고 경모궁께는 가없는 일이 많은 것을 안타깝고 불안히 여겨, 매양 영조께

"그리 마소서"

간언하시니라. 경모궁 일은 아무리 많이 해도 부족한 듯 도와드리시니, 영조의 격노가 이 옹주의 힘으로 진정하고 풀린 때가 많더라. 경모궁께서도 늘 고마워하시고 매사에 누님을 믿어 지내시니라. 1748년 돌아가시기 전까지 경모궁 보호하심이 오로지 이 옹주의 공이라. 옹주가 장수하여 부자 두 분 사이를 조화롭게 주선했다면 유익함이 많을 듯하되, 불행히 일찍 세상을 버리시니 영조께서 과히 슬퍼하시니라.

『송사』를 시샘한 여인

영조께서 본래 정처, 곧 화완옹주를 화평옹주 버금으로 사랑하시더라. 영조께서 화평옹주 죽은 후 몸을 편히 쉴 곳이 없으시고 또한 마음을 붙이실 데가 없으시니, 자연 정처에게로 정을 옮기시니라. 그 특별한 총애를 어찌 다 기록하리오. 그때 정처의 나이 겨우 십일 세니, 궁중의 아이로 아이들 노름놀이나 알 뿐이지 무엇을 알리오마는, 위로 선희궁이 계시고 그 남편인 정치달도 아버지와 삼촌이 인사를 아는 재상들이라. 정치달 역시 상없는 사람은 아니니, 경모궁께 자기 정성을 드러내고자 하고, 영조께서 자기 아내만 총애하시고 경모궁께 자애 덜하시니 이를 불안하고 두렵게 여겨, 아내를 가르치기도 했던 듯하니라.

정처도 나중에야 괴이하였지, 당시는 경모궁께 유익함이 있지 해로움은 없더라. 영조께서 선대왕의 왕릉으로 거둥하실 때 경모궁께서 따라갈 수 있게 하고, 또 궁궐에만 갇혀 지내며 갑갑해하는 경모궁을 위하여 온양 온천을 다녀올 수 있게 힘써 주선하기도 했고, 그 밖에 위급한 때 풀어낸 일이 한두 가지가 아니라. 사람이 밉고 또 처벌받아 어려운 처지에 있다고 해서, 어이 바른말을 아니하리오.

만일 그 남편이 일찍 죽지 않고 아들딸 낳아 살림에 재미를 붙였다면, 궐내에 계속 머물며 그 무궁한 변란을 일으키지는 않았을 것이라. 정처가 홀로된 후 영조께서 궁궐에서 내보내지 않으시고, 내내 곁에 두어 잠시도 떨어지지 않게 하시니, 만사가 다 그 사람의 권세인 듯하더라. 더욱이 경모궁 돌아가신 후에는 궐내에 일이 없고, 이어 선희궁께서 돌아가신 다음에는 엄한 가르침을 받을 데 없으며, 시댁에도 아무도 없고 어린 양자뿐이니, 꺼릴 것과 조심할 것은 없고 부왕의 총애는 날로 높고 무거우니, 스스로 마음이 자라고 뜻이 방자해지니라.

대개 그 사람의 성품이 여편네 중에서도 남 이기려는 마음과 시기,

시샘, 권세 좋아하는 것이 유별하여, 온갖 일이 다 여기서 나니라. 대충 이르면 부왕께 나 밖에 누가 총애를 받겠는가 하여, 영조께서 내인이라도 신임하는 이가 있으면 그를 싫어하고, 세손을 손바닥에 넣어 한시라도 마음대로 못 하게 하고, 내가 세손 어미인 게 미워 제가 어미 노릇을 하려 하니라. 또 나는 장래 대비 되고 저는 못 될 일을 시기하여 백 가지 이간과 천 가지 험담으로 기어이 세손과 세손빈 사이를 물과 불의 관계로 만들어놓고, 세손이 혹 궁녀를 가까이하실까 질색하여 세손이 눈을 떠 보지 못하시게 하여 기어이 후사가 나지 못하게 하니라. 또한 세손 외가인 우리 집을 꺼려 흉한 계교로 이간을 붙여 세손이 외가에 정이 떨어지게 하니, 세손이 별감을 앞세워 외입을 했다 하여 문제가 된 1769년의 별감 일이 바로 그것이라. 세손이 장인을 좋아하시면 장인인 청원부원군을 시샘하고, 심지어 세손이 『송사宋史』를 편집하여 새로 책을 만드시느라 밖에 나가시면 『송사』를 다 시샘하니라. 백 가지 천 가지 만 가지 일에 저만 권세를 쓰고, 저만 따르고, 다른 이는 다 없어도 좋다는 마음이니, 이 어찌 된 사람이뇨. 이것이 다 나라 운세와 관계된 일이니, 하늘이 무슨 뜻으로 경모궁 돌아가신 일을 만드셔서 나라가 거의 뒤집힐 뻔하고, 또 고이한 부녀를 내어 세도를 어지럽히고 조정의 고관을 어육魚肉. 짓밟아 결딴낸 상태이 되게 하신지, 알 길이 없도다.

경모궁 돌아가신 이유는 순전히 부자 두 분 사이가 예사롭지 못한 데서 비롯된 것이라. 그것이 구르고 굴러 결국 그리되었으니, 내 평생 뼈저리게 아파하고 한탄하는 바라. 영조께서 아드님께도 그리하셨으니, 한 다리 먼 손자에게는 또 어찌하실 줄 알리오. 게다가 귀주네가 곁에서 해하고자 하는 기미가 있으니, 만일 세손이 임금 마음에 들지 못하시면 그를 어찌하리오. 임금의 마음을 돌려서 세손의 자리를 굳게 하기는 오로지 정처에게 달려 있는 고로, 내 세손과 떨어져 세손은 경

희궁에 나는 창경궁에 살 때, 만사를 다 그 사람에게 부탁하여

"아무려나 임금 마음에만 어기지 않게 해달라"

하고, 세손께도 당부하여

"고모를 잘 대하여 나같이 보라"

하니라. 내 걱정스러워 말을 슬프게 하니, 그때는 정처도 내 말이 옳다하며 일마다 돕고 말씀도 극진히 해주니라. 영조께서는 그 사람 말대로 매사를 좇으셨는데, 어떤 사람이 어떤 흉이 있어도 그 사람이 옳다하면 곧이들으시고, 설사 착한 일을 해도 그 사람이 나무라면 용납하지 않으시니라. 영조께서 본래부터 세손을 사랑하시기는 했지만, 경모궁 돌아가신 다음에도 계속 사랑이 변치 않은 것은 정처의 힘이라. 정처가 세손을 맡아봄으로 인하여 위의 말처럼 온갖 기괴한 일들이 벌어졌으나, 사실인즉 내가 세손을 위한 고심으로 맡긴 것이라. 그때 내가 그 사람을 지성으로 잘 대해주지 않았다면 세손의 안위가 또 어떠했을 줄 알리오.

1757년 즈음 헛소문이 퍼졌는데, 경모궁께서 정처의 시집을 죽이려 하신다는 말이라. 그때 경모궁께서는 털끝만큼도 그런 의사가 없으신지라. 아버지께서 궁궐에 들어와 경모궁을 만나서 이 소문을 아뢰시고

"진정시킬 방법을 찾으소서"

하시니, 경모궁께서

"그런 뜻이 없노라"

말씀하시고, 정처의 시삼촌인 정휘량에게 편지하여 진정시키시니, 정휘량이 아버지께 감사하니라. 이후 정휘량은 1761년 경모궁께서 몰래 평양을 다녀오실 때 평안 감사로 있으면서 일을 잘 주선하여 어려움을 덜었기에, 자연 우리와 친하게 되니라. 그자가 정처에게 아버지 고맙다는 말도 하고, 나를 우애로 잘 받들라는 말도 하니, 정처가 아버지께도 정성스럽게 굴고 칭찬도 하더라.

정휘량이 죽은 후에는 그 집에 어른이 없으니, 정처가 양자 후겸이를 가르쳐 사람 만드는 데 아버지를 믿고 의지하노라 하며, 내게 와서 아버지께 여쭈어달라 하니라. 아버지께서 인자하신 마음 외에도 그 사람을 잘 대접할 상황이기에, 후겸이를 때때로 가르치시고 고이한 데 들지 않게 하려 하시니라. 무슨 들리는 말이 있거나 집안에 어른이 없는 아이가 잡류들과 사귀는 소문이 들리면, 당신도 몇 차례 진정으로 교훈하시고, 정처에게도 '이러이러하니 그리 말하면 좋겠다' 조언을 하시니라.

좋은 뜻이 원한을 이루기 쉬우니

후겸이는 어려서부터 괴상한 독물毒物이라. 제 양자로 들어와 어미의 형세만 믿고 벌써부터 교만 방자한 마음을 가지니, 어찌 우리 아버지께서 가르치시는 말을 좋아하리오. 후겸이가 아버지께서 제 흉을 보는가 싶어 원을 품어 제 어미에게 무엇이라 한 듯하니, 정처도 남 이기길 좋아하는 사람이라 아들 허물을 말하는 것이 듣기 싫어 그후 말과 표정이 현현히 다르니라. 이에 내 마음에 부질없이 여기고 아버지께

"말로는 가르쳐달라 하나, 내 일가 식구가 아니요, 좋은 뜻이 원한을 이루기 쉬우니, 이후는 알은체 마소서"

하여, 인하여 서로 연락을 끊으니라. 오래지 않아 후겸이가 해를 이어 소과와 대과에 급제하니, 영조께서 사랑하시는 딸의 아들이라, 귀중히 여기고 사랑하심이 비할 데 없더라. 영조의 은총이 날로 융성하시니, 후겸이를 따르는 이도 많고 꾀는 이도 많이 생기니라. 그러다 나중에 귀주의 꾐에 들어 우리 집과 맞서게 되었더라.

어미 노릇 하려는 고모

경모궁 돌아가신 다다음해까지는 선희궁께서 살아 계셔서, 내 마음과 같이 세손 착하게 자라시기만 바라시어 매사를 예법으로 인도하시고 엄정히 훈계하시니, 아기네 마음에 재미없게 여기시더라. 나 또한 자모가 자식 위하는 지극한 마음으로 당신 행동을 살피고 귀에 거슬리는 말이나 하니, 내 성품이 본래 다른 사람에게 아첨을 못 하는데 하물며 자식에게 무슨 좋은 말을 하리오.

이런 상황에 그 고모는 다른 사람의 생살화복生殺禍福을 제 수중에 쥐고 있어, 그 말에 따라 일이 잘되고 못되기가 순식간에 결딴이 나니, 세손이 어찌 무섭지 않으리오. 사정이 이러니 권세를 따라서, 또 두렵기로 인하여, 세손이 차차 정처에게 정이 드니, 정처는 그 정을 붙여 저만 오로지 세손을 차지하여 어미 노릇을 하려 하니라. 그래서 선희궁 돌아가신 이듬해인 1765년부터 우리 모자의 정을 앗으려 갖은 계교를 부리니라.

선희궁이 돌아가시기 전에는 세손이 할머님께 의지하시어 그 고모가 계교를 부릴 길이 없더니, 선희궁 아니 계신 후는 만사 꺼릴 것이 없어 모든 일을 자기 뜻대로 하니라. 그제야 세손이 자기에게 감사하여 지극 정성을 다하도록, 궁궐에서는 입지 않는 누비의복붙이, 고운 운혜雲鞋, 구름 무늬를 수놓은 신발, 좋은 칼 같은 것으로 아기네 기쁘게 해드리고, 음식도 궐내 예사 음식 밖에 별식을 내더라. 그런데 내게 이런 것들이 어이 있으며, 아버지께서는 더욱 그런 것들을 모르시어, 의복, 음식, 노리개 등을 드리는 것이 없더라. 이 어미는 소리 높여 바른말을 하거나 꾸짖기나 하고, 외가에서도 각별히 정성을 표하는 것이 없으니, 아기네 마음에 점점 어미와 외가는 재미없고, 그 고모는 정들고 귀하게 되니, 전에 외가만 아시던 정이 차차 줄더라.

1765년 겨울 즈음부터 세손께서 밥 드실 때 그 고모와 겸상을 하니라. 그런데 혹 내가 그 옆에 앉으면, 겸상을 어찌 여길까, 그 별식을 어찌 볼까 하여, 숨기고자 할 것이 아니로되, 내가 무엇이라 할까 하여, 모르게 하고자 하는 눈치가 차차 나니라. 세손이야 그때 열서너 살의 어린 나이니 꾸짖을 상황이 아니요, 그 사람에게 적이 인심이 있다면 그 오라버님의 아들이요, 내 남다른 정리로 아들에 의지하면서 자기에게 부탁하였으니, 우리 모자의 마음이 가련하고 불쌍하니, 서로 한마음으로 가르치고 도와 착하게 자라기만 바라는 것이 인정으로 보나 천리로 보나 당연한 일이라. 그런데도 이 사람의 뜻이 홀연 이렇게 바뀌어 모자 사이를 이간하려고 계교를 내니 어이 아니 흉악하리오. 그러나 내 모르는 체하고 말하지 않더라.

수원 부사를 시켜달라는 열아홉 살 소년

1766년 봄 영조께서 몇 달 병이 낫지 않으셔서 정순왕후 처소인 회상전에 계시니, 정처와 세손도 그곳에서 함께 지내나, 나는 문안인사나 하러 서먹히 다녀가니 무엇을 알리오. 그때 귀주와 후겸이 한마음이 되고, 중궁전에서도 세손께 좋게 구시니라. 정처도 날 이간하였으니, 내 중궁전에 가보면 모두 한통속이 되어 있더라. 이는 다 귀주가 후겸이를 좋아하기 때문이라.

이리저리하여 그사이 영조께 아버지를 해치는 참소가 들었는데, 본래 영조께서 아버지를 아끼시니 미처 큰 틈은 생기지 않았더라. 그러다 아버지께서 계모부인의 상을 만나 삼년상 중에 계시니, 조정에서 날마다 뵐 때와 다르고, 그사이 참소가 무수히 나니, 자연 화의 싹이 자라더라.

　1768년에 후겸이가 수원 부사를 하고 싶어 아버지께 말하여 영의정 김치인에게 부탁해달라고 청하거늘, 내 이를 아버지께 기별하니, 아버지께서 회답하시되

　"말 한번 하기를 아끼는 것이 아니라, 스무 살 겨우 된 아이에게 오천 병마兵馬 맡기는 벼슬을 시키라 하기는 실로 나라를 저버리는 일이요, 저를 사랑하는 도리가 아니라"

하시며 끝내 말을 아니하시니라.

　후겸이가 차차 자라 남의 꾐을 듣고 권세를 쓰려 할 때, 이전에 아버지께 훈계받고 마음 상했던 일과 수원 부사 일 등 여러 가지로 아버지를 좋지 않게 여기더라. 더욱이 정처도 중궁전에 정이 극진하여 귀주 부자며 후겸이가 다 한 무리가 되어 아버지를 해하려 하니라. 그러나 아버지께서 탈상하신 후 영조께서 아버지를 다시 영의정에 임명하시며 여전한 사랑을 보여주시니, 영조의 성은은 감축감축하오나, 이러할수록 저희의 꺼림은 더하더라. 정처가 그 아들과 귀주네 말을 듣고, 아버지를 전처럼 칭찬하기는커녕, 오늘 해하고 내일 또 해하니, 속담에 '열 번 찍어 안 넘어가는 나무 없다'는 말처럼, 영조의 총애가 점점 쇠하더라.

기생과 외입한 세손

　또 내 집을 이 지경까지 이르게 한 큰 곡절이 있으니, 이는 곧 별감 일로, 당시 세상인심을 뒤흔든 흉악한 일이라. 1766년 작은딸 청선의 남편 흥은부위興恩副尉 정재화가 부마가 되니, 용모와 행동이 아름다운지라. 세손이 매부를 예쁘게 보시더니, 1769년 사이 그 아이가 빛나가 별감들을 데리고 외입이 무궁하고, 세손 체면을 깎는 일도 많더라. 세

손이 어린 마음이라 그것들이 소개한 아이들을 물리치지 않으셨던가 싶되, 당시 세손은 홍정당에 계셨으니 내 처소와는 동떨어져 나는 바이 몰랐더라. 홍은부위가 궁성 경호를 맡은 오위도총부의 총관으로 궐내에 들어와 숙직을 설 때면 세손을 뵙고 노니, 그때 정처가 세손을 수중에 끼고 무엇 하나 제대로 하지도 못하게 하고 한 가지 일이라도 혼자 마음대로 못 하게 하는지라. 세손이 세손빈과 화락하지 못하시게 하고, 또 처가와 친하게 지내시는 것을 질투하여 이간하고자 하더라. 당시는 세손의 장인 청원부원군 김시묵의 육촌인 김상묵이 후겸이와 사귀어 모략을 꾸밀 때니, 상묵의 안면으로 청원부원군의 집은 아직 두고, 외가를 먼저 이간하려 하는 뜻이 있더라. 게다가 세손이 홍은부위를 사랑하시는 것을 질투하니, 화살 하나로 둘을 쏘려는 계교로 어느 밤 정처가 내게 와 정답게 말하기를

"세손이 홍은부위에게 혹하였으니, 홍은이 이번 잔치에 지방에서 올라온 기녀 얘기도 세손께 전하고, 잔칫날 자기가 가까이한 계집도 보시게 하고, 자기가 사귄 별감들도 소개하고, 그 밖에도 무상한 일이 많으니, 어찌 저럴 수 있으리오. 이전 일을 생각해보오. 경모궁께서도 별감으로 시작하여 차차 물드셔서 그리되셨으니, 세손이 아직 소년이신데, 그런 말씀이 들리고 저 무상한 홍은을 사랑하시어 외입을 하시니, 저런 일이 어디 있으리오. 이를 조치하지 않다가 임금께서 아시면 이전 일이 다시 나리이다. 소인에게 세손을 잘 이끌어주길 부탁하셨는데, 이제 이 일을 막지 않으면 안 되리이다. 그런데 이 말을 소인이 여쭈었다 하면 말이 좋지 않으리니, 겨우 자식 하나 둔 외로운 이내 몸에 해가 끼치리이다. 나라를 위하여 마지못해 이 말씀을 하니, 스스로 안 것처럼 하시고, 그 별감들을 귀양이나 보내면 좋으리이다. 그리고 이 일은 더 커지지 않게 조정하는 게 좋을 듯하니이다. 영의정이 세손의 외할아버지이시니 응당 외손께 간언하시겠지요. 또 별감을 다스린다

해도 이는 법을 따른 것이니 무슨 문제가 되겠습니까"
하고, 진정 나라를 위하고 세손을 걱정하는 모양으로 꼬치꼬치 말을
하니라.

내 종신토록 지극한 한과 아픔이 경모궁 돌아가신 일이니, 그 일이
애초부터 사람들이 경모궁을 잘 돕지 못하고, 별감들이니 무엇이니 하
는 잡류에 물드셔서 차차 그리되셨나 하였더라. 그래서 내 세손은 착
하고 착하시기만 바라고 바라는데, 그 사람의 말이 그러하니, 다른 생
각 없이 그 말을 곧이들었더라. 그 사람이 세손께는 정이 있으니 당신
위하여 걱정하는 줄로만 알았지, 어찌 이 일로 어미를 이간하고 외할
아버지를 멀리하게 하려는 흉계를 감춘 줄 알았으리오. 경모궁 일이 다
시 나겠다는 말이 차마 무섭고, 이리 말하는데 내 만일 세손을 말리지
않으면, 그 사람이 자기 말을 세우려 영조께서 아시게 하여 큰 야단을
일으키기도 고이치 않은지라. 내 홍은부위의 일이 놀랍고 분하여, 내
세손께 이 말을 전하고 못 하게 하리라 하니, 그 사람이 또 말하기를

"일을 어찌 이리 급히 하시리이까. 차차 요란치 않게 하시며, 영의정
께도 그 별감들 다스려주소서 하고 편지를 써 보내소서. 다만 그 편지
는 자제들도 모르게 세손빈궁에게 주시어 청원부원군에게 전하여 영
의정께 갖다 드리도록 하여 이놈들을 비밀리에 없애시오"
하니라. 이는 청원부원군 김시묵까지 걸리게 한 계교런가 싶으나, 나
는 아득히 그 흉심은 모르고, 세손 외입하실까 염려가 급하여, 청원부
원군 주란 말은 좇지 않고 아버지께 바로 편지를 드리니라.

여기에 이런 사연을 다 적고

"이 별감들을 귀양 보내주소서"
하니, 아버지께서

"일이 커지리니 못 하겠다"
하시고, 형제들도 힘써 간언하여 못 하게 하니라. 그러나 내 놀란 심장

이라. '경모궁 일이 다시 나겠다' 협박하는 말이 두렵고, 또 세손 위한 고심으로 아버지께 거듭 기별하니라. 그래도 아버지께서 끝내 듣지 않으시니, 정처가 또 날 격동하되

"영의정이 어떤 지위인데, 나라 위한다고 하면서 옳은 일을 않으시니, 영의정께서 저리하시면 설사 세손이 외입하신들 뉘 막으리오"
하고 안타까이 걱정하는 모양으로 말하니라. 내 더욱 갑갑하여 사나흘 밥을 굶고 아버지께 또 기별하되

"만일 이놈들 아니 다스려주시고 세손이 마침내 그릇되면 내 살아 무엇하리오. 밥을 끊고 죽으리라"
하고 울며 보채니라. 아버지께서 여러 번 망설이시다가 마지못하여 세손 위하는 마음으로

"생사와 화복을 내 관계치 않겠노라"
하시고, 인하여 청원부원군과 함께 형조 참판 조영순을 청하여 별감들 귀양 보낼 말씀을 의논하시니라. 조영순이 처음은 못 하리라 하다가, 나중에 아버지 말씀을 듣고

"제왕가는 다르니, 장래 이 일이 크려니와, 대감이 나라 위하신 고심 과 충성으로 생사와 화복을 다 내놓고자 하시니 마음이 고맙다"
하고, 그 별감들을 잡아 말도 묻지 않고 그저 귀양 보내니라. 이어 아버지께서 세손께 글을 올려

"홍은부위의 외입으로 별감들에게 죄를 주었습니다"
하고, 뵈온 때도 많이 간언하시니라.

당시는 세손이 생각이 다 크지 않은 때라, 마음이 무안하시기가 가엾어 이 어미와 외할아버지의 당신 위한 충성은 살피지 못하시고 화를 내시니라. 그런데 정처가 무상하고 흉악한 것이, 제가 그 말을 하여 세손 몸에 허물이 없게 하고자 하였으면

'내 이리하였으니, 혜경궁도 자모의 마음에 그리하신 것이 당연하

고, 외할아버지 또한 나라 위한 마음으로 허물이 될까 하신 일이니, 그리하는 것이 옳은 일이라, 조금도 어찌 알지 마시고 그 말씀을 들으소서'

해야 할 것인데, 내게는 그리 걱정하고 세손께는 충동하여 말하기를

"그 일이 그렇게까지 할 일이오. 저리 요란하면 세상에 모를 이 없으니 이렇게 되면 마누라가 어떤 사람이 되겠소. 외할아버지라고 덮어주진 아니하고 도리어 허물을 드러내려 하니 저러한 인정이 어디 있으리"

하여 덜컥 놀라게 하니라. 그때 세손이 정처에게 쥐여 있어서 그의 말을 다 들으시는데, 날마다 그런 말들로 흉을 보고, 후겸이도 들어와 세손의 허물을 들추었다고 하며 안팎으로 돋우니라. 그러니 당신 소년 마음에 외할아버지 귀히 여기시던 정이 왈칵 변하고, 어미에게야 어떠하실 것이 아니지만, 전일 사이 없던 마음이라도 어이 조금은 변치 않으시리오.

그때 세손께서 불쾌하여 화내시는 것은 측량할 수 없으니, 내 도리어 가없는 듯하나, 나나 아버지나 다 당신께 허물이 될까 염려하여 한 일이니, 어이 후일이야 걱정하였으리오. 세손께서도 그리 화를 내시나, 나나 외할아버지를 대하시는 것은 여전하시니, 우리 부녀야 잘한 줄로만 생각하였지, 어찌 후환을 털끝만큼이라도 근심하였으리오.

그후 1775년 사이에 홍국영이가 '세손께서 1769년 일로 심히 불쾌히 되시니라' 하기에 내 비로소 깨달았더라. 세손이 등극하신 후, 내 그 말씀의 자초지종을 다 말하고

"정처의 '경모궁 일이 다시 나리라' 하는 말도 무섭고, 예삿사람이라도 어미가 아들을 착하게 만들고자 하는 마음이 있으니, 생각해보오. 내 경모궁 일을 지내고 한 아들을 의지하는데, 국가의 중한 부탁을 받은데다 사사로운 정을 겸하여, 마누라 진선진미盡善盡美, 완전무결함하시게

하고자 하는 마음이 어쩌어쩌하겠습니까. 그 사람의 말을 갑자기 듣고 놀란 가슴이라 두렵고 근심되는데다가, 만일 그 일을 막지 않으면 영조께서 아시고 경모궁 일이 또 나리라 하니, 그 사람의 변덕이 무상하여 영조께서 아시게 하기도 고이치 않으니, 만일 큰 야단이 나면 마누라가 어떻게 되겠습니까. 그 일을 생각하니 더욱 갑갑하여, 아버지와 동생들이 그리 못 하게 하는 것을 내 밥을 끊고 자결하려 하여 아무쪼록 그 조치를 하게 했습니다. 내야 그저 순진한 어미 마음으로 한 일인데, 정처는 흉계를 꾸며 내게는 별감들을 벌하라 권하고 마누라께는 마누라의 허물을 드러낸다고 격동하여 어미와 외가를 이간시키니, 내 어찌 이리될 줄 알았겠습니까. 이 일로 인하여 귀주 후겸의 무리가 밖에 말 내놓기를 '홍씨가 세손께 죄를 얻었으니 홍씨를 아무리 쳐도 세손께서 외가를 붙드실 리가 없을 것이라. 세손에 의지한 홍가니 세손과 떨어진 다음에는 홍가 치기가 아주 쉬우리라' 했다 하더이다. 그때 십학사인지 무엇인지 하는 것들이 귀주와 후겸이의 사이에서 형세를 따르고, 밖으로는 척리를 치면 선비 된다 하여 내 집 치기를 시작하여, 구르고 굴러 이 지경까지 되니이다. 그러니 사실은 내 손으로 아버지께 화를 끼친 것이라. 지금 생각해도 나나 아버지나 마누라 위한 충성이니 부끄럽지는 아니하건만, 이렇게 된 일이야 다 내 탓이니, 불효한 죄는 실로 만번 죽어도 용서받지 못할 것이니이다"
하니, 정조께서 웃으시며
　"그때 일이야 소년 때니 다시 거들어 무엇하리이까. 나도 과연 뉘우치고 있노라"
하시고, 그후라도 이 말이 나면 부끄러워하시는 모습으로
　"다 잊은 지 오래다"
하시더라.
　1800년 2월 정조께서 당시 원자이신 순조를 세자로 책봉하신 후 이

미 죽은 형조 참판 조영순의 벼슬을 회복시키고 들어오시며, 기쁜 빛이 얼굴에 가득하여 나에게 말씀하시기를

"조영순의 일로 매양 목에 뭐가 걸린 듯하였는데 오늘에야 푸니 시원시원하오"

하시니라. 내가

"실로 다행이오. 우리 집에서 시킨 일로 큰 죄를 얻었으니, 그 집에서 내 원망을 오죽 하겠소. 마음 불안하기 측량할 수 없더니, 벼슬을 회복시켰다 하니 과연 다행하오"

하니, 정조께서 말씀하시기를

"조영순이야 본디 죄가 없습니다. 그때 정처가 '경모궁 일이 다시 나리라' 협박한 말이 세상에 다니다가 닿을 데가 없어 마침내 조영순이 한 말로 되어 그의 죄가 되었으니, 실로 원통한 일입니다. 그때 외할아버지께서 사옹원에 앉아서 여러 대신 듣는 데서 '경모궁 일이 다시 나리라'고 했다기에, 그 일이 사실인지 여러 곳으로 알아본즉, 그때 재상은 들었노라 하는 이 없더이다. 또 말이 변하여 외할아버지께서 하신 말이 아니라 정광한이가 소문을 듣고 퍼뜨린 말이라 하니, 그 말이 여러 가지로 나니, 정처의 그 말이 가운데서 부풀려진 것이 분명하니이다. 외할아버지께서 아니하신 줄은 이미 분명히 알았으니, 외할아버지도 애매한데 하물며 조영순이야 가당키나 하니이까. 이제는 1769년의 일이 완전히 해결되었으니, 이는 조영순을 위한 것이 아니라 외할아버지를 위한 것이니이다"

하시기에, 내 아버지를 위하여 감사하다는 말을 여러 번 하였더라.

이로 보면 별감 일을 정조께서 후회하시고, '경모궁 일이 다시 나리라' 하는 말로 아버지께서 애매하게 되신 줄 아시던 것을 가히 알 것이라. 다만 당초 정처가 정조와 나, 그리고 정조와 외가 사이를 이간하려고 마음을 가짐이 안타까울 뿐이니, 정처의 마음이야 어찌 아니 흉악

하리오. 이 일로 인하여 그후로 세력과 인심이 왈칵 변하여, 후겸이는 안에서 응하고 귀주는 밖으로 도모하여, 1770년에 비로소 한유가 흉악한 상소를 올리고, 이어 1771년과 1772년의 일까지 났으니, 내 집 그릇된 근저는 곧 별감 일이라.

김귀주의 모함

1772년 7월 귀주의 상소 후에, 그때는 정조께서도 정성을 다해 외가를 구하려 하시고, 정처의 마음과 후겸이의 의논도 내 집을 죽여서는 안 된다고 하여 아버지를 구하니라. 귀주에게는 영조의 엄한 하교가 여러 번 내리니라. 1766년 영조의 병환으로 거처를 함께하며 가까워진 이후 처음으로 정처와 정순왕후의 사이가 멀어지고, 후겸이도 귀주와 함께 아버지를 해하려 하던 것이 변하여 내 집은 붙들고 귀주네는 치는 셈이 되니라. 정처가 자기 처소가 중궁전과 가까움을 꺼려 떠나고자 하여 영선당이란 집으로 옮기니, 그때는 세손께서 나이도 점점 많아지시고 강학도 지극히 부지런히 하시니, 정처에게서 잠시도 떠나지 못하시던 것이 조금 덜한 듯하니라.

이런 일들로 보아도 정처가 남편과 자식이 있어 살림의 재미를 알았다면 이토록 일을 어지럽히지는 않았을 듯하니 더욱 애달프도다. 후겸이는 글도 잘하고 예법도 잘 지켜 거룩한 듯 말하고, 세손은 제 아들만 못한 듯 말하니, 실제로 그렇다 해도 어찌 감히 그리하리오. 세손이 차차 따로 계신 후 행여 궁녀들에게 눈을 두실까, 내시라도 사랑하고 아껴 부리실까, 살피는 눈이 번개 같으니, 세손께서 비록 잠깐 쉬실 때라도 마음 놓고 지내지 못하시니라. 세손과 세손빈 사이를 금하기는 1770년부터 심하여, 증거도 없고 대수롭지도 않은 일로 굳이 세손빈의 흉을 잡아 세손에게 들리게 하니, 그사이 빈궁 해하던 일과 핍박하던 언행은 백 가지 천 가지가 넘으니 어찌 다 기록하리오.

부부관계를 가로막은 고모

세손이 본디 성품이 담담하여 빈궁과 금실이 친밀치 못하신데다가, 정처가 손에 화와 복을 쥐고 앉아 죽음을 마다않고 세손의 부부 사이를 말리니, 설사 화락하고자 하신들 어찌 감히 하실 수 있으리오. 이리하여서는 후사를 볼 가망이 없으니, 아버지께서는 세손 부부가 금실이 좋아져 쉬 원자 생산하시기를 밤낮으로 빌고 비시니라. 그리고 아버지께서 궁궐에 들어와 세손을 뵐 때면

"그리 마소서"

간절히 간언하시고, 다른 형제들도 근심과 탄식이 측량할 수 없더라.

정처는 두 분 사이를 그토록 금하면서도 행여 빈궁이 아들을 낳으실까 겁을 냈고, 귀주네는 또 밖으로 말 지어놓기를

"세손께서 아들 못 낳을 병환이 계시다"

하여 더욱 인심을 요란케 하니, 그 심술은 이제 생각해도 흉악하도다.

내 말에 내가 죽으리라

정처의 버릇이 일 없이는 못 견디는지라. 내 집 속이기를 싫도록 하는 것 외에, 세손께서 장인 청원부원군에게 정이 들어 귀히 대하시고, 처남인 김기대가 문자도 꽤 하고 춘방春坊. 동궁 시강원에 출입도 하여 사랑하시니, 정처가 세손의 처가마저 없애고자 하여 그 사이를 헐뜯음이

무수하더라.

세손빈이 세손 계신 홍정당에 함께 머물지 못하게 세손을 꾀던 차에, 1772년 7월 청원부원군 상사가 나니라. 세손이 주무시다가 부음을 들으시고 어진 마음에 놀라 그 사람 있는 곳에 오시니라. 세손이 슬픈 낯빛으로 거의 눈물이 떨어질 듯 불쌍불쌍해하시니, 내가 보고 위로하며 '놀라셨으리라' 염려하니라. 그런데 정처는 세손이 죽은 장인을 불쌍히 여겨 빈궁께 후하게 구실까 염려하여 홀연히 말하기를

"그 일이 무슨 큰일이라 저토록 하시오"

하며 마치 죽은 사람의 탈을 쓴 듯 말을 하니, 내 들으매 너무도 끔찍한지라. 내 그때 그 사람을 미워하지 않으려 하는 때로되, 그 말이 불길하고 흉악하여 소름이 돋아 말하기를

"저 어인 말인고. 오늘 술 취했는가. 말을 살펴 해야지. 지금 죽은 사람을 흉내내어 귀한 몸에다 말하는가"

하니라. 자기도 흉언한 것이 무안하고, 세손의 사색도 어이없어하니 바로 속죄할 차로

"잘못하였노라"

하고

"이 말로 인하여, 내 아들은 살지도 못하고, 며느리와 손녀는 다 노비가 되고, 나는 귀양을 가서 가시울타리 둘린 집에 살리라. 그래도 이 죄는 용서받지 못하리라"

하니라. 정처가 홀연히 불공한 말을 하고, 또 아닌 밤중에 앉아 그 무서운 소리를 하여, 자기는 물론 아들, 며느리, 손녀들의 목숨까지 위태롭게 하더니, 나중에 과연 그 말같이 되니라. 실로 이상하니 귀신이 시킨 듯하도다.

죽음을 두려워 않는 소년 정후겸

정처가 비록 괴이하여 천태만상을 보이나 실은 아녀자에 불과한지라. 궐내에서 상없는 짓이나 하지, 후겸이가 아니라면 어찌 조정에 간섭하여 권세를 쓸 의사를 내었으리오.

내 후겸이가 독물인 것을 안 일이 있느니라. 1760년 경모궁께서 정처에게

"만일 온양 거둥을 못 이루어내면 네 아들을 죽이리라"

하시고 후겸이를 잡아 가두며 협박하니, 그때 후겸이가 열두 살이라. 어린것이 오죽하리오마는, 조금도 두려운 빛 없이 당돌히 구니, 그 일을 생각하면 유별한 독물이 아니면 어찌 그리하리오. 요놈이 조숙하고 아둔하지 않은데, 착하고 의젓하지는 못하고 일찍이 교만하고 방자하기만 늘어, 내 아버지를 제거하고 제가 권세를 쓰고자 제 어미를 돋워 내니라. 그러니 지고는 못 살고 권세 좋아하고 시기 많고 사람 해하기 좋아하는 어미가 아들의 말이라 하면 그대로 다 시행하여 변란이 무수하니라. 그 어미와 아들이 때를 타 한데 모여 나라를 그릇 만드니, 하늘의 뜻을 한탄할 뿐이로다.

후보자는 당색을 안배하라

후겸이가 밖에서 권세를 쓸 제, 신하들을 모두 노예같이 보고 한세상 풍미하던 일이야 내 궁중에 깊이 있으니 어찌 자세히 알리오마는, 드러난 큰일로 이르면 1770년과 1771년 귀주와 붙어서 아버지를 해하려 했으니, 참으로 죽일 놈이라.

또 1772년 요직에 후보를 추천한 일로 당시 영의정 김치인을 몰던

일은 망측망측한지라. 영조께서 탕평을 주창하신 이후로 무슨 요직에 후보를 추천할 때는 노론과 소론을 섞어 한 당파만 올리지 못하니라. 그런데 그때 어찌하여 정존겸이 이조 판서로 성균관 대사성의 후보를 올리는데, 김종수를 으뜸에 두고 아래 두 후보 역시 모두 노론이라.

영조께서 미처 살피지 못하셨더니, 그때 김치인 김종수의 무리가 아버지 공격하는 데는 후겸이와 한마음을 먹었는지 몰라도, 매사 후겸이의 말을 듣지는 않았던지, 그 후보 올리는 것을 후겸이 제가 몰랐던지, 그도 불쾌하고, 저도 소론이요, 제 처가도 소론이니, 여러 소론이 후겸이를 꾀어 '한 당파로만 후보를 올리는 것이 극히 놀라우니, 이는 김치인네가 권세를 쓰는 일이니, 이것을 가만히 두지 못하리라' 하니, 후겸이가 제 어미에게 일러 영조께 참소하니라. 영조께서 한 당파로만 치우친다 하면 그를 크게 안타까워하시는지라. 김치인이가 탕평하던 김재로의 아들로서, 오촌 조카 김종수를 데리고 당파를 세우려는 줄로 아시어, 화가 크게 올라 김치인과 김종수를 다 절도에 귀양 보내 머무는 집을 가시울타리로 두르게 하시니라. 더욱이 김치인에게는 다시 법률을 살펴 처단하시라는 사헌부의 계사啓辭까지 올라오니, 그런 일이 어이 있으리오.

원수가 된 친척

종수네는 본래 내 집과 좋지 않은 사이라. 이 일에 내 집을 의심하여, 아버지와 두 삼촌과 셋째 동생까지 나서서 후겸이를 꾀어 이 일을 일으켰다 하고, 셋째 동생은 더욱 의심을 받아 원수로 아니, 세상에 이런 맹랑한 일이 어이 있으리오. 내 집이 무상치 않으니, 설사 김치인네가 밉다 한들, 다른 일로 죄가 되게 무함할지는 몰라도, 내 집도 노론

인데 노론 후보만 올린다고 죄를 잡을 리가 어이 있으리오. 그때 임금께서 청류淸流니 명류名流니 하면서 스스로 '깨끗하다', '명분에 맞다' 뻐기는 사람을 문제 삼았지만, 세상에 청류, 명류로 죄를 주는 법이 어이 있으리오. 이 일로 보아도 내 집에서 후겸이를 가르쳤다는 말은 삼척동자라도 옳게 듣지 않을 것이니 도리어 가소롭도다.

내 집이 처음에는 후겸이로 인하여 죽을 뻔하였으나, 나중에는 후겸이 모자의 힘으로 보전하였으니, 영조 살아생전에는 후겸이를 급히 뗄 길이 없어 아무렇게나 엮여가다가 마침내 후겸이와 함께 죄를 입으니라. 이제 생각하면 1771년 아버지께서 화를 입으셨다 해도 후겸이는 사귀지 말았으면 싶되, 사람의 자식이 되어 눈앞에 부형의 참화를 보고 어찌 차마 구하지 않으리오. 그저 정처 모자가 천생 업원業寃, 전생의 죄로 인한 괴로움이니 이를 한탄할 뿐이로다.

작은아버지 홍인한

　세상에서는 내 둘째 작은아버지가 아버지의 아우라서 이름을 떨쳤나 하되 실은 그렇지 않으니라. 1753년 과거 급제한 때 영조께서 크게 쓸 인물이라 칭찬하시고, 그후에 형보다 낫다고까지 말씀하시니, 영조께서 본래 당신을 아끼심이 높고 무거우시니라.

　1770년 이후 아버지는 망측한 일을 겪으셨으나, 작은아버지께는 임금의 아끼심이 쇠하지 않으시고, 정조께서도 틈 없이 좋아하시니라. 작은아버지께서는 우리 집안이 망측한 일을 겪는 중에도 평안 감사도 하시고 정승도 되시니, 이는 영조의 아끼심으로 말미암은 것이라. 그러나 작은아버지께서 이때 벼슬길에 발을 끊지 못한 것은 참으로 잘못한 일이니, 잘잘못을 따지는 사람들이 '형님이 망극한 일을 겪었는데 어이 벼슬을 다니며 후겸이가 권세를 부리는 때에 어찌 부귀를 탐하리' 하며 죄를 삼으면 당신도 감수할 것이요, 나도 일생 안타까이 여기는 일이라. 하지만 1775년 세손의 대리청정을 막았다 하여 역적의 이름을 받고 참화를 입은 것은 지극히 원통하니, 세상에 이런 일이 어이 있으리오.

1775년 작은아버지께서 일 년간 정승으로 다닐 제, 영조께서는 더욱 연로하시고, 후겸이는 그때 권세도 없는 것이 다른 사람들을 함부로 공격하여 난감한 일이 많으니라. 또 홍국영이가 세손께 총애가 굉장하여 무상한 일이 많으니라. 작은아버지께서 본디 국영이의 큰아버지 낙순이와 좋지 못한 사이라. 더욱이 국영이의 모양이 경박하고 망령되니, 그때는 세손의 숨은 총애가 있는 줄 자세히 모르고 일가 어린아이로 보아 한번은

"영안위永安尉, 선조의 부마인 혜경궁의 5대조 홍주원 자손에 저런 망령된 놈이 날 줄 어이 알았으리오. 우리 집안을 망하게 할 것이라"

하고 두어 번 꾸짖어 훈계하니라. 국영이가 제 털끝을 거슬려도 죽이려 드는 성품인데, 이런 꾸지람을 들었으니 이로 독을 품음이 어떠하리오. 작은아버지를 죽이기로 마음을 먹었다가, 마침내 참화를 지어내니라.

치매 노인 영조

작은아버지의 죄명이 세손의 대리청정을 방해했다는 것 외에, 국영이를 제거하려 했다는 것이니, 세손의 오른팔을 쳐내려 했다는 것이라. 그런데 여기 사실이 그렇지 않음을 보여주는 한 가지 분명한 증거가 있으니, 당신이 세상사에 익숙하고 재빠르기에 오히려 이상한 일이라. 처음은 국영이의 형세가 그토록 중한 줄 모르고 꾸짖었다가 차차 알고 그놈의 독을 만날까 근심하던 차, 1775년 10월 영조께서 국영이를 제주도의 기근 구휼을 감독하는 어사로 보내려 하시니라. 이때 세손께서 작은아버지께 국영이를 아니 보내게 해달라 하시니, 작은아버

홍국영과 홍인한의 묵은 원한

홍국영은 혜경궁과 그리 멀지 않은 친척으로, 혜경궁과 홍국영의 아버지는 십촌간이다. 홍국영에게 혜경궁은 아주머니인 셈이고, 홍인한은 할아버지인 것이다. 이런 사이이니 홍인한이 홍국영을 일가 자제로 보아 꾸짖을 수 있는 것이다.

그런데 다른 이본들에는 홍국영이 홍인한을 미워하는 계기가 된 사건을 하나 더 싣고 있다. 홍국영의 아버지 홍낙춘의 벼슬 청탁과 관련된 이야기이다. 한번은 홍국영이 홍봉한한테 와서 동생 홍인한을 통하든 이조 판서를 통하든 자기 아버지 홍낙춘을 벼슬을 시켜달라고 청한 적이 있다고 한다. 홍봉한은 처음에는 거절하다가 하도 계속 와서 보채기에 홍인한한테 편지를 보냈다.

홍국영은 홍봉한의 집에서 홍인한의 답장을 기다렸는데 오랜 시간이 흘렀는데도 답장이 오지 않자 기다림에 지쳐 나중에 오겠다며 집을 나섰다. 그런데 그때 마침 회답이 오자 답장을 보여달라 하여 보았다. 그 편지에는 "이 미친놈을 어이 벼슬을 시키라 편지를 보내십니까. 못 하겠습니다"라는 말이 있었다. 혜경궁은 홍국영의 아버지 홍낙춘에게 광병(狂病)이 있다고 했는데, 홍인한이 이 사실을 들어 이런 사람을 어떻게 벼슬을 시키겠냐고 답을 보냈다는 것이다. 이를 본 홍국영은 안색이 싹 바뀌었다 한다. 이런 일들이 정조 즉위 후 홍국영이 홍인한을 죽음으로 몰아간 까닭이라 한다.

지께서 영조께 아뢰기를

"홍국영은 춘방에 오래 몸담은 자이니 다른 문관을 보내소서"
하여, 국영이 대신에 류강柳綱이를 보내게 하시니라. 만일 국영이를 쳐
낼 마음이면 그 좋은 기회에 우겨서라도 보내지, 어찌 영조께 아뢰어
안 가게 했으리오.

그때 영조께서 춘추 높으시고 담증痰症이 자주 오르셔서 매사를 분간
치 못하시는 때가 많으니, 나랏일을 책임진 대신이라면 더더욱 바로
대리청정을 청하는 것이 마땅한 일이라. 또 그때 일의 형편이 하루가
다르게 바쁘니 뉘 아니 그런 마음이 없으리오. 하지만 1749년 경모궁
께서 대리청정을 하시면서 만사에 탈이 났으니, 내 마음은 대리청정을
원수같이 알아, '대리' 두 글자만 들어도 심장이 떨리니라. 게다가 영
조의 병증은 여지가 없으시나 동궁이 어른이 되어 후계자로 있으니 나
라의 근본이 튼튼한지라. 나라의 안위가 대리청정에 달려 있지 않은
듯하니라. 더욱이 영조께서 대리하라는 하교를 내리신 후 안에서는 정
처가 '나라의 큰일이니 모르노라' 하니, 작은아버지는 그때 정처가 영
조께 조용히 말씀을 못 드린 지 오랜 줄 모르고, 행여 정처가 또 무슨
꾀를 부려 영조를 돋워 대리청정으로 올무를 놓고 만일 슬며시 대리청
정을 받아들이려 하면 그때 야단을 내려 하는 줄로 아시니라. 그래서
영조께서 대리하자는 말씀을 다 시험하시는 것으로 알아, 미심쩍고 겁
나고 떨려서 그저 이 고비만 넘기자 하여, 인사조로

"이런 하교를 어이 하십니까. 신하가 되어 어이 이를 감히 받드리이
까"
하시며 눈앞의 위기를 겨우 넘기시니라.

그때 영조께서는 정신이 점점 혼미하시어 헛말을 반 이상 하시니,
특별 과거시험을 크게 베풀라는 명령도 내리시고, 별일 없이 잔치를
베풀라는 명령도 내리시며, 숙종 때 재상 김진규에게 약방의 책임을

맡기라는 전교까지 다 내리시니라. 그러다가 정신이 깨면 뉘우치시고, '이를 어이 반포하리' 하실 적이 잦으니, 이 대리청정을 정말로 하고 자 하시는 줄 어이 알았으리오. 작은아버지께서 그런 일에는 눈치가 남보다 나은 편이라, 임금의 본뜻을 알았다면 어이 즉석에서 받들어 당신 공으로 삼고자 하지 않았으리오. 하지만 영조께서 마음은 없으신 데 공연히 그리하신 줄로 의심하고, 이 또한 정처가 함정을 놓은 줄로 알아 두려워 피하려고만 하시다가, 마침내 세손의 대리청정을 방해했 다는 죄를 입으시니라.

위에 쓴 말처럼 임금의 병환은 깊고 나라는 위태로운데 대리청정을 청하지 않았다고 옛날 대신의 매서운 절조에 빗대어 꾸짖고 죄를 잡으 면 이는 정정당당한 의논이라, 당신이 겪은 참화가 원통하지는 않겠으 나, 세손께서 영명하신 것을 꺼려 권세를 쓰려고 대리청정을 막았다 하며 역적이라 하니, 그런 원통한 일이 어디 있으리오.

세손은 아직 정치를 알 필요가 없습니다

작은아버지께서 대리청정을 막았다는 일의 실상을 보면, 1775년 11 월 20일 작은아버지께서 궁궐에 들어가 영조를 모셨는데, 영조께서 말 씀하시기를

"세손이 나랏일을 아는가, 이조 판서와 병조 판서를 아는가, 노론과 소론을 아는가. 이 아니 안타까운가"

하시니, 작은아버지께서 대답하시기를

"노소론이야 동궁이 알아서 무엇하리이까"

아뢰시니, 이것이 소위 '세 가지 일을 세손이 꼭 알아야 할 이유가 없 다'는 '삼불필지三不必知'라.

작은아버지의 죄는 '이조 판서, 병조 판서도 세손이 꼭 알아야 할 이유가 없고, 노론과 소론도 세손이 꼭 알아야 할 이유가 없으며, 나랏일은 더욱 세손이 꼭 알아야 할 이유가 없다'고 말했다고 하여 삼불필지라 하나, 그때 영조께서 한 가지씩 묻고 대답을 들으신 것이 아니라, 임금 마음에 세손을 어리게 여기시어 나랏일이든지, 이조 판서, 병조 판서든지, 노소론이든지, 아무것도 모르니 안타깝다 하신 하교시고, 작은아버지가 아뢴 뜻은 끝의 말씀이 노소론이기에

"노소론이야 알아서 무엇하리이까"

하신 말씀이라.

대저 영조께서 세손을 각별히 사랑하시나, 신하들이 세손을 과히 칭찬하는 말씀을 들으시면, 당신 마음에 당신은 노쇠하시니 신하들이 젊은 동궁을 따르고자 하는가 의심하실 수 있는지라, 세손까지도 이를 염려하여 매양

"대조大朝, 임금 들으시는 데 나를 과히 기리지 마라"

당부하시며 그것을 못 박아두시니라. 여기에다 영조께서 당파라면 질색을 하시어 노소론이라는 말조차 일절 일컫는 일이 없으시니, 임금과 신하들이 모인 경연 자리에서도 신하들은 노소론은 아예 말조차 거들지 못하는 법이라. 작은아버지 소견에 만일

'동궁이 노소론을 어이 모르시리이까'

아뢰시면, 영조께서 윗말처럼 시험하시다가

'내 그리 금하는 당파를 세손이 안다는 말인가'

하실까, 미봉책으로 '알아 무엇하리이까' 한 말씀이라. 그 일의 형편을 상상하건대 영조께서 물으시기를

'동궁이 이조 판서와 병조 판서를 아는가'

하시고 멈춰 대답을 기다리시자 작은아버지가

'동궁이 이조 판서와 병조 판서를 알아 무엇하리이까'

대답하고, 또 영조께서
　‘노소론을 아는가’
하고 물으시니
　‘알아 무엇하리이까’
대답한 후, 또
　‘나랏일을 아는가’
하시고 대답을 들으셨다는 말은, 경연 자리의 형편으로 보나 말의 법
식으로 봐도 그렇게 하나하나씩 묻고 답했을 리가 없느니라. 실제 상
하의 수작을 생각하면 영조께서는
　‘이 일도 모르고 저 일도 모르니 안타깝다’
하교하시고, 대답은 끝 말씀이 노소론이기에
　‘알아 무엇하리이까’
하신 것이라.
　작은아버지의 마음으로는 당신께서 세손이 매사에 모를 것 없이 다
아신다 아뢰면, 임금께서 어찌 아실 줄 모르고, 또 전에 세손이 과히
기리지 말라고 한 지시에도 어긋나는 것이라. 또한 노소론 일은 영조
께서 더욱 꺼리시는 것이라. 당신은 이를 피해 적절히 아뢰노라 말씀
하셨는데 이것이 앞서 하신 말씀까지 덮어, 물으신 세 마디를 가리고
대답한 세 마디가 되었으니, 망발이라 하면 그는 되려니와, 그것으로
역적이 되기는 천만 애매하고 천만 원통하니라. 당신이 이 원통한 일
로 화를 입으시니, 지하에선들 어이 눈을 감으시며, 마음으로야 어찌
받아들이시리오.
　내 그때 궐내 형편과 세손의 뜻을 미리 작은아버지께 기별하여 이런
뜻을 알아두게 했다면, 작은아버지께서 세손의 뜻을 알고 그 실언을
아니하셨으리라. 그런데 내 꽉 막힌 마음으로
　‘왕위가 어디로 갈 것이라고 내 기별하리’

하며, 집안에도 겸연한 듯 번거로운 듯 미리 기별치 않으니라. 또 외가에서 대리청정을 봉승奉承한다는 등 무슨 시비가 나거나 정처의 헐뜯음이 들거나 영조께서 격노하실까 하여, 혐의를 피하는 도리로 더욱 망설여 집안에 의논도 아니하니라. 이제 생각하면 작은아버지 일이 다 내 죄요 내 탓인 듯, 어느 마디가 뉘우침과 한이 되지 않으리오.

좌우는 족히 근심할 것이 없습니다

우리 집 사람들이 벼슬도 많이 하고 부귀가 장한 것이 오로지 동궁 외가라 그러하니, 동궁을 믿고 그 세력에 기대어 조정을 어지럽힌다 하면, 그는 죄가 될까 모르니라. 그런데 권세를 쓰고 부귀를 누리는 것이 오로지 동궁을 믿고 하는 것인데, 동궁이 대리청정을 하시거나 등극하시면 무식한 척리의 마음에도 더 즐거워하지, 동궁을 꺼려 대리청정을 못 하시게 했다면 우리가 누구를 의지하여 부귀를 누리려 한다는 말이뇨. 영조께서 구십을 바라보는 나이라, 노환으로 아침저녁 사이에 어찌 될지 모르는 때니, 불과 눈앞에 얼마 남지 않은 권세를 쓰자고 길게 바랄 동궁께 득죄할 까닭이 어이 있으리오. 더욱이 동궁이 외가에 대해 불쾌한 사색을 나타내신 일이 없고, 동궁이 외가를 꺼린다는 사실은 나조차도 몰랐으니, 당신이야 아예 동궁이 집권하시면 척리 대신으로 대권을 잡을 것으로 더 가슴 조이고 바랐을 것이라. 그러니 작은아버지께서 동궁께 불리한 일을 했다는 말이, 어찌 인정과 천리 밖이 아니리오.

그때 영조께서

"내가 이제 눈이 어두워, 매일 하는 궁궐 호위부대 결정이나 이조와 병조에서 올린 벼슬 후보자 낙점을 혼자하지 못하고, 쪽지에 의견을 써 붙이는 일조차 좌우로 하여금 하게 하며, 다른 공무도 다 내관의 손에 맡기니라. 그러니 예전에 내가 세제世弟, 왕위를 이을 왕의 동생로 있을 때, 경종께서 '이를 세제가 하는 것이 옳으냐, 좌우에서 하는 것이 옳으냐' 하신 말씀처럼, 나도 이제 이런 일들을 세손에게 맡기고자 하노라"
하시니, 그때 영의정 한익모가 중대한 일이기에 놀라 떨며

"좌우는 족히 근심할 것이 없습니다"
아뢰어, 그때도 망발이라 하여 작은아버지와 함께 상소에 오르니라. 한익모 역시 중대한 일이라 눈앞에서 바로 받아들일 수 없어서 일시 미봉하느라 한 말이니, 그 사람인들 어이 다른 뜻이 있으리오. 하지만 망발로 치면 작은아버지와 다를 것이 없고, 대리청정을 받아들이지 않은 것으로 죄를 논하더라도 영의정 한익모나 좌의정인 작은아버지나 다 같아야 할 것인데, 지금에 이르러 한익모는 흠 없이 완전한 사람이 되고, 작은아버지는 홀로 대역죄인의 명단에 오르니, 나라의 형벌이 어찌 이리 다르뇨.

역적의 마음은 아니다

이리하여 정조께서 작은아버지를 미워하고 벼르심이 말도 못할 정도더라. 정조께서 작은아버지를 여산으로 유배 보내실 때 전교에 여러 가지 죄목을 여지없이 논단論斷하시며 다시는 세상에서 사람 노릇을 못하게 동이셨는데, 다만 그 끝에는

"왈유역정曰有逆情과 왈유이지曰有異志는 차즉此則 만만과의萬萬過矣라. 결시 정외지언決是情外之言이라"
하셨으니, 이는 '역모를 꾸민 일이 있다거나 다른 뜻이 있다는 것은 천만 지나친 말이니, 이는 결단코 실정 밖의 말이라' 하는 뜻이라.

정조께서 본래 외가에 불쾌함이 있으시니, 한번 혼내려고는 하셨지만, 노모를 앞히고 차마 외가를 망하게 하실 뜻이야 어이 계시리오. 또 국영이도 우리와 서로 죽일 원수는 아니니, 제 권세나 쓰고 세상에 호령하려고 임금 외가부터 쓸어내려는 위엄뿐이지, 저도 알듯이 죽을죄가 없으니 죽일 생각이야 어찌 하였으리오.

이 전교를 내리셔서 작은아버지를 처분하신 후에는 일이 아주 끝난 줄로 알았더니, 1776년 5월에 김종수가 들어와 국영이를 꾀어, 우리 집을 극역極逆으로 만들어놓아야 정국을 안정시킨 공과 충성이 더 크리라 하니라. 이리하여 작은아버지께서는 귀양 간 후 다른 죄를 더 지은 일이 없는데, 그 죄로 차차 형벌이 더하여 불과 몇 달 만에 마침내 참화를 받으셨느니라. 이는 처음 귀양 보내실 적 전교와 어긋난 것 아니냐.

삼불필지는 막수유라

1792년 5월 정조께서 신하들과 모여 의논하는 자리에서
"홍인한이 말한 이른바 삼불필지三不必知는 마치 막수유莫須有와 같아서 족히 죄가 될 것이 없다"
하셨으니, 이 말은 『승정원일기』에도 있을 것이요, 경연 석상에 하신 말씀으로 반포까지 했으니, 뉘 보지 않았으리오. '막수유'는 중국 송나라의 간신 진회秦檜가 만고 충신 악비岳飛를 모함할 때 쓴 말로, '반드시 있었다고 할 수는 없지만 또한 그럴 수도 있지 않겠냐'는 뜻으로, 근거도 없이 애매한 말로 다른 사람을 모함할 때 쓰니라. 진회와 악비의 일은 간신이 충신을 모함하여 죽인 천고의 억울한 옥사로 남아, 한글소설에까지 실려서 지금 무지한 여자들도 이를 원통해하니라. 정조의 고명하신 학문으로 이 문자의 출처를 모르실 것이 아니니, 이 문자를 쓴

것은 '삼불필지'로 그리되기는 원통타 하신 말씀이라. 내 집 사람이 아니라도 세상에 그 말을 본 사람이야 임금의 뜻이 어디 있는지 누가 헤아리지 못하리오.

그때 경연에서 막수유 말씀을 하시고, 삼불필지는 죄 될 것이 없으니, 실은 경모궁 돌아가신 일로 이리하였노라 하시니라. 경연 후에 정조께서 내게 들어와

"삼불필지의 죄를 벗길 길이 없어 안타깝더니, 그것을 경모궁 돌아가신 일로 돌려보냈으니, 죄를 벗기기 쉽게 되어 다행하오"

하시거늘, 내 놀라

"삼불필지 일도 천만 원통한데, 경모궁 돌아가신 일과 관계 짓기는 아예 당치도 않으니, 그런 말이 어이 있사오리까"

하니라. 이에 정조께서 말씀하시되

"경모궁 돌아가실 때 이런이런 죄를 지었다 하였으면 죄를 벗기기 어렵거니와, 그냥 그때의 죄라고만 하고 죄명이 이러이러하다 거들지 않았으니, 후에 가면 무슨 죄인 줄 알리오. 그리고 그때의 죄들은 1804년에 다 풀려고 하니라. 이번에 내 즉위와 관련된 일은 풀린 셈이니, 죄를 경모궁 돌아가실 때로 옮겨 보냈다가, 아들에게 왕위를 물려줄 1804년을 기다리리라"

하시더라.

정조께서 근래에 더욱 깨달으시어 매양 작은아버지를 화禍를 입은 대신이라 하시고

"아무 일도 없었다면 척리로 원로 주석柱石 대신이 되었을 뻔하였다"

하시며, 작은아버지께서 당신께 정성을 바쳤던 일도 말씀하시고, 당신께서 좋아하시어 매사를 의논하셨던 말씀도 하시니라. 또 어찌 되더라도 나중에는 좋은 일이 있으리라 하시고, 세상과 조정에서 주인이 될 만한 사람이요, 영웅이니, 지금 대신들 중에서야 뉘 짝할 이 있으리 하

시니라. 정조께서는 사람 대접하는 법도와 심지어 옷 입으시는 것까지도 다 작은아버지께 배웠노라 하시니, 정조께서 만일 작은아버지를 진정 극역으로 아시면, 어이 그 귀하신 몸에 비겨 말씀하시리오.

아들에게 왕위를 물려준 후 풀어주리라

1776년 정조 즉위 초에 작은아버지께서 화를 만나시니, 내 슬프고 억울하기 비할 데가 없더라. 내 그때 자결이나 다른 행동을 하지 못한 까닭은, 구구한 자모의 마음에 만고에 없는 정리情理로 간신히 당신을 길러 임금이 되시는 것을 보니, 내 귀하고 경사스러우며 다행히 여기는 마음에, 만일 내 몸을 보전치 못하면 당신 효성에 해가 될 뿐만 아니라 임금의 덕에도 누가 됨이 이를 것이 없기 때문이라. 내 헤아리되 당신이 지금은 소년이시요, 국영이의 가림으로 이런 실수를 하셨으나, 머지않아 뉘우치실 것을 확신하니라. 그리하여 내 참고 참아 목숨을 버리지 못하고 예사로운 듯이 지내왔으니, 조정 안팎의 사람들이 나를 어리석고 나약한 사람이라 꾸짖는다 해도, 어찌 이를 감수치 않으리오.

과연 정조의 깨달으심이 위에 적힌 말과 같고, 또 1804년 내 집의 죄명을 다 푸실 제 '작은아버지의 일도 함께 풀려 하노라'고 여러 번 분명한 말씀을 하셨으니, 내 철석같이 믿고 바라며 1804년이 더디 오는 것만 안타까이 여기니라. 그런데 하늘이 갈수록 날 미워하시고 집안의 운세가 갈수록 꽉 막히어, 정조께서 중도에 돌아가시고 만사가 다 흩어졌으니, 이런 원통한 일이 어디 있으리오. 내 비록 여편네이나 우리 조선의 야사野史 번역한 것을 많이 보았는데, 우리나라의 원통한 옥사중에는 끝내 억울함을 풀지 못한 것이 없더라. 그런데도 내 삼촌의 일은 만만 원통하니, 주상^{곧 순조}이 장성하시어 시비를 분간하실 때면 응당 이 늙은 할미의 지극한 한을 풀어주실까 기다리니라. 그러나 내 그때까지 살아 그것을 볼 줄을 기약하지 못하니, 이 글을 장래 내 죽은 후라도 주상이 보시면 반드시 감동하여, 삼촌의 삼십 년 쌓인 한을 풀 어주실까, 하늘에 빌고 비니라.

명종조 윤임의 일

명종 때 윤임^{尹任}이가 봉성군^{중종의 서자}을 임금으로 추대하려고 한다 하여 역모 혐의로 사사되었는데, 그 일에 대하여 증인의 진술과 심문 기록까지 담아 『무정보감^{武定寶鑑}』을 만드니라. 그 책에 죄명을 올린 것을 보면 윤임이 만고의 극악한 역적인가 싶으나, 뉘 감히 말하리오마는, 본래 그 옥사가 오로지 무고로 비롯된 것이라. 여론이 일제히 솟아나 모두가 한목소리로 억울하다 하나, 선조께서도 그 원통한 것을 쉽사리 풀어주지 못하시니라. 그런데 나중에 선조께서 인종비인 공의대비의 뜻을 받드셔서 윤임의 벼슬을 회복시켜주시니, 윤임이가 공의대비께 시외삼촌이요, 선조께는 공의대비가 큰어머니라. 공의대비께서는 시외삼촌의 원통함을 풀어주려 하셨고, 선조께서는 큰어머니의 마음을 우러러 이 일을 하시니라. 지금까지도 그 일을 아는 자는 공의대비와 함께 슬퍼하지 않는 사람이 없고, 또한 선조의 효도에서 우러난 처분을 공경치 않는 이가 없느니라. 하물며 내 작은아버지는 윤임의 죄명과는 경중이 크게 다르고, 나는 주상의 할머니라. 큰어머니가 시외삼촌 억울하다 한 것도 임금이 좇으셨으니, 이제 그 할미가 작은아버지의 억울함을 펴드리고자 하는 것이니, 내 처지나 임금 체면으로나 이 둘은 함께 말하지 못하리라.

이 일을 정조께서 뉘우치셔서 1804년에 풀어주리라 하신 말씀이 여러 번이시니, 1776년 정조께서 작은아버지를 처벌하시면서도 역모의 흔적이나 다른 뜻은 없다고 하신 하교와 1792년 '삼불필지'는 '막수유'와 같다는 하교가 분명한 증거가 되니, 이 억울함을 푸는 것은 정조가 남긴 뜻이라. 지금 임금께서 원한을 푸는 것을 불안해하거나 망설일 일이 아니라. 또 공의대비는 윤임의 일에 간섭하셨다는 모함을 받으셨기에 더욱 윤임의 한을 풀려 하셨다 하니, 1776년 7월 작은아버지를 처벌할 적 전교에 내가 작은아버지 처벌을 허락했다 하셨으니,* 이는 곧 나를 함께 죽인 셈이라. 세상은 아무것도 모르고 내가 삼촌 화 입는데 구하기는커녕 그리하라 한 양으로 아니, 만일 그렇다면 나를 윤리 기강의 죄인이라 해도 할 말이 없을 것이라. 하지만 만고에 제 삼촌 죽이는데 그리하라 할 사람이 어이 있으리오. 내 이제는 오래지 않아 수명이 다할 것이니, 만일 작은아버지의 억울함을 풀어드리지 못하고 죽으면, 만세 동안 삼촌 죽인 사람이 되어 귀신이라도 어디에도 받아들여지지 않으리라. 이것이 공의대비 한때 모함 들으신 원통함에 비하면 어떠하리오. 공의대비는 조카님을 감동시키셨는데, 내 비록 뜻이 작으나 주상을 감동치 못하랴. 주상이 마음은 있으나 아직 임의로 하지 못할 때요, 나는 점점 목숨이 다해가니, 그저 아득할 뿐이로다.

---

* 『정조실록』 1776년 7월 5일조에는 홍인한을 사사(賜死)했다는 기사와 함께 정조의 전교가 있다. 여기서 정조는 혜경궁의 분부를 인용하고 있는데, 그 내용은 '내 어찌 작은아버지와의 사사로운 인정 때문에 국가의 체면을 손상시킬 수 있겠느냐'는 것이다. 실록을 보면 마치 혜경궁이 홍인한의 처벌을 용인한 듯한데, 여기서 혜경궁은 그것이 사실무근임을 밝히고 있다. 정조나 혜경궁 둘 중 한 명은 거짓말을 한 셈이다.

국영이가 1772년 가을 과거에 급제하니라. 국영이는 본디 아이 때부터 어긋난 놈인데, 제 아비 낙춘이가 광병이 있어 자식을 가르치지 못했느니라. 국영이가 원래 허랑하고 망령되어 술을 즐기고 여색을 탐하며 행실이 볼 것이 없으니, 제집에서도 용납받지 못하고 세상에서도 버림받았더라. 그러나 약간의 재주가 있어서 못하는 글도 억지로 하노라 하고, 재치가 있고 민첩도 하고 담대도 하고 호기도 있어서 하늘도 무서워 않고 땅도 두려워 않더라. 이 미친것이 매양 천하만사를 제가 다 하겠노라 하니, 제 무리조차 놀라 아니 웃는 이 없더라.

과거 급제 후 수년을 한림翰林. 예문관 검열을 달리 이르는 말. 젊은 문관들이 가장 선망하는 요직임으로 있으면서 오랫동안 궁궐에 머무니, 영조께서 사랑하시어 매양 '내 손자, 내 손자' 하시더라. 동궁께서도 국영이가 나이도 비슷하고 얼굴도 예쁘고 재치 있고 민첩하니, 이때는 동궁께서도 자칫하면 경모궁처럼 돌이킬 수 없는 일에 빠질 수 있는지라, 그 어려운 시기에 동궁이 국영이를 한 번 보시고 두 번 보시며 아끼심이 높고 무거우니, 그

사이가 지극히 가까우니라.

처음은 요놈이 간계를 내어 동궁께 곧게 간언하는 체했는데, 실은 그 간언이 다 듣기 좋은 말이라. 동궁께서 저를 강직한 사람으로 아시어 사귀기를 깊이 하신 후에는 제 하지 않는 일이 없더라. 동궁이 당신 처소에 계시며 하인 외에 사부라고 만나는 것이 빈객賓客, 동궁을 가르치는 최고급 관리이나 궁관宮官, 동궁을 가르치는 고급 관리에 불과하니, 그자들이야 학문이나 의논하지 무슨 말을 하리오. 사정이 이러니 그자들과는 조정에서 일어난 일이나 바깥 이야기는 어찌 감히 한마디라도 수작하였으리오. 이렇게 동궁이 무미하고 답답해하시다가 국영이를 만나니, 국영이가 아니 여쭙는 말이 없고 아니 아뢰는 일이 없으니 국영이를 신통하고 기이히 여기시니라. 이리하여 이전에 사랑하시던 궁관은 점점 멀어지고 국영이만 제일로 아시니, 비유컨대 남자가 첩에게 혹한 모양이라.

국영이는 밉거나 원한이 있거나 혹 저를 나무라는 이가 있으면, 아무 근거도 없이 헐뜯고 동궁을 비방했다 아뢰니라. 세손이 저를 과히 사랑하시니, 제 행동이 의젓하여도 다른 사람의 꺼림을 받을 것인데, 하물며 국영이는 세상에 유명한 무뢰경박자無賴輕薄子니 어이 말이 없으리오. 혹 '동궁이 고이한 것을 가까이하신다' 걱정하고 탄식하는 이도 있고, 혹 '동궁이 저를 용납하신들 제 어이 감히 상없이 굴리' 하며, 1774년과 1775년 사이에 집집마다 국영이 말이요, 사람마다 국영이 조심이니, 저라고 어찌 듣지 못했으리오. 국영이가 이런 말을 들으면 들어가 동궁을 훼방한다 아뢰니, 이것이 바로 떠도는 말을 핑계 삼아 사람을 잡는 일이라. 세손께서 궐내에 깊이 계시며 다른 사람은 보지 못하고 국영이의 말만 들으시는데다가, 국영이를 사랑하는 상황이라, 그 간사한 마음을 제대로 살피지 못하고 다 곧이들으시니, 어찌 실상을 잘 알 수 있으리오.

이러구러 국영이가 세손께 천고에 없는 아낌을 받았다가, 대리청정

일로 큰 공을 세우니라. 국영이는 정조 등극 후 일고여덟 달 안에 빨리 승진하여, 도승지^{都承旨. 왕의 비서 기관인 승정원의 으뜸 벼슬}, 수어사^{守禦使. 남한산성을 지키기 위해 설치한 수어청의 으뜸 벼슬}를 하였고, 또 임금 친위부대의 대장인 숙위대장^{宿衛大將}이 되어 대궐에 있으면서 저 있는 곳을 이름하여 숙위소라 하니라. 그리고 다섯 군문의 대장을 다 하고 벼슬이 오영도총숙위^{五營都摠宿衛} 겸 훈련대장에 올랐으니, 고금에 그런 은총과 그런 공명이 다시 어이 있으리오.

제 마음대로 사람을 무수히 죽이는 가운데 내 집이 맨 앞에서 화를 입으니, 이는 내 삼촌이 꾸짖은 원한뿐 아니라, 국영이의 큰아버지 낙순이 내 삼촌과 무슨 일로 원수가 되어 항상 살의가 있었다 하더라. 국영이의 초년 정사^{政事}는 제 큰아버지의 말을 좇았기에, 내 삼촌의 화가 더욱 극진한 듯싶더라.

국영이가 사 년 동안 신하답지 않게 함부로 날뛴 일이 백 가지 천 가지니, 내 궁 안에서 어이 자세히 알리오마는, 전하는 소문이 낭자하더라. 일등 기생으로 통하는 약방^{내의원의 별칭}의 의녀를 끼고서 궐내에서 머물기를 감히 제집 사랑방같이 했고, 정조 즉위 초에 역변^{逆變}을 우려하여 임금의 수라를 내의원에서 담당했는데, 제 감히 내의원 제조^{提調. 종일품 또는 이품관의 관청 책임자}에게 말하여 '외수라^{外水剌}'를 차리게 하여 임금의 수라상과 똑같이 차려 먹었느니라. 또 임금 앞에서 함부로 굴고, 대신 이하 능욕하기는 측량할 수가 없으니, 우리 조상께서 쌓은 덕으로 어찌 이런 요망한 역적이 날 줄 생각하였으리오.

적이 된 오촌 고모집

국영이가 처음은 작은 그릇이라, 상없을지언정 큰 장난을 하기는 뜻이 미치지 못하였더니, 김종수라는 것이 1776년 5월에 들어와 국영이의 아들이 되어 천만 가지 변괴를 다 지어내니, 이 어찌 오로지 국영이의 죄뿐이리오.

종수는 다른 사람이 아니라 내 오촌 고모의 아들이라. 그 고모 어렸을 때 내 조부께서 사랑하시어 집에서 기르셨기에, 그 고모가 내 조부모를 일컬어 매양 '수양 아버님 어머님' 하더라. 그 고모가 두 아들을 낳으니 맏이는 종후요, 둘째는 종수라. 집도 한동네에 있고 정도 두터워, 친외삼촌과 생질 사이와 다름이 없더라. 그런데 내가 궁궐에 들어온 후 내 집이 번성하자, 저희 역시 재상가이면서 저희는 선비로 고명한 의논을 편다고 자처하며, 우리와 전일 친하고 두텁던 정이 변하니라. 아버지는 그 형제를 내 집 아이로 아시어 매양 꾸짖으며 가르치기도 하시니, 그 형제 점점 어그러지고 멀어져 의심하고 꺼리는 마음을 뚜렷이 드러내니라. 아버지는 또 그 형제가 명성만을 구하고 인정에 맞지 않는 일이 많음을 보시고, 걱정하고 탄식하기도 하고 잘못을 따지기도 하시니라. 이런 일로 인하여 저희 유감을 품었나 싶되, 아버지야 집안 아이 가르치는 일로 여겨 말씀하신 후에는 마음에 두기나 하셨으리오.

그 고모가 아버지 종형제 항렬에서 맏이라, 아버지께서 할아버지 하시던 일도 생각하고 동기 누님같이 보시어, 대장이 되었을 때나 외방 수령으로 계실 때나, 때때로 고모께 선물을 보내시며, 정이 특별하시니라. 그러니 고모께서 아들들이 어미 사촌을 죽이려 계교를 짜던 줄을 어찌 아시리오.

1767년에는 종후가 세손의 교육을 맡은 춘방의 자의諮議라는 청직淸職에 임명되었는데, 이 벼슬은 원래 재야 선비들 가운데 학덕이 높은 자에게 맡기는지라, 이 자리를 대신들과 의논도 하지 않고 또 재야 학자들의 공론도 듣지 않고, 이조 판서 윤급홍봉한의 반대파임이 혼자 다 정하니

라. 아버지께서는 계모부인 상중이라 직접 나서지는 못하시고, 주위 사람들에게 벼슬아치 임명의 격식을 제대로 지키지 않았다 비판하시며 공론을 형성하시니라. 사태가 이렇게 되니 종후가 사직 상소를 올리고, 이 일로 그들의 원한이 뼈에 사무쳐 보복하기를 꾀하니라.

또 1772년에는 종수가 성균관 대사성 후보에 으뜸으로 올랐다가, 추천된 세 후보가 모두 노론이어서, 영조께서 크게 화를 내시고, 당시 이 일을 맡았던 이조 판서 정존겸은 물론, 그것을 지휘한 영의정 김치인, 그리고 당사자인 종수 역시 귀양을 가니라. 저들이 이 일을 작은아버지와 셋째 동생의 탓으로 돌려, 늘상 '두고 보자' 하더라 하기에, 천만 의외에 가까운 친척에게 의심받음을 불행히 여기더라. 이때 종수가 비로소 국영이와 한마음이 되어 국영이가 모르는 것을 다 가르치고 국영이가 하고자 않는 일까지 충동하니라. 종수는 제 본디 세상을 속이고 맑고 깨끗하다는 헛된 이름을 도적한 놈이라. 국영이 마음에는 종수가 제게 와 자제처럼 친근히 대하고 노예처럼 섬기며 천첩처럼 아첨하므로, 스스로 기뻐 종수가 하자는 대로 말을 듣고 계교를 쓰니, 내 집 화변이 종수가 없으면 국영이만으로는 이토록 아니하였을 듯하도다.

국영이 그 망측한 것이 아무 정황이나 증거도 없이 저한테 눈 한번 흘긴 죄로도 사람을 무수히 죽이니, 종수가 또한 함께 제 원수를 갚았더라. 두 놈의 원수 갚기로 사람들이 죄가 있건 없건 무수히 죽었으니, 후세 사람들이 국영이는 패망한 고로 그 죄악을 더러 아나, 종수는 국영이가 쫓겨날 때 돌연 태도를 바꾸어 국영이를 맹렬히 공격하여 국영이와 관계되지 않은 고로, 지금까지 종수의 죄목은 자세히 모르니라. 그러나 죄의 비중을 따져보면 실은 국영이의 죄악은 삼사 분이요, 종수의 죄악은 육칠 분이라. 내 매양 정조께 말하되

"국영이의 일이 제 죄뿐 아니라, 실은 종수의 죄라"

하면, 정조도 웃으시며

"그렇다"

하시더라.

누이를 들여서라도 권력을 놓지 말자

국영이 그 은총을 가지고 제 마음이 싫도록까지 못 한 노릇이 없으되, 오히려 그것도 부족하여 제 누이를 후궁으로 들여 후사를 얻게 해, 제가 척리가 되어 안팎으로 무한히 즐기려 하니라. 제 소위 충신이면, 그때 중전께서 정처의 이간으로 금실이 좋지 못하시고, 정조께서 저를 골육같이 아시니, 아무쪼록 중전과 화합하시도록 권할 것이라. 그런데 중전이 그때 이십육 세이시고 본디 병환이 없으신데 복병腹病이 있다 하고, 정순왕후로 하여 양반 가문에서 빈궁을 택하도록 하는 하교를 내리게 하니라. 임금 부부 사이를 화합하게는 못 하더라도, 정조의 춘추 근 삼십에 후사가 없으시니, 만일 제 힘이 못 미칠 듯하면 공평히 장성한 처자를 택하여 바삐 후사를 얻으시기를 축원하여야 옳을 것이라. 그런데 별안간 요악한 계교를 내어 겨우 열세 살 된 제 어린 누이를 들이니, 언제 길러서 후사를 보리오.

누이를 데려다가 원빈元嬪이라 부르며 궁 이름을 숙창淑昌이라 하니, 빈궁 이름에다 '으뜸 원元' 자를 쓴 뜻이 흉하니라. 어디 중전이 계신데 빈궁을 '으뜸'이라 일컬을 수 있으리오. 하늘이 밝으시고 국영이의 죄악이 천지에 가득 차니, 그 누이는 들어온 지 일 년도 못 된 1779년에 별안간 죽었느니라. 이 일로 국영이가 독기와 화를 이기지 못하여, 제 감히 누이 죽은 것에 중전을 의심하여 정조를 돋워 중전의 내인들 여럿을 잡아다가 칼을 빼들고 무수히 협박하며 조사하니라. 국영이 아무쪼록 원빈이 죽은 까닭이 중전에 있음을 밝히려 하니, 하마터면 중전에게 근거 없는 헐뜯음이 미칠 뻔하였더라. 밖에서는 온갖 시끄러운 소리들이 일어나니, 서울 시정에서는 베전 갓전 등의 점포가 큰 변이 날까봐 문을 닫고 도망치기까지 하니라. 만고에 이런 극악한 역적이 다시 어이 있으리오.

양자를 들여서라도 인척이 되자

국영이 제가 부귀를 길이 누리려던 계교를 이루지 못했으면, 하늘의 뜻을 두려워하여 조금이라도 위세를 거두고, 다시 명문가에서 빈궁 선발하시기를 권하여, 반분이라도 속죄를 해야 할 것이라. 그런데 국영이의 마음에 다른 비빈을 뽑으면 그 집 사람에게 정이 옮기실까 염려하여, 빈궁 선발은 다시는 못 하리라 하니라. 그런 다음 이조 참판 송덕상을 지휘하여 얼른 후사를 정하시라는 흉악한 상소를 올리게 하고, 인禋, 사도세자의 서자이의 아들 담湛이를 원빈의 묘소인 인명원을 지키는 관원으로 삼으며, 종실로서 군호君號, 왕족이나 공신에게 붙인 이름를 완풍군이라 하고, 제 누이 양자로 만들어 담이를 정조의 아들까지 되게 하니라. 이는 제가 왕의 외가가 되어 길이 누리려 하는 것이라. 정조의 춘추가 삼십이 못 되시고 병환이 아니 계신데 후사 보실 길을 막으니, 정조께서 비록 일시적으로 국영이에게 막히고 가려 매사를 제 하는 대로 좇으시며 당신 위하노라 하는 말에 속으셨으나, 정조의 밝으심으로 어찌 국영이의 요악한 심장心腸, 마음을 깨닫지 못하시리오.

홀연히 담이 그 어린것을 데려다가 제 생질로 만들고 또 임금 아들처럼 만들어놓으니, 정조께서 가까이 부리시는 내관들이 다 담이를 붙들어 모시고 궁궐을 출입하니 담이가 거의 동궁과 마찬가지라. 담이의 아비 인이는 허황하고 광패한 인물이라. 인이는 제 아들이 그리된 것이

제 몸에 큰 화가 닥친 것인 줄 모르고, 아들로 인하여 오히려 제가 권세를 부리니라. 또 담이가 원빈의 묘소를 지키는 관원이 된 것이 국영이의 계획인 줄은 모르고, 저가 종실이라서 된 것으로 여기니, 그런 무지한 것이 어이 있으리오.

그때 내 집 동생들이 내게 편지하여 '이런 정사政事와 이런 행동이 어이 있으랴' 하고 분개하며 탄식하기를 그치지 않더라. 내 또 이런 상황이 하늘을 찌를 듯 분하여 정조께

"이 무슨 일이며, 이 무슨 뜻이니이까. 생각을 하오. 마누라가 아주 늙기를 하였습니까, 병환이 계십니까. 아들 얻고 싶은 마음은 노소老少와 귀천貴賤이 없고, 마누라께 종사 보존의 막중한 책임이 맡겨져 있어, 삼십이 되도록 아들이 없는 것도 애를 태우는 일인데, 지금 남의 손에 휘어잡혀 스스로 아들 못 낳기로 자탄하시니, 이 무슨 일이오"
하고 크게 슬퍼하니라. 그때 국영이의 형세 태산 같아서 아무도 말할 이 없더라. 원빈의 빈소는 무엄하게도 영조의 후비이신 정성왕후의 빈전으로 썼던 경훈전에다 차리고, 무덤 역시 후궁으로는 주제넘게 인명원이라고 감히 '원'을 칭하며, 혼궁魂宮은 효휘궁孝徽宮이라 하니라. 그때 의정부의 삼정승 이하 모든 관원이 일개 후궁의 상례인데도 국영이가 두려워 향을 올리고 상복을 입었으니, 신하들 또한 어찌 꾸지람을 면할 수 있으리오.

내 홀로 분통이 터지고 이를 갈며 하늘을 찌르는 분을 참지 못하여, 정조를 만나면 울고 어루만지며 슬퍼하니, 정조께서도 차차 그놈에게 속는 줄 깨닫는 듯하시더라. 국영이가 담이를 조카라 하고, 궁중에서 동궁같이 추어올리며 함께 먹고 자면서, 상황은 날로 두렵고 위태롭게 되니라. 국영이의 행동이 날로 간교하고 흉악하니, 정조께서 영명하신데 뉘우치지 않으시며 분히 여기지 않으시리오.

홍국영의 몰락

그때 정조께서 나랏일이 막막하여 어찌할 바를 모르시니라. 나는 한편으로는 슬퍼하면서 한편으로는 분하여 지성으로

"후사 넓힐 일을 헤아리라"

뵐 적마다 권하니라. 정조께서 본디 어질고 효성스러우시니, 내 형편과 당신 신세를 돌이켜 생각하여 감동하고 옳게 여기시어, 내게 하시는 것이 점점 지극하시고 국영이의 죄악은 더욱 쾌히 깨달으시니라. 그리하여 1779년 9월 국영이를 벼슬에서 물러나게 하시니, 전에 사랑하시던 것으로 끝내 목숨만은 살려두고자 하시더라. 국영이는 벼슬에서 물러간 후 하는 일이 더욱 해괴 요망하여 다시 강릉으로 쫓아 보내시니 거기서 죽으니라.

자고로 흉악한 역적과 권세 있는 간신이 아주 많지는 않겠지만 국영이 같은 것은 다시없으리라. 제 처음에 사적인 원한으로 사람을 함정에 빠뜨려 걸핏하면 역적이라 하고 다 몰아 죽여 임금의 덕성에 누가되게 하니 그 죄 하나요, 임금 부부가 화락지 못하시게 하고 제 어린누이를 들여 부귀를 독점코자 하니 그 죄 둘이요, 제 누이 죽은 후 임금이 후사 보실 길을 막고 담이를 양자로 들여 동궁으로 만들고 제가외가 노릇하여 권력을 길게 쓰려고 계교를 꾸미니 그 죄 셋이요, 중전의 내인에게 혹독한 형벌을 가하여 자기 누이 죽은 책임이 중전에게 닿도록 억지로 항복을 받아 중전에게 흉악한 계교를 행하려 했으니 그죄 넷이라. 그 나머지 밖에서 임금을 향하여 헤아릴 수 없이 많은 도리에 어긋난 말과 무례하고 불충한 말을 했다고 하나 내 친히 보지 못한일이라. 국영이의 죄악을 내 어찌 다 기록하리오.

신하 되어 이 죄 가운데 한 가지만 있어도 극형을 면치 못하련만, 국영이의 봄에는 전후 고금에 듣지 못한 천만 죄악이 다 실려 있으되, 끝

내 자리에 편히 누워 세상을 하직하니, 하늘이 무심하심을 어찌 한탄하지 않으리오.

맑고 깨끗하다는 자들의 이면

종수가 제 스스로는 고명한 의논을 편다고 하지만, 처음부터 후겸이를 뚫어 벼슬을 도모하였으니, 그러고도 어이 명론名論을 말하리오. 제가 평안도 태천의 현감이 되어 임금께 하직인사를 올리던 날, 영조께서 관복을 해 입으라고 초록색 비단 한 필을 하사하시니, 평소 저를 당론을 주장한다고 괘씸히 여기시다가 홀연히 이 은총이 있으니, 후겸이를 통하지 않았으면 어이 이러하실 리 있으리오.

종수는 본래 이익을 보면 달려드는 성격이라, 후겸이에게 들어가려다가 후겸이가 받지 않으니 이를 갈다가, 국영이에게 들어가 국영이의 천만 요악을 아니 도운 것이 없느니라. 국영이가 벼슬에서 물러날 때 제 형 종후를 권하여 국영이를 만류하는 상소를 올렸는데, 그 상소문에 국영이를 '나라의 충신이요, 그가 있으면 범이 산에 웅거雄據한 듯 나라가 든든하니, 이런 사람은 하루라도 조정에 없어서는 안 되리라' 하니라. 저희 형제 설사 처음은 국영이에게 속았다 하더라도, 국영이가 담이를 들이고 송덕상에게 후사를 결정하시라는 상소를 올리게 하며 다시는 빈궁 간택을 못 하시게 한 후에는 나라 사람들이 모두 국영이를 역적이라고 하는데도, 종후는 산림山林. 스스로 뜻을 세워 벼슬에 나가지 않는 선비이라고 자처하면서 동생의 임소任所. 근무처인 평안도에 있다가 급히 올라와 국영이를 두둔하는 상소를 하고도 오히려 남에게 뒤지지 않을까 격정하니라. 이들이 늘 스스로 자기들은 고명한 의논을 편다고 하더니, 세상에 역적과 한패가 되는 고명한 의논이 어디 있으리오.

기억의 착오인가? 하사받은 녹색 비단

김종수의 문집인 『몽오집夢梧集』을 보면 「하사받은 초록 비단과 어필에 붙인 글」이 있다. 그런데 이 글에서는 이 일이 태천 현감이 아니라 장연 현감을 제수받을 때라고 밝히고 있다. 『승정원일기』도 문집 기록과 동일함을 볼 때, 혜경궁의 기억에 착오가 있었던 것으로 보인다.

김종수는 1769년 12월 18일 장연 현감을 제수받았는데, 다다음날인 20일 임금에게 사은인사를 하러 갔을 때, 임금이 연로한 홀어머니를 모신 사람이 멀리 외직으로 나가는 것을 안타까이 여겨, 다시 내직으로 홍문관 수찬을 제수하고, 또한 의복과 음식을 주어 외직에 나가 넉넉히 어머니를 봉양하는 기쁨을 대신하게 했다고 한다. 그리고 25일에는 주강(晝講, 한낮에 하는 강연. 강연은 왕과 신하가 경전과 국사를 논하는 일)을 마친 다음 김종수에게 어머니의 나이를 물어보며, 내시한테 초록 명주 일단(一端)을 내주게 하고, 종이에다 "얼굴을 마주하여 이 비단을 주노니, 네 어미에게 전하여, 내가 장수를 축하하는 뜻을 보여라. 따로 사은인사하러 올 필요는 없노라"라는 글을 직접 써주었다고 한다. 이에 김종수는 어필은 옷깃에 집어넣고 비단은 떠받들고 물러났는데, 다다음해 어필을 서첩(書帖)으로 만들면서 이 글을 써 붙였다. 김종수의 기록과 비교하면, '태천 현감'이라고 한 것은 물론, 김종수한테 직접 옷을 해 입으라고 주었다는 사실도 맞지 않는 말이다.

또 『한중록』 원문에는 영조가 비단을 소매에서 꺼내 준 것으로 되어 있다. 그리고 뒤에 다시 이 사건을 말하면서는 영조가 직접 비단을 김종수의 소매에 넣어주었다고 했다. 소매에 넣기에는 큰 비단을 소매에서 꺼냈다거나 소매에 넣었다는 서술은 정황으로 볼 때 납득하기 어렵다. 김종수의 어머니는 홍봉한의 사촌으로, 당시 팔십이 넘은 노령이어서 영조가 경로의 뜻으로 비단을 하사했다.

그래놓고는 불과 서너 달이 지나 종수가 손수 상소를 올려 국영이를 쳤으니, 이는 정조께서 친히 시키신 일이라.

내 매양 정조께

"종수가 국영이의 아들인데 제 아비를 논박하니 저럴 데가 어이 있으리오"

하면, 정조께서

"이는 제 마음이 아니요, 저도 살자니 어쩔 수 없소"

하시기에, 내 다시

"천번만번 바뀌는 구미호九尾狐인가보다"

하니, 정조께서 웃으시며

"선형용善形容, 잘 표현하다이라"

하시니, 정조께서 어이 종수의 마음을 모르시리오.

홍국영은 껍데기, 김종수는 알맹이

국영이가 제거된 후에는 국영이 적 일을 다 바로잡고 내 삼촌같이 원통한 사람은 풀어주어야, 하늘 이치에 합당하고 인심을 위로할 수 있을 것이라. 그런데 아직 국영이의 죄악도 분명히 드러내지 못하고, 원통한 사람도 억울함을 펴지 못하니, 이것은 국영이가 없으나 종수가 국영이의 자취를 이은 때문이라.

정조 즉위 초부터 종수가 국영이를 데리고 갖은 계교를 꾸민데다, 국영이를 꾀어 제 사사로운 꺼림으로 무죄한 사람을 죽였으니, 종수의 죄는 국영이보다 더하니라. 또 없는 병환을 만들어 중전이 병환이 있다며, 국영이의 어린 누이를 들여 원빈이라 이름하여 중전의 자리를 넘보고, 담이를 양자로 들여 정조께서 후사 보실 길을 막아 나라를 자기한테 옮기려 하였으니, 이것이 비록 국영이의 흉심에서 나왔다 해도, 그 요악한 계교는 종수가 가르친 것이 분명하니라.

종수는 등한等閑, 하찮은한 조정 신하와 달라 천고에 없는 임금의 아끼심을 받았으니, 정조께서도 제 말을 아니 좇음이 없으시더라. 그런데 제 국영이의 전후 일에 대해서는 한 번도 비판한 적이 없으니, 종수가 국영이와 한마음이 아니라면 어찌 이런 일이 있으리오. 심지어 국영이가 벼슬에서 물러날 때 제 형 종후를 권하여 국영이의 사퇴를 만류하는 상소까지 올리게 하니, 국영이와 한마음을 가진 것이 훤하지 않으리오.

종수는 일생 동안 임금께 직언 한번 한 일 없고, 그른 일 바르게 한 일 없으며, 한다는 일이라고는 우리 집 치기와 옥사 내기뿐이라. 이 일에만 소매를 걷어붙이고 달려드니, 만고에 이런 뱀 같고 전갈 같은 독물이 다시 어이 있으리오.

정조께서 그놈의 마음은 알고 계시되, 종수가 살림살이가 소박 검소하고 벼슬길에 탐욕과 학정이 없어 인심을 덜 잃은 고로, 이전의 정을 보전하려 과오를 덮어두고 처음부터 끝까지 한결같이 대하시니라. 그런데 제 소위 검소하고 소박하며 청렴하다는 것도 다 남에게 잘 보이려고 하는 짓이요, 세상에서 저를 어미에게 효도한다고 칭송하나, 어미 마음을 미루어 효도를 하려면 어찌 어미 사촌곧 홍인한을 죽이리오. 어미 사촌이면 저한테도 외가의 가까운 친척이니, 비록 친척이 죄가 있어도, 세상에 저만 사람이 아니거든, 어이 어미를 앞에 두고 제 홀로 나서서 어미의 사촌동생을 죽이리오. 이것이 어찌 진짜 효성이리오. 세상이 국영이의 일은 거의 다 알되 종수의 일은 오히려 모르니, 실은 국영이는 껍데기요, 종수가 알맹이라. 고로 둘을 이리 한 군데다 써 자세히 알게 하노라.

셋째 동생 홍낙임

정후겸과의 결탁

내 나이 칠 세 때인 1741년 셋째 동생이 태어났는데, 그 자질이 얼음과 옥처럼 맑고 깨끗하여 평범한 무리들과 달리 뛰어나더라. 부모님께서 각별히 사랑하시고, 내 편애함도 이를 것이 없도다. 궁궐에 들어오니 영조께서 예뻐하시어 내 둘째 동생과 함께 앞세우고 다니시고, 경모궁께서는 더욱 사랑하시니라. 동생은 문장과 학문을 일찍 성취하여, 1765년부터 1769년까지 초시初試, 복시覆試, 전시殿試의 세 과거시험에 장원으로 급제하여, 문장과 재주로 이름이 높더라. 그래서 내 비록 동기간이나 지기知己로 허락하며 집안을 크게 일으킬 것으로 기대가 크더라. 그런데 동생이 입신한 지 오래지 않아 우리 집이 망측한 일을 겪으며 황황히 여기저기를 떠도니, 이를 안타까이 여기고 탄식하니라.

1770년과 1771년 아버지 몸에 화색이 날로 급하니, 내 생각에 귀주 쪽에는 풀 길이 없고 정처에게나 부탁하여 화기禍機를 가라앉히고자 하니라. 그러나 그 사람이 아들의 말을 듣고 전과 달라진 지 오래니, 서 먹한 말로 움직이기 어렵고, 일의 형편을 보니 그 아들을 사귀어야 혹 풀 도리가 생길까 하니라. 그런데 오빠와 둘째 동생은 무슨 일로 후겸 이에게 미움을 받고, 다만 셋째가 있더라. 셋째는 지조가 고상하고 태 도가 소박하며 부귀에 물들지 않고 속세를 따라 좇음을 싫어하여, 평 소 친구가 없고 집의 문객들도 얼굴 아는 이 적으니, 그러한 위인이 어 이 구차히 비루한 일을 하고자 할 리 있으리오. 하지만 형제 중 나이 적고 후겸이에게 미움을 받지 아니한지라^{홍낙임과 정후겸은 과거 합격 동기생이기도 함}, 내 동생에게 편지하여

　"옛사람은 부모를 위해 죽는 효자도 있으니, 지금 형편은 어버이를 위하여 후겸이를 사귀어 집안의 화를 구하는 것이 옳으니라. 또 후겸 이가 옹주의 아들로 임금의 총애를 믿고 권세를 좋아할 뿐이지, 내시 도 아니요, 역적도 아니니, 한때 후겸이에게 물들기를 어려워하여 아 버지의 위태함을 구하지 않으면 어찌 자식 된 도리이리오"
하고 간절히 권하니라. 동생이 처음에는 죽기를 무릅쓰고 마다하다가, 화기가 점점 박두하여 온 집안의 몰락이 아침저녁 사이에 있고, 내 권 함이 더욱 급하자, 어쩔 수 없어 몸을 돌아보지 않고 후겸이를 사귀니 라. 그 힘으로 아버지께서 참화를 면하시니, 동생이 자못 세상 한편의 미움을 받음은 다 누이 탓이라. 동생의 문장과 재주로 부형을 이어 조 정에 나갔으면 앞길이 창창 만리였을 터인데, 험한 시절을 만나 포부 를 펴지 못함은 물론이요, 늙은 부모의 화를 염려하여 평소의 본심조 차 지키지 못하니라. 당시에도 후겸이 사귐을 스스로 부끄러워하여 맹 세하길

　'집이 평안해지면 다시는 세상에 나가지 않겠노라'
하였고, 서울 동대문 밖에 집을 장만하고 내게 편지하여

　"멀리 가지는 못할 몸이니, 서울 근처를 이리저리 옮겨다니면서 임

금 계신 궁궐을 의지하여 자연 속에서 몸을 마치려 하노라"
하였던 글이 아직 눈앞에 펼친 듯하니라.

　동생이 후겸이를 사귄 것은 오로지 부형을 위한 것이니, 부형의 화만 구하려고 했을 뿐, 후겸이 사귄 덕으로 벼슬하려는 생각은 털끝만큼도 없더라. 동생은 자기가 만일 벼슬을 좇는다면 그것은 본심을 저버리고 비루함을 탐하여 세상을 어지럽히는 무리와 한가지가 되는 것이라 하니라. 그래서 1769년 장원급제 후 1775년 정조 대리청정 전까지 칠 년간 응당 장원이 맡는 홍문관과 춘방의 벼슬자리 서너 군데뿐, 예문관 응교應敎. 정4품 같은 좋은 자리로는 나가지도 않았고, 외직으로는 부유한 고을이든 가난한 고을이든 수령 자리 하나 맡은 일이 없더라. 또한 나라에서 장래가 촉망되는 젊은 문관들에게 휴가를 주어 학업에 전념케 하는 독서당讀書堂에 뽑히는 것도 마다하여, 벼슬이 1770년 후겸이를 사귀기 이전과 똑같았지, 한 단계라도 올라간 것이 없더라. 그러니 동생이 후겸이 사귄 것이 이익을 탐함이 아님을 여기서 훤히 알지라.

　동생이야 정처가 마음을 바꾸고 후겸이가 간교를 부려 우리 집에 다시 변고가 날까 애태우며 다녔을 뿐, 누구는 벼슬에 쓰고 누구는 막으며 누구는 죽이고 누구는 살리는 일에는 일절 알은체한 일이 없더라. 후겸이 또한 이런 일로는 동생과 의논한 일이 없으니, 이는 세상이 다 아는 바라. 사람이 권세가와 연결하여 세상을 어지럽히는 것이 다 제 몸의 이익 때문이라. 제 몸의 이익은 부귀공명밖에 없는데, 동생은 자기의 지위와 학문으로 가만히 앉아만 있어도 높은 벼슬로 올라가기가 일도 아니더라. 그런데도 장원급제 칠 년 안에 저절로 오는 벼슬이나 하였을 뿐이니, 하물며 후겸이를 사귀어 제 몸에 이익이나 있고자 했다면 어이 한 가지 요직이나 한 품계 승진을 못 했으리오. 여기서 동생이 부형을 위하여 어쩔 수 없이 후겸이와 친하나, 스스로 벼슬을 하지 않음으로써 본심을 드러내고자 한 뜻을 알지라.

심상운과의 관계

심상운이 본디 요사한 놈으로, 제 원래 역모에 연루된 폐족으로, 재주를 끼고 후겸이에게 친밀히 구니라. 셋째 동생이 후겸이와 만난 자리에서 보고 이로 인하여 동생과 왕래하니라. 동생이 마음에 괴로우나 후겸이가 두려워 상운이도 잘 대해주더라.

1775년 세손의 대리청정이 시작된 후 이를 축하하는 과거시험이 있었는데, 합격자 발표 때 보니 1721년과 1722년에 있었던 소론이 노론을 공격한 신임옥사辛壬獄事의 적당 최석항과 조태억의 자손이 급제하여, 여러 사람이 놀라고 분해하니라. 하루는 상운이 와서

"내가 상소하여 최가와 조가 둘의 급제 취소를 청하고자 하니 어떠하뇨"

하거늘, 동생이

"그대의 처지로 근근이 벼슬은 다니나 어찌 감히 상소하여 조정 일에 간섭하리오. 최가와 조가의 과거 합격이 놀랍긴 하지만, 세상에 여론이 있어 의논할 사람이 있을 것이니, 그대가 알은체할 바 아니라"

말하니, 상운이 성낸 빛을 드러내며 불쾌히 돌아가니라.

그날 즉시 서유녕의 상소가 나 상운이 그 상소를 못 하였는데, 이삼일 후 상운이 홀연히 동생에게 편지하되

"내가 오늘 아침 상소를 하였으니, 상소문은 길어 보내지 못하고, 상소한 항목만 대략 베껴 보내노라"

하고, 다른 종이에 제 상소한 항목을 한 자씩만 썼는데, 보니 당黨 자, 관官 자 등 모두 여덟 항목이라. 마지막 항목은 척戚 자니 이는 척리를

쓰지 말라 한 말이라. 다른 항목은 다 한 자씩만 썼는데, 척 자 항목은 그 내용까지 베껴 보냈으니, 우리 집이 척리인 고로 보라 한 것이라. 동생이 보고 그 상소가 무슨 사연인 줄은 다 알지 못하나, 제가 나라에 누를 끼쳐 폐족이 된 집안 출신으로 오히려 나랏일을 의논하는 상소를 올리니, 이에 크게 놀라 답장하되

"그대는 스스로 잘하였노라 하되, 보는 이는 반드시 나무랄 것이니, 잘한 상소인 줄 모르겠다"

하니라. 그 저녁에야 동생이 상소 원본을 보고 놀라, 즉시 당시 대사헌인 윤양후에게 편지하여 상운이를 잡아다가 엄히 심문하도록 임금께 청하라 하니라. 동생은 양후의 형 윤상후^{혜경궁의 고종사촌 형부임}에게도 그 동생에게 힘써 권하라 편지하되 양후가 마침내 아니하니라. 이 일의 자초지종은 1778년 정조께서 동생을 직접 심문할 제 자세히 아뢰었고, 그때 상운이의 편지와 상소 항목을 베껴 보낸 종이까지 임금께 바쳤느니라. 그리고 양후를 권하여 상운이 심문하라 한 일은 상후가 아는데, 그때 상후가 살아 있는지라, 상후를 증거로 삼아 대질하기까지 청하였느니라. 그때 상운의 상소에 동생이 경악하여 상운이와 안면이 있는 것을 불행히 여겨, 상운이에 대한 비판을 다른 사람보다 백 배나 더 하였으니, 상운의 일에 관계되었다는 말이 천만 애매한 줄 이로써 명백히 알 수 있느니라.

또 1777년 역변에 그해 8월 홍상길의 진술에

"저희들이 왕손을 임금으로 추대하려고 하면서 의논하기를 '홍낙임은 척리라. 당장은 벼슬이 없으나, 오랜 후에는 자연히 병권^{兵權}을 잡을 것이니, 만일 그렇게 되면 군사훈련을 하면서 거사를 일으킬 방도가 있으리라' 하였노라"

하니, 이것이 어이 사람의 말이리오. 아무리 말이 되지 않는다 해도 앞뒤는 맞아야지, 삼척동자라도 그 말을 곧이들으리오.

심상운의 상소

심상운의 상소 사건은 전후 설명 없이 갑자기 등장한다. 하지만 홍낙임이 겪은 일을 조금이라도 아는 사람이라면 그 등장은 전혀 낯설지 않다. 홍낙임은 앞서 서술된 것처럼 정후겸과 결탁하면서 정조 등극을 방해한 세력으로 지목되는데, 정조 등극 후에는 정조에게 친국까지 당한다. 외삼촌이 조카 앞에 머리 푼 죄인의 모습으로 심문을 당한 것이다. 이때 홍낙임에게 씌워진 혐의는 두 가지인데 그것이 여기서 해명되고 있는 것이다. 그 하나는 역적 심상운을 안다는 것이고, 다른 하나는 1777년 홍상길 등의 역모에 연루되었다는 것이다. 홍상길 역모 연루 혐의는 바로 뒤에서 자세히 서술되고 있으므로 부언이 필요 없지만 심상운 관련 부분은 전후 사건을 잘 알지 못하면 이해하기가 쉽지 않다.

심상운(沈翔雲, 1732~1776)은 본관이 청송(靑松)으로, 효종의 부마 심익현(沈益顯)의 현손(玄孫, 손자의 손자)이며, 현령 심일진(沈一鎭)의 아들이다. 아버지가 심사순(沈師淳)에게 입양되었는데, 심사순의 할아버지 심익창(沈益昌)은 영조의 왕위 등극 방해 사건인 박상검(朴尙儉) 사건에 연루된 죄인이었다. 이 바람에 집안의 벼슬길은 평탄치 못했다. 심상운의 동생 심익운이 과거에 급제하고도 관직에 오르지 못하자, 그의 아버지는 심사순에게 입적된 사실을 인멸하려 했는데, 이 바람에 인륜을 어지럽힌 집안으로 지목되어 선비들의 배척을 받았다. 심상운은 홍봉한에 의해 비로소 사축서별제(司畜署別提)가 되었고, 나중에 승지가 되었다.

본문에 거론된 심상운의 상소는 1775년 12월 21일의 일이다. 막 정조가 대리청정을 시작했을 때이다. 여덟 조목을 거론하였는데, 영조가 그토록 거론하지 못하게 한 당파를 거론하였을 뿐만 아니라, 혜경궁 집안을 불쾌하게 만든 척리를 쓰지 말자는 말도 있었다. 하지만 무엇보다 문제가 된 것은 궁관(宮官) 즉 홍국영의 발호를 비판했다는 점이다. 이 상소로 세손이 사건에 책임을 지고 사위(辭位)할 뜻을 밝히자 심상운은 동생 심익운과 함께 삼사의 탄핵을 받아 서인(庶人)으로 폐출되었고 동시에 흑산도로 유배되었다가 뒤에 제주도로 이배되었다. 그는 정조 즉위 직후 주살(誅殺)되었다.

이처럼 정조의 심복을 비판하여 정조의 등극을 방해한 것으로 몰린 심상운의 배후에 혜경궁 친정 곧 홍낙임이 있었다는 혐의를 받았기에, 혜경궁은 친정과 심상운의 관계가 결코 우호적이지 않았고, 더욱이 그날 상소는 자기 집을 비판한 것이어서 더욱 철저히 배격했다고 극력 변호하고 있다. 홍낙임이 어쩔 수 없이 심상운을 알긴 했지만, 그 무렵에는 심상운과 별로 친하지 않았고, 더욱이 그 상소는 자기 집안이 누구보다 격렬히 비판했다는 것을 윤상후 등의 구체적인 인물을 들어가며 항변한 것이다.

만일 흉계로 모함하여 말하기를

‘지금 홍가가 터전을 잃고 나라를 원망하여 왕손 추대 모의를 한다’ 하면 모함이 되겠지만, 이 말은

‘장래 대장이 되어 병권을 잡으리니, 그리되거든 거사를 벌이자 하였노라’

하니, 장래 대장이 되어 병권을 잡을 제는 임금의 의혹이 풀리고 총애를 받을 때이니, 제집이 잘되고 제 몸이 대장까지 이르면, 제 부귀 극하고 제 바람이 충족된 것인데, 무슨 의사로 거사를 꾀하리오.

또 설사 그놈들이 그런 이치에 당치도 않은 말을 했다 해도, 모르고 앉은 동생에게 무슨 죄가 있으리오. 하지만 동생이 본래 국영이에게 미움을 받으니, 국영이가 굳이 해하려 하니 화색이 어쩔 수 없는 지경에 이르니라. 다행히 정조의 거룩한 덕으로 겨우 한 몸만 건졌다가, 1778년 정조의 친국을 받고 심상운과 관계되었다는 것과 홍상길 등의 왕손 추대에 연루되었다는 두 가지 일이 모두 풀어져, 귀신이 되느냐 사람으로 남느냐 갈림길에서 다시 사람이 되니라. 그때 정조께서 전교를 거룩히 내리시어

“홍낙임의 진술이 절절히 조리가 있으니, 결단코 다른 뜻이 없음이 분명하니라. 천리와 인정에 비추어도 그렇게 역심을 품을 리가 없으니, 비록 의심스런 자취가 있어도 그 본래의 마음을 보고 용서하여야 옳은데, 하물며 본디 그런 일이 없음에랴. 비로소 홍낙임에게 덧씌운 공연한 허물을 벗기고 그 억울함을 다 밝히니, 내 이제 자궁^{어머니, 곧 혜경궁}을 뵐 낯이 있노라”

하시고, 기뻐기뻐하시니라. 친국받는 날 동생이 내 오라비로 또 임금의 외삼촌으로 죄인의 모습을 하고 임금이 직접 심문하는 곳으로 들어가니, 이는 옛 역사는 물론 우리 조선에도 없던 일이라. 내 그때 참혹하여 원통함이 몸소 당한 것과 다르지 않으나, 마침내 동생의 억울함

을 씻기고 완전한 사람으로 만들어준 정조의 효성에 감동하고 또한 감축하니라.

만천명월주인옹 글씨

셋째 동생의 친국 이후 국영이가 쫓겨나고 정조께서 전일을 점점 후회하시며 해가 갈수록 외삼촌들을 잘 대해주시니라. 특히 셋째 동생에게 이르러서는 그 글씨와 문장으로 세상에 쓰이지 못함을 더욱 안타까이 여기시며 매양 칭찬하시더라. 동생에게 종이를 보내 글씨를 쓰게 해서 병풍 여럿을 만드시어 당신도 치고 나도 주시며, 또 벽에 붙일 글씨와 입춘 때 벽이나 기둥에 붙일 구절들도 쓰게 해서 붙이시니라. 또한 당신 자호自號. 스스로 붙인 호 만천명월주인옹萬川明月主人翁. 온 시내에 비친 달의 주인, 곧 온 세상에 미친 임금의 덕화를 상징에 관한 글을 동생한테 쓰게 해서 현판까지 하여 거니라.

정조께서는 1791년부터 아버지의 문집인 『주고』 편찬을 시작하셨는데, 이후 더욱 동생과 왕래가 잦으시니라. 1796년 둘째 동생이 돌아간 다음에는 더더욱 셋째에게 뜻을 두시어 오로지 셋째에게 물으시니라. 정조께서 1797년 즈음부터는 역대의 경전과 역사책을 읽으시며 좋은 구절에 손수 권점圈點. 중요하거나 잘된 부분에 친 둥근 점을 친 것을 모아 『수권手圈』이라는 책을 편찬하셨는데, 그 일에 동생을 뽑으시니라. 정조께서는 구절을 교감하고 수정하는 등 책을 만드는 모든 일을 다 동생과 의논하셨는데, 동생에게 끊임없이 편지를 보내시니, 하루에도 주고받는 편지가 여러 통이라.* 또 동생을 만나 보신 때면

---

* 당시 정조가 홍낙임에게 보낸 편지는 『정조대왕의 편지글』(삼성문화재단, 2004)과 『정조임금편지』(국립중앙박물관, 2009)에서 볼 수 있다.

"얼굴과 기상이 요사이 재상으로는 당할 이가 없으니, 지금은 비록 묻혀 있으나, 나중에는 죄명을 얻어 오래 묶여 있다가 근 칠십이 다 되어 정승을 한 윤시동尹蓍東 정도는 하리라"

하시고,

"내가 세자에게 자리를 물려줄 1804년이 육십사 세니 그때라도 충분히 큰일을 하리라"

하시며,

"문장이 정확하고 적절하여 당세에 제일이라"

하시니라. 정조께서는 동생을 당신의 지기로 허락하시고, '회심지문붕會心之文朋, 마음에 딱 맞는 글벗'이라 칭찬하시니라. 근년에는 당신께서 어떤 글을 지어도 동생에게 보내 평론하라 하시고, 또 당신이 지은 시의 운자에 맞추어 시를 짓게 하시며, 번번이 높고 무거운 은혜를 베풀어주시니라. 내려주시는 것이 성대하고 잦으며, 아무리 귀한 것이라도 굳이 나누어 맛보게 하시고

"문장이 후세에 길이 전함직하니, 문집을 내줄 것이라. 그리알라"

하시니라. 그 외에도 특별한 은전과 예우가 민가의 부자 사이 같아서 이루 다 기록지 못하니라. 내 집 사람이 노소老少 없이 뉘 아니 성은을 입었으리오마는, 셋째 동생은 다시 살려주신 은혜를 받고, 거기에다 이런 특별한 대우까지 입으니, 편지로나 뵈올 때나 매양

"천은天恩에 감격하여 우니, 제 몸을 갈아 바쳐도 그 은혜를 만에 하나도 갚지 못할 것이니이다"

하니라. 정조께서 셋째 동생을 이렇게 융숭히 대접하셨던 것은 대궐 안팎의 사람이 다 아는 바라. 주상곧 순조이 비록 어리시나 어찌 이 사실을 자세히 모르시리라 내 누누한 말을 기다리리오.

내 본래의 아픔 외에 내 집 설움으로 반생을 가슴을 썩이다가, 정조께서 '1804년에는 다 풀어주리라'는 확실한 기약을 하시니, 어찌 다행

코 믿지 않으리오. 이제는 시간만 지나면 집이 평안하겠다고 여기고, 동생들이 산중에서 한가롭게 지내며 임금의 은혜를 흠뻑 받고 남은 인생을 무사히 지내기를 가슴 조이며 바라나라. 그러니 어찌 오늘날 정조를 잃고, 이어 셋째 동생이 참화를 받는 일이 일어날 줄 꿈에나 생각하였으리오.

종척 집사 노릇

1800년 정조의 상례 때 내 집 사람 여럿의 이름을 쭉 적어 종척宗戚이라고 상례의 집사執事 노릇을 시키니, 이것도 이미 좋은 뜻이 아니더라. 그런데 그 속에 셋째 동생이 들었다 하여, 영의정 심환지가 앞장서서 흉한 말로 죄인이라 못 한다고 하니라. 정조 계실 제는 임금께서 동생에게 벼슬을 주시고 동생이 사은인사차 궐내를 출입해도 이렇다 말이 없더니, 정조 돌아가신 지 얼마나 되었다고 이런 짓을 하느뇨. 그 사람이 집사를 시켜도 다닐 리 없거니와, 설사 다닌다 해도 무슨 나라에 시급한 변이 났기에, 한시를 참지 못하고 숨 돌릴 틈도 없이, 미처 정조의 관을 땅에 묻기도 전에 이런 말을 올리는고. 내 마음을 조금이라도 헤아렸다면, 칠십 노인이 아들 잃은 참경을 당하여 하늘을 불러 통곡하며 생사를 분간 못 할 지경이거늘, 이런 때를 당하여 그 동생의 말을 꺼내니, 만고에 이런 흉악한 역적이 어이 있으리오. 또 내 집 사람을 다 못 들어오리라 하면 모르거니와, 셋째 동생한테만 그러하니, 동생이 겪은 일이 비록 망측하나, 그것은 정조께서 친히 여쭈시고 시원하게 풀어주신 일이라. 더욱이 정조의 하교가 밝게 비추시며 소위 『속명의록續明義錄』에까지 올려 동생의 무죄를 세상이 다 아는데, 근 삼십 년이 지나 다시 홀로 위태로움에 빠지니, 그렇다면 아무리 현인군자라도 불행히 한 번 화액에 걸리면 비록 그것을 풀더라도 죽을 때까지 누가 된다는 것이니, 세상에 이런 의논이 어디 있으리오.

『주고』 간행의 문제

정조께서 아버지의 문집인 『주고』를 다 만들어놓으시고 미처 간행치 못하고 갑자기 돌아가시니라. 그때 즉시 당신을 따라 죽지 못한 내 운명이 흉측하고 독하니, 실오라기 같은 몸이 살아 있어도 산 것 같지 않더라. 내 마음에도 이런 때를 당하여 그 문집이 쉬 간행될 줄 어이 생각이나 하였으리오.

그런데 정조를 생각하며 내 슬퍼하는 심사를 위로하려는 뜻인지, 문집 간행을 끝내고 내 집을 더 그릇되게 만들려 한 일인지, 1800년 8월 11일 밖에서 일을 보던 자가

"위에서 전교하시기를, 내각內閣, 규장각에서 간행하게 초본을 내라 하신다"

하니라. 그때는 내가 아직도 세상이 이처럼 흉악하고 무서운 줄을 깨닫지 못하고, 정조께서 십 년을 애쓰시며 직접 쓴 육십여 편의 글이 있으니, 반포까지는 못 한다 해도 책으로 박아는 줄런가 하고 초본을 내주니라. 이는 내 아버지를 위한 마음은 물론 겸하여 정조께서 애태우신 일을 아끼려 함이니, 내 아침저녁을 기약하지 못하는 처지라 살아 생전에 책을 간행하는 것을 보려고 한 일이라. 그런데 한 권을 채 박지 못하여 심환지 등이 임금 앞에서 망극한 말을 아뢰어 간행을 중지시키니라. 내 그 아뢴 말 반포한 것을 보니 뼈마디가 시리고 심장이 찢어져 숨이 막힐 듯 말이 나오지 않으니, 아버지에 대한 무욕은 이를 것도 없고, 자자구구字字句句 오로지 헛된 말로 나를 핍박하고 능욕한 것이라.

내 아무리 돌아갈 데 없는 늙은 궁인宮人의 신세와 같으나, 정조의 친모라. 제 비록 불꽃같은 권세가 일세에 진동한들, 저도 정조께 복종하던 신하거든, 임금의 어미라 하면서 어이 욕을 이리하리오. 고금을 막론하고 하늘과 땅 사이에 이러한 변괴가 어디 있으리오.

혜경궁, 조정의 문안인사를 거부하다

주상은 나이 어리시고, 나라 형편은 위태롭기가 마치 한 가닥 남은 머리털 같은데, 인심과 세도世道조차 갈수록 이러하니, 마침내 어미 모르는 세상 되기를 면치 못하니라. 나라에 대한 근심과 인륜의 사라짐을 생각하니 통곡하고 싶으니라. 정조께서 계실 제는 내가 어떤 효도를 받을지 어떤 영화를 볼지 상관 않고 두었지만, 오늘에 이르러서는 내 그저 궁중에 사는 등한한 한 과부로 윗사람에게나 아랫사람에게나 모두 당치 않으니, 내 몸에 조정의 문안인사나 약방의 진찰은 더욱 당치 않은 듯하니라. 숨이 꺼져가는 중이라도 그 문안이 매양 딱하고 답답하게만 여겨지더라. 이제 저희들이 나를 능욕하고 핍박하며 어서 죽기를 바라면서도 겉으로는 문안한다고 할 적에, 그저 마음속으로만 괘씸히 여길 수 없으니, 문안을 받는 것이 오히려 욕을 받는 것이라. 정조께서 살아 어미 몸에 이렇게 욕이 미치는 줄 아시면, 이 문안을 받지 말라 할 것이라. 이에 내 결단하여 소위 조정 문안, 약방 문안을 받지 말아 저희 마음을 쾌하게 하고 내 본분을 편안히 지키고자 하나, 다만 정조 장례 전이기에 주저하였노라.

정조 장례 후 내 서제庶弟. 아버지의 첩에게서 태어난 아우 낙좌가 품계가 올라가고 또 지방 수령의 자리를 받았으며, 막내동생의 장남인 서영이가 능참봉이라는 말직을 받았는데, 이 일로 상소가 연하여 올라오며, '역적

자손이니 못 하리라' 하니라. 그때 나 또한 동생과 조카가 말직이라도 하는 것을 탐탁지 않게 여겼으나, 여기에다 '역적 자손'이라고까지 하니 어이 분하지 않으리오. 1796년 정조께서 살아 계실 때 이조 참의 한용귀가 내 조카 수영이에게 벼슬을 내린 일로 수영이를 '역적 종자'라 부르니, 정조께서 진노하시어

"손자는 다 같으니 친손이 역적 종자면 외손도 역적 종자겠구나"
하셨으니, 낙좌나 서영이처럼 서자와 손자가 역적 자손이라면 친딸은 역적 자손이 아니고 무엇이리오. 자고로 역사책에도 이리 흉악하고 괴이한 말이 있는가 알 길이 없도다. 또 이어 이안묵의 상소가 올라와 아버지에 대한 근거 없는 욕설이 더욱 망측망측하여 다시 여지없으니, 내 형세 약하여 조정이 다 나를 업신여기는 것을 막을 길이 없더라.

마음에 만사를 사절하고 더 앎이 없고자 하여 정조 졸곡卒哭. 장례를 끝내고 지내는 제사이 끝난 1800년 11월 이후에는 아예 폐인으로 자처하여 정조 계시던 영춘헌에 가 누워 목숨이 마치기를 기약하니라. 내 생사가 꿈 같으니, 무엇을 아껴 이런 원통함을 견디며 살리오. 내 그전 8월에 『주고』 간행 일로 아버지에 대한 비난이 빗발칠 때 하고자 했던 일을 이제야 하려 하여, 약방에 더이상 문안하지 말라는 사연으로 편지를 써 내주고, 인하여 영춘헌으로 와 정조의 자취를 어루만지고 내 신세를 슬퍼하며 하늘을 불러 통곡하다가 혼절하여 누웠으니, 만고에 이런 광경과 이런 심정이 다시 어이 있으리오.

문안 거부의 배후를 다스리라

내 그러고 있으니 주상의 생모인 가순궁이 처음은 말리다가, 나중은 내 일이 참혹하여 굳이 막지 않으니라. 그런데 정순왕후가 알고 대로*

恕하시어, 여러 가지 꾸짖는 하교가 많으시고, 내 편지도 약방으로 못 내주게 하시니라. 내 하는 일이니 안에서야 말리시는 것이 고이치 않지만, 천만 의외에 정순왕후께서

"혜경궁을 충동하는 놈이 있으니 그놈을 다스리려 하노라"

벼르신다 하더라. 그러고는 그달 11월 27일 한글로 된 하교가 나왔는데, 셋째 동생이 나를 꾀어 약방 문안을 거부하게 했다 하시고, 동생을 함경도 삼수로 귀양 보내라 하시니라. 그런데 이는 내인들이 죄 있으면 그 오라비를 잡아 감옥에 가두거나 내수사^{內需司, 왕실 재정과 노비, 내인의 관리를 맡은 기관}로 죄를 묻게 하는 것에 빗댈 수 있으니, 나를 돌아가신 임금의 어미라 하면서 어디 이런 일이 있으리오.

주상이 비록 어린 나이시나 놀라기 측량없으시고, 주상의 외할아버지인 판서 박준원도 크게 놀라니, 박준원이 주상께 정순왕후께 올라가서 하교를 거두어들이시게 여쭙도록 하니라. 비록 수렴청정을 한다 해도 원래 대비의 하교는 임금께 아뢴 후에 아래에 내주는지라, 가순궁이 주상께 여쭈어 그 하교를 내주지 못하게 하고, 정순왕후가 정사를 듣던 창덕궁 희정당 뜰에 거적을 깔고 위에다 아뢰기를

"임금께 아뢰는 마마의 하교가 차마 놀랍사오니, 이 너무하신 일 아니니이까. 차마 내주지 못하고 대죄하옵니다"

하니라. 그 사람이 나를 위하여 귀한 몸으로 찬 뜰에서 석고대죄까지 하니, 이 일은 돌아가신 임금의 그 어미에 대한 효성을 생각하고 스스로 또한 정성을 다함이라. 내 그 일이 한편으로는 가엾고 딱하면서도 또한 크게 감격하니라.

그전에 내가 영춘헌에 가 스스로 목숨을 마치려 할 적에 주상이 영춘헌에는 차마 못 오시고, 상제가 거처하는 추운 거려청에 계시며 내 돌아오기를 기다리신다 하니라. 또 가순궁이 와 울며 돌아가자 하기에, 내 여린 마음에 어리신 주상의 마음을 차마 상하게 못 하여 마지못

해 이끌려 돌아오니라. 내 돌아온 날 한집에 살며 모른 체하기 고이하여 정순왕후께 갔는데 거기서

"어찌하여 하교가 이 같으시니이까"

물은즉, 정순왕후께서 하시되

"이번 행동이 그대 뜻이 아니라 격동한 이가 있으니, 내 이 처분을 어이 아니하리"

하시니라. 내 살아오며 아니 겪고 아니 당한 일이 없으나, 정조께서 계시면 감히 이러할 리가 없을 것이라. 하늘을 우러러 길이 탄식하고, 피눈물이 흘러 가슴이 막힐 듯하되, 너무도 어이없으니 참고 참아

"너무 이리 마소서"

강개히 말씀하니라. 그때 주상과 가순궁의 힘도 있고, 또 나를 보시니 당신도 과했던 양하여 말씀과 얼굴빛을 나직이 하시고 하교도 거두시니라.

내가 원래 약방 문안을 거부하고 목숨을 마치고자 하는 생각이 이번뿐이 아니라. 정조가 계실 때도 슬프고 화가 날 때면 매양 이 생각을 했으니, 만사를 다 정조를 믿고 참고 지냈더라. 지금은 정조마저 아니 계시니 내 슬픔과 설움이 하늘을 찌를 듯하여 죽을 곳을 얻고자 하는 차에 아버지에 대한 근거 없는 비방 외에 내 몸에까지 핍박이 급하니, 어이 일시라도 살고 싶은 마음이 있으리오. 이리하여 큰 결심으로 그런 행동을 했으니, 이를 내 집 사람이 알기나 하리오. 내 아무리 못난 사람이라 해도 어버이 위하는 마음은 남만 못하지 않은데, 칠십 노년에 뉘 꾐을 듣고 그런 일을 했으리오. 설사 뉘 말을 듣고 했다 한들 내 한 일을 가지고 내 동생에게 죄를 주니, 나를 어느 지경에까지 가게 한 일이냐. 또 내 집 형제 숙질이 여러 명인데 홀로 셋째 동생에게만 죄를 물으니 이러한 일이 어디 있으리오.

이 일이 있은 후 할 수 없이 분함과 원망을 품고 겨우 날을 보내더

니, 내 약방과 정순왕후께 보낸 글의 내용이 다 저희들에게 용납지 못할 죄가 되나, 나는 죽이지 못하고 셋째 동생을 대신 죽여 분을 풀려고 하니라. 그리하여 약방 문안 일로 시작하여 급기야 동생이 나를 충동했다고 모해謀害하며, 마침내 12월 18일에 우리 집을 공격하는 정순왕후의 한글 전교가 나오니, 동생의 화색이 날로 급하여 여지가 없더라.

천주교도로 몰린 동생

대신 이하 모두 들어와 '죽이소서' 하고, 또 상소하여 '소굴을 없애소서' 하며, 이렇다 죄명을 일컬을 것 없이 그저 맹목적으로 죽이자고만 하니, 만고 천지간에 이런 허무맹랑한 일이 어디 있으리오. 자고로 원통히 화를 입은 이가 아주 많지는 않겠지만, 그래도 벼슬을 하였거나, 권세를 썼거나, 다른 사람의 앞길을 막거나 열고, 죽이거나 살리는 일을 하였거나, 세상을 돌아다니면서 무슨 역모라도 의논하였거나, 무슨 죄를 범한 일이 있어야 죄를 잡을 것인데, 동생은 이전의 겪은 일은 제 진술과 정조의 하교로 모두 해명되어 다시 말할 것도 없고, 새로 잡은 죄목도 도무지 아무것도 없이 이 끝 저 끝 천부당만부당한 것을 방향도 없이 모은 것이라.

그 죄목 가운데 첫째가 경모궁 서자인 인이를 위했다는 말인데, 1771년 아버지께서 인이와 진이를 돌보았다는 혐의와 연루되었다는 것이라. 그런데 이는 모두 아버지가 모함을 받아 얻은 헛된 죄명에 연좌된 말이니, 모함으로 난 공연한 말을 삼십 년 후에 아들에게 둘러씌우는 일이 세상 어디에 있으리오. 또 돌아가신 임금께서 내 아버지께 뉘시며 내 동생에게 뉘신데 아버지나 동생이나 정조를 버리고 인이를 위하리오. 이 어찌 사람의 말이리오. 길을 막고 물은들 조선에 인이 위하는 사람이 뉘 있으리오. 그런데도 내 동생은 인이와 같은 날 화를 입으니, 고금에 다시없는 원통함이라.

또 동생이 경모궁을 추숭하는 전례典禮, 왕실이나 나라에서 경사나 상사가 났을 때 치르는 의식를 행하려 했다 하나, 동생은 평일에도 전례 일은 입에 올린 일도 없고, 집안 자제들에게도 그것에 대해 말을 나눈 일이 없었느니라. 누구와 전례 말을 나누었거나 누가 들었거나 한 증거가 있으면 모르지만, 들도 보도 못한 일을 억지로 응당 그리하였으리라 하니, 그런 일이 어이 있으리오. 그리고 나쁜 무리들과 결탁하여 스스로 소굴이 되었다 하니, 동생이 집안이 그릇된 후 삼십 년 두문불출하여 사람들과 상통하지 않은 줄은 세상이 다 아는 일이니, 이 또한 근거 없는 모함이라.

심지어 천주교도와 연관지으려 하나, 모함할 길이 없는 고로 말을 희미하게 꾸며 얽어놓으니, 천지간에 이런 속임수가 또 어디 있으리오. 동생이 본디 경전과 문장을 공부하는 고로 책 널리 보기를 일삼지 않으며, 평소에 잡서를 보지 않더라. 『삼국지』『수호전』 같은 것도 본 일이 없거든, 천주교 같은 이단의 책은 보기는커녕 이름이라도 어이 들었으리오. 그전은 천주교와 같은 이단의 학문이 세상에 있는 줄도 몰랐다가, 1791년 11월 우리 형제 사사로이 만날 때 비로소 정조께 그 대략을 듣고 놀라 걱정하고 탄식하며 '금지시키소서' 아뢰던 말이 지금도 생각이 나니라. 더더욱 소위 사학邪學, 나쁜 학문. 여기서는 천주교이라는 것이 괴이한 불만꾼들이나 할 일이지, 부귀가富貴家의 척리야 어이 할 리가 있으리오. 하물며 내 집 사람들은 그런 책을 보기나 했으리오.

그 천주교에 남인이 많이 들어 있으니, 내 집은 삼십 년간 사람을 모르는 가운데 남인은 더더욱 아는 이 없느니라. 남인의 우두머리인 채제공과는 편지도 교환한 적이 없었고, 이가환이는 더욱 동생이 평생 얼굴도 모르는 사람이라. 심환지가 임금 앞에서 아뢰기를 '오석충이 제 조상 오시수의 관작을 회복시킨 것을 홍낙임에게 다니며 도움을 받았노라고 자백했다'고 했으나, 오석충과 관계를 맺었다는 이 한 가지 말로 인해 오히려 남인과의 관계가 다 백지白地, 턱도 없이 속인 것임을 알 수 있느니라.

여기 분명한 증거가 하나 있노라. 1681년 오시수가 죄 입을 때 내 고조부홍만용께서 대사헌으로 숙종께 엎드려 사흘 동안 청하여 마침내 오시수가 사사되니, 그 처분이 내 고조부로 인하여 되었기에 그 오가들이 우리 집을 대대로 꺼리는 집안으로 알더라 하니라. 오석충이 제가 아무리 왕래하고자 한들 이렇게 꺼리는 집안에 올 리가 어이 있으며, 설사 정조께서 동생 말을 듣고 오시수의 복관復官을 해주셨으면 동생의 권세가 장한 셈이니, 그렇다면 동생이 제 삼촌은 어이 복관하지 못하였으리오. 모든 게 이처럼 아무 근거도 없는 말이니, 다시 의논할 것도 없느니라.

천 리 바다 밖 제주에서의 죽음

사람을 죽이는 일이 나라의 큰일이요, 하물며 동생은 내 동기요, 돌아가신 임금의 외삼촌이라. 설사 그럴싸한 죄상이 있어도 쉽게 해하지 못할 것인데, 모아낸 죄명이 한 가지도 말이 되지 못하고, 잡담 말라 하며 그저 죽이자고만 하니라. 그러면서 '모여서 임금께 직접 청하네', '죄상을 적어 올리네' 하여, 마침내 천리 바다 밖 제주에서 죽음을 받게 하니, 만고 천지간에 이런 원통한 일이 어이 있으리오.

내 칠십을 바라보는 늙은이로 아들을 잃고 밤낮으로 울부짖으며 나도 같이 죽기만을 원하는 중, 동생이 백지白地 한 가지 죄도 없이 참화를 입었는데도, 내 지위에 살아 앉아서 동생을 구하지도 못하니, 나처럼 어리석고 독한 사람이 다시 어이 있으리오.

　주상이 그때 내 모습을 보고 눈물을 머금고 가시더니, 사람 없는 곳에서 가만히 우시더라 하니라. 당신이 어리셔서 비록 구하지 못하시나, 그 사람이 죄 없는 줄 아시고, 정조께서 평일 동생을 잘 대우하시던 일을 생각하고, 내 마음을 슬피 여기시어 그리하신 것이라. 주상께서도 어찌 슬프지 않으시리오. 내 비록 망극하고 아득하나, 주상이 어질고 효성스러운 마음을 지니고 계시니 장래를 바랄 것이라. 내 만일 설움을 이기지 못하여 자살하면, 오히려 흉도들이 날 죽이고자 하는 뜻에 부합될 듯하여 참고 사니라. 그러나 원통히 죽은 동생은 다시 살 길이 없고, 내 목숨도 날로 쇠약하여 아침저녁을 기약하지 못하니, 살아생전 죽은 동생의 억울함 푸는 것을 보지 못하고 돌아가면, 지하에 가 어찌 얼굴을 들고 동생을 보리오. 돌아가는 혼백이라도 천고에 한을 품을 것이니, 하늘아, 하늘아, 나를 지상에 머물러두었다가, 동생의 한을 푸는 모습을 보고 죽게 하시라. 밤낮으로 피눈물을 흘리며 빌고 또 빌 뿐이로다.

다시 쓴 이유

　대저 1760년과 1761년부터 나라에 큰 변괴가 나고 내 집에는 흉한 모함이 망극망극하였느니라. 그후 근 오십 년간 영조, 경모궁, 정조 세 분의 욕됨이 여지없고, 하마터면 나라까지 망할 뻔했느니라. 세상이 망극한 지경에 이르고, 내 집 참화도 극진하여 이 모양까지 되니라. 그간 일어난 사건이 무수하며 더욱 그 실마리는 천만 가지나, 그 많은 실마리의 근저는 '세손이 죄인의 아들이라 왕통을 이을 수 없다. 이런 판국이니 태조의 자손이기만 하면 누군들 임금이 되지 못하겠는가'라고 한 한록의 흉언이요, 다시 그 흉언의 근저는 귀주 부자라. 이는 내가 말을 아니하여도 세상 사람 중에 모를 이 없으리라. 귀주 무리의 흉악한 죄는 끝내 벗을 수 없을 것이니, 저들의 악이 이미 극에 달한지라.

　다행히 하늘이 훤히 비추시어 한록이와 귀주 무리의 흉악한 역모가 차례로 백일하에 드러났고, 드디어 임금께서 저들을 엄중히 토벌하여 왕법을 시원스레 세우는 날을 보게 되었느니라.* 그 흉언이 경모궁께 얼마나 욕된 것이며, 귀주 무리는 정조와 주상께 얼마나 큰 원수리오.

저들은 나라의 흉악한 역적이요, 저들의 의견은 충성과 반역의 갈림길이 되니라. 내 근 오십 년을 아픔과 분을 품고 그놈들과 함께 하늘을 인 것을 서러워하다가, 오늘 같은 날을 보니 이제는 죽어도 경모궁과 정조께 고할 말이 있게 되었으니, 다시 한이 없을 듯하니라.

내 1802년에 기록한 책^{본서 제3부 제1편}에서 귀주 한록 무리의 흉악한 뜻을 자세히 썼으나, 정순왕후가 돌아가고 귀주 무리가 토벌되는 때를 당하여 심사가 한층 더 끓어오르니, 돌이켜 지난 일을 생각하니 전에 쓴 말 가운데 혹 미진한 것도 있어서, 다시 일의 자초지종을 생각나는 족족 기록해두노라.

---

* 1806년 5월 13일 도승지 김이영의 상소로 김한록의 흉언 문제가 본격적으로 거론되었고, 이후 김귀주 측은 완전히 패망하였다. 같은 해 7월 1일 정순왕후 혼전에서는 김귀주 일당의 토벌을 알리는 고유제(告由祭)가 행해졌다. 이 글은 이 무렵 쓴 것으로 추정된다.

예순여섯 살 임금 몸에서 왕자 얻기를 빌다

한록의 흉언은 근저와 소굴이 있으니, 한록이 제 시골 것으로 나라에 무슨 원수가 있으며, 경모궁과 정조를 모해한들 저 같은 시골놈에게 무슨 유익함이 있으리라 그런 흉언을 하리오. 이것이 다 귀주 부자의 음모를 돕느라 일어난 일이니, 귀주 부자는 소굴과 근저요, 한록은 가지와 여파餘波라.

처음 말은 내 차마 일컫지 못하나, 정순왕후가 궁궐에 들어온 다음, 내 그때 들으니, 귀주네가 정일환을 시켜 일환의 친척 동생인 이른바 정소환鄭小宦, 소환은 나이가 젊고 지위가 낮은 환관이란 놈으로 하여금 정순왕후가 아들을 낳으시게 산천에 기도하고, 무당불러 점을 치고, 불사佛事에도 재물을 무수히 들였다 하니라. 이렇게 정순왕후가 아들 낳으시기를 힘을 다하여 빌었다 하니, 그때가 어느 때인데 아들을 구하여 무엇에 쓰자는 뜻이리오. 그 마음이 벌써 천만 흉악하니라.

또 1761년 여름 귀주가 제 감히 영조께 글을 올려

"동궁이 평양을 다녀오신 것이 실덕失德이시니 동궁을 타이르시고, 대신들이 동궁을 잘못 인도한 죄를 엄히 처벌하소서"

하였으니, 그때 정순왕후께서 궁궐에 들어오신 지 겨우 삼 년이라, 아직 신부 같아서 대궐 내의 일은 아무것도 모르셨고, 귀주는 불과 스물두 살 된 아이놈으로서 그 흉한 뜻을 내어 글을 올렸느니라. 영조께서 그때 저희를 새 사람이라고 잘 봐주시며 친근하게 대하시는 때였지만, 그 글을 보시고는 어이없어하시고 진노하시어 대단히 꾸중하시며, 즉시 그 종이를 물에 씻어 글씨를 지우라 하시니라. 귀주 제가 벌써부터 흉악한 역적의 마음으로 나라를 위태롭게 할 계교를 내었으니, 허다한 소소한 문제야 꾸짖을 것도 아니라. 다만 제 털끝만큼이나 대궐이 무섭고 임금과 신하의 분별이 엄한 줄 알면 어찌 이런 짓을 하리오. 그때 정순왕후께서 영조의 꾸중을 들으시어 가없는 지경에까지 이르셨으니, 세상에 이런 놈이 다시 어디 있으리오.

그 글로 경모궁을 해하고 내 아버지까지 없애면 저희 계교를 행하는 데 첫 출발이 될 수 있으리니, 1784년 가을 정조께서 귀주 아비 김한구의 치제致祭, 임금이 신하를 보내 제사 지내게 함를 명하면서 쓴 글에

"1761년의 일은 세상의 공격과 배척을 받는 실마리가 되었다"

하셨으니, 여기서 정조의 마음을 알 수 있으리라.

한밤중에 은밀히 나라의 중흥을 도왔다

귀주네가 상소 사건 전에도 무슨 흉한 일을 꾸몄던지, 영조께서 귀주 아비의 제문에다

"한밤중에 내 앞에서 은밀히 중흥을 도우니라"

하셨으니, 중흥이 도대체 무슨 말이오. 이런 일로 보면 저희 흉한 말로 경모궁을 모해하여 '처벌하소서' 한 것이 훤하니라. 망극한 때를 당하여 경모궁께서 그 처벌을 받으시니, 저희 마음에

'아버님이 그리되었으니 그 아드님도 무사히 보전치 못할 것이요, 만일 부자분을 다 처치하면 주상께 다른 아들이 아니 계시니 양자를 들일 것이라. 양자가 되면 우리가 외가가 되어 길이 부귀를 누리리라' 하여, 귀주네가 궁궐 안에서 흉악한 말들을 꾸며 우리를 헐뜯음에 차마 말하지 못함이 없고, 한록은 밖에서 그 망측한 소위 열여섯 자 흉언을 만들어 제 친구들 사이에 숨김없이 말하고 다니니라. 한록이 제 불과 시골의 한미한 것으로 나라의 근본을 흔드는 것이 제게 아무런 이익도 없으니 귀주 부자가 아니면 무슨 일로 그런 흉언을 내리오.

1759년 정순왕후가 중전이 되신 후, 저희가 임금의 외가 되고자 하는 마음이 가득 차올라, 처음에는 아들 낳으시기를 빌고, 다음에는 이른바 중흥을 돕고, 또 1761년에는 경모궁 평양 다녀오신 일로 글을 올려 경모궁을 모해하다가, 불행히 경모궁이 그 처벌을 받으시니, 저희 이를 천재일우千載一遇로 여겨 뛰놀며 다행히 여기니라. 그래서 저희들이 함부로 뒷일을 의논하여 경모궁이 저리되고 그 일로 정조까지 무사하지 못하면 양자를 들이리라 하여 양자할 사람까지 정하였더라 하니라. 그리고 그렇게만 되면, 그때 효종 이후 가까스로 이어지던 6대에 걸친 혈통을 끊고 새 임금을 세우리라 하여, '세손이 죄인의 아들이라 왕통을 이을 수 없다'는 흉언뿐 아니라, 이어 '이런 판국이니 태조의 자손이기만 하면 누군들 임금이 되지 못하겠는가' 하는 망발까지 하니라. 이는 정조께서 김이성金履成에게 들으신 말을 내게 옮기신 것이니, 저희 양자를 정해 외가가 되려는 뜻에 어이 의심이 있으리오. 이로 보면 귀주 부자는 뿌리요, 한록이는 가지니, 저들의 계교야 임금과 가까운 사람은 이를 것도 없고 세상에 이목이 있고 심장이 있는 사람이라

면 뉘 모르리오. 그놈들이 그 흉계는 행치 못하고 정조께서 동궁으로
지위를 튼튼히 굳히시니, 홀연 도적이 매를 드는 격으로 그 흉언을 우
리 집에서 지어내어 저희를 모함한 것이라 하여 세상을 현혹시키니,
심지어 정조께서도 초년에는 그 흉언이 혹 우리 집에서 난 것이 아닌
가 의심하신 적이 있으신 듯하니, 다른 사람이야 일러 무엇하리오.

상대의 불충을 잡아 충성을 보이자

귀주 무리가 자기들이 한 흉언을 숨기려고 그것을 남의 말인 듯 옮
기고, 도리어 저희는 충신이요, 내 집은 나라에 불충하다는 말을 지어
내니라. 정조께서 어리신 때에 정처를 끼고 그 양자 후겸이를 꾀어, 속
임수와 감언으로 현혹하고 달래기를 무수히 하여, 1771년 2월 천천만
만 의외에 인이와 진이의 일로 인정人情 천리天理 밖의 흉한 모함을 내 집
에 망극히 하니라. 그놈들이 우리 집을 단번에 멸망시킬 계교를 행했
으니, 우리 집이 저희 집과 본디 원수가 아닌데, 어찌 이리 공연히 죽
이고자 하였느뇨. 그 모함이라는 것이 불과, 우리 집에서 동궁에게 불
충한 죄를 잡아내면, 저희들이 마치 동궁에게 충성이 있는 듯 보이게
되어 그 흉언의 자취를 덮을 수 있을까 하여 낸 계교니, 만고 천하에
그런 음흉한 놈들이 어디 있으리오.
내 아버지가 당신 외손께는 불충하고 도리어 경모궁 서자인 인이와
진이를 임금으로 추대하고자 한다는 말은 삼척동자라도 곧이듣지 않
을 것이라. 하물며 정조의 영명하심으로 어이 털끝만큼이라도 아버지
를 의심하시리오.
1769년 정조께서 이른바 별감 일로 외가를 불쾌히 여기실 때조차,
여기에는 정처의 이간이 있었는데, 아버지께서 당신께는 정성이 없고

인이와 진이를 귀히 대한다는 모함은 '상없는 말이라' 하시더라.

그때 한기가 귀주와 붙고 또 후겸이를 꾀어 함께 영조를 모시고 들어가 우리 집이 인이와 진이를 임금으로 추대하여 아침저녁 사이에 변란을 일으킬 것이라고 모함했는데, 이 말도 안 되는 말이 진실로 둔갑하여 삼십 년 후에 이 일과 연루되어 인이가 죽을 때 내 동생도 함께 사사되는 지경에 이르니, 고금 천하에 이런 원통한 일이 다시 어이 있으리오.

인이와 진이를 위한다는 이유

귀주네는 경모궁의 핏줄을 끊고 저희가 임금의 외가가 되려고 하였는데, 그 계교가 결국 실패로 돌아가고 내 집이 동궁의 외가가 되자 화가 나, 1764년 천천만만 의외로 종통宗統을 바로 세운다며 영조의 생각을 어지럽혀 세손을 경모궁이 아니라 효장세자의 뒤를 잇게 하니라. 그놈들은 경모궁에게 병환이 없으시고 죄가 계신 양 말을 했는데, 그래도 세손을 더이상 해치지 못하게 되자, 차라리 세손을 효장세자께 보내어 내 집이 임금의 외가가 되지 못하게 하니라. 그 고금에 없는 흉악망측한 일을 임금을 도와 이루어놓고는, 그래도 내 집이 본디 세손께는 외가니, 핏줄의 정은 뗄 길이 없을까 염려하여, 1764년과 1765년부터 정처를 끼고 말 지어놓기를

'홍가 마음에 세손이 제 외손이 아니 되었기에, 장래 임금의 장인으로서 부원군이 될 수 없으니, 세손께는 정성이 없어지고, 오히려 인이와 진이에게 뜻을 두어 장래를 기약한다'

하니라. 이로써 뭇사람의 생각을 현혹하고, 직접 언급하지는 않아도 나까지 무함한 격이 되었으니, 만고에 그런 흉언이 어디 있으리오.

우리 아버지께서 영조께 세상에 없는 아끼심을 받아, 나가서는 장수로 안에서는 재상으로 지위가 영의정에까지 오르시니, 부원군이 아버지께 무슨 공명이 된다고 부원군을 바라 그리하리오. 들으니 부원군 된 후에 영의정으로 추증한다 하니, 아버지께서는 벌써 영의정을 거치셨으니 신하의 지위가 영의정보다 높은 것이 없거늘, 부원군 되기를 위한다는 말이 아니 가소로우리오.

귀주네의 은전군 추대 사건

귀주네가 인이와 진이를 우리 집에 밀쳐 헐뜯으면서도, 끝끝내 정조께서 내 집에 정을 두지 않을까 염려하니라. 저희 양자를 넣어 임금의 외가 노릇을 하려는 계교를 끝내 행치 못하니, 그제야 세손을 효장세자께로 보냈는데, 그래도 내 집이 여전히 외가 노릇을 하자 더욱 아파하며 화를 내니라.

경모궁 서자 찬이가 비록 경모궁 골육이나, 제 외가는 천하고 우리 집은 친외가가 아닌 고로, 귀주네가 찬이에게 고맙게 굴어 후일에 제가 외가처럼 권세 쓰기를 도모하던 양하니라. 저들이 1769년과 1770년 사이에 찬이를 어루만지며 사랑하여 수양자처럼 귀히 대하니, 궁중에서 보는 이 다 의심하더라. 그러다가 1777년 옥사 때 천만 의외로 찬이의 장인 조성趙峸의 진술에 '귀주가 찬이를 추대하려더라'는 말이 나오니라. 그때 처음에는 정조께서 귀주를 사사하셨다가 나중에 그 하교를 거두어들이셨으니, 종수가 국영이를 끼고 죽음을 마다않고 붙들어 그만저만하니라. 귀주가 정말 찬이를 추대코자 한 사실이, 찬이를 임금으로 만들고자 한 돼먹지 않은 것들을 심문할 때 조성의 진술에 나왔기에, 국영이와 종수의 무리가 도리어 어이없어하며 귀주를 구하여 미봉이 되었기 망정이지, 귀주가 걸리지 않았다면 내 집까지 걸려들어서 어찌 될 줄 몰랐으리니, 이 또한 하늘의 뜻이 아니리오.

귀주 무리가 어떻게든 정조를 모해하려는 흉계가 백 가지 천 가지인데, 수단과 방법을 가리지 않음을 여기서 가히 알 것이니, 세상에 이런 흉악한 역적이 다시 어이 있으리오.

어머니를 업고 도망하리라

그놈들이 정조를 모해할 마음을 품으니 그것이 구르고 굴러 심지어 정조께서 즉위하신 후에도 아무쪼록 실덕하시어 잘못되시도록 인도하였던 일조차 있었느니라. 1776년 정조께서 즉위하시자 곧 정이환 무리가 흉소를 올려 내 아버지를 극형에 처하자고 여러 번 상소하였으니, 이것이 바로 그 일이라. 만일 정조께서 저희 흉언을 좇으셨으면, 임금의 덕에 누가 될 것은 이를 것도 없고, 내가 어찌 되리오. 내 만고에 없는 비통한 마음으로 아드님을 간신히 양육하여 영화는 보지 못하고, 당신 손으로 날 낳으신 아버지를 해하게 되는데, 내 만일 아무 일 없는 듯 목숨을 이어가면 아비도 없는 패륜아가 될 것이요, 만일 나마저 보전치 못하면 정조께서 무슨 낯으로 신하들과 백성들을 대하시리오.

옛사람들이 광해군 편을 든 대북大北놈들의 죄를 묻는 말에 '아비를 죽이고 그 자식을 온전케 할 리 없다' 하였으니, 이는 인목대비의 아버지인 연흥부원군 김제남을 죽인 놈들이 그 따님이신 인목대비를 온전히 대비로 남게 해둘 리 없다는 말이라. 귀주와 이환 무리의 흉계는 아버지를 해할 뿐 아니라 날 없애고자 한 일이요, 또한 정조를 어미도 없고 윤리도덕도 없는 데 빠지게 하려는 흉계라. 이놈들이 대북놈들보다 흉하기가 백배나 더 하니라.

그놈들이 말하되 '그 아버지를 해하여야 혜경궁의 마음이 평안하리라' 하고, 또 말하기를 '그 아버지를 해한 후 혜경궁 위안할 도리를 행하라' 하였으니, 저희도 부모가 있고 하늘을 이고 땅에 선 사람의 형상을 하고 난 것들인데, 만고에 그 아비를 제 아드님의 손으로 해치는데 어미 되는 딸의 마음이 어찌하여 평안하리오. 그리고 그 어미의 아비를 해하고 어찌 그 어미를 위로한다 하며, 어미를 앞에 앉히고 무죄한 외할아버지를 해하여 그 임금에게 무슨 덕과 효가 되리오.

겉으로는 아버지를 해하는 말이나, 실은 날 없애고, 심지어 정조께서도 세상에 바로 서지 못하시게 하려는 흉계라. 1776년 이율李瑮이 같은 역적이 흉악한 상소를 올린 후에 정조께서 하교하시되

"만고에 국왕의 외할아버지를 죽을죄로 모는 일이 어디 있으리오. 내가 왕 노릇을 즐거이 여기지 않은 지 오래니, 천하를 버릴지언정 아버지를 버릴 수는 없으니 차라리 아버지를 업고 도망가 살 것이라 했던 순임금처럼, 나도 어머니를 업고 도망가는 의義를 쓰리라"

하시니라. 그후에도 관주와 이환이 이어 상소하여 갈수록 흉악하니, 정조께서 이환이 처분하실 때

"임금이 어머니를 업고 도망가겠다는 말까지 했는데 그 말을 듣고도 오히려 더하니, 신하의 도리가 어찌 이러하리오"

하시고

"이환이의 말은 귀주의 남은 말을 주워 모은 것에 불과하니, 조정에 귀주의 사사로운 무리들을 모아 장차 무엇에 쓰리"

하시니라. 정조께서 당초부터 밝히 통촉하심이 이 같으신데, 만일 어미를 업고 도망가는 지경이 되었으면 나랏일은 또 어찌 되겠느뇨. 그처럼 서글픈 하교까지 하시되, 다음에도 또 흉언을 하였으니, 묶어 말하자면, 자고로 조정을 어지럽히는 역적들이 언제인들 없었으리오마는, 이놈들같이 흉악한 역적은 역사에 없는 듯하니라.

동생을 죽인 것은 날 죽인 것이라

이놈들이 날 없앨 마음이 불같으나 정조의 효성이 거룩하시니 터놓고 드러내지 못하다가, 1800년 정조께서 돌아가신 후에야 나를 더욱 망극히 능멸하고 모욕하니라. 그러나 즉시 없애지 못함을 오히려 분해하다가, 내 문안받지 않은 일로, 날 없애지 못하는 분을 내 대신 동생에게 푸니라. 영의정 심환지는 나라가 어린 임금에 의지하는 어려운 형편에 내 동생이 틈을 타서 날뛴다고 하면서, 이것이 다 본래부터 기틀이 있다 하고, 근거도 없이 동생을 몰아 참혹한 화까지 받게 하니라. 그러나 내 동생은 시골에 칩거하고 있었으니 무슨 날뛴 일이 있으리오. 이것은 내 문안받지 않으려 한 것을 가지고 '날뛴다'고 죄를 잡고는, 그것을 동생한테다 빗대어 이른 말이라. 그러니 실은 내 동생이 화를 입은 것이 아니라 나에게 죄를 씌우고 날 죽인 것이라. 이로써 저희 평생 하고자 하던 일을 이루니라.

대저 그놈들이 1776년 귀주가 흑산도로 귀양을 간 후로 목숨을 걸고 복수하고자 하는 마음이 있어, 귀주의 뜻을 받아 삼십여 년간 아무쪼록 내 집을 없애고자 하니라. 1786년 귀주가 죽은 후에도 그놈들이 과부와 고아만 있는 귀주의 집을 굳게 지키며 한마음으로 뭉쳐 있었던 것은 오로지 정조께서 아니 계시기만을 바란 때문이라. 그 일이 사리로는 바라지 못할 것이로되, 마침내 그놈들의 소원대로 정조께서 중간에 돌아가시니, 이 어떤 하늘의 뜻인가 싶더라. 하지만 하늘이 신명神明하시니 그놈들의 죄악이 아니 드러날 리가 없어, 근래 차차 왕법에 따라 처벌을 받는가 싶더라. 심환지 정일환 무리는 그 드러난 죄악만으로도 흉악한 역적이지만, 그래도 처음부터 끝까지 나를 능멸 모욕하며 없애려 했던 죄악만은 끝내 분명히 거론된 것이 없는가 싶으니, 어찌 통분하지 않으리오.

정조께서 하늘을 찌르는 이놈들의 죄악을 모르는 것이 아니로되, '다스릴 때가 있을 것이요, 다스리기 전에는 하도 흉악한 놈들이니 깊은 원한을 부르면 큰 난을 일으킬까 염려되느라. 그러니 아직은 좋게 위안하며 1804년을 기다리자' 하시느라. 지금이야 만사가 끝나 저 흉악한 역적들을 다스릴 때가 되었느니라. 지금 다시 정조께서 남기신 뜻을 생각하니, 당신이 계시면 오죽 통쾌하시랴 싶으니라. 정조의 곱고 맑은 소리가 멀리서 들리는 듯하고, 옛일이 새삼 눈앞에 펼쳐지니, 피눈물을 금치 못하리로다.

뒤주는 누가 생각해냈나

내 집이 근거 없는 모함을 받은 일은 다른 책에서 이미 자세히 썼으나, 그 대략을 다시 기록하노라.

경모궁 돌아가실 때 아버지께서 뒤주를 들이셨다는 말은 1771년 8월 한유놈의 두번째 상소에서부터 시작된 것인데, 그것에 대해서는 정조께서 당신이 목도하신 일로 그렇지 않음을 밝히신 것이 다음달인 9월 내 아버지께 보내신 편지에 나와 있느니라. 그 편지는 지금도 내가 가지고 있도다. 또 1776년 정조께서 정이환의 상소에 답을 하시면서 영조께서 하신 말씀을 들어 뒤주가 아버지에 앞서 들어왔음을 밝히셨느니라.

1800년 5월 21일 내 집 아이들이 문안드리는데, 이 뒤주 문제에 대해 수많은 말씀을 하셨으니

"처음 들어온 밧소주방 뒤주는 물론 나중에 들어온 어영청의 큰 뒤주도 오후 서너 시 전후로 다 들어왔고, 내가 왕자 재실^{齋室} 처마 밑에 앉아 있을 때, 저녁 일곱시 남짓 외할아버지께서 동대문 밖에서 오셔

서 대궐 앞에 이르러 기가 막혀 계시다 하기에, 나 먹으려 하던 청심원을 내보냈으니, 이 시간의 선후는 내 직접 목도한 것이라 분명하니라. 상없는 것들은 그것도 모르고 모함만 하려고 하니, 내가 본 것이 제일이지 그것들과 말 상대할 것이 어이 있으리"

하시니라. 이는 1771년 9월 정조께서 아버지께 보내신 편지 내용과 부합하는지라. 이로 보아도 아버지께서 뒤주 아니 들이심이 분명하니 경모궁 돌아가심에 아버지께 무슨 죄가 있으리오.

세자가 죽을 때 장인은 무엇을 했나

어떤 사람들은 경모궁 돌아가실 때 아버지께서 임금 앞에서 난간에 머리를 던져 죽든지, 아니면 시골로 내려가 문을 걸어닫고 숨든지 했어야 했는데, 그렇게 하지 않았다고 죄를 삼는다 하니라. 외면으로 이르면 이것이 제일의 의논인 듯싶되, 이제 귀주와 한록의 흉언이 발각된 후에 보면, 그들이 안팎으로 협력하여 아무쪼록 세손을 위태하게 하려 하니, 아버지께서 만일 세손에게서 한 발이라도 떠나 계시면 세손의 위태하심이 십분의 구는 될 것이니, 작은 혐의를 피하려고 나라가 위태로운 것을 가만히 앉아 보고 계시리오.

경모궁 돌아가실 때 영조의 화가 진첩震疊하시어 어느 지경에 이를 줄 몰랐으니, 아드님께도 그 처분을 하시는데, 영조의 엄하신 마음으로 손자님을 조금이나 돌아보시리오. 하느님과 조상님의 그윽한 도우심 외에도 만일 아버지께서 영조의 특별한 아끼심을 받지 않으셨다면 결단코 세손을 보전하지 못했을 것이라. 더욱이 아버지의 충성이 아니라면 우리 집 멸망은 이를 것도 없고, 오늘날 이 나라가 어이 있으리오.

아버지께서는 천만 망극하고 난처한 일을 무릅쓰고, 한 몸이 죽든 살든 화를 받든 복을 받든 돌아보지 않으시고, 굳은 충성으로 세손을 보호하시어 나라를 잇게 하려 하시니라. 그때 아버지께서 이렇다 저렇다 한마디 말씀도 아니하신 것은, 혹 영조께서 아버지를 의심하시면, 일이 어떻게 될지 알 수 없기 때문이라. 그때 귀주 무리가 안팎으로 흉측한 모략을 세우고 헐뜯음이 이르지 않는 곳이 없었느니라. 당신이 털끝만큼이라도 영조의 마음을 어기면 결코 세손을 건지지 못할 상황인 고로, 온갖 일을 다 참고 세손 보전하기만 위하시니라. 그 덕분에 이 나라가 지금 반석과 같은 안정을 얻고 신성한 임금들이 뒤를 이으셨으니, 이것이 다 뉘 공이리오.

아버지의 덕행이 옛 신하들의 어질고 현명함보다 나으실지는 내 모르나, 아무리 뛰어난 신하라도 감당하기 어려운 때를 당하여, 고금에 없는 큰 공을 세우시니라. 내 여편네로 오래된 역사는 모르지만, 우리 조선 사백 년 역사에 아버지의 공처럼 큰 공은 없으리니, 그럼에도 불구하고 그 공을 칭찬하기는커녕 오히려 욕됨과 무고가 망극망극하니라. 이것이 내 집 운수일 뿐 아니라 국가의 큰 불행이니, 하늘이 어이하여 이런 흉악한 역적들을 만들어 나라에 무수한 변괴를 지어냈는고. 푸른 하늘을 우러러보아도 알 길이 없도다.

정순왕후에게 누를 끼친 자들

대저 정순왕후께서 본성이 착하시고 천품이 용하시어, 입궐하신 후 내가 나이 많고 먼저 들어온 사람이라 하여 매사를 내게 물어 행하시고, 또 날 대접하심이 극진하니라. 나 또한 정순왕후를 극진히 받들어 털끝만큼도 예법에 어긋남이 없더라. 귀주가 흉소를 올린 다음에도 나를 향한 마음은 전과 조금도 다름이 없어, 만나면 기쁘고 너그럽게 잘 대해주시니라. 1800년 정조께서 돌아가신 후에도 극진히 대해주시며

"두 늙은이 허물없으니 함께 누워 말하자"

하시고,

"나라가 불행하여 정조가 일찍 돌아가시고 주상이 어리시니, 우리 둘이 어린 주상을 보호하여 위태로운 나라를 함께 붙들자"

하시니, 이런 일로 보아도 당신 본심은 조금도 우리 집을 해할 마음이 없으신 줄 가히 알 것이라.

내 집은 귀주의 집과는 본래부터 모르는 사이라. 정순왕후의 국혼을 정하신 후 아버지께서 재간택날 바로 그 집으로 가시어, 두 집이 기쁨이든 근심이든 함께하자고 극진히 말씀하시니라. 정순왕후 집은 본래 빈궁한 선비 집으로 졸지에 큰일을 당하니 무슨 앎이 있으리오. 아버지께서 매사를 인도하고 도우시니라. 마침 아버지께서 국가 재정을 관리하는 호조의 판서로 계셨기에, 정순왕후 국혼에 그 집은 물론 혼례 장소인 어의동 본궁에서 필요한 여러 물자들을 각별히 후히 마련해주시니라. 또 아버지께서는 임금 장인으로서의 몸가짐, 궁궐 출입하는 예법, 척리 노릇 하는 방법, 심지어 관례상 임금의 장인에게 맡기는 각 군영 대장을 맡아 행하는 절차 등을 피붙이처럼 진심으로 가르치며 이끄시니라. 그리고 집에 오셔서 즉시 내 큰올케에게 말하여 귀주 어미에게 편지까지 하게 하니라. 이는 두 집안을 더욱 친하게 하고자 부녀들끼리 통신까지 시키심이라. 이처럼 크고 작은 여러 일을 틈 없이 극진히 해주시니, 은혜가 있을지언정 원한은 털끝만치도 없는지라.

정순왕후와 나 사이가 조금도 틈이 없고, 내 집과 저 집 사이에 조금도 원한이 없을 것인데, 오로지 귀주놈의 흉한 마음으로 그 사이가 멀어지니라. 귀주놈이 처음부터 어두운 곳에서 흉악한 역모를 꾸미다가, 나중에는 아주 내 집을 멸망시킬 계교가 급하여, 1771년 2월 우리 집

에서 인이와 진이를 추대하려고 한다며 정순왕후 계신 내전에서 겁나는 말을 하고, 제 작은아버지 한기를 부추겨 그 흉한 변괴를 지어내니라. 그때 정조께서 정순왕후에게 진정시키도록 말씀하지 않으셨다면 화기가 어느 지경에 이르렀으리오. 이는 정순왕후의 거룩한 덕성에 처음으로 누를 끼친 것이라.

또 1772년 귀주가 한록이놈의 아들 관주를 데리고 몸소 흉악한 상소를 바치고, 또 안에다 편지하여 정순왕후를 달래어 영조께 '즉시 결단하소서' 말씀하시게 하니라. 그때 영조께서 거룩한 덕으로 귀주의 흉심을 살피시어 귀주 등을 엄히 꾸중하시니, 아버지께서 급한 화는 면하시니라. 다만 정순왕후께서 그들의 꾐을 듣고 영조께 말씀하신 것은 가엾으시니, 이 또한 정순왕후 거룩한 덕에 누를 끼친 것이라. 이로 보면 귀주놈이 나라에 흉악한 역적임은 두말할 것도 없거니와, 정순왕후께 더욱 망극한 죄인이 아니리오.

귀주와 관주의 흉악한 상소가 들던 날 아침에 동궁이셨던 정조께서 분해하며 나를 위로하시고, 또 아버지께 편지하시어

"아침의 상소는 만만 흉악하고 모질고 음침하니, 만고에 이런 흉악한 역적이 어이 있으리오"
말씀하신 것이 지금까지 있으니, 그때부터 귀주와 관주가 역적의 마음을 품고 있음을 살피신 것이라.

1786년 귀주가 죽은 후에도 저희 집안의 부자, 형제, 숙질과 친척 무리들이 모두 한 심장이요, 한 의논들이라. 그놈들이 정순왕후께 백 가지 천 가지 계교로 흉악하고 그른 말을 듣게 하시고 꾀며 보채니, 정순왕후께서 세상사를 많이 겪지 못하신 터에 사리를 밝게 생각지 못하시고, 친척들이니 어련하랴 믿으시어 거룩한 덕에 누가 될 일을 여러 번 하시니라.

그러다가 1800년 정순왕후께서 수렴청정을 하시게 되니, 그놈들이

처음으로 때를 얻어 펄쩍펄쩍 뛰고 기뻐기뻐하면서, 입만 열면 '의리義理', '의리'를 들먹이더라. 그러면서 안으로는 한기의 아들 용주와 귀주의 아들 노충이와 한록의 아들 관주, 일주의 무리가 온갖 소리를 다하여 정순왕후 들으시게 하고, 밖으로는 영의정 심환지가 앞장서서 정일환, 권유權裕와 같은 적당을 데리고 흉론을 하니라. 정순왕후께서는 그것이 참 옳은 의리요, 당연한 말인가 곧이들으시고, 1801년 내게 차마 못 할 동생을 죽이는 일까지 하셨으니, 그놈들이 정순왕후께도 극악한 역적이라는 말이 어찌 과하리오.

나랏돈으로 사조직을 만들다니

정조께서 매양 말씀하시되

"외할아버지께서 어영청에 은銀을 비축하여두셨는데, 귀주 부자가 그 은을 다 내어가지고, 외할아버지 공격하는 사람들 삯을 주었으니, 천고에 없는 원통하고 분한 일이라"

하시니라. 그 말씀은 가까운 신하들도 들었으려니와, 실로 그 말씀이 옳으시니, 아버지께서는 나라를 위하여 군문軍門에 은을 모아두셨는데, 그놈들은 그것을 도적하여 그 흉한 한유 역적놈과 정일환, 정이환 무리 등 여러 굶주린 귀신놈들을 다 먹이니라. 그리하여 우리 집을 해하여 이 지경이 되게 하였으니, 정조의 원통하고 분하다는 말씀이 어찌 옳지 않으리오. 이는 오로지 귀주와 한록, 두 역적의 흉언에 근본을 둔 것으로, 우리 집을 먼저 제거하고, 다음에 감히 말할 수 없는 높은 곳까지 범하자는 계교니, 그 계교를 아녀자나 천한 것들이라 해도 뉘 모르리오.

자기는 하지 않고 남보고는 하라 하고

경모궁 돌아가실 때 아버지의 뜻은, 위에 쓴 말처럼, 누가 혐의를 두 든 말든, 생사도 화복도 이해도 시비도 돌아보지 않으시고, 오직 아무 쪼록 열한 살 어린 세손만 보전하시어, 영조와 경모궁의 핏줄로 사백 년 종묘사직을 이어가게 하려고 하신 것이라. 이는 나라 위한 충심과 떳떳한 공론이 있는 사람이라면 앞일이나 뒷일이나 모두 알고 있느니 라. 그때 만분의 일이라도 경모궁과 세손을 구할 수 있는 위치에 있었 던 사람은 귀주 아비밖에 없었느니라. 당시 누가 귀주 아비에게 영조 께 경모궁과 세손에게 은전을 베풀어달라는 상소를 올리라 권했는데 귀주 아비는 결국 행하지 않았고, 자기는 부친 상중이라 잘 몰랐다고 했다고 하니라. 설사 제가 그런 상소를 올렸다고 해도 별로 유익할 일 은 없으려니와, 그때 저희 마음에 세손까지 보전치 못할 것이라 단단 히 알고 한록의 무리를 데리고 등이 터지도록 조이고 앉았으니, 비록 은전을 베풀어달라는 상소가 아니라 감옥에 갇히는 것이라도 면하게 해달라는 상소라고 해도 저희가 어이 그 상소나마 하려 했으리오. 생 각할수록 절절히 흉악하도다.

상소의 속셈들

1759년 이후 경모궁께 상소한 사람들을 올해^{1806년}도 윤재겸^{尹在謙}이니 박치원^{朴致遠}이니 거들고 있으니, 이는 그때 내 자세히 보고 들은 일이 라. 진실로 그때 일은 이것 말고도 내가 다 알지 누가 알리오. 전후 상 소한 사람들이 다 같은 듯하나, 그때 들리는 것은 각각 다르니라.

박치원은 본디 바른말 잘하기로 이름을 얻었고, 1759년 7월 죽음을 앞둔 팔십의 고령에, 다른 뜻 없이 직간했다는 말이나 듣고 죽으려고 상소한 것이라 하니라. 그리고 1761년 5월 윤재겸의 상소는 그때 영조께서도 다른 뜻이 있다 하셨거니와, 그 상소에 '경모궁께서 모후인 정성왕후 계실 제는 부왕께 효성이 거룩하시더니 근래 효성이 부족하다' 하였으니, 이 말은 '경모궁께서 전에는 영조께 효성이 극진하시더니 근래는 그전만 못하시니 더 하소서' 하는 뜻과는 달라, 그때가 정순왕후가 들어온 다음임을 생각하면 그 말뜻이 경모궁을 비판하려 한 듯 음흉하여 불쾌하더라. 윤재겸은 또 경모궁이 평양 다녀오신 일을 말하면서, 내 아버지가 나라의 중추대신으로 세자의 잘못을 바로잡지 않았다고 죄를 삼으니, 그때 만인이 다 보고 알듯이 아무라도 그럴 형편이 못 되는 줄 뉘 모르리오. 이 상소는 1761년 귀주가 영조께 올렸던 편지와 비슷하니라. 들으니 윤재겸이가 귀주의 집과 혼인한 사이요, 충청도 사람으로 한록이와 동문수학^{同門受學}한 사이라 하니, 이는 분명 무슨 뜻을 가지고 한 상소라 하더라.

1761년 5월 서명응의 상소는 오로지 제 이름을 높이려 한 것으로, 어려운 상소 올렸다는 말이나 듣고 영조께 잘 보이려고 한 짓이라. 서명응은 당시 성균관 대사성으로 있으면서 '성균관 명륜당^{明倫堂}에 앉아 이 상소 하노라'고 덧붙였는데, 이는 다름이 아니라, 그때 '세상이 윤리기강이 없으니 나 혼자라도 윤리기강을 밝히겠노라' 하는 뜻으로 한 말이라. 그때 경모궁께서 서명응에 대해서는 더욱 절통하고 분히 여기셨으니, 오랜 시간이 흘렀다 해도 내 어찌 잊을 수 있으리오.

내 그릇 들었던가봅니다

1771년 정월 대보름에 밤을 나누어준 사건에서 촉발되어, 2월 초에 당시 어영대장이던 한기가 제 조카 귀주의 꾐을 듣고, 세손이 임금 행차를 따라가지 못한 틈을 타서, 나팔을 불며 궁성을 둘러막고 계엄을 선포하게 하니라. 한기가 영조를 움직여 지었던 허다한 죄악은 1776년 9월 정조께서 한기에게 죄를 주실 적에 다 말씀하셨으니, 여기서는 다시 아니 거드노라.

1772년 귀주와 관주가 흉악한 상소를 올렸을 때 영조께서 진노하시어 한기를 부르셔서 상소 가운데 내 아버지가 세손을 위협하며 '큰 변이 나리라' 위협했다는 것에 대해

"그 어이 된 일인고"

물으시니라. 영조께서 한기한테 어디서 들었는지 중전곧 ^{정순왕후}께 묻고 오라 하시니, 제가 여쭙고 와서 아뢰기를

"중전께서 '내 그릇 들었던가보다' 하시더이다"

하니라. 그래놓고는 1776년 정조 즉위 직후 정이환 무리의 흉악한 상소들이 올라온 후 한기 제가 또 자명소^{自明疏, 스스로 해명하는 상소}를 올려

"1772년에는 영조의 하교가 엄하시어 두렵고 떨려 정순왕후께서 '그릇 들었던가보다'는 말씀을 아니하신 것을 신이 마지못하여 아뢰었으니, 정순왕후 아니하신 것을 미봉하노라고 아뢰어, 왕후의 마음을 어둡게 하고 사람들에게 의심을 사게 한 것이 위로는 왕후를 저버리고 아래로는 조카에게 부끄럽나이다"

하였으니, 그것의 심보가 절절 흉악하니라.

또 1800년 정순왕후가 수렴청정을 한 다음 한기의 아들 용주가 제 아비의 유소^{遺疏, 죽으며 남긴 상소}라 하며 상소를 올렸는데, 여기서도 여러 사람을 망측한 잘못에 집어넣어 해하니라. 특히 귀주를 공격한 것을 '그 욕이 왕후께 미친다' 하였으니, 그러면 저희놈들이 삼십여 년 동안 우리 아버지께 아무 근거도 없이 흉악한 모함을 무수히 한 것은 무엇이리오. 이는 실로 내게 욕이 미친 것이니, 내 원통하고 분하여 스스로

목숨까지 끊으려 했으니, 이런 놈들이 어찌 죄가 없으리오. 정순왕후
와 내가 무엇이 달라, 정순왕후께는 죄 있는 오라비 친 것을 '그 욕이
왕후께 미친다' 하고, 내게는 무죄한 아버지를 공격해 남김없이 욕을
준 것도 예사로이 알고 심심히 보는가 싶으니 더욱 모를 일이로다.

미친 자는 사형시키지 않는다는데

귀주가 역적의 마음을 품은 것은 '세손이 죄인의 아들이라 왕통을
이을 수 없다. 이런 판국이니 태조의 자손이기만 하면 누군들 임금이
되지 못하겠는가'라고 말한 흉언에 다 들어 있느니라. 귀주가 수단 방
법 가리지 않고 아무쪼록 경모궁을 해하고 정조를 없애려 하던 일은 온
세상이 다 알거니와, 근래에 또 뼈마디가 시린 놀라운 말을 들으니라.

1775년 겨울에 춘방의 필선^{동궁 시강원의 정4품 벼슬}으로 있던 정조의 심복
정민시에게 귀주가 『대명률^{大明律, 명나라의 형법서}』을 거론하며 음험하고 흉악
한 말을 했다 하니라. 이는 오히려 상욕으로 끔찍하기는 위의 '죄인의
아들' 운운한 흉언보다도 더하니, 동궁이 보낸 사람을 앞에 두고 그 흉
언을 하는 것은 바로 동궁을 마주 대하여 욕을 한 것과 같으니라. 귀주
와 한록 두 사람이 어찌 나와 정조에게만 하늘을 함께 이고 살 수 없는
원수리오. 지금 궐내에 계신 왕손이 다 경모궁 자손이니, 두루 피맺힌
원수가 되지 않으리오.

고금에 흉악한 역적이 아주 많지는 않겠지만, 이처럼 흉측하고 극악
한 대역부도^{大逆不道, 나라를 위태롭게 한 큰 죄}는 귀주에게 비할 놈이 없을 것이라.
생각할수록 가슴이 막히고 분통이 터져 그 흉악한 도적놈의 뼈를 부수
지 못하는 것을 한탄할 뿐이라. 그놈이 이 말을 한 것이 저의 처음 흉
언과 관계된 것이 훤하니라. 저희 의논은 경모궁께 천지에 용서받지

못할 죄가 계시기에 영조께서 적국을 이기시거나 대역죄인을 토벌하듯이 그 처분을 하신 것으로 아니라.

정민시가 귀주에게 가서 동궁의 하교에 따라 『승정원일기』에서 경모궁과 관련된 부분을 없앨 의논을 한즉, 귀주가

"『대명률』에 '미친 자는 죽이지 않는다' 했으니, 만일 사도세자가 광병狂病으로 죽었다 하면, 부왕께서 하신 처분이 엄정하고 광명치 못한 것이 되니, 『승정원일기』를 없애지 못하리라"

말하더라 하니라. 이것은 경모궁이 광병 때문이 아니라 죄 때문에 그 처분을 받았다 함이니, 곧 저희 처음 경모궁을 죄인이라고 했던 말과 같은 말이라. 대저 이놈들의 흉악한 논의로 보면 경모궁이 아직도 죄를 뒤집어쓰고 신원을 못 하신 것이니, 당신이 실제 잘못한 일이 있어도 임금 아드님 두신 덕에 허물이 덮이실 것인데, 하물며 순전히 병환 때문이시니 어찌 억울하지 않으리오. 경모궁의 과실이 본심에서 비롯된 것이 아닌 줄은 온 세상이 다 알거늘, 이 흉도놈들은 굳이 경모궁께서 병환이 없으시고 죄로 인해 그리되신 것으로 무함하니라. 지금 성자신손聖子神孫, 임금의 자손이 다 경모궁 핏줄로 나라를 잇고 계신데도, 이 망극한 무함을 쾌히 씻지 못하니 어찌 원통하지 않으리오. 이 어찌 후세 자손에게 한을 남기고 누를 끼치는 일이 되지 않으리오.

이른바 전례 사건

아버지께서 경모궁을 추숭하려 했다는 이른바 전례典禮 일은 더욱 근거 없이 맹랑하니라. 아버지께서 평소 나 듣는 데서라도 전례되면 좋겠다는 말씀을 한 번도 하신 적이 없고, 당신 마음도 그러하시더라.

1767년과 1768년 아버지께서 계모부인의 상중이라서 궐내 출입을

『대명률』, 미치광이는 죽이지 마라

조선은 따로 형법전을 만들지 않았고 기본적으로 명나라의 형법서인 『대명률』을 준용했다. 『대명률』이 조선의 형법서였던 셈이다. 조선에서는 그것을 실정에 맞추어 약간 바꾸어 썼을 뿐이다.

영조는 죽기 몇 달 전인 1775년 11월 세손 대리청정의 뜻을 굳게 먹고 신하들에게 그 뜻을 전했는데, 홍인한 등이 삼불필지를 말하며 막았다고 한다. 하지만 이미 돌이킬 수 없는 흐름이었기에 곧바로 대리청정은 시작되었다. 그런데 대리청정으로 상당한 권력을 받은 정조는 바로 아버지 사도세자의 신원 작업부터 착수한 모양이다. 위에서 보듯이 자신의 심복인 정민시를 김귀주에게 보내어 아버지의 비행과 죄상이 걸러지지 않고 기록된 『승정원일기』의 해당 부분을 없앨 의견을 낸 것이다. 보존용으로 열람에 제약이 많은 『조선왕조실록』과 달리 비서실의 일지인 『승정원일기』는 국정의 참고자료로 관리들이 비교적 쉽게 볼 수 있다. 또 『승정원일기』는 실록 편찬에도 가장 중요한 자료이다. 따라서 당대나 후대를 위해 그 기록의 삭제가 필요했다. 이에 정조는 김귀주에게 사전에 협조를 구했던 것이다. 그런데 김귀주는 정조의 뜻을 받아들이지 않았다. 오히려 법률을 들이대며 반발했다. 김귀주는 사도세자가 광증으로 죽었다고 하면 그것은 영조에게 허물이 된다는 논리를 폈다. 그 근거로 든 것이 『대명률』의 '미친 자는 죽이지 않는다' 곧 '광역무주(狂易無誅)'의 조항이었다. 형법에 미친 자는 죽이지 않는다고 했는데, 영조가 미친 아들을 죽였다면 그것은 잘못 죽인 것이라는 논리이다.

그런데 김귀주가 말했다는 '미친 자는 죽이지 않는다'는 조항은 『대명률』에서 찾을 수 없다. 다만 '늙거나 어리거나 고질병이 있는 자는 감형 또는 용서한다(老少廢疾收贖)'는 조항이 있을 뿐이다. 정약용은 『흠흠신서欽欽新書』에서 이 부분을 정신질환자의 범죄와 연결시켜 이해하고 있다. 그리고 정약용은 『대명률』의 상기 조항에 이어서 조선 후기 법전인 『속대전續大典』의 "미쳐 이성을 잃고 살인한 자는 사형시키지 않고 감형하여 유배 보낸다

(顚狂失性而殺人者 減死定配)"는 조항을 들고 있다. 한편 죽음을 앞둔 정조가 김조순한테 한 말을 기록한 『영춘옥음기』를 보면, 이 사건이 약간 다르게 기록되어 있다. 정조가 보낸 사람은 정민시가 아니라 홍국영이고, 김귀주가 거론한 책은 『대명률』이 아니라 『속대전』이라고 말하고 있는 것이다. 정조는 김귀주의 소행을 듣고 울며 통분해 했다고 한다. 또한 김귀주 측의 기록인 『공거지남』 「김공가암유사」에는 처음에 정조는 사도세자가 병으로 죽은 것으로 고치자고 했다고 한다. 그랬더니 김귀주가 세손이 직접 임금에게 청하게 하자는 의견을 내어 그렇게 되었다고 한다. 정조는 이 사건 후 바로 2월 4일 영조에게 『승정원일기』 해당 부분의 세초를 청하는 상소를 올렸고 허락을 받았다.

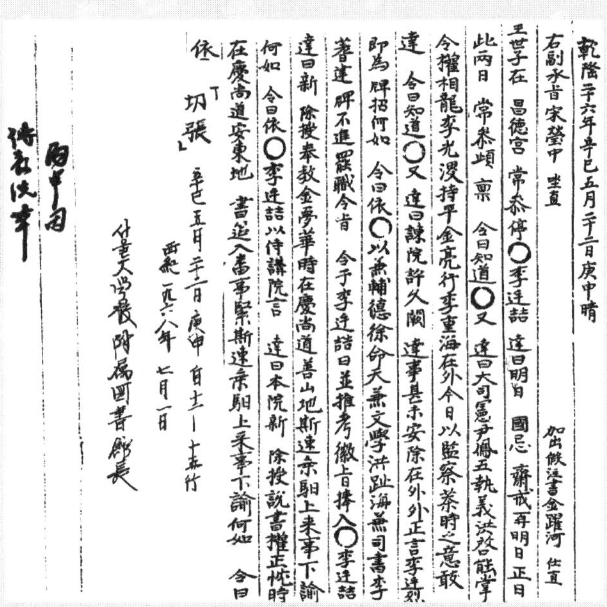

세초된 『승정원일기』 사진은 1761년 5월 22일조이다. 이 부분은 총 세 장 이상이 지워졌는데, 그 끝에 '병신년 곧 1776년에 임금의 전교로 세초했다(丙申因傳敎洗草)'는 말이 적혀 있다. 사진은 지워진 중간 부분은 생략하고 그 앞 뒤의 두 이미지를 합성한 것이다. 『승정원일기』에는 곳곳에 지운 부분이 있는데, 1776년 전교로 지웠다고 한 부분만도 열 곳이 넘는다. 이날은 사도세자의 평양행을 문제 삼은 윤재겸의 상소가 다시 논란이 되었다. 사도세자의 평양행과 관련된 사도세자의 비행에 대한 내용이 지워졌을 것으로 짐작된다. 서울대학교 규장각 소장

못 하셨는데, 그때 정조의 장인인 청원부원군이 아버지께 자주 와서 허물없이 말하니라. 하루는 청원부원군이

"근래 세손 하교를 들으니 장래 경모궁 추숭하실 뜻이 많으시더라"

말하니, 그 일이 나라의 큰일이라, 당신 지위에 동궁의 뜻도 분명히 모르시니 더욱 궁금하시어, 1769년 봄 탈상하고 궐내로 임금을 뵈러 와 동궁을 만나시니라. 그때 나도 함께 앉았는데 아버지께서 동궁께 여쭙기를

"요사이 김시묵의 말을 들으니 마누라께서 장래 경모궁을 추숭하실 의향이 계시다 하오니, 뜻이 과연 그러하시니이까. 이는 임금께서 누누이 금하신 것이니, 딱 끊고 굳게 지키소서. 마누라께서야 물론 추숭하지 않으시겠지만, 세상인심이 워낙 흉악하니, 1689년 조정을 장악했던 남인 잔당들이나 1728년 난을 일으킨 소론들 가운데 나라를 원망하는 놈들이 추숭을 않으신다고 상없는 말이나 하면 어찌할지 답답하오이다"

이리 말씀하시니라. 만일 아버지께서

"추숭을 하는 것이 옳으니 추숭을 하소서. 만일 추숭을 않으시면 변이 나리이다"

말씀하셨으면 망발이라고 하려니와, '추숭을 딱 끊고 굳게 지키소서' 하고 말끝에 남은 일 걱정하신 것을 죄라 하니, 귀주와 같은 흉악한 역적이 아니면 어찌 이런 일로 함정에 몰아넣으리오. 귀주의 상소에 '큰 변이 나리이다'라고 적었으니, 이는 '아주 동궁을 폐하겠다'는 뜻으로 몰아간 것이니, 그놈의 말이야 함정에 빠뜨리는 수작인 줄 뉘라도 모를 것이 아니니라.

우리는 변명할 만큼, 저놈들은 잡고 칠 만큼

다만 내 일생 상처 받아 애달파한 것은, 이는 정조께도 한 말이거니와, 1776년 정조께서 정이환의 상소에 내리신 비답이라.

당시 정이환이 세 가지 일로 아버지를 비판했는데, 정조께서는 그 하나하나에 비답을 내리셨느니라. 그 가운데 경모궁 돌아가실 때 아버지께서 말씀하시어 뒤주가 들어왔다는 것은 영조께서 내리신 하교를 들어 깨끗이 벗겨주셨고, 영조 병환에 인삼을 제대로 쓰지 않았다는 혐의는 사건 당시 약방의 도제조였던 김치인의 폭로를 통해 공연한 말로 돌리셨느니라. 다만 앞에 말한 '큰 변이 나리이다'라고 말씀하셨다는 사건에 대한 비답은 우리는 겨우 변명이나 할 만큼, 저놈들은 우리를 잡고 칠 만큼, 둘 다 옳고 둘 다 그르다는 식으로 두루뭉술하게 말씀하시니라. 이는 그때 귀주의 무리가 조정에 들어와 국영이를 꾀고, 또 정조께서는 국영이에게 일시 가로막히셔서 그러하시니라.

그런데 이것은 다른 일과 달라 내가 한자리에서 친히 들은 말씀이라. 정조께서는 비답에서 경모궁을 추숭하지 않으면 1728년 무신란을 일으킨 소론의 남은 무리들이 다른 임금을 추대할 수도 있으리라는 말씀을 아버지께서 했다고 하셨으나, 밝은 해에 비추어도 아버지께서는 결단코 그런 말씀을 하신 일이 없느니라. 사실 그때 주고받은 말은 위에 쓰인 말 외에 털끝만큼도 더한 것이 없는데, 우리가 이 말을 충분히 변명할 수 있으리라 하고, '추대'라는 두 글자를 비답에 쓰시니라. 하지만 그 모양이 좋지 않아, 지금까지 저들이 이로써 죄를 삼느니라. 내 아버지께서 아무리 괴이하신들 무슨 의도로 '추숭하소서' 우기시며, 무슨 마음으로 '추숭을 않으시면 다른 임금이 추대되리라' 협박하시리오. 아무리 부녀 사이가 가까우나 궁중 체면과 임금과 신하의 분별이 특별한데, 나를 앉히시고 내 아드님을 그리 위협하는 말씀을 하시리오.

이것이 모두 국영이가 가로막아 일어난 일이라. 정이환이 제기한 세 죄목을 다 벗겨놓으면 아버지 신상이 멀쩡하게 되어 꼬투리 잡을 단서가 없으리라 하여, 한 가지는 벗을 듯 말 듯 이럴 듯 저럴 듯 의심스러이 만들어두고 조르려 하는 계교로 비답을 그리하여놓으니라. 이는 다 국영이의 죄악일 뿐 아니라, 그때 귀주 무리가 국영이와 연결하여 만든 일이라. 지금 생각해도 어찌 탄식이 나지 않으리오.

전례 문제로 화를 입다

이 말로 인하여 1801년 6월 역적을 토벌한 반교문에 내 아버지의 이름을 역적의 괴수로 맨 앞머리에 얹어 김상로, 홍계희와 같은 역적들과 함께 일컬었으며, 나를 앞에 두고 내 아버지이자 돌아가신 임금의 외할아버지를 '왕약왈王若曰, 포고문의 맨 앞에 나오는 상투어. '왕은 말하노라'는 뜻'로 시작하는 반교문에 올렸으니, 이런 흉악한 변괴가 다시 어이 있으리오.

심지어 내 동생은 오로지 전례 일로 죄를 입고 죽으니, 그렇다면 내 동생이 언제 전례를 하자고 상소나 한 번 하였다는 말이뇨. 동생은 '누구누구를 모아 함께 전례 의논을 하더라' 하는 고변告變, 반역을 고발함이 날까봐 전례 일은 일언반구도 언급한 적이 없느니라. 그런데 백지白地 억지로 동생을 무함하여 전례를 의논한다 하고 망극한 화에 이르게 하니, 천지간에 이런 원통한 일이 어디 있으리오.

다만 정조께서 말년에 나에게 전례 일을 여러 번 말씀하셨으나, 내 평생 그 일은 꿈같이만 여겨 입에 거드는 일이 없었느니라. 내 집 사람들은 소년들까지도 전례 두 글자는 꺼림칙해 부자 형제간에 집 안에서도 수작한 일이 없는데, 동생이 공연히 이 지경에 이르니, 이런 원통한 일이 다시 어디 있으리오.

그러나 이제는 역적 김한록의 흉언이 다 드러나고 또 세상이 바뀌었으니, 내 아버지께서 정조를 보호하고 종사를 안정시킨 공이 드러나야 옳으니라. 더욱이 정조께서도 매양 아버지의 공은 지금 주상 때 쾌히 드러나리라 말씀하시니라. 정조께서는 아버지 문집인 『주고』를 만드시며 당신 고심을 말씀하시기를

"아직 외할아버지의 마음을 시원하게 씻어주지 못하나, 이 책자를 내 손수 만들어 세상이 절로 내가 외할아버지께 정성이 있음을 알게 할 것이라. 문집의 서문을 경모궁 재실齋室에 가서 지은 것이 다 뜻이 있노라"

하시니라. 그때 내 동생에게 편지를 보내셔서 외할아버지의 충성을 칭송하시니라. 또 1800년 4월에는 내 두 동생을 보고 말씀하시되

"『주고』의 맨 앞 서문에 쓸, 외할아버지를 위한 한마디 말은 아직 남겨두었으니, 이후 나라가 태평하여 쾌히 간행할 때 더하여 넣으려 하노라"

하시니, 그 말씀이 지금도 내 귀에 남아 있느니라. 그리고 1804년을 기다리셨다가 아드님에게 왕위를 물려준 다음 아드님의 손을 빌려 나라의 대소사를 다 쾌히 해놓고, 당신을 보호하시고 종사를 안정시킨 아버지의 공과 충성을 표창하려 하셨으니,

"그때는 외할아버지의 시호를 익정공翼靖公이 아니라 충忠 자를 넣어 고치려 하노라"

하는 말씀까지 하시니라. 정조의 이런 뜻을 나뿐 아니라 지금 주상도 아시거니와, 친근한 신하야 뉘 모를 이 있으리오. 만사가 다 이러하니 내 어찌 한이 첩첩하지 않으리오.

내 겨우 외로운 이 한 몸을 보전하여, 지금 눈앞에서 충신과 역적을 가르고 옳고 그름을 분간하는 때를 당하니, 역적을 소탕하는 것이 통

쾌하니라. 그러나 아직 내 아버지와 동생의 지극한 원통함이 깨끗이 씻기지 않았으니 언제 그날이 올지, 밤낮으로 피눈물을 흘리며 하늘에 비노라.

망나니 종수

세상의 여러 악한 무리 가운데 그 흉악함이 종수 형제가 으뜸이라. 특히 종수는 간악하고 교활하여 세상인심을 심히 어지럽히니, 내 글 맨 끝에 따로 쓰노라. 귀주의 흉심이 점점 자란 것도 종수의 일이요, 1770년 한유놈의 뜻을 얻어낼 적에도 종수가 주장하여 일을 꾸몄고, 십학사十學士인지 뭔지 하는 것들 모아 홍씨네를 치자고 의논한 것도 종수의 일이요, 구상具庠이 다리 놓고 정후겸이를 뚫어 우리 집 모해하기 시작한 것도 종수 일이라. 만일 종수가 후겸이를 뚫어 합세하지 않았다면, 영조께서 그전에는 종수의 행태를 걱정하고 미워하시다가 어느 날 종수가 들어와 뵐 때 홀연 관대를 해 입으라며 비단을 친히 종수 소매에 넣어 보내시리오. 이 일로 보아도 종수가 소위 십학사들과 함께 후겸이를 뚫은 것을 알 것이라. 한 무리의 사람들을 꾀어 귀주에게 보낸 것도 종수의 일임을 알 수 있느니라.

1776년 정조께서 내 둘째 작은아버지를 여산에 귀양 보내실 제 전교하시기를

"역모를 꾸몄다거나 다른 뜻이 있다는 말은 만만 과하니 결단코 이는 실정과 다른 말이라"

하시어, 작은아버지께서 역모죄는 없음을 분명히 말씀하시니라. 그리고 국영이도 작은아버지를 사사시키려고까지는 하지 않았는데, 1776년 5월 종수가 조정에 들어와 국영이의 아들이 되어 간교하고 더러운

모략으로 망극하게 꾀니 마침내 작은아버지께서 참화를 입으시니라. 이후 종수는 제게 붙지 않는 사람을 무수히 죽이고, 수십 년 내에 사람 죽이는 일은 아니 담당한 것이 없어, 제 손에 의해 사람들이 유죄 무죄를 막론하고 몇몇이나 다친 줄 모르니라. 국영이의 허다한 죄악은 다 종수가 도와 이룬 일이라. 국영이가 쫓겨난 후 종수가 때에 따라 이리 뒤집고 저리 뒤집으며 백 가지 천 가지로 몸을 바꾼 일이야 세상에 누가 모르리오.

제 일생 경영한 것이라고는 세상을 속여 이름을 도적질한 것과 일의 옳고 그름은 따지지 않고 뜻이 같은 무리끼리는 돕고 그렇지 않은 무리는 철저히 배척하며 세상 사람들을 해친 일이라. 종수는 어떤 사람이 조금이라도 마음에 들지 않으면 '역적이니 그놈을 죽이자' 하기를 일삼기에, 정조께서 매양 날 보고 웃으시며

"옥사獄事에는 김종수가 빠질 적이 없으니, 사람 죽이는 회자수劊子手, 망나니라"

하시니라. 정조께서는 종수를 나라를 망칠 것으로 아셨기에, 한 번도 당신 계신 곳으로 들어오게 하신 일이 없고, 당신과 주상곧 순조 잡숫는 수라에도 꺼리시어, 한 번도 주상 생모인 가순궁의 손으로 만든 음식을 먹이지 않으시니라. 이로 보아도 정조께서 종수를 뼈저리게 미워하심을 알 것이라.

망나니가 의리의 주인이라니

종수의 이른바 고명한 의논이라 하는 것은 오로지 경모궁을 추숭하지 말자 하는 데서 나왔는데, 임금의 아끼심도 거기서 생기니라. 그런데 스스로 '의리의 주인이라' 하니, 세상에 그런 가소로운 일이 어디

있으리오. 자고로 추숭을 비판함은 적자가 아닌 방계 혈손의 번왕藩王
이 대통을 잇게 되면서 군주가 자기를 낳은 친부모를 추숭하려 하기
에, 옛날 중국이나 우리나라 명신들이 다 못 하게 한 것이라. 이리하여
추숭은 원래 임금은 부모 위한 사사로운 정으로 하려 하고, 신하는 예
의를 지켜 말자 하여, 신하는 임금의 마음을 거스르고, 임금은 신하가
잡은 정론을 꺾기 어려워하니라.

그런데 종수는 정조께서 아직 추숭 아니 하실 뜻을 엿보고, 임금께
영합하여 추숭은 말자 하고, 그사이에 내 집 미워하는 사사로운 원한
을 끼워 우리 집에서 추숭을 말했다고 공격하니라. 종수가 외면으로는
역대 명신들의 추숭 말자 하는 고명한 의논을 내었으나, 중심은 임금
에게 영합하여 아첨하려는 마음이니, 이것이 어이 고명한 의논이리오.
오히려 이것은 옛적 추숭하자던 사람보다도 더 간사하니라. 만일 임금
이 추숭하겠다며 벽력같이 화를 내고, 말을 듣지 않으면 도끼로 찍어
죽이겠다고 위협하는데도, 두려워하지 않고 정론을 굳게 잡고 고수하
면, 이는 어렵다 할 것이라. 하지만 제게 해가 없는 일에 임금이 말자
하시는데, 따라서 말자 하면서 스스로 의리의 주인이라 하니, 그것이
무엇이 어려우리오.

이리하여 ‘세상에 그 의리를 저 외에 뉘 지키리’ 하며, ‘저는 거룩한
사람이로라’ 하고, 제게 붙좇지 않는 사람들은 ‘추숭을 하려 한다’, ‘의
리에 배치된다’ 지목하여 다 죽이려 하니라. 그리하여 사람들을 현혹
하고 세상을 어지럽히며, 무죄한 사람들을 두려움에 떨게 할 뿐만 아
니라, 세상 사람들이 어느 날 무슨 변을 만날지 몰라 두려워 도망가게
하니, 이런 일이 어디 있으리오.

정조께서 매양

“종수의 고명한 의논이라는 것은 실상 내가 만들어준 것이요, 내 의
리를 종수가 따른 것이라. 그런데도 세상은 이것도 모르고 종수가 날

이끌었다고 하니 우습지 아니한가"

하시며

"제 만일 끝내 추숭을 아니하려 하였다면 경모궁께 올린 여덟 글자의 존호尊號와 옥책玉冊과 금인金印의 문구는 왜 제가 지었으리오. 내 이제라도 추숭할 의사를 보이면 종수는 필시 추숭하자는 의논을 이끄는 사람이 될 것이라. 1793년 섣달에 내가 외가에 마음을 두는 눈치가 보이니, 경연 석상에서 종수가 '저는 홍씨와 지친이기에 홍씨를 공격하는 의논을 편 일이 없습니다'라고 아뢰기까지 하였으니 종수의 하는 짓을 보면 거의 구미호라"

하셨으니, 저 같은 소인이 만고에 다시 어디 있으리오. 국운이 불행하여 이런 악독하고 간사한 것이 났으니 어찌 한탄치 않으리오.

일단 폭로하고 뒤집어씌우자

1796년 7월 종수가 호남을 중심으로 떠돈다는 다섯 조목의 흉언을 적어 규장각에 장문의 편지를 보냈는데, 이 사건 후 정조께서 나에게

"흉언한 사람은 대지 못하고 소문에 그렇다고만 하였으니, 그것이 어떠한 흉언이기에 주인 없는 고변이리오. 제가 무상한 마음을 이기지 못하여 흔적 없는 흉언을 하였으니, 제 스스로 지어낸 말이지, 누가 그런 말을 하리"

하시고 원통하고 분해하시니, 세상에 그런 간사한 놈이 어디 있으리오. 제 일생 고변하기를 일삼다가, 공연히 남을 해하려고, 흔적도 없는 다섯 조목의 흉언이 호남 호서에서 일어났다고 하며, 제가 이 다섯 건에 대해 상소하련다 하니라. 그런데 제가 마치 임금을 욕한 흉언을 밝힌 것처럼 말했지만, 결국은 누구를 잡아넣으려고 지어낸 것 아니리

오. 이처럼 하기 어려운 말을 누가 했는지도 대지 못하고, 그저 공중에 떠도는 소문이라 하니, 그 소문이 하늘에서 떨어진 것이냐 땅에서 솟은 것이냐. 설사 나무꾼이 전했다 해도 제게 와 말한 사람이 있기에 제 귀에 들리지 않았으리오. 제 만일 나라를 위하여 밝히려면 김가金哥고 이가李哥고 '아는 놈이 이 말을 전하니 그놈을 잡아 출처를 물으시면 이 말의 뿌리를 찾으리이다' 하고 종잇조각에라도 적어 보냈어야 하지 않으리오. 그래야 말이 되리라. 그런데 이름도 성도 없이 소문이라고만 하였으니, 이것은 제게 좋지 않은 사람을 공연히 모함하려는 뜻이라.

간신배가 사람을 모해하려 하면 먼저 근거 없는 거짓말을 지어 사람들 마음을 의심케 하고, 나중에 해하고자 하는 사람에게 그것을 미루니라. 이는 고금이 다름이 없으니, 종수의 일은 명종 때 정언각의 벽서壁書와 숙종 때 윤휴의 익명서匿名書보다 더한 것이라. 만고에 이런 요사한 역적이 어디 있으리오.

내 이전에 들으니 숙종 때 대신 오시수가 중국 사신을 맞이하는 일을 맡은 원접사遠接使로서, 중국 통역관이 '조선은 신하가 강하고 임금은 약하다'고 말했다고 부언浮言. 유언비어을 지었다 하니라. 그때 숙종께서 어리시기에 임금이 약하다는 말이요, 우암 송시열, 문곡 김수항 등 임금 주변의 신하를 살해하려고 신하들이 강하다 한 말이라. 1680년 옥사에서 오시수를 비롯하여 모든 역관들을 다 잡아 물으니, 역관들은 하나도 들은 이 없노라 하고, 오시수는 부언의 출처를 대지 못하니라. 이에 오시수는 그 말을 제 스스로 지어낸 것이 되어 극률極律을 면치 못하니라. 그때 영의정 김수항이 옥사를 살피고, 내 고조부가 대사헌으로 며칠을 엎드려 논계論啓하여 오시수를 처벌하시게 하였다 하니라. 그런데 종수의 다섯 조목 흉언은 임금이 약하다는 이 한마디 말에 비해 임금을 몇몇 배나 더 핍박하는 것이리오.

제 그 밖의 죄악은 이를 것도 없고 이 한 가지로도 대역죄를 면치 못할 것이라. 세상에 공론이 응당 있겠지만, 심환지 그 흉한 놈이 종수 무리를 그대로 이어받아 종수의 신주를 정조의 사당에 배향^{配享. 이 글을 쓴 이듬해 김종수는 출향되었다}까지 하였으니, 정조께서 비록 저승에 계시나 이를 아시면 오죽 진노하시리오.

제 형 종후는 더욱 화의 근본이니, 홍국영이 쫓겨날 제 종후가 이를 만류하는 상소를 올렸는데,* 거기에

"홍국영은 나라의 충신으로, 그가 조정에 있으면 마치 범이 산에 웅거하는 것과 같아서, 선비들이 든든히 믿어 마지않습니다"

하니라. 그러고는 국영이가 패하여 쫓겨나자 다시 제가 잘못했노라 하는 상소를 하였으니, 세상에 이런 '학자'와 이런 '고명한 의논'이 어디 있으리오.

심환지 이하로 온 세상이 다 종수 형제를 추앙하여 그놈의 형세를 돋우고 주장을 전하다가, 마침내 큰 문제를 일으키고 대역 죄인들이 되니라. 이 대역죄의 근본은 종수 형제요, 소굴과 근저는 귀주와 한록이라. 생각할수록 흉악하도다.

---

* 정조는 홍국영을 봉조하로 임명하여 일종의 명예퇴직을 시켰다. 그런데 쫓아낸 다음에도 정조는 홍국영을 계속 불러보는 등 여전한 신뢰를 보여주었다. 그래서 신하들은 홍국영이 아직 몰락하지 않았다고 판단했다. 김종후 등 여러 신하들이 홍국영의 퇴진을 만류하는 상소를 올린 데는 이런 배경이 있었던 것이다.

김종수의 다섯 조목 흉언

1796년 7월 1일 김종수는 규장각에 장문의 편지를 보냈다. 이 편지는 다음날 조정에서 분란을 일으켰다. 김종수의 편지에는 다섯 조목의 흉언이 적혀 있었는데, 그것은 '조선이 진(秦)나라처럼 큰 성을 쌓는다, 한(漢)나라처럼 관직을 판다, 수(隋)나라처럼 사치를 한다, 당(唐)나라처럼 여자들이 국정을 흔든다, 전례(典禮)에 관한 일을 말한다' 는 것이다. 김종수는 이 흉언을 말하면서, 실정도 모르고 임금과 나라를 비방했을 뿐만 아니라 자기까지 죄로 몰아간 소문의 근원을 찾아 다스릴 것을 청했다.

만일 정조가 김종수의 말에 따랐다면 소문의 출처인 전라도, 충청도 관찰사에게 소문을 낸 범인을 색출하라고 했을 테고, 그렇게 되면 누구든 그 비슷한 말을 한 사람이라도 잡아올렸을 것이다. 설사 아무도 못 잡는다고 해도 흉언과 조금이라도 관계된 사람은 심문을 받을 수밖에 없었을 것이다. 심문과정에서 여러 사람들이 거명되고 거명된 사람들은 다시 다른 사람들을 거명하여 심문을 받는 대대적인 옥사가 벌어졌을 것이다. 특히 다섯 조목 가운데 넷째 조목은 외척이 거론되기 십상이고 마지막 조목은 혜경궁의 반대파가 혜경궁 집안에 걸고 있는 주요한 혐의 가운데 하나이다. 때문에 죄가 있든 없든 김종수의 편지는 혜경궁을 비롯한 관계자들을 아연 긴장시킬 내용인 것이다.

그런데 정조는 김종수의 편지를 대수롭지 않게 넘기려고 했다. 우선 김종수의 편지가 정식 상소문도 아니니, 사적인 서신을 가지고 공연히 크게 문제 삼을 이유가 없다고 보았다. 그리고 수원 화성을 쌓은 것은 진나라의 만리장성과는 비교도 되지 않고, 사치가 심하니 금하자는 말은 좋은 충고로 받아들이면 그만이며, 관직을 판다거나 여자들이 국정을 흔든다는 말은 근거 없는 말이니 그냥 두어도 사라질 것으로 보았다. 더욱이 전례 문제는 1794년 12월 오랫동안 막아온 김종수 스스로가 나서서 사도세자에게, 마치 임금에게 올리듯, 팔자존호와 옥책, 금인을 올렸으니, 굳이 다른 사람은 탓할 것도 없이 김종수에 대해서만 해명해주면 될 일이라고 보았다. 정조는 아무것도 문제 삼으려 하지 않은 것이다. 혜경궁이 보고 있는 것처럼 정조는 김종수의 간교한 행동에 휘말리지 않은 것이다.

김종수는 자신의 뜻이 이루어지지 않자 아직 자신의 무죄가 밝혀지지 않았다면서 석고대죄까지 하지만 정조는 김종수를 그냥 돌려보내버린다. 정조는 김종수와 그의 편지를 '어리석은 시골 사람'과 '개나 닭의 울음소리' 정도로 치부하고 말았다. 김종수는 아무 소득도 얻지 못하고 정조의 비웃음만 받았던 것이다. 최근 소개된 정조가 심환지에게 보낸 편지를 보면(1799년 1월 20일의 편지), 김종수가 죽은 다음 관을 옮기는데 아무도 가본 사람이 없다는 소식을 듣고, 정조가 선비들이 어찌 이 꼴이 되었는지 통탄하는 부분이 있다. 김종수의 이런 위험한 행동이 자초한 결과인지도 모른다.

정언각의 벽서와 윤휴의 익명서

정언각은 부제학 시절 양재역(良才驛)에서 발견한 벽서를 근거로 옥사(獄事)를 일으킨 후 권력을 잡았다. 당시 명종이 어린 나이에 왕위에 오르자 모친인 문정왕후가 수렴청정을 하였는데, 명종 2년(1547) 양재역의 벽에 '위에 여왕이 집정하고 간신 이기(李芑) 등이 권력을 농락하여 장차 나라가 망하게 되었는데 그것을 그대로 서서 기다리고 있으니 어찌 한심하지 아니한가' 라는 내용이 붉은 글씨로 적혀 있었다는 것이다. 이 일로 송인수, 이언적 등 윤임 일파를 비롯하여 사림 잔존 세력이 화를 입었다. 양재역 벽서 사건은 을사사화로 정권을 잡게 된 소윤(윤원형) 일파가 대윤(윤임) 일파의 잔존 세력을 제거하기 위해 꾸며낸 일로 알려져 있다. 벽서는 정언각이 쓴 것이라는 말도 있다.

윤휴의 익명서란 숙종 5년(1679) 4월 서울 길거리에 나붙었다는 쓴 사람을 밝히지 않은 한 장의 글이다. 익명서는 주로 서인 재상들을 공격한 내용인데 이환이 알렸다. 이환이 쓴 것이라고도 한다. 이때 윤휴는 비밀 차자(箚子, 임금에게 올리는 간단한 상소문)를 올려 익명서에 나온 인물들을 조심할 것을 청했다. 이제 와 사건의 진상을 정확히 알 수는 없겠지만 겉으로는 남인이 서인을 공격한 사건으로 이해된다. 이 일 등으로 윤휴는 이듬해 이환과 함께 흉모를 꾀했다는 죄목으로 사사되었다.

한중록, 인간과 정치의 결과 속

▓ 머리말

한국 사람치고 『한중록』과 사도세자를 모르는 이는 없다. 중고등학교 수업시간에 배우기 때문이기도 하지만, 한번 들으면 잊을 수 없는 사건 때문이다. 아버지가 아들을 위해 죽지는 못할망정 아들을 죽인다는 게 말이나 되는가. 그것도 우발적인 것도 아니고, 뒤주에 가두어 만칠 일 동안 서서히 죽게 했다.

게다가 죽인 사람은 누구이며 죽은 사람은 누구던가. 죽인 사람은 영조 임금이고, 죽은 사람은 그의 하나밖에 없는 아들 사도세자가 아니던가. 한 나라의 최고 통치자가 자기 대를 이을 왕자를 죽인 것이다. 아들까지 죽인 임금이니 폭군이겠거니 생각하겠지만 그렇지 않다. 영조는 무려 53년이라는 긴 세월을 왕좌에 있으면서 18세기 조선의 르네상스를 이끈 성군으로 알려져 있다. 성군이 아들을 죽이다니 그것도 서서히 죽게 했다니 도대체 세자에게 무슨 잘못이 있었던 것일까.

흔히들 알고 있는 『한중록』은 바로 이 사건의 경과를 쓴 글이다. 세자의 부인인 혜경궁 홍씨가 피눈물을 쏟으며 회고한 것으로 알고들 있다. 그런데 사도세자가 뒤주에 갇혀 죽은 사건, 곧 1762년 임오년에 일어난 참화라고 하여 임오화변壬午禍變이라 불리는 이 사건에 대한 기록은 『한중록』의 일부일 뿐이다.

사실 『한중록』은 사도세자의 부인인 혜경궁 홍씨의 세 차례에 걸친 회고가 합쳐진 것이다.[1] 『한중록』은 일반 독자를 위해 만들어진 책도 아니요, 목판이나 활자로 간행된 것도 아니다. 원래 친정 식구들 또는 손자 임금에게 보이려고 쓴 글이어서, 사건의 전후 배경을 잘 모르면 이해하기가 쉽지 않다. 또 필사본으로 전해졌기에 여러 경로로 전하는 동안 이본에 따라 구성이나 내용도 약간씩 달라졌다. 그 전체를 저술 시기에 따라 정리해보면 아래와 같다.

번호	저술시기	혜경궁의 나이	제목(역자 명명)	저작 동기
1	1795년	61세	「나의 일생」 (본서 제2부)	조카 홍수영의 부탁
2	1802년 봄 초고 작성 1805년 4월 완성	68세 및 71세	「내 남편 사도세자」 (본서 제1부)	순조의 생모 가순궁이 자손들도 알 수 있도록 써달라고 함
3	1802년 7월 전편	68세	「친정을 위한 변명」 (본서 제3부 제1편 읍혈록)	친정의 무죄에 대한 항변
	1806년 하반기 부록	72세	「친정을 위한 변명」 (본서 제3부 제2편 병인추록)	전편에서 못다 한 말을 보충하기 위해

1) 종전에는 『한중록』을 혜경궁의 네 차례에 걸친 회고록을 모은 것으로 보았다. 김용숙 선생은 『한중록』을 1795년, 1801년, 1802년, 1805년의 네 차례에 걸친 회고를 모은 것으로 보았다. 하지만 1801년의 글은 저작시기를 알 수 있는 근거가 없으며, 1802년 글의 부록에 해당되는 1806년의 글, 이른바 「병인추록」의 서문을 보면, 1801년의 글은 실제로는 1802년 글의 일부임을 알 수 있다. 다시 말해서 혜경궁의 글은 1795년, 1802년, 1805년의 것만 있을 뿐이다. 물론 1806년의 글도 있지만, 이는 1802년 글의 부록 성격을 지니므로, 크게 세 차례에 걸친 회고가 있었다고 할 수 있다. 이 문제에 대한 자세한 설명은 본서의 자매편인 『원본 한중록』의 해설 「한중록, 조선의 산문 고전」 참조.

일반에 잘 알려진 임오화변의 경과에 대한 서술은 두번째 글인「내 남편 사도세자」에서 주로 다루었고, 첫번째 글인「나의 일생」은 혜경궁이 환갑 때 쓴 것으로 비교적 담담히 자신의 일생을 회고한 것이다. 또한 세번째 글인「친정을 위한 변명」의 전편은 정순왕후의 수렴청정 이후 다시 친정에 화란이 닥치고 아우 홍낙임까지 사사되자 친정의 무혐의를 변호하기 위해 쓴 것이고, 부록편은 정순왕후의 수렴청정이 끝나고 자신들이 권력을 회복하자 이번에는 정순왕후 측을 비판 공격하기 위해 전편을 보충한 것이다.『한중록』은 이 세 편의 글을 후대의 누군가가 편집한 것이다.

🌿 정치사로 본 혜경궁의 일생

임오화변

혜경궁은 1735년 6월 18일에 태어나 1815년 12월 15일에 죽었다. 만 팔십 년이 넘는 긴 세월을 산 것이다. 온갖 풍파에 시달리며 몇 번씩이나 죽을 결심을 하고 몇 번씩이나 목숨을 끊으려고 했던 것을 생각하면, 참 질긴 삶이다.

혜경궁에게 친정은 정명공주로부터 기억된다. 선조의 딸로 태어나 어머니 인목대비와 함께 광해군에 의해 서궁에 유폐되는 고초를 겪었던 정명공주는 인조반정仁祖反正 후 홍주원과 결혼하여 홍씨네로 들어온다. 혜경궁에게는 오대조 할머니이다. 이후 고조부 홍만용, 증조부 홍중기, 조부 홍현보가 내리 이조 예조 등의 판서를 역임했다. 혜경궁 친정은 노론의 대표적 명문이었다.

명문가의 딸로 불과 아홉 살 나이에 세자빈에 뽑힌 혜경궁은 열 살의 어린 나이에 숨 막히게 지엄한 궁중으로 들어가 조심조심 살아야 했다. 시아버지가 아니라도 어렵고 무서운 영조는 처음 본 어린 며느리에게 "세자 섬길 때 부드러이 섬기고, 말소리나 얼굴빛을 가벼이 말고, 눈이 넓어 무슨 일을 보아도 그것들은 모두 궁중에서는 예삿일이니 모르는 체하고 먼저 아는 모습을 보이지 마라. 여편네 속옷 바람으로 남편을 뵐 것이 아니니, 세자 보는 데 옷을 함부로 헤쳐 보이지 말고, 여편네 수건에 묻은 연지가 비록 고운 연지라 해도 아름답지 않으니 묻히지 마라"고 충고했다. 편하게 대해도 어려운 사람이 첫 만남부터 세세한 충고까지 했으니 혜경궁은 놀라고 두려워 평생 잊지 못했다.

영조의 성격이 이렇다보니, 어릴 때부터 부왕을 모신 사도세자는 더더욱 영조를 어렵게 대했다. 혜경궁이 처음 궁궐에 들어와 세자를 보니, 자기보다 불과 몇 달 일찍 태어난 열 살의 세자가 아버지를 대할 때 신하가 임금을 대할 때처럼 엎드려 뵙고 있었고, 부자간에 정이라곤 느낄 수 없었다. 또 아버지의 까다로운 성격에 비해 사도세자는 우직하기만 하고 민첩하지 못해서 영조의 마음을 충족시키지 못했다. 영조는 아들을 못마땅히 여기고 사도세자는 아버지를 두려워 꺼리니, 부자 사이는 계속 멀어져갔고, 이런 스트레스를 견디다 못한 사도세자는 급기야 보통의 아이들에게서는 볼 수 없는 이상한 증상을 보이기 시작했다. 혜경궁은 그 시작을 결혼 이듬해인 1745년으로 기억하고 있다.

부자 사이가 멀어지고 사도세자의 병증이 심해지면서 세자는 나중에는 '의대증'이라고 불리는 일종의 강박증까지 겪게 되었다. '의대증'이란 옷을 쉽게 입지 못하는 증세를 가리킨다. 또 사도세자는 우물에 몸을 던진 자살 소동을 벌인 것은 물론, 발병하면 사람까지 죽였다. 이렇게 사도세자에게 이상 징후가 보이자, 영조 이후의 차기 권력구도를 놓고 다른 생각을 갖는 사람들이 생겨났다. 나중에 사도세자를 죽인 두 흉적으로 지목된 사람이 김상로와 홍계희인데, 김상로는 영조의 후

궁인 이른바 문녀☆☆에게 기대를 걸었다고 하고, 홍계희는 1759년 예순여섯의 늙은 영조와 결혼한 열다섯 살의 정순왕후가 아들을 낳기를 바랐다고 한다. 문녀가 이미 영조 환갑 때 둘째딸을 낳았으니 한번 희망은 걸어볼 만한 일이었을 것이다.

영조의 후계구도를 놓고 이처럼 다른 생각들이 돌출하는 판에도 사도세자의 병증은 더욱 깊어져서 마침내 어쩔 수 없는 지경에까지 이르렀다. 사도세자는 몰래 궁 밖을 출입하며 별감들을 앞세워 외입하는 것은 물론이요, 심지어 멀리 평양까지 다녀왔다. 사도세자가 부왕을 제거하려는 생각을 품고 갔다고도 하고, 홍계희의 역모를 막기 위해 갔다고도 하며, 또 단순히 유람차 갔을 수도 있겠지만, 사도세자의 평양행은 충분히 의심을 살 만한 행동이었다. 게다가 영조야 알 수 없었지만, 아버지를 죽이겠다는 소리까지 공공연히 하고 다니는 판이었으니, 사도세자는 시한폭탄 같은 존재였던 것이다.

이런 상황에 나경언이 무려 열 가지나 되는 사도세자의 허물을 고해바친 사건이 벌어졌다. 나경언은 윤급의 겸종으로 윤급은 정순왕후의 아버지 김한구와 한편이었다. 말하자면 정순왕후 측에서 조종했다는 의심을 받을 수 있는 고변이었다. 나경언은 대궐의 별감인 나상언의 형이었기에 동생을 통해 대궐에서 일어나는 일을 시시콜콜 들을 수 있었을 것이다. 나중에 정조가 사도세자의 허물과 관련된 기록을 모두 없앴기 때문에 그 자세한 내용은 알 수 없지만, 전해지는 것으로는 위에서 언급한 평양행 외에, 사도세자가 총첩 빙애를 죽인 일, 궁궐에다 여승을 들인 일이 있다. 영조가 사도세자의 처벌 문제에 대해 어느 정도 마음을 굳히고 있던 차에, 사도세자의 허물에 대한 말들이 더욱 많이 들려오고, 마침내 사도세자의 생모인 선희궁조차 결단을 내리라는 말을 꺼내는 상황이 되었다. 영조는 대처분을 결심했다.

영조는 자신이 머물던 경희궁에서 사도세자가 살던 창덕궁으로 거둥하여 자기 전부인인 정성왕후의 혼전, 곧 휘령전으로 가서 세자에게 자결을 명했다. 하지만 곁에 있던 신하들은 세자의 자결을 그냥 지켜볼 수 없었다. 설사 세자가 대역죄를 지었다고 해도 세자의 죽음을 지켜보기만 했다는 것이 후대에 어떤 일로 비화될지 모르는데, 세자에게 그런 대역죄가 없고 게다가 영조의 혈육이라곤 사도세자의 아들, 곧 세손 정조밖에 없으니, 나중에 정조가 즉위하면 그 자리에 있었던 사람들이 어찌 될지 알 수 없는 상황이었다. 사정이 이러니 누가 세자의 죽음을 지켜볼 수만 있었겠는가. 세자의 자결 시도는 결국 주위에 있던 신하들의 만류로 이루어지지 못했다. 그러던 차에 누가 생각했는지 뒤주가 들어왔고 사도세자는 그 속으로 들어갔다. 사도세자는 1762년 윤5월 13일, 양력으로는 7월 4일의 찌는 더위 속에서, 만 칠 일을 좁은 뒤주 속에 갇혀 서서히 숨을 거두었다. 그때 세자의 나이 스물여덟 살이었고, 정조는 열한 살이었다.

정조의 등극

남편이 죽자 혜경궁이 믿고 기댈 사람이라고는 세손인 정조뿐이었다. 다행히 정조는 민첩하고 영리해서 할아버지 영조의 마음을 충족시켰다. 그런데 어쩐 일인지 사도세자가 죽고 두 해가 지난 1764년 갑신년에, 정조를 사도세자가 아니라 벌써 죽은 영조의 맏아들 효장세자의 아들로 두라는 처분이 내려졌다. 정조로 보면 멀쩡히 앉아 아버지가 바뀐 셈이고, 혜경궁으로 보면 아들을 뺏긴 셈이다. 혜경궁은 갑신처분甲申處分이라 불리는 이 사건 역시 정조를 자기 집에서 떼두려는 정순왕후 측의 계략에서 나왔다고 보고 있다.

정순왕후 측은 혜경궁의 주적이라고 할 수 있을 만큼 강한 증오의 대상이다. 혜경궁은 1759년 정순왕후가 궁중에 들어온 후, 정순왕후 측, 곧 경주 김씨네가 정순왕후에게서 후사를 보고 사도세자는 폐립시킬 계획을 세웠다고 믿었다. 이어 정순왕후가 후사를 보지 못한 상태에서 사도세자가 죽자, 이후에는 경주 김씨네가 세손인 정조의 등극을 방해하고 대신 다른 양자를 세워 왕으로 만들고자 했다고 했다. 이 혐의의 핵심에는 "세손은 죄인의 아들이라 왕통을 이을 수 없다. 이런 판국이니 태조의 자손이기만 하다면 누군들 임금이 되지 못하겠는가罪人之子 不可承統 太祖子孫 何人不可"라는 이른바 열여섯 자 흉언이 있다. 사도세자도 정조도 홍씨 핏줄은 모조리 제거하고 김씨네가 조종할 수 있는 인물을 왕으로 세워 자신들이 왕의 외가노릇을 하려고 했다는 것이다. 밖에서 보면 왕의 외가 노릇을 위해 두 척리인 홍씨네와 김씨네가 치열한 권력 다툼을 벌인 것이다. 단 기득권층이 홍씨네이다보니, 공격은 언제나 정순왕후 측에서 시작되었다.

김씨네는 왕실의 척리가 된 지 불과 이 년밖에 안 된 시점에서 홍씨네에 대한 공격을 시작했는데, 정순왕후의 오빠 김귀주가 영조에게 사도세자를 잘못 이끈 대신, 곧 홍봉한 등을 벌줄 것을 청했던 것이다. 하지만 이 일로 김귀주는 영조에게 척리가 너무 나선다는 엄한 질책만 들었다. 그렇지만 질책에도 불구하고 김씨네는 공격을 그칠 수 없었다. 김귀주의 증손이 편찬한 김귀주의 연보를 보면, 김귀주의 아버지 김한구는 죽을 때 아들에게 "홍봉한은 눈앞에 임금이 보이지 않은 지 오래라. 방자히 행동하다 어느 날 반드시 나라를 위태롭게 할 것이니, 너는 모름지기 내 말을 잊지 말고 힘을 다해 나라의 은혜를 갚으라"라는 유언을 남겼다고 한다. 김씨네의 적대감은 이처럼 철저했던 것이다.

이런 상황에서 1769년 이른바 별감 일이 벌어졌다. 별감 일이란 세손인 정조가 아버지 사도세자처럼 별감들을 앞세워 유흥에 빠지자 앞일을 걱정한 외할아버지 홍봉한이 별감들을 귀양 보낸 사건이다. 이로인해 정조가 외가를 멀리하게 되었다는데, 이 과정에서 정조와 외가를 이간시키는 데 결정적 역할을 한 사람이 정조의 고모이자 영조의 총애를 한 몸에 받았던 딸 화완옹주다. 화완옹주는 본래 시기와 질투가 심한데, 자기 양자 정후겸은 정조만 못할 것이 없는데도 임금이 못 되고, 혜경궁은 대비가 되는데 자기는 못 되는 것을 시기했으며, 나아가 정조가 외가와 가까이 지내는 것까지 꺼렸다고 한다. 그래서 정조와 외가를 이간시켰다는 것이다.

동궁 정조가 외가를 꺼린다는 것이 알려지자, 1770년부터 홍봉한에 대한 사류의 공격이 빗발치기 시작했는데, 그것을 주도한 세력 역시 김씨네라고 한다. 김씨네가 십학사十學士니 뭐니 하는 홍씨네를 공격하는 이른바 공홍파攻洪派를 후원하고, 한유 같은 시골 선비를 앞세워 공격을 이끌었다는 것이다. 홍봉한이 공격을 받자, 영조까지 홍봉한이 혹시 정조보다 사도세자의 서자인 은언군과 은신군에게 마음을 기울지 않았나 하는 의심을 했다는데, 그것이 표출된 것이 1771년 2월의 궁성 호위령이다. 이리하여 홍씨네들은 궁지에 몰리는데, 1772년에는 김귀주와 김관주가 직접 홍봉한을 공격하는 상소를 올리기까지 했다. 이 상소를 통해 영조는 두 척리의 다툼을 확인하고 김씨네를 엄히 질책했지만, 홍씨네에게도 등을 돌렸는데 영조 말년의 이런 시련은 정조 초년의 참화로 연결되었다.

영조 말년에 영조의 홍씨 집안에 대한 총애가 식자 조정에서는 여러 사람들이 홍씨네를 공격했다. 사정이 급박해지자 궁지에 몰린 홍씨네는 지원 세력을 찾는데, 결국 혜경궁은 셋째 동생 홍낙임을 화완옹주의 아들 정후겸과 사귀게 했다. 정후겸에게 말을 넣어 화완옹주를 조종하여 영조의 엄중한 처벌만은 막아보자는 심사였다. 그런데 정후겸은 정조의 오른팔인 홍국영 등과 대립하고 있었기에, 이 결탁은 정조 등극 후 홍씨네가 정조 등극 방해 세력으로 지목되는 중요한 계기가 되었다. 급한 불을 피하려다가 불구덩이에 떨어진 격이었다. 홍씨네는 홍봉한이 어렵게 된 상황에서도 혜경궁의 작은아버지, 정확히 말하면 이복 작은아버지인 홍인한이 정승의 벼슬을 얻어 조정을 계속 출입했는데, 홍인한은 정조의 대리청정, 궁극적으로는 왕위 계승을 방해했다는 혐의를 얻고 말았다.

1776년 드디어 정조가 등극했다. 정조는 등극의 일성으로 "나는 사도세자의 아들이다"라고 하여 자신의 왕통을 분명히 했고, 아울러 자신의 방해 세력을 제거해나갔다. 외가에도 상당한 혐의를 두었는데, 작은외할아버지인 홍인한은 사사하고, 외삼촌 홍낙임은 친국을 한 다음 풀어주었다. 외할아버지 홍봉한까지 처벌하지는 않았지만, 사실상 외가를 철저히 막았던 것이다.

정조 등극 후에 권력은 거의 홍국영에게 집중되었는데, 홍국영은 정명공주 후손으로 혜경궁의 일가이지만, 홍봉한과 홍인한, 특히 홍인한에게는 개인적인 악감정이 있어서 그를 죽음에까지 이르게 했다고 한다. 더욱이 홍봉한의 사촌누나의 아들인 김종수가 홍국영에게 붙어서 혜경궁 집을 더욱 궁지로 몰았다고 한다.

무소불위의 권력을 자랑하던 홍국영은 권력을 유지하려고 온갖 수단을 다 동원하다 오히려 자기가 놓은 덫에 걸리고 말았다. 자신의 누이 원빈을 이용하여 왕의 외가 노릇을 하려다가 오히려 권력에서 축출되었고, 강릉으로 쫓겨나 젊은 나이에 죽고 말았다. 홍국영을 잃은 정조는 정국 운영의 폭을 넓히기 시작했는데, 여러 당파를 끌어안는 것은 물론, 더불어 외가도 따뜻하게 대하기 시작했다. 1781년에는 할아버지 홍봉한과 아버지 홍낙인의 삼년상을 끝낸 외사촌 홍수영에게 벼슬을 내렸고, 1784년에는 홍봉한에게 익정翼靖이라는 시호를 내리고 아울러 홍봉한의 여러 혐의에 대해 직접 변호했다. 이런 정조의 행동은 외가 신원의 신호탄이 되었다. 또 장년에 접어든 정조는 자신의 왕계를 높이기 위해 더욱 적극적으로 행동했는데, 1789년에는 서울 동대문 밖 변두리에 초라히 자리잡고 있었던 아버지 사도세자의 무덤을 수원 화성의 명당을 잡아 이장했고, 그 자리에 자신의 묘터도 함께 두어 사도세자가 왕계의 중심에 있음을 분명히 했다. 또 1791년에는 홍봉한의 문집 간행 사업에 착수하여 자신이 손수 수십 편의 서문을 지어 붙이기도 했다.

1795년은 사도세자와 혜경궁이 환갑을 맞는 해였다. 정조는 환갑을 맞이한 어머니를 아버지의 무덤이 있는 화성으로 모시고 가서 큰 잔치를 베풀었고 곧 어머니의 근심 걱정을 모두 풀어드리겠다고 약속했다. 정조는 특히 아들인 순조가 열다섯 살로 성인이 되는 1804년이 되면, 왕위를 아들에게 물려주고 자신은 상왕이 되어 화성으로 옮겨가 살면서, 아들이 할아버지인 사도세자를 추숭하게 하고 아울러 외가를 완전히 신원하게 하겠다는 말을 했다. 혜경궁의 첫번째 글인 「나의 일생」(본서 제2부)은 이런 낙관적이고 희망적인 분위기에서 지어졌다.

정순왕후의 수렴청정

하루하루 친정이 누명을 완전히 벗을 날만 기다리고 있던 혜경궁에게 날벼락이 쳤다. 정조가 돌연 종기로 사망한 것이다. 1800년 6월의 일이다.

갑자기 죽은 정조를 이어 순조가 즉위했으나 순조는 불과 열한 살이어서, 직접 통치를 할 수가 없었다. 대신 궁궐의 가장 큰 어른인 정순왕후가 발을 쳐놓고 국정을 듣는 이른바 수렴청정을 시작했다. 오랫동안 좌절을 맛보아야 했던 김씨네에게 드디어 복수의 기회가 온 것이다.

원래 충청도 서산의 가난한 선비집에 불과했던 김씨네가 어떤 경위로 왕비를 배출했는지 정확히 알 수 없다. 정순왕후의 아버지 김한구는 영조의 부마이자 화순옹주의 남편인 김한신과는 팔촌의 근친이다.

하지만 김한구는 홍봉한의 문객이라는 소문이 있을 정도로 형편이 어려웠다. 그래서 김씨네를 만만히 본 홍봉한이 그 집 딸을 왕비로 세우는 데 일조했을 가능성이 적지 않다. 그만큼 두 집안은 정치적 기반에서 차이가 컸다. 그런데 김한구는 국구가 되자 곧 태도를 바꾸었다. 혜경궁 말에 따르면 형과 아우 같은 사이였는데 철천지원수가 된 것이다. 김씨네는 홍씨네와 대립하는 과정에서 자신의 권력을 키워나갔지만, 김한구가 죽고 또 정조가 등극하면서 김귀주가 흑산도로 귀양을 가서 십 년 유배생활 끝에 유배지를 벗어나지 못하고 죽자, 혜경궁이 형용한 것처럼 '과부와 고아만 있는 집'으로 몰락하고 말았다. 이렇게 완전히 몰락한 상태에서 권력을 쥐게 된 김씨네의 마음이 어떨지는 짐작할 수 있는 일이다.

　권력을 잡은 정순왕후는 바로 자기편을 복권시키고 상대편을 숙청했다. 홍씨네에 대해서는 계속 비판의 수위를 높이면서 죽은 홍봉한과 혜경궁 집안의 형제 자질들을 공격했다. 그 칼끝은 혜경궁도 겨누고 있었다. 혜경궁은 약방의 문안을 거부하고 단식까지 하면서 저항했는데, 이에 정순왕후는 혜경궁을 배후에서 조종하는 세력이 있다고 공격했고, 배후로 동생 홍낙임이 지목되어 1801년 5월 제주도에서 사사되었다. 홍낙임에게는 천주교 신자 오석충과 교유했다는 죄목까지 추가되었는데, 오석충과의 교유, 즉 천주교 신자라는 혐의는 오석충을 잘 알고 있는 남인 정약용까지도 말도 안 되는 혐의라고 부정한 것이다. 말하자면 정순왕후는 혜경궁의 동생에게 천주교 신자라는 혐의까지 씌워 서둘러 죽임으로써 자기 오빠의 원수를 갚았던 것이다.

　칠십을 바라보는 노령의 혜경궁은 남은 기대를 모조리 손자 순조에게 걸었다. 1804년만 되면 순조가 성인이 되어 국정을 맡을 수 있고, 그때가 되면 자기 친정의 억울함을 모두 풀겠다는 것이다. 그때를 위해 쓴 것이 「친정을 위한 변명」의 전편(본서 제3부 제1편)이다.

기다리는 날은 반드시 온다. 1804년이 되어 순조가 친정을 펴자, 다시 정순왕후 측이 궁지에 몰리기 시작했고, 정순왕후는 수렴청정을 끝내고 일 년 남짓 만에 죽고 말았다. 이제 궁궐 안팎에 혜경궁 측과 대적할 만한 세력은 없었다. 하지만 혜경궁의 마음은 더욱 급해졌다. 친정을 완전하게 신원하자면 남은 일이 많았던 것이다. 혜경궁은 친정에다 궁궐과의 왕복 편지를 정리, 편집하게 하고, 자신은 사도세자의 죽음에 대한 세간의 의혹을 손자 순조에게 해명하고자 붓을 들었다(본서 제1부 「내 남편 사도세자」). 그사이에 1806년 5월부터 조정에서 정순왕후 측에 대한 공세가 본격화하면서 혜경궁도 거기 가세해서 김씨네와 김종수를 공격하는 근거와 논리를 마련하였다. 그것이 「친정을 위한 변명」의 부록편인 「병인추록」(본서 제3부 제2편)이다.

하지만 혜경궁 친정의 완전한 신원은 쉬 이루어지지 않았다. 셋째 동생 홍낙임은 1807년에 복관되었지만, 작은아버지 홍인한은 1858년에야 복관되었다. 그리고 혜경궁과 정조가 그토록 원했던 사도세자의 추숭은 고종대인 1899년에야 이루어졌다. 이로써 사도세자는 장조莊祖가 되었고, 혜경궁은 덩달아 의황후懿皇后가 되었다.

사도세자는 비운의 죽음을 맞았지만 사도세자 이후의 조선은 오로지 사도세자의 것이었다. 정조 다음의 순조와 헌종은 사도세자의 손자와 고손자요, 철종과 고종 역시 서파庶派이지만 사도세자의 후예였다. 사도세자와 양제, 곧 숙빈 임씨의 사이에는 두 아들 은언군과 은신군이 있었는데, 철종과 고종은 이 서자들의 후손이었던 것이다. 은언군과 은신군 형제는 앞에서 언급한 1771년 2월 궁성 호위령과 연루되어 유배를 갔는데, 동생 은신군은 유배지 제주도에서 앞으로 닥칠 일에 대한 두려움을 견디지 못하고 바로 죽어버렸다. 은언군은 동생의 죽음으로 영조의 은전을 입어 풀려났지만, 정조 초년에 다시 아들 담이 홍국영의 누이 원빈의 양자가 되는 바람에 역모의 혐의를 입고 강화도로 유배를 갔다. 그러다 정순왕후 수렴청정기에 아내와 며느리가 천주교도라는 죄목까지 추가되어, 강화도에서 사사되고 말았다. 이런 비극의 가족사가 철종대에 와서 영광을 보았다. 강화도령 철종이 바로 은언군의 손자인 것이다. 또 고종은 은신군의 증손이다. 은신군은 아들이 없어 남연군을 양자로 들였는데, 남연군의 아들이 홍선대원군이고, 홍선대원군의 아들이 고종이다. 『한중록』에서 혜경궁은 은언군과 은신군 형제를 줄곧 생각 없고 버릇없다고 경멸했는데, 그 서자의 후손이 자신이 그토록 바란 사도세자의 추숭을 이루어주었던 것이다.

한중록의 가치

크게 세 번에 걸쳐 이루어진 혜경궁의 저술은 그 저술 상황과 동기가 다른 만큼 각기 다른 특징을 가지고 있다.

가장 먼저 지어진 1795년의 「나의 일생」은 정조가 외가를 서서히 풀어주던 희망의 시기에 서술된 글이다. 더욱이 친정 조카가 친정에 남길 글을 요구하여 지은 것이어서 뚜렷한 정치적 목적 같은 것은 없다고 할 수 있다. 그래서인지 「나의 일생」은 자신의 어린 시절과 궁중에 들어오기까지의 경과, 그리고 궁중에서의 삶 및 여러 친인척들과의 일화를 담담히 그리고 있다. 전형적인 회고록이다.

반면 두번째로 완성한 글인 「친정을 위한 변명」은 정순왕후의 수렴청정으로 혜경궁 친정에 다시 찬바람이 불고 급기야 동생까지 사사되는 극한 상황을 겪은 직후 만들어진 것이다. 자기 친정에 씌워진 죄명을 풀기 위해, 당장은 어렵더라도, 곧 등극할 손자 순조에게 자신들의 무죄를 입증하기 위하여 저술하였다. 좌절과 절망, 분노와 증오가 바닥에 깔려 있지만, 친정의 무죄를 밝히기 위해 그런 감정들을 철저히 통제하며, 근거와 논리를 확실히 세워서 적대 세력의 견해를 하나하나 반박하고 있다. 「친정을 위한 변명」은 근거와 논리를 앞세운 일종의 정치 논변서이다.

『한중록』을 가장 돋보이게 하는 작품인 「내 남편 사도세자」 역시 「친정을 위한 변명」과 같은 시기에 초고가 만들어졌다. 물론 정순왕후의 수렴청정이 끝난 다음에야 완성되었지만, 친정 신원의 급박성은 바뀌지 않았다. 마침 순조까지 할아버지의 일을 자세히 알고 싶다고 하니, 이 기회를 빌려 모든 고통의 출발점이 되는 임오화변 문제를 확실히 해두자는 뜻에서 저술되었다.

「내 남편 사도세자」는 사도세자의 죽음에 대한 세간의 이설을 반박한 것이다. 세간의 이설이란 크게 두 가지인데, 하나는 사도세자가 죄가 있어서 죽었다는 것이고, 다른 하나는 반대로 사도세자가 죄가 없는데 신하들이 부추겨서 억울하게 죽었다는 것이다. 혜경궁의 의견은 사도세자에게 죄가 있다고도 없다고도 할 수 있다는 것이다. 사도세자가 부왕에 대해 입에 담을 수 없는 욕을 하고 심지어 부왕을 죽이려는 행동까지 취한 것은 사실이지만, 그것은 어디까지나 광증으로 자신을 제어할 수 없는 상황에서 비롯된 것이므로, 행위에는 죄가 있지만 원인을 따지면 죄라고 볼 수 없다는 것이다. 이렇게 보면 사도세자의 병이 안타까울 뿐, 사도세자를 위해 억울해할 것도 없고, 또 세자를 죽인 영조에게 잘못을 물을 수도 없다는 것이다. 나아가 사도세자의 죽음을 부추긴 세력으로 지목된 자기 아버지도 이런 맥락에서는 잘못이 없다는 것이다. 혜경궁은 이런 자신의 의견이 사건을 미봉하자고 꾸며낸 사견이 아님을 밝히고 그것을 입증하기 위해 사도세자 병증의 원인과 경과를 아주 구체적으로 서술했다.

저술 배경이 이렇다보니, 「내 남편 사도세자」는 자연 한 인물의 심리를 매우 깊이 분석하게 되었고, 인물 심리의 변화 궤적까지 연대순으로 구체적으로 적다보니, 흥미진진한 인물 탐색의 서사가 되었다. 동시대는 물론 현대에서도 좀처럼 찾아볼 수 없는 심리 해부의 대서사가 된 것이다.

『한중록』은 교양 높은 명문가에서 태어나 어려서 궁궐에 들어가 조선 최고의 지존이 되었던 혜경궁이, 자신이 겪은 파란만장한 삶을, 때로는 담담히, 때로는 격정적으로 회고하고 비판하며 분석한 글이다. 남편인 사도세자는 시아버지의 손에 의해 죽었고, 아끼던 동생은 정적의 모략으로 사약을 받아야 했다. 아들도 가까스로 왕위에 올랐지만 등극 전에는 죽음의 고비를 수도 없이 넘어야 했고, 아버지 역시 늘상 정적의 비판에 노심초사하다 숨을 거두었다. 『한중록』은 최고의 위치에 있었지만 한시도 마음을 놓을 수 없었던 혜경궁이 일흔을 넘긴 노령에 쓴 글로, 고령이 믿기지 않을 정도로 강한 정서적 격동을 보여주고 있다. 그만큼 삶의 파고가 높았던 것이다.

혜경궁은 또한 자신이 처한 높은 위치에서 여러 인물 군상의 생각과 행태를 적나라하게 드러내고 있다. 다른 사람들은 감히 말할 수 없는 부왕 영조의 성격적 결함을 거침없이 드러내고 있고, 아들 정조의 거짓말에 대한 서운함도 은연중에 드러내고 있다. 또한 정의正義는 안중에 없이 오로지 이해에 따라 움직이는 인간 세태를 작품 곳곳에서 폭로하고 있다. 영조는 아내 정성왕후가 죽었을 때 죽은 부인을 위해 슬퍼하기는커녕 궁녀들에게 농담이나 하며 시간을 보냈다고 한다. 더욱이 영조가 아들 사도세자에게 보였던 어이없는 행동들을 보노라면, 그가 어떻게 성군으로 평가될 수 있었는지 의심스러울 지경이다. 또한 친척임에도 불구하고 권력의 향배에 따라 말과 행동을 달리하며 혜경궁 측을 공격한 김종후, 김종수 형제의 삶은, 인간이란 정말 겉으로만 판단하기 어려운 존재임을 알게 한다. 스스로 청명당淸名黨 또는 의리義理의 주인이라 자처하면서, 또 밖으로는 나름 깨끗한 관료로 처신한 김종수가, 사실은 임금의 말에 맹종하며 자신을 관리해온, 그저 이해를 좇는 소인이라는 사실을 알게 될 때, 인간이 가진 복잡성을 새삼 깨닫게 된다.

이런저런 이유로 인해, 『한중록』은 현대에도 계속 읽히는, 다시 읽힐 필요가 있는 고전이 되었다. 『한중록』이 2005년 서울대학교에서 뽑은 백 종의 권장도서 가운데 들 수 있었던 것도, 그런 맥락에서일 것이다. 『한중록』은 인간 삶의 복잡다단함을 높고 노숙한 위치에서 바라보게 하며, 인간 삶을 보다 깊이 이해하게 한다.

정병설

【 주요 인물 관계도 】

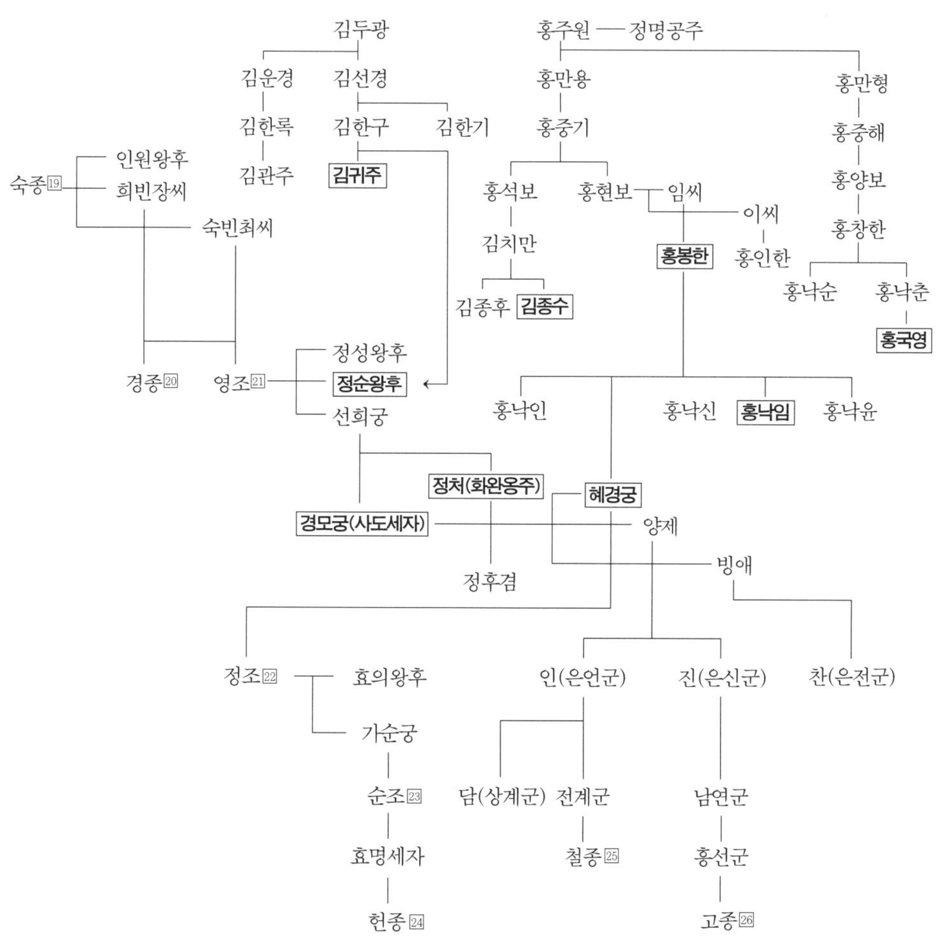
김두광
홍주원 ── 정명공주
김운경
김선경
홍만용
홍만형
김한록
김한구
김한기
홍중기
홍중해
숙종⑲
인원왕후
희빈장씨
김관주
김귀주
홍양보
김종후
김종수
김치만
홍석보
홍현보
임씨
이씨
홍봉한
홍인한
홍창한
홍낙순
홍낙춘
홍국영
숙빈최씨
경종⑳
영조㉑
정성왕후
정순왕후
선희궁
홍낙인
홍낙신
홍낙임
홍낙윤
정처(화완옹주)
혜경궁
경모궁(사도세자)
양제
정후겸
빙애
정조㉒
효의왕후
가순궁
인(은언군)
진(은신군)
찬(은전군)
순조㉓
담(상계군) 전계군
남연군
효명세자
철종㉕
흥선군
헌종㉔
고종㉖

□ 속 숫자는 조선 임금의 대수(代數)

1694. 9. 13	영조 태어남.
1713. 2	홍봉한 태어남. 같은 달에 어머니 한산 이씨 태어남.
1717	막내고모 조엄의 처 태어남.
1718	할머니 풍천 임씨 죽음.
1723	정순왕후의 아버지 김한구 태어남.
1725	시비 복례 태어남.
1727	부모 결혼.
1727. 4	외할아버지 죽음.
1728	효장세자 죽음.
1729	오빠 홍낙인 태어남.
1735. 1. 21	사도세자 태어남.
1735. 6. 18	혜경궁 태어남.
1736. 3	사도세자 동궁으로 책봉됨.
1738	외할머니 죽음.
1738	화완옹주 태어남.
1739. 3	둘째 동생 홍낙신 태어남.
1740	할아버지 죽음.
1740. 9. 23	김귀주 태어남.
1741	백고모 이덕중의 처 죽음.
1742. 3	사도세자 입학례 올림.
1743 봄	오빠 홍낙인 관례.
1743. 3. 17	사도세자 관례.
1743. 3	홍봉한 태학 장의로 궁궐에 들어가 영조의 신임을 얻음.
1743. 윤4. 9	홍봉한 알성시에서 '차상次上'을 받아 낙방.
1743. 7	홍봉한 의릉 참봉에 제수됨.
1743. 9. 28	혜경궁 초간택에 뽑힘.

1743. 10. 28	혜경궁 재간택에 뽑힘.
1743. 11. 13	혜경궁 삼간택에 뽑힘. 삼간택 후 가례 전까지 오십여 일 어의동 별궁에서 지냄.
1744. 1. 9	혜경궁 세자빈으로 책봉됨.
1744. 1. 11	사도세자와 혜경궁의 가례.
1744	오빠 홍낙인의 혼례.
1744. 10	홍봉한 문과 정시에 합격.
1745	사도세자 노는 모습이 보통 아이들과 다름. 병증의 기미를 발견함.
1745. 9	사도세자 병으로 저승전을 떠나 대조전 서익실 융경헌으로 피신.
1745. 11. 10	정순왕후 태어남.
1746. 윤3	여동생 이복일의 처 태어남.
1747. 10	창덕궁 행각 화재 이후 영조 경희궁으로 거처를 옮김.
1748. 6	화평옹주 죽음.
1749. 1. 22	혜경궁 관례 올림. 사도세자 대리청정의 명령이 내림.
1750	오빠 홍낙인 진사시 합격.
1750. 8	의소 낳음.
1750. 9. 20	영조 온양 거둥.
1750	의소 태어난 지 백 일 만에 창경궁 환경전으로 옮김.
1751. 5	의소 세손에 책봉.
1751. 11	효장세자의 부인 현빈 죽음.
1752. 3	의소세손 죽음.
1752. 9. 22	정조 태어남.
1752 겨울	사도세자 『옥추경』으로 인해 하늘, 천둥, 벼락 등을 무서워하는 증상이 나타나기 시작함.
1752. 10	궁중에 홍역이 창궐하여 화협옹주, 사도세자, 혜경궁, 정조가 병을 치름.
1752. 10. 29	홍준해의 상소.
1752. 11	사도세자와 함께 영조의 미움을 받던 화협옹주가 홍역으로

죽음.

1752. 12	영조의 전위 소동. 사태를 무마하기 위해 사도세자가 한겨울 석고대죄를 함.
1753	정조비 효의왕후 태어남.
1753	사도세자 양제를 가까이함.
1753. 3	사도세자를 모해한 영조의 후궁 문녀가 첫딸을 낳음.
1754. 2	사도세자와 양제 사이에서 은언군 이인이 태어남.
1754. 7. 14	청연군주 낳음.
1754	문녀 둘째 딸 낳음. 영조 환갑.
1755. 1	사도세자와 양제 사이에서 은신군 이진이 태어남.
1755. 4	장조카 홍수영 태어남.
1755. 8	어머니 이부인 죽음.
1755. 11	선희궁 병문안 갔던 사도세자, 영조에게 꾸중을 듣고 자살 시도.
1756. 2	홍봉한 광주 유수 부임.
1756. 5	사도세자 금주령을 어기고 술을 먹었다는 영조의 추궁을 받고 춘방관을 꾸짖다 불을 냄.
1756. 7	인원왕후 칠순 기로과에 사도세자 참석.
1756. 8. 1	사도세자 처음으로 부왕의 능행에 따라감.
1756. 8 초	화완옹주 딸을 낳음.
1756. 윤9	둘째 딸 청선군주 낳음. 홍봉한 평안 감사가 됨.
1756. 11	사도세자 천연두에 걸림.
1757	사도세자 의대증 발병함.
1757. 2. 15	정성왕후와 화완옹주의 남편 정치달, 같은 날 사망. 영조는 정치달의 죽음만 안타까워함.
1757. 3. 26	인원왕후 죽음.
1757. 5	홍봉한 내직으로 들어옴.
1757. 6	사도세자 처음으로 사람을 죽임. 혜경궁, 선희궁에게 사도세자의 병증을 말함.
1757. 9	사도세자 빙애를 가까이함.

1757. 11	사도세자 양정합 우물에 투신자살 시도.
1758. 1	화순옹주, 남편 김한신이 죽자 식사를 거부하고 따라 죽음.
1758. 2. 27	영조 사도세자의 말을 듣고 일시 반성함.
1758. 3. 6	사도세자 내시 김한채를 죽인 일을 뉘우치고 보상하게 함.
1758. 8. 1	사도세자 영조의 능행을 따라갔다가 소나기로 인해 돌아가라는 명을 들음.
1759	여동생, 이복일과 결혼.
1759. 6. 22	영조와 정순왕후의 가례.
1759. 윤6. 22	정조 세손에 책봉됨.
1759. 7. 4	박치원, 사도세자에게 더욱 효도하라는 간언을 올림.
1760. 1. 21	사도세자 이해 생일 이후 부모 욕을 시작함. 선희궁이 비로소 아들의 광증을 보게 됨.
1760. 6	화완옹주의 양자 정후겸의 관례.
1760. 7. 8	영조 경희궁으로 옮겨감.
1760. 7. 18	사도세자 온양 온천으로 감.
1760. 8. 6	사도세자 환궁.
1761	오빠 홍낙인 정시 문과 합격.
1761. 1	사도세자 미행微行 시작. 빙애를 죽임.
1761. 1~3	이천보, 이후, 민백상의 삼정승이 연이어 죽음.
1761. 3	세손 정조 입학례 및 관례.
1761. 3	홍봉한 우의정이 됨.
1761. 3. 30	사도세자 평양으로 감.
1761. 4. 10	사도세자 평양에서 돌아옴.
1761 여름	김귀주, 사도세자의 평양행에 대해 세자를 잘못 가르치고 이끈 대신들을 벌줄 것을 청하다 도리어 영조의 엄한 견책을 받음.
1761. 5. 8	서명응, 사도세자의 평양행을 부추긴 자들에 대한 처벌을 청하는 상소를 올림.
1761. 5. 10	사도세자 평양행 이후 처음으로 영조에게 문안.
1761. 5. 15	혜경궁과 세손, 영조에게 문안인사 드림. 윤재겸 사도세자

에게 상소 올림.

1761. 6	사도세자 학질 앓음.
1761. 9	영조 『승정원일기』를 보다가 서명응의 상소를 보고 비로소 사도세자의 평양행을 알게 됨.
1761. 11~12	세손 정조와 세손빈, 천연두 앓음.
1762. 2. 2	세손 정조의 가례.
1762. 5. 22	나경언의 고변 사건.
1762. 윤5. 13	사도세자 뒤주에 갇힘. 양력으로는 7월 4일.
1762. 윤5. 20 신시	사도세자 죽음.
1762. 윤5. 21	사도세자 발상.
1762. 7	세손 정조, 동궁에 책봉됨.
1762. 8. 26	홍봉한 사도세자 죽음에 대한 자신의 입장을 담은 상소 올림.
1764. 2	동궁 정조의 아버지를 사도세자가 아닌 효장세자로 삼는 이른바 갑신처분甲申處分.
1764. 7. 7	사도세자의 삼년상 마침.
1764. 7. 26	선희궁 죽음.
1766 봄	영조 병환에 고급의 경상도산 인삼을 어떻게 쓸까 하는 문제로 홍봉한과 김한구 충돌. 솔잎차로 인한 충돌도 이때의 일임.
1766. 9. 28	계조모 이부인 죽음.
1769 봄	홍봉한이 정조에게 사도세자의 추숭을 권하며 협박했다는 이른바 '여시여시如是如是' 사건.
1769 봄	홍봉한이 동궁 정조가 별감들과 어울려 외입을 한다는 말을 듣고 별감들을 귀양 보내 동궁에게 원망을 삼. 별감 처벌을 시행한 사람은 형조 참판 조영순.
1769. 11	김한구 죽음.
1769. 12	영조 김종수에게 비단을 하사함.
1770. 3	한유, 홍봉한을 비판하는 상소를 올림.
1770. 11. 10	동궁에게 아버지 묘소와 사당의 참배를 권하는 최익남의 상소.
1771. 2	홍봉한, 사도세자의 서자 은언군과 은신군을 잘 돌보아준

일로 반대 세력에게 그들을 임금으로 추대하려고 한다는 의심을 받아, 청주에 부처付處됨.

1771. 8. 2	한유 두 번째 상소를 올림.
1771. 8. 12	홍봉한을 삭직하여 서인으로 만듦.
1771. 9	동궁 정조가 홍봉한에게 홍봉한을 위로하고 변호하는 편지를 보냄. 셋째 동생 홍낙임의 부인 죽음.
1772. 1	홍봉한 궁궐로 들어가 임금을 만남.
1772. 6	동궁 정조 『송사宋史』 편집.
1772. 7	정조의 장인 김시묵 죽음. 화완옹주 죽은 사람에 대해 실언을 하고 스스로 책망함.
1772. 7. 21	김귀주와 김관주, 홍봉한에 대한 비판 상소를 올림. 상소한 이들이 오히려 영조의 엄중한 질책을 받음.
1773	홍봉한 환갑.
1775. 11. 20	둘째 작은아버지 홍인한, 이른바 삼불필지三不必知의 실언을 함.
1775. 12. 8	동궁 정조의 대리청정.
1776. 1	동궁 정조의 밀명을 듣고 『승정원일기』의 임오화변 관련 기사 세초 문제를 논의하러 간 춘방관에게 김귀주가 법률을 들어 사도세자를 죄인으로 몲.
1776. 2. 4	동궁 정조가 『승정원일기』의 사도세자 사건 기사를 없애달라고 상소하여 영조의 허락을 받음.
1776. 3. 5	영조 죽음.
1776. 3. 27	정이환, 홍봉한을 비판하는 상소를 올림. 정조가 외할아버지의 혐의에 대해 해명함. 김한기 자명소 올림.
1776. 7. 5	홍인한과 정후겸 사사.
1776. 8	진사 이율 등, 홍봉한을 죽일 것을 청하는 상소가 이어짐.
1776. 8	홍봉한 식구들을 거느리고 경기도 고양 문봉으로 돌아감.
1776. 9. 9	김귀주 흑산도로 귀양 감.
1776. 9. 12	정조, 정순왕후 친정의 과오를 비판하는 하교를 내림.
1777. 6. 19	홍낙인 죽음.

1778. 2. 21	정조, 외삼촌 홍낙임을 친국하여 석방함.
1778. 5. 2	정순왕후, 선비집에서 여자를 가려 정조의 후궁으로 넣어 후사를 보게 하라는 하교를 내림.
1778. 6. 27	정조, 홍국영의 여동생 원빈과 결혼.
1778. 윤6. 21	화완옹주 강화도로 귀양 감.
1778. 7. 14	화완옹주의 며느리와 손자 유배됨.
1778. 12. 4	홍봉한 죽음.
1779. 5. 7	원빈 죽음.
1779. 9. 26	홍국영 벼슬에서 쫓겨남.
1779. 10. 23	김종후, 홍국영의 사직을 만류하는 상소를 올림.
1780. 2. 26	이조 판서 김종수, 홍국영을 귀양 보낼 것을 청하는 상소를 올림. 『한중록』에 의하면 정조가 시킨 일이라고 함.
1780. 3. 9	김종후, 홍국영의 사직을 만류하는 상소를 올린 자신의 잘못을 반성하는 상소를 올림.
1781. 2. 3	조카 홍수영 첫 벼슬로 영의전 참봉이 됨.
1781. 4. 5	홍국영 죽음.
1782	정조, 문효세자 얻음.
1784. 8. 3	정조, 홍봉한에게 '익정翼靖'이라는 시호를 내리고 아울러 홍봉한의 여러 혐의에 대해 변호함.
1786. 5. 11	문효세자 죽음.
1786. 윤7	김귀주 죽음.
1786. 9. 14	문효세자의 생모 의빈 성씨 죽음.
1787. 2. 12	정조와 가순궁 박씨의 가례.
1789. 10. 17	사도세자의 묘를 화성으로 옮김.
1790	청선군주의 남편 정재화 죽음.
1790. 6. 18	순조, 혜경궁의 생일날 집복헌에서 태어남.
1791	정조, 홍봉한의 문집 『주고』를 편찬하기 시작함.
1794. 12. 18	사도세자에게 여덟 글자의 존호를 올림.
1795	혜경궁과 사도세자의 환갑. 화성으로 거둥하여 큰 잔치를 엶. 본서 제2부 집필.

1796. 6	둘째 동생 홍낙신 죽음.
1796. 7. 2	김종수, 규장각에 다섯 조목의 흉언을 담은 편지를 보냈다가 정조의 비웃음을 삼.
1796. 11. 16	정조, 조문명의 문집『학암집』과 함께 손수 편차한 홍봉한의 『연보』간행을 명함.
1798	정조 자기 자호에 대한 서문인「만천명월주인옹자서萬川明月主人翁自序」를 홍낙임에게 쓰게 함.
1799. 1. 7	김종수 죽음.
1800. 2. 2	세자 순조에 대한 관례와 세자책봉례를 행함.
1800. 2. 8	정조, 조영순 등의 죄명을 풀어주라는 하교 내림. 혜경궁 집안 신원의 신호탄으로 이해되는 조치임.
1800. 6. 28	정조 창경궁 영춘헌에서 죽음.
1800. 8	홍봉한의 문집『주고』간행 문제로 혜경궁 집안에 대한 공격이 시작됨.
1800. 11. 3	정조 발인.
1800. 11. 18	정조의 졸곡제. 졸곡 직후 혜경궁 영춘헌에서 단식 자살 시도.
1800. 11. 27	정순왕후, 홍낙임을 삼수로 귀양 보내라는 전교를 내렸다가 혜경궁, 가순궁 등의 만류로 철회함.
1800. 12. 18	정순왕후, 홍낙임을 비판하는 전교 내림.
1801. 1	죽은 김귀주를 추증함.
1801. 5. 29	홍낙임 사사.
1801. 6. 10	정순왕후, 토역반교문을 반포. 여기서 홍봉한을 역적 괴수로 지목함.
1802 봄	본서 제1부 초고를 씀.
1802. 7	본서 제3부 제1편을 씀. 딸 청선군주 죽음.
1802. 10	순조의 가례.
1802. 10	심환지 죽음.
1803. 12. 28	정순왕후 수렴청정을 거둠.
1805. 1. 12	정순왕후 죽음.
1805. 4	가순궁의 요구로 본서 제1부 완성함.

1805. 12. 27	우의정 김달순, 사도세자에게 행실을 바로 가질 것을 충고 하였던 박치원과 윤재겸 등을 포상하라는 상소를 올림.
1806. 5. 13	김한록의 흉언 문제를 거론한 도승지 김이영의 상소 올라 옴. 이후 김귀주 측은 본격적으로 패망의 길로 접어듦.
1806. 6	죽은 김귀주의 작위를 도로 뺏음.
1806. 7. 1	정순왕후 혼전에서 김귀주 측의 토벌을 알리는 고유제를 행함.
1806 후반기	본서 제3부 제2편 「병인추록」을 씀.
1807	홍낙임 복관.
1809. 1. 17	홍낙윤, 아버지 홍봉한의 억울한 죄명을 풀어달라는 상소 올림.
1814. 3	사도세자의 문집 『능허관만고』와 정조의 문집 『홍재전서』 간행.
1815. 3	정조가 편찬한 홍봉한의 문집 『주고』 간행.
1815. 12. 15	혜경궁 경춘전에서 죽음.
1858. 10. 25	홍인한 복관.
1899. 12	사도세자 장조莊祖로 추숭됨.

『한듕만녹閒中謏錄』(한글, 필사본, 6책), 미국 버클리 대학 동아시아도서관 소장.

『보장寶藏』(한글, 필사본, 1책), 미국 버클리 대학 동아시아도서관 소장.

『읍혈녹泣血錄』(한글, 필사본, 2책), 홍기영 소장; 홍기원, 『읍혈록』(하), 민속원,
　　　　1992 영인.

『불명불조弗明弗措』(한문, 필사본, 1책), 미국 버클리 대학 동아시아도서관 및 연
　　　　세대학교 중앙도서관 소장.

이병기 역주, 『한중록』, 백양당, 1947.

이병기·김동욱 주해, 『한중만록』, 민중서관, 1961.

정렬모 주석, 『한중록, 인현왕후전』, 평양: 조선문학예술총동맹출판사, 1965.

JaHyun Kim Haboush, *The memoirs of Lady Hyegyŏng*, University of California
Press, 1996.

梅山秀幸 編譯, 『恨のものがたり―朝鮮宮廷女流小説集』, 總和社, 2001.

『조선왕조실록』, 국사편찬위원회 데이터베이스 제공.

『승정원일기』, 국사편찬위원회 데이터베이스 제공.

『내각일력內閣日曆』, 서울대학교 규장각한국학연구원 데이터베이스 제공.

'한국문집총간', 한국고전번역원 데이터베이스 제공.

'왕실도서관 디지털 아카이브', 한국학중앙연구원 데이터베이스 제공.

사도세자, 『능허관만고凌虛關漫稿』, 한국학중앙연구원 소장.

정조, 『홍재전서弘齋全書』, 서울대학교 규장각 소장.

홍석주 편, 『풍산세고豊山世稿』, 국립중앙도서관 소장.

홍봉한, 『(어정홍익정공)주고御定洪翼靖公奏藁』, 서울대학교 규장각 소장.

홍용한, 『장주집長洲集』, 연세대학교 중앙도서관 소장.

홍낙인, 『안와유고安窩遺稿』, 국립중앙도서관 소장.

홍낙인, 『선부군연보략先府君年譜略』, 서울대학교 규장각 소장.

홍낙신, 『선부군유사先府君遺事』, 서울대학교 규장각 소장.

홍낙유, 『금헌집今軒集』, 한국학중앙연구원 소장.

홍낙술, 김영진·박재연 교주, 『선부군유사』, 선문대학교 중한번역문헌연구소, 2005.

김종수, 『몽오집夢梧集』, 한국문집총간 246, 민족문화추진회, 2000.

이민보, 『풍서집豊墅集』, 한국문집총간 232, 민족문화추진회, 1999.

김귀주, 『가암유고可庵遺稿』, 성균관대학교 대동문화연구원 영인, 2007.

이택수, 『분재집奮齋集』, 서울대학교 규장각 소장.

『원행을묘정리의궤園幸乙卯整理儀軌』, 서울대학교 규장각 소장.

박종겸, 『현고기玄皐記』, 『조선당쟁관계자료집 12』, 여강출판사, 1985.

박하원, 『대천록待闡錄』, 『조선당쟁관계자료집 12』, 여강출판사, 1985.

황윤석, 『이재난고頤齋亂藁』, 한국정신문화연구원 영인, 1994.

심낙수, 『은파산고恩坡散稿』, 서울대학교 규장각 소장.

김조순, 『영춘옥음기迎春玉音記』, 서울대학교 중앙도서관 일석문고 소장.

이광현, 『임오일기壬午日記』, 국립중앙도서관 소장.

권정침, 『모년일기某年日記』, (『사담史談』 1986년 6월호에 영인 및 번역 있음).

권정침 외, 『흑마유사黑馬遺事』, 연세대학교 중앙도서관 소장.

「김공가암유사金公可庵遺事」, 『공거지남公車指南』, 서울대학교 규장각 소장.

김용숙, 『한중록 연구』, 정음사, 1987.

김명길, 『낙선재주변』, 중앙일보, 1977.

박현모, 『정치가 정조』, 푸른역사, 2001.

안대회, 『정조의 비밀편지』, 문학동네, 2010.

임재완 편역, 하영휘 교열, 『정조대왕의 편지글』, 삼성문화재단, 2004.

성균관대학교 동아시아학술원 편, 『정조어찰첩』, 성균관대학교 출판부, 2009.

하영휘 역, 『정조 임금 편지』. 국립중앙박물관, 2009.

이병기, 「전고진안론典故眞贗論─한중록에 대하여」, 『문장』 1권 4호, 1939.

이규동, 「의대증에 대한 정신분석학적 고찰─한중록에 부각된 사도세자의 병력
　　　연구」, 『신경정신의학』 8권 1호, 1969(서울대학교 의과대학 박사논문).

정병설,「사도세자가 명해서 만든 화첩, 중국소설회모본」,『문헌과해석』 47, 2009.

______,「사도세자와 화원 김덕성」,『문헌과해석』 48, 2009.

______,「시골 선비 이이순이 본 임금의 침실」,『문헌과해석』 49, 2010.

최성환,「정조대 탕평정국의 군신의리 연구」, 서울대학교 박사논문, 2009.

김동욱,「정조와 김조순의 밀담, 영춘옥음기」,『문헌과해석』 49, 2010.

옮긴이 **정병설**

서울대학교 국어국문학과 교수. 한글소설을 중심으로 주로 조선시대의 주변부 문화를 탐구했다. 한국 문화의 성격과 위상을 밝히는 연구를 필생의 과업으로 여기고 있다. 사도세자의 죽음을 다각도로 분석한『권력과 인간─사도세자의 죽음과 조선 왕실』, 음담에 나타난 저층 문화의 성격을 밝힌『조선의 음담패설─기이재상담 읽기』, 그림과 소설의 관계를 연구한『구운몽도─그림으로 읽는 구운몽』, 기생의 삶과 문학을 다룬『나는 기생이다─소수록 읽기』등을 펴냈으며,『구운몽』을 번역하고 해설했다. 논문으로「조선시대 한문과 한글의 위상과 성격에 대한 일고」「조선 후기 한글·출판 성행의 매체사적 의미」외 다수가 있다.

한국고전문학전집 003

한중록

ⓒ정병설 2010

1판 1쇄 2010년 8월 28일
1판 26쇄 2025년 2월 24일

지은이 혜경궁 홍씨 | 옮긴이 정병설

책임편집 구민정 | 편집 임혜지 오동규 | 독자모니터 홍석주
디자인 윤종윤 한충현 | 저작권 박지영 형소진 오서영
마케팅 정민호 서지화 한민아 이민경 왕지경 정유진 정경주 김수인 김혜원 김예진
브랜딩 함유지 박민재 김희숙 이송이 김하연 박다솔 조다현 배진성
제작 강신은 김동욱 이순호 | 제작처 영신사

펴낸곳 (주)문학동네 | 펴낸이 김소영
출판등록 1993년 10월 22일 제2003-000045호
주소 10881 경기도 파주시 회동길 210
전자우편 editor@munhak.com | 대표전화 031)955-8888 | 팩스 031)955-8855
문의전화 031)955-3579(마케팅), 031)955-2672(편집)
문학동네카페 http://cafe.naver.com/mhdn
인스타그램 @munhakdongne | 트위터 @munhakdongne
북클럽문학동네 http://bookclubmunhak.com

ISBN 978-89-546-0891-6 04810
      978-89-546-0888-6 (세트)

* 이 책의 판권은 옮긴이와 문학동네에 있습니다.
  이 책 내용의 전부 또는 일부를 재사용하려면 반드시 양측의 서면 동의를 받아야 합니다.
* 잘못된 책은 구입하신 서점에서 교환해드립니다. 기타 교환 문의: 031)955-2661, 3580

www.munhak.com